Die Alchimistin

Kai Meyer

Die Alchimistin

Roman

WILHELM HEYNE VERLAG
MÜNCHEN

Umwelthinweis:
Dieses Buch ist auf chlor- und säurefreiem Papier gedruckt.

Copyright © 1998 by Kai Meyer
Copyright © 1998 der deutschen Ausgabe
by Wilhelm Heyne Verlag GmbH & Co. KG, München
Umschlaggestaltung: Hauptmann und Kampa Werbeagentur, CH-Zug
Umschlagillustration: Eastman Johnson: Das Mädchen, das ich zurückließ
Lektorat: Gisela Klemt, Wuppertal
Satz: Leingärtner, Nabburg
Druck und Bindung: Graph. Betrieb Pößneck
Printed in Germany

ISBN 3-453-13841-4

Für Steffi,
die alles erst möglich macht.

Ein Rätsel aus dem Mittelalter:

Ein Nagel helt ein Eysen.
Ein Eysen ein Pferdt,
ein Mann ein Schloss.
Ein Schloss ein Landt.

Bis heute hat niemand die Lösung gefunden.

ERSTES BUCH

1897

KAPITEL 1

Und dann das Schloß.

Während sich die Kutsche durch die Dünen kämpfte – schwankend und schlitternd im losen Sand –, warf der Junge einen Blick aus dem Fenster. Auf das Schloß und auf die Ostsee, aus der es sich erhob. Alles war ganz anders, als er es sich vorgestellt hatte. Natürlich war es das.

Es gab keine Türme, keine Zinnen. Es war nicht diese Art von Schloß. Das Anwesen stand auf einer kleinen Felseninsel. Seine Mauern gingen nahtlos in die hellen Steilwände über, als wären sie über Jahrhunderte hinweg aus dem Gestein gewachsen. Die See lag düster und glatt unterm Herbsthimmel, und doch schlug schäumende Brandung gegen die Insel. Ganz so, als sträube sich das Wasser gegen die düstere Arroganz der Felsnasen, die kantig und stumm das Meer überragten.

Der Kreidefels, auf dem Schloß Institoris thronte, war von winzigen Inselchen umgeben, unbegehbaren Eilanden, kaum eines größer als ein Haus. Vier, zählte der Junge, doch als die Kutsche einen Bogen fuhr und die Inseln sich in einem anderen Winkel darboten, erblickte er eine fünfte, die bislang vom Schloß verdeckt worden war. Auf ihr erhob sich ein alter Leuchtturm, rot und weiß gestreift. Ein vermoderter Zyklop, dessen Lichtauge längst erloschen war. Allein die Seeadler verschlug es noch auf seine Brüstung, von dort aus spähten sie wachsam übers Meer.

Überhaupt, die Vögel. Der Junge bewunderte die stille Majestät, mit der sie auf den Winden ritten, über die einsame Landschaft mit ihren endlosen Strandwällen und Dünentälern, den kargen Erlenwäldern, die in den Senken kauerten, den windgebeugten Kiefern und Ginstersträuchern. Doch immer noch war es vor allem das Schloß, das seine Blicke auf sich zog. Sein neues Zuhause.

Je näher sie dem Ufer kamen, desto zahlreicher waren die Einzelheiten, die er erkennen konnte. Schloß Institoris war wie die Insel, auf der es stand, in Form eines Hufeisens angelegt. Es umfaßte eine Gruppe turmhoher Zypressen, die das Gebäude weit überragten. Sie verwehrten den Blick auf den mittleren Trakt. Die seitlichen Flügel aber, im Westen und Osten, waren deutlich zu sehen. Dreigeschossig und vom gleichen Grau wie die See. Lange Fensterreihen, je drei übereinander, hatte man weiß umrahmt, was nur betonte, daß hinter den meisten kein Licht brannte. Die Dächer waren steil, und aus ihren Giebeln stach eine Kompanie schwarzer Kaminschlote, einer neben dem anderen. Aus einigen kräuselte sich Rauch zur satten Wolkendecke empor.

»Christopher.«

Frauenstimmen war er nicht gewohnt, schon gar keine, die seinen Namen so fein betonte. Irritiert zog er den Kopf vom Kutschenfenster zurück und schenkte seiner neuen Mutter ein Lächeln.

Sie legte das Buch zur Seite, das sie während der ganzen Fahrt gehalten, aber kein einziges Mal aufgeschlagen hatte. Mitfühlend beugte sie sich zu ihm vor.

»Christopher«, sagte sie noch einmal, als müsse sie sich erst an den Namen gewöhnen. »Es ist wirklich viel behaglicher, als es aussieht. Es wird dir gefallen, glaub mir.« Die Worte klangen ein wenig müde, als hätte sie sie schon unzählige Male aufgesagt, damit sie sich vielleicht eines Tages bewahrheiteten.

Dabei war es gar nicht so, daß Christopher nicht glücklich war. Oh, das war er, wirklich. Seine Aufregung mochte das ein wenig verschleiern, und natürlich die leise Furcht vor dem Neuen. Aber Glück, ja, das spürte er wohl. Oder besser: Er nahm an, daß das Gefühl, das in ihm glühte, echtes Glück war. Ganz sicher konnte er allerdings nicht sein. Ihm fehlte der Vergleich.

Charlotte Institoris trug einen seltsamen Hut, der mit einem Gesteck aus Muscheln geschmückt war. Sehr eigenwillig. Ihr Haar, war hochgesteckt, nur ein paar pechschwarze Korkenzieherlocken schauten unter der Hutkrempe hervor. Die hohen Wangenknochen schienen ihr Gesicht über Gebühr in die Länge zu ziehen, zudem war es schmal und farblos. Sie war keine schöne Frau, wenngleich sie versuchte, durch häufiges Lächeln Wärme in ihre Züge zu legen.

»Ich bin sicher, ich werde mich wohl fühlen«, sagte er, vielleicht ein wenig zu förmlich. Bruder Markus, der Vorsteher des Waisenhauses, hatte ihm das eingeprägt: *Sag, daß es dir gefällt, ganz gleich wie die Dinge kommen. Etwas Besseres werden wir für dich nicht finden.*

Damit sie nicht auf die Idee kam, Christopher wolle sich nur selbst überzeugen, setzte er schnell etwas hinzu, irgend etwas. »Ich bin geübt im Rudern.«

Charlotte musterte ihn einen Moment lang erstaunt, dann lächelte sie milde. »Oh, mein Schatz, wir werden nicht selbst rudern müssen. Das tun die Bediensteten für uns. Sie warten schon unten am Strand.«

Mein Schatz. So hatte sie ihn jetzt schon ein paar Mal genannt. Er fühlte sich unwohl dabei. Christopher war siebzehn Jahre alt, fast schon ein Mann, und dennoch behandelte sie ihn wie ein Kind. Wie *ihr* Kind. Denn genau das würde er fortan sein.

Er spürte, daß er niesen mußte, und schnappte nach Luft. Besorgt reichte sie ihm ein frisches Schnupftuch. Gerade noch rechtzeitig.

Wunderbar, dachte er, sie muß glauben, sie hole sich einen Krüppel ins Haus. Dabei war er gar nicht krank, nicht mal erkältet. Es war der Geruch, der ihn niesen ließ. Der Geruch des Buches. Er war allergisch dagegen.

Endlich kam die Kutsche zum Stehen.

Christopher wartete, bis Charlotte ins Freie geklettert war, und folgte ihr dann. Seine Füße landeten im weichen Sand. Kälte wehte ihm von der Ostsee ins Gesicht. Schon nach wenigen Augenblicken schmeckten seine Lippen salzig.

Ein langer Steg reichte vom Strand hinaus ins Meer. An seinem Ende hatte ein Boot mit eingerollten Segeln festgemacht. Mit dröhnenden Schritten kamen ihnen drei Männer über die Holzbohlen entgegen, alle drei verneigten sich vor Charlotte. Dann nickten sie auch Christopher ehrerbietig zu. Das war so neu für ihn, daß er beinahe aufgelacht hätte. Aber er würde sich auch daran gewöhnen.

Der Kutscher ließ seine Pferde wenden und verabschiedete sich mit einem Wink und Peitschenknallen. Dann rollte das Gefährt durch die Dünen davon.

Wenig später saß Christopher neben Charlotte in einer windgeschützten Kajüte. Das Boot legte vom Steg ab. Jeder Schritt der drei Männer klang hier drinnen wie lautes Poltern. Christopher versuchte hinauszublicken, doch die beiden Fenster waren salzverkrustet und nahezu blind. Charlotte sah ihn freundlich an, als wolle sie im nächsten Moment seine Wange tätscheln.

Sie glaubt, ich freue mich, dachte er. Und das tue ich doch auch, oder? Ich freue mich.

Das Boot stach in See, rauschte der Insel und dem Schloß auf ihren Klippen entgegen.

»Es sind gerade mal fünfhundert Meter«, sagte Charlotte. »Es sieht weiter aus, findest du nicht?«

Christopher nickte zustimmend. Bislang hatte er sich darüber keine Gedanken gemacht. Er wußte nur, daß fünfhundert Meter eine ganz schöne Strecke waren, wenn man sie schwimmen mußte.

Er wurde noch stiller als zuvor, ohne daß Charlotte es ihm übelnahm. Sie hatte das Buch, dessen Geruch ihm so zu schaffen machte, in einer Tasche verstaut. Allmählich konnte er wieder durchatmen.

Unter ihren aufmerksamen Blicken dachte er zurück.

An die Kutsche, an das Dorf. An die Eisenbahnfahrt, seine erste, ganz alleine noch dazu. Und an das große Haus in Lübeck, das er hinter sich gelassen hatte, das Haus voller Kinder und Geschrei. Nie wieder würde er den dumpfen Geruch der Schlafsäle ertragen müssen, den Odem von Geheimnissen unter durchgeschwitzten Laken und von kindlicher Feindschaft.

Er würde Bruder Markus vermissen. Nur ihn, nichts sonst. Bruder Markus hatte ihm Hoffnung auf eine bessere Zukunft gemacht, immer und immer wieder. Jetzt lag diese Zukunft vor ihm, dort draußen, vor dem Bug des Schiffes. Ein einsamer Felsklotz in der Ostsee.

Es ist viel behaglicher, als es aussieht.

Zum ersten Mal überkam ihn echte Trauer. War das etwa Heimweh?

Ich bin sicher, ich werde mich wohl fühlen.

Das da vorne war jetzt sein Heim. Sein Zuhause.

Nur fünfhundert Meter.

So nahe also war die Zukunft. So nah.

Bruder Markus hatte ihn persönlich zum Bahnhof gebracht. Das war keineswegs selbstverständlich, meist übernahm das einer der Knechte. Sie luden die Kinder vor ihren neuen Elternhäusern oder Arbeitsstätten ab wie eine Fuhre Kohle, kassierten ihr Trinkgeld und verschwanden mit mürrischen Mienen.

Mit Christopher war es anders. Er war der Älteste im Heim und, so glaubte Bruder Markus, der Klügste. Wiewohl, hätte man ihn aufgefordert, diese Behauptung unter Beweis zu stellen, so wäre es ihm schwergefallen. Denn was den Bruder überzeugt hatte, war nicht abrufbares Wissen oder Geschick im Umgang mit Zahlen, nein, es war Christophers Krankheit, so sonderbar es schien.

Seit seiner Kindheit konnte der Junge den Geruch von Buchbinderleim nicht ertragen, rang bei jedem Band nach Luft, verkrampfte sich vor Regalen und verlor in Bibliotheken das Bewußtsein. Dennoch bestand er darauf zu lernen, ganz anders als die übrigen Kinder im Waisenhaus. Bruder Markus war beeindruckt und machte ihn zu seinem Privatschüler, besorgte ihm ein ums andere Buch und wachte über ihn, wenn Christopher sie unter Aufbietung aller Kräfte – und manchem Anfall – studierte.

Während die übrigen Kinder früh an Handwerksbetriebe vermittelt wurden, wo sie zu lernen und bald schon wie Männer zu arbeiten hatten, setzte der Bruder es sich zum Ziel, Christopher zum Gelehrten zu erziehen. Freilich schied ein Studium aus finanziellen Gründen aus, doch die privaten Unterrichtsstunden in Markus' Kammer genossen beide gleichermaßen. Kein Schreinermeister oder Fleischer wollte sich mit einem derart gebildeten Kind abgeben, und so blieb Christopher Jahr um Jahr im Heim und lernte dazu, wurde, wie die Knechte ihn bald gehässig nannten, der »Ladenhüter«.

Bis zu dem Tag, an dem Charlotte Institoris auftauchte, auf der Suche nach einem Pflegesohn. Nicht gar zu jung sollte er sein, sagte sie und weckte damit den Argwohn des Bruders. Doch alle unsittlichen Ahnungen, die ihm bei solchem Wunsch gekommen waren, konnte sie durch vorzügliche Beweise ihrer Ehrbarkeit widerlegen. Aus altem Adel stammte sie, mütterlicherseits, hatte selbst zwei Töchter geboren und einen weiteren Jungen bereits vor zwei Jahren in ihr Haus aufgenommen. Schriftliche Rückfragen bei gewissen Verwaltungsstellen bestätigten ihre Behauptungen. Es gelang Bruder Markus sogar, das Heim ausfindig zu machen, in dem der andere Junge aufgewachsen war. So erfuhr er bald von der dortigen Leiterin, daß Daniel ein reger Briefschreiber war und sich durchweg freundlich, ja begeistert über sein neues Zuhause äußerte.

Bruder Markus und Christopher führten daraufhin lange Gespräche, bis sie endlich übereinkamen, daß dies wohl eine Gelegenheit war, die es zu nutzen galt. Christopher würde endlich zuteil werden, was er in den Augen des Bruders schon lange verdient hatte: eine Familie und eine Umgebung, die sein geistiges Gedeihen unterstützen und anregen würde. Bruder Markus war glücklich, und Christopher, nun ja, er war es wohl auch. Auf seine Weise.

Natürlich gefiel es ihm nicht, seinen väterlichen Lehrer zu verlassen, und natürlich fragte er sich, wie es wohl sein würde, das zukünftige Leben in einem wahrhaftigen Schloß. Würde er die Familie Institoris nicht zwangsläufig enttäuschen müssen, er, ein einfaches Waisenkind, das von der Mutter als Neugeborenes verlassen worden war? Würde er mit seinen neuen Geschwistern auskommen? Und mußte er ihnen nicht, trotz allen Studierens, in Dingen der Gelehrsamkeit maßlos unterlegen sein?

Diese und andere Zweifel beschäftigten ihn, als Bruder Markus ihn einige Monate nach Charlottes erstem Besuch zum Bahnhof brachte. Nach einer abermaligen Einführung in die nötigen Regeln der Etikette (der zehnten oder elften in den vergangenen Tagen) küßte Markus ihn auf beide Wangen, umarmte ihn herzlich und gab ihm die besten Wünsche mit auf den Weg.

Dann war Christopher auf sich allein gestellt gewesen, wenn auch nur für wenige Stunden. Charlotte Institoris wollte ihn am Dorfbahnhof erwarten, wo sie seinem Kommen, wie sie in einem freundlichen Brief versichert hatte, sehnlichst entgegensah.

Das Boot glitt lautlos an zwei mannshohen Felsquadern vorüber, die die Einfahrt einer kleinen Bucht markierten. Auf jedem Block saß ein steinerner Löwe. Die Blicke der Tiere kreuzten sich hoch über dem Wasser.

Die Bucht lag im Zentrum des Inselhufeisens. Sie wurde von steilen, zwei Meter hohen Felswänden begrenzt. Ein schmaler Steg reichte hinaus zur Mitte der Bucht.

Dort, wo der Steg an die Felsen stieß, erhob sich die schwarzgrüne Mauer der Zypressen, kegelförmige Ungetüme, die den halben Himmel verdunkelten. Christopher war sicher, daß er noch nie in seinem Leben so hohe Bäume gesehen hatte. Sie mußten zwanzig, ach was, fünfundzwanzig Meter hoch sein.

Er hatte Charlotte gebeten, das Anlegen des Bootes vom Deck aus beobachten zu dürfen, und nur zu gerne hatte sie ihm diesen Wunsch erfüllt. Sie war sogar selbst mit aus der Kajüte geklettert, lehnte jetzt neben ihm an der Reling. Mit einer Hand hielt sie ihren Hut fest, den der Wind fortzureißen drohte. Es störte sie nicht im geringsten, daß sie den drei Männern dabei gehörig im Weg stand.

Sanft legte das Boot am Steg an. Einer der Männer half Charlotte und Christopher an Land. Die übrigen waren mit Tauen und Segeln beschäftigt. Zuletzt stellte der Diener Christophers Gepäck auf den Steg, einen zerschlissenen Lederkoffer, den Bruder Markus ihm geschenkt hatte. Neben seinen wenigen Kleidungsstücken – die einem Haushalt wie diesem ohnehin nicht angemessen waren – befanden sich darin zahlreiche Schreibhefte mit Fadenbindung, in denen er über die Jahre hinweg all sein Wissen notiert hatte. Sie waren sein ganzer Stolz.

Leise plätschernd rollten die Wellen gegen die Felswände der Bucht. Das helle Kreidegestein war dort, wo die Flut es berührte, mit grünem Schlick überzogen. Ein tiefes Fauchen zog Christophers Blick auf die Wipfel der Zypressen. Sie wiegten sich geisterhaft im Wind, flüsterten und rauschten. Es klang geheimnisvoll, ein wenig bedrohlich sogar.

Ein Mädchen mit hellblonden Locken und einem weißblauen Rüschenkleid kam ihnen auf dem Steg entgegengerannt. Christopher schätzte, daß es nicht älter als zehn Jahre war.

»Mutter! Mutter!« rief die Kleine. »Schau nur, ich habe Muscheln gesammelt!«

Charlotte ging lächelnd in die Hocke, bis ihr Gesicht auf einer Höhe mit dem des Mädchens war. Mit gespieltem Staunen blickte sie in die offenen Hände der Kleinen. In jeder lagen zwei weiße Muscheln, so groß wie die goldene Taschenuhr, die Bruder Markus an Sonntagen einzustecken pflegte.

»Die sind wunderschön«, schwärmte Charlotte.

»Für dich«, verkündete ihre Tochter strahlend.

»Oh.« Vorsichtig nahm Charlotte die Muscheln entgegen und steckte sie behutsam in ihre Tasche. Dann umarmte sie das Mädchen. »Vielen Dank, mein Schatz.«

Christopher stand daneben und betrachtete Mutter und Tochter mit gemischten Gefühlen. Der Anblick strahlte Wärme und Geborgenheit aus, doch zugleich überkam ihn abermals die Furcht, als Fremder in diese Familie einzudringen.

Charlotte stand auf, legte einen Arm um Christopher und stellte ihn dem Mädchen vor.

»Das ist Christopher«, sagte sie feierlich. »Er ist dein neuer Bruder.« Dann deutete sie auf ihre Tochter. »Und dieser kleine Engel ist Sylvette, unsere Jüngste.«

Das Mädchen reichte ihm wohlerzogen die Hand, beäugte ihn aber nicht ohne Mißtrauen, als er danach griff und sie schüttelte.

»Nicht so förmlich«, ermunterte Charlotte sie. »Umarmt euch doch!«

Zögernd gehorchten die beiden. Sylvette fühlte sich in Christophers Armen sehr zerbrechlich an. Er ließ sie so schnell wie möglich wieder los.

»Sind die anderen auch da?« fragte er schließlich, weil ihm das Schweigen des Mädchens unangenehm war.

Charlotte nahm die beiden an den Händen und führte sie den Steg entlang an Land. Sie war eine große Frau, doch Christopher überragte sie noch um einen halben Kopf. Falls jemand sie aus dem Dickicht der Zypressen beobachtete, würde sich ihm ein merkwürdiger Anblick bieten.

»Aura und Daniel wirst du gleich kennenlernen, sie sind im Schloß«, sagte Charlotte.

»Und... Vater?« Das Zögern, ehe er das ungewohnte Wort über die Lippen brachte, konnte Charlotte schwerlich entgehen.

Ehe sie aber etwas erwidern konnte, platzte schon Sylvette heraus: »Vater haßt uns. Vater haßt uns alle.«

Charlotte blieb wie angewurzelt stehen. Ihr schmales Gesicht unter dem Muschelhut war kreidebleich geworden, als sie das Mädchen erschrocken und in kalter Wut anstarrte.

»Wie kannst du so etwas sagen?«

Die Kleine gab sich trotzig. »Aber es stimmt doch.«

Für einen winzigen Augenblick fürchtete Christopher, Charlotte würde ausholen und dem Mädchen eine Ohrfeige verpassen. Ein haarfeiner Riß zog sich durch das Bild der Idylle, das er sich vom Leben der Familie Institoris gemacht hatte.

Seine Stiefmutter faßte sich jedoch, ließ beider Hände los und ging voraus. Als Christopher Sylvette einen verstohlenen Blick zuwarf, schenkte sie ihm ein kindliches Lächeln, so unschuldig, daß er schlagartig verstand, weshalb Charlotte sie ihren kleinen Engel genannt hatte.

Es gab keinen befestigten Weg durch den Zypressenhain, was Christopher bei einer Anlage wie dieser überraschte. Es war fast, als hätte man die natürliche Anordnung der Bäume nicht zerstören wollen. Einige von ihnen standen jedoch weit genug auseinander, so daß die drei mühelos hindurchgehen konnten.

Der Baumstreifen war nicht breit, zwanzig Meter vielleicht, aber in seinem Inneren herrschte die Dämmerstimmung einer anderen Welt. Ein Flechtwerk aus fahlem Herbstlicht und Schatten lag über dem Boden, aus dem an einigen Stellen bucklige Höcker aus Kreidefels hervorschauten. Ein herber Waldduft verbannte hier vollkommen den Algengeruch der See. Es war, als hätte sich inmitten dieser Insel, kahl und leer und abweisend, ein heimliches Fenster aufgetan, ein Fenster zu einem anderen Ort, der Wärme und Behaglichkeit versprach. Das alles erinnerte Christopher an die ehrfurchtsvolle Stille eines Friedhofs.

Bald darauf blieben die Zypressen zurück, und vor ihnen erhob sich das hohe Portal des Schlosses. Vier breite Stufen führten hinauf zu einer doppelflügeligen Tür.

Aber es war nicht das mächtige Portal, das Christopher so beeindruckte. Es waren die Fenster, die er nun zum ersten Mal aus der Nähe sah.

Sie alle waren aus farbigem Bleiglas, bunte Mosaike, die groteske Bilder und Szenen darstellten, ein Feuerwerk aus fremdartigen Motiven, wie Christopher sie nie zuvor gesehen hatte. Es gab keine Ausnahme. Nicht ein einziges Fenster war aus klarem Glas.

Charlotte drängte ihn und Sylvette, ihr schnell ins Warme zu folgen. Christopher gelang es dennoch, die beiden Fenster rechts und links des Portals genauer zu betrachten.

Das eine zeigte einen Geier, der auf der kahlen Spitze eines Felsens hockte und dabei ein langes Spruchband im Schnabel hielt. Darauf standen mehrere lateinische Wörter, die Christopher bei längerem Hinsehen vielleicht hätte übersetzen können, nicht aber im Vorbeigehen. Um den Felsgipfel kreiste ein Rabe, dessen eines Auge ihn aus dem Bild heraus anstarrte.

Auf dem zweiten Fenster, rechts der Tür, war ein aufrechter Stab dargestellt, um den sich zwei Schlangen ringelten. Ihre Zungenspitzen berührten sich. Der Stab endete in einer Magnolienblüte, die wiederum in einen Stern überging. Am Himmel darüber war auf der einen Seite ein Mond zu sehen, auf der anderen eine Sonne.

Beinahe widerwillig versuchte Christopher, seine Aufmerksamkeit von den beiden Fenstern zu lösen. Da waren noch unzählige andere, die es zu betrachten galt. Es kostete ihn deshalb einige Mühe, sich diesem Drang zu widersetzen und hinter Charlotte und Sylvette die Eingangshalle zu betreten.

Der Raum, nein, der Saal wurde von einem gewaltigen Kamin beherrscht, genau gegenüber der Tür. Die Öffnung schien so hoch und tief zu sein wie der Eingang einer Höhle, sie war fast ein Zimmer für sich; die Kammer von Bruder Markus war kaum größer gewesen. Das Feuer, das darin brannte, wirkte verloren in der Weite des steinernen Schlundes.

Der Parkettboden der Halle war mit hohen, flauschigen Teppichen ausgelegt, die meisten in dunklen Rot- und Brauntönen. Auf der linken Seite führte eine geschwungene Freitreppe ins nächste Stockwerk. Bilder und Leuchter hingen an den getäfelten Wänden, dazu Ornamente, Wappen und Stickereien. So groß war die Vielzahl der Eindrücke, daß Christopher das Gefühl bekam, sich irgendwo festhalten zu müssen, um nicht von der Flut davongerissen zu werden.

Charlotte sah sich ebenfalls irritiert um, wenn auch aus anderem Grund. »Wo steckt denn die Dienerschaft?« fragte sie ins Leere.

»Im Speisezimmer«, sagte Sylvette. Sie zwinkerte Christopher verstohlen zu, eine unverhofft freundschaftliche Geste, die ihn erstaunte. Er erwiderte das Blinzeln und schenkte ihr zudem ein Lächeln, von dem er hoffte, es wirke herzlich.

»Sie haben sich alle dort versammelt, um dich kennenzulernen«, sprudelte das Mädchen vergnügt hervor, fast, als gelte ihr diese Ehre. »Mutter, du selbst hast ihnen doch die Anweisung gegeben.«

Charlotte nickte zögernd, schien aber keineswegs zufrieden. »Und Aura? Wo ist Aura? Und wo, zum Teufel, steckt Daniel?«

Ihre Erregung verwunderte Christopher sehr, zumal sie nun hektisch und regelrecht aufgebracht in der Halle auf und ab lief. Sie schien ernstlich beunruhigt.

Da erklang vom oberen Ende der Freitreppe eine Stimme:

»Ich bin hier, Mutter.«

Charlotte fuhr zusammen. »Aura!« stieß sie hervor. »Wenigstens du erinnerst dich an deine gute Erziehung.«

Das Mädchen, das am oberen Treppenabsatz aufgetaucht war und jetzt langsam die Stufen herabstieg, verzog einen Augenblick lang das Gesicht. Häme blitzte in ihren Zügen.

Aura Institoris war in Christophers Alter und hatte das rabenschwarze Haar ihrer Mutter geerbt. Ihre Augen leuchteten blaßblau wie die von Sylvette. Ihre Wimpern waren wie schwarze Strahlenkränze, lang und fein und wohlgeformt. Sie hatte dichte, dunkle Brauen, die sie stets ein wenig wütend aussehen ließen. Ihre Mundwinkel aber waren zum angeborenen Hauch eines Lächelns aufgeschwungen, was ihrem Antlitz eine reizende Gegensätzlichkeit verlieh. Ihre weiße Haut war glatt und auf dem Nasenrücken mit ein paar Sommersprossen gesprenkelt. Sie trug ein scharlachrotes Kleid, schwarzbraun abgesetzt, das ihre schlanke Gestalt betonte.

Christopher, der im Waisenhaus unter Jungen aufgewachsen und mit dem Anblick schöner Frauen nicht vertraut war, war denkbar beeindruckt. Mehr als das.

Doch seine Begeisterung währte keine zwei Atemzüge, denn Aura sagte:»Ist das etwa der Neue?« Ihr Tonfall klirrte vor Ablehnung. Christopher war es, als hätte er sich unverhofft am Dorn einer blühenden Rose verletzt.

»Dein Bruder«, entgegnete Charlotte betont, »Christopher.«

Aura blieb am Fuß der Treppe stehen, kam nicht näher. Sie musterte ihn mit einer Gleichgültigkeit, die gespielt sein mochte, ihre Wirkung auf ihn aber nicht verfehlte. Er fühlte sich plötzlich unwillkommen und überflüssig.

Seine Stiefmutter war jedoch sogleich bemüht, Auras Verhalten den Stachel zu ziehen. »Dir geht es nicht gut, mein Schatz, nicht wahr?« In ihrem mitfühlenden Säuseln lag ein Unterton, der besagte: *Darüber werden wir uns unterhalten müssen!*

Christopher versuchte, Auras Aufmerksamkeit mit seinen Augen einzufangen. Das Feuer, das in ihren Pupillen brannte, mochte manchem Verheißung sein, ihm aber schien es wie lodernder Zorn. Was machte sie nur so wütend?

»Du hättest wenigstens deine Ohrringe tragen können, mein Liebling.« Charlotte versuchte immer noch, durch gekünstelte Sanftmut die Lage zu retten.

»Aber ich trage meine Ohrringe doch«, gab Aura mit Unschuldsmiene zurück – dabei war für jeden ersichtlich, daß sie das nicht tat. Ihre Finger tasteten nach ihren Ohrläppchen, und sogleich erschien ein derart falscher Ausdruck von Überraschung auf ihrem Gesicht, daß Christopher überzeugt war, Charlotte könne ihn kaum mehr tolerieren.

»Oh«, machte Aura mit entwaffnendem Lächeln. »Ich muß mich getäuscht haben.«

Einen Moment lang starrten sie und ihre Mutter sich mit eisiger Verachtung an. Dann preßte Charlotte mühsam eine Frage hervor: »Wo steckt Daniel?«

»Das wollte ich dich fragen. Ich suche schon eine ganze Weile nach ihm.«

Charlottes Blick wich nicht von ihr, wohl um herauszufinden, ob Aura sie abermals aufziehen wollte. Diesmal aber schien die Antwort ehrlich zu sein. Unvermittelt schrak Charlotte zusammen, als sei ihr mit einemmal ein schlimmer Gedanke gekommen. »Liebe Güte«, entfuhr es ihr, »wo kann er nur wieder stecken? Er wird doch keine Dummheit gemacht haben?« Taumelnd legte sie eine Hand an die Stirn, es sah aus, als wollte sie ohnmächtig zu Boden sinken. Das aber war ein Bild, welches so gar nicht zu jener Charlotte paßte, die Christopher vor wenigen Stunden kennengelernt hatte. Das Benehmen dieser Leute wurde ihm immer rätselhafter.

»Ach was«, sagte Aura, »er wird schon wieder auftauchen. Wahrscheinlich sitzt er in der Bibliothek.« Damit wandte sie sich ab und öffnete eine Tür unterhalb der Treppe, die Christopher bislang gar nicht aufgefallen war. Dahinter lag ein langer, spärlich beleuchteter Korridor.

»Gib mir sofort Bescheid, wenn du ihn gefunden hast«, rief Charlotte ihr nach. Ihre Stimme klang hoch, beinahe schrill. Kein Gedanke mehr an Auras Ungehörigkeit.

Das Mädchen gab keine Antwort und zog die Tür hinter sich zu, verschwand schweigend im unergründlichen Bauch des Schlosses.

Christopher dachte beunruhigt, daß sich in diesem Haus wohl noch viele Türen vor ihm öffnen würden, von deren Existenz er bisher nichts ahnte.

Sylvette zupfte an seinem Ärmel. Als er sich zu ihr hinabbeugte, flüsterte sie:»Vater wohnt unterm Dach. Er kommt niemals herunter. Niemals.«

Noch ehe Christopher reagieren, irgend etwas sagen konnte, griff Charlotte mit gefestigtem Lächeln nach seiner Hand.

»Komm jetzt, mein Schatz. Wir müssen dich der Dienerschaft vorstellen.«

Vielfarbige Lichtkaskaden ergossen sich durch die hohen Fenstermosaike. Der Hauptflur des Westflügels erstreckte sich vor Aura wie ein Tunnel durch einen Regenbogen. Selbst das dämmrige Herbstlicht vermochte noch die herrlichsten Farbenspiele in den Fenstern zu erzeugen, projizierte sie wie Bilder einer Laterna magica auf die gegenüberliegende Wandtäfelung.

Heute aber verschwendete Aura keine Aufmerksamkeit an diese Wunder der Glaskunst. Zu viele Sorgen beschäftigten sie, brachten sie schier zur Verzweiflung. Eine davon hatte sie eben erst kennengelernt. Christopher. Noch ein Fremder im Schloß. Noch ein Anlaß, ihre Mutter zu verachten.

Aber Christopher war nicht der einzige Grund ihrer Wut. Genaugenommen, wenn sie ganz ehrlich war, spielte er dabei kaum eine Rolle. Er mochte ein Auslöser sein, einer von vielen, aber es gab wahrlich wichtigere Ursachen für ihren Zorn. Wenn irgendwer in der Lage war, sie zu beruhigen, ihr ein wenig Trost zu schenken, dann war es Daniel. Was ihn aber anging, so hatte ihre Mutter zugegebenermaßen recht: *Wo, zum Teufel, steckte er?*

Es war eine müßige Frage. Es gab nur noch einen seiner zahlreichen Lieblingsorte im Schloß, an dem sie nicht gesucht hatte. Das verärgerte sie um so mehr, als sie gerade dort zuerst hätte nachschauen müssen. Es war so naheliegend. Dummes Huhn, schalt sie sich.

Das hieß, nein, es gab noch einen weiteren Platz. Aber wenn Daniel sich wirklich dort aufhielt, dann sollte er ihr gestohlen bleiben, ein für allemal. Sie würde ihm nicht bis hinüber zum alten Leuchtturm folgen, nicht dorthin.

Und wenn es trotzdem so war? Wenn er wieder durch den Stollen unterm Meer zum Turm geschlichen war? Wenn er dort das gleiche versuchte wie vor zwei Monaten?

Ohne anzuklopfen stieß sie die Doppeltür der Bibliothek auf, schnaubend vor Ärger und Sorge.

»Hallo, Schwesterchen.«

Daniel saß inmitten einer Festung aus Büchern, einem Halbrund aufeinandergestapelter Folianten, die ineinandergriffen wie Teile einer Ziegelmauer. Er selbst hockte im Schneidersitz in der Mitte und blickte zu ihr auf.

Wie sie es haßte, wenn er sie Schwesterchen nannte! Schlimmer noch: Er wußte, daß sie es haßte! Er spielte wieder mit ihr. Ausgerechnet heute. Ausgerechnet jetzt.

Daniel war achtzehn, ein Jahr älter als sie selbst. Er hatte strohblondes Haar und war für seine Größe viel zu dünn. Einst hatte in seinen Augen der Schalk geglüht, er war damit zur Welt gekommen wie manche mit einem Muttermal. Bei anderen hatte er dadurch oft den Eindruck erweckt, sich über alles und jeden lustig zu machen, sogar über sich selbst. Gerade deshalb hatte Aura ihn von Anfang an gemocht. Daniel hatte dem Leben im Schloß den angestaubten Ernst genommen.

Doch damit war es vorbei. Die weißen Binden um seine Handgelenke verrieten auch jetzt noch, was er getan hatte. Die Wunden wollten nicht verheilen, immer wieder erschienen sanfte Blutspuren im Weiß der Bandagen. Der Anblick fuhr Aura wie ein Stachel ins Herz.

Sein Lächeln war nicht aufrichtig, sie sah ihm an, daß er gehofft hatte, sie würde ihn in Ruhe lassen. Doch sie dachte gar nicht daran. Ihr blieben nur noch vier Tage, und dafür hatte er, verdammt noch mal, Verständnis aufzubringen!

Eine Armlänge vor ihm blieb sie stehen und reichte ihm beide

Hände, um ihm hochzuhelfen. »Komm, steh auf. Wir müssen miteinander reden.«

Er machte keine Anstalten, ihrer Aufforderung nachzukommen. »Das tun wir, ständig. Wir reden und reden. Aber das ändert nichts.«

Sie kam sich dumm vor, wie sie so vor ihm zu Kreuze kroch. Dennoch ließ sie die Arme nicht sinken, streckte sie ihm entgegen wie eine Ertrinkende.

»Bitte«, sagte sie leise.

Daniel hielt ihrem Blick nicht stand. Er schaute auf ihre Hände. »Du hast wieder an den Nägeln gekaut.«

Wütend riß sie die Finger zurück. Ihre dunklen Augenbrauen rückten enger zusammen. »Versuche nur ja nicht, mich mit solchem Blödsinn zu verunsichern!«

Daniel seufzte benommen und stemmte sich in die Höhe. Sein dünner Körper gab der Bewegung etwas Hilfloses, wie ein Rehkitz, das sich unbeholfen vom Waldboden erhebt. Aura bemerkte, daß er sich auf seine Hände stützte, ohne daß es ihm weh tat. Ein lächerlicher Fortschritt nach mehr als acht Wochen. Warum hörte die Blutung nicht auf?

Sie fühlte sich sehr verloren, als sie so vor ihm stand. Daniel trat auf sie zu und nahm sie in die Arme. Sie spürte, wie starr er dabei wurde, als rate ihm seine Vernunft von solchen Gesten ab. Er wollte es, wollte sie an sich drücken, und haßte sich doch zugleich dafür. Sein ewiges Dilemma. Und das ihre.

»Ein Abschied vor der Reise ins Mittelalter, hm?« scherzte sie schwach.

Daniel blickte ihr traurig in die Augen. »Ach was, Mittelalter. Es wird nicht so schlimm werden, wie du glaubst.«

»Das tröstet mich, wirklich.«

»Es ist nur ein Internat, kein Gefängnis.«

Sie legte ihren Kopf an seine Schulter. Sie spürte seinen Widerwillen und kümmerte sich nicht darum. »Ein Internat für höhere Töchter, eineinhalbtausend Kilometer von hier. Es *ist* ein Gefängnis.«

Er hatte so oft versucht, ihr zu widersprechen, daß er es diesmal bleiben ließ. Es gab nichts Vernünftiges, das er darauf hätte erwidern können. Außerdem wußte sie genau, daß er in Wahrheit genauso darüber dachte wie sie.

Daniel ließ seine Hand an ihrem Nacken hinabwandern, streichelte sanft die Vertiefung zwischen ihren Schulterblättern.

Sie fühlte, wie ihr Tränen in die Augen stiegen, und versuchte verzweifelt, sie zu unterdrücken. Sie wußte, er würde sie loslassen, wenn er es bemerkte. Ihre Tränen hatten die schlechte Angewohnheit, ihn zur Vernunft zu bringen.

Schweigend standen sie da, hielten sich fest, während Aura sich mit aller Kraft beherrschte. Es war sinnlos. Es half keinem von beiden.

Vom ersten Tag an war es zwischen ihnen nicht einfach gewesen. Oft genug hatte Aura die Barriere durchbrechen wollen, doch Daniel hatte sie erst durch seinen Humor und später, als der ihm verging, durch krampfhafte Distanz aufrechterhalten. Sie waren nur Stiefgeschwister, keine echten Verwandten, doch das war nicht das wirkliche Problem.

In Wahrheit ging es um Daniels Unfall. Und um die Tatsache, daß er damit nicht fertig wurde.

Das Schweigen wurde beiden immer unangenehmer, bis Aura sich schließlich von seiner Schulter löste und nach einem unmerklichen Schlucken sagte: »Dieser Christopher ist eben angekommen.«

»Und, wie ist er?« Man konnte ihm seine Erleichterung darüber anmerken, daß sie es war, die sich zurückzog. Sein Atem ging eine Spur zu schnell.

»Mutter behütet ihn wie eine Glucke.«

»Das kann sie gut.«

Aura schüttelte den Kopf. »Bei dir war es anders.«

»Das bildest du dir ein.«

»Nein«, widersprach sie fest. »Sie versucht an ihm gutzumachen, was –« Sie verstummte schlagartig, als ihr klar wurde, was sie beinahe ausgesprochen hätte.

»Was bei mir schiefgelaufen ist«, führte Daniel den Satz zu Ende.

»Ja, vielleicht.«

Aura ergriff seine Hand. »Ich wollte das nicht sagen.«

»Schon gut.« Er zog seine Finger zurück und trat zwischen den hohen Bücherregalen an das einzige Fenster. Er hätte es wohl gern geöffnet und hinaus aufs Meer geblickt, aber er wußte auch, daß der Riegel seit Jahren klemmte. Die wenigsten Fenster im Schloß ließen sich öffnen.

Vielleicht sind es die Farben, dachte Aura, vielleicht sind sie es, die uns alle so trübsinnig machen – das Fehlen von reinem, weißem Licht.

Das Mosaik des Bibliotheksfensters zeigte eine Art Flasche, in deren Innerem ein Pfau mit gesträubtem Schwanzgefieder gefangen war. Auf dem Flaschenhals steckte eine prächtige Königskrone. Darüber spannte sich eine Wolkendecke, durch deren Täler zwei Vögel einen goldenen Streitwagen zogen. In ihm saß eine blonde Frauengestalt.

Aura fühlte sich mehr und mehr wie der Pfau, gefangen in einem gläsernen Kerker, durch Umstände, die sie nicht verstand.

Daniel hatte das Gesicht immer noch zum Fenster gewandt, als könne er durch die vielfarbigen Bruchstücke hinausschauen, so, wie er manchmal durch Auras Gesicht direkt in ihre Gedanken blickte. Es war unheimlich, wie oft er im voraus wußte, was sie als nächstes sagen, sogar denken würde.

»Vielleicht ist es besser, wenn du jetzt gehst«, meinte er leise, immer noch, ohne sie anzusehen. »Es ist noch nicht an der Zeit für den Abschied.«

»Noch vier Tage.« Aura schloß für einen Moment die Augen, in der schwachen Hoffnung, Daniel würde vor ihr stehen und sie anlächeln, wenn sie die Lider wieder aufschlug. Vergebens. »Vergiß das nicht«, fügte sie hinzu und wandte sich zur Tür.

Er flüsterte etwas, als sie hinaus auf den Gang trat. Es mochte alles mögliche bedeuten, doch sie hoffte, es hieß: »Bestimmt nicht.« Ganz sicher hieß es das.

Sie schalt sich einfältig, schalt sich kindisch, doch als sie durch die Flut schillernder Farben davoneilte, ließ sie ihren Tränen freien Lauf. Der Gang wurde lang und länger, die Lichter schienen intensiver, und wieder schloß sie die Augen, rannte blind geradeaus, bis sie die nächste Tür erreichte. Ein weiterer Korridor zu ihrer Linken. Lautlose Schritte auf knöchelhohen Teppichen. Ihr Atem, der in ihren Ohren raste. Ihr Herzschlag.

Sie stürmte die geschwungenen Stufen in einem der beiden Treppenhäuser hinauf. Vorbei am ersten und zweiten Stock, hinein in einen weiteren Flur. Tür um Tür warf sie auf, während sie den Gang entlangrannte. Im Laufen fingerte sie nach der Kette an ihrem Hals, nach dem Schlüssel, der daran hing.

Sie gelangte an eine weitere Treppe, eng, hölzern und unbeleuchtet. Keine Wendeltreppe wie die anderen, nur eine schmale, verwinkelte Stiege, die unter jedem ihrer Schritte knarrte. Auch ohne Sonne, ohne Lampen fand Aura ihren Weg. Der schmale, trübe Schimmer, der ihr durch den Türspalt am Ende der Treppe entgegenfiel, reichte aus.

Die letzte Tür, endlich. Sie stieß den Schlüssel ins Schloß, als trüge er die Schuld an all ihrem Leid. Drehte ihn um. Wollte eintreten.

Die Tür ging nicht auf. Ihr Vater mußte sie von innen verriegelt haben. Es war Jahre her, daß er das zum letzten Mal getan hatte.

»Vater!« schrie sie. Staub und Dunkelheit verschluckten den hellen Klang ihrer Stimme, machten sie spröde und dumpf.

»Vater, laß mich rein! Bitte!«

Niemand gab Antwort. Auras Hände tasteten hilflos über die Tür, preßten dagegen, fühlten das hölzerne Schnitzrelief auf der Oberfläche.

Sie rief noch einmal, zweimal, flehte ihn an, doch der Zugang zum Dachgeschoß blieb verschlossen. Ihr Vater wollte sie nicht sehen. Weigerte sich, mit ihr zu sprechen.

Niedergeschlagen sank sie auf die oberste Stufe nieder, den Rücken gegen die Tür gelehnt. Sie bebte vor Verzweiflung.

Durch das Holz ertönte der Schrei eines Pelikans.

Wien bei Einbruch der Dämmerung: eine Stadt im Zauber der Gaslaternen. Eisenbeschlagene Kutschenräder schepperten über das regennasse Pflaster. Straßenhändler priesen zum letzten Mal ihre

Waren an, andere brachen bereits die Stände ab und lenkten ihre Fuhrwerke heim in die Quartiere am Stadtrand. Vereinzelte Trambahnen dröhnten zwischen den alten Häuserzeilen, ihr Gebimmel klang selbst aus der Ferne unangenehm und schrill. Kinder rannten schreiend umher und suchten in den Abfällen der Händler nach verlorengegangenen Kostbarkeiten, einem unbeschädigten Apfel oder exotischen Früchten aus Übersee. Der Regen hatte den Kohlengeruch der Kamine für eine Weile zu Boden gedrückt, doch nun stieg er abermals vom Pflaster empor.

Eine kaiserliche Kompanie marschierte im Stechschritt über die Freyung, einen der großen Plätze im Herzen der Stadt. Einst hatte man hier, im Schatten des Schottenstifts, Verräter hingerichtet, indem man sie kopfüber in wassergefüllte Fässer tauchte. Heute versammelten sich an diesem Ort die Menschen zu Volksfesten und Märkten.

Gillian, der Hermaphrodit, trat aus dem Schutz einer buntbeklebten Litfaßsäule und schaute sich zum wiederholten Male aufmerksam um. Der Platz war immer noch voller Menschen, wenngleich die meisten unterwegs in die angrenzenden Straßen waren. Das flackernde Licht der Gaslaternen stand im krassen Gegensatz zum fließenden Rot der untergehenden Sonne. Längst war sie hinter den Dächern verschwunden, doch ihr Schein ließ im Westen den Himmel erglühen. Im Osten aber rückte die Nacht heran, und mit ihr verstärkte sich Gillians Furcht.

Was er zu tun hatte, war nicht einfach. Lysander hatte ihm in seiner Botschaft klar zu verstehen gegeben, daß er Widerspruch oder gar Nichterscheinen zum vereinbarten Zeitpunkt nicht dulden würde. Gillian würde Lysander heute abend wiedersehen, ob er wollte oder nicht. Daran bestand nicht der geringste Zweifel.

Fraglich war allein, ob es Gillian nicht dennoch gelingen konnte, Lysander zu überraschen. Und sei es nur, um unter Beweis zu stellen, daß er in all den Jahren nichts verlernt hatte.

Hätte er es nicht besser gewußt, er wäre vielleicht in der Schottenkirche eingekehrt, um vor der Madonnenstatue zu beten. Die Wiener verehrten sie als wundertätig. Doch Gillian empfand für solcherlei

Bräuche nur Befremden. Niemand würde ihm helfen können, wenn er Lysander gegenüberstand. Nicht einmal er selbst, und das war möglicherweise das Schlimmste: seine eigene Hilflosigkeit. Es war lange her, daß er von anderen abhängig gewesen war, gar ihren Befehlen gehorcht hatte. Aber es war auch lange her, daß er von Lysander gehört hatte. Himmel, nach all den Jahren ...

Aus dem Schatten der Litfaßsäule eilte Gillian quer über die Freyung, wich knapp einem zweispännigen Fiaker aus, ohne die Flüche des Kutschers zu beachten. Die Höcker des Pflasters waren glatt vom Regen, und einmal wäre er fast ausgerutscht. Eine Schande.

Er erreichte den Eingang des Schottenstifts. Ein Benediktinermönch ließ ihn ein, als Gillian ihm ein gefälschtes Papier unter die Nase hielt. Es wies ihn als kaiserlichen Tintenlieferanten aus – was immer das bedeuten mochte. Er hatte das Dokument von einem Hafenarbeiter aus der Leopoldstadt gekauft, der sich mit Fälschungen aller Art ein Zubrot verdiente. Der Mann hatte ihm geraten, immer ein paar versiegelte Tintenfässer bei sich zu tragen, wenn er das Papier benutzte. Diese Investition kam Gillian nicht zum ersten Mal zugute. Die Einfalt der Menschen war grenzenlos.

Natürlich, er kenne den Weg zum Abt, versicherte Gillian dem Torwächter, und so ließ der Mann ihn ziehen. Freilich, hätte er versucht, in den Kapitelsaal des Klosters oder in die Räumlichkeiten des alten Gymnasiums einzudringen, so hätte man ihn wohl aufgehalten. Doch Gillian hatte ein anderes Ziel.

Er ging diesen Weg nicht zum ersten Mal, und fand den Zugang zum Keller ohne jede Mühe und, wichtiger noch, ohne Aufsehen zu erregen. Eine steile Holztreppe führte fast zehn Meter in die Tiefe.

Das Stift hatte seit seiner Gründung im zwölften Jahrhundert eine bewegte Geschichte erlebt, war von Feuersbrünsten verheert, von Milizionären geplündert und von Architekten beim Wiederaufbau verkrüppelt worden. Von romanischen Mauerresten, über barocke Hallen, bis hin zu Biedermeierkellern spiegelte sich in den Untergründen des Stifts die Historie der Stadt wider.

Gillian aber hatte keinen Blick für die baulichen Wunder der Klosterkeller. Er hatte die alten Pläne studiert, er kannte sie auswendig. Ohne aufgehalten zu werden durcheilte er einige der Räume, die von den Benediktinern als Weinlager genutzt wurden. Er fragte sich, weshalb sich nicht jeder Wirt Wiens in diesen Kellern bediente, wenn es doch so einfach war, hier einzudringen.

Er kam an einer Mauer vorbei, von der er wußte, daß hinter ihr die große Krypta der Stiftskirche lag, vollgestopft mit Särgen und mumifizierten Leichen. Wie passend, gerade diesen Weg in Lysanders Heim zu nehmen.

Die Luft hier unten war kalt und abgestanden, wurde noch kälter, als er eine runde Metallplatte aus dem Boden löste und seine Füße auf die Eisensprossen setzte, die darunter in die Tiefe führten. Er entzündete eine Laterne, bevor er in die Finsternis abtauchte und die Platte über sich zurück an ihren Platz zog.

Die Luftlinie bis zu seinem Ziel mochte kaum sechshundert Meter betragen, ein Katzensprung. Hier unten aber, im Labyrinth der Wiener Unterwelt, konnte solch eine Strecke zum Tagesmarsch werden. Trotzdem war er zuversichtlich, Lysander zum gewünschten Zeitpunkt gegenüberzutreten. In den zehn Jahren, die er jetzt in Wien lebte, war er so oft hier unten gewesen, hatte so viele Kilometer in den Kanälen und Kellern zurückgelegt, daß sie ihren Schrecken für ihn verloren hatten. Wichtig war allein, den zahlreichen Einbrecherbanden aus dem Weg zu gehen, die in den Gewölben Unterschlupf suchten. Sie mochten es nicht, wenn man durch ihre Diebeslager streifte, absichtlich oder aus Versehen. Zu vielen dieser Kerle saß die Klinge allzu locker im Stiefel.

Harmloser waren die Sandler, die Obdachlosen, die sich in den Tunnels verkrochen. Am ehesten aber mochte Gillian die Fettfischer, die ihr ganzes Leben hier unten zubrachten. Anders als die Bettler und Herumtreiber stiegen sie nicht erst nachts in die Kanalisation herab, sondern lebten hier tagein, tagaus. Ihr Name rührte von den Fallen, die sie in großen Sammelkanälen aufspannten, Gitter und Netze, mit denen sie angeschwemmtes Fett, Fleisch und Knochen abschöpften. Ihre Beute verkauften sie für ein paar Kreuzer an Seifensieder und Masthäuser.

Vor einigen Jahren war eines von Gillians Opfern im Netz eines Fettfischers angeschwemmt worden. Die Berichte über den Leichnam hatten in der Unterwelt innerhalb weniger Stunden die Runde gemacht, mehr noch die kabbalistischen Tätowierungen, mit denen der Körper bedeckt gewesen war. Gillian hatte den Toten ausgelöst, bevor die Fischer ihn der Polizei übergeben konnten. Das hatte ihn eine gehörige Summe gekostet, beinahe die Hälfte dessen, was man ihm für den Mord gezahlt hatte. Er hatte den Toten anderweitig beseitigt und aus dem Ganzen die Lehre gezogen, daß nahezu alles, was man im Wiener Untergrund verschwinden ließ, früher oder später wieder ans Tageslicht kam. Zumindest was Leichen anging, war dies eine höchst mißliche Gesetzmäßigkeit.

Heute war Gillian froh über seine Erfahrungen im Untergrundlabyrinth der Stadt. Es half ihm, Lysander ein Schnippchen zu schlagen. Mochte man es kindisch nennen oder eitel, er selbst empfand außerordentliche Befriedigung dabei.

Er hielt die flackernde Lampe hoch über seinen Kopf, zugleich ein wenig vorgestreckt. Er wußte, daß es nicht ausreichte, nur den Boden vor seinen Füßen zu beobachten. Hier unten mochten die Gefahren auch *über* einem lauern, meist in Form von Fluchtschächten in den Gewölbedecken, die zum einen oder anderen Unterschlupf einer Verbrecherbande führten. Gillian hatte wenig Bedarf, sich zu all seinen Sorgen auch noch Ärger mit diesem Gesindel einzuhandeln.

Ein eisiger Luftzug wehte durch die Schächte und brachte eine Vielzahl der unterschiedlichsten Laute mit sich. Das allgegenwärtige Rascheln der Ratten wurde von fernen Stimmen, sogar vom Gesang eines Betrunkenen überlagert. Einmal mehr fragte sich Gillian, weshalb Lysander ausgerechnet hier Quartier bezogen hatte. Er hätte wahrlich genügend Einfluß gehabt, um sich in einem der alten Paläste einzumieten.

Freilich, Lysander war keiner, der sich wie eine Ratte in feuchten Löchern verkroch. Wenn es denn Gewölbe und Kellerhallen sein mußten, dann schon ganz besondere. Das war wohl der Grund, weshalb er sich von allen Orten ausgerechnet die Unterwelt der Hofburg ausgesucht hatte. Es mußte ihn ein Vermögen kosten, sein Reich nach oben hin abzuschotten. Allein die Schmiergelder an die Burghauptmannschaft mußten astronomisch sein. Aber um Geld war Lysander nie verlegen gewesen.

Die Hofburg mit ihren achtzehn Trakten, mehr als fünfzig Stiegenhäusern und nahezu dreitausend Räumen war eine Residenz, wie sie Lysander gefallen hätte. Da er die jedoch nicht haben konnte, mußten es zumindest ihre Keller sein. Wenigstens einige davon. Hätte er Lysander nicht besser gekannt, so hätte diese Feststellung Gillian vielleicht ein Lächeln entlockt. So aber spürte er nichts als Unbehagen, durchmischt mit dem eiskalten Atem der Furcht.

Gebeugt ging er durch einen Bogengang, in dessen Mitte ein schmaler Wasserlauf rauschte. Das Licht seiner Lampe huschte flimmernd über die Oberfläche. Irgendwo am Ende dieses Tunnels gab es einen Schacht, der direkt in den alten Eiskeller der Hofburg führte. Er hatte gehört, der Raum werde nicht mehr genutzt, konnte dessen aber nicht vollkommen sicher sein.

Er fand die Klappe auf Anhieb, scheiterte aber beim ersten Versuch, sie zu öffnen. Gillian war zwar schnell und geschickt, doch mangelte es ihm von jeher an Kraft, ein Nachteil seiner androgynen Natur. Würde es nötig sein, mit Gewalt in den Keller einzudringen, so mochte er daran scheitern.

Nach einigem Suchen entdeckte er einen verborgenen Mechanismus, einen winzigen Hebel, den er mittels einiger Schläge mit der Lampenkante aus seiner eingerosteten Stellung brachte. Jetzt ließ sich das Eisenschott mühelos nach außen klappen. Die Scharniere knirschten. Gillian fluchte im stillen. Hier unten war das Echo unberechenbar, man wußte nie, welcher Laut wohin drang.

Er zog die Klappe hinter sich zu und bemerkte, daß der Riegel abermals einschnappte. Damit war ihm der Rückzug fürs erste versperrt. Blieb zu hoffen, daß eine Flucht nicht nötig sein würde.

Der enge Schacht endete unterhalb einer weiteren Metallplatte, schwer genug, Gillian gehörige Mühe zu bereiten. Schließlich gelang es ihm, sie zur Hälfte beiseite zu schieben. Keuchend schlängelte er sich durch den Spalt. Oben angekommen klopfte er sich den Roststaub von der Kleidung, ließ den Zugang aber offen.

Als er sich umschaute, sah er, daß seine Hoffnung berechtigt gewesen war. Der Eiskeller war stillgelegt, wurde augenscheinlich seit Jahren nicht mehr genutzt. Im fahlen Licht der Lampe bot sich ein imposanter Anblick.

Ein Rundbau, etwa fünf Schritte im Durchmesser, schraubte sich zehn Meter hoch ins Dunkel. In die runden Wände waren vom Boden bis zur Decke Kammern eingelassen, die einstigen Kühlfächer. Jetzt standen sie alle leer. In früheren Wintern hatte man den Raum mit Eisschollen aus der Donau gefüllt, die sich in dieser Tiefe das ganze Jahr über hielten. Lebensmittel konnten hier monatelang gelagert werden, auch schon vor sechshundert Jahren, als die Keller der Hofburg entstanden waren. Die Kühlkammern klafften schwarz in den brüchigen Mauern, erzeugten im Schein der Lampe bizarre Schattenspiele. Aus einigen Löchern erklang das Pfeifen ganzer Rattenschwärme.

Als Mittelachse des Eiskellers führte eine Strickleiter vom Boden bis zur Decke, wo sie unter einer Falltür im Stein verankert war. Gillian befestigte die Lampe an seinem Gürtel und zog prüfend an den unteren Sprossen. Das Holz schien alt und rissig, und er hatte Zweifel, ob es ihn tragen würde. Auch die Seile wirkten morsch und zerfasert.

Gillian hatte nur einen Versuch.

Vorsichtig begann er den Aufstieg. Spinnweben wehten zwischen den Sprossen. Wenigstens bereitete ihm das Klettern keine Schwierigkeiten. Die Leiter pendelte ein wenig, drehte sich einmal halb um sich selbst, schien der Belastung aber standzuhalten. Immer weiter blieb der Boden zurück, fünf Meter, dann sechs. Gillian gab sich Mühe, nur nach oben zu blicken, zur Falltür hinauf, die er im Zwielicht seiner Handlampe schwach erkennen konnte. Sein Schatten an der Decke wucherte zu einer grotesken Form, die den oberen Teil des Eiskellers wie eine Gewitterwolke ausfüllte.

Als Gillian kaum mehr zwei Meter von der Decke entfernt war, fiel plötzlich ein sanfter Lichtschimmer durch die Fugen der Falltür. Einen Augenblick später wurde sie aufgerissen. Die Silhouetten zweier Gestalten zeichneten sich vor gelblichem Zwielicht ab. Sie reckten Köpfe und Schultern über die Öffnung.

Gillian erstarrte. Der Abgrund unter ihm – sechs, sieben Meter tief – schien plötzlich bodenlos.

Einer der Scherenschnitte hielt eine einzelne Kerze über den Rand der Öffnung. Wachs tropfte auf Gillians Wange. Die Flamme erhellte zwei vollkommen gleiche Gesichter, grau und eingefallen, mit nahezu schlohweißem Haar. Es war unmöglich, ihr Alter zu schätzen, sie sahen schon so aus, seit Gillian sie kannte. Stein und Bein, Lysanders Zwillingsdiener. Mochte der Teufel wissen, wo er die beiden gefunden hatte. Auch ob Lysander ihnen diese Namen gegeben hatte, war ungewiß. Sollten sie jemals andere gehabt haben, so waren sie längst vergessen.

Der eine, der die Kerze hielt – Gillian riet, es sei Stein –, verzog die schmalen Lippen zu einem Grinsen.

»Wenn das nicht der Besuch für den Herrn ist!«

»Aber wo kommt er her?« fragte Bein und grinste gleichfalls. »Fühlt er sich wirklich wohl in seiner Lage?«

Gillian spürte, daß seine Hände allmählich zu schmerzen begannen. Er mußte von dieser Leiter herunter, so schnell wie möglich, wagte aber nicht, wieder nach unten zu klettern. Er ahnte, was die beiden dann tun würden.

Offenbar war genau das ohnehin ihre Absicht.

Stein hielt die Kerze näher an einen der morschen Stricke. Noch wenige Fingerbreit, und das Seil würde brennen wie eine Lunte.

»Glaubst du, das würde ihm gefallen?« fragte er seinen Zwillingsbruder.

Bein kicherte verschlagen. »Man kann nie sicher sein.«

»Hört auf mit dem Unsinn!« rief Gillian zu ihnen hinauf. »Lysander will mich sehen, also helft mir gefälligst hoch.«

»Das ist wahr«, sagte Stein.

»Aber sagte er, *lebend* sehen?« fügte Bein hinzu.

36

»Ich kann mich nicht erinnern.«

»Das ist schlecht.«

»Sehr schlecht.«

Gillian verlor die Beherrschung. Provokativ zog er sich zwei weitere Sprossen empor und brüllte den beiden ins Gesicht: »Spielt eure Spielchen mit einem anderen! Ich bin hier als Lysanders Gast!«

»Aber nicht auf dem Weg, den er wünschte«, entgegnete Stein, immer noch an seinen Bruder gewandt. Die beiden sprachen nur miteinander und mit ihrem Herrn, eine ihrer merkwürdigen Angewohnheiten. Eine andere war ihr ausgeprägter Sadismus.

Stein hielt die Kerze noch näher an den Strick. Ein leichter Luftzug, und die Flamme mochte auf den staubtrockenen Hanf übergreifen. Wieder fiel ein Wachstropfen in Gillians Gesicht.

»Man hört nicht auf das, was einem gesagt wird«, meinte Stein mit tückischer Ruhe.

»Er ist ja auch kein Mann«, sagte Bein.

»Aber auch keine Frau.«

»Er ist von beidem etwas. Ein hübscher Mädchenjunge.«

»Ein Mädchenjunge, genau.«

»Wir sollten ihn bitten, sich auszuziehen.«

»Ja«, stimmte Stein seinem Bruder zu, »wir wollen sehen, wie einer wie er wohl aussieht.«

»Hat er Brüste?«

»Wenn ja, dann sind sie flach.«

»Hat er Bartwuchs?«

»Ich kann keinen sehen.«

»Hat er einen –« Und beide brachen in kindisches Kichern aus, das so gar nicht zu ihren verhärmten Gesichtern paßte.

Gillians Gedanken drehten sich siedendheiß im Kreis. Er war schon in auswegloseren Situationen gewesen, mehr als einmal, aber meist hatte er es mit normalen Gegnern zu tun gehabt, nicht mit Wahnsinnigen.

Er wollte etwas sagen, irgend etwas, das die Flamme von dem Strick fortbewegen würde, doch ein anderer kam ihm zuvor.

37

»Stein! Bein!« sagte eine ruhige Stimme. »Gillian ist nicht *euer* Spielzeug.«

Mit einem Schnauben, das vielleicht Empörung signalisieren sollte, zog Stein die Kerze zurück. Dann streckten die Zwillinge Gillian die Hände entgegen. Ihm ekelte vor ihrer Berührung, aber es war der schnellste und sicherste Weg, nach oben zu gelangen.

Jeder der beiden trug eine Dienerlivree mit gestärktem Hemdkragen und schwarzer Weste. Die Männer bewegten sich wie spindeldürre Insekten, zerbrechlich, aber kraftvoll.

Die Falltür befand sich in einer Kammer aus braunen Ziegelmauern. Steins Kerze und Gillians Handlampe waren die einzigen Lichtquellen im Raum. Eine alte Bohlentür hing schief in ihren Angeln.

Die Zwillinge führten ihn hinaus, durch mehrere Korridore und leerstehende Lagerräume in eine unterirdische Halle. Die Wände waren holzgetäfelt, der Boden unter Schichten von Teppichen begraben. Kerzenleuchter verbreiteten Licht und Wärme. An den Wandtäfelungen hingen zahlreiche Gemälde. Das eine oder andere erkannte Gillian von seinen gelegentlichen Besuchen in Wiens Galerien. Lysander gab sich nicht mit Fälschungen zufrieden. Was an seinen Wänden hing, war echt.

Nachdem sein Eingreifen Gillians Leben gerettet hatte, mußte Lysander ihnen vorausgeeilt sein, denn weder an der Falltür noch in den unterirdischen Fluren hatte Gillian eine Spur von ihm entdeckt.

Jetzt aber stand er am anderen Ende der Halle, oberhalb einiger Stufen. Er hatte seinem Gast und den Zwillingen den Rücken zugewandt und konzentrierte sich ganz auf eine Leinwand, die vor ihm an einer Staffelei lehnte. Daneben stand auf einem zweiten Gestell ein gerahmtes Gemälde, *Winter* von Giuseppe Arcimboldo. Der Italiener war einst Maler am Wiener Hof gewesen. Das Bild zeigte das Profil einer merkwürdigen Gestalt, halb Mensch, halb Pflanze. Aus ihrem Schädel wucherte ein groteskes Flechtwerk aus Zweigen.

Lysander trug feinstes Tuch, einen Anzug von blendendem Weiß. Sein Rücken war leicht gebeugt, ein ungewohnter Anblick. Um seinen Hals hatte er eine Pelzstola geschlungen. Alles, was Gillian von ihm sah, war das hellgraue Haar an seinem Hinterkopf. Lysander schien es nicht für nötig zu halten, sich seinem Besucher zuzuwenden. Statt dessen war er mit Pinseln und Farben auf seiner Leinwand beschäftigt. Offenbar kopierte er das Gemälde Arcimboldos, allerdings aus einer anderen Perspektive – von hinten. Ein alter Spleen Lysanders: Er liebte es, berühmte Kunstwerke aus der Rückansicht zu interpretieren und dabei neue, im Original unsichtbare Details zu enthüllen.

Gillian entdeckte, daß nur die rechte Wand der Halle mit gestohlenen Gemälden aus Wiens Galerien geschmückt war – an der linken hingen die entsprechenden Hinteransichten, die Lysander mit einigem Talent gefertigt hatte.

Die Zwillinge hielten Gillian zurück, als er sich ihrem Meister nähern wollte. Noch immer lag zwischen ihnen eine Entfernung von zehn, zwölf Metern.

»Darf ich nicht näher kommen?« fragte Gillian und schüttelte die Hände der beiden Diener ab.

»Nein.« Lysanders Stimme klang sanft wie immer, doch Gillian hatte sie weit jünger in Erinnerung. In den Jahren, seit sie sich zuletzt gesehen hatten, konnte er schwerlich so sehr gealtert sein. Vielleicht hat er eine Erkältung, dachte Gillian halbherzig. Kein Wunder in diesen Kellern, obgleich die Halle fürstlich ausgestattet war. Wer nicht wußte, daß er sich unterhalb der Stadt befand, hätte es wohl kaum vermuten können. Allein Fenster gab es keine.

Lysander räusperte sich leise, doch die Heiserkeit – oder das Alter – in seiner Stimme blieb. »Du hast einen anderen Weg genommen, als den, um den ich dich bat. Glaubst du wirklich, du hast es nötig, mir irgend etwas zu beweisen?«

Der Angriff traf Gillian unerwartet, und er zögerte einen Moment, ehe er antwortete. »Ich bin erleichtert, daß die Wachsamkeit deiner Kreaturen nicht nachgelassen hat. Diese Erkenntnis war mir die Mühe wert.«

Beim Wort *Kreaturen* zogen Stein und Bein scharf die Luft ein, was Gillian mit stummer Genugtuung erfüllte.

Lysander wandte ihm nach wie vor den Rücken zu. »Ich habe eine Aufgabe für dich.«

Natürlich hast du das, dachte Gillian, deshalb bin ich hier.

»Sag mir bitte«, verlangte Lysander höflich, »kennst du das dritte Gemälde von rechts, in der unteren Reihe?«

Verwundert wandte Gillian den Kopf zu den Originalen und suchte das betreffende Bild. Es zeigte eine Felseninsel in einem stillen, dunkelgrünen Meer. Aus der Mitte der Felsformationen ragten einige Bäume hervor, Zypressen. Ein Ruderboot näherte sich der Insel, auf dem aufrecht eine weißverhüllte Gestalt stand. Sie blickte dem Eiland mit verschränkten Armen entgegen.

Gillian hatte das Bild noch nie zuvor gesehen. »Nein«, sagte er.

»Ich ließ es vor beinahe siebzehn Jahren in Florenz anfertigen, von einem Schweizer namens Böcklin«, erklärte Lysander und fügte seinem eigenen Gemälde ein paar neue Striche hinzu. Der Ästewirrwarr auf dem Bild erinnerte Gillian an einen Oktopus. »Ich ließ den Auftrag über eine meiner Vertrauten erteilen, die Gräfin von Oriola, übrigens eine vorzügliche junge Kunstkennerin. Nun, *damals* war sie jung – und gerade erst verwitwet, wie ich ergänzen darf.«

Gillian fragte sich verwirrt, worauf Lysander hinauswollte. Dieser fuhr in seinen Erläuterungen fort. »Die Gräfin beschrieb Böcklin das Motiv entsprechend meinen Wünschen, und er fertigte daraufhin dieses wunderbare Gemälde an. Ein Meisterstück, ohne Zweifel. Ich ließ ihm meine Bitte ausrichten, es *Die Toteninsel* zu nennen. Der gute Mann hat seither noch einige weitere Fassungen davon hergestellt, aber keine kommt meinem Original gleich.«

»Ich bezweifle nicht, daß du die Kunst liebst, Lysander, aber –«

Gillian wurde sogleich unterbrochen. »Nicht so ungeduldig, mein Freund. Ich glaubte, Geduld sei eine Stärke deines Gewerbes. Das Bild, das du dort siehst, hat für mich einen hohen symbolischen Wert. Die Toteninsel – der Name sagt eigentlich alles, nicht wahr?« Lysander lachte leise und führte den Pinsel erneut in kühnem Schwung über die Leinwand. »Diese Insel, mein Lieber, ist mehr oder minder das Abbild eines tatsächlichen Ortes, hoch oben im Norden Preußens.« Er zögerte unmerklich. »Heißt es noch so? Preußen? Wie auch immer. Du wirst dich dorthin begeben, und du wirst dafür sorgen, daß der Friedhof, den Böcklin in meinem Auftrag daraus gemacht hat, nicht länger ein Traumgespinst bleibt.«

»Wer ist es diesmal?«

»Du kennst ihn nicht. Nestor Nepomuk Institoris. Ein alter Feind. Gelinde ausgedrückt.«

Gillian erinnerte sich nicht, den Namen je gehört zu haben. *Ein alter Feind.* Er straffte die Schultern. »Ich arbeite nicht mehr in diesem Gewerbe, Lysander. Schon seit Jahren nicht mehr.«

»Oh«, sagte Lysander, setzte aber nicht einmal den Pinsel ab, »das macht nichts. Du wirst deine alte Arbeit wiederaufnehmen. Für mich.«

Es hatte wenig Sinn, ihm zu widersprechen. Niemand widersprach Lysander. Trotzdem sagte Gillian: »Die halbe Unterwelt Wiens zahlt Abgaben an dich, und Gott weiß, wer noch. Ist unter all diesem Gesindel nicht einer, der solch eine Aufgabe übernehmen kann?«

»Sehr viele«, stimmte Lysander zu. »Hunderte vielleicht. Aber ich will, daß du es tust. Ich breche ungern mit liebgewonnenen Traditionen. Und ich zahle gut.«

»Du weißt, daß mich dein Geld nicht interessiert.«

»Kein Geld. Der Preis ist dein Seelenfrieden, Gillian. Ich werde dich danach nie wieder behelligen.«

Gillian verzog das Gesicht. »Das hast du schon einmal versprochen.«

»Und habe ich dich nicht sechs Jahre lang in Ruhe gelassen?« Lysander seufzte schwer. »Diesmal hast du mein Wort: Dieser Auftrag ist der letzte.«

Gillian wußte, daß er keine Wahl hatte. »Erzähl mir die Einzelheiten«, verlangte er müde. »Und sei so gut und laß mich dein Gesicht dabei sehen.«

»Weder das eine noch das andere ist nötig.« Braun und grün malten die Pinsel, Strich um Strich, Zweig um Zweig. »Meine beiden Assistenten werden dir auf der Fahrt zum Bahnhof einen Brief aushändigen. Darin steht alles, was du wissen mußt.«

»Auf der Fahrt ... zum Bahnhof?« Gillians Mund war auf einen Schlag trocken. Das konnte nicht sein Ernst sein!

»Es ist unumgänglich, daß du sofort abreist«, sagte Lysander unbeeindruckt. »Dein Zug verläßt Wien um acht Uhr zehn. Stein und Bein wissen, wann und wo du umsteigen mußt.« Dann fügte er hinzu: »Es wird eine lange Fahrt, nimm ein Buch mit.«

»Ich kann nicht so einfach aus Wien verschwinden«, widersetzte sich Gillian aufgebracht. »Es gibt Dinge zu tun, Abkommen einzuhalten. Ich will nicht, daß andere –«

Der Pinsel verharrte. »Von welchen anderen sprichst du?« Kein Zweifel, Lysander würde jeden von ihnen beseitigen lassen, einen nach dem anderen.

Gillian schluckte seinen Zorn hinunter. »Schon gut«, entgegnete er im Tonfall empörter Resignation. »Schon gut, Lysander, ich fahre.«

»Daran habe ich nicht gezweifelt.«

Gillian spürte den unbändigen Drang, Lysander die verfluchten Ölpinsel in die Augäpfel zu bohren. Eines Tages, schwor er sich, eines Tages ist es soweit!

Stein und Bein nahmen ihn erneut in ihre Mitte, wandten sich zur Tür.

Als sie hinausgingen, hob Lysander noch einmal die Stimme.

»Richte Nestor etwas aus, bevor du ihn tötest.«

»Eine Botschaft für einen Toten? Welchen Sinn hat das?«

»Er wird es verstehen. Präge dir die Worte ganz genau ein.«

Der Hermaphrodit hob die Schultern und nickte ergeben. »Wie lauten sie?«

Ein Augenblick des Schweigens verstrich, Sekunden schmerzhafter Stille. Dann sprach Lysander leise: »Sag Nestor, der Seemann hat ein neues Rad.«

KAPITEL 2

So matt, wie das Dämmerlicht die bunten Salonfenster erhellte, verriet es Christopher, daß die Sonne beinahe untergegangen war. Im Schloß war es schwierig, ohne Uhr die genaue Tageszeit zu bestimmen. Die Fenster gestatteten keinen Blick ins Freie, und nicht eines, an dem Christopher sich versucht hatte, hatte sich öffnen lassen. Auch nicht das in seinem Zimmer.

Die Familie versammelte sich zum Abendessen. Bis auf seinen Stiefvater waren alle im Salon im Erdgeschoß des Ostflügels zusammengekommen. Charlotte nahm am Ende der langen Tafel Platz. Aura und Daniel setzten sich an die eine, Christopher und Sylvette an die andere Seite des Tisches. Der Stuhl des Oberhauptes blieb leer. Nestor Nepomuk Institoris zog es vor, in seinem Dachgarten zu speisen. In den anderthalb Tagen seit Christophers Ankunft im Schloß hatte er den Mann noch kein einziges Mal zu sehen bekommen. Sylvette hatte ihm erzählt, sie selbst sei ihrem Vater zum letzten Mal vor drei oder vier Wochen begegnet, zufällig, in einem Flur im Westtrakt. Er hatte ihr keine Beachtung geschenkt.

Hoch über der Tafel schwebte ein Kronleuchter wie eine monströse Spinne aus Eiskristallen. Von seinen Augen baumelten lange Ketten aus Glastropfen, die bei jedem Öffnen der Tür ein leises Klirren anstimmten. Die Laute erinnerten Christopher an das Flüstern im Schlafsaal des Waisenhauses.

An der Westseite des Salons, zwischen den beiden Bleiglasfenstern, stand eine prachtvolle Uhr, mindestens zweieinhalb Meter hoch. Ihr Zifferblatt leuchtete golden, die Zeiger waren mit kleinen Rubinen besetzt, Blutstropfen, um an das Verrinnen der Zeit zu erinnern. Der eigentliche Leib der Standuhr war aus dunklem, blankpoliertem Holz, pechschwarz und mit aufwendigen Schnitzereien verziert. Zwei Säulen, gedreht wie Korkenzieher, flankierten eine mannshohe Tür, hinter der Zahnräder und Spiralen surrten. Unsichtbar schlug ein Pendel hin und her, hin und her. Ein behagliches Ticken ertönte.

Sylvette stieß Christopher mit dem Ellbogen an, deutete auf die Uhr und begann ihm etwas darüber zu erzählen, doch Charlotte wies sie barsch zurecht, daß solche Geschichten nicht an den Tisch gehörten.

Aura und Daniel sprachen während des Essens kein Wort, stocherten stumm in Gänsebraten und Gemüse. Als Christopher seinem Stiefbruder am Morgen vorgestellt worden war – während des Privatunterrichts, den ein greiser Gelehrter aus dem Dorf abhielt –, hatte Daniel wenig Interesse für ihn gezeigt. Sie hatten sich die Hände geschüttelt und einige höfliche Worte gewechselt, doch von Anfang an schien klar zu sein, daß es zwischen ihnen keine Zuneigung geben würde. Das betrübte Christopher ein wenig; er hatte sich im zweiten Adoptivkind der Institoris' einen Verbündeten erhofft. Dabei war ganz offensichtlich, daß Daniel sich für etwas Besonderes hielt, eine Stellung, die er mit niemandem zu teilen gedachte – nur so konnte seine stille Arroganz zu deuten sein. Gut, hatte Christopher verbittert gedacht, ich kenne Kerle wie dich, und ich weiß, wie ich mit dir umgehen muß.

Aber es war nicht so sehr Daniels Ablehnung, die ihn schmerzte. Viel mehr hätte ihm an einem warmen Blick Auras, einem freundlichen Wort von ihren Lippen gelegen. Sie hatte ihr schwarzes Haar zu einem Pferdeschwanz gebunden, er reichte bis weit hinab auf ihren Rücken. Christopher warf ihr beim Essen verstohlene Blicke zu, von denen nicht einer erwidert wurde. Sie saß nur da und tat, als existiere er nicht, das hübsche Gesicht verhangen von düsteren Gedanken.

Er hatte mittlerweile gehört, daß Aura in drei Tagen in ein Internat abreisen würde, irgendwo in der Schweiz. Gab sie vielleicht ihm die Schuld daran? Glaubte sie, er wolle ihren Platz in der Familie einnehmen?

Die kleine Sylvette war die einzige der Geschwister, die regen Anteil an seiner Anwesenheit nahm. Den ganzen Tag über plauderte sie ununterbrochen und hatte ihr Mißtrauen, das sie ihm bei ihrer ersten Begegnung entgegengebracht hatte, längst abgelegt. Sie erzählte freimütig von ihrer Schwester, ein wenig auch von Daniel, und gelegentlich sogar von ihrem Vater, obgleich sie über ihn nicht viel zu wissen schien. Er stieg seit Jahren kaum mehr vom Speicher herab, hatte sich nach dort oben zurückgezogen wie ein Einsiedler. Diener brachten ihm Essen und Getränke hinauf, selbst zum Schlafen blieb er im Dachgarten. Christopher hatte versucht, von außen hinaufzublicken, doch alles, was er hatte erkennen können, waren Sonnenstrahlen, die sich auf den gläsernen Dachschrägen des Mitteltrakts brachen. Nestor mußte dort oben eine Art Gewächshaus angelegt haben.

Nachdem das Dessert gereicht worden war – eine Weincreme, die Christopher nicht schmeckte, die er ungeachtet dessen aber aus Höflichkeit aufaß –, zog sich die Familie in eines von Charlottes Damenzimmern zurück. Aura wagte leisen Widerspruch, wurde aber von ihrer Mutter zurechtgewiesen. Sie habe sich jetzt lange genug wie ein kleines Kind aufgeführt, und es sei an der Zeit, zu einer gesitteten Art von Familienleben zurückzufinden. Im Gegensatz zu seiner Stiefschwester setzte Daniel sich schweigend dazu, starrte in die Flammen des Kaminfeuers und rieb sich gelegentlich die Handgelenke. Christopher fiel zum ersten Mal auf, daß der blonde Junge unter seinen Manschetten enganliegende Verbände trug.

Charlotte gab sich alle Mühe, ihre vier Kinder in ein Gespräch zu verwickeln, doch das Vorhaben scheiterte, als ein Diener sie mit einer unerwarteten Meldung überraschte.

»Freiherr von Vehse ist soeben eingetroffen, Madame.« Charlotte ließ sich von der gesamten Dienerschaft Madame nennen, das war Christopher schon bei seiner Vorstellung aufgefallen. Es waren Kleinigkeiten wie diese, auf die sie besonderen Wert legte.

Charlottes Gesicht hellte sich schlagartig auf, zeigte sogar unverhohlene Freude.

»Friedrich, du liebe Güte! Er ist schon hier?«

Im selben Moment wurde der Diener beiseite gedrängt. Ein hochgewachsener Mann stürmte ins Zimmer. Charlotte sprang auf und fiel ihm mit einem ganz und gar undamenhaften Jubelruf um den Hals. Der Mann erwiderte ihre Umarmung herzlich, während sich der Diener zurückzog.

Christopher entging nicht, daß sich Auras Gesicht beim Eintreten des Fremden verfinstert hatte. Auch machte sie keinerlei Anstalten, ihn zu begrüßen. Daniel dagegen stand auf und schüttelte dem Mann die Hand, Sylvette umarmte ihn sogar. Auch Christopher erhob sich und trat dem Freiherrn zögernd entgegen.

»Christopher«, sprudelte Charlotte fröhlich heraus, ohne die Augen dabei von dem Besucher zu nehmen, »dies ist ein guter Freund der Familie. Der beste, darf ich wohl sagen. Friedrich Freiherr von Vehse.«

Christopher reichte ihm die Hand. Von Vehse ergriff sie und ließ seinen kräftigen Händedruck spüren.

»Du also bist das neue Familienmitglied«, sagte er freundlich. »Charlotte hat mir einen langen Brief über dich geschrieben. Damals war noch nicht sicher, ob du wirklich hierherkommen könntest. Es freut mich zu sehen, daß offenbar alles zum besten verlaufen ist.«

Das erste, was Christopher an von Vehse auffiel, war die ungewöhnliche Bräune seiner Haut. Ungewöhnlich vor allem in einem Landstrich wie diesem, zudem Ende Oktober. Der Freiherr hatte hellblondes Haar und ein offenes, ehrliches Gesicht. Er war unrasiert, was seiner stattlichen Erscheinung keinen Abbruch tat. An ihm wirkten Bartstoppeln eher verwegen denn ungepflegt. Christopher schätzte ihn auf Mitte Vierzig, etwa in Charlottes Alter. Er trug ein ledernes Bündel bei sich, das er jetzt auf einem der Sessel ablegte.

Aura hielt es nach wie vor für unnötig, den Besucher von sich aus zu begrüßen. Von Vehse bemerkte es mit gelinder Heiterkeit, trat vor sie hin und sagte mit verschmitztem Lächeln: »Es ist ein Privileg, verfolgen zu dürfen, was für eine wunderschöne junge Dame aus dir geworden ist. Du wirst mit jedem Jahr hübscher.«

Ein Hauch von Rot färbte ihre Wangen, sie reichte dem Freiherrn widerstrebend die Hand und schien innerlich zu brodeln, als er einen galanten Kuß auf ihren Handrücken hauchte. Noch immer sagte sie kein Wort.

Friedrich lachte plötzlich – eine Spur zu grob vielleicht –, nahm das Bündel zur Hand und öffnete es. Daraus zog er eine kopfgroße Muschel hervor, schneeweiß wie aus Marmor und von silbrig schimmernden Adern durchzogen. Etwas so Schönes hatte Christopher nie zuvor gesehen. Der Freiherr nahm die Muschel in beide Hände und reichte sie feierlich der Schloßherrin. Charlottes Augen waren groß und rund, als sie das Geschenk entgegennahm. Sie bedankte sich überschwenglich und ließ sogleich jedes der Kinder an der Öffnung der Muschel horchen. Fasziniert lauschte Christopher dem Meeresrauschen in ihrem Inneren.

»Es ist der Strand von Cape Cross, den ihr da hört«, erklärte der Freiherr. »Wir gingen dort Anfang Januar an Land, und – ihr werdet es nicht glauben – als wir im August zurückkehrten, war unsere Anlegestelle verschwunden. Keine Spur mehr davon. Der Schwemmsand hatte sie verschluckt.«

Friedrich nahm neben Charlotte auf einem samtroten Sofa Platz, sie in der einen, er in der anderen Ecke. Christopher nahm voller Erstaunen zur Kenntnis, wie seine Stiefmutter in der Nähe des Freiherrn erblühte. Die große Muschel hielt sie sorgsam im Schoß wie ein Neugeborenes.

»Friedrich war ein Jahr lang in Südwestafrika, in den Kolonien«, erklärte sie ihren Kindern, obgleich alle außer Christopher das sicherlich längst wußten.

»Zehn Monate, meine Liebe«, verbesserte er sie sanftmütig.

»Mir kam es viel länger vor.«

Der Freiherr verzog den Mund zu einem Grinsen. »Ich muß gestehen, mir dagegen war die Zeit viel zu kurz. Es ist wunderbar dort unten, wirklich wunderbar.«

Erstaunlicherweise war es Sylvette, nicht Charlotte, die bat: »Erzähl uns davon, Onkel Friedrich.«

Der Freiherr kreuzte Auras ablehnenden Blick. »Ich bin nicht sicher, ob das wirklich gewünscht wird. Ich kam nur her, um nach dem Rechten zu sehen. Ein andermal findet sich vielleicht ein besserer Zeitpunkt, um –«

»Nein«, unterbrach ihn nun Daniel, das erste Wort, das er an diesem Abend sprach. »Bitte, Herr von Vehse, erzählen Sie uns, wie es Ihnen erging. Es gibt so wenig Abwechslung hier im Schloß, daß Ihr Bericht uns allen willkommen wäre.«

Charlotte pflichtete ihm bei: »Ja, Friedrich, wir sind sehr gespannt.«

Christopher hatte den Eindruck, daß das Widerstreben des Freiherrn kein Zieren und kein Kokettieren war. Offenbar wollte er der Familie tatsächlich nicht lästig fallen, besonders Aura nicht, die ihn so offensichtlich ablehnte. Seine Art und sein Auftreten schienen beneidenswert selbstbewußt. Es wunderte Christopher keineswegs, daß Charlotte solch einen Narren an ihm gefressen hatte. Aber auch Friedrich schenkte der einsamen Schloßherrin mehr als nur einen warmherzigen Blick.

Doch ehe der Freiherr sich zu einem Bericht seiner Erlebnisse durchringen konnte, fragte er: »Wie geht es Nestor? Ich nehme an, er ist oben in seiner Hexenküche.« Er sagte das mit betonter Ironie, und dennoch wanderte ein Schatten über Charlottes Antlitz.

»Er hat sicher bereits gehört, daß du früher eingetroffen bist als erwartet«, sagte sie mit unverhohlener Bitterkeit. »Hier geschieht nichts, das ihm entgeht. Wenn er dich sehen will, wird er runterkommen.«

»Gewiß.« Friedrich räusperte sich, aber seine Verlegenheit wirkte nicht ganz echt.

Eines der Hausmädchen brachte heiße Schokolade für Sylvette und dampfenden Grog für alle anderen. Friedrich nahm eine Tasse, steckte die Nase in den Dampf und pries: »Ah, Rum aus der Karibik! Charlotte, deine Angestellten wissen noch genau, was ich schätze.«

Das Dienstmädchen nickte ihm zu, dankbar für das Lob, und verschwand. Friedrich lehnte sich zurück, während Sylvette und Daniel ihn mit Fragen bestürmten, und Charlotte ihm tiefsinnig zulächelte. Er begann, sich eine lange Pfeife zu stopfen. Christopher spürte, wie auch ihn die Begeisterung der anderen für des Freiherrn Erlebnisse ansteckte. Verblüfft registrierte er, daß Daniel mehr und mehr auftaute; obgleich er doch Aura merklich nahestand, teilte er keineswegs ihre offene Ablehnung gegen von Vehse. Mehr noch, Daniel schien den Freiherrn regelrecht anzuhimmeln. Aura dagegen blieb stumm und verfolgte das Geschehen mit wachsamen Blicken voller Argwohn.

Wie sich in den folgenden Stunden herausstellte, hatte von Vehse an einer Expedition durch die Große Namib teilgenommen, einen breiten Wüstenstreifen an der Küste Südwestafrikas. Das Gebiet dort unten war seit anderthalb Jahrzehnten in deutscher Hand, nachdem ein Bremer Kaufmann dort als erster eine größere Fläche Land erworben hatte. Friedrich hatte seine Finger wohl in allerlei Geschäften, vor allem dem Kupferhandel, und hatte sich erhofft, aus seiner Anwesenheit vor Ort Gewinn für seine Unternehmungen zu ziehen. Er unterhielt ein Gut rund sechzig Kilometer südlich von Schloß Institoris, offenbar ein beträchtliches Anwesen, das er mit Hilfe seiner afrikanischen Einkünfte zu einem prächtigen Stammsitz ausgebaut hatte. Immer wieder betonte er, daß seine Reise in die Kolonien vor allen Dingen geschäftliche Gründe gehabt habe, doch mußte jedem, der seinen Erzählungen lauschte, unweigerlich klarwerden, daß eine gehörige Portion Abenteuerlust der wichtigste Antrieb seiner Expedition gewesen war.

Onkel Friedrich, wie Sylvette ihn immer wieder voller Zuneigung nannte, sprach ehrfurchtsvoll vom heißen »Gesichtswind«, einem glühenden Wüstenföhn, den die Nomadenstämme so genannt hatten, weil er von Osten her – aus dem »Gesicht der Welt« – über die Ebenen fauchte. Von Vehse erzählte auch von seinen Begegnungen mit Hottentotten; sie wiederum verdankten ihren Namen den holländischen Afrikaforschern, die sich über die stotternde Sprache der Eingeborenen lustig machten. Viele solcher Anekdoten und Geschichten wußte der Freiherr zu berichten, und Christopher ertappte sich, wie er jedem Satz mit wachsender Leidenschaft lauschte. Hier war zweifellos ein Mann, von dem es einiges zu lernen gab. Zugleich aber verspürte er auch unverhohlenen Neid auf diesen Abenteurer, dem keine Entfernung zu groß, keine Gefahr zu verwegen war. Christopher selbst würde wohl nie von solchen Reisen zu erzählen haben. Doch er unterdrückte seine Verbitterung darüber und hörte weiterhin aufmerksam zu.

Es ging bereits auf Mitternacht zu, als plötzlich die Tür des Damenzimmers aufgestoßen wurde. Eine Gestalt erschien im Türrahmen. ˈ lackernder Feuerschein vom Kamin zuckte gespenstisch über ihre Züge.

Christopher, schlagartig aus den Weiten der Namib in die Wirklichkeit zurückgerissen, begriff, daß der Zeitpunkt gekommen war, an dem er zum ersten Mal seinem Stiefvater gegenübertreten würde. Plötzlich war er nicht mehr sicher, ob er darüber wirklich glücklich war.

Nestor Nepomuk Institoris war alt, viel älter, als Christopher erwartet hatte. Kein Jahr unter sechzig, eher einige darüber. Sein Haar war grau, der Körper leicht gebeugt, aber keineswegs schwächlich. Furchen zogen sich durch sein Gesicht, vom gelben Schein der Flammen noch vertieft. Die Augen des Alten aber waren groß und hell, als glühe in ihnen ein scharfer Intellekt.

Nestor blieb am Eingang des Zimmers stehen und ließ seinen Blick über die versammelte Familie bis hin zu dem braungebrannten Besucher auf dem Sofa huschen. Er verharrte auch nicht, als er Christopher entdeckte, was dem Jungen einen scharfen Stich versetzte.

»Hast du es mitgebracht?« fragte er ohne Begrüßung. Seine Stimme war schneidend.

Friedrich sprang auf und eilte mit wenigen großen Schritten auf den Hausherrn zu. Er streckte ihm die Hand entgegen. Nestor ergriff sie nur widerwillig, als sei für ihn jede freundliche Geste, jedes höfliche Wort pure Zeitverschwendung.

»Nestor!« sagte der Freiherr. »Wir haben uns lange nicht gesehen.«

Der Alte ging nicht darauf ein. »Hast du mitgebracht, worum ich dich gebeten habe?«

Unverständnis erschien auf Friedrichs Gesicht, vielleicht auch ein Anflug von Ärger. »Um was du mich gebeten hast? Was meinst du?«

Da sagte Nestor etwas, das atemloses Schweigen über die Anwesenden legte: »Das Blut eines Drachen, der von einem Elefanten zermalmt wurde.« Der Alte legte mißtrauisch den Kopf schräg. »Es gibt doch Elefanten, dort, wo du dich herumgetrieben hast?«

Friedrich wirkte zum ersten Mal ernsthaft verunsichert. Verwirrt warf er Charlotte einen Blick zu.

»Ja ... ja, es gibt dort Elefanten. Aber –«

»Aber?« unterbrach Nestor ihn finster. »Soll das heißen, du hast es vergessen?«

»Vergessen? Ja. Das heißt, nein«, verbesserte sich Friedrich. Ein wenig gefaßter fügte er hinzu: »Ich glaubte damals, du hättest einen Scherz gemacht.«

Nestor biß vor Zorn die Zähne zusammen. Es dauerte einen Augenblick, ehe er mühsam hervorpreßte: »Einen Scherz? Ich bitte dich, Friedrich, wie lange ist es wohl her, daß ich einen Scherz gemacht habe?«

»Nun, ziemlich genau zehn Monate, nahm ich an.« Friedrich versuchte offensichtlich, die peinliche Situation durch Humor zu retten.

Christopher verkniff sich ein Grinsen, fuhr aber entsetzt zusammen, als ihn ein Blick aus Nestors Glutaugen streifte.

»Ich verstehe«, sagte der Alte sehr langsam und leise. »Ich verstehe nur zu gut.« Und dann brüllte er plötzlich: »Herrgott, ich brauche es, verdammt! Ich hatte nur diese eine Bitte an dich! Nur diese eine! War das nicht ein geringer Preis für deine Privilegien in diesem Haus?«

Charlotte zuckte so heftig zusammen, daß es niemandem entgehen konnte. Aura stieß ein verächtliches Schnauben aus.

Friedrich atmete tief durch und straffte seinen Oberkörper. »Ich werde das Schloß umgehend verlassen, wenn du es wünschst, Nestor.«

Der Alte starrte ihm noch einmal in die Augen, dann flüsterte er nur: »Tu, was du willst.« Bleich und gebeugt stürmte er hinaus, schlug krachend die Tür hinter sich zu. Christopher hörte, wie seine Schritte auf dem Gang davondonnerten.

An diesem Abend gab es keine weiteren Berichte über die Wüste Namib und kein Wort mehr über ihre Wunder.

***

Vielleicht waren es all die Expeditionen ins Unbekannte, die ansteckende Kühnheit des Freiherrn, die Christopher in der Nacht zu einer Entscheidung brachten.

Er hatte keine Minute Schlaf gefunden, seit sich die Versammlung im Damenzimmer aufgelöst hatte, gleich nach Nestors groteskem Auftritt. Stundenlang hatte er gegrübelt, hatte nachgesonnen über das, was er vorhatte. Doch alle komplizierten Pläne waren zwecklos. Nichts davon machte Sinn. Er mußte den direkten, den schnellsten Weg nehmen. Jetzt gleich, oder er würde nie wieder ruhig schlafen können. Seine Neugier, sein Wissensdrang ließen ihn am ganzen Leibe erbeben. So war es immer gewesen. Er konnte nichts dafür, er konnte einfach nicht anders.

Im Waisenhaus hatten sich die anderen Kinder darüber lustig gemacht. Tief in sich konnte er sie immer noch hören, die hellen Stimmen, ihr Kreischen und Lachen, wenn sie ihn über die Flure jagten, ihr Johlen, wenn sie ihm staubige Bücher unter die Nase hielten, sich jubelnd an seinen Anfällen weideten.

Nur Bruder Markus hatte ihn verstanden. Wenngleich auch ihn Christophers Eifer und Wißbegier gelegentlich erschreckt hatten. Was brachte einen Jungen dazu, die alten Schriften und Bücher zu studieren, obgleich ihre Nähe ihm Atemnot und Reizhusten verursachte – wo doch andere, gesunde Kinder nicht das geringste Interesse für das geschriebene Wort aufbringen wollten? Der Bruder hatte keine Antwort auf diese Frage gefunden. Nicht einmal Christopher selbst kannte sie.

Der Mond erhellte das Bleiglas im Fenster. Es zeigte drei hohe Säulen, die sich von einem schachbrettartigen Boden erhoben. Über jeder Säule war ein runder Ausschnitt des Himmels zu sehen: Im einen erstrahlte die Sonne, im anderen der Mond, im letzten schienen die Sterne. An der mittleren Säule lehnte eine Leiter, die weiter oben im Dunst verschwand. Eine menschliche Gestalt erklomm die Sprossen und ließ am Boden drei Gegenstände zurück: Bibel, Zirkel und Winkelmaß.

Christopher schlug die Decke zurück und stand auf. Das Fenster warf ein buntes Zwielichtraster über die Einrichtung des Zimmers.

Der Raum war groß, gewaltig gar, wenn man ihn mit den Kammern des Waisenhauses verglich. Nur Schlaf- und Speisesäle waren größer gewesen, und in ihnen hatten sich Dutzende Kinder getummelt. Diesen Raum aber hatte Christopher für sich allein. Er hatte beim Eintreten zum ersten Mal das Gefühl gehabt, im Inneren eines Gebäudes frei durchatmen zu können. Charlotte hatte das Bücherregal neben dem mächtigen Eichenschrank leerräumen und mit Blumen schmücken lassen.

Eilig zog er seine Kleidung über und schlich barfuß zur Tür. Er horchte am Holz, drückte dann langsam die Klinke herunter. Schlüpfte lautlos hinaus auf den Flur. Sein Zimmer lag wie die von Daniel und Sylvette im ersten Stock des Ostflügels, am Ende eines langen Korridors. Nur Aura schlief ein Stockwerk darüber.

Um zurück zum Mitteltrakt zu gelangen, mußte Christopher an den Türen der anderen vorbei. Der Flur war finster, nur ein einziges Gaslicht brannte an seinem Ende. Davor aber schienen sich die Schatten zusammenzuballen. Christopher konnte kaum den Boden zu seinen Füßen erkennen, wagte aber nicht, weitere Lichter zu entzünden.

Vorsichtig passierte er erst Sylvettes, dann Daniels Tür. Dahinter war kein Laut zu hören. Beinahe fluchtartig lief er den Gang hinunter, erreichte unterhalb des Gaslichts eine Gabelung und nahm den Korridor nach links. Er führte zum Hauptflügel.

Christopher blieb unbehelligt. Die meisten der Bediensteten wohnten im Dorf, sie setzten am Abend mit dem Boot zum Festland über. Das übrige halbe Dutzend schlief in Zimmern im Erdgeschoß. Nachtwächter oder gar Wachhunde gab es nicht.

Leise schlich Christopher über die Flure und gelangte schließlich in eines der beiden Haupttreppenhäuser. Obgleich er barfuß war, hallten die Laute seiner Schritte auf den breiten Marmorstufen wider. Zu seiner Enttäuschung endete die Treppe im zweiten Stock, ohne daß ein weiterer Aufgang zum Dachgarten führte. Es mußte einen anderen Weg dorthin geben.

Allmählich gewöhnten sich seine Augen an das schwache Licht der vereinzelten Nachtlampen. Immer noch wirkten die Flure dop-

53

pelt so lang wie bei Tag, immer noch kamen ihm die Schatten bedrohlich und bodenlos vor. Dennoch suchte er weiter.

Er wußte nicht mehr, wie lange er nun schon umherirrte, ohne ans Ziel zu gelangen. Ärger und Enttäuschung vernebelten seine Neugier, und er kam mehr und mehr zu dem Schluß, daß es besser sei, umzukehren.

Plötzlich blieb er stehen. Erstarrte.

Ein helles Kreischen gellte über den Flur.

Da, noch einmal! Es drang durch eine Tür an der Seite des Korridors.

Christopher war mit einemmal eiskalt, Furcht überkam ihn. Blitzschnell überlegte er, ob er Hilfe holen sollte. Das Kreischen klang, als befände sich ein Mensch in höchster Bedrängnis. Dann wieder machte es den Eindruck, als sei es ganz und gar unmenschlich.

Langsam näherte er sich der Tür. Die Schreie brachen ab. Er legte die Hand auf die Klinke, öffnete. Der Metallgriff fühlte sich an wie pures Eis. Die Kälte kroch seinen Arm empor, hinterließ eine Gänsehaut.

Hinter der Tür war es dunkel, Holzstufen führten eine schmale Treppe hinauf. An ihrem Ende mußte sich eine weitere Tür befinden; alles, was Christopher erkennen konnte, war ein Streifen vager Helligkeit, oberhalb der letzten Stufe.

Nach kurzem Zögern trat er durch die untere Tür, setzte einen Fuß auf die Stufe. Dann den zweiten. Achtsam, kein Geräusch zu verursachen, stieg er die Treppe hinauf. Mehr als einmal knarrte das Holz leise, und jedesmal überkam ihn panische Angst. Was tat Nestor dort oben? Wer oder was stieß diese entsetzlichen Schreie aus? Und vor allem: Was würde der Alte tun, wenn er Christopher entdeckte?

Er wird mich zurückschicken! durchfuhr es ihn. Er schickt mich zurück ins Waisenhaus!

Trotzdem ging er weiter. Sein ganzer Körper war angespannt, jeder Muskel schmerzte. Er erreichte die Tür, wagte aber nicht, die Klinke hinabzudrücken. Statt dessen tastete er mit den Handflächen über das Holz. Er fühlte ein Relief. Nachdem seine Augen sich an die Finsternis gewöhnt hatten, erkannte er, daß es einen Pelikan darstellte.

Wieder das Kreischen! Lauter, diesmal. Unweit der Tür.

Christopher warf sich herum und floh. Sprang in weiten Sätzen die Treppe hinunter, glitt an einer Kante aus, stürzte und prallte mit einem Knie gegen die untere Tür. Mit schmerzverzerrtem Gesicht taumelte er hinaus auf den Flur.

Nur fort von hier! dachte er.

Nur fort!

Christopher wußte nicht, wie lange er brauchte, ehe er den Flur wiederfand, an dem die Zimmer der Geschwister lagen. Sein Knie schmerzte noch immer, aber er war ziemlich sicher, daß es keine ernste Verletzung war. Dennoch humpelte er leicht, als er an der Tür von Daniels Zimmer vorbeikam. Sie war offen.

Daniel stand im Türrahmen, gekleidet in einen weißen Pyjama. Er war blaß, sein Haar vom Schlaf zerrauft. Sein Blick aber schimmerte stechend und vorwurfsvoll. Christopher fragte sich unwillkürlich, wie lange er schon auf ihn gewartet hatte.

Daniel klang gereizt. »Mutter schätzt es nicht besonders, wenn jemand nachts durchs Schloß schleicht.«

»Ich wüßte nicht, was dich das –«

Eine Bewegung in seinem Rücken ließ Christopher verstummen. Alarmiert fuhr er herum. Nicht schnell genug. Aus dem Augenwinkel sah er noch einen hellen Schemen unterhalb des Gaslichts am Korridorende, dann war die Gestalt schon hinter der Ecke verschwunden.

Daniel war noch bleicher geworden, als Christopher sich wieder zu ihm umwandte.

»War das Aura?«

Daniel verzog das Gesicht. »Geh ins Bett und vergiß es.« Er wollte die Tür schließen, aber Christopher setzte hastig einen Fuß in den Spalt.

»Was geht zwischen euch beiden vor, hm?«

Die Tür wurde wieder aufgerissen. Daniel war jetzt sichtlich wütend. Drohend machte er einen Schritt aus dem Zimmer auf Christopher zu, der seinen Fuß zurückzog.

»Ich hab gesagt, vergiß es einfach. Es geht dich nichts an.«

Christopher schüttelte stur den Kopf. »Es ist mir egal, was ihr zwei zusammen treibt. Aber ich wüßte gerne, was ich euch getan habe.« Es war der denkbar schlechteste Zeitpunkt für solch eine Diskussion, das wußte er selbst, aber seine aufgestaute Wut über die offene Ablehnung der beiden überkam ihn wie ein Anfall seiner Allergie. Er konnte nichts dagegen tun.

»Aura und ich haben gestritten, das ist alles.« Daniels zornige Miene wurde zunehmend finsterer. »Reicht dir das?«

»Das war keine Antwort auf meine Frage.«

Einen Augenblick lang sah es aus, als würde der langgehegte latente Zorn – auf sich selbst, nicht auf Christopher – aus Daniel hervorbrechen. Dann aber biß er sich auf die Unterlippe und gab sich betont gelassen. Hinter dieser Maskerade brodelte es weiter.

»Es hat nichts mit dir zu tun«, preßte er hervor. »Nicht wirklich.«

»So? Tatsächlich nicht?« Christopher schenkte ihm ein kaltes Lächeln. »Seltsam, daß ich einen ganz anderen Eindruck hatte.«

»Ja«, entgegnete Daniel kühl, »seltsam.«

Im nachhinein hätte keiner von beiden zu sagen vermocht, wer wirklich den ersten Schritt getan hatte. Plötzlich aber, von einem Moment zum anderen, scheinbar ohne Anlaß, gingen sie aufeinander los wie rauflustige Hunde. Christopher gelang es, Daniel in den Schwitzkasten zu nehmen, während Daniel seinerseits ausholte und seine Faust in Christophers Magen hieb. Eine Sekunde später war er frei und setzte sofort nach. Heftig stieß er Christopher zurück. Der krachte mit seinem geprellten Knie gegen einen Türrahmen und sackte keuchend zusammen.

Daniel blieb vor ihm stehen und wirkte selbst ein wenig überrascht über den abrupten Gewaltausbruch. Auf den Verbänden an seinen Handgelenken leuchteten zwei dunkelrote Flecken. Ganz kurz sah es so aus, als wolle er Christopher die Hand reichen, um ihm aufzuhelfen. Dann aber ließ er es bleiben.

»Tut mir leid«, murmelte er statt dessen, drehte sich um und schloß die Tür seines Zimmers hinter sich.

Christopher rappelte sich hoch und erwog einen Moment lang, Daniel zu folgen, wandte sich dann aber ab. Er wußte, wann er verloren hatte. Es war eine Art von Ehrgefühl, die ihn das Waisenhaus gelehrt hatte.

Was aber war eigentlich geschehen? Wie hatte es überhaupt soweit kommen können?

Er war wütend auf Daniel, natürlich, aber ebenso verwirrte ihn seine eigene Reaktion. Was stand nur zwischen ihnen, das sie so aufeinander hatte losgehen lassen?

Er zog heftig die Tür hinter sich zu und warf sich aufs Bett. Den Rest der Nacht lag er wach und horchte ins Dunkel. Das Kreischen auf dem Dachboden war verstummt – oder aber es vermochte die alten Mauern nicht zu durchdringen.

Alles, was er hörte, war das leise Flüstern der See. Es klang wie das Rauschen im Inneren der Muschel, Hirngespinst und Wirklichkeit vereint.

Im Traum sah Aura eine Wespe, die auf ihrer Brustwarze tanzte. Auf und ab, bereit, jederzeit zuzustechen. Die Wespe spielte mit ihrem Opfer, zögerte den Angriff hinaus. Dann aber senkte sich der Stachel in weiche Haut, mitten in den hellbraunen Hof. Der Schmerz traf Aura wie ein Geschoß. Er füllte sie aus, erglühte, loderte in ihr wie Feuer. Und verschwand.

Aura erwachte und schlug um sich. Panik war in ihr, quoll als Aufschrei über ihre Lippen.

Niemand hörte sie. Ihr Zimmer lag viel zu weit abseits.

Immer noch in heller Aufregung warf sie ihre Decke zur Seite und raffte ihr Nachthemd hoch. Doch ihre Brust war unversehrt. Keine Wespe, kein Einstich. Nur ein Traumbild, das allmählich verblaßte.

Sie blieb noch eine Weile liegen, schweißgebadet und erschöpft, dann erst erhob sie sich. Sogar durch den Bettvorleger spürte sie die Kälte des Bodens unter ihren Füßen, und das, obwohl sie am Abend das Feuer im Ofen geschürt hatte. Aber das Parkett war immer kalt, ganz gleich, was sie dagegen unternahm. Dafür war es viel zu sehr Teil dieses Schlosses.

Sie legte das Nachthemd ab und betrachtete eingehend ihre Beine. Goldene Ringe glitzerten längs der Innenseiten ihrer Schenkel, auf jeder Seite neunzehn. Der Schmerz, den sie verursachten, war zu ihrem ständigen Begleiter geworden, nunmehr seit fünf Tagen, seit sie achtunddreißig ihrer Ohrringe durch die Haut ihrer Schenkel gestochen hatte. Es tat nicht so weh, wie sie erwartet hatte, aber das scharfe Ziehen genügte, um sie an die achtunddreißig Monate zu erinnern, die ihr bevorstanden. Ihre Monate im Internat. Für jeden einzelnen ein Ring.

Ausgerechnet Friedrich hatte sie auf die Idee gebracht, kurz vor seiner Abreise nach Afrika vor knapp einem Jahr. Damals hatte er im Kreis der Familie von Eingeborenen erzählt, die ihre Körper an den verrücktesten Stellen mit Schmuck behängten.

Aura aber trug die Ringe an ihren Schenkeln nicht als Zierde. Sie wußte, sie würde sich an die Torturen des Internats gewöhnen, würde abstumpfen. Die Ringe aber sollten sie stets daran erinnern, an die Qual, an den Verrat, den ihr Vater an ihr begangen hatte. Nestor ließ zu, daß Aura fortgeschickt wurde, zweifellos auf Wunsch ihrer Mutter. Aura war sicher, daß das Internat Charlottes Einfall gewesen war. Nur sie konnte auf etwas so Gemeines, so Grausames gekommen sein.

Mit jedem Monat, der verging, wollte Aura einen Ring aus ihrer Haut entfernen. So würde sie nie vergessen, was ihre Familie ihr angetan hatte. Und was war das leichte Brennen in ihren Schenkeln schon gegen den viel größeren Schmerz ihrer Abschiebung?

Aura hatte kaum ihr Kleid übergestreift, als es an der Tür klopfte. Eilig zog sie den Saum herunter. Niemand durfte von den Ringen erfahren.

»Wer ist da?« fragte sie, während sie mit fliegenden Fingern die Verschlüsse am Rücken einhakte. Der letzte klemmte, wie üblich.

»Ich bin's.« Die Tür ging auf, und Charlotte trat ein.

Großartig, dachte Aura resigniert. Wie gerufen.

Ihre Mutter trug eines ihrer heißgeliebten Hauskleider – Gute-Laune-Kleider, nannte sie sie –, so grell und bunt, daß die aufgesetzte Fröhlichkeit der Farben jedem ins Auge springen mußte. Aber es wäre verschenkte Mühe gewesen, Charlotte darauf hinzuweisen. Außerdem war es lange her, daß Aura und sie über so belanglose Dinge wie Mode gesprochen hatten. Es gab doch so viel Wichtigeres – sich zu streiten, beispielsweise.

Bevor sie etwas sagte, trat Charlotte hinter ihre Tochter und half ihr mit dem Verschluß des Kleides.

»Danke«, sagte Aura ohne Wärme. Sie setzte sich auf die Bettkante und fädelte Schnürriemen in ihre wadenhohen Schuhe. Sie waren aus weichem, dunkelgrünem Leder. Auras Lieblingsschuhe. Sie trug sie, so oft es nur ging.

»Bleibt Friedrich zum Frühstück?« fragte sie in Ermangelung eines besseren Themas. Sie konnte sich beim besten Willen nicht vorstellen, was ihre Mutter von ihr wollte. Es kam selten vor, daß Charlotte sie in ihrem Zimmer aufsuchte.

»Er ist schon abgereist«, erwiderte Charlotte und trat ans Fenster. Es zeigte zwei Ferkel und einen Schwan mit spitzen Hörnern, die aus der Öffnung eines großen Kessels blickten. Aura hatte das Motiv seit jeher verabscheut, doch in letzter Zeit war es ihr kaum mehr aufgefallen.

Das bunte Licht, das durch das Glasmosaik hereinfiel, machte die Farben von Charlottes Kleid noch unerträglicher.

»Da er fort ist, nehme ich an, daß du schon gefrühstückt hast«, sagte Aura.

»Mit Friedrich, ja.« Charlotte bemerkte zu spät, daß es dieser Bestätigung kaum bedurft hätte. »Das Boot hat ihn vor einer Stunde an Land gebracht. Aber das dürfte dich nicht allzu traurig stimmen, nicht wahr?« Jetzt klang sie fast ein wenig bedrückt.

Bitte, dachte Aura, nicht am frühen Morgen. Sag schon, was du willst, und dann laß mich in Ruhe!

Aber Charlotte machte keine Anstalten, wieder zu gehen. Mit einem Ruck drehte sie sich zu ihrer Tochter um. In ihrem Kleid sah sie nun selbst aus wie ein Teil des Fenstermosaiks.

»Ich möchte von dir wissen, weshalb du dich so aufführst.«

»Wie führe ich mich denn auf?« Aura schnürte in aller Ruhe ihre Schuhe zu. Innerlich aber berührten sie Charlottes Worte. Natürlich wußte sie, was ihre Mutter meinte, aber es fiel ihr schwer, darüber zu sprechen. So schwer, wie es Daniel fiel, mit ihr über seine Probleme zu reden. Zum Beispiel letzte Nacht.

»Du bist scheußlich zu mir, aber das ist nichts Neues«, sagte Charlotte müde. »Aber seit ein paar Tagen behandelst du jeden hier, als wäre er dein Feind. Sogar mit Daniel scheinst du dich nicht mehr zu verstehen. Und Christopher hast du nicht einmal eine Chance gegeben.« Sie trat näher an Aura heran und blieb einen Schritt vor ihr stehen. Ihre Stimme war voller Mitgefühl, *ehrlichem* Mitgefühl, und das verunsicherte Aura zutiefst. »Ist es wirklich nur wegen des Internats?«

Auras Kopf ruckte hoch. Ihre Augen funkelten Charlotte an. »*Nur* wegen des Internats? Das ist nicht dein Ernst, oder? Das Internat dürfte wahrlich Grund genug sein.«

»Du gibst mir die Schuld dafür?«

»Wem sonst? Du hast veranlaßt, daß ich dorthin muß!«

»Das ist nicht wahr!« Charlottes Miene war ungewohnt starr und verbissen. Sie stritt nicht zum ersten Mal ab, daß das Internat ihr Einfall gewesen war. Aber sie hatte selten so überzeugend dabei ausgesehen wie in diesem Augenblick.

Eine Sekunde lang brachte sie Aura ernstlich durcheinander. Doch dann vergingen Auras Zweifel, und die Wut auf ihre Mutter kehrte zurück. »Vater hätte so etwas nie von sich aus vorgeschlagen.« Es klang, als wolle sie vor allen Dingen sich selbst überzeugen. Dabei war es doch wahr, *mußte* wahr sein.

Charlotte blieb beharrlich. »Es war nicht nur sein Vorschlag, Aura. Es war sein ausdrücklicher Wunsch! Er wollte es so, hatte alles schon veranlaßt, bevor ich überhaupt davon erfahren habe. Und selbst das nur per Zufall. Wenn es nach ihm gegangen wäre, hätte er dich wahrscheinlich bei Nacht und Nebel fortbringen lassen. So ist er, Aura, so war er schon immer. Auch wenn du es nicht einsehen willst.«

Aura schloß einen Moment lang die Augen und öffnete sie dann wieder. Sie haßte sich für die Tränen, die in ihnen aufstiegen. »Warum hast du ihn dann geheiratet?«

Der Blick ihrer Mutter wurde leer, glitt durch sie hindurch in die Ferne. »Das ist sehr lange her.«

»Du hast gesagt, er war schon immer so.« Aura hatte gar nicht in der Wunde bohren wollen, aber jetzt konnte sie nicht anders. Herrgott, was war nur los mit ihr?

»Dein Vater war immer schon ein wenig… schwierig. Anders als die anderen. Aber er war jung, sah gut aus. Vor allen Dingen aber war es seine« – sie zögerte erneut – »seine Ausstrahlung, glaube ich. Wir lernten uns in Berlin kennen, auf einem Ball, und er – ach, Aura, du kennst die Geschichte.«

Sie kannte sie, in der Tat, aber sie konnte sich nicht erinnern, sie je aus dem Mund ihrer Mutter gehört zu haben. Ihr Vater hatte ihr einmal davon erzählt, vor Jahren, als sie ein Kind gewesen war, und er sich noch nicht in seinem Dachgarten vor der Welt versteckte.

Er und Charlotte hatten sich während eines Maskenballs getroffen. Das war vor fast zwanzig Jahren gewesen. Charlotte war damals siebzehn oder achtzehn, ein verwöhntes Mädchen aus gutem Hause, das seine Eltern bereits kurz nach der Geburt bei einem Schiffsunglück vor der dänischen Küste verloren hatte. Sie hatte seither bei einer entfernten Cousine ihrer Mutter gewohnt, die – kaum weniger vermögend – keinen Hehl daraus gemacht hatte, daß sie es für klug hielt, Charlotte schleunigst unter die Haube zu bringen. Sie hatte das Mädchen mit ihrem Gerede von prächtigen Hochzeiten, liebevollen Ehemännern und glücklichen Großfamilien angesteckt, bis Charlotte sich weniger Gedanken über das *Wen* als über das *Wann* gemacht hatte. Schnell sollte es geschehen, soviel war sicher, und als ihr schließlich Nestor begegnete, hatte sie keinen Zweifel, daß er der Richtige war. Er war vermögend, steinreich sogar, und von zahlreichen Damen umschwärmt, die Charlotte eher als Herausforderung denn als Konkurrenz ansah. Nestor hatte Aura später gestanden, daß er sich tatsächlich Hals über Kopf in Charlotte verliebt hatte, in ihre Schönheit (und sie *war* schön gewesen, wie er betonte), ihre Offenheit und ein wenig auch in ihre Naivität. Schon wenige Wochen nach ihrer ersten Begegnung war die Hochzeit ausgerichtet worden, und

Charlottes Vormund hatte keine Bedenken gehabt, sein Mündel ziehen zu lassen. Hinauf in das abgelegene Anwesen des Nestor Nepomuk Institoris.

Was dann geschehen war, was seine Veränderung vom attraktiven Lebemann zum zurückgezogenen Einsiedler verursacht und seinen äußeren Verfall beschleunigt hatte, darüber wurde im Schloß nicht gesprochen. Aura bezweifelte gar, daß Charlotte eine Antwort auf diese Frage gewußt hätte. Sie selbst, Aura, war die einzige, die überhaupt Zugang zum Dachboden und eine grobe Ahnung von dem hatte, was ihr Vater dort oben trieb. Zu ihr war er immer freundlich, manchmal fast liebevoll gewesen – ein Privileg, das sie allein genoß. Weder Sylvette noch Daniel und schon gar nicht Charlotte hatten Nestors Reich unterm Dach je betreten dürfen.

Charlotte wußte um die Bevorzugung, die Nestor Aura zuteil werden ließ, und so hatte sie ihre eigene Liebe mehr und mehr auf Sylvette konzentriert. Die Kleine bekam die schönsten Kleider von Schneidern aus Berlin und Hamburg, ihr wurde jeder Wunsch von den Lippen gelesen.

Auch Aura liebte Sylvette, ohne Frage, doch war auch ein dunkles Gefühl von Eifersucht auf ihre Schwester in ihr. Sie hatte Charlottes Verhalten sich selbst gegenüber nie recht verstehen können, fand es ungerecht und gemein, doch seit ein, zwei Jahren glaubte sie zu wissen, was Sylvette in Charlottes Augen so viel liebenswerter machte. Denn ihre Mutter hatte ein Geheimnis.

Aura hatte sie nie darauf angesprochen, doch vielleicht war es nun an der Zeit. In den nächsten drei Jahren würde sie keine Gelegenheit mehr dazu haben.

»Weiß Friedrich es eigentlich?« fragte sie mit samtweicher Stimme, ohne Charlotte dabei anzusehen, scheinbar völlig auf ihre Schuhe konzentriert.

Sie hörte, wie ihre Mutter scharf die Luft einsog. »Was meinst du damit?« Plötzlich trat sie vor, packte Auras Kinn und zog es hoch, bis sie ihr in die Augen blicken konnte. »Was soll Friedrich wissen?«

Aura wünschte sich plötzlich, sie hätte ihren Mund gehalten. Es war nicht richtig. Sie führte sich auf wie ein Biest. Trotzdem fühlte sie sich so entsetzlich gut dabei. Die Unsicherheit in Charlottes Zügen und erstmals, ja, wirklich zum ersten Mal, die unverhohlene Ablehnung in ihrem Blick. Nun also war es soweit. Endlich würden sie ehrlich zueinander sein.

Aura legte allen Trotz in ihre Stimme. »Weiß er, daß er Sylvettes Vater ist?«

Schweigen. Und eine Hitze, die Aura in den Kopf schoß, als hätte sie sich an einem offenen Feuer verbrannt.

Charlotte holte aus und versetzte ihr eine schallende Ohrfeige.

Aura regte sich nicht. Sie blieb auf der Bettkante sitzen und erwiderte traurig Charlottes Blick.

»Warum tust du das?« fragte ihre Mutter leise. Ihre Stimme war nur mehr ein kraftloser Hauch. »Warum tust du mir das an?«

»Du selbst hast es dir angetan, Mutter. Es ist ganz allein deine Schuld.«

Charlotte schien in sich zusammenzusinken, einen Atemzug lang. Dann aber straffte sie sich und fuhr sich mit einer fahrigen Handbewegung über die Augen. Ihre Schminke verwischte. »Es war Nestor, nicht wahr? Er erzählt dir solche Dinge.«

»Nein, Mutter. Er hat nichts damit zu tun. Aber es gehört nicht viel dazu, die Wahrheit zu erkennen.«

»Dann hör mir gut zu: Was auch immer du für die Wahrheit halten magst – alles ist ganz anders.« Charlotte fuhr herum, riß die Tür auf und trat auf den Flur. »*Ganz* anders, verstehst du?«

Die Tür flog zu, und Aura blieb allein zurück, gebadet ins Farbenlicht des Glasmosaiks. Zornig über ihre eigene Boshaftigkeit packte sie einen ihrer Schuhe, holte aus und schleuderte ihn mit aller Kraft gegen das Fenster. Die Scheibe hielt stand, der Schuh prallte polternd zu Boden.

Warum habe ich das nur gesagt? dachte sie verzweifelt.

Wie konnte ich nur so was zu ihr sagen?

Aura ließ sich ins Bettzeug zurücksinken und begann, endlich, zu weinen.

***

Gillian wollte eine Tageszeitung kaufen, als er am Mittag aus dem Zug stieg, doch der Bahnhof war so klein, so armselig, daß es nicht einmal einen Kiosk gab.

Der Hermaphrodit war der einzige Fahrgast, der hinab auf den Bahnsteig sprang. Die Tasche mit Kleidung und ein paar unnützen Werkzeugen, die Stein und Bein ihm bei der Abfahrt aufgedrängt hatten, hätte er am liebsten im Abteil stehenlassen. Sie würde ihm nur hinderlich sein. Außerdem brauchte er sie nicht, weder die Waffen darin noch das Hemd und die Hose. Spätestens übermorgen würde er zurückfahren. Er hatte nicht den geringsten Zweifel, daß seine Aufgabe dann erledigt war.

Die ungeliebte Tasche in der Rechten, ging er an dem winzigen Aufseherhäuschen vorbei auf die Vorderseite der Bahnstation. Es gab weder eine Schalterhalle noch sonst einen Raum, in dem er sich hätte aufwärmen können, und so stand er fast eine Stunde lang in zugiger Kälte, ehe er in der Ferne ein Pferdegespann heranrumpeln sah.

Die Station lag einsam inmitten einer grasbewachsenen Ebene, die irgendwo im Norden an die Dünen grenzte. Der schwarze Strang des Bahndamms schnitt die karge Landschaft schnurgerade in zwei Hälften. Er war das einzig Auffällige unter dem grauen Oktoberhimmel. Gillian hatte auf einer Karte gesehen, daß es in einiger Entfernung von hier ein Dorf gab, ungefähr eine halbe Stunde weiter östlich. Von dort aus war es nur noch ein Katzensprung – und, leider Gottes, eine Bootsfahrt – bis zur Schloßinsel der Familie Institoris. Gillian haßte Boote, und er verabscheute die See.

Das Pferdegespann brachte ihn über eine holprige, vollkommen gerade Straße ins Dorf. Kurven und Biegungen schien man hier nicht zu kennen, in einer Landschaft wie dieser waren sie schlichtweg überflüssig. Es gab keine Hügel, keine Berge, die man hätte umrunden können. Nur flaches, windgepeitschtes Grasland, hin und wieder ein karges Waldstück und, ein wenig weiter südlich, ausgedehnte Moore. Der alte Institoris schien sich auf jede nur erdenkliche Weise vom Rest der Menschheit abzuschotten.

Der Kutscher warf Gillian beim Absteigen einen langen Blick zu. Er schien zu bemerken, daß irgend etwas mit seinem Fahrgast nicht stimmte. Da war etwas im Äußeren des Fremden, eine seltsame Sanftheit in den Zügen. Irgendwie fraulich, dachte er irritiert, ohne es an bestimmten Eigenschaften festmachen zu können. Aber es war etwas, das ihn zu seiner Verwirrung anzog, etwas, das ihn gar dazu brachte, abzusteigen und die Tasche des Fremden bis zur Tür des Gasthauses zu tragen. So etwas tat er sonst nur, wenn Frauen mit ihm fuhren, attraktive Frauen, was selten genug vorkam. Erstaunt über sich selbst schüttelte er den Kopf, als er seinen Pferden die Peitsche gab.

Gillian trat eilig aus dem beißenden Wind in den Gasthof, in dem so früh am Tag noch keine anderen Gäste waren. Er bezog ein Zimmer mit Blick auf die Dünen, zahlte für zwei Tage im voraus und gab dem Wirt ein genau bemessenes Trinkgeld, das den Mann freundlich, aber nicht mißtrauisch stimmen sollte.

Später, nachdem er drei Stunden geschlafen hatte, stand er auf, zog wegen der Kälte doch noch das zweite Hemd über und trat ins Freie. Eilig, aber nicht überhastet, schritt er durch die Dünen zum Meer. Der Wind war immer noch scharf und eisig. Gillian zog mit beiden Händen den Kragen seiner Jacke enger und verfluchte Lysander und seinen erbärmlichen Auftrag.

Er hatte die Inselgruppe von seinem Fenster aus sehen können, jenseits des kilometerbreiten Sandstreifens. Die Distanz bis ans Wasser hatte kürzer gewirkt, als sie in Wirklichkeit war. Vor allem der weiche Sand hielt ihn auf, machte bald schon jeden Schritt zur Tortur. Sicher, er hätte den markierten Pfad nehmen können. Dann aber wäre er das Risiko eingegangen, einer Kutsche über den Weg zu laufen, die Bedienstete des Schlosses zurück zum Dorf brachte. Nein, ihm blieb nur der Marsch quer durch die Dünen.

Über dem Meer war die Wolkendecke aufgerissen. Die untergehende Sonne glänzte hinter ausgefransten Dunsträndern. Die Sandhügel hatten hier eine gelblich-weiße Färbung, zum Meer hin aber schimmerten sie rötlich. Quarz und Feldspat schufen diese eigentümliche Erscheinung, und Gillian konnte trotz aller Mühen nicht umhin, die Schönheit des Anblicks zu bestaunen.

Als ihn nur noch hundert Meter vom Wasser trennten, verquollen die Herbstwolken miteinander, der Sonnenschein verging, und trister Dämmer legte sich über die Küste. Möwen kreischten in den Höhen, hier und da zog ein Seeadler seine Runden. Das alles stimmte Gillian nur noch schwermütiger, ließ ihn sein Vorhaben um so ärger verabscheuen. Er hatte genug von solchen Aufträgen, endgültig genug.

Hinter der letzten Düne ließ er sich nieder, las noch einmal Lysanders Schreiben von vorne bis hinten, prägte sich jedes Detail, jede Bemerkung haargenau ein. Dann stieg er über die Hügelkuppe und betrachtete das Schloß.

Die Ähnlichkeit mit dem Gemälde in Lysanders Halle war frappierend, aber keineswegs vollkommen. Der wichtigste Unterschied war der, daß die mächtigen Blöcke rechts und links des Zypressenhains keine Felsen, sondern Teile eines Gebäudes waren. Auch die fünf kleinen Inselchen, die sich rund um das Schloß gruppierten, waren auf dem Bild nicht zu sehen gewesen. Auf einer, der nördlichsten, erhob sich ein Leuchtturm.

Ganz in Gillians Nähe ruhte ein langer Steg auf dem Wasser, an dem zwei Boote festgemacht hatten. Das eine war ein kleiner Segler mit zwei Masten, das andere eine winzige Jolle. Die Männer, die mit dem Segler angelegt hatten, mußten unter Deck oder im Dorf sein. Weit und breit war kein Mensch zu sehen.

Gillian kletterte in die Jolle, löste das Tau und tauchte beide Ruder ins Wasser. Die hereinbrechende Dunkelheit machte ihn vom Schloß aus unsichtbar. Nur ein grauer Fleck auf den Wogen.

Er zitterte, obgleich ihm das Rudern den Schweiß aus den Poren trieb. Der bitterkalte Wind peitschte über die See landeinwärts, wühlte das Wasser auf und wehte Gischt in Gillians Augen. Abermals hatte er sich in der Zeit getäuscht, die er vom Strand bis zu den Inseln benötigte. Es war kaum mehr als ein halber Kilometer, aber er mußte gegen die hereinrollenden Wellen anrudern, und bald schon schmerzten seine Arme vor Entkräftung.

Zwanzig Meter vor den Felsen der Schloßinsel entschied er, daß es besser war, die Anlage erst einmal aus der Ferne zu beobachten. Stöhnend machte er sich daran, die Insel zu umrunden.

Die kleinen Eilande, die rund um die Hauptinsel aus dem Wasser ragten, waren zwischen fünfzig und etwa hundert Meter vom Schloß entfernt. Allein jenes, auf dem sich der dunkle Leuchtturm erhob, war ein Stück weiter vorgelagert. Hätte Gillian es nicht besser gewußt, er hätte die gesamte Formation für künstlich gehalten, sorgsam geplant und angelegt. Auf jeden Fall war es ein ungewöhnlicher Ort. Kein Wunder, daß Nestor Institoris sich ausgerechnet hierher zurückgezogen hatte. Eine eigenartige Atmosphäre lag über den Inseln und über dem Schloß, etwas, das kein anderer gespürt hätte. Aber Gillian war feinfühlig in diesen Dingen. Vielleicht lag es an dem, was Nestor in seinem Dachgarten trieb. Auch darüber stand einiges in Lysanders Instruktionen.

Als er das Schloß halb umrudert hatte, entdeckte er an der Nordostseite des Gemäuers eine Kapelle. Sie schmiegte sich eng an das Hauptgebäude, war wohl auch nur von dort aus zu betreten. Hinter den hohen Spitzbogenfenstern brannte kein Licht.

Dann fiel sein Blick auf das Dach des Schlosses. Er mußte das Boot ein wenig von der Insel entfernen, um sich in einen besseren Winkel zu bringen. Tatsächlich war das Dach des Mittelflügels zum größten Teil durch eine Vielzahl von Glasscheiben ersetzt worden. Ein Gitter aus Metallstreben hielt sie an ihrem Platz. Gillian konnte vage die Formen baumhoher Pflanzen hinter dem Glas erkennen. Fahles Licht fiel von innen heraus ins Abenddunkel.

Und noch etwas entdeckte er: eine Gestalt, die sich an der Nordmauer des Mitteltrakts emporschob, eng an die Wand gedrückt, Hände und Füße auf kleinen Eisensprossen, die aus dem Verputz ragten. Eine Feuerleiter. Ein Einbrecher.

Höher und höher kletterte die Gestalt, ohne Gillian in seinem Ruderboot wahrzunehmen. Lautlos hangelte sie sich der Glasschräge des Dachgartens entgegen.

Sollte Lysander einem anderen denselben Auftrag erteilt haben, nur um ganz sicherzugehen? Nein, entschied Gillian, das hätte er nicht getan. Und wenn doch, hätte er ihm davon erzählt.

Wer immer aber der Eindringling war, Gillian war ihm überaus dankbar. Im verlöschenden Tageslicht hätte er selbst die Sprossen übersehen. Jetzt aber wiesen sie auch ihm einen unauffälligen Weg in Nestors Nest.

Eine Weile lang beobachtete er noch den Aufstieg der Gestalt, dann steuerte er das Boot mit leisen Ruderschlägen davon. Er würde morgen zurückkehren, in aller Ruhe, und seinen Auftrag beenden.

Vorausgesetzt, dachte er in leiser Hoffnung, der andere war ihm bis dahin nicht zuvorgekommen.

Die Gestalt an der Nordwand faßte die oberste Sprosse und zog sich langsam auf den Dachsims. Ein hüfthoher Mauervorsprung verlief entlang der gläsernen Schräge, eine Art Balustrade auf voller Länge des Daches. Dahinter gab es einen schmalen Steg. Eine Glastür führte von dort aus ins Innere des Dachgartens.

Die Kälte, die an Christophers bloßen Fingern riß, war kaum noch zu ertragen, und mehrfach hatte er befürchtet, seinen Aufstieg abbrechen zu müssen. Jetzt aber war er oben, schwindelig und durchgefroren, und vor ihm lagen die Geheimnisse seines Stiefvaters.

Der Anblick war beeindruckend. Im gläsernen Giebel des Mitteltrakts wucherte ein Urwald. Nicht ein paar Pflänzchen oder magere Bäume. Nein, ein regelrechter Dschungel – so wenigstens schien es Christopher, der echte Urwälder nur aus Illustrationen kannte.

Die Vegetation des Gartens war unbeleuchtet, doch von rechts drang ein fahler Schimmer durch die Sträucher. Die meisten Pflanzen erkannte Christopher lediglich als Silhouetten, da sich nur noch der letzte Rest Tageslicht in den Scheiben brach. Einige der Bäume und Büsche konnte er jedoch auf Anhieb identifizieren, südländische Gewächse, die in dieser Gegend unbekannt waren. Zwei oder drei Palmen waren darunter, mit hohen, dürren Stämmen. Ihre riesigen Blätter hingen wie erstarrte Vogelschwingen über dem Garten.

Von Nestor selbst war nichts zu sehen. Christopher vermutete, daß der Alte sich dort aufhielt, wo das Licht brannte, irgendwo jenseits der Bäume.

Die Stufen, eine Art Fluchtleiter, hatte Christopher am Morgen entdeckt, als er noch vor dem Unterricht allein um das Schloß

gestreift war. An manchen Stellen gingen die Mauern in die Felswände über, und es war nicht einfach gewesen, sich über schmale
Vorsprünge am Abgrund entlangzuhangeln. Die Wogen hatten sich
in der Tiefe unter ihm gebrochen, und der Seewind hatte an seiner
Kleidung gezerrt. Deshalb hatte ihn mehr als schlichter Stolz erfüllt,
als er auf die Leiter zum Dach gestoßen war; es war ein Triumph,
ohne Zweifel. Hier hatte er eine Möglichkeit, den Giebel auf anderem
Wege als durch die Relieftür zu betreten und auszukundschaften. Ein
Abenteuer, und mehr als das. Noch immer loderte die Neugier in
ihm, vor allem jetzt, da er beinahe am Ziel war.

Lautlos kletterte er über die Balustrade und näherte sich der Glastür. Der Riegel an der Innenseite war nicht vorgeschoben. Nur Herzschläge später stand er im Inneren, zog die Tür leise hinter sich zu.
Die Luft war stickig und warm, Feuchtigkeit perlte an den Scheiben
herab. Einen Moment lang glaubte er, nicht durchatmen zu können,
dann gewöhnten sich seine Lungen an den schweren Dunst.

Die Erinnerung an die Schreie kehrte zurück. Und mit ihnen die
Furcht, die er in der vergangenen Nacht empfunden hatte. Auch jetzt
hatte er Angst, doch er sagte sich, daß ihm im Grunde nicht viel
geschehen konnte. Nestor war jetzt sein Stiefvater, wenn auch allein
auf Charlottes Wunsch; Christopher bezweifelte stark, daß der Alte
mit seiner oder Daniels Adoption einverstanden gewesen war. Wahrscheinlich hatte Charlotte ihn gar nicht gefragt.

Würde Nestor ihm etwas antun? Sicher, es mochte Prügel geben,
aber daran war er aus dem Heim gewöhnt. Wichtiger war: Würde
Charlotte ihn zurückschicken?

Er machte sich auf, das Dickicht zu umrunden, bis ihm klar
wurde, daß er zwischen den Bäumen geschützter war. Zögernd
schob er Zweige und große Blattwedel beiseite, leise, fast lautlos.

Schon nach wenigen Schritten stand er inmitten einer anderen
Welt. Rund um ihn herum erhob sich ein finsteres Geflecht aus Ästen
und schmalen Stämmen, aus Blattwerk und Ranken. Einige der
Pflanzen wirkten vollkommen fremdartig, er konnte sich nicht erinnern, sie je in einem von Markus' Büchern gesehen zu haben. Zudem
bereitete ihm der Urwald Unbehagen. Gemeinsam mit der Hitze und

der hohen Luftfeuchtigkeit drückte die fremdartige Stimmung wie ein Gewicht auf Christophers Gemüt.

Von rechts, dort, wo sich auch die einzige Lichtquelle befand, ertönte ein Scheppern, dann leises Fluchen. Nestor! Zu weit weg, um Christopher bemerkt zu haben, irgendwo auf der anderen Seite des Dickichts.

Als er weiterging, traten seine Füße plötzlich in schmale Bewässerungsrinnen, die kreuz und quer durch den Boden verliefen. Unwillkürlich fragte er sich, wann und vor allem wie all das angelegt worden war. Allein das Erdreich und die Pflanzen hier heraufzubringen mußte Wochen, gar Monate gedauert haben. Der Größe der Bäume nach zu urteilen, waren sie schon vor Jahrzehnten gesetzt worden. Möglich, daß Nestor den Garten von einem seiner Ahnen geerbt hatte.

Wie auch immer, es war fraglos ein kleines Wunder, das der Alte unter seinem Dach versteckte.

Christopher schrak auf. Zu seiner Linken raschelte etwas.

Noch einmal. Ganz nah!

Ihm blieb keine Zeit zur Flucht. Plötzlich brach etwas zwischen den Blättern hervor. Etwas Spitzes, eine Klinge, schoß auf Christopher zu, gefolgt von ... ja, von einem Vogel!

Die Klinge war ein Schnabel, fast einen halben Meter lang, und das Tier selbst reichte Christopher bis übers Knie. Kurze Beine, ein heller Leib und dunkle Flügel. Dazu ein langer, geschwungener Hals.

Ein Pelikan! durchfuhr es ihn, während er panisch nach Atem rang. Doch seine Erleichterung währte nur Sekunden.

Einige Herzschläge lang blinzelte der Vogel ihn aus pechschwarzen Augen an, dann klappte sein Schnabel auf wie eine riesige Schere. Ohrenbetäubende Schreie drangen aus dem dürren Hals. Dieselben wie in der Nacht.

Christopher stolperte überrascht zurück, verlor das Gleichgewicht und stürzte mit Gepolter zu Boden. Seine Hände patschten in eine der Bewässerungsrinnen, sein Hinterkopf schrammte an einem Palmenstamm entlang. Derweil hüpfte der Pelikan im Kreis um ihn herum und schrie wie am Spieß. Lauter noch, immer lauter.

Nur Augenblicke später teilte sich vor Christopher die Blätterwand, zwei Hände erschienen, dann ein Gesicht.

»Das darf doch nicht –!« Nestor verstummte, Zorn verschlug ihm die Sprache. Er stürzte vor, packte den unglücklichen Christopher an den Haaren und riß ihn mit unvermuteter Kraft in die Höhe.

Christopher und der Pelikan brüllten einen Augenblick lang um die Wette, dann ließ Nestor die Haare des Jungen los und stieß ihn wortlos durchs Dickicht. Schon nach drei, vier Schritten erreichten sie die andere Seite der Vegetation. Alles in allem war der Streifen keine acht Meter breit.

Nestor baute sich vor Christopher auf und stemmte die Hände in die Seiten. »Nun sag bloß, du bist die Mauer hochgeklettert?«

»Über die Stufen, ja«, stammelte Christopher kleinlaut. Er war immer noch viel zu überrumpelt, um einen klaren Gedanken zu fassen. Seine Kopfhaut brannte wie Feuer.

»So, so«, meinte Nestor. »Weißt du eigentlich, was man früher auf dieser Insel mit Eindringlingen gemacht hat?«

»Sie bei lebendigem Leibe gekocht, vielleicht?« Christophers Blick war auf einen riesigen Kessel gefallen, der über einem offenen Feuer an der Westseite des Dachbodens dampfte.

Der Alte blinzelte argwöhnisch, dann tastete sich ein Lächeln über seine Züge. »Schlagfertig bist du. Immerhin.«

Christopher blieb keine Zeit für eine Erwiderung, denn abermals erklang das Scheppern von vorhin. Der Alte fuhr auf der Stelle herum, wedelte aufgeregt mit den Armen und stürzte auf den Kessel zu. Es war kein gewöhnlicher Kochkessel, sondern ein rundum geschlossener Metallzylinder, anderthalb Meter hoch, aus dessen Seite ein Rohr entsprang, das nach einem scharfen Knick in der Wand verschwand. Das Scheppern wurde durch eine Überdruckklappe an der Oberseite des Zylinders verursacht.

Nestor schob die Ärmel seines Hemdes hoch, packte eine Schaufel und warf Kohlenstücke von einem mannshohen Haufen in die offenen Flammen am Fuß des Kessels.

Christopher stand nur da und schaute sich aufmerksam um. Er fürchtete sich noch immer ein wenig, aber allmählich wich die Angst seinem glühenden Wissensdurst. Ganz gleich, wie seine Strafe ausfallen mochte, er wollte wenigstens erfahren, was hier oben vor sich ging.

Auf dieser Seite des Dachgartens war die Schräge ebenso aus Glas wie an der zum Meer gewandten Rückseite. Draußen, nur wenige Meter entfernt, türmten sich die Wipfel des Zypressenhains in den Nachthimmel, beugten sich gespenstisch im Wind. Die Fläche zwischen Dickicht und Glas war sechs, sieben Meter breit. Sie war vollgestopft mit Schränken, Regalen und allerlei Kisten.

Der Kessel stand inmitten einer Unzahl von Apparaturen, vielerlei Glaskolben in den bizarrsten Formen, manche mit Rohren und Schläuchen verbunden. Destillierkolben und unerklärliche Gerätschaften, Töpfe, Waagen und Fläschchen, Gläser mit bunten Chemikalien, Überreste von Pflanzen und sogar der ausgenommene Kadaver eines Leguans – all das reihte sich rund um den Kessel auf Tischen und Hockern, in offenen Schränken und weiteren Regalen. Das Laboratorium befand sich nicht unterhalb des Glasgiebels, sondern in einer Art gemauerter Höhle, die an die Westwand des Dachbodens grenzte. Sie besaß drei Wände und ein Dach, die zum Garten gelegene Seite war offen. Die Wärme, die den Pflanzen das Wachstum ermöglichte, war offenbar ein Nebenprodukt des Kesselfeuers.

Jenseits der Apparaturen, in der Rückwand des Laboratoriums, gab es eine Holztür, so niedrig und schmal, daß Christopher nur gebückt hätte hindurchtreten können. Für Nestor galt wohl oder übel dasselbe – er war trotz seines Alters und des leicht gekrümmten Rückens keine Handbreit kleiner als Christopher, weit über eins achtzig.

Auf einem Wandbrett neben dem Feuer standen mehrere Flaschen, deren Aufschrift so groß war, daß Christopher sie sogar aus der Entfernung lesen konnte. Merkwürdige Worte waren das: *Hyle* stand da, daneben *Azoth*. Auf einer Flasche las er *Ros coeli*, auf einer anderen *O potab*. Eine fünfte lag zerschellt am Boden, das Etikett klebte noch an den Scherben: *Sang*, und darunter das Symbol einer Schlange oder eines Lindwurms.

Nestor hatte den Druck des Kessels mittlerweile mit Hilfe eines

Rades am Abzugsrohr reguliert. Auch das Feuer loderte nun wieder zu seiner Zufriedenheit. Mit schweißnassem Gesicht wandte er sich abermals Christopher zu.

»Du weißt, daß du hier oben nichts zu suchen hast«, brummte er, und in seinen Augen stand wieder das bedrohliche Funkeln, das Christopher schon im Damenzimmer beobachtet hatte. »Aber ich werde uns beiden eine Strafpredigt ersparen, dazu ist es ohnehin zu spät. Also, was willst du?«

Christopher starrte ihn irritiert an, ehe er sein Erstaunen überwand. »Sie... dich kennenlernen, Vater.«

»Vater!«Nestor kommentierte das Wort mit einem abfälligen Laut. »Das bin ich nicht. Und du bist nicht mein Sohn. Charlotte mag Gefallen an derlei Unsinn finden, aber ich möchte nicht damit belästigt werden, verstanden?«

»Natürlich«, brachte Christopher eilig hervor. »Tut mir leid, wenn ich Sie... ich meine, wenn ich Sie ›du‹ genannt habe, und ich –« Herrgott, was für ein Gestammel!

»Hör auf damit«, unterbrach Nestor ihn barsch, »und gib mir endlich eine ehrliche Antwort: Was willst du hier oben?«

»Ich war neugierig.«

»Worauf? Auf mich oder auf das hier?« Er machte eine umfassende Handbewegung.

»Auf beides.«

»Und nun, da du es gesehen hast? Ist deine Neugier gestillt?«

»Nein, nicht wirklich«, gestand Christopher. »Ich sehe Dinge, aber ich verstehe sie nicht.«

»Kennst du dich mit Chemie aus?«

»Ich habe darüber gelesen. Ein wenig.«

»Was weißt du über Alchimie?«

Der Pelikan marschierte schnatternd zwischen ihnen hindurch, lief einen Bogen und verschwand wieder im Dickicht.

»Die Wissenschaft der Verwandlung.«

»Verwandlung in was?« fragte Nestor prüfend.

»Von Unreinem in Reines«, erwiderte Christopher und setzte leiser hinzu: »Glaube ich.«

»Hättest du gesagt, von Blei in Gold, hätte ich dich hinausgeworfen.« Nestor musterte ihn noch einmal von oben bis unten. »Du siehst einigermaßen kräftig aus. Kannst du mit einer Schaufel umgehen?«

»Sicher.«

»Dann mach dich nützlich!«

Damit ließ er Christopher stehen und verschwand hinter dem Pelikan im Unterholz des Dachgartens. Keine Erklärungen, keine weiteren Fragen. Er überließ ihn tatsächlich sich selbst.

Christopher überlegte nicht lange. Behende sprang er vor, hinein in die seltsame Hexenküche, ergriff die Schaufel und warf zwei weitere Ladungen Kohle ins Feuer. Hin und wieder mußten also auch Diener heraufkommen; Nestor würde seinen Bedarf an Kohlen wohl kaum eigenhändig die Treppen hinaufschleppen, oder?

Doch genaugenommen traute er dem Alten sogar das zu. Und er gestand sich ein, daß Nestor ihn zutiefst erstaunte. Er hatte alles erwartet – Schläge, Beleidigungen, einen Verweis aus dem Schloß –, nur nicht, daß er ihn Kohlen schaufeln lassen würde. *Kohlen schaufeln*. Verrückt!

Er wußte nicht, ob Nestor ihn hören konnte, dennoch rief er in die Richtung des Gartens: »Wie haben Sie das eben gemeint, als Sie sagten, ›was man früher auf dieser Insel mit Eindringlingen gemacht hat‹?« Er keuchte, während er weitere Kohlen unter den Kessel warf. Noch nie hatte er ein Feuer erlebt, das seinen Brennstoff so schnell verzehrte, wie dieses hier. Auch die grüngelbe Färbung war ungewöhnlich.

Ein Murren ertönte aus dem Dickicht, dann erschien erneut der Pelikan, gefolgt von Nestor. »Was willst du hören, Junge? Schauergeschichten oder ein Stück Historie?« In seiner Hand hielt er einen Strauß eigenartiger traubenförmiger Kräuter.

»Lieber die Historie.«

Nestor stopfte das Kräuterbund in eine Reibschale und begann, es mit einem Mörser zu zermahlen. »Im frühen Mittelalter war die Ostsee ein heidnisches und vor allem gefährliches Meer. Skandinavische und slawische Piraten, armenische und arabische Kaufleute, Finnen, Chazaren, Syrer und Juden hatten über russische Flüsse seit dem achten oder neunten Jahrhundert Verbindungen zum östlichen Mittelmeer geschaffen, vor allem zu den hochentwickelten Städten Vorderasiens. Exotische Waren wurden in den Norden gebracht, Gewürze und Öle und Schmuck, während die Europäer dafür mit Menschen bezahlten. Vor allem die blonden Mädchen waren in Nordafrika und Asien beliebt, wie du dir wohl denken kannst.« Ein scharfer Geruch stieg von den zermahlenen Kräutern auf, der sogar den Geruch des Feuers überlagerte. Nestor ließ den Mörser ungerührt weiterkreisen. »Die christlichen Gefolgsleute der römisch-deutschen Kaiser hatten mit diesem Handel freilich wenig im Sinn. Statt dessen stießen sie selbst mit ihren Flotten in die Ostsee vor. Wilde Schlachten entbrannten vor Hafenstädten wie Vineta und Seeräuberburgen wie Arkona auf Rügen. Schließlich wurden die meisten der heidnischen Banden vertrieben, doch an manchen Stellen, in geschützten Buchten und auf unwirtlichen Eilanden, verkrochen sich die Piraten und rüsteten zum Gegenschlag.«

»Auch hier?« fragte Christopher fasziniert. »Auf dieser Insel?«

Nestor lächelte, und zum ersten Mal war darin ein Hauch von Milde zu erkennen. »Allerdings, mein Junge. Wohl kam es nicht mehr zur großen Schlacht, denn die Räuberbanden waren zu geschwächt und die Flotten ihrer Gegner zu mächtig. Dennoch gingen einige von ihnen weiter ihrem blutigen Handwerk nach, manche sogar bis weit ins sechzehnte Jahrhundert. Auf unserer Insel, genau hier, hauste eine der grausamsten Banden. Lange bevor dieses Schloß erbaut wurde stand hier ihre Festung. Und, glaube mir, sie hätten kaum einen besseren Ort dafür finden können. Hat dir schon jemand von den beiden Gängen unter dem Meer erzählt?«

Christopher schüttelte mit großen Augen den Kopf.

»Der eine führt hinaus zum Leuchtturm, mitten durch eine Felsader, der andere zur Friedhofsinsel.« Nestor nahm eine Flasche und füllte den Kräuterbrei hinein. Christopher atmete erleichtert auf, als der Alte das Gefäß mit einem Korken verschloß. »Für Piraten waren das ideale Fluchtwege. Ich schätze, diese Schurken müssen sich hier ziemlich wohl gefühlt haben. Leider habe ich keinen von ihnen kennengelernt.«

Christopher lächelte höflich, wurde aber schlagartig ernst, als sich Nestors Blick verfinsterte. Er deutete auf die Schaufel. »Hältst du bis morgen früh durch?«

Bis morgen früh?

»Ich … ja, ich glaube schon.«

»Gut.«

Damit drehte der Alte sich ohne ein weiteres Wort um, öffnete die niedrige Holztür in der Rückwand des Laboratoriums und verschwand darin. Der Pelikan watschelte treu hinterher. Dann hörte Christopher, wie ein Schlüssel herumgedreht wurde.

Ungläubig stand er da, starrte erst auf die Tür, dann auf die Schaufel in seinen Händen. Schließlich zuckte er mit den Achseln, krempelte seine Ärmel hoch und machte sich wieder an die Arbeit.

Der Himmel über dem Glasgiebel wurde erst schwarz und dann, nach endlosen Stunden, allmählich wieder heller, während Christopher schaufelte und schaufelte. Alle paar Minuten machte er eine kurze Pause, aber nicht zu lange, denn das wagte er nicht, für den Fall, daß Nestor unerwartet zurückkehren würde. Und wer wußte schon, ob der Alte nicht hinter einem Loch in der Wand saß und ihm grinsend bei seiner Plackerei zusah?

Die Dämmerung erhob sich über den Zypressen, und ein sanfter Schimmer von Morgenröte legte sich über die Blätter und Palmwedel des Dachgartens. Noch immer hatte Nestor sich nicht sehen lassen.

Dann endlich, der Himmel war fast hell, knirschte abermals der Schlüssel in der winzigen Tür. Nestor trat heraus, gähnte, streckte sich und unterzog Christopher einer eingehenden Musterung.

Der Junge hatte Hemd und Unterhemd ausgezogen und die Hosenbeine bis zu den Knien nach oben geschoben. Sein Haar klebte am Schädel, seine Augenlider flatterten vor Müdigkeit. Schweiß und Kohlenstaub hatten einen braunen Film über seine Haut gelegt. Er warf Nestor einen kurzen Blick zu, dann schaufelte er weiter. Das Feuer ließ seinen Oberkörper erglühen, und auch seine Augen blitzten.

Der Alte sah ihm eine Weile zu, trat dann wortlos an die Überdruckklappe und schob ein Stück Tiersehne hinein. Als er sie wieder herauszog, war die Sehne zerfressen wie von Säure und zerfiel bei der ersten Berührung.

»Verflucht!« Nestor war wütend, wirkte aber nicht übermäßig erstaunt. »Alles umsonst.« Ein tiefes Seufzen, dann: »Du kannst aufhören, Junge.«

Christopher schwankte und wäre wohl vor Entkräftung zusammengebrochen, hätte er sich nicht im letzten Moment auf die Schaufel gestützt wie auf eine Krücke. »Umsonst?« preßte er hervor. Seine Stimme war kaum zu hören, klang trocken und rauh. »Meinen Sie« – er räusperte sich, hustete – »meinen Sie, es hat nicht funktioniert?«

»Nicht funktioniert?« wiederholte Nestor kopfschüttelnd. »Ach, Junge, du weißt doch noch nicht einmal, um was es hier geht.«

Christopher ging in die Hocke, hustete und spuckte ins Feuer. »Um das Große Werk, dachte ich. Um das *aurum potabile.*« Sein Blick fixierte Nestor. »Etwa nicht?«

Der alte Mann starrte ihn eingehend an, und vielleicht war in seinen Augen so etwas wie eine Spur von Anerkennung, ganz sicher aber Verwunderung. »Mir scheint, du hast das eine oder andere Buch gelesen.«

Christopher wollte zuerst zustimmen, dann aber schüttelte er ehrlich den Kopf. »Jemand hat mir davon erzählt. Bruder Markus, mein Vormund im Waisenhaus. Er hat manchmal von solchen Dingen gesprochen, vor allem davon, daß es Hirngespinste seien, ein Irrglauben christlicher Mönche des Mittelalters.«

»Damit hat es sich der gute Mann fraglos sehr einfach gemacht«, meint Nestor schmunzelnd. »Aber komm, mein Junge, wasch dich erst einmal.« Er deutete auf eine hohe Wassertonne am anderen Ende des Dachgartens. »Danach können wir reden.«

Nachdem Christopher sich Ruß und Schweiß vom Leib gespült hatte, führte Nestor ihn zurück ins Laboratorium und erklärte ihm die Funktionen des Kessels. Das Feuer dürfe niemals – niemals! – verlöschen, sagte er streng, denn der Ofen, der *Athanor*, sei das Herz

77

der alchimistischen Kunst. Er erläuterte einige Rädchen und Hebel, mit deren Hilfe sich das Feuer auf kleiner Flamme halten ließ, ohne daß Kohle nachgeschaufelt werden mußte. Bald schon kannte Christopher jedes technische Detail der Apparatur, ohne aber zu erfahren, wozu sie eigentlich benutzt wurde. Doch er überspielte seine Ungeduld, stellte nur einfache Fragen und horchte aufmerksam den Worten seines Stiefvaters.

Schließlich, nachdem Nestor ihm auch einige der Versuchsanordnungen auf den Tischen und Regalen erläutert hatte, setzte sich der Alte in einen reichverzierten Sessel an der Vorderseite des Dachgartens. Christopher nahm ihm gegenüber auf einem alten Sofa Platz. Über ihnen spannte sich die gläserne Dachschräge, jenseits davon der graue Vormittagshimmel. Nestor saß mit dem Rücken zum Zypressenhain vor dem Schloß. Die Bäume ragten hinter ihm wie riesige Lanzenspitzen empor.

»Ich werde mir die Mühe sparen, herauszufinden, was du tatsächlich über die Alchimie weißt, mein Junge.« Nestor griff nach einer Pfeife und stopfte sie, während er sprach. »Statt dessen will ich dir in wenigen Worten erklären, was für dich wichtig sein könnte.«

Für mich? dachte Christopher aufgeregt. Warum für mich? Aber er wagte nicht, die Frage auszusprechen, aus Furcht, sie könne den Redeschwall seines Stiefvaters zum Versiegen bringen.

»Das Hauptziel eines jeden Alchimisten ist, heute wie vor siebenhundert Jahren, das Große Werk. Das also, mein Junge, hast du ganz richtig erkannt.« Nestor nannte ihn mit solcher Penetranz »mein Junge«, daß Christopher sich bereits wunderte, warum der Alte sich so heftig gegen seine Vaterschaft ausgesprochen hatte. »Das Große Werk ist nichts anderes als die Herstellung des Steins der Weisen. Man sagt ihm gerne nach, er sei nur dazu gut, Blei oder Quecksilber in Gold zu verwandeln, doch das wird seinem wahren Zweck nicht gerecht. Tatsächlich geht es um den Weg zur Vollkommenheit, den Weg des Alchimisten zum perfekten Menschen. Perfekt in jeder Beziehung. Dabei ist der Stein der Weisen nicht wirklich ein Stein, sondern ein rotes Pulver, das sogenannte Pulver der Projektion. Die

78

Hermetiker haben es einen Stein genannt, weil es dem Feuer wie ein Stein widersteht.« Er lehnte sich in seinem Sessel zurück und hielt drei Finger hoch, die er nun nacheinander abzählte. »Man schreibt dem Stein drei Eigenschaften zu. Die erste habe ich erwähnt, die Transmutation von unedlem Metall zu Gold. Die zweite Eigenschaft ist die eines ewigen Lichtes, das nie verlöscht. Die dritte und wichtigste Eigenschaft aber ist die einer Universalmedizin. In Wein aufgelöst heilt der Stein jede Krankheit, hält das Altern auf, ja, er schenkt sogar ewige Jugend.«

Christopher nickte verdattert. Was sonst hätte er auch tun sollen?

»Hinter dieser Tür dort« – Nestor deutete auf den winzigen Durchgang im hinteren Teil des Laboratoriums – »befindet sich meine Bibliothek. In ihr verwahre ich Tausende von alchimistischen Schriften, und nahezu jede nennt einen anderen Weg, den Stein zu gewinnen. Ich habe es auf vielerlei Arten versucht, das glaube mir. Dennoch, vergeblich.«

»Haben Sie Friedrich deshalb um das Blut eines Drachen gebeten?« fragte Christopher.

»Friedrich, pah!« Eine Zornesfalte durchfurchte Nestors Stirn. »Dieses armselige Subjekt. Aber ja, mein Junge, du hast recht. Das Blut eines Drachen, der von einem Elefanten zermalmt wurde – man sagt, das sei eine der Zutaten, die die Herstellung des Steins ermöglichen.« Er schüttelte den Kopf, als wolle er ihn freimachen für andere, bessere Gedanken. »Aber es gibt tausend weitere Zutaten und tausend mögliche Wege, sie zu mischen.«

»Wie kann denn ein Pulver ewiges Leben schenken?« fragte Christopher, bemüht, nicht allzu ungläubig zu klingen.

»Du glaubst, der Gedanke widerspräche den Gesetzen unserer Natur, nicht wahr? Dabei ist es nur eine Frage der Betrachtungsweise. Der Alchimist geht von einem magischen Weltbild aus. Auch darin hat die Welt ihre Gesetze, aber es sind andere als jene, die du kennst.«

»Magie?« fragte Christopher irritiert.

»Ja, natürlich, aber ihre Gesetze sind nicht übersinnlich, sondern einfach nur anderssinnlich. Die Mächte der Natur werden nicht verneint, sondern auf eine neue Weise angewandt und ausgenutzt. Und es werden Kräfte berücksichtigt, deren Existenz von den übrigen Wissenschaften abgelehnt wird. Der Alchimist nutzt die Mittel der Natur und ahmt ihre geheimsten Vorgänge nach. Der Naturwissenschaftler dagegen unterdrückt und zerstört sie, arbeitet gegen die Natur statt mit ihr.« Nestor entzündete seine Pfeife und paffte graue Wolken in die Schwüle des Dachgartens. »Aber ich sehe, das alles verwirrt dich. Und wie könnte es auch anders sein?« Er schüttelte den Kopf und seufzte. »Was bringt es, einem Kind Zusammenhänge erklären zu wollen, die selbst die klügsten Köpfe nicht begreifen?«

»Ich bin kein Kind mehr«, empörte sich Christopher.

»Das solltest du aber sein«, widersprach Nestor. »Sei offen und wißbegierig wie ein Kind, und du wirst viel von mir lernen können.«

»Von Ihnen lernen?«

Der Glanz in Christophers Augen schien den Alten zu amüsieren, denn er beugte sich vor und lächelte. »Ab heute bist du mein Schüler.«

Ungläubige Begeisterung überkam Christopher, aber auch ein leichter Anflug von Ärger, daß er nicht einmal gefragt wurde. Und doch, ja, er *wollte* Nestors Schüler sein. Unedles Metall zu Gold. Ewiges Leben. Mochte der Alte darin eine Philosophie sehen, für Christopher waren dies vor allem weltliche Verlockungen, die es um jeden Preis zu erlangen galt.

Nestor lehnte sich abermals vor und zog aus seiner Hosentasche einen zeigefingerlangen Schlüssel. »Damit öffnest du die Tür zum Dachboden. Nimm ihn, er gehört jetzt dir.«

Wie im Traum streckte Christopher die Rechte aus und nahm den Schlüssel entgegen. Kalt lag er auf seiner Handfläche. »Warum gerade ich?« fragte er benommen.

Wie auf ein geheimes Stichwort flog hinter ihnen ein schmaler Durchgang auf, links neben dem Laboratorium. Die Tür mit dem Pelikanrelief.

Eine weibliche Stimme rief: »Das würde mich auch interessieren! Warum gerade er?«

Aura stürmte heran und baute sich wütend zwischen Nestor und ihrem Stiefbruder auf. Sie hielt einen Schlüssel in der Hand, der identisch war mit Christophers.

»Aura!« rief Nestor ohne echte Überraschung. »Ich hab dich gar nicht kommen hören. Hier, setz dich zu uns.« Der wunderliche Alte stand auf und bot seiner Tochter den Sessel an.

Aura aber dachte nicht daran, der Einladung nachzukommen. Sie blieb stehen und starrte ihren Vater teils zornig, teils fassungslos an. »Warum tust du das? Er ist ein Fremder. Du hast Daniel kein einziges Mal das Angebot gemacht, ihn zu –«

Nestor fiel ihr ins Wort, sanft und doch ungeduldig. »Dieser junge Mann ist nicht Daniel, mein Kind.«

»Du weißt nichts über ihn. Nicht das geringste.«

»Aber ich weiß zuviel über Daniel.«

So viel Zorn spiegelte sich auf ihren Zügen, so viel Verachtung! »Du hast dich nie bemüht, Daniel wirklich kennenzulernen.«

»Ein Fehler, den ich an Christopher wiedergutzumachen gedenke.«

»Ein wenig spät, meinst du nicht?« Sie atmete tief durch, als schnüre die Aufregung ihr die Luft ab.

»Aura«, sagte ihr Vater ruhig, »was verlangst du denn von mir? Daniel hat bewiesen, daß er zu schwach ist, um –«

Jetzt war sie es, die ihn unterbrach, und diesmal schrie sie fast. »Zu schwach? Herrgott, Vater, du solltest dich hören! Daniels Schicksal hat nichts mit Schwäche zu tun!«

Nestor blieb gefaßt. »Er hat versucht, sich das Leben zu nehmen, mein Kind. Das hast du doch nicht vergessen, oder?«

»Er hatte einen Grund dazu.«

»Ein Sturz vom Pferd, na und?«

»Er wird niemals ein Kind zeugen können.«

»Du willst mir nicht allen Ernstes weismachen, das sei ein Grund, sich die Pulsadern aufzuschneiden!« Zum ersten Mal hob jetzt auch Nestor die Stimme, und es war, als wehe ein eisiger Wind über den Dachboden.

Christopher hatte dem Streit der beiden erst befremdet, zuletzt aber mit wachsendem Interesse zugehört. Daniel hatte versucht,

81

sich umzubringen, weil ihm ein Reitunfall die Zeugungskraft genommen hatte? Grundgütiger, in was für ein Irrenhaus war er hier geraten!

Auras Gesicht war zu einer Maske der Wut erstarrt. Das Unverständnis ihres Vaters traf sie zutiefst. Aufgebracht rang sie nach Worten.

Nestor wartete nicht ab, was sie zu sagen hatte. Er machte einen Schritt auf Aura zu und starrte ihr fest in die Augen. Einen Moment lang sah es aus, als würde sie vor ihm zurückweichen, dann aber blieb sie stehen und erwiderte stur seinen Blick. »Ich weiß, was zwischen dir und Daniel war«, fauchte er böse. Nichts war geblieben vom Anschein des wirren, aber freundlichen alten Mannes. Sogar in Christophers Augen wirkte er jetzt bedrohlich. »Du weißt, daß ich es nie gebilligt habe. Wer weiß, was geschehen wäre, wenn er diesen Unfall nicht gehabt hätte.«

Sie funkelte mit bewundernswerter Kühnheit zurück. »Du klingst, als wärest du froh darüber.«

»Ein kleiner Schaden hat einen großen vereitelt«, entgegnete er eisig.

Die Worte trafen sie mit solcher Härte, daß sie mit einemmal Mühe hatte, ihrem Vater länger in die Augen zu blicken. »Nimmt jetzt er meine Stelle ein?« Sie deutete haßerfüllt auf Christopher, dessen Blick verwirrt von einem zum anderen huschte.

»Christopher ist mein Schüler«, sagte Nestor, nun wieder ein wenig ruhiger, »du bist meine Tochter. Das ist ein Unterschied.« Er streckte Aura seine Hand entgegen, doch das Mädchen würdigte die Geste mit keinem Blick.

»Ach?« Voller Verachtung hob sie ihren Schlüssel hoch und schleuderte ihn vor Nestors Füße. »Bald bist du mich ja los. Das wolltest du doch, nicht wahr?« Sie schüttelte den Kopf, als könne sie es noch immer nicht glauben. »Mutter hat tatsächlich die Wahrheit gesagt. *Du* warst es.«

»Es ist allein zu deinem Besten.«

Hämisch lachte sie auf und überspielte damit doch nur ihre Verzweiflung. »O ja, zu meinem Besten. Sicher.«

Sie fuhr auf dem Absatz herum und eilte mit großen Schritten zum Ausgang.

»Aura!« rief Nestor ihr nach, doch sie schaute sich nicht mehr zu ihm um. Wenig später knallte die Tür.

Einen Augenblick lang stand der Alte stocksteif da. Sein glühender Blick schien seiner Tochter sogar noch durch die Wände zu folgen. Dann aber straffte er sich, hob den Schlüssel vom Boden und drehte ihn nachdenklich zwischen den Fingern.

»Ich muß mich entschuldigen«, sagte er leise, ohne Christopher dabei anzuschauen. »Auras Wut ist verständlich. Sie hat heute ein Privileg verloren.«

KAPITEL 3

Der Abend war kalt und stürmisch, selbst die Seeadler hatten sich in die Glaskuppel des Leuchtturms zurückgezogen. Nur ein paar kreischende Möwen trieben auf den Sturmböen dahin, manche verspielt, andere panisch. Von Norden rückten Gewitterwolken heran wie die Schatten des Weltuntergangs.

Gillian schob sich flink an der Nordmauer des Schlosses empor. Die Eisensprossen in der Wand waren vom Wasser salzverkrustet und rutschig, dennoch bereiteten sie ihm keine Schwierigkeiten. Er war in den Kanalschächten Wiens so viele Leitern hinauf- und hinuntergestiegen, daß er Übung im Klettern hatte. Außerdem war er leicht, sein Körper geschmeidig, und was ihm seine weibliche Seite an Kraft vorenthielt, machte sie durch Geschicklichkeit wett.

Er erreichte das Glasdach, als im Norden der erste Donner krachte. Regenschwaden trieben über die See heran, graue Vorhänge, die in Schüben über das Wasser peitschten. Gillian schaute sich prüfend um, schwang sich über die Brüstung und öffnete die Glastür ins Innere des Dachbodens.

Wenig später pirschte er durch die dichte Vegetation des Dachgartens, horchte, beobachtete. Er hörte ein leichtes Schaben von links, schob sich durchs Dickicht und entdeckte eine kleine Lichtung inmitten des tropischen Gartens, vier mal vier Meter breit. Eine Art Kräuterbeet nahm ihre ganze Fläche ein, durchzogen von schnurgeraden Furchen, in denen sich fremdartige Pflanzen drängten. Ein Streifen am Ostrand des Beetes aber war unbewachsen. Dort hockte eine Gestalt und grub mit einer Handschaufel faustgroße Löcher in die Erde. Die Gestalt hatte Gillian den Rücken zugewandt.

Der Hermaphrodit blinzelte im Halblicht des Dachgartens und versuchte, weitere Einzelheiten zu erkennen. Wer immer der Mann war, der dort zwischen den Kräutern kauerte, es war nicht Nestor. Er hatte kein graues Haar, schien auch jünger zu sein.

Ohne Zeit mit weiteren Beobachtungen zu verschwenden, zog Gillian sich ins Dickicht zurück. Lautlos, unbemerkt. Der junge Mann auf der Lichtung ging weiter seiner Arbeit nach, grub arglos ein Loch nach dem anderen.

Wenig später kam Gillian an die Vorderseite des Dachgartens und schaute zwischen Blättern, größer als seine Schuhsohlen, zum Laboratorium hinüber. Der alte Institoris war nirgends zu sehen. Das Feuer unter dem Athanor brannte nur schwach, winzige Flammen züngelten grünlich über die Kohle. Eine schmale Holztür an der Rückseite der Alchimistenküche stand einen Spaltbreit offen.

Vorsichtig, immer darauf bedacht, kein Geräusch zu verursachen, näherte Gillian sich dem Laboratorium. Er umrundete den Kessel und blieb vor der Tür stehen. Horchte abermals.

Erst war da nichts als Stille. Doch dann, in regelmäßigen Abständen, erklang das Rascheln von Papier. Jemand schlug die Seiten eines Buches um.

Gillian atmete tief durch. Die Schwüle des Dachgartens drohte ihn träge zu machen. Noch immer widerstrebte es ihm, seinen Auftrag durchzuführen. Aber, dachte er, es ist Lysanders Auftrag. Besser für dich, wenn du es endlich hinter dich bringst.

Leise dehnte er Finger und Handgelenke, schaute sich noch einmal sorgsam um. Dann zog er die Tür auf.

Christopher hockte mit den Knien im Dreck und grub Löcher in die Erde. Ungeduldig überschaute er sein Werk: ein militärisch anmutender Aufmarsch von Pflanzlöchern, Reihe um Reihe um Reihe. Schweiß strömte ihm über die Stirn; vielleicht war es auch nur die schwüle Feuchtigkeit des Gartens, die an ihm herabperlte. So wie es aussah, würde er bald fertig sein. Noch immer hatte Nestor ihm nicht verraten, was er in diesem Teil des Kräuterbeetes zu säen gedachte.

Im Waisenhaus hatte es einen kleinen Nutzgarten gegeben, bei dessen Bewirtschaftung die Kinder reihum mithelfen mußten. Von Petersilie bis zu Möhren hatte Christopher alles gesteckt und ausgesät, gepflückt und geerntet, was man in der Küche dünsten, kochen und braten konnte. Doch Kräuter wie die in Nestors Garten hatte er nie zuvor gesehen.

Nachdem er die letzte Reihe beendet hatte, erhob er sich stöhnend und streckte seine Beine. Vom langen Knien am Boden taten seine Gelenke weh, und seine ersten Schritte durchs Dickicht waren staksig und unbeholfen.

Noch einmal wanderten seine Gedanken zurück zum Vormittag. Einige Stunden nach Auras impulsivem Auftritt hatte er endlich den Mut gefaßt, Nestor nach Daniels Unfall zu fragen. Der alte Mann hatte sich erst zurückhaltend gegeben, um dann doch noch sein Schweigen zu brechen.

Demnach hatte ein Pferdezüchter aus dem Dorf Daniel und Aura Reitstunden erteilt. Bei einem Ausritt in den Dünen, vor einem halben Jahr hatte das Pferd gescheut, Daniel war aus dem Sattel gestürzt, und von Pferdehufen traktiert worden. Seine inneren Verletzungen hatten Charlotte bewogen, für drei Monate einen Arzt einzustellen, der sich Tag und Nacht um Daniels Genesung kümmerte. Ihm war es gelungen, die schweren Schäden zu heilen – mit einer Ausnahme: Daniel würde niemals Vater werden können. Aura war während dieser Zeit kaum von Daniels Seite gewichen, er aber hatte sich mehr und mehr von ihr distanziert. Er hatte sich in die Überzeugung verrannt, ihrer nicht wert zu sein, ja, er hatte es gar abgelehnt, mit ihr über sein Leiden zu sprechen. Vor zwei Monaten dann hatten Diener ihn im Bad seines Zimmers entdeckt – mit aufgeschnittenen Pulsadern. Und wieder war der Arzt herbeizitiert worden, wieder hatte er Daniels Lebens gerettet.

»Wer weiß, für wie lange«, hatte Nestor mit kühler Gleichgültigkeit seinen Bericht beendet.

Christopher bemühte sich, aus diesem Wissen heraus Daniels Verhalten ihm selbst gegenüber zu begreifen. Sah er in ihm einen Konkurrenten, der seinen Platz in Auras Gunst einnehmen wollte?

Erstens aber gab es dafür beileibe keinen Anlaß, denn Aura haßte ihn, wie sie deutlich gezeigt hatte; zum zweiten hatte Daniel sich selbst von ihr zurückgezogen. Dennoch mochten seine Reizbarkeit und Aggressivität auf sein Schicksal zurückzuführen sein. Aber auch diese Feststellung ließ Christopher keine Wärme für seinen Stiefbruder empfinden, allerhöchstens Mitleid. Ein wenig.

Er näherte sich dem Laboratorium und bemerkte, daß die Tür zu Nestors Bibliothek offenstand. Im selben Moment spürte er auch schon, wie sein Hals sich verengte. Husten stieg in ihm auf, seine Lungen zogen sich zusammen. Der Odem der alten Bücher wehte ihm selbst durch die Schwüle des Gartens entgegen. Keuchend sprang er vor, um die Tür zu schließen, packte die Klinke – und blickte dabei ins Innere der Bibliothek. Was er sah, ließ ihn sogar seine Atemnot vergessen.

Nestor lag am Boden. Eine Gestalt beugte sich über ihn. Sie hatte beide Hände um die Kehle des Alten gekrallt, während Nestors Finger hilflos über den Boden tasteten. Seine Beine strampelten, zuckten, erschlafften.

Der Mörder trug eine schwarze Hose und ein altmodisches schwarzes Rüschenhemd. Christopher konnte sein Gesicht nicht sehen, aber er hörte doch, wie der Fremde dem sterbenden Nestor etwas zuflüsterte:

»Eine Botschaft von Lysander.« Seine Stimme klang eigentümlich weich, fast weiblich. »Der Seemann hat ein neues Rad.«

Nestors Augen wurden weit, noch einmal fächerten seine Arme auf und ab.

Christopher stand wie erstarrt an der Tür. Der unsichtbare Dunst des Buchbinderleims lag schwer auf seiner Brust, er keuchte laut, dann überkam ihn ein entsetzlicher Hustenanfall.

Er konnte nicht anders, er mußte die Tür schließen! Mußte … sie … schließen!

Der Attentäter fuhr im selben Augenblick herum, da die Tür ins Schloß fiel. Sein Gesicht! Was war nur mit seinem Gesicht? So ebenmäßig. So glatt. So vollkommen perfekt.

Christopher taumelte von der Tür fort, stolperte erst, bekam wieder Luft, rannte los. Bis zur anderen Seite des Dachbodens stürmte er, suchte nach einer Waffe, doch die einzige, die ihm einfiel, war die Kohlenschaufel. Die aber lag gleich neben der Tür im Laboratorium. Während er noch wie rasend überlegte, ob er sich dorthin zurückwagen sollte, wurde die Tür schon mit einem lauten Krachen aufgestoßen. Nestors Mörder erschien in dem niedrigen Rahmen, verharrte einen Augenblick, starrte Christopher über die Distanz hinweg an.

Ihre Blicke kreuzten sich. Sekundenlang. Dann fuhr der Attentäter ruckartig herum, brach durch das tropische Dickicht des Gartens. Ein Blitz zuckte über das Schloß hinweg, wenig später erbebte das Glasdach unter der Wucht eines Donnerschlags. Scheiben klirrten, aber keine zerbrach.

Christopher stand da und starrte wie betäubt auf die Schneise in der Pflanzenwand. Sein Herzschlag raste, und die Nässe, die seine Kleidung tränkte, war längst nicht mehr die Feuchtigkeit des Gartens. Es war Angstschweiß.

Ganz allmählich näherte er sich der Stelle, an der der Mörder im Dickicht verschwunden war. Wie in Trance folgte Christopher ihm durch das dunkle Unterholz, erreichte die andere Seite und entdeckte die offene Glastür zur Balustrade. Der Fremde mußte längst die Wand hinabgestiegen sein. Und, tatsächlich, dort unten auf dem Wasser schaukelte eine Jolle, die von einer Gestalt Richtung Festland gerudert wurde. Bestenfalls würde ihn ein Blitz erschlagen.

Ein heller Schemen schoß an Christopher vorbei. Der Pelikan huschte hinaus auf die Brüstung, spreizte seine Flügel und stieß sich ab. Trudelte verloren davon, hinaus in das brodelnde Unwetter. Augenblicke später war er im trüben Gewitterwirbel verschwunden.

Die Nebel in Christophers Kopf lichteten sich ein wenig. Und da erst begriff er wirklich, was geschehen war.

In Panik stürmte er zurück durch den Garten, zog sich den Kragen seines Pullovers vor die Nase und tauchte in das erstickende Zwielicht der Bibliothek. Viele Regalwände. Bücher, aufgereiht und gestapelt, Tausende und Abertausende. Zwei Giebel mit schillernden Bleiglasfenstern, wie überall im Schloß, nur daß sie Buchstaben, keine Bilder darstellten.

Und Nestor, der leblos am Boden lag, Arme und Beine abgespreizt, erschlafft.

Ohne sich umzusehen, halb erstickt trotz des Stoffes vor Mund und Nase, packte Christopher Nestors Arme, schleifte ihn mit aller Kraft zur Tür. Hinaus ins Laboratorium. Mit einem Scheppern warf er die Tür zu, brach in die Knie, riß sich den Pullover vom Gesicht. Versuchte zu atmen und erbrach sich dabei fast. Mit geschlossenen Augen wartete er ab, zehn Sekunden, zwanzig Sekunden. Dann ging es allmählich besser, er bekam wieder Luft. Sein Atem rasselte, wurde aber ruhiger.

Er beugte sich über Nestor und blickte in aufgerissene Augen. Die Brust des Alten hob und senkte sich nicht. Kein Herzschlag, kein Luftholen. Sein Mund stand fingerbreit offen, die Zunge lag aufgebläht darin wie ein weinroter Ballon.

Christopher sank neben dem Alten nieder, rollte sich auf den Rücken. Fieberhaft drehten sich seine Gedanken im Kreis. Immer wieder dieselben Fragen: Wer hatte Nestor ermordet? Und, viel wichtiger: Was sollte er, Christopher, jetzt tun?

Wenn er unten im Haus Alarm schlug, war seine Lehrzeit im Dachgarten beendet. Charlotte würde dafür sorgen, daß innerhalb weniger Tage nichts mehr an ihren Mann erinnerte. Der Mörder aber war ohnehin längst auf und davon. Warum also alles aufgeben, all die Hoffnungen, die Nestor in ihm geschürt hatte? Ewiges Leben. Blei zu Gold. All das wäre dahin, auf immer verloren.

Irgendwann ließ das Gewitter Schloß und Küste hinter sich. Noch immer kauerte Christopher neben Nestors Leiche. Zum ersten Mal war er Herr seines eigenen Schicksals.

In den frühen Morgenstunden schließlich schleifte er den Toten durchs Dickicht und begrub ihn einsam und schweigend im Kräuterbeet.

Der Abschied fiel Aura schwerer, als sie erwartet hatte. Sie drückte Sylvette ein letztes Mal an sich, ihren zarten, verletzlichen Körper, und strich ihr noch einmal über die blonden Locken. Das kleine

Mädchen küßte sie auf die Wangen, ganz fest, wie sie es sonst nur bei ihrer Mutter tat.

Auch Charlotte schien bedrückt. Auf dem windgepeitschten Bahnsteig wirkte sie verloren in ihrem flatternden Kleid und dem aufgebauschten Kapuzenmantel. Sie reichte Aura die Hand, bemüht, die Distanz zwischen ihnen nicht zu verletzen. Doch als sich ihre Blicke trafen, fielen sie sich doch noch in die Arme. Aura war nicht wohl dabei, es kam ihr falsch und verlogen vor; zugleich aber überkam sie der Trennungsschmerz mit all seiner Kraft. Die Ringe in ihren Schenkeln brannten, als begänne sich die durchstochene Haut zu entzünden.

Zuletzt verabschiedete sie sich von Daniel, und zum ersten Mal seit Monaten erwiderte er ihre Umarmung voller Wärme. Sie flüsterte ihm ein Versprechen ins Ohr, und er lächelte scheu, sagte aber nichts darauf. Seine Augen waren gerötet; vielleicht nur vom scharfen Wind, der von der See übers Land fegte.

Christopher war nicht zu ihrer Verabschiedung erschienen. Aura hatte nichts anderes erwartet. Sie hatte ihm keinen Anlaß gegeben, ihre Abreise zu bedauern.

Daß ihr Vater nicht mitgekommen war, bekümmerte sie, aber es überraschte sie nicht. Er verließ kaum seinen Speicher, geschweige denn die Insel. Nicht ein einziges Mal in all den Jahren, die ihre Erinnerung zurückreichte, hatte er seinen Fuß in ein Boot gesetzt. Nun schickte er sie ohne Abschied fort. Er hatte einen neuen Liebling gefunden. Einen *Schüler*, durchfuhr es sie verächtlich.

Neben dem Stationsgebäude scheuten die Pferde, als Lokomotive und Waggons schwarz und lärmend am Bahnsteig einfuhren. Einen Augenblick lang war die ganze Gruppe von dichtem Rauch umhüllt, düster und schwer, dann verzogen sich die Schwaden. Der Kutscher trug ihr Gepäck, zwei große Reisekoffer und eine Tasche, in eines der Abteile, während Aura die letzten Augenblicke mit ihrer Familie verbrachte.

Schließlich aber ließ sich die Trennung nicht länger aufschieben. Aura stieg die beiden Metallstufen hinauf, warf Daniel einen langen Blick zu, dann eilte sie ins Abteil. Sie öffnete das Fenster und schaute hinaus. Die drei standen dicht beieinander auf dem Bahnsteig, der Kutscher hielt respektvollen Abstand. Sylvette rief ihr zu, sie möge ihren elften Geburtstag in vier Monaten nicht vergessen und ihr viele Briefe schreiben. Aura versprach es und schenkte ihr das fröhlichste Lächeln, das sie jetzt noch zustande brachte.

Zuletzt ließ sie ihren Blick über den Bahnsteig schweifen. Der einzige andere Reisende, der mit ihnen gewartet hatte, mußte schon eingestiegen sein.

Der Zug setzte sich langsam in Bewegung. Daniel, ihre Mutter und Sylvette blieben zurück. Sie winkten ihr nach, ehe sie abermals vom Qualm der Lokomotive verschluckt wurden. Die Station wurde kleiner, ein winziger Ziegelbau in der Weite des Küstenlandes. Schon hob er sich kaum noch vom Dünenmeer am Horizont ab.

Aura war allein im Abteil. Sie suchte unter der tiefen Wolkendecke nach Möwen, doch da oben war nichts als fahle Leere.

Ganz allein, dachte sie schwermütig. Und schau nur, sogar der Himmel trägt Trauer.

Gillian passierte ein Abteil ums andere, die alle leer waren, bis er das Mädchen wiedersah. Der hintere Teil des Zuges war wie ausgestorben. Sie schien die einzige Mitreisende zu sein.

Sie war hübsch, mit ihrem langen schwarzen Haar, das der Wind aus den Spangen gezaust hatte. Hübsch in ihrem Kummer. Gegen seinen Willen berührte ihn ihr Anblick.

»Darf ich mich zu Ihnen setzen?«

Sie blickte auf, einen Moment lang verwirrt. »Ja ... ja, sicher.«

Er warf die Tasche ins Gepäcknetz und setzte sich ihr gegenüber mit dem Rücken zur Fahrtrichtung. Verstohlen musterte er ihre Züge, während sie rasch wieder zum Fenster hinausblickte. Er spürte, daß ihr seine Anwesenheit mißfiel, aber sie hatte sich gut unter Kontrolle.

»Ich fahre nach Österreich«, sagte er ein wenig ungeschickt.

»Aha«, bemerkte sie ohne Interesse, drehte sich aber zu ihm um. Er wußte genau, was sie jetzt empfand. Sie spürte, daß etwas mit seinem Gesicht nicht stimmte, daß er anders war als andere Männer. Jeder, der ihn zum ersten Mal sah, reagierte so.

Dennoch blickte sie ebenso schnell wieder weg, wie sie hingeschaut hatte. Ja, dachte er noch einmal, sie hat sich sehr gut im Griff. Bewundernswert.

»Und Sie?« fragte er und fügte eilig hinzu: »Verzeihen Sie, wenn ich unhöflich erscheine. Wenn ich Sie störe, halte ich sofort meinen Mund.«

Ein trübes Lächeln flackerte über ihre Züge. »In die Schweiz. Nach Zürich. Und, nein, Sie stören mich nicht. Ein wenig Ablenkung tut mir vielleicht ganz gut. Haben Sie hier oben Verwandte besucht?«

»So könnte man es nennen, ja.«

»Wen denn, wenn ich fragen darf? Ich kenne jeden im Dorf.«

Fühlte sie seine Unsicherheit? Er nannte den erstbesten, der ihm einfiel. »Den Wirt des Gasthofs. Nur ein sehr entfernter Verwandter. Aber ich war auf der Durchreise, und meine Mutter hat mich gebeten, bei ihm vorbeizuschauen.« Weil ihm das noch zu vage war, ergänzte er: »Ein gastfreundlicher Mann. Und ein sauberes Haus.«

»O ja«, bestätigte sie, aber er sah ihr an, daß ihre Gedanken ganz woanders waren. »Er ist nett. Manchmal bringt er uns Kuchen zur Insel, den seine Frau gebacken hat. Meine Schwester ist immer ganz aus dem Häuschen, wenn sie ihn an der Anlegestelle entdeckt.«

»Sie leben auf einer Insel?«

Sie lehnte sich müde zurück und strich sich eine schwarze Strähne aus der Stirn. »Lebte, ja. Aber das ist vorbei.«

»Sie ziehen fort?«

»Ins Internat«, erwiderte sie mit geisterhaftem Lächeln. »In die Berge. Ein ganz schöner Wechsel, nicht wahr?«

Gillian folgte ihrem Blick hinaus in die flache Landschaft. Der Zug stampfte durch eine Ödnis aus Wiesen im Herbstlicht. Das Gras wellte sich wie Meereswogen. Immer wieder fuhren sie an schmalen Bächen und Moorlöchern vorbei.

Das Mädchen tat ihm plötzlich leid, und das lag nicht nur an der Traurigkeit, die sie ausstrahlte. Die langen Wimpern flatterten nervös über ihren blaßblauen Augen und nahmen ihnen das lebhafte Leuchten. Einen Moment lang überkam ihn das Gefühl einer engen Verwandtschaft: Sie war ebenso in eine Rolle gedrängt worden, die sie nicht wollte, wie er selbst. Eine alberne Empfindung, das wußte er, aber mit einemmal konnte er an nichts anderes mehr denken.

Vielleicht trägt sie schon die Frucht ihres Vaters in sich, hatte Lysander geschrieben.

Töte sie.

Der Fremde verwirrte sie. Aura zerbrach sich den Kopf darüber, was genau es sein mochte, das sie so irritierte. Sie war beileibe nicht in der Stimmung, sich Gedanken über andere zu machen, und doch ließ seine Anwesenheit ihr keine Ruhe.

Sein Gesicht war makellos, hatte aber auch etwas Fremdartiges, fast Verschwommenes. Wie zwei Bilder, die sich im Traum überlagerten. Sie fand ihn anziehend, äußerst attraktiv sogar, aber sie wußte nicht, woran es lag. Er hatte nur wenige Worte gesprochen, mit einer sanften, wohlartikulierten Stimme, und es waren nicht mehr als Allgemeinplätze gewesen. Höflichkeiten, die nichts über ihn verrieten, außer, daß er Österreicher sein mochte. Und nicht einmal dessen konnte sie sicher sein. Er hatte keinen Akzent, nicht einmal einen Hauch davon.

Der Fremde kreuzte sehr vorsichtig ihren Blick, als fürchtete er, sie dadurch zu verletzen. »Für höhere Töchter, nehme ich an.«

Einen Herzschlag lang wußte sie nicht, was er meinte. »Wie bitte?« fragte sie.

»Das Internat. Es ist sicher eine Schule für höhere Töchter.«

»Ich glaube schon.« Natürlich wußte sie es ganz genau, aber die Wahrheit war ihr peinlich. Sie wollte nicht, daß er sie für eine verwöhnte Göre hielt. »Ich weiß nicht viel darüber. Meine Eltern haben alles in die Wege geleitet. Ich habe nur eine Adresse, irgendwo in den Bergen bei Zürich.« Sie kramte in einer Tasche ihres Kleides und zog einen Zettel hervor. »Sankt-Jakobus-Stift für Mädchen. Klingt einladend, finden Sie nicht?«

Er erwiderte ihr Lächeln. »Ungewöhnlich, ein Mädcheninternat nach einem männlichen Heiligen zu benennen.«

»Sagen Sie bloß, Sie kennen sich mit so was aus?«

»Ich bin kein praktizierender Christ, wenn Sie das meinen.«

»Mein Vater hält nicht viel von der Kirche«, sagte Aura und fragte sich zugleich, warum sie ihm das erzählte. »Er hat sogar meiner Mutter ihren Glauben ausgetrieben.« Sie war drauf und dran, ihm alles zu offenbaren, ihre Enttäuschung und Wut, bremste sich aber im letzten Augenblick. Was geschah nur mit ihr?

Seine Pupillen waren ungewöhnlich groß und dunkel. Sie sah, daß seine Hände unruhig auf den Knien wippten. Instinktiv machte sie Fäuste, damit er nicht sah, daß sie an den Nägeln kaute.

»Sie sagten, Sie seien nur auf der Durchreise.« Ein schwacher Versuch, das Thema zu wechseln. »Woher kommen Sie?«

Er zögerte einen Moment, dann erzählte er ihr eine unbestimmte Geschichte über etwas Geschäftliches, das ihn in diese Gegend geführt habe. Aura hörte nur halbherzig zu. Lieber beobachtete sie, wie er sprach. Die Art und Weise, wie sich seine geschwungenen Lippen öffneten und schlossen, das flinke Blinzeln seiner Augen. Beides faszinierte sie.

Völlig unbefangen begann er schließlich davon zu sprechen, daß er seine Eltern nie kennengelernt hatte. Aura dachte lakonisch, daß etwas an dieser Gegend sein mußte, das Waisenkinder magisch anzog. Ihre Mutter hätte ihre Freude an dem Fremden gehabt.

Nachdem sie sich über eine Stunde miteinander unterhalten hatten, wurde ihr bewußt, daß sie sich noch nicht einmal vorgestellt hatte. Es war ihre erste größere Reise, und sie wußte nicht, ob man gegenüber Bekanntschaften in Eisenbahnabteilen lieber mißtrauisch blieb. Egal, dachte sie, und nannte ihm ihren Namen. Dann fragte sie: »Verraten Sie mir auch, wie Sie heißen?«

»Gillian«, sagte er und wirkte ein wenig überrumpelt. »Mit hartem G.«

»Und Ihr Vorname?«

»Gillian ist mein Vorname.«

»O, verzeihen Sie. Ich dachte, so heißen nur Frauen.«

»Im Englischen.« Er lächelte freundlich. »Gillian ist eine Abwandlung von Gilgian, was wiederum die Kurzform ist von – Sie werden es nicht glauben – Ägidius.«

Aura grinste. »Ägidius? Haben Ihre Pflegeeltern Sie so genannt?«

»Nur Gillian. Irgendwem hat wahrscheinlich gefallen, daß der Name einen weiblichen Klang hat.« Nach einer Pause sagte er: »Sie haben einen schönen Namen, Aura. Man darf Ihren Eltern zu ihrem guten Geschmack gratulieren.«

»Alle Menschen haben auch ein, zwei gute Seiten, nicht wahr?« Sie bemühte sich, bitter zu klingen, aber in seiner Anwesenheit wollte ihr das nicht recht gelingen. Sie spürte, wie sich ihre Laune mit jeder Minute besserte, beinahe gegen ihren Willen.

Als sie ihm erneut in die Augen schaute, wandte er den Blick ab. Irgend etwas schien ihm plötzlich Sorgen zu bereiten.

»Was ist mit Ihnen?« fragte sie. »Geht es Ihnen nicht gut?«

»Doch, doch«, gab er rasch zurück. »Mir kam nur gerade ein Gedanke. An eine Arbeit, die ich noch zu Ende bringen muß.«

»Sie haben mir noch immer nicht gesagt, als was Sie arbeiten.«

Er sah sie an, fast flehend. »Würde es Ihnen wohl etwas ausmachen, das Fenster zu öffnen?« Seine Stimme klang eigenartig, fast belegt.

»Natürlich nicht.«

Sie stand auf und machte sich an den Griffen zu schaffen. Dabei wandte sie ihm den Rücken zu.

Hinter ihr glitt Gillian auf die Füße. Lautlos, als wäre er ihr Schatten, hob er beide Hände.

Sie bemerkte die Bewegung erst im letzten Augenblick, als es fast zu spät war. Seine Fingerspitzen berührten bereits das Weiß ihres schlanken Halses, als sie mit einem Ruck herumfuhr.

Ihre Blicke trafen sich. Unverständnis im Blau ihrer Augen. Dann Panik.

Die meisten seiner Opfer wehrten sich nicht, wenn sie in sein Gesicht sahen. Erst wenn sie längst in der Falle saßen. Vorher staunten sie nur.

Doch Aura war anders. Im selben Moment, da sie begriff, was er tat – nein, sie begriff es nicht, aber sie ahnte es –, stieß sie sich mit aller Kraft vom Fenster ab und prallte gegen ihn.

Gillian verlor überrumpelt das Gleichgewicht, stolperte zurück auf seinen Platz. Seine Rechte schoß vor, packte den Saum ihres Kleides, doch der glatte Stoff entglitt seinen Fingern.

Aura schrie um Hilfe, während sie die Abteiltür aufstieß. Gillian sprang auf, faßte sie an der Schulter. Wie eine Furie wirbelte das Mädchen herum und schlug ihm die Faust ins Gesicht. Es war kein allzu schmerzhafter Hieb, aber Gillian war Gegenwehr nicht gewohnt. Erstaunt, fast schockiert ließ er sie abermals los.

Mit einem Aufschrei taumelte Aura hinaus auf den Gang. Stürmte nach links, in Richtung der Lokomotive. Sie hörte, wie Gillian hinter ihr die Verfolgung aufnahm.

Sie blickte in jedes der Abteile, die sie passierte. Alle waren leer. Kaum ein Mensch lebte in dieser Gegend, und die allerwenigsten verreisten. Gut möglich, daß der ganze Zug wie ausgestorben war.

Der Mann hatte sie berühren wollen. Am Hals! Großer Gott, hatte er sie wirklich umbringen wollen?

Der nächste Waggon war ein Großraumwagen, wie die meisten auf dieser Strecke. Menschenleer. Keine der Bänke war besetzt.

Aura rannte weiter. Der Boden vibrierte unter ihren Füßen, mehrfach wäre sie fast gestolpert. Gillian war immer noch hinter ihr, nur wenige Schritte. Er rief ihren Namen, einmal, zweimal, doch sie dachte gar nicht daran, stehenzubleiben.

Verdammt, irgendwo in diesem verfluchten Zug mußte es doch Menschen geben, die ihr helfen konnten!

Noch ein Waggon, wieder in Kabinen unterteilt. Keine Reisenden weit und breit. Die meisten Abteiltüren standen offen.

Sie spürte, daß er sie eingeholt hatte, noch ehe seine ausgestreckte Hand sie berührte. Sie schrie, als sich seine Finger um ihre Schulter krallten. Diesmal würde er sich nicht durch einen einfachen Schlag abwehren lassen. Sie verfluchte ihre abgekauten Fingernägel – zu kurz, um ihm damit die Augen auszukratzen!

Er wirbelte sie herum, immer noch an der Schulter, obgleich er sie auch an den Haaren hätte packen können. Es war fast, als wolle er ihr trotz allem nicht weh tun. Aura vergeudete keine Zeit, sich darüber zu wundern. Ihr Herz pochte so hart, daß es schmerzte. Ihr Atem raste.

Sie trat und schlug nach ihm, versuchte, ihn in den Arm zu beißen. Er aber entging flink ihren Attacken, holte aus, um ihr eine Ohrfeige zu versetzen, ließ die Hand dann aber sinken.

Sie blickte erneut in seine Augen, und was sie darin sah, ließ sie vor Angst fast erstarren. Es war der Wille zu töten. Keine Lust, kein Verlangen. Gillian wollte ihr Leben.

Er schleuderte sie seitlich durch eine offene Abteiltür. Kreischend stürzte sie auf eine der Bänke, mit den Händen zuerst. Ihre Stirn stieß gegen die Rückenlehne, ihr ganzer Körper federte zurück. Abermals ruckte sie herum, wollte auf ihn einschlagen, wollte ihn packen, verletzen, ihn zahlen lassen für das, was er vorhatte.

Aber Gillian war nicht mehr hinter ihr. Er stand draußen auf dem Gang, stützte sich mit beiden Händen im Türrahmen ab und blickte sie eindringlich an. Mit seinen Augen geschah etwas. Sein Blick klärte sich, als schmelze eine Eisschicht von seinen Pupillen.

»Hören Sie auf zu schreien«, verlangte er leise und nicht im geringsten außer Atem. Es war, als hätte die Verfolgungsjagd für ihn gar nicht stattgefunden.

Aura schnaubte verächtlich, stieß sich ab und stürzte ihm mit ausgestreckten Armen entgegen. Ihre Fingerspitzen zielten auf sein Gesicht, doch er wischte ihren Angriff mit einer beiläufigen Bewegung beiseite. Ehe sie sich's versah, saß sie wieder auf einer der Bänke.

»Was wollen Sie von mir?« brachte sie atemlos hervor. »Warum tun Sie das?«

Gillians Züge verhärteten sich, ein seltsamer Anblick. Vor einigen Minuten noch hatte er so sanft gewirkt, so vertrauenerweckend.

»Leben Sie wohl!« sagte er plötzlich und zog abrupt die Abteiltür zu.

Aura sprang auf. »Was, zum Teufel, tun Sie da?«

Draußen auf dem Flur hielt Gillian mit einer Hand die Tür zu, während er sich mit der anderen den Gürtel aus dem Hosenbund zerrte.

Aura begann, an der Tür zu rütteln. Sie gab einen Spaltbreit nach. Gillian zog den Gürtel um den Außengriff, spannte das Lederband blitzschnell über den schmalen Gang und verknotete das andere Ende am gegenüberliegenden Fensterknauf.

»Lassen Sie mich raus!« brüllte Aura aufgebracht durch den Spalt.

Noch einmal streiften sich ihre Blicke, ein zartes Betasten mit den Augen. Aura hatte das Gefühl, als könne er in ihre Gedanken schauen, mitten in ihr Herz.

Dann, schlagartig, rannte Gillian zurück zum Ende des Zuges, während Aura wie aus einem Traum erwachte, erneut an der Tür zerrte und aus Leibeskräften um Hilfe schrie.

Es kann nicht sein! hämmerte die Erkenntnis durch seinen Schädel. Es kann einfach nicht sein!

Und doch, es war geschehen. Er konnte es nicht. Zum ersten Mal hatte er einen Auftrag nicht zu Ende führen können. Und das Schlimmste daran war: Er hatte nicht einmal das Gefühl, versagt zu haben. Vielmehr redete ihm eine Stimme ein, er habe das Richtige getan. Ganz genau das Richtige!

Wie von Sinnen stürmte er den Gang hinunter, bis er das Abteil erreichte, in dem er mit Aura gesessen hatte. Sein Blick fiel auf ihren verlassenen Platz. Es war nur Minuten her, da war es hier drinnen so friedlich gewesen. Eine seltsame Vertrautheit war zwischen ihnen entstanden, etwas so gänzlich Ungewohntes, Neues.

Der Auftrag! Was für eine Farce!

Er hatte gerade etwas ungemein Wertvolles ruiniert. Nicht ein Leben, wie früher, nein, vielmehr ein Gefühl, eine unbekannte, warme Empfindung.

Gillian war verstört. Und er hatte Angst. Vor allem vor sich selbst, einem Teil von sich, den er noch immer nicht gänzlich verstand. Er mußte sich selbst zur Ruhe zwingen, um überhaupt zu begreifen, was eben geschehen war. Um zu verarbeiten, was er getan, besser, *nicht* getan hatte.

Dabei war es so einfach: Er hatte Aura Institoris nicht getötet. Er hatte gegen Lysanders Befehl verstoßen.

Noch kannst du zurückgehen! lockte ihn eine innere Stimme. Geh zurück und mach Schluß mit ihr! Denk an das Risiko! Denk an Lysander!

Er riß seine Tasche aus dem Netz, öffnete den Verschluß, kramte gehetzt darin herum. Lysanders Schreiben knisterte, als er es unter den unbenutzten Waffen hervorzog.

Gillian war noch nicht fertig. Er war zu weit gegangen, um jetzt einen Rückzieher zu machen. Er würde diese Sache auf seine Weise abschließen. In aller Konsequenz.

Er faltete das engbeschriebene Papier und steckte es in Auras Reisetasche. Schob Lysanders Anweisungen in das Gepäck seines vermeintlichen Opfers.

Ob er richtig handelte, wußte er nicht. Was er tat, geschah aus einem unbestimmten Bedürfnis heraus, nicht aus Vernunft. Zum ersten Mal seit langem folgte er seinen eigenen Empfindungen, tat das, was allein er für nötig hielt.

Sie mußte die ganze Wahrheit erfahren. Es war seine Art von Wiedergutmachung. Ein verzweifelter Versuch, das wußte er.

Schließlich nahm er seine Tasche, horchte noch einmal auf Auras Rufe in der Ferne, dann lief er zur nächstbesten Waggontür. Der Zug fuhr noch immer mit hoher Geschwindigkeit, aber rechts und links des Bahndamms erstreckte sich ein Netz aus Teichen und Moorlöchern. Es kam nur auf den richtigen Augenblick an.

Gillian stieß die Tür auf, packte seine Tasche fester. Keine Zeit, die Gefahren abzuschätzen! Er beobachtete, wartete, sprang schließlich hinaus in die rasende Landschaft.

Der Schaffner durchsuchte den Zug vom ersten bis zum letzten Waggon, doch Aura sah ihm an, daß er ihr kein Wort glaubte. Wo, bitte, war denn die Tasche dieses ominösen Räubers geblieben? Und warum überhaupt ließ eine junge Dame wie sie es zu, daß sich ein

Wildfremder in ihr Abteil setzte, wo doch der ganze Zug vollkommen leer war?

Was er, verdammt noch mal, damit andeuten wollte, schrie sie ihn an. Und mehr noch: Aufgebracht erinnerte sie ihn an den Gürtel, den er selbst hatte durchschneiden müssen, um sie zu befreien. Und an die offene Waggontür. Doch nicht einmal das akzeptierte er als Beweis. Nicht, daß er sein Mißtrauen aussprach, ihr gar Lügen unterstellte. Insgeheim aber schien er überzeugt zu sein, daß das reiche Fräulein sich nur interessant machen wollte. Er empfahl ihr, am nächsten größeren Bahnhof die Polizei zu verständigen. Sie erkannte den Argwohn in seinen Augen und dachte zynisch, wenn die Welt hier draußen voll war von solchen Kerlen, dann würde sie im Internat ein Zimmer auf Lebenszeit buchen.

Der Schaffner trug ihr Gepäck murrend in den vorderen Waggon, gleich neben sein Dienstabteil. Aura war überzeugt, daß Gillian den Zug verlassen hatte, und doch – ein leiser Zweifel blieb. Hatte er seine Flucht nur vorgetäuscht, um später noch einmal über sie herzufallen, wenn sie nicht damit rechnete? Aber warum hatte er es dann nicht vorhin getan, als sich die beste Gelegenheit bot? Dieser Gillian war kein gewöhnlicher Verbrecher, soviel stand fest.

Bis zum nächsten Umsteigen fand sie keinen Schlaf, und auch dann fiel es ihr noch schwer, an etwas anderes zu denken als an Blicke aus dunklen Augen und an das schöne, geheimnisvolle Gesicht eines Mörders.

KAPITEL 4

Jenseits der Alpen ging die Sonne auf und legte einen Strahlenkranz um majestätische Felsgiganten. Auf den Gipfeln lag Schnee, und selbst im Tal war es empfindlich kalt. Aura hatte sich schon vor der Ankunft in Zürich dick vermummt, hatte einen Pullover über ihr Kleid gezogen, ihren Schal umgelegt und den Mantel bis oben hin zugeknöpft. Jetzt verwünschte sie sich dafür, daß sie ihre Handschuhe achtlos in einen der Koffer geworfen hatte; unmöglich, ihn in der schaukelnden Kutsche zu öffnen und durchzuwühlen.

Der Kutscher hatte ein langes Gesicht gezogen, als sie ihm ihr Ziel genannt hatte, und er hatte sich mit einigen seiner Kollegen vor dem Bahnhof beraten müssen, um den genauen Weg zum Sankt-Jakobus-Stift zu erfahren. Schließlich hatte er ihr einen unverschämten Preis genannt, zahlbar im voraus. Sie ließ sich darauf ein, weil sie keine andere Wahl hatte, aber auch, weil Geld für sie ohne Bedeutung war. Ihre Familie besaß genug davon, obgleich weder Nestor noch Charlotte eigene Einkünfte hatten. Der Reichtum der Institoris' speiste sich allein aus dem umfangreichen Erbe ihrer Mutter und einer Rücklage, die Nestor in jungen Jahren erwirtschaftet hatte.

Die Straße verlief in Serpentinen einen Berghang hinauf. Nach einer scharfen Wegkehre tauchte der Zweispänner ins Zwielicht eines Waldes. Die Stadt war längst auf der anderen Seite des Berges zurückgeblieben, und der Weg wurde allmählich schlechter. Irgendwann hörten die Pflastersteine gänzlich auf, und alle paar Meter wurde Aura im Inneren der Kutsche tüchtig durchgeschüttelt. Gelegentlich hörte sie von außen das Knallen der Peitsche und ein paar gemurmelte Flüche des Kutschers. Er schien um seine Räder zu bangen, und Aura fürchtete zeitweise, er könne es ablehnen, sie noch höher hinauf ins Gebirge zu bringen.

Sie hatte erwartet, der Weg von Zürich zum Internat werde eine, höchstens zwei Stunden in Anspruch nehmen. Tatsächlich aber schien er sich nun über den ganzen Vormittag hinzuziehen. Die Sonne stieg höher und beschien rechts und links des Weges dichte Nadelwälder. Ein Sturzbach donnerte schäumend dem Tal entgegen, überspannt von einer kühnen Bogenbrücke. Gelegentlich wurde der Wald von Wiesen unterbrochen, auf denen Kühe so bewegungslos verharrten, als seien sie beim Weiden festgefroren. Einmal erhob sich am Wegrand ein Heiligenbild, so dicht von Moos überzogen, daß nicht mehr zu erkennen war, ob es sich um einen weiblichen oder einen männlichen Patron handelte. Davor kniete eine Bäuerin und betete mit geschlossenen Augen, blickte nicht auf, als die Kutsche an ihr vorüberrumpelte.

Aura gestand sich ein, daß ihr der Anblick dieser Landschaft gefiel. Sie war nie zuvor in den Bergen gewesen, kannte nur das flache, eintönige Küstenland, und so war sie von der Größe und Wucht des Gebirges tief beeindruckt. Auf den Rändern hoher Felswände erhoben sich Kastanien und Walnußbäume, als wollten sie sich im nächsten Augenblick in die Tiefe stürzen. Hier und da lichteten sich Tannendickicht und Fichtenzeilen und gingen in Haine aus leuchtenden Birken über. Der Verlauf des Weges wurde immer verschlungener und steiniger, ehe der Kutscher gegen Mittag seine Pferde langsamer traben ließ und rief: »Meine Dame, wir sind am Ziel!«

Der erste Anblick des Sankt-Jakobus-Stifts erschreckte, ja erschütterte sie. Was eine Schule, ein Hort der Bildung sein wollte, sah in Wahrheit aus wie eine Festung.

Der Bau lag inmitten eines weiten Parks, der auf den ersten Blick wildromantisch, auf den zweiten nur noch ungepflegt wirkte. Der letzte Schnitt von Hecken und Sträuchern lag zu lange zurück, und auch der Rasen war höher als üblich. Immer wieder unterbrachen kleine Waldstücke und Reihen buschiger Tannen das Gelände. Der Boden war uneben und von schroffen Felsspalten durchzogen. Der Weg, der vom Torbogen der Außenmauer zum Internatsgebäude führte, war mit Holzstämmen ausgelegt. Die Kutschenräder verursachten darauf einen entsetzlichen Lärm.

Das Internat selbst war achteckig, die Mauern hoch und aus grobem Naturstein. Die Wände wurden von niedrigen Dächern abgeschlossen, aus denen scharfe Giebel wie verdrehte Pechnasen stachen. Fenster gab es kaum, und die wenigen waren klein, kaum größer als Schießscharten; einige hatte man offenbar erst nachträglich ins Gestein gebrochen. Zudem entdeckte Aura ein halbes Dutzend neuere Anbauten, die eine lichtere, freundlichere Architektur aufwiesen. Das Haupttor hatte man mit einem Vorbau versehen, der von weißen Säulen flankiert wurde. Aura verstand wenig von Architektur, aber selbst sie erkannte, daß hier sämtliche Baustile wild durcheinandergewirbelt worden waren. Beim Näherkommen entdeckte sie über dem Tor im Gestein der alten Festungsmauer eine gemeißelte Inschrift: *Non nobis, Domine, non nobis sed nomine tuo da gloriam.* Nicht uns, Herr, nicht uns den Ruhm, sondern deinem Namen.

Eine Frau mit hochgestecktem grauem Haar kam ihr entgegen, nicht zu schnell und auf Würde bedacht. Sie stellte sich als Fräulein Braun vor und war die Leiterin von Auras künftiger Klasse. Ihr Gesicht war grau und faltig, und ihre Herzlichkeit wirkte aufgesetzt. Damit entsprach sie ziemlich genau Auras Erwartungen.

Die Eingangshalle des Internats war mit teurem Marmor ausgelegt, ein rot-braunes Schachbrettmuster, das vor Auras Augen zu flimmern schien. Mehrere Wandleuchter waren mit Kristallen besetzt, und es gab drei Sitzecken aus fein geschnitzten Möbeln, die allerdings durch armdicke Taue vom Rest des Raumes abgetrennt waren. Aura kam sich vor wie in einem Museum.

An der Rückseite der Halle führten mehrere Stufen, so breit wie die ganze Wand, in eine tiefergelegene Etage. Darüber war hinter hohen Fenstern ein achteckiger Innenhof zu sehen. Was immer am Fuß der Treppe lag, es befand sich im Kellergeschoß unterhalb des Hofes.

Von unten erklang jetzt das scharfe Klappern von Schritten. Ein Gesicht erschien über der obersten Stufe, dann ein hochgewachsener, dürrer Körper.

»Die Direktorin«, raunte Fräulein Braun Aura zu. »Madame de Dion.«

Aura wollte ihr entgegengehen, doch die Lehrerin hielt sie zurück. »Warten Sie, bis Sie von Ihr angesprochen werden.«

Die Direktorin trug ein weißes Kostüm ohne jede Zierde. Auf Schmuck schien sie, wie auch Fräulein Braun, keinen Wert zu legen; Aura entdeckte nicht einmal einen Ring an ihren langen Fingern. Madame de Dions Gesicht war schmal und knochig, und als sie lächelte, entblößte sie einen silbernen Schneidezahn inmitten des akkuraten Weiß ihrer Zahnreihen; das Silber schien aus sich heraus zu glühen. Sekundenlang konnte Aura auf nichts anderes als auf diesen Zahn starren. Dann aber fiel ihr Blick auf die Augen der Direktorin, genauer: auf ihre Brauen. Sie standen schräg, wie aufgemalt, und vermittelten Strenge, bevor die Frau auch nur ein Wort gesprochen hatte.

»Aura Institoris«, sagte die Direktorin mit tiefer, männlich klingender Stimme. »Wir haben Sie schon erwartet.« Falls darin ein Vorwurf mitschwang, so erklärte sie ihn nicht weiter. »Ich bin Madame de Dion und seit vielen Jahren die Leiterin dieser Anstalt.«

Himmel, sie sagte tatsächlich Anstalt, nicht Schule! Auras Unwohlsein gefror zu einem eisigen Knoten in der Kehle. Dennoch reichte sie der Direktorin artig die Hand. Der Händedruck der Frau war kraftvoll, fast schmerzhaft. Aura fragte sich, ob die Leiterin mit Absicht so fest zupackte, um ihre neue Schülerin einzuschüchtern. Ein gewisser Erfolg war ihr dabei nicht abzusprechen.

Aura wollte etwas sagen, doch die Direktorin schaute bereits an ihr vorbei und nickte jemandem in Auras Rücken zu. »Bring ihr Gepäck in mein Arbeitszimmer. Ich werde es mir später genauer ansehen.«

Aura traute ihren Ohren nicht, und weniger noch ihren Augen, als sie sah, wie ein älterer Mann, offenbar das Faktotum des Internats, ihre beiden Koffer herein und an ihr vorüber trug. Ihre Reisetasche baumelte an seinem rechten Arm.

Bemüht, so gefaßt und freundlich wie möglich zu bleiben, wandte sie sich an die Direktorin. »Er bringt das Gepäck nicht auf mein Zimmer?«

Fräulein Braun schaute sie zurechtweisend an. »Es ist üblich, daß Madame de Dion die Koffer zuerst auf unerwünschte Gegenstände untersucht.«

»Unerwünschte … Gegenstände?« fragte Aura. Sie spürte, wie Zorn in ihr aufstieg, sehr schnell und siedend heiß.

»Druckerzeugnisse. Gewisse Literatur, wie sie unter jungen Damen heutzutage Verbreitung findet. Nicht geduldet werden auch Photographien männlicher Bekannter.« Fräulein Braun machte eine weite Geste, die irgendwie kantig wirkte, während die Direktorin Aura nur schweigend anstarrte.

Aura zog scharf die Luft ein. »Auf mein Gepäck trifft das nicht zu«, sagte sie leise.

»Wir werden sehen«, erwiderte die Lehrerin.

»Nein.« Aura lächelte starr. »Sie verstehen nicht: Es wird keine Untersuchung meines Gepäcks geben!«

Mit diesen Worten trat sie an der Direktorin vorbei, packte den alten Bediensteten an der Schulter und hielt ihn zurück, bevor er die Koffer die Treppe hinabtragen konnte. »Entschuldigen Sie«, sagte sie höflich, aber bestimmt. »Bringen Sie die Sachen bitte gleich auf mein Zimmer.«

Ein scharfes Atmen an ihrem Ohr ließ sie herumwirbeln. Erschrocken fuhr sie zusammen, als ihr klar wurde, daß die Direktorin neben sie getreten war, ohne dabei einen Laut zu verursachen.

»Gehen Sie«, fauchte Madame de Dion den Hausdiener an. »In mein Arbeitszimmer damit.«

Aura beachtete sie nicht weiter. Ungeachtet der einschüchternden Präsenz der Direktorin packte sie ihre Reisetasche am Arm des Mannes und riß daran. Der Alte blieb stehen, warf ihr einen flehenden Blick zu, doch es war bereits zu spät. Der Ruck war zu stark, die Tasche gab nach. Der Verschluß ging auf, und der gesamte Inhalt ergoß sich über die oberen Treppenstufen.

Das folgende Schweigen war bedrohlicher als das schlimmste Geschrei. Niemand sagte einen Ton, nicht einmal Fräulein Braun. Schließlich löste Aura sich aus dem Bann der beiden Frauen, ging in die Hocke und begann geschwind, ihre Sachen auf einen Stapel zu schichten. Der alte Mann setzte die Koffer ab und reichte ihr verschüchtert die leere Tasche.

Aura kauerte auf der obersten Stufe und hatte den Frauen bewußt den Rücken zugekehrt. Sie mied den Blick der Direktorin. Inmitten des Gewirrs aus Büchern, Waschzeug, Bürsten und einem Spiegel entdeckte sie ein gefaltetes Papier; sie wußte genau, daß sie selbst es nicht hineingelegt hatte. Ein Brief von Daniel! Flink ließ sie das Schreiben in der Manteltasche verschwinden. Hoffentlich hatten die anderen es nicht bemerkt!

Im selben Augenblick packte jemand ihre Haare und riß sie mit einem grausamen Ruck nach hinten. Aura ließ fallen, was sie in Händen hielt, und schrie vor Schmerz und Empörung auf. Dabei stolperte sie nach hinten – und fiel genau vor die Füße von Madame de Dion.

Die Direktorin blickte auf sie herab. Noch immer hatte sie Auras langes Haar um die Rechte geschlungen und sah einen Moment lang aus, als wolle sie noch einmal mit aller Gewalt daran reißen. Dann aber ließ sie es los, gab dem Alten einen Wink, das Gepäck endlich in ihr Arbeitszimmer zu bringen, und reichte Aura schließlich die Hand.

»Stehen Sie auf«, zischte sie leise. »Es schickt sich nicht für eine Schülerin meines Internats, vor anderen am Boden zu kriechen.«

Aura glaubte ihr an die Kehle springen zu müssen. Ihre Kopfhaut brannte, als hätte sie den Kopf in Säure getaucht. Der Schmerz machte sie ganz benommen. Trotzdem stand sie auf, nicht zu unbeholfen, wie sie hoffte, und öffnete den Mund, um Einspruch gegen diese Erniedrigung zu erheben.

Doch abermals kam ihr Madame de Dion zuvor. »Fräulein Braun wird Ihnen jetzt ihr Zimmer zeigen«, erklärte sie kalt. »Ich will diesen Vorfall vergessen, wenn es Ihnen recht ist. Ihr Gepäck wird man Ihnen am Nachmittag hinaufbringen.«

Damit drehte sie sich um und schritt dem Alten voran die Treppe hinab. Unten drehte sie sich noch einmal um und hielt ihre knöchrige Hand wie einen Fächer vor ihre Brust. »Und sollte ich Sie nur ein einziges Mal beim Nägelkauen erwischen, werde ich Ihre

Finger mit etwas bestreichen lassen, das Sie ganz sicher *nicht* in den Mund nehmen werden.« Nach diesen Worten verschwand sie im Untergeschoß.

Fräulein Braun trat vor Aura. »Schweigen Sie. Es ist besser so.«

Auf dem Weg zu Auras Zimmer sprachen die beiden kein Wort miteinander.

Ihre Mitbewohnerin hieß Cosima. Sie hatte bereits von dem Vorfall in der Halle gehört, bevor Aura überhaupt das Zimmer betreten hatte. Wie ein Lauffeuer war die Neuigkeit von Auras Ungehorsam durch die Flure gerast. Das Nachrichtennetz im Internat funktionierte hervorragend, es war eines der wenigen Dinge, bei denen die Mädchen fest zusammenhielten.

Einige Minuten später stand Aura am Fenster und blickte durch den schmalen Spalt hinaus ins Gebirge. Nirgends waren Gebäude zu erkennen, nur Felsgipfel, dunkle Wälder und Bergwiesen. Das Sankt-Jakobus-Stift schien ihr mehr und mehr wie ein Gefängnis, darüber konnte selbst die herrliche Landschaft nicht hinwegtäuschen.

Seit Fräulein Braun die beiden Mädchen allein gelassen hatte, bemühte Cosima sich redlich darum, Aura in ein Gespräch zu verwickeln. Sie war ein Jahr jünger als Aura und hatte große grüne Augen, wie man sie manchmal bei Katzen findet; sie wirkten um so größer, da ihr Gesicht klein und zart war, fast koboldhaft. Cosima trug ein weißes Kleid, von dem sich ihr schulterlanges, braunes Haar wie eine dunkle Kapuze abhob. Sie war Norditalienerin, sprach aber fließend Deutsch mit einem leichten Akzent.

»Hast du weiße Kleider?« fragte sie, obwohl Aura ihr den Rücken zugewandt hatte. »Die Direktorin wünscht, daß wir alle Weiß tragen.«

»Und wenn nicht?« Aura wandte sich zu ihr um. »Darf ich dann zurück nach Zürich, um mir neue zu kaufen?«

Cosima lachte und setzte sich auf die Kante ihres Bettes. »Du willst abhauen, nicht wahr? Am Anfang wollte das jede von uns. Aber, glaub mir, wenn du ein paar Tage hier bist, haben sie dir das ausgetrieben. Das Jakobus-Stift gilt als strengste Mädchenschule weit und breit – nur deshalb haben deine Eltern dich hergeschickt.«

Aura dachte an die Ringe in ihren Schenkeln und sagte sich, daß sich ihr Widerwillen gegen dieses Gemäuer niemals legen würde. Stechen und Ziehen würden sie an diesen Schwur erinnern.

»Ist es wenigstens erlaubt, hinaus in den Park zu gehen?« fragte sie und setzte sich auf ihr Bett. Das Zimmer war nicht groß, und zwischen den beiden Betten waren kaum mehr zwei Schritte Abstand. Auf dem Steinboden lag eine Art Reisigmatte, und in einer Ecke stand ein Kohleofen, der knisternde Wärme verbreitete. Wenigstens ließ man sie hier drinnen nicht erfrieren.

»Wir können in den Park gehen, so oft wir wollen«, sagte Cosima, »außerhalb der Unterrichtszeiten, heißt das. Nach Absprache mit den Lehrerinnen dürfen wir auch weiter raus. Von hier haut sowieso niemand ab, der halbwegs bei Verstand ist, dafür liegt das Internat viel zu abgelegen. Zu Fuß braucht man mehr als einen Tag, um zurück in die Stadt zu kommen, und auch nur, wenn man sich beeilt. Außerdem verzweigt sich der Weg an mehreren Stellen. Die Gefahr, sich zu verlaufen, ist viel zu groß.«

Aura horchte auf. »Das klingt, als hättest du es schon mal versucht?«

»Ich nicht. Aber zwei von den älteren Mädchen – du wirst sie bestimmt noch kennenlernen – wollten von hier verschwinden, vor einem Jahr. Holzfäller haben sie einen Tag später irgendwo in den Wäldern aufgestöbert, halb erfroren. Es hat auch schon welche gegeben, die nie wieder gefunden wurden. Sie verschwanden einfach.« Cosima setzte sich im Schneidersitz auf die Bettdecke. Ihr weißes Kleid spannte über den Knien. »Wahrscheinlich ist das nur Gerede der Lehrerinnen, um uns angst zu machen. Ich glaube, die Eltern der Mädchen haben sie hier rausgeholt, und keiner will es zugeben.«

»Meine holen mich bestimmt nicht raus.« Aura ließ sich mit dem Rücken aufs Bett fallen und starrte bedrückt zur Decke. Noch immer trieb sie die Vorstellung zur Weißglut, daß die Direktorin in diesem Augenblick ihre Koffer durchstöberte.

»Wie lange sollst du hier bleiben?« fragte Cosima.

»Über drei Jahre, bis zu meinem einundzwanzigsten Geburtstag.«

»Bis dahin sind's bei mir noch vier«, entgegnete Cosima mit einem tiefen Seufzer. »Und zwei Jahre bin ich schon hier.«

»Wie kommt es, daß in deinem Zimmer ein Bett frei ist?«

»Der Monseigneur hat Karla verlegt. Sie hatte sich von ihrer älteren Schwester ein paar Bücher reinschmuggeln lassen. *Fanny Hill, Die Nichten der Frau Oberst* und so was. Schweinkram, eben«, ergänzte sie schulterzuckend.

»Wer ist der Monseigneur?« fragte Aura verwundert.

»Oh, das kannst du nicht wissen.« Cosima kicherte in kindlichem Vergnügen. »So nennen wir Madame de Dion. Sie hat eine Stimme wie ein Mann, findest du nicht?« Sie senkte die Stimme und fügte flüsternd hinzu: »Und keinen Busen.«

»Ein Spitzname ist eine ziemlich armselige Rache für das, was sie uns antut«, fand Aura. »Wie hat sie das mit den Büchern eigentlich erfahren?«

»Karla hat kein großes Geheimnis daraus gemacht. Irgendwer muß sie dann verpetzt haben. Auf jeden Fall wurde plötzlich unser Zimmer durchsucht.«

Eine Spur von Mißtrauen furchte Auras Stirn. »Hast du auch in den Büchern gelesen?«

Cosima schüttelte entsetzt den Kopf. »Ich? Ach was. Karla hat mir ein, zwei Stellen daraus vorgelesen.« Sie kicherte wieder. »Liebe Güte ...« Plötzlich begriff sie, worauf Aura hinauswollte. »Du glaubst doch nicht etwa, daß *ich* irgendwas verraten habe, oder?« Sie klang jetzt schnippisch, ein wenig wütend sogar.

»Nein«, gab Aura besänftigend zurück. »Natürlich nicht.« Sie blickte wieder nachdenklich nach oben. Über ihr an der Wand klebte eine zerquetschte Mücke.

Ein versöhnliches Lächeln war auf Cosimas Gesicht erschienen. »Schon gut. Laß uns Freundinnen sein, ja?«

»Klar.« Aura erwiderte ihren Blick und fand darin einen regelrechten Hunger nach Zuneigung. Das also macht dieses Internat aus uns, dachte sie, traurige kleine Mädchen auf der Suche nach ein wenig Wärme.

Sie stand auf, umarmte Cosima herzlich und sagte: »Freundinnen.«

Das Mädchen schmiegte sich einen Moment lang an sie, dann lösten sie sich voneinander. Auras Blick fiel auf ihren Mantel, den sie über einen Bettpfosten geworfen hatte. Sie nahm ihn auf und durchsuchte ihn nach dem Schreiben, das sie in ihrer Reisetasche gefunden hatte. Schließlich zog sie es hervor, betrachtete es eine Weile und überlegte, ob sie es auseinanderfalten und lesen sollte. Daniel hatte ihr früher oft Briefe geschrieben, aber das war über ein halbes Jahr her.

Nein, entschied sie schließlich, ich lese ihn, wenn ich allein bin; falls es so was wie Alleinsein hier überhaupt gibt. Außerdem war sie viel zu müde und durcheinander. Sie blickte auf und sah, daß Cosima lächelte. »Hattest du draußen einen Freund?« fragte das Mädchen mit einem Nicken in Richtung des gefalteten Papiers.

»Das ist lange her«, sagte Aura wehmütig und schob den Zettel unter ihr Kopfkissen, nur um sich sogleich an die Durchsuchung des Zimmers zu erinnern. Sie zog das Schreiben wieder hervor, bückte sich und steckte es in einen ihrer hohen Schuhe.

»Du solltest dich jetzt ausruhen«, sagte Cosima sanft. »Der Monseigneur gibt allen Neuankömmlingen am ersten Nachmittag frei.«

Aura hob unentschlossen die Schultern, sagte sich dann aber, daß ihr ein wenig Schlaf guttun würde. Schnell legte sie ihre Kleidung ab und schlüpfte unter die Decke. Ihre Finger tasteten nach den Ringen an ihren Schenkeln. Sie fühlten sich kalt an, obwohl ihr ganzer Körper zu glühen schien.

Cosima beobachtete schweigend, wie sie einschlief.

Als sie geweckt wurden, war es draußen noch dunkel. Cosima schwang gähnend ihre dünnen Beine über die Bettkante. Sie bemerkte, daß Aura die Augen aufgeschlagen hatte, und grinste.

»Du hast den ganzen Nachmittag und die ganze Nacht geschlafen.«

»Wie spät ist es?« fragte Aura und streckte sich.

»Halb sechs. Die übliche Weckzeit hier im Stift.«

Auf einen Schlag kehrte die Erinnerung an ihre Lage zurück, an das Internat und an die Direktorin. »Großartig«, stöhnte sie und setzte sich auf. Neben dem Bett stand ihr Gepäck; sie hatte nicht bemerkt, daß es gebracht worden war.

Wenig später folgte sie Cosima zum Waschraum, wo sich bereits ein knappes Dutzend schnatternder Mädchen aufhielt. Die meisten waren jünger als Aura, jünger noch als Cosima. Einige betrachteten die Neue mit verstohlenen Blicken, andere kamen auf sie zu und stellten sich vor. Aura gab sich Mühe, ihre Herzlichkeit zu erwidern.

Als sie und Cosima zurück ins Zimmer kamen, war Auras erster Gedanke, nachzuprüfen, ob Daniels Brief noch in ihrem Schuh steckte. Aber sie wollte Cosima nicht ein zweites Mal mit ihrem Argwohn vor den Kopf stoßen, und so geduldete sie sich, bis sie fertig angezogen war. Die Ordnung in ihren Koffern war unversehrt, aber sie zweifelte nicht, daß die Direktorin ihre Drohung wahr gemacht hatte. Daß die Durchsuchung keine Spuren hinterlassen hatte, beunruhigte Aura nur noch mehr.

Während sie ihre Schnürsenkel lockerte, um in die Schuhe zu schlüpfen, sah sie, daß das Papier noch an Ort und Stelle war. Ein Glück! Sie schob es seitlich neben ihren rechten Knöchel, dann folgte sie Cosima zum Unterricht. Sie hoffte, daß sie am Nachmittag endlich Zeit finden würde, den Brief zu lesen.

Die Schülerinnen des Sankt-Jakobus-Stifts verteilten sich auf sechs Klassen zu jeweils zehn bis zwölf Mädchen. Die Klassenleiterinnen unterrichteten sämtliche Fächer, abgesehen vom Turnen; hierfür wurden mehrere Klassen zusammengeschlossen. Männer duldete man nicht im Internat, mit Ausnahme Mareks, des alten Hausdieners. Die übrigen Hilfsarbeiten wurden von Köchinnen und Wäscherinnen verrichtet. Väter hatten natürlich freies Besuchsrecht – in gesonderten Räumen, nicht im Wohntrakt der Mädchen –, Brüder aber wurden ungern gesehen.

All das erfuhr Aura innerhalb der ersten Stunden. Fräulein Braun nutzte die Gelegenheit, ihrer ganzen Klasse einen achtzigminütigen Sermon über das Leben im Sankt-Jakobus-Stift, über damenhaftes

Benehmen und die guten Sitten zu halten. Cosima ging in eine andere Klasse, und das wohl nicht nur, weil sie jünger war. Vielmehr hatte Aura den Verdacht, daß Madame de Dion ganz bewußt ein vierundzwanzigstündiges Beisammensein einzelner Schülerinnen verhindern wollte. Diese Annahme wurde von Auras Pultnachbarinnen bestätigt. Auch ihre Zimmergenossinnen besuchten andere Klassen.

Der Unterricht endete um drei Uhr am Nachmittag, danach waren zusätzlich zu den regulären Turnstunden sportliche Betätigungen vorgeschrieben. Erst um kurz vor fünf wurden die Mädchen aus der Obhut ihrer Lehrerinnen entlassen und durften sich die Zeit mit Lesen in der Bibliothek, Kakaotrinken und Spaziergängen im Park vertreiben.

Aura beschloß, Daniels Brief im Freien zu lesen. Sie streifte eine Weile durch die verwilderte Gartenanlage, ehe sie im Schatten einer Tannenzeile einen Platz fand, wo sie nicht laufend von anderen Schülerinnen gestört werden würde.

Sie entfaltete das Papier und entdeckte zu ihrer maßlosen Enttäuschung eine Handschrift, die zweifellos nicht Daniel gehörte. Es waren insgesamt fünf Blätter, einseitig mit kleinen, altertümlichen Buchstaben beschrieben.

Sie setzte sich ins feuchte Gras, kümmerte sich nicht darum, daß ihr weißer Rock schmutzig wurde, und begann zu lesen. Die Dämmerung war längst hereingebrochen, und sie mußte sich dicht über das Papier beugen, um die Buchstaben entziffern zu können. Ein eisiger Wind fegte von den Bergen herab, doch Aura bemerkte es kaum. Ihre Gänsehaut rührte nicht vom Wetter. Mit jedem Satz, den sie las, wurde ihr Entsetzen größer. Das Schreiben war offenbar an Gillian gerichtet, an den Fremden aus dem Zug. Doch nicht allein diese Erkenntnis war es, die sie so verstörte. Mehrfach war sie nahe daran, die Blätter in Fetzen zu reißen. Tränen rannen über ihre Wangen, tropften auf das Schreiben und verwischten die Tinte. Doch auch sie vermochten die ungeheuerlichen Anschuldigungen und Eröffnungen darin nicht auszulöschen.

Nestor Institoris und ich kennen uns seit langer Zeit, stand da geschrieben, *beinahe länger, als meine Erinnerung zurückreicht. Wir*

112

hätten Freunde werden können, aber du weißt, wie es mit Freundschaften gehen kann. Enttäuscht der eine den anderen, können sie schnell in HASS umschlagen, viel schneller als gewöhnliche Bekanntschaften. Wir neigen dazu, einem Menschen, den wir schätzen, einen Fehltritt viel ärger anzurechnen als einem Unbekannten. Wer von uns beiden einen Fehltritt begangen hat, ob Nestor oder ich, nun, darüber sind wir wohl unterschiedlicher Ansicht.

Nach diesen einleitenden Sätzen folgte eine detaillierte Beschreibung des Lebens im Schloß Institoris, Einzelheiten, die nur jemand kennen konnte, der oft dort ein und aus ging. Aura hatte einen Augenblick lang Friedrich in Verdacht, doch dann erinnerte sie sich, daß er und ihr Vater bestimmt niemals Freunde gewesen waren, ganz gleich, wie lange ihre Bekanntschaft zurückliegen mochte. Blieb nur die Möglichkeit, daß jemand aus dem Dorf oder, schlimmer noch, aus der Dienerschaft sie im Auftrag des Unbekannten bespitzelt hatte. Dies erschreckte sie, jedoch nicht so sehr wie das, was nun folgte:

Nestor hat eine Tochter. Er erwartet ungeduldig ihre Volljährigkeit, aus Gründen, die ich sehr wohl nachvollziehen kann. Sie müßte heute siebzehn oder achtzehn Jahre alt sein. Nestor wacht eifersüchtig über ihre Jungfräulichkeit, sie ist ihm das KOSTBARSTE überhaupt. Sein Stiefsohn muß versucht haben, mit ihr anzubändeln. Ein Fehler, zweifellos. Nestor hat dafür gesorgt, daß er an dem Mädchen keine Freude mehr haben wird. Ein Unfall, tragisch. Und schon war es AUS mit den beiden. Sag selbst, hat ein Mann wie Nestor nicht den Tod verdient?

Aura war fassungslos angesichts dieser Worte, und ihr allererster Gedanke war, daß es sich um Lügen handelte. Gemeine, boshafte Lügen. Niemals hätte ihr Vater so etwas getan, nie im Leben! Aber hatte sie nicht auch geglaubt, daß er sie niemals fortschicken würde? Und dennoch hatte er es getan.

Aber Daniels Unfall – ein inszeniertes Verbrechen? Ein Anschlag, ausgeführt in Nestors Auftrag? Aura hätte schreien mögen vor Aufruhr und Empörung. Sie las den Absatz ein zweites und drittes Mal, ehe es ihr allmählich gelang, sich davon zu lösen und mit dem Rest des Schreibens fortzufahren.

Es sollte noch viel schlimmer kommen.

Warum aber ist Nestor so auf die Unberührtheit seiner Erstgeborenen bedacht, fragst du dich? Ich kann mir vorstellen, wie Du im Zug sitzt und Dir den Kopf darüber zerbrichst, mein Lieber. Schon zucken Deine zarten Würgehände, schon steigt die Wut in Dir empor. Du willst ihn TÖTEN, nicht wahr? Willst ihn LEIDEN lassen für seine Abscheulichkeiten. Etwa nicht? Oh, ich kenne Dich, Gillian. Ich kenne Deine Gedanken. Du bist so moralisch, trotz Deiner Berufung. Ein Streich Deiner Natur, wie mir scheint.

Nestor sucht nach dem STEIN. Ja, es ist die SUCHE, die uns verbindet. Er ist viele Wege gegangen, hat zahllose Richtungen eingeschlagen. Genau wie ich. Und seine größte Hoffnung dabei ist seine Tochter.

Laß mich Dich mit ein wenig Theoretischem langweilen. Im siebzehnten Jahrhundert lebte ein Mann namens Michael Majer. Er war Rosenkreuzer, außerdem der Prager Leibarzt des Kaisers Rudolf II. Aus seiner Feder stammen einige der bedeutendsten Werke unserer Zunft. Und nun gib acht! In seinen Schriften predigt Majer den Fundort des Steins im INZEST! Ja, Gillian, das ist es, was er von uns, seinen Nachfolgern, verlangt.

So schreibt er: ›Führe einen Bruder und eine Schwester zusammen, und reiche ihnen den Krug der Liebe, damit sie daraus trinken.‹ Daraus sollte, glaubt man Majers Worten, der Stein entstehen. Noch ein Beispiel? ›Öffne die Brust deiner Mutter mit einer Stahlklinge, wühle in ihren Eingeweiden, und dringe in ihren Schoß ein; genau dort wirst du unsere makellos reine Materie finden.‹ Der Bruder mit der Schwester, der Sohn mit der Mutter – und der Vater mit der erstgeborenen Tochter. Ja, Gillian, so lauten Majers Anweisungen. Er war übrigens nicht der erste, der auf diesen Gedanken kam – wohl aber der einzige, der ihn schriftlich niederlegte. Du könntest es nachprüfen.

Verstehst Du jetzt? Nestor will mit seiner Tochter ein Kind zeugen! Ein KIND, von dem er annimmt, aus ihm lasse sich der Stein der Weisen gewinnen. Das aurum potabile. Der lapis philosophorum. Unsterblichkeit, Gillian, die absolute Reinheit! Nur erwachsen muß sie sein, erwachsen und unberührt. Denke doch nur, Gillian – UNSTERBLICHKEIT!

Minutenlang kauerte Aura da und starrte auf diese letzten Sätze, getrübt durch einen Tränenschleier und doch klar genug, daß sich die Buchstaben wie Brandzeichen in ihre Gedanken fraßen. Welcher Mensch konnte so etwas über ihren Vater behaupten? Ihren Vater!

Es wurde allmählich dunkel, und sie mußte sich beeilen, wenn sie den Rest des Schreibens noch im Freien lesen wollte. Dennoch war es schwer, so ungemein schwer, mit den nächsten Abschnitten fortzufahren.

Nestor glaubt, daß ich tot bin. Ich war NICHT derjenige, der dem anderen zuerst den Tod gewünscht hat. Schon vor Jahren setzte Nestor einen Mörder auf mich an. Ich entkam, leicht angeschlagen, und nur einem Wunder verdanke ich, daß ich noch lebe. Immer noch LEBE. Ein alter Bekannter hat mich gerettet. Vielleicht ist es ja doch falsch, unser Schicksal vorauszuplanen. Was meinst Du?

Du siehst, es ist schon lange an der Zeit, Nestor sterben zu sehen. Ich hoffe, es wird Dir Freude bereiten. Und was seine Tochter angeht, Aura, so kümmere Dich auch um sie. Wer weiß, ob Nestors Geduld groß genug war? Wer weiß, ob er nicht schon ein kleines Experiment gewagt hat? Vielleicht trägt sie schon die Frucht ihres Vaters in sich. Töte sie. Und dann kehre zurück, mein Schein im Finstertal, mein Liebling, mein Gillian. Kehre zurück zu mir und sei FREI.

Der Brief endete ohne Unterschrift. Es war zu dunkel, um ihn noch einmal von vorne bis hinten lesen zu können. Aura hätte es wohl ohnehin nicht über sich gebracht. Es ekelte sie vor der Berührung des Papiers, sie ekelte sich vor diesen Worten, dieser Schrift. Sie schleuderte die Seiten von sich und streifte ihre Finger panisch am feuchten Gras ab, immer wieder, bis sich tiefe Furchen durch die Erde zogen. Sie spürte Abscheu, ja. Aber auch eine entsetzliche Gewißheit, daß dies alles die Wahrheit war. Bilder erschienen vor ihrem inneren Auge, Bilder von Nestors Raserei, als er sie und Daniel zum ersten Mal Hand in Hand ertappt hatte. Er hatte Teile seines Laboratoriums zerschlagen, hatte Aura angeschrien, hatte gedroht, Daniel von der Insel zu werfen. Er hatte sich gebärdet wie ein Wahnsinniger. Und warum hatte er sie in dieses Internat geschickt, eine Mädchenschule, zu der Männer keinen Zutritt hatten? Weshalb bis zu ihrem einundzwanzigsten Geburtstag, ausgerechnet bis zur Volljährigkeit? Hatte er befürchtet, sie sei auf der Insel nicht mehr sicher vor Nachstellungen? Hatte er gar Christopher nur auf seine Seite gezogen, damit sie ihn haßte, damit sich so etwas wie bei Daniel gar nicht erst wiederholen würde?

Großer Gott, sie verabscheute sich selbst für ihre Gedanken! Und doch, eine heimtückische Stimme in ihrem Inneren raunte ihr zu, daß es wahr war. Sie hatte gewußt, was ihr Vater in seinem Laboratorium tat, als einzige im ganzen Schloß. Er hatte ihr vor Jahren davon erzählt, vielleicht weil er gehofft hatte, sie von der Unumgänglichkeit seiner Pläne zu überzeugen.

Unsterblichkeit. Der Stein der Weisen. Um den Preis einer Nacht mit seiner Tochter! Ihr Vater war ein Wahnsinniger, ohne Zweifel. Und der mysteriöse Verfasser des Briefes war mindestens ebenso verrückt wie er.

Und Gillian? Er hatte sie am Leben gelassen, gegen den ausdrücklichen Befehl des Unbekannten.

Aura stemmte sich auf die Beine. Ihre Knie waren weich und zittrig. Im Dunkeln tastete sie nach den verstreuten Blättern, sammelte sie auf. Sie würde sie heute abend im Ofen verbrennen. Und dann, bei nächster Gelegenheit, mußte sie von hier verschwinden. Mußte zurück ins Schloß. Sie würde ihren Vater zur Rede stellen, für alles, was er getan hatte und noch hatte tun wollen.

Vorausgesetzt, er war noch am Leben.

Der Wiener Westbahnhof lag am Schnittpunkt dreier Bezirke – Fünfhaus, Neubau und Mariahilf –, doch strömten die Menschen aus dem ganzen Stadtgebiet hierher. Hier begannen und endeten die meisten Fernverbindungen, und entsprechend war der Trubel der Reisenden und Angehörigen, als Gillian hinaus auf den Bahnsteig sprang. Er schaute sich um und erkannte schon von weitem die beiden Gestalten, die ihn erwarteten.

Stein und Bein trugen lange Mäntel in unterschiedlichen Farben, einer Grau, der andere Braun, wohl in dem verzweifelten Versuch, sich voneinander zu unterscheiden. Das Vorhaben war so erfolglos wie lächerlich. Ihre identischen Gesichter, lang und knöchern unter schneeweißem Haar, hoben sie aus der Masse hervor wie zwei Leichen inmitten einer Ballgesellschaft.

Gillian trat den Zwillingen mit klopfendem Herzen entgegen. Er war bislang nicht sicher gewesen, ob sein Telegramm Lysander erreicht hatte – er hatte es in München zu Händen der Burghauptmannschaft aufgegeben, im schalen Vertrauen, daß die bestochenen Hofburgwächter es an den geheimen Mieter in ihren Kellergewölben weiterreichen würden. Jetzt aber war er überrascht, daß die Nachricht ihr Ziel tatsächlich erreicht hatte. Nichts hatte sich in den letzten Jahren verändert: Lysanders Einfluß war grenzenlos.

»Der Herr ist nicht erfreut«, sagte der Zwilling, den Gillian für Stein hielt.

»Er hat versagt, der hübsche Mädchenjunge«, ergänzte Bein.

Gillian zwang sich zur Beherrschung. Er ging an den beiden Männern vorbei, in der Gewißheit, daß sie ihm folgen würden. »Nestor Institoris lebt nicht mehr. So, wie es Lysanders Wunsch war.«

Eine junge Frau blickte sich erschrocken um und zog ihr Kind zur Seite. Erst befürchtete Gillian, sie hätte gehört, was er gesagt hatte. Dann aber wurde ihm klar, daß es die Zwillinge waren, die sie fürchtete. Warum konnte Lysander bei all seinem Reichtum nicht unauffälligere Lakaien anheuern?

Stein legte eine Hand auf Gillians Schulter und hielt ihn auf. Gillian drehte sich um und funkelte den Zwilling bösartig an. Erstaunlicherweise zog Stein die Hand zurück, doch seine Mundwinkel zuckten verächtlich, als er statt Gillian seinen Bruder ansah.

»Es war seine Aufgabe, sich um Nestor *und* die Tochter zu kümmern«, sagte Stein.

»Er ist gescheitert«, bemerkte Bein überflüssigerweise.

Soviel hatte Gillian Lysander in seinem Telegramm mitgeteilt. Verschwiegen hatte er freilich die genauen Umstände.

»Das Mädchen ist mir entkommen. Der Zug war voller Menschen. Was hätte ich tun sollen?« In seinen Zorn mischte sich leise Unsicherheit. Er hatte angenommen, Lysander würde sich mit dem Tod des alten Institoris zufriedengeben, er hatte geglaubt, das Schlimmste, was passieren könnte, war, daß Lysander einen anderen Mörder auf Aura ansetzen würde.

Was wirst du dann tun? Diese Frage hatte er sich hundertmal gestellt. Würde er zulassen, daß jemand dem Mädchen ein Leid antat?

»Wir sind nicht hier, um Ratschläge zu geben«, sagte Stein regungslos zu Bein. »Wir wollen ihn nur zu Lysander bringen.«

»Er erwartet ihn, den hübschen Mädchenjungen«, fügte Bein mit einem Grinsen hinzu.

Gillians Hand zuckte vor, packte den Zwilling am Kragen. »Nenn mich noch einmal so!« fauchte er drohend. »Komm schon, sag es noch einmal!« Einen Augenblick lang war er entschlossen, Bein zu töten, hier und sofort.

Aber Beins Grinsen wurde nur noch breiter. Er sagte kein Wort, wartete nur ab, bis Gillians Wut abgekühlt war und er seine Hand zurückzog. Mit einer beiläufigen Handbewegung strich der Diener seinen Mantelkragen glatt und ging voraus. »Die Kutsche wartet vor dem Bahnhof.«

Stein bedeutete Gillian mit einem Nicken, seinem Bruder zu folgen. Er tat es, wenn auch voller Widerwillen.

Kurz darauf saß er mit den beiden weißhaarigen Vogelscheuchen in einer Kutsche. Vor den Fenstern hingen samtrote Vorhänge, rundum befestigt und straff gespannt, damit sie auch bei Schlaglöchern nicht zur Seite wippten. Der Kutscher trug eine Uniform, die ihn als Bediensteten der Hofburg auswies. Auf den Türen prangte das kaiserliche Wappen.

Stein und Bein saßen Gillian gegenüber. Beide hatten ihre Hände in den Manteltaschen vergraben. Gillian spürte, wie eine klamme Kälte nach seinem Herzen tastete. Natürlich war ihm klar, daß Lysander über den Fehlschlag nicht glücklich sein konnte. Aber immerhin hatte Gillian Nestor getötet – und das war, nach allem, was er wußte, Lysanders Hauptanliegen gewesen. Jetzt aber beschlichen ihn leise Zweifel. Hatten die Zwillinge den Auftrag, ihn für Auras Überleben zu bestrafen? Hatten sie ihn nur abgeholt, um ihn umzubringen?

118

Je länger er darüber nachdachte, desto unruhiger wurde er. Die verschlagenen Mienen der beiden taten ein übriges, ihn das Schlimmste befürchten zu lassen.

Gillian versuchte, den Vorhang an einer Ecke zu lockern, um nach draußen zu blicken, doch die Haken saßen fest, er hätte einen abreißen müssen. Was, wenn sie gar nicht zur Hofburg fuhren, sondern irgendwohin, wo sie ungestört waren?

Stein und Bein waren keine allzu starken Männer, wenigstens sahen sie nicht so aus. Ihre stelzenhaften Bewegungen ließen sie unbeholfen erscheinen. Und doch, sie *waren* gefährlich, selbst für einen Mörder wie Gillian. Er machte nicht wie manch anderer den Fehler, die beiden zu unterschätzen.

Die Kutsche klapperte über das Wiener Pflaster, und von draußen drang dumpf der Straßenlärm herein. Wenigstens schienen sie sich noch immer im Zentrum zu befinden. Vielleicht waren sie ja doch unterwegs zur Hofburg, und Gillian litt unter Verfolgungswahn.

»Wann erwartet mich Lysander?« fragte er in der Hoffnung auf ein verräterisches Zeichen.

Stein wandte sich an Bein. »Der Herr will ihn sofort sehen, nicht wahr?«

»Ja«, pflichtete sein Bruder nickend bei, »sofort.«

Lysander hatte viele schlechte Eigenschaften, mehr, als Gillian an Fingern und Zehen hätte abzählen können, doch Ungeduld hatte seines Wissens nie dazugehört. Er war immer ein Taktiker gewesen, jemand, der für Jahre im voraus plante und nichts überstürzte. Was war geschehen, daß er es jetzt so eilig hatte? *So* eilig, daß er Gillian möglicherweise gar nicht mehr anhören, sondern ihn sofort beseitigen lassen wollte?

Schluß jetzt! durchfuhr es Gillian in plötzlichem Zorn. Er hatte genug von wilden Spekulationen. Wenn Lysander mit ihm sprechen wollte, dann nach Gillians Spielregeln.

Seine Hand zuckte zum Türgriff, riß daran. Der Riegel löste sich, die Tür klappte in voller Fahrt nach außen. Ehe Bein, der dem Ausstieg am nächsten saß, reagieren konnte, hatte Gillian ihm bereits die Faust ins Gesicht geschlagen. Mit Genugtuung registrierte er, daß das Gebiß des Zwillings knirschte. Bein schrie auf, spuckte in die offene Hand – und starrte entgeistert auf zwei halbe Schneidezähne. Gillian nutzte den Augenblick, schob sich an dem wimmernden Zwilling vorbei und sprang aus der fahrenden Kutsche.

Beim Versuch, sich abzurollen, prallte er mit der rechten Schulter schmerzhaft aufs Pflaster. Schlimmer noch: Aus der Gegenrichtung raste eine zweite Kutsche heran. Es gelang ihm gerade noch, sich zur Seite zu werfen, da donnerte das Gefährt auch schon an ihm vorüber.

Im Aufspringen sah er, wie die kaiserliche Kutsche in zehn Metern Entfernung scharf zum Stehen kam. Die Pferde wieherten vor Empörung. Stein und Bein, der eine mit der Hand vorm Mund, staksten ins Freie und rannten auf Gillian zu.

Am Straßenrand hatten fliegende Händler ihre Stände aufgeschlagen. Allein das war Beweis genug, daß das Ziel der Kutsche nicht die Hofburg war – auf dem Weg dorthin gab es keine Marktstraßen.

Gillian taumelte mit schmerzender Schulter durch die Auslagen eines Tuchhändlers. Aus den Augenwinkeln sah er, daß Stein und Bein jetzt Revolver in ihren Händen hielten. Aus Beins Mundwinkeln zogen sich Blutfäden bis hinab zum Hemdkragen. Rechts und links der Zwillinge sprangen die Menschen beiseite, Händler gingen hinter ihren Ständen in Deckung. Aufgrund der kaiserlichen Kutsche mußte man die beiden für Polizisten halten; Gillian dagegen galt jedem als Verbrecher. Schon trafen ihn angstvolle Blicke, Männer und Frauen wichen ihm gleichermaßen aus, von der Furcht befallen, er könne sie als Geiseln nehmen.

Noch wagten die Zwillinge nicht, auf ihn zu schießen, aber ihm war klar, daß sie damit nicht lange warten würden. Es scherte sie nicht, wenn Unbeteiligte dabei verletzt wurden. Das Wappen der Hofburg schützte sie. Die Summen, die Lysander für solche Privilegien zahlte, mußten unvorstellbar sein.

Gillian stolperte durch Kisten und Körbe, gelangte hinter die Reihe der Stände und bog in eine schmale Gasse. Seine Schulter sandte pochende Schmerzstöße durch seinen Oberkörper, doch darauf konnte er keine Rücksicht nehmen. Die Gasse war kaum mehr als ein enger Spalt zwischen hohen Häuserwänden, nur gelegentlich von verriegelten Hintertüren durchbrochen. Gillian erkannte schnell, daß es ein Fehler gewesen war, diesen Weg einzuschlagen. Nicht nur hatten hier Stein und Bein beste Sicht auf ihr Opfer, sie hatten auch noch freies Schußfeld.

Über die Schulter sah Gillian, daß die beiden keine zehn Sekunden hinter ihm die Gassenmündung erreichten. Sogleich erkannten sie ihren Vorteil, blieben stehen und legten mit ihren Waffen auf ihn an.

Die erste Kugel peitschte um Haaresbreite über seinen Kopf hinweg, die zweite krachte links von ihm in die Mauer, streifte ihn als Querschläger und ließ ihn mit einem Aufschrei gegen die rechte Wand taumeln. Sein Glück, denn im selben Moment donnerte bereits der nächste Schuß und hätte ihn getroffen, wäre er nicht unfreiwillig zur Seite gestolpert.

Ein Einschnitt tat sich zwei Schritte vor ihm in der rechten Wand auf. Geduckt hetzte er um die Ecke, hörte, wie sich auch Stein und Bein wieder in Bewegung setzten. Ihre Schritte hämmerten über schmutziges Pflaster, hallten laut in den schmalen Steingassen wider.

Das Ende des Einschnitts führte abermals hinaus auf eine Gasse, und diesmal erkannte Gillian, wo er sich befand. Auf der anderen Seite wuchs das Schlachthaus am Wienfluß empor, am Südzipfel des Bezirks Mariahilf. Er rannte hinüber und hielt sich dabei die rechte Schulter. Durch ein offenes Tor gelangte er ins Innere. Arbeiter mit schmutzigen Schürzen schwärmten um ihn her, manche drängten mit ihm von außen herein, andere schoben sich ins Freie. Einige warfen ihm argwöhnische Blicke zu, die meisten aber ignorierten ihn. Gillian trug seit Tagen dieselbe Kleidung, immer noch die dunkle Hose und das schwarze Rüschenhemd, das er beim Mord an Nestor Institoris angehabt hatte. Seine Jacke war fleckig und an der Schulter vom Sturz aus der Kutsche aufgeschürft. Es war nur eine Frage der Zeit, ehe man ihn für einen Fleischdieb halten und hinauswerfen würde.

Er schaute sich um und sah, wie Stein und Bein die Gasse überqueren. Die Waffen hielten sie unter den Mänteln verborgen, doch ihr Äußeres erregte auch so genug Aufsehen. Zudem hatte niemand hier gesehen, wie sie aus der kaiserlichen Kutsche gestiegen waren. Ihren Vorteil, als Polizisten aufzutreten, hatten sie damit verloren.

Nicht, daß ihnen das viel ausgemacht hätte. Sie drängelten sich grob durch die Menge der Schlachthausarbeiter, was ihnen allerlei Flüche und Stöße einbrachte. Schließlich zog Stein seinen Revolver unter dem Mantel hervor und hielt ihn gut sichtbar in die Luft. Augenblicklich verstummten die Beschimpfungen, und eine breite Schneise öffnete sich vor ihnen – eine Schneise, an deren Ende Gillian dahinstolperte.

Er bog jetzt in eine Halle ein, in der Hunderte von halben Rindern an langen Ketten von der Decke baumelten. Ein durchdringender Geruch nach Blut und rohem Fleisch schlug ihm entgegen. So schnell er konnte stürmte er durch das Labyrinth der ausgeweideten Kadaver, stieß immer wieder gegen einzelne Hälften, die hinter ihm hin und her pendelten.

Ein Schuß krachte, als jemand versuchte, die Zwillinge zur Rede zu stellen. Gillian konnte nicht erkennen, ob die beiden tatsächlich auf einen Menschen gezielt oder nur einen Warnschuß abgegeben hatten.

Jenseits des Kadaverwaldes fiel Tageslicht durch hohe Verladetore. Dahinter schimmerte fahl die Oberfläche des Wienflusses. Rinder und Schweine wurden über Stege von den Booten ins Schlachthaus getrieben. Nur wenige Schritte entfernt trugen kräftige Kerle Fleischpakete auf wartende Schiffe. Gillian mischte sich unter sie, wurde beschimpft und gerammt, doch keiner ließ seine Last fallen, um den Hermaphroditen aufzuhalten. Jene, die sein Gesicht sahen, blieben entgeistert stehen und wunderten sich über ihre eigenen Empfindungen.

Noch ein Schuß peitschte durch die Fleischhalle, dann brachen Stein und Bein zwischen den Arbeitern hervor und schauten sich angestrengt nach Gillian um. Sie entdeckten ihn, als er sich gerade an mehreren Fleischträgern vorbei auf ein Boot drängte. Der Steg schwankte unter dem Gewicht der beladenen Männer und noch mehr, als Gillian das Gleichgewicht verlor und fast ins Wasser stürzte; nur der beherzte Griff eines Bootsmannes hielt ihn zurück. Der Schiffer schrie ihn an, was er hier zu suchen habe, sah dann die Zwillinge, die auf den Steg zugerannt kamen, und war vor Erstaunen einen Moment lang achtlos. Gillian riß sich los und gab dem Mann einen Stoß, der diesen über die Reling ins Wasser warf. Sogleich entstand ein furchtbarer Aufruhr, als weitere Schiffer von allen Seiten herbeigestürmt kamen, einige der Lastenträger auf dem wippenden Steg ihr Fleisch verloren, und zu allem Überfluß die Zwillinge zwischen ihnen hindurchdrängten.

Gillian entging flink dem Zugriff eines zweiten Bootsmannes, lief quer über das Deck und sah, wie zwei der Träger, die ihr Fleisch fallen gelassen hatten, den unglücklichen Bein an den Armen packten. Der Zwilling verlor seine Waffe und erhielt einen schrecklichen Schlag ins Gesicht, der ihn den Rest der zerbrochenen Schneidezähne kostete. Stein sah die Bedrängnis, in der sich sein Bruder befand, vergaß Gillian und setzte einem der beiden Träger, die Bein malträtierten, den Revolver auf die Brust. Ohne Zögern drückte er ab. Getroffen taumelte der Mann zurück und stürzte in den Fluß, während die übrigen Träger in Panik davonstoben. Stein packte Bein am Arm, half ihm auf die Füße.

Gillian beobachtete nicht, was weiter geschah. Er schwang sich über die entgegengesetzte Reling und sprang ins Wasser. Die Kälte war entsetzlich, und einen Moment lang glaubte er, sein Herzschlag setze aus. Dann aber kam er wieder an die Oberfläche und schwamm frierend im Schutz des Bootes nach Westen. Dort umrundete er den Bug und kletterte wieder an Land, rund fünfzehn Meter vom Steg entfernt. Die aufgebrachten Arbeiter verdeckten seine Sicht auf die Zwillinge.

Gleich neben dem Schlachthaus kreuzte eine Eisenbahnlinie den Wienfluß. Parallel zum Mariahilfer Gürtel führte sie hinauf zum Westbahnhof. Naß und frierend, den Schmerz in seiner Schulter von der Kälte betäubt, schleppte Gillian sich in nördliche Richtung.

Ein Kilometer bis zum Bahnhof, dachte er bitter, und dann die halbe Welt bis zu einem Ort, an dem Lysander mich nicht finden kann.

Kapitel 5

Christopher wartete, bis der Diener das Essen vor der Treppe zum Dachboden abgestellt hatte, horchte, wie sich seine Schritte entfernten, schlich dann die Stufen hinunter und hob das Tablett auf. Er versicherte sich, daß niemand ihn beobachtete, lief zurück nach oben und sperrte hinter sich die Tür ab. Oben kippte er Fleisch und Gemüse von den Tellern in die Flammen des Athanor, wo es zischend verbrannte. Er würde das leere Tablett in ein oder zwei Stunden wieder an den Fuß der Treppe bringen, wo der Diener es später abholen würde.

Seit nunmehr fünfzehn Tagen ließ er Nestors Essen auf diese Weise verschwinden. Bislang hatte niemand Verdacht geschöpft. Seit Jahren hatte Nestor sein Essen allein hier oben zu sich genommen, und seit ebenso langer Zeit war ihm der Diener nicht mehr persönlich begegnet. Niemandem fiel irgend etwas Ungewöhnliches auf. Niemand ahnte, daß Nestors Leichnam seit fünfzehn Tagen im Kräuterbeet des Dachgartens begraben lag.

Christopher war nicht stolz auf das, was er tat. Aber er wußte auch, daß es der einzige Weg war, das Geheimnis des Dachbodens zu wahren und – wichtiger noch – für sich selbst zu nutzen. Er wollte nicht, daß irgendwer hier heraufkam und die jahrzehntelangen Forschungen des Alten zunichte machte. Und seit Auras Zornesausbruch, gab es keinen außer ihm selbst, der einen Schlüssel besaß.

Nein, Christopher war vollkommen sicher. Es mochten Monate vergehen, ehe irgendwer die richtigen Schlüsse ziehen würde, vielleicht sogar Jahre. Bis dahin war Nestors Alchimistenlabor bei ihm in besten Händen.

Er hatte sogar einen Weg gefunden, sich für kurze Zeit in die Bibliothek des Alten zu wagen, ohne daß ihm der Odem des Buchbinderleims Atem und Verstand raubte. In einem der Schränke des Laboratoriums hatte er eine Art gläsernen Helm entdeckt, der am Hals durch einen Bund aus Leder zugezurrt werden konnte. Nestor mußte ihn getragen haben, wenn er mit giftigen oder übelriechenden Essenzen experimentiert hatte. In dem Helm war genügend Luft, um es einige Minuten darunter auszuhalten. Obwohl er sich ein wenig lächerlich damit vorkam und das Ding ein beträchtliches Gewicht besaß, setzte Christopher es jedesmal auf, wenn er sich in Nestors Bibliothek begab. Im Licht der Bleiglasfenster studierte er die Titel in den endlosen Regalreihen, suchte sich einzelne Bände heraus und nahm sie mit hinüber in den Dachgarten. Auch dort las er die meisten davon mit dem Helm auf dem Kopf; nur manchmal, wenn er gar zu sehr darunter schwitzte und seine Augen von der stickigen Luft zu tränen begannen, verzichtete er darauf und band sich statt dessen ein feuchtes Tuch vor Mund und Nase, das die Wirkung des Buchbinderleims zwar nicht vollkommen aufhob, wohl aber abschwächte.

Er hatte in den vergangenen zwei Wochen so viel gelesen wie nie zuvor in seinem Leben, in Büchern, deren Papier vergilbt und brüchig war, deren Buchstaben dünn und manchmal gar handgeschrieben waren, in Bänden, von denen einige so schwer waren, daß er immer nur einen auf einmal tragen konnte. Ein Großteil war in Latein verfaßt, was für einen gewöhnlichen Waisenjungen ein unüberwindliches Hindernis gewesen wäre. Christopher aber hatte unter Bruder Markus das Lateinische studiert. Er beherrschte es keineswegs perfekt, aber doch gut genug, um die meisten Sätze entschlüsseln zu können. Er las keines der Bücher von vorne bis hinten, suchte sich vielmehr die interessantesten Stellen heraus und verschaffte sich so einen groben Überblick über das, was Nestor hier oben getan hatte.

Allmählich begann er, einige der Versuchsanordnungen zu begreifen, erfuhr, was sich hinter manch geheimnisvollen Beschriftungen verbarg, ja, er löste sogar einige der Rätsel des Athanor. Der Ofen, das war die oberste Regel, mußte stets warm gehalten werden, niemals durfte das Feuer verlöschen, auch dann nicht, wenn der Kessel unbenutzt blieb. Christopher verbrachte so manche Stunde mit Kohlenschaufeln, vor allem am Morgen, bevor er sich zum gemeinsamen Unterricht mit Daniel und Sylvette begab. Er hielt seine Aktivitäten auf dem Dachboden vor den anderen geheim. Daniel mochte ahnen, daß Christopher seine gesamte Freizeit hier oben verbrachte, doch beließ er es bei argwöhnischen Blicken und sprach ihn nicht darauf an. Die beiden Stiefbrüder redeten nie miteinander. Seit Aura fort war, war ihr Verhältnis noch kühler, feindseliger geworden.

Anders war Christophers Verhältnis zu Sylvette. Die Kleine sah zu ihm auf, nicht ehrfürchtig, sondern in einer Art kindlicher Schwärmerei. Sie akzeptierte ihn mehr und mehr als Bruder und engen Freund, sie wandte sich an ihn, wenn die Aufgaben des Lehrers ihr Schwierigkeiten bereiteten, und einmal bat sie ihn sogar, mit ihr eine Ruderpartie rund ums Schloß zu unternehmen. Da auch er das Mädchen mochte und sich recht wohl in der Rolle des großen Bruders fühlte, willigte er ein – innerlich zwar widerstrebend, weil ihm die Zeit später im Laboratorium fehlen würde, nach außen hin aber fröhlich und vergnügt. An jenem Nachmittag gestand sie ihm einen Traum: Sie wollte statt ihrer blonden Locken schwarzes Haar haben, so wie ihre Mutter und ihre Schwester. Christopher versuchte, ihr diesen Wunsch auszureden, sie aber ließ sich nicht davon abbringen. Von jenem Tag an verstanden sie sich noch besser, und manchmal hatte Christopher den Eindruck, daß seine Stiefmutter das gute Einvernehmen zwischen ihm und der Kleinen mit einer gewissen Eifersucht beäugte.

Überhaupt hatte Charlotte sich seit Auras Abreise verändert. Noch immer war sie um ein gepflegtes Familienleben bemüht, sie bestand auf gemeinsamen Mahlzeiten mit ihren Kindern, beharrte auf der täglichen Teestunde und umsorgte die drei mit zärtlicher Zuneigung. Und doch, etwas war anders geworden. Irgend etwas schien sie zu bedrücken, und schließlich befürchtete Christopher gar, Charlotte könne etwas von Nestors Verschwinden bemerkt haben. Vielleicht hatte der Alte sie ja doch in mancher Nacht in ihrem Zimmer besucht? Vermißte sie ihn jetzt, und bestand gar die Gefahr, daß sie Einlaß zum Dachboden verlangen würde?

Christophers Befürchtungen wurden zerstreut, als Charlotte während einer Teestunde im Grünen Salon, einem ihrer Gesellschaftsräume im Ostflügel, gestand, daß es Auras Abwesenheit war, die ihr zu schaffen machte. Sie seien im Streit voneinander geschieden, und Aura sei in der Gewißheit abgereist, daß sie ihre Verbannung ins Internat Charlotte zu verdanken habe; dabei sei doch Nestor auf diesen Einfall gekommen, und niemand, nicht einmal Charlotte selbst, wisse, was dabei in seinem Schädel vorgegangen sei. Christopher hörte diese Sorgen mit Erleichterung, befreiten sie ihn doch von der dauernden Furcht, sein Geheimnis könne entdeckt werden.

An den Nachmittagen und Abenden verstärkte er seine Bemühungen, die Rätsel des Dachgartens zu erforschen, und gab sich Mühe, mehr über die Pflege der tropischen Pflanzen zu lernen. Erst konnte er in Nestors Regalen kein botanisches Nachschlagewerk finden, und so bat er Sylvette, ihm eines aus der Familienbibliothek im Westflügel zu besorgen. Sie kam dieser Bitte eilfertig nach, doch zu seiner Enttäuschung entdeckte er darin nur einen geringen Teil jener Gewächse, die unter der Glaskuppel des Dachgartens wucherten.

So war er gezwungen, Nestors Privatbibliothek noch einmal nach entsprechender Literatur zu durchforsten, und nach mehreren Anläufen fand er endlich ein Werk, das sich mit alchimistischer Pflanzenkunde befaßte. Es nannte sich schlicht *Grünes Leben*, doch dahinter verbarg sich manch tiefere Bedeutung. Denn das Leben, von dem hier die Rede war, war das ewige und hatte nichts mit gewöhnlicher Botanik zu tun.

In dem Buch drehte sich alles um jene seltenen, teils gar ausgestorbenen Pflanzen, die den Alchimisten als Grundlage ihrer Versuche dienen sollten. Von allerlei Wurzeln war die Rede, von Gewächsen in der Tiefe des Meeres und in einem Fall sogar von einer blauen Efeuart, die auf den Bergen des Mondes zu finden sei. Christopher war drauf und dran, den Band als Unfug beiseite zu legen, als er unverhofft auf ein Kapitel stieß, das jemand, höchstwahrscheinlich Nestor, mit roter Tinte markiert hatte.

Zu seinem Erstaunen ging es darin nicht um Aufzucht und Pflege einer Pflanze. Vielmehr wurde hier eine alte Legende wiedergegeben, ein Auszug aus den Abenteuern des Gilgamesch. Erst achtlos, dann immer gebannter, begann Christopher, die zwei oder drei angestrichenen Seiten zu lesen.

Demnach hatte Gilgamesch, der mächtige König von Uruk, einst bei einem Kampf im Lande Sumer seinen treuen Gefährten Enkidu verloren. Der Freund starb vor seinen Augen, und sogleich befielen den König tiefe Trauer und die Angst vor dem eigenen Tod. So kam es, daß er sich auf die Suche nach dem legendären Lebenskraut machte. Auf seinen gefahrvollen Wegen traf er auch den Urahnen des Menschengeschlechtes, Utnapischtim. Jener war als einziger Überlebender der Sintflut von den Göttern begünstigt worden: Sie hatten ihm und seiner Frau die Unsterblichkeit verliehen. Utnapischtim stellte Gilgamesch auf die Probe. Wenn es dem König gelänge, sechs Tage und sieben Nächte ohne Schlaf auszukommen, sollte auch er in die Reihen der ewig Lebenden aufgenommen werden. Doch Gilgamesch scheiterte und mußte das unsterbliche Paar verlassen.

In der Tiefe des Apsu aber, im Urozean, gelang es dem König schließlich doch noch, das Lebenskraut zu finden, ein zartes Pflänzchen mit dem Namen *Als-Greis-wird-der-Mensch-wieder-jung*. Gilgamesch war außer sich vor Freude und wollte das Kraut mit in seine Heimat Uruk nehmen, um auch andere daran teilhaben zu lassen. Er wußte: Sieben Jahre brauchte das Kraut, um seine volle Kraft zu entwickeln, und sieben Jahre würde auch seine Reise dauern. Als er aber kurz vor seinem Ziel ein Bad in einem einsamen Gewässer nahm, kroch eine Schlange heran und vertilgte das Kraut bis aufs letzte Blatt. Das Reptil häutete sich und schlängelte verjüngt von dannen, womit sie die Menschheit zum zweiten Mal um das ewige Leben brachte – wie schon im Garten Eden, als sie die sündige Eva verführte.

Auf diese Nacherzählung der Legende folgte eine vage Beschreibung, unter welchen klimatischen Bedingungen es dennoch gelingen könne, das lebensspendende Gilgamesch-Kraut heranzuziehen. Und da begriff Christopher, daß Nestor nichts anderes als eben das im Sinn gehabt hatte, als er seinen Dachgarten anlegte. Es war ihm niemals um den Wald aus Palmen und Farnen gegangen, sondern nur um das geheime Kräuterbeet in seiner Mitte – jenes Beet, in dem nun sein eigener Leichnam begraben lag.

Dort hatte der Alte, auf nur wenigen Quadratmetern, den Versuch unternommen, das mysteriöse Gilgamesch-Kraut zu züchten. Bis zuletzt ohne Erfolg, wie es schien. Zwar wuchsen dort kleine Kräuterpflänzchen, doch keines entsprach auch nur annähernd den verschlüsselten Beschreibungen im Buch.

So blieb das Gilgamesch-Kraut weiterhin unentdeckt. Aufgeregt beschloß Christopher, sich auch dieses Zweiges von Nestors Forschungen anzunehmen, allerdings erst, wenn er sich mit den übrigen Experimenten im Laboratorium vertraut gemacht hatte. Nestor hatte Jahrzehnte gebraucht, um das nötige Wissen für seine Arbeiten zu erlangen; wie sollte da Christopher all das in zwei kümmerlichen Wochen nachholen?

Nein, entschied er widerstrebend, das Gilgamesch-Kraut würde warten müssen.

Am Abend des fünfzehnten Tages nach Nestors Tod machte Christopher drei Entdeckungen – und zu seiner Überraschung keine davon im Laboratorium oder im Dachgarten.

Hinter das erste Geheimnis kam er, als er vom Speicher hinabstieg, um mit den anderen zu Abend zu essen. Er betrat das Eßzimmer im Erdgeschoß des Ostflügels, wo die Familie ihre Mahlzeiten einnahm. Christopher war gerannt, er war außer Atem, denn zum ersten Mal hatte er nicht auf die Uhrzeit geachtet und kam zu spät. Die anderen hatten sich bereits zurückgezogen, die Tafel war leer geräumt, und die hohe Standuhr zwischen den Fenstern stand auf einer Minute vor sieben. Normalerweise wurde das Essen um halb sechs aufgetragen. Danach blieb die Familie noch etwa eine Stunde beisammen. Meist bat Charlotte ihre Kinder anschließend in ihr Damenzimmer, dorthin, wo sie damals auch Friedrich empfangen hatte. Christopher war klar, daß er dort als nächstes hingehen mußte, um sich für sein Fehlen bei Tisch zu entschuldigen.

Gerade wollte er die Tür des Eßzimmers hinter sich schließen, als der Zeiger der Standuhr auf die Sieben sprang. Die einzige volle Stunde, die Christopher je in diesem Raum erlebt hatte, war jene um sechs; um so erstaunter war er, daß zur siebten Stunde ein dumpfer Gong ertönte, der sich deutlich von dem um sechs unterschied. Die Tür der Standuhr öffnete sich mit einem langgezogenen Knarren und offenbarte die dunkle Höhlung im Inneren der Uhr. Christopher erinnerte sich, daß Sylvette ihm beim ersten Essen in diesem Zimmer etwas über die Uhr hatte erzählen wollte. Deutlich sah er vor sich, wie das Mädchen auf die Uhr zeigte, den Mund öffnete – und von Charlotte barsch zurechtgewiesen wurde. Seitdem war die Sprache kein zweites Mal auf die riesige Standuhr gekommen, und Christopher hatte den Vorfall vergessen. Doch wie es aussah, würde sich das Rätsel jetzt ganz von selbst lösen.

Ein Schemen schob sich aus dem schwarzen Sarg der Uhr ins Licht, das vom Flur über Christophers Schultern fiel. Es war eine Gestalt, ein lebensgroßes Gerippe. Weiß und knöchern machte es außerhalb des Uhrgehäuses halt. Christopher erkannte, daß es mit beiden Händen eine Sense hielt, aufrecht neben dem Körper. Es war der Tod, natürlich, und Christopher betrat zögernd das Eßzimmer, um ihn genauer zu betrachten. Er hatte das Gerippe fast erreicht und bestaunte gerade, wie täuschend echt es doch aussah, als sich hinter dem Skelett eine zweite Gestalt aus dem Dunkel des Uhrkastens löste, ein Mann, der ungleich künstlicher als der bleiche Sensenmann wirkte. Die Grobheit seiner Züge schien beabsichtigt, als hätte der Künstler sich bei seiner Arbeit nicht auf ein bestimmtes Gesicht festlegen wollen.

Der hölzerne Mann kam hinter dem Gerippe zum Stehen, hob ruckartig den rechten Arm und legte die Hand auf den Schädel des Skelettes. Zeige- und Mittelfinger klappten mechanisch nach vorne, krallten sich von hinten in die Augenhöhlen des Totenschädels und zogen ihn zurück. Der Kopf löste sich dem Anschein nach vom Hals

– tatsächlich sah Christopher dunkle Fäden, die ihn hielten –, das Gerippe sackte in sich zusammen. Ein schnarrendes Geräusch erklang aus der Tiefe des Gehäuses, ein Lachen, das wohl mit Hilfe einer Rassel erzeugt wurde.

Schließlich glitt die menschliche Gestalt mit einem Surren zurück, den Arm mit dem Totenschädel siegreich vorgestreckt. Dann verschwanden auch die Knochenreste des Gerippes in der Uhr. Knirschend klappte die Öffnung zu. Der große Zeiger sprang weiter. Die groteske Vorstellung hatte nur eine Minute gedauert.

Kopfschüttelnd, aber zugleich fasziniert von dem kunstfertigen Spielzeug, verließ Christopher das Eßzimmer und schloß hinter sich die Tür. Hatte Nestor den Mechanismus in Auftrag gegeben, um seinen Triumph über den Tod vorwegzunehmen? Dazu paßte auch die Tatsache, daß das wunderliche Schauspiel nur um sieben zu sehen war, denn die Sieben, das wußte er mittlerweile, war eine Zahl, der in der Alchimie große Bedeutung zukam.

Verwundert machte er sich auf den Weg zu Charlottes Damenzimmer, als ihm von jenseits der nächsten Gangkehre verhaltenes Gekicher entgegentönte. Und so nahm die zweite Entdeckung an diesem Abend ihren Lauf.

Christopher öffnete eilig die erstbeste Tür zu seiner Linken und schlüpfte hindurch. Wenig später beobachtete er durch einen Spalt, wie Charlotte den Gang hinunterging, neben ihr der gute Freund des Hauses, Friedrich von Vehse. Er mußte im Laufe des Tages eingetroffen sein. Der Freiherr hatte seine rechte Hand höchst unschicklich auf das Hinterteil der Hausherrin gelegt, eine Geste, die wenig Zweifel am tatsächlichen Grad ihrer Vertrautheit ließ.

Christophers erste Empfindung war Staunen und eine gewisse peinliche Berührtheit, gefolgt von dem Gedanken, daß ihn Charlottes Treiben hinter dem Rücken der Familie eigentlich nichts anging. Dann aber packte ihn die alte Neugier, gepaart mit der vagen Ahnung, daß ihm das, was er würde beobachten können, später einmal von Nutzen sein mochte.

So folgte er den beiden unbemerkt durch den Ostflügel, bis sie eine doppelflügelige, mit zwei eingelassenen Kreuzen geschmückte Tür erreichten – der Eingang der Kapelle, die er bisher nur von außen gesehen hatte. Die beiden blieben stehen, und Friedrich schaute sich wachsam um. Beinahe hätte er dabei Christopher entdeckt, wäre dieser nicht blitzschnell in den Schatten eines Schrankes zurückgewichen. Friedrich öffnete die Tür, er und Charlotte schlüpften hindurch, dann fiel das Schloß wieder zu.

Christophers Gedanken rasten vor Aufregung. Eilig pirschte er den beiden nach und legte ein Ohr ans Holz. Er hörte Charlotte im Inneren abermals kichern, dann ertönte ein Knirschen, gefolgt von Schritten auf Stein. Schließlich herrschte Ruhe. Keine Stimmen, keine Laute mehr.

Christopher fürchtete, er könne die beiden bei etwas stören, das allen dreien höchst unangenehm sein würde, doch seine Neugier war trotz allem stärker. Er wartete eine halbe Minute, dann drückte er die riesige Messingklinke nach unten und schaute erwartungsvoll durch den Türspalt in die Kapelle.

Sie war nicht allzu groß, besaß kaum die doppelte Fläche des Eßzimmers. Rechts und links standen mehrere Reihen uralter Holzbänke, an der Stirnseite erhob sich auf einem steinernen Podest ein Altar. Die Fenster waren mindestens zwei Meter hoch. Es gab insgesamt vier. Sie alle waren aus Bleiglas und zeigten biblische Motive.

Christopher sah auf den ersten Blick, daß die Kapelle leer war. Es gab hier drinnen keine Verstecke, es sei denn, Charlotte und Friedrich hätten sich auf dem kalten Steinboden jenseits des Altars verkrochen.

Ein einzelnes Licht brannte, eine Öllampe. Sie stand zu Füßen des Altars, neben einer quadratischen Öffnung im Boden. Darunter klaffte ein schwarzer Abgrund.

Vorsichtig schlich Christopher sich an den Rand der Falltür und blickte hinab. Eine Treppe führte steil nach unten und verschwand nach wenigen Schritten in der Finsternis.

Dies war der Augenblick zur Umkehr, das war Christopher klar, doch abermals entschied er sich gegen die Vernunft und für seine Wißbegierde. Er hob die Öllampe auf, die Friedrich wohl als Wegzeichen zurückgelassen hatte, und machte sich auf leisen Sohlen an den Abstieg. Eisige Kälte wehte ihm entgegen und trug den erdigen Geruch von nassem Gestein heran. Dies mußte einer der beiden Geheimgänge unter dem Meer sein, von denen Nestor ihm am Tag vor seinem Tod erzählt hatte; einer jener Stollen, die die Piraten einst als Fluchtwege benutzt hatten.

Die Treppe führte etwa zehn Meter in die Tiefe, und immer noch wurde es kälter. Feuchtigkeit glitzerte an den Wänden, wenn der Schein der Lampe über sie hinweggeisterte. Schillernde Schimmelpolster bedeckten den Fels an vielen Stellen. Christopher wagte gar nicht erst, sich das Getier auszumalen, das sich in Ecken und Winkeln tummeln mochte.

Die letzte Stufe endete am Boden eines Stollens, der in gerader Linie fort in die Dunkelheit führte. Die Decke war ungefähr zwei Meter hoch. Alle vier oder fünf Schritte wurde das Gestein durch Balken gestützt.

Bevor Christopher seinen Weg fortsetzte, horchte er noch einmal auf Stimmen in der Ferne, doch Charlotte und Friedrich waren nicht mehr zu hören. Auch hörte er keine Schritte. Entweder waren sie stehengeblieben, oder aber der Gang war kürzer, als es in der Finsternis den Anschein hatte.

Nun gut, sagte er sich, du hast es begonnen, also bring es auch zu Ende. Seine Finger krampften sich fester um die Lampe, als könne sie ihm als Waffe gegen unbekannte Gefahren dienen, dann folgte er dem Stollen tiefer unters Meer. Die Vorstellung, daß über ihm die See wogte, legte sich wie ein erdrückender Dunst auf seine Lungen. Er begann zu schwitzen, trotz der Kälte. Mit jedem Schritt wuchs seine Furcht, und nur die Tatsache, daß auch Charlotte und Friedrich diesen Weg gegangen waren, bewahrte ihn vor einem abrupten Rückzug.

Er mochte siebzig oder achtzig Meter weit gegangen sein, immer stur geradeaus, als der Gang allmählich wieder nach oben führte. Nach weiteren zehn Schritten veränderte sich die Decke, sie sah aus, als bestünde sie aus festgepreßtem Erdreich. Er mußte sich jetzt unter einem der fünf Eilande befinden, die die Schloßinsel umgaben. Einen Augenblick später erkannte er, unter welchem.

Wie angewurzelt blieb er stehen und unterdrückte mühsam einen Aufschrei. Über ihm, vom Licht des schaukelnden Öllichts grob umrissen, ragten bizarre Formen aus der Decke. Es waren Särge, manche noch intakt, andere bereits zerfallen. Sie hatten ihre Kanten und Ecken durch die Erde getrieben, und dort, wo das Holz längst verrottet war, ragten uralte Gebeine in den Stollen, von Alter und Schmutz verkrustet. Christopher erkannte im flackernden Zwielicht Schädel und Rippenkäfige, Arme und Beine, die wie ein makaberer Lampenschmuck herabbaumelten. Spinnen hatten ihre Netze zwischen den Knochen gewoben; die grauen Fetzen wehten gespenstisch im unterirdischen Luftzug.

Auf der Friedhofsinsel hatten schon die alten Freibeuter ihre Toten begraben. Augenscheinlich hatten die Jahrhunderte ihre Überreste durch das Erdreich nach unten wandern lassen, bis sie schließlich durch die Stollendecke stießen.

Nichts, wovor du Angst haben müßtest, sagte Christopher sich immer wieder. Keine Sorge, wirklich, hier ist nichts mehr, das lebt!

Doch das war ein schwacher Trost angesichts eines solchen Anblicks. Gebückt schlich er unter den Knochen hindurch, jederzeit in der Erwartung, eines der morschen Glieder könne ihn packen, ihn für seine Neugier bestrafen. Nun, er glaubte nicht *wirklich* daran, aber allein die Vorstellung ließ ihn heftiger frösteln. Er vermutete, daß die beiden einen markierten Weg durch diesen Irrgarten aus Leichenteilen genommen hatten, doch als er dies erkannte, war er bereits zu weit vorgedrungen, um jetzt noch danach zu suchen.

Er hatte etwa die Hälfte der Strecke unter dem Friedhof hinter sich gebracht, als er weiter vor sich abermals Treppenstufen erblickte. Sie führten nach oben, durch eine Öffnung in der Decke. Jetzt hörte er auch wieder leise Stimmen, ohne die Worte verstehen zu können. Siedendheiß fiel ihm ein, daß sein Lichtschein von oben zu sehen sein mußte. Daß er noch nicht entdeckt worden war, hatte er wohl nur dem Umstand zu verdanken, daß Charlotte und Friedrich anderweitig beschäftigt waren.

Schweren Herzens verdeckte er die Flamme seiner Lampe und pirschte weiter. Die Dunkelheit war jetzt nahezu vollkommen, nur durch die Deckenöffnung fiel ein zartes Kerzenflackern. Prompt stieß er im Finstern gegen knorriges Gebein, Spinnweben streiften seine Wangen, und ihm wurde so elend zumute, daß er sich auf der Stelle übergeben wollte. Doch sogar das unterdrückte er, aus Angst vor Entdeckung.

So erreichte er zitternd die Treppenstufen, verharrte und horchte. Das Geflüster der beiden war jetzt zu heftigem Atmen geworden, durchsetzt von Charlottes sanften Seufzern. Minutenlang konnte Christopher sich nicht entscheiden, stand einfach nur da und versuchte, Ordnung in seine Gedanken zu bringen. Schließlich aber schlug seine Furcht in Erregung um, und er erklomm lautlos die unteren Stufen. Über der Öffnung lag ein Schacht, der nach zwei Metern an einer offenen Falltür endete. Darüber befand sich ein überdachter Raum, wohl eine Art Leichenhalle im Zentrum der Friedhofsinsel.

Vorsichtig blickte Christopher über den Rand der Falltür. Sie war sternförmig von zwölf Podesten umgeben, auf denen man einst die Toten aufgebahrt hatte. Der Raum hatte eine kreisrunde Form, und am Kopfende eines jeden Podests war eine Steintafel in die Wand eingelassen. Dahinter waren die Ahnen der Familie Institoris zur letzten Ruhe gebettet. Die Baumeister dieser Anlage hatten sogar an das Wohlbefinden der Trauernden gedacht, denn es gab einen offenen Kamin, in dem ein Feuer flackerte. Wahrscheinlich war Friedrich schon am Nachmittag hiergewesen, um die Flammen zu schüren.

Auf jedem Podest stand am vorderen Rand eine Kerze – außer auf einem. Es war mit Decken und Kissen bedeckt, und darauf lagen im gelben Kerzenschein zwei schimmernde Körper. Hitze stieg in Christopher auf, als er seine Stiefmutter in Friedrichs leidenschaftlicher Umarmung sah, ein leises Stöhnen auf den Lippen, die Augen geschlossen. Wollüstig bog sie ihm ihre Hüften entgegen, empfing seufzend die Stöße seines Unterleibs. Es war trotz des Feuers kühl in der Gruft, doch die Liebenden schienen es nicht zu bemerken. Ihre Kleidung lag achtlos am Boden verstreut. Sie hatten keine Zeit vertan.

Bei jeder hastigen Bewegung der beiden tauchte Christopher unter den Rand der Falltür. Ihm war klar, daß er jetzt ein Wissen besaß, dessen Geheimhaltung seiner Mutter viel bedeuten mußte. Der Tag würde kommen, an dem er es einsetzen konnte, daran hatte er keinen Zweifel. Denn nur wenn er Nestors Stärke und Unabhängigkeit innehatte, konnte er sich seines alchimistischen Erbes als würdig erweisen.

Einige Minuten lang sah er den beiden noch zu, doch seine anfängliche Erregung schlug allmählich in gedämpftere Sachlichkeit um. Er beobachtete ihr heißblütiges Tun, nahm jeden ihrer gemurmelten Liebesschwüre in sich auf, sammelte, verwertete. Und er dachte mit einer gewissen Befriedigung, daß Charlotte von nun an ebenso ihm gehören würde wie ihrem Liebhaber Friedrich – nicht ihr Körper, vielmehr ihre Seele, und jene war für ihn von weit größerem Reiz. Denn wer Macht über Charlotte Institoris besaß, der besaß Macht über das Schloß.

Schließlich pirschte er die Stufen hinab in den Stollen und ließ die Flamme seiner Öllampe von neuem aufflackern. Bald schon war er zurück im Treppenschacht unterhalb der Kapelle, erfüllt von stiller Euphorie.

Und dort enthüllte er das dritte Geheimnis dieses Abends.

Daniel kniete auf den Stufen des Altars und betete mit geschlossenen Augen. Beinahe wäre Christopher aus der Falltür geklettert, ohne ihn zu bemerken. Im letzten Augenblick löschte er die Lampe und zog sich zurück in den Schacht. Nur seiner Vorsicht war es zu verdanken, daß Daniel nicht seinerseits auf ihn aufmerksam wurde. Christopher war die Stufen fast lautlos hinaufgeschlichen, nicht etwa, weil er seinen Stiefbruder in der Kapelle vermutet hatte, sondern vielmehr aus Sorge, eines der Dienstmädchen, die im Schloß lebten, wäre zu einem nächtlichen Gebet hierher gekommen. Daß es nun ausgerechnet Daniel war, der in religiöser Ehrfurcht vor dem Altar kauerte, erstaunte Christopher zutiefst.

Er hatte nicht geahnt, daß Daniel derart gläubig war, doch das war nur der erste Anlaß seines Erstaunens. Der zweite und weitaus wichtigere Grund war die Tatsache, daß Daniel die offene Falltür bemerkt haben mußte und dennoch nicht in den Tunnel hinabgestiegen war.

136

Das wiederum bedeutete, daß er Kenntnis hatte von dem, was sich auf der Friedhofsinsel abspielte. Ob Charlotte ahnte, daß ihr erster Stiefsohn um ihr nächtliches Treiben wußte?

Wenn Daniel so christlich war, mußte sich Charlotte dann nicht in seinen Augen den furchtbarsten Lastern hingeben, dem sündigen Liebesspiel außerhalb der Ehe? Und da begriff Christopher, daß genau dies der Grund für Daniels Gebet sein mußte. Er flehte Gott um Vergebung für die Sünden seiner Stiefmutter an!

Wie nobel von ihm. dachte Christopher, und im Dunkeln huschte ein Grinsen über seine Züge. Er selbst war von Bruder Markus im christlichen Glauben erzogen worden – und doch, mit Skrupel hatte ihn die allmächtige Präsenz des Herrn noch nie erfüllt.

Lautlos beobachtete er Daniel, der immer noch in seine Fürbitte versunken war. Gemurmelte Worte kamen über seine Lippen, während er die geschlossenen Augen weiterhin gesenkt hielt. Er hatte eine einzelne Kerze auf dem Altar entzündet. Ihr Flackern geisterte über das riesige Holzkreuz an der Stirnseite der Kapelle, flimmerte über die Glasarbeiten der Spitzbogenfenster. Eine zeigte die Jungfrau Maria, über ihr schwebte der Heilige Geist.

Daniels Hemd hing über seinem Hosenbund. Vielleicht war er schon auf dem Weg ins Bett gewesen, als ihn der Drang zum Gebet überkam. Er wandte der Falltür den Rücken zu, aber Christopher erkannte dennoch, wie er plötzlich die gefalteten Hände voneinander löste und sich die Hemdsärmel hochschob.

»Ich bitte Dich um Vergebung, Herr.« Ein tonloses Flüstern, heiser, verzweifelt.

Aus seiner Hosentasche zog Daniel ein winziges Fläschchen. Er legte sein bandagiertes linkes Handgelenk auf die Altarkante und träufelte eine dunkle Flüssigkeit aus der Flasche auf den weißen Verband.

Du Mistkerl! durchzuckte es Christopher empört. Deshalb also ließ sich die Blutung nicht stillen. Daniel frischte die Flecken künstlich auf! Warum? Darauf eine Antwort zu finden war nicht schwer: Damit ihm Charlottes Mitgefühl und Fürsorge auch weiterhin sicher waren, damit jeder hier im Schloß ihn auch fortan bedauerte und wegen seines ach-so-schweren Schicksals bemitleidete.

War denn niemand auf dieser Insel das, was er auf den ersten Blick zu sein schien? Gab es hier denn nichts als seelische Krüppel?

Doch plötzlich dachte Christopher angstvoll: Und wenn es dieser Ort ist? Wenn uns die böse Vergangenheit der Insel alle in den Wahnsinn treibt?

Im selben Augenblick stand Daniel auf, blies die Kerze aus und ging achtlos an der dunklen Bodenöffnung vorbei zur Tür. Als das Licht vom Korridor hereinschien, erkannte Christopher ein feuchtes Glitzern auf Daniels Wangen. Dann aber erlosch das Licht, und die Tür fiel leise ins Schloß.

KAPITEL 6

Der Schmerz beim Lösen der Ringe war viel schlimmer als das kurze Brennen beim Hineinstechen. Damals hatte Aura sie in einer Art Tobsuchtsanfall durch die Haut ihrer Schenkel gestochen, alle achtunddreißig, doch heraus zog sie sie einzeln, mit Bedacht und in angstvoller Erwartung der Pein.

Heute war es der vierte Ring. Ihr vierter Monat im Internat war verstrichen. Genaugenommen war sie schon einen Tag zu spät dran, und mit Entsetzen hatte sie festgestellt, daß die gefürchtete Gleichgültigkeit bereits eingesetzt hatte – Aura hatte den Termin schlichtweg vergessen.

Ein einzelner Blutstropfen rollte an der hellen Innenseite ihres Schenkels hinab; sie hielt ihn mit der Fingerspitze auf, kurz bevor er das weiße Bettzeug berühren konnte. Mit einem Tuch tupfte sie die Wunde ab, dann zog sie die Bettdecke über ihre Beine. Draußen auf dem Flur ging das Licht aus. In spätestens einer halben Stunde würden sie auch die Zimmerbeleuchtung löschen müssen. So war es Gesetz hier im Stift.

»Tut das nicht höllisch weh?« Cosima blickte von ihrem Bett aus immer noch gebannt auf die Stelle, an der sich Auras Beine unter der Decke abhoben. Ihr Gesicht war zu einer Grimasse verzogen, als wäre sie diejenige, die den Schmerz erdulden mußte.

»Ein wenig«, erwiderte Aura und warf den Ring in die Schublade ihres Nachttisches. Er klimperte neben die drei anderen. Noch vierunddreißig würden dazukommen, ehe Aura das Internat verlassen durfte. Aber so lange wollte sie nicht warten.

Zweimal schon war sie drauf und dran gewesen, einen Fluchtversuch zu wagen. Einmal gleich in jener Nacht, nachdem sie den schrecklichen Brief gelesen hatte, und noch ein weiteres Mal zwei Wochen später. Beide Male war sie bis zur Mauer des Parks gelaufen, beim zweiten Mal sogar darüber hinweggestiegen, ehe sie sich an Cosimas Warnung erinnert hatte. Es war zu weit bis zur Stadt, und zu groß war die Gefahr, sich im Gebirge zu verirren.

Seitdem wartete sie, daß eine Kutsche zum Internat heraufkam, die sie mit ins Tal nehmen würde. Doch freilich, welcher Kutscher unterstützte schon die Fluchtversuche einer Internatsschülerin? Und so war der heißersehnte Augenblick bisher ausgeblieben.

Cosima legte den Kopf schräg und schaute Aura nachdenklich an. »Warum sträubst du dich so sehr dagegen, hier zu sein? Es wird nicht angenehmer, wenn du dir ständig sagst, wie entsetzlich es hier ist.«

Aura hatte ihr nichts von dem Brief erzählt, und so wich sie den Fragen ihrer Freundin auch diesmal aus. »Sag mir, wie ich sonst in diesem Irrenhaus einen klaren Kopf bewahren soll.«

»Laß dich darauf ein«, sagte Cosima halbherzig. »Versuch einfach, das Beste daraus zu machen.«

»Toller Ratschlag.«

Die junge Italienerin lächelte verständnisvoll. »Es ist immer noch der beste Weg. Tu das, wofür deine Eltern eine Menge Geld bezahlen: Lies Bücher, hör beim Unterricht zu, und laß dir gutes Benehmen beibringen.«

»Das sagst gerade du?« Aura schüttelte amüsiert den Kopf. Cosima war alles andere als eine fleißige Schülerin. »Bei der nächsten Gelegenheit bin ich hier weg.«

»Auf diese Gelegenheit warten andere schon seit Jahren.«

»Sie kommt noch, warte ab.«

Cosima murmelte etwas Unverständliches und kicherte. Dann zog sie sich die Decke bis ans Kinn.

Aura war nicht nach Scherzen zumute. Und doch hatte Cosima sie schon Dutzende Male aufgeheitert, wenn ihre Stimmung auf dem Tiefpunkt gewesen war. Dafür war Aura ihr dankbar, wie auch für die Tatsache, daß sie niemandem von den Ringen und Auras Fluchtplänen erzählte. Insgeheim trugen sich wahrscheinlich alle Mädchen hier im Stift mit dem Gedanken, eines Tages heimlich von hier zu verschwinden, und Aura wußte, daß das vor allem auf Cosima zutraf, obgleich sie es nicht so offen zeigte wie andere.

Sie löschten das Licht, und wenig später schon war Aura eingeschlafen.

Irgendwann, mitten in der Nacht, wachte sie auf. Sie horchte, vernahm aber keinen Ton in der Stille. Der Mondschein erhellte die Vorhänge. Sie sah, daß Cosima sich in ihre Decke eingerollt hatte und tief und fest schlief. Ein Traum mußte Aura geweckt haben. Sie streckte sich, kuschelte sich wieder in ihr Bettzeug und versuchte, weiterzuschlafen.

Da ließ ein Geräusch sie abermals aufschrecken. Noch im selben Augenblick wurde ihr bewußt, daß es der gleiche Laut gewesen war, der sie vorhin geweckt hatte. Und da, noch einmal!

Aura sprang auf und huschte zum Fenster. Sachte schob sie den Vorhang zur Seite, nur ein Stück, und blickte hinaus auf den Vorplatz des Sankt-Jakobus-Stifts. Sie hatte sich nicht getäuscht: Es war das Wiehern eines Pferdes, das sie gehört hatte! Hinter das Tier war ein Wagen gespannt, aschfahl im Licht des Mondes, keine Kutsche, eher ein Karren, auf dessen Ladefläche dunkelbraune Wäschesäcke gestapelt waren. Aber wer, um Himmels willen, belud mitten in der Nacht einen Karren mit Wäsche?

Einen Moment lang erwog sie, Cosima zu wecken. Sie selbst war hellwach und würde ohnehin so schnell nicht wieder einschlafen können; also konnten sie auch gleich versuchen, herauszufinden, wem der Karren gehörte – und vor allem, was er um diese Uhrzeit hier verloren hatte! Und, dachte sie, wer weiß, ob es nicht eine Möglichkeit gab…, aber nein, nicht so vorschnell. Sie hatte schon die Hand nach der Schulter ihrer Freundin ausgestreckt, als sie sich eines Besseren besann. Allein würde sie unauffälliger sein. So ließ sie das Mädchen schlafen, schlüpfte in aller Eile in Kleid und Schuhe und warf sich nach kurzem Zögern Cosimas schwarzes Cape über. Ein unmodernes, nicht mal besonders kleidsames Stück, aber bei Nacht eine gute Tarnung.

Sekunden später war sie zur Tür hinaus und schlich über den Flur. Zwei Zimmer weiter hörte sie Rascheln und leises Flüstern. Auch andere waren von den Geräuschen erwacht. Sie wartete einen Moment, ob noch jemand auf den Gang treten würde, lief aber weiter, als alle Türen geschlossen blieben. Die anderen maßen den Lauten offenbar keine Bedeutung zu oder wagten nicht, gegen die Regeln der Direktorin zu verstoßen. Natürlich war es verboten, nachts die Zimmer zu verlassen. Für ganz dringende Bedürfnisse stand unter jedem Bett ein Nachttopf, wie im tiefsten Mittelalter.

Ein weiteres Wiehern auf dem Vorplatz ließ Aura zusammenfahren. Sie sprang zum nächsten Fenster und traute ihren Augen nicht – der Pferdewagen war verschwunden. Enttäuscht suchte sie mit ihren Blicken die düstere Umgebung ab, doch da war nichts. Keine Spur mehr von dem Karren oder seinem Kutscher.

Trotzdem gab sie nicht auf. Ihre Neugier war zu groß. Sie schlich die breite Haupttreppe hinunter, bis sie einen langen Flur im Erdgeschoß erreichte. An seinem Ende lag die Eingangshalle, von der aus man in die Arbeitsräume der Direktorin unter dem Innenhof gelangte.

Aura huschte den Gang hinab bis zur Tür der Halle. Dort horchte sie aufmerksam, konnte aber durch das dicke Holz nichts hören. Vorsichtig drückte sie die Klinke herunter und schaute durch den schmalen Spalt. Die Eingangshalle war leer, aber aus den Gewölben von Madame de Dion erklang gedämpftes Flüstern, ein weit entfernter Wortwechsel. Durch die Fenster fiel kein Licht.

Sie zögerte eine ganze Weile, ehe sie sich ein Herz faßte und durch den Türspalt in die Halle schlüpfte. Im Laufen zog sie das Cape enger, damit es ihr weißes Kleid besser verdeckte. Außerdem fror sie erbärmlich in den ungeheizten Gängen des Gemäuers, und ihre Aufregung jagte ihr einen Schauder nach dem anderen über den Rücken.

Lautlos erreichte sie den oberen Absatz der Treppe. Die Stufen waren gut zehn Meter breit, und die winzigen Notlampen rechts und links an den Wänden vermochten nur den Rand der Treppe zu erhellen. Ihr mittleres Drittel lag in völliger Dunkelheit. Dort hätte ebenso ein bodenloser Abgrund gähnen können, es hätte kaum einen Unterschied gemacht.

Aura schlich an der Wand entlang die Stufen hinunter. Es war den Schülerinnen verboten, die Arbeitsräume der Direktorin zu betreten, es sei denn auf ausdrückliche Anweisung. Das aber schreckte Aura weniger als die Vorstellung, noch tiefer ins Innere des Sankt-Jakobus-Stifts vorzudringen. Sie überwand ihre Angst nur mit Mühe, ihre Schritte waren zögernd und unsicher.

Mach dich nicht verrückt! hämmerte sie sich ein. Es wird dich schon niemand erwischen.

Aber wem gehörten dann die leisen Stimmen, die aus dem Keller heraufdrangen?

Die eine klang vertraut. Ja, es war die Direktorin. Die andere war rauher, heiser fast. Empfing Madame de Dion in der Nacht einen Mann, gar einen Geliebten, in ihren Räumlichkeiten? Das wäre eine Erklärung, aber eine, die Aura für reichlich absurd hielt. Wenn es eine Frau auf der Welt gab, die nicht das geringste Interesse an Männern zeigte, dann war es wohl Madame de Dion. Nicht umsonst nannten die Mädchen sie den Monseigneur. Und doch, auch Aura vermochte nicht in den Kopf der Direktorin zu schauen.

Gebannt von ihren eigenen Phantasien schlich sie weiter. Am Fuß der Treppe lag ein niedriger Vorraum, nur ein schmaler Streifen, in dessen Rückwand sich eine Tür befand. Sie stand schulterbreit offen. Dahinter verlief ein kurzer Gang, von dem rechts und links zwei weitere Durchgänge abzweigten. Am anderen Ende gab es noch eine Tür, auch sie war geöffnet.

Und jenseits davon stand, die Hände auf die knöchrigen Hüften gestützt, die Direktorin. Sie hatte der Tür den Rücken zugewandt und flüsterte eindringlich auf jemanden ein, den Aura von ihrem Standort aus nicht sehen konnte.

Aura blieb einen Moment lang stocksteif stehen, dann zog sie sich eilig zurück. Sie hatte noch gesehen, wie eine gebückte Gestalt an Madame de Dion vorübereilte. Der Unbekannte trug etwas auf den Schultern, ein Bündel.

Irgend etwas wurde hier verladen, etwas, das sich im Keller unter

dem Innenhof befand. Aura vermutete, daß der Fremde den Pferdekarren zum Hintereingang des Stifts gelenkt hatte, um weiteres Aufsehen zu vermeiden.

So leise wie möglich pirschte sie die Treppe hinauf in die Eingangshalle und versuchte, durch das Haupttor ins Freie zu gelangen.
Es war abgeschlossen. Sie wandte sich einem der schmalen Scharten-
fenster zu, entriegelte und öffnete es. Die Fenster waren nicht vergit-
tert, da in einer abgelegenen Gegend wie dieser kaum mit Einbre-
chern zu rechnen war. Und nächtliche Fluchtversuche hatte es seit
den beiden Mädchen, die sich in den Wäldern verlaufen hatten, nicht
mehr gegeben.

Mit einem leisen Ächzen sprang sie ins Freie und kam neben einer
der hohen Eingangssäulen am Boden auf. Sie zog das Cape wieder
um die Schultern und schlug die weite Kapuze über den Kopf. Dann
lief sie los, rund um das achteckige Stiftsgebäude und seine Anbauten, immer bemüht, unterhalb der Fenster zu bleiben. Nirgends
brannte Licht, das ganze Gebäude schien von außen wie ausgestorben. Die Hecken und Tannenzeilen des Parks kauerten wie schlum-
mernde Riesen im Dunkeln, schwarze, formlose Flecken auf der
mondbeschienenen Wiese.

Im feuchten Gras konnte Aura Spuren von Wagenrädern erkennen,
die Halme waren entlang zweier Schneisen niedergedrückt. Hinter
dem letzten Anbau, dem Gärtnerschuppen des alten Marek, blieb sie
stehen, preßte sich an die Wand und schaute zaghaft um die Ecke.

Wie sie vermutet hatte stand der Pferdekarren vor dem Hintereingang des Internats, keine zwanzig Meter von ihr entfernt. Eine
Gestalt, die ein ähnliches Cape trug wie sie selbst, altmodischer
jedoch und an den Rändern ausgefranst, warf gerade einen Wäsche-
sack von der Schulter auf die Ladefläche, zog und zerrte die übrigen
Bündel zurecht und entfernte sich gebückt wieder in Richtung der
Hintertür. Ein Gesicht war nicht zu erkennen, auch der Unbekannte
hatte seine Kapuze hochgeschlagen. Augenblicke später war er wieder im Inneren des Stifts verschwunden.

Aura wußte, daß das Internat größere Wäschestücke wie Bettzeug
und die Tischdecken aus dem Speisesaal nicht selbst reinigte, von

daher war ein Wäschetransport an sich nichts allzu Ungewöhnliches. In Anbetracht der gewaltigen Entfernung zwischen Stift und
Stadt war es zudem nicht unbedingt verwunderlich, daß der Karren
erst bei Nacht im Internat eingetroffen war.

Aura verwarf alle Warnungen ihrer Vernunft und zögerte nicht
länger. Blitzschnell löste sie sich aus dem Schatten des Gärtner-
schuppens und rannte hastig über die freie Fläche zum Karren hinüber. Das hier war ihre Chance, die erste in vier Monaten, und sie
wollte nicht noch einmal so lange warten. Einen Moment lang überkam sie Cosima gegenüber ein schlechtes Gewissen, nicht nur wegen
des Capes, sondern vor allem, weil sie sie allein zurückließ. Aber, so
besänftigte sie ihre Skrupel, wahrscheinlich hatte niemand hier
einen so guten Grund wie sie, nach Hause zurückzukehren.

Sie stieg über den Rand des Karrens, schob einen der Wäschesäcke
zur Seite und nahm zusammengekauert seinen Platz ein. Im Dunkeln hatte das Cape fast die gleiche Farbe wie die Säcke. Vorsichtig
schmiegte sie sich tiefer zwischen die weichen Bündel, zog sich zusammen wie ein Ungeborenes und zerrte zwei Säcke über sich. In der
Finsternis würde der Unterschied hoffentlich niemandem auffallen.

Sie hörte gedämpftes Flüstern vom Hintereingang, dann wurde die
Tür geschlossen. Schritte schlurften durch das Gras auf den Karren
zu. Aura hatte ihre Sicht mit Säcken verbaut, mußte ganz auf ihr
Gehör vertrauen. Die Angst saß wie ein scharfkantiger Eiskristall in
ihrer Kehle, und ihr war, als würde er ihr beim Luftholen den Hals
aufreißen. Sie wagte nicht zu atmen, sogar das Denken fiel ihr mit
einemmal schwer. Alles, was sie spürte, war Furcht. Furcht, die allmählich in Panik umschlug.

Der Karren wippte vernehmlich, als die Gestalt sich auf den
Kutschbock schwang und dem Pferd mit den Zügeln auf den Rücken
klatschte. Ein leises Wiehern, dann setzte sich das Gefährt in Bewegung. Aura konnte noch immer kaum glauben, was sie hier tat. Sie
floh, sie war drauf und dran, dem Internat und seiner furchtbaren
Direktorin zu entkommen!

Sie wartete darauf, daß die Räder des Karrens über den Hauptweg
aus Baumstämmen ratterten, doch das Geräusch blieb aus. Natür-

lich, davon würde das ganze Internat aufwachen! Das Gefährt nahm einen anderen Weg, wahrscheinlich quer durch den Park.

Schließlich konnte sie der Versuchung, einen Blick nach draußen zu werfen, nicht länger widerstehen. Langsam zog sie ihre rechte Hand unter dem Körper hervor und schuf eine winzige Öffnung zwischen den beiden Säcken, die ihr Gesicht verdeckten. Doch alles, was sie erkennen konnte, waren der hölzerne Rand der Ladefläche und die vagen Schemen von Bäumen im Mondschein.

Nach kurzer Zeit hielt der Karren abermals an. Der Kutscher flüsterte etwas mit zischelnder Stimme, worauf ein anderer Antwort gab. Kein Zweifel, die zweite Stimme gehörte Marek, dem Stiftsdiener. Augenblicke später ertönte ein Quietschen, als das Haupttor des Parks aufgezogen wurde. Der Karren schaukelte hindurch. Im Vorbeifahren blickte Aura in Mareks eingefallenes Gesicht, und einen Herzschlag lang überkam sie die Gewißheit, er starre geradewegs zurück. Starre genau in ihre Augen! Dann aber waren sie vorbei, ohne daß der Alte Alarm schlug. Das Quietschen ertönte noch einmal, als sich hinter dem Karren das Tor schloß.

Geschafft! Dennoch war ihr nicht nach Jubeln zumute. Nach wie vor quälte sie die Angst vor Entdeckung, auch wenn sie das Gelände des Sankt-Jakobus-Stifts endlich verlassen hatten.

Die Fahrt von der Stadt hier herauf hatte sie einen halben Tag gekostet, und damals war sie mit einem Zweispänner gefahren. Aura stellte sich wohl oder übel darauf ein, den Rest der Nacht zwischen den muffigen Säcken zu verbringen. Sie wünschte sich, die Stunden einfach verschlafen zu können, doch zugleich wußte sie, daß Schlaf jetzt das letzte war, was sie sich leisten konnte. Sie würde wach bleiben und auf der Hut sein.

Trotzdem überkam sie nach einer Weile bleierne Müdigkeit. Sie hatte Mühe, die Augen offenzuhalten, und schließlich sagte sie sich, daß es ohnehin nichts zu sehen gab außer Tannen und Wiesen unter dem eisigen Mantel des Nachtlichts. Langsam senkte sie die Lider. Nur ein wenig ausruhen. Nur ein wenig Entspannung.

***

146

Ein besonders tiefes Schlagloch weckte sie, und sofort fiel die Panik über sie her wie ein Greifvogel über seine Beute.

Wie lange hatte sie geschlafen? Minuten? Stunden? Ihr erster Impuls war, sich aufzurichten und umzuschauen, doch ihre Instinkte warnten sie im letzten Augenblick. Eingerollt blieb sie liegen, blinzelte sich den Schlaf aus den Augen und versuchte verzweifelt, am Wegrand irgend etwas zu erkennen. Wie weit war es noch bis Zürich? Näherten sie sich schon der Stadt? Waren sie wenigstens bereits im Tal?

Bei diesem letzten Gedanken fiel ihr etwas auf, und die Erkenntnis überkam sie mit eisigem Entsetzen.

Der Karren fuhr bergauf!

Ja, tatsächlich, der Weg führte nach oben. Höher ins Gebirge!

Aber dort oben gab es nichts, keine Dörfer, nicht einmal Gehöfte. Und schon gar keine Wäscherei. Wo also fuhren sie hin?

Noch einmal tastete sie vorsichtig zwischen den Säcken umher. Ihr Arm war eingeschlafen, und es dauerte eine Weile, ehe sie irgend etwas fühlen konnte. Der Inhalt der Säcke war weich. Es *war* Wäsche. Wenigstens keine Leichen, stellte sie in einem Anflug von Zynismus fest.

Einen Moment lang erwog sie, einfach vom Karren zu springen und bergab zu laufen, fort von dem Gefährt und seinem unheimlichen Kutscher. Aber dann erinnerte sie sich wieder an die Schauergeschichten von den verirrten Mädchen, und die Aussicht, erschöpft von irgendwelchen Holzfällern aufgegriffen zu werden, behagte ihr nicht im geringsten. Ebensogut konnte sie liegenbleiben und abwarten, wohin es sie verschlug. Vielleicht gab es am Ziel der Fahrt jemanden, der sie in die Stadt bringen würde.

Du hast ja nicht mal Geld dabei, meldeten sich ihre Zweifel. Und, außerdem, warum sollte jemand das tun? Sie werden dich nur zurück ins Internat schaffen – eine schöne Aussicht.

Sie hätten heulen können vor Enttäuschung und Wut, aber sie unterdrückte ihre Verzweiflung und zwang sich, nachzudenken. Sie war kein kleines Mädchen mehr, das sich nicht zu helfen wußte, wenn es allein auf sich gestellt war. Und sie war auch keines der verzogenen Zuckerpüppchen, von denen es Dutzende im Internat gab. Nein, es half alles nichts, sie mußte eine Entscheidung treffen.

Am Ende entschied sie sich dafür, ruhig zu bleiben und abzuwarten. Was konnte schon schlimmer sein, als einer Horde Waldarbeiter über den Weg zu laufen, die vielleicht seit Wochen keine Frau mehr zu Gesicht bekommen hatten?

Eine halbe Ewigkeit später blieben die Tannen hinter ihnen zurück, und Aura blickte über den Karrenrand hinweg auf eine weite Almwiese. Noch immer schien der Mond vom Nachthimmel und überzog das hohe Gras mit einem milchigen Schleier. Es war, als würde er der Landschaft alle Farben entziehen; zurück blieb nichts als bleiches Grau.

Am oberen Rand der Wiese, unweit einer Felswand, brachte der Kutscher den Karren zum Stehen. Aura hörte mit rasendem Herzschlag, wie die vermummte Gestalt vom Kutschbock kletterte – schwerfällig, als fehle es ihr an Kraft.

Was, wenn er jetzt einen der Säcke hochhebt und mich entdeckt? schoß es Aura durch den Kopf.

Tatsächlich blieb die Gestalt neben der Ladefläche stehen; ein schwarzer Scherenschnitt vor der leichenhaften Blässe der Wiese. Aura sah, wie der Vermummte die Arme hob. Ihr ganzer Körper spannte sich, ein Schrei stieg in ihr auf – doch dann packten die Hände der Gestalt ein Bündel vom vorderen Teil der Ladefläche, über einen Meter von Auras Versteck entfernt. Es war sichtlich schwerer als die übrigen, auch fester, und auf einen Schlag kehrten all ihre Befürchtungen zurück. Ohne ihre Lage zu ändern, konnte sie nichts Genaues erkennen. Aber plötzlich war ihr, als vernähme sie ein zartes Stöhnen. *Aus dem Inneren des Bündels!*

Ihr ganzer Körper verkrampfte sich, sogar ihre Gedanken schienen zu erstarren. Aufspringen! durchfuhr es sie. Fortlaufen, so schnell du nur kannst!

Und doch tat sie nichts dergleichen. Lag einfach nur da und horchte. Der Vermummte hatte sich die Last über die Schultern geworfen und schleppte sie davon. Kurz darauf knarrte außerhalb von

Auras Blickfeld eine Tür. Das Bündel, nun wieder stumm, wurde offenbar in ein Haus getragen.

Aura hatte wenig Zweifel, daß es genau dieses Bündel war, das sie den Unbekannten hatte aus dem Internatskeller tragen sehen. Die Erzählungen ihrer Mitschülerinnen schossen ihr durch den Kopf, die Geschichten von den Mädchen, die nach ihren Fluchtversuchen plötzlich verschwunden waren. Angeblich hatten ihre Eltern sie bei Nacht und Nebel abgeholt. Ja, dachte sie bitter, ganz bestimmt!

Ungeduldig wartete sie noch einige Sekunden, bis sie sicher sein konnte, daß der Vermummte im Gebäude verschwunden war. Dann stieß sie die Wäschesäcke beiseite und glitt mit einem tiefen Aufatmen vom Karren. Ohne sich umzudrehen rannte sie einige Schritte bergab, besann sich dann, kehrte rasch um und schob die Säcke in ihre alte Position. Das war unauffälliger.

Dabei glitt ihr Blick auch über den Wagen hinweg. Einige Meter von ihr entfernt erhob sich eine Hütte. Sie lag am Rand der Almwiese, gleich unterhalb der Felswand, und war von vier hohen Tannen flankiert. Wände und Dach waren aus Holz, und Aura vermutete, daß sie nicht mehr als drei oder vier kleine Räume beherbergte. Das ganze Gebäude schien verzogen, als neige es sich langsam nach rechts. Wahrscheinlich hatte es jahrelang leergestanden, ehe sein jetziger Bewohner es als Unterschlupf gewählt hatte. Das einzige Fenster an der Vorderseite war von innen verhängt, die Haustür aber stand immer noch offen. Kerzenlicht fiel hinaus in die Nacht, ein trüber Lichtbalken, der sich vom Haus bis weit über die Wiese zog. Aus dem Inneren ertönte ein dumpfes Rumpeln. Vermutlich lud der Vermummte seine Last ab.

Auras Panik schraubte sich in neue Höhen, um dann, fast schlagartig, einer schockartigen Ruhe zu weichen. Für einen Augenblick gelang es ihr sogar, ein paar klare Gedanken zu fassen. Der erste war: Ich muß weg von hier! Der zweite: Was wird dann aus dem anderen Mädchen?

Sie zweifelte jetzt nicht mehr daran, daß es sich bei dem Bündel um eine ihrer Mitschülerinnen handelte. Betäubt wahrscheinlich, auf alle Fälle hilflos. Sie wußte nicht, was der Vermummte mit ihr vorhatte. Ihre Phantasie überhäufte sie mit einer Vielzahl von Antworten; eine war scheußlicher als die andere.

Schnell, ehe die Gestalt wieder an die Tür kommen konnte, umrundete sie den Karren und näherte sich dem Fenster. Ihre Vernunft war nun endgültig ausgeschaltet, alles, was sie vor ihrem inneren Auge sah, war das Mädchen, das sich vor dem Vermummten in einer Ecke der Hütte verkroch. In Auras Vorstellung hatte es ihr eigenes Gesicht.

Das Fenster war zu sorgfältig verhängt, um auch nur einen zaghaften Blick ins Innere zu gestatten. Vielleicht gab es ja noch eines. Aura lief auf die nächste Ecke der Hütte zu und schlich entlang der fensterlosen Seitenwand nach hinten. Auch dort gab es keine Öffnungen. Zwischen Rückseite und Felswand befand sich eine Kluft von zwei Schritten, in deren Mitte sich eine Art Sickergrube befand, ein formloses Loch, von dem ein bestialischer Gestank aufstieg. Wenn Aura das Haus ganz umrunden wollte, mußte sie sich wohl oder übel an der Grube vorbeizwängen.

Sie wählte unwillkürlich den schmalen Steg an der Felswand entlang, fast als warne sie etwas davor, mit der Hütte in Berührung zu kommen. Die Finsternis in dem Spalt verdeckte gnädig den Inhalt der Grube. Aura glaubte, an mehreren Stellen etwas Fahles darin schimmern zu sehen, umgeben von dunkler Schlammkruste. Ihr Wunsch, von hier zu verschwinden, wurde nur noch drängender. Erdreich bröckelte unter ihren Schuhen in das Loch, während sie sich an der Felswand entlangpreßte. Einen Augenblick lang fürchtete sie, sie könne abrutschen und hineinfallen. Der Gestank fraß sich durch Nase und Mund, nahm ihr fast die Sinne.

Dann war sie endlich an der Grube vorbei und eilte mit großen Schritten zur nächsten Ecke. Vorsichtig schaute sie herum, doch da war niemand. Das Gras war hier von Furchen durchzogen, als wäre mehr als einmal etwas nach hinten geschleift worden, zur Grube.

Auch diese Seitenwand besaß kein Fenster. Mittlerweile war Aura fast froh darüber. Doch der Gedanke an das wehrlose Mädchen in der

Hütte blieb, trieb sie weiter, machte sie ganz schwindelig vor Wut und Ekel und Furcht.

Als sie erneut die Vorderseite erreichte, war die Tür der Hütte geschlossen. Zitternd blickte Aura sich um, doch der Vermummte war nirgends zu sehen. Karren und Pferd standen unverändert vor der Tür, kein weiterer Sack war abgeladen worden. In allen anderen mußte sich tatsächlich Wäsche befinden.

Im selben Augenblick drang durch die Holzfassade des Hauses ein gellender Schrei. Ein dumpfer Schlag ertönte, noch ein Schrei, schwächer diesmal – dann Stille.

Aura legte das Ohr ans Holz. Aus dem Inneren erklang ein kaum hörbares Schleifen, dann schlug eine Tür. Entweder hatte der Vermummte das Mädchen in ein anderes Zimmer gesperrt, oder aber er hatte sich gemeinsam mit seinem Opfer dorthin zurückgezogen. Möglich also, daß der Raum hinter der Hüttentür jetzt leer war.

Es war Wahnsinn, natürlich. Dennoch näherte sich Aura dem Eingang, preßte leicht dagegen. Fingerbreit gab er nach. Ein zaghafter Blick ins Innere, dann ein Stoßgebet.

Niemand war zu sehen. Vor einem gemauerten Kamin, voll mit kalter Asche, lag ein dunkler Stoffetzen – ein Tuch, in dem das Opfer eingewickelt gewesen war. Von der Balkendecke hingen Sträuße aus getrockneten Kräutern. Im Kerzenlicht warfen sie groteske Schatten. An einer der Seitenwände stand eine Pritsche, darauf lag eine zerknüllte Decke. Eine feine Blutspur zog sich von dem Tuch am Kamin zu einer Tür in der Rückwand.

Aura nahm all das wahr – und vergaß es doch gleich wieder. Sie war viel zu sehr damit beschäftigt, sich gegen den Drang zur Flucht zu wehren, der immer stärker in ihr aufstieg. Noch hatte sie die Hütte nicht betreten, doch jetzt, ganz langsam, setzte sie einen Fuß durch den Türspalt. Mit weichen Knien trat sie in den Raum. Es war kalt hier drinnen, kein Wunder, da der Kamin nicht brannte, und dennoch hing ein schwerer, beinahe *warmer* Geruch in der Luft. Jenseits der anderen Tür erklangen jetzt wieder Laute, das Reißen von Stoff, das panische Strampeln von Füßen auf dem Holzboden.

Das kann nicht dein Ernst sein, nicht wahr? Das wirst du nicht wagen!

Sie schaute sich nach etwas um, das sie als Waffe benutzen konnte, und entdeckte einen langen Holzstab, am oberen Ende geformt wie ein Ypsilon. Es war eine Krücke, und sie lag gleich neben dem Bett am Boden. Aura hob sie auf, wog sie in der Hand, ohne das Gewicht wirklich zu fühlen. Ihre Augen waren nur auf die hintere Tür gerichtet, ihre Ohren registrierten jedes Geräusch.

Plötzlich fluchte jemand. Ein lautstarkes Poltern, ein weiblicher Schrei. Dann krachte etwas von der anderen Seite gegen die Tür, und sie wurde aufgerissen.

Ein Mädchen stolperte ins Zimmer. Aura kannte sie, es war eine der beiden verirrten Ausreißerinnen, Marla, ein Jahr älter als sie selbst. Ihr langes rotblondes Haar war von Blut verklebt, das aus einer Platzwunde oberhalb der Stirn über ihr Gesicht floß. Ihre Augen waren weit aufgerissen, Wahnsinn flimmerte darin wie die Glut zweier Irrlichter. Das weiße Nachthemd des Mädchens war schmutzig, zerrissen, von Scharlachrot durchtränkt.

Sie taumelte quer durchs Zimmer, ohne Aura überhaupt wahrzunehmen, geradewegs auf die Hüttentür zu. An der Schwelle stolperte sie, schlug der Länge nach auf den Bauch, wälzte sich herum, starrte Aura in die Augen. Streckte hilfesuchend eine Hand aus.

Aura sah, daß das Blut auf Marlas Gesicht nicht willkürlich geflossen war. Jemand hatte ein seltsames Zeichen auf ihre Züge gemalt, eine Hieroglyphe. Ein Symbol.

Wie gelähmt machte sie zwei steife Schritte auf das am Boden liegende Mädchen zu. Immer noch war Marlas Hand ausgestreckt, sie öffnete den Mund, doch kein Ton drang hervor.

Da erwachte Aura aus ihrer Erstarrung – und begriff. Marla streckte nicht die Hand nach ihr aus – sie zeigte auf etwas! Hinter Auras Rücken!

Aura wirbelte herum, duckte sich aus Reflex noch in der Drehung und entging nur um Haaresbreite zwei zuschnappenden Händen, die sie am Haar packen wollten. Gleichzeitig schlug sie mit der Krücke zu, knapp über dem Boden, kein gezielter Hieb, nur blanker Instinkt.

Das gegabelte Ende der Krücke traf ihren Gegner mit derart verzweifelter Wucht am Knie, daß er mit einem Aufschrei zu Boden ging. In einem Gewirr aus schwarzem Cape und dürren, gebrechlichen Gliedern stürzte der Vermummte auf die Holzbohlen, versuchte vergeblich, sich zu fangen. Aura holte weit mit der Krücke aus und ließ sie in das zappelnde Schwarz hinabsausen, dorthin, wo sie unter der Kapuze den Kopf ihres Feindes vermutete. Einen Augenblick lang sah sie ein schmales, uraltes Gesicht zwischen den schwarzen Stoffbahnen – dann schlug der Stock mitten hinein. Der Schädel prallte krachend auf die Bohlen.

Aura fuhr herum und wollte Marla beim Aufstehen helfen, doch das Mädchen war fort. Ohne zurückzublicken, die Krücke fest umklammert, stürmte Aura nach draußen. Der eisige Gebirgswind und die Ruhe der Nacht brachten ein wenig Klarheit in ihre Gedanken, obgleich sie am ganzen Leib zitterte und sich kaum auf den Füßen halten konnte.

Marla lag zwischen Tür und Pferdekarren, inmitten des Lichtscheins, der aus der Hütte auf die Wiese fiel. Sie lag auf dem Bauch, und da erst entdeckte Aura die Wunde, die im Rücken des Mädchens klaffte. Der schreckliche Greis mußte noch im Davonlaufen nach ihr geschlagen haben, mit einem Beil oder einem Fleischermesser. Als Aura sie erreichte, atmete Marla nicht mehr. Einen Augenblick lang zuckten noch ihre Fingerspitzen, dann erschlafften sie.

Aura erlebte Marlas Tod wie in einem Traum. Da waren Schmerz, Entsetzen, aber auch eine schwer zu bestimmende Sachlichkeit. Ihr war, als müsse sie jeden Augenblick erwachen, auf dem Höhepunkt dieses Nachtmahrs, um sich in schweißnassen Laken wiederzufinden.

Sie taumelte herum, blickte zur Hütte. Der vermummte Greis lag immer noch am Boden, bedeckt von seinem schwarzen Umhang. Aura stolperte auf den Karren zu, überlegte nur einen Sekundenbruchteil, dann machte sie sich am Geschirr des Pferdes zu schaffen. Das Fell des Tieres war feucht, dichte Dunstwolken stoben aus seinen Nüstern. Die Hufe zuckten unruhig im hohen Gras.

153

Ein letzter Blick zurück. Immer noch keine Veränderung, nur schwarzer Stoff, unter dem sich reglose Glieder abhoben. War es möglich, daß sie ihn erschlagen hatte?

Schwerfällig schwang Aura sich auf das Pferd, ohne Sattel und mit Zügeln, die viel zu lang waren. Es war ein müder, alter Gaul, doch als sie ihm jetzt in die Flanken trat, machte er einen ruckartigen Satz nach vorne. Sie wäre fast hinuntergefallen, fing sich aber im letzten Moment und trieb das Pferd über die Wiese den Hang hinab. Wenig später erreichte sie den Waldrand und einen überwucherten Pfad, der Gott weiß wohin führen mochte. Hauptsache talwärts, dachte sie panisch, Hauptsache weg von hier. Sie schaute nicht zurück, preschte gebeugt durch tiefhängende Äste, dem Tal, der Stadt, ihrer Rettung entgegen.

KAPITEL 7

Manchmal, wenn er Musik hörte, glaubte Gillian Noten zu sehen, die wie ein Schwarm Stechfliegen um seinen Schädel schwebten. Sie tanzten auf und ab, ganz nach dem Text der Musik, mal schwermütig, mal vergnügt, und jedesmal, wenn er sie sah, dachte er dasselbe: Nun ist es soweit – du hast endgültig den Verstand verloren!

Die Noten, die er jetzt sah, waren verzerrt und schief, ihr Tanz ein zitterndes Durcheinander. Man mochte dem Théâtre du Grand-Guignol vieles zugute halten, seine schrägen Stücke und Inszenierungen verteidigen und die laienhaften Darsteller in Schutz nehmen. Doch an der Musik, die zur Untermalung des Treibens auf der Bühne gespielt wurde, gab es nicht den geringsten Zweifel – sie war so schaurig wie die Themen der Aufführungen, und abgrundtief schlecht noch dazu.

Gillian stand hinter der Kulisse und wartete auf seinen Einsatz. Er war Statist, einer der wenigen, denn hier im Grand-Guignol waren sich auch die Hauptdarsteller nicht zu schade, in entsprechender Maskerade einen Nebenpart zu übernehmen. Obwohl das Grand-Guignol erst vor zweieinhalb Jahren eröffnet worden war, zweifelte er nicht, daß sein Gründer, Max Maurey, sämtliche Requisiten von Schaubühnen und Theatern in ganz Paris gebraucht zusammengekauft hatte. Denn so sparsam wie im Anspruch an die Kunst war Maurey auch im Umgang mit seiner Geldbörse.

Seit knapp vier Monaten lebte Gillian nun schon in Paris, und seit neun Wochen gehörte er zum Ensemble des Grand-Guignol, eines ebenso verrufenen wie erfolgreichen Boulevardtheaters am Montmartre. Hätte man ihm damals, während seiner überstürzten Flucht aus Wien, gesagt, daß er in Paris beim Theater landen würde, nun, er hätte die Bemerkung wohl nicht einmal eines Lachens für wert befunden. Dabei war es im nachhinein fast verwunderlich, daß er nicht bereits früher, in Wien oder einer der anderen Städte, in denen er gelebt hatte, ähnliche Angebote erhalten hatte. Gillian kannte natürlich seine Ausstrahlung, er wußte, wie verwirrend und zugleich anziehend er auf die meisten Menschen wirkte, und auf der Bühne kam ihm das zugute.

Er war kein allzu guter Sprecher, sein Französisch war holprig, und so ließ Maurey ihn meist nur ein-, zweimal pro Vorführung hinaus auf die Bühne. Es war eigenartig, welche Wandlung in diesen Momenten mit dem Publikum vorging. Gemurmel und Lachen, das sonst den Zuschauerraum erfüllte, verstummten schlagartig. Aller Augen richteten sich wie gebannt auf den Hermaphroditen, ganz gleich, ob er reglos im Hintergrund stand oder einen aktiven Part am Bühnenrand übernahm. Maurey, der so manches Stück persönlich in Szene setzte, hatte die wundersame Reaktion natürlich gleich bemerkt und war schlichtweg hingerissen von Gillians Macht über die Menschen – sich selber eingeschlossen.

Gillian wohnte zur Untermiete bei einem alten Puppenaugenmacher, unweit der Rue Chaptal, einer engen Sackgasse, an deren Ende das Grand-Guignol lag. Der Name des Alten war Raymond Piobb, und er vermietete Gillian nicht nur eine staubige Kammer im Giebel seines Häuschens, sondern beschäftigte ihn zugleich auch als Gehilfen. Gillians Aufgabe war es, den Vormittag über kleine, hohle Kugeln aus weißer Emaille zu polieren. Nachmittags reinigte er Piobbs zahlreiche Pinsel und Farbkästen und klebte Polster in kleine Holzdosen, in denen die künstlichen Augen geliefert wurden.

Piobb nannte sich zwar Puppenaugenmacher, und als solcher hatte er das Geschäft von seinem Vater übernommen, doch mittlerweile verdiente er einen Großteil seines Geldes mit der Herstellung von Glasaugen für Menschen. Gleich als erstes hatte er Gillian einen langen Vortrag über Sinn und Ablauf seiner Geschäfte gehalten.

»Es gibt bei mir eine gute und eine schlechte Saison, wie in den meisten anderen Geschäften auch«, hatte der Alte erklärt und dabei geschickt mit drei Augäpfeln jongliert, einem braunen, einem grauen und einem feuerroten. »Von den Weihnachtstagen bis Mitte März läuft's eher flau, aber danach, so bis Ende Oktober, sind Augen ein echter Renner. Weiß der Teufel, wieso. Die Glasaugen für Damen sind ein wenig teurer als die für Herren – die sind nämlich feiner gearbeitet. Ich leg gern ein wenig mehr Glanz und Feuer hinein.« Er hatte gekichert, sich verschluckt und dabei eines der drei Glasaugen fallen gelassen. Gillian hatte es geschickt aufgefangen, bevor es am Boden zerschellen konnte. »Fein, mein Junge, du gefällst mir. Vielen Dank.« Der Alte hatte ungehemmt weiter jongliert. »Also, wo war ich? Ah ja, die Damen... Kommt also eine Dame oder ein Herr zu mir, mit 'nem häßlichen Loch im Gesicht, dann müssen sie mir Modell sitzen wie bei einem Porträtmaler. Ich studiere die Farbtöne des gesunden Auges und fertige das neue speziell für diese Person an. Echte Kunst ist das, ich sag's dir. Ich hab 'ne Kundin, eine Madame de Soundso, die ist seit fünf Jahren verheiratet, und ihr Alter weiß bis heute nicht, daß sie ein künstliches Auge hat! So was gibt's nur beim alten Piobb, kannst du mir glauben!« Noch ein Kichern, aber diesmal waren die Glasaugen in der Luft geblieben. »Viele Kunden nehmen ihre Augen nachts heraus und legen sie sich unters Kissen oder in ein Wasserglas auf dem Nachttisch. Zumindest die Männer. Die meisten Damen lassen die Dinger immer drin, Tag und Nacht. Wußtest du eigentlich, daß manche Menschen ein Glasauge nur halb so lange tragen können wie andere? Das kommt von den Tränen. Manche haben weniger davon, andere mehr, und das Zeug zerfrißt die Oberfläche ihrer Augen wie Säure. Das sind mir die liebsten Kunden, denn die stehen bald schon wieder in meinem Laden – so nach zwei, drei Jahren, mal eins eher, mal eins später. Und ich will dir noch ein Geheimnis verraten, mein Junge.« So geheim konnte es freilich nicht sein, wenn er Gillian gleich am ersten Tag davon erzählte; trotzdem hatte der Hermaphrodit aufmerksam zugehört. »Die meisten Augen stelle ich gar nicht für die Reichen her, sondern für Dienstboten. Wenn die nämlich eines ihrer Augen losgeworden sind, will sie keiner mehr haben. Ja, ehrlich, die landen auf der Straße, ehe sie sich's versehen. Aber es gibt hier in Paris einen wohltätigen Verein, der die

Armen mit künstlichen Augen versorgt – mit *meinen* künstlichen Augen, heißt das! Die bekommen sie von mir zum halben Preis, weil's bekanntlich die Menge macht. Alles in allem sind das so zweihundert bis dreihundert Augen im Jahr, für die armen Leute, meine ich. Und noch mal hundert oder hundertfuffzig für die Reichen. Dazu kommen die Bestellungen aus dem Ausland. Es gibt nicht viele Augenmacher, zum Glück. Zwei in London, einen in Mailand, einen in Rom, mehr nicht. Das Geschäft läuft also ganz gut, wirklich, ich kann nicht klagen.«

Piobb war es auch gewesen, der Gillian vom Grand-Guignol erzählt hatte, dem Theater des Blutes, einer der größten Boulevardattraktionen der Stadt. Von überall her strömten die Menschen in das Haus am Ende der Rue Chaptal, ein vierstöckiges Gebäude mit weißer Fassade, dessen Eingang rechts und links von schlichten Säulen eingefaßt war. Daneben standen hölzerne Aufsteller mit Plakaten der jeweiligen Vorstellung, Stücke mit Titeln wie *L' Expérience du Docteur Lorde* oder *Le Marquis de Sade*. Es waren schlichte Geschichten, die hier erzählt wurden, mit Typen statt Charakteren und einem Übermaß an Massenmorden, Folterungen, Säurebädern und – die beliebteste Scheußlichkeit des Repertoires – chirurgischen Fehlschlägen.

Gillian hatte vor dem Theater gestanden, an einem freien Sonntag, als pötzlich eine Gestalt auf ihn zugesprungen war und ihn von oben bis unten gemustert hatte. Bald schon hatte sich das altbekannte Verzücken beim Anblick von Gillians Gesicht auf die Züge des Mannes gestohlen, der sich sogleich als Max Maurey höchstpersönlich vorstellte, der Gründer, Leiter, vielfacher Autor und Spielleiter des Théâtre du Grand-Guignol.

Maurey hatte Gillian buchstäblich von der Straße weg engagieren wollen, und Gillian hatte mehr aus Spaß denn aus wahrem Glauben an seine schauspielerischen Fähigkeiten zugesagt. So war der Hermaphrodit, der ohne eine Münze in Paris aus dem Zug gestiegen war, innerhalb weniger Wochen zu einer doppelten Anstellung gekommen: Tagsüber half er Piobb bei der Fertigung seiner Glasaugen, abends war er Nebendarsteller im Grand-Guignol. Da nahezu all seine Rollen ohne Text auskamen, hatte er keine Mühe, beide Aufgaben zur Zufriedenheit seiner Arbeitgeber auszuführen.

Manchmal, wenn er abends im Bett lag, amüsierte er sich über das, was aus ihm geworden war. Er nahm beides mit Humor, stellte fest, daß es ihm in Paris mittlerweile ebenso gut gefiel wie in Wien, besser sogar, und war durchaus bereit, noch einige Monate, vielleicht ein Jahr, auf diese Weise zuzubringen. Er lebte in den Tag hinein, freundete sich mit dem kauzigen Piobb an, hielt sich aber von den Darstellern im Theater fern, da nicht wenige ihn, den Ungelernten, mißtrauisch beäugten. Ihnen allen war seine sonderbare Ausstrahlung ein Rätsel, und doch kam keiner darauf, sie in seiner gutgetarnten Zweigeschlechtlichkeit zu vermuten.

An diesem Abend – Gillian sollte zum einundsechzigsten Mal auf der Bühne des Grand-Guignol stehen – war der Lärm im Zuschauerraum besonders laut. Auf der Bühne vollführte ein wahnsinniger Wissenschaftler Experimente an lebenden Jungfrauen, was ausreichend Gelegenheit für die Zurschaustellung von Blut, nacktem Fleisch und schlechtem Geschmack gab. Das Publikum applaudierte und schrie angesichts des makaberen Spektakels. Manche, die das Augenzwinkern des Autors verstanden, amüsierten sich prächtig, andere, die nur das Entsetzen der leichtbekleideten Darstellerinnen vor Augen hatten, jauchzten vor Empörung und Mitgefühl. Gillian hatte erkannt, daß eben dies das Geheimrezept des Grand-Guignol war: Bringe die Zuschauer gegen die Schurken, aber auch gegeneinander auf, und die größte Mundpropaganda ist dir sicher! So vervielfachte sich der Erfolg des Theaters mit jedem neuen Stück, und es verging kaum ein Tag, an dem es nicht auf die eine oder andere Art in der Presse erwähnt wurde.

Gillian wurde aus seinen Überlegungen gerissen, als Maurey von hinten an ihn herantrat. Noch drei Minuten bis zu seinem Auftritt. Es war ungewöhnlich, daß der Spielleiter ihn in solch einem Augenblick in seiner Konzentration störte.

»Jemand hat nach dir gefragt«, sagte Maurey und deutete mit einem Kopfnicken hinaus in den Zuschauerraum. »Alte Bekannte, haben sie gesagt.«

»Sie?« fragte Gillian mit plötzlichem Stechen im Bauch.

»Ziemlich schräge Vögel. Zwillinge, glaube ich. Sei so gut und frag sie, ob sie nicht bei mir vorsprechen wollen – es läuft einem kalt den Rücken runter, wenn man sie nur anschaut.«

Und damit gab Maurey dem verdutzten Gillian einen anzüglichen Klaps auf den Hintern – das Zeichen zum Auftritt. Verwirrt und von zahllosen Befürchtungen bedrängt, stolperte er hinaus ins Licht, in einer Hand einen abgetrennten Arm aus Wachs, in der anderen ein hölzernes Schlachterbeil.

Während der nächsten Minuten gab er sich alle Mühe, zugleich das Spiel des verrückten Wissenschaftlers wie auch das Publikum im Blick zu halten. Während er – einmal mehr als stummer Diener – den Anweisungen des Wahnsinnigen folgte, Leichenteile einsammelte und sie zu neuen Geschöpfen zusammenlegte, schaute er aus den Augenwinkeln immer wieder hinab in den Zuschauerraum.

Die Wände des langgestreckten Saales waren mit finsterem Stoff bespannt, seine hinteren Regionen im Dunkeln kaum auszumachen. Inmitten der strengen Deckentäfelung hingen zwei riesige Engel aus Holz, golden angemalt und mit einem seligen Lächeln auf den Lippen; größer hätte der Gegensatz zum Geschehen auf der Bühne kaum sein können. Doch Maurey liebte »das Süßsaure dieses Anblicks«, wie er sagte. Tatsächlich hatte es schon kirchliche Proteste gegen diesen Deckenschmuck gegeben – und eine aufsehenerregende Diskussion in der Pariser Tagespresse. Der Theaterleiter hatte, was Publizität anging, ein bemerkenswertes Gespür.

Gillian entdeckte die Zwillinge in einer der vorderen Reihen. Stein – oder Bein – nickte ihm mit einem freundlichen Lächeln zu. Und da endlich drang die Erkenntnis zu Gillian durch, daß sein Versteckspiel beendet war. Es gab kein Entkommen vor Lysanders Zorn, und gerade er hätte das wissen müssen.

Er war drauf und dran, seinen Auftritt abzubrechen und abermals vor Lysanders Lakaien zu fliehen, doch dann entschied er sich dagegen. Es wäre falsch gewesen, unnötiges Aufsehen zu erregen. Und noch saßen Stein und Bein friedlich in ihren Sesseln, beobachteten sein Spiel und schienen, so verrückt es war, größtes Vergnügen dabei zu empfinden.

Endlich, nach fünf oder sechs Minuten, durfte er sich zurückziehen. Er war kaum hinter die Kulissen getreten, als er sich schon das falsche Haarteil vom Kopf zog, an dem verstörten Maurey vorüberstürmte und den Hintereingang aufriß.

Draußen, im Licht einer einsamen Gaslaterne, standen Stein und Bein, die Hände in den Taschen, auf den Lippen falsche Wiedersehensfreude. Sie waren noch schneller geworden als früher, alle Achtung! Ihre Schatten stachen auf dem feuchten Pflaster des Hinterhofs wie Messerklingen in Gillians Richtung, und einen Augenblick lang war er zu perplex, sich auch nur zu rühren. Zwei Sekunden später aber schlug er die Hintertür von innen zu, suchte vergeblich nach Riegeln und rannte fluchend zurück ins Gewirr der Garderoben und Requisitenlager. Er hörte, wie hinter ihm die Tür aufgerissen wurde, und bog um eine Ecke, in einen Gang, der ihn unausweichlich zurück hinter die Bühne führen würde.

Zwei »tote« Jungfrauen, blutüberströmt und kichernd, kamen ihm von ihrem Auftritt entgegen und blieben verwundert stehen, als er achtlos an ihnen vorüberstürmte. Wie verwundert mußten sie erst sein, wenn sie die leichenhaften Zwillinge erblickten!

Gillian sprang durch eine Tür, die direkt in den Raum hinter den Kulissen führte, und schaute sich suchend nach Maurey um. Der Spielleiter war nirgends zu sehen. Nur zwei Bühnenarbeiter lehnten rauchend an der Rückseite der Laborkulisse und lauschten entspannt dem Blutbad, das draußen gerade seinen Höhepunkt fand.

Gillian lief an ihnen vorbei, suchte Maurey auf der anderen Seite des Raumes, doch auch hier fand er ihn nicht. Wo steckte er nur? Der Theaterleiter hätte genügend Leute mobilisieren können, um die Zwillinge eine Weile lang aufzuhalten, doch wie es aussah, blieb Gillian auf sich allein gestellt.

Über eine schmale Wendeltreppe erreichte er den niedrigen Raum unter der Bühne. Ein Wald aus Stützen und Trägern lag düster dort im Zwielicht. Gillian mußte sich bücken, um sich nicht den Kopf anzustoßen. Stein und Bein, die noch größer waren als er, würden hier unten erhebliche Mühe haben, ihm zu folgen. Von oben drang das Getrampel des verrückten Wissenschaftlers durch den Bühnenboden, immer wieder gefolgt von Applaus und entsetzten Schreien aus dem Publikum.

Am anderen Ende des Bühnenkellers lag eine Tür, die zu einem weiteren Lagerraum führte. Darin wurden jene Requisiten aufbewahrt, die nicht in jeder Vorstellung benötigt wurden: Kulissenteile, Duplikate von Folterwerkzeugen aus leichtem Holz, aber auch Bücherattrappen und historische Kostüme.

Gillian hörte Schritte auf den Metallstufen der Wendeltreppe, und als er sich flüchtig umsah, erkannte er die langen, dürren Beine der Zwillinge. Sicher hatten die Bühnenarbeiter versucht, die beiden aufzuhalten – vergeblich, wie es schien. Oder sie hatten sie für neue Komparsen gehalten, wandelnde Leichen vielleicht.

Er erreichte die Tür des Lagers, öffnete, sprang hindurch und warf sie hinter sich wieder zu. Von innen schob er eine chirurgische Liege davor, auf die er eilends zwei schwere Kisten hievte. Er hatte die letzte kaum abgesetzt, als auch schon ein Hämmern an der Tür ertönte.

Atemlos schaute er sich um. Er war erst ein einziges Mal hier unten gewesen, vor Wochen, als Maurey ihn durch das ganze Theater geführt hatte. Seine Erinnerung hatte den Raum schrumpfen lassen, und nun war er überrascht, wie weitläufig das Lager war. Einst mußte dies ein alter Weinkeller gewesen sein, der Geruch nach Korken hing immer noch unter der düsteren Gewölbedecke. Zahlreiche Regalreihen versperrten den Blick auf das andere Ende. Ohnehin gaben die vereinzelten Glühbirnen an der Decke nur schummriges Licht.

Der Keller hatte zwei Ebenen, Gillian befand sich auf der oberen. Die tiefere zweigte seitlich davon ab, sie befand sich genau unter den Sesselreihen des Publikums. Getöse drang durch die hölzerne Decke.

Eine Treppe führte in diesen unteren Teil des Lagers. Auch hier: Gewölbebögen, nackte Glühbirnen, Regal neben Regal. Hinter Gillian wurde das Hämmern an der Tür von kraftvollen Stößen abgelöst. Schon hörte er die Metallfüße der Liege über den Steinboden kreischen.

162

Gillian fand einen Drehschalter, der das Licht im oberen Raum verlöschen ließ. Dann sprang er über die Stufen in die untere Ebene des Kellers, stürmte achtlos an Hunderten von Requisiten vorüber und erreichte das andere Ende. Seine Erinnerung hatte ihn nicht betrogen. Hier führte eine steile Kohlenrutsche nach oben zur Straße; sie war seit Jahren nicht mehr benutzt worden. Doch noch immer war sie mit schwarzem Staub bedeckt; niemand hatte es für nötig befunden, sie zu reinigen.

Gillian hörte, wie im oberen Teil des Kellers die Tür endgültig nachgab. Füße schabten über den Boden, als sich die Zwillinge schweigend an die Verfolgung machten.

Er zog einen buntbeklebten Kasten heran, stellte sich obenauf und stemmte sich in den Kohlenschacht. Die Fugen der Steine waren mit Staub gefüllt, und immer wieder drohte er abzurutschen. Schwarze Schwaden umwogten ihn schon nach wenigen Atemzügen; er versuchte, den Hustenreiz zu unterdrücken, ohne Erfolg. Sein Keuchen lockte die Zwillinge in die richtige Richtung.

Er mochte die ersten anderthalb Meter bewältigt haben, als die Schritte der beiden unter ihm verstummten. Ein Blick über die Schulter, und da waren sie, starrten mit ihren fahlen Totengesichtern zu ihm herauf.

Dürre Hände streckten sich, schnappten wie Zangen aus Gebein hinter seinen Sohlen zusammen, ohne ihn packen zu können. Weiter kletterte er und weiter, hatte jetzt die Hälfte hinter sich gebracht. Er konnte nichts mehr sehen, sein eigener Schatten war ihm im Weg. Das obere Ende war dicht, eine Klappe oder – im schlimmsten Fall – eine Eisenplatte. Hoffentlich war sie nicht verschlossen.

Jetzt schoben sich die Zwillinge hinter ihm her, er hörte das Knirschen ihrer Gelenke. Doch als er sich umschaute, war da nur einer, Stein vielleicht, oder Bein, ganz egal. Der andere mußte zurückgelaufen sein, um ihn draußen abzufangen.

Gillians Hand stieß im Dunkeln auf Widerstand. Der Ausstieg! Seine Fingerkuppen tasteten über Holz, fanden aber keinen Riegel. Natürlich nicht – eine Kohlenklappe wurde von außen geöffnet, nicht von innen. Also mußte er es mit Gewalt versuchen. Er kletterte noch höher, bis er Kopf und Schultern gegen das Holz pressen konnte. Die Klappe knirschte, gab aber nicht nach. Ein unheilvoller Gedanke schoß ihm durch den Kopf: Wenn etwas draußen stand, ein Karren vielleicht, oder Säcke ... Aber, nein, die Klappe war schräg, es konnte nichts darauf stehen.

Der Zwilling, der ihn verfolgte, war bis auf zwei Meter herangekommen. Noch immer sagte er kein Wort. Gillian erkannte nur seine kantigen Umrisse vor dem Zwielicht des Kellers. Unwillkürlich fragte er sich, warum sein Verfolger nicht auf ihn schoß. Hatte Lysander es sich anders überlegt? Wollte er ihn lebend in die Hände bekommen? Gillian war nicht sicher, ob das ein Grund zum Aufatmen war.

Ein lautes Knirschen, dann gab die Klappe endlich nach. Gillian war überrascht, als der Widerstand plötzlich wich. Beinahe wäre er abgerutscht, fing sich aber gerade noch und drückte die Klappe mit einer Hand nach außen. Scheppernd kippte sie zur Seite. Behende zog er sich am Rand der Öffnung hinauf, hatte ein Bein schon fast ins Freie geschwungen – als er schlagartig begriff, weshalb die Klappe nachgegeben hatte.

Vor ihm stand der zweite Zwilling. Seine bleichen Hände schossen auf Gillian zu, packten ihn an den Schultern. Der Hermaphrodit schrie auf, strampelte instinktiv mit den Beinen – und trat dabei seinem Verfolger im Schacht, mehr aus Versehen als mit Absicht, mitten ins Gesicht. Der Zwilling schrie auf und rutschte ein gutes Stück nach unten, ehe auch er neuen Halt fand.

Derweil wurde Gillian von seinem zweiten Gegner nach oben gerissen, aus der Öffnung heraus in die Düsternis eines Hinterhofs. Hinter einigen Fenstern brannte Licht, aber niemand schien seinen Aufschrei gehört zu haben. Oder ihn hören zu wollen. Seine Füße berührten den Boden, während der Zwilling ihn herumwirbelte und von hinten zu packen versuchte.

Doch obgleich Lysanders Diener Gillian an Größe und Kraft überlegen waren, konnten sie es nicht mit seiner Geschicklichkeit aufnehmen. In Wien, mit geladenen Revolvern, waren sie im Vorteil gewesen; in einem Handgemenge aber hatte einer allein keine Chance.

164

Gillian entwand sich den Armen seines Gegners ohne große Mühe, wirbelte herum und ließ seine Handkante vorschnellen. Er hatte auf den vorspringenden Adamsapfel des Zwillings gezielt, der Mann aber duckte sich, und so traf der Hieb seine Stirn. Kein tödlicher Schlag, aber einer, der ihn benommen machte. Mit einem Keuchen taumelte er zurück, als im gleichen Moment hinter Gillian ein Ruf ertönte: »Stein!«

Er ruckte herum und sah, daß der andere Zwilling – offenbar Bein – bereits zur Hälfte über den Rand des Kohlenschachts geklettert war. Mit einem einzigen Schritt sprang Gillian auf ihn zu, holte aus und trat ihm mit aller Kraft unters Kinn. Der Zwilling riß schreiend den Mund auf; Gillian erkannte die Zahnlücken, die er bei ihrem letzten Zusammentreffen in Wien davongetragen hatte. Bein wurde von der Wucht der Tritts nach hinten geschleudert, quer über die Öffnung, und krachte mit dem Hinterkopf auf die gegenüberliegende Schachtseite. Abermals verschwand er unter Getöse im Loch.

Im selben Augenblick aber rappelte Stein sich wieder auf, hechtete in einem grotesken Sprung auf Gillian zu und brachte sie beide zu Fall. Stöhnend purzelten sie übereinander. Gillian kam als erster auf die Beine. Er hatte nichts verlernt. Doch plötzlich schoß die lange Rechte des Zwillings vor und bekam ihn an der Wade zu fassen. Gillians Selbstzufriedenheit schwand schlagartig, er wollte sich losreißen, doch Steins Finger krallten sich mit der Gewalt eines Schraubstocks in Stoff und Muskeln. Zugleich ertönte aus dem Schacht neuerlicher Lärm, als Bein sich von unten dem Ausstieg näherte.

Ein Fenster wurde aufgerissen, jemand fluchte auf französisch, dann ergoß sich ein stinkender Schwall in den Hof, traf Stein und Gillian gleichermaßen. Einen Moment lang war der Zwilling abgelenkt – und Gillian riß sich los. In einer Wolke aus erbärmlichem Gestank rannte er auf den Torbogen zu, der hinaus auf die Rue Chaptal führte.

Die Vorstellung mußte vor einigen Minuten zu Ende gegangen sein, denn ein Strom von Besuchern zog sich vom Theater bis zur nächsten Kreuzung, wo einige der Höhergestellten von ihren Kutschen erwartet wurden. Doch Gillians Hoffnung, in der Menge untertauchen zu können, wurde enttäuscht, als die ersten Männer und Frauen den Geruch wahrnahmen, der von ihm ausging. Einige erkannten ihn vielleicht als den stummen Diener aus dem Stück, doch das war schwerlich der Grund, weshalb sie vor ihm zurückschreckten. Eine Gasse bildete sich um ihn, die Menschen ließen ihn unter empörtem und angewidertem Geschrei passieren.

Gillian kümmerte sich nicht um den Aufruhr. Er stürmte an den Theaterbesuchern vorbei bis zur Kreuzung. Dort bog er nach links ab, einer breiteren und heller beleuchteten Straße entgegen. Ein sanfter Nieselregen hatte eingesetzt, nicht ungewöhnlich für Anfang März, und doch empfindlich kühl.

Gillian sprang nach rechts in einen Torbogen, hinter dem ein Tunnel in einen weiteren Hinterhof führte. An seiner Stirnseite lag der Laden des alten Piobb. Durch ein vergittertes Schaufenster glotzten Dutzende von Augen in die Nacht.

Es gefiel ihm nicht, die Zwillinge hierherzulocken, und doch war es der einzige Weg, sie ein für allemal loszuwerden. Er wußte, daß Piobb in seiner Werkbank eine Flinte aufbewahrte, ein altes, unhandliches Ding, das er gebraucht von einem Straßenhändler gekauft hatte, vor Jahren, nachdem ein paar Betrunkene in seinen Laden eingedrungen waren und versucht hatten, mit den Glasaugen Boule zu spielen.

Hastig suchte er in seinen Hosentaschen nach dem Ladenschlüssel, doch als er ihn fand und ins Schloß stecken wollte, bemerkte er, daß die Tür nur angelehnt war. Zögernd schob er sie nach innen auf und starrte angestrengt ins Dunkel.

»Monsieur Piobb?« rief er. »Sind Sie hier?«

Er machte einen Schritt ins Innere des Ladens. Glas knirschte unter seiner Schuhsohle, und als er den Fuß erschrocken zurückzog, entdeckte er, daß er eines von Piobbs Augen zertreten hatte.

»Monsieur Piobb?«

Je länger er in die Finsternis blickte, desto deutlicher sah er die zahllosen Augäpfel, die vom Boden emporstarrten. Weit verstreut, viele zerbrochen, und immer noch mit einem Anschein von Leben in den glitzernden Pupillen.

Kalte Wut stieg in Gillian auf. Er kam zu spät. Sie waren hiergewesen, bevor sie ihn im Theater gesucht hatten.

Und, da, jetzt hörte er auch wieder ihre Schritte. Als er sich umschaute, standen die hageren Silhouetten der Zwillinge unter dem Torbogen zum Hof, keine zwanzig Meter von ihm entfernt. Sie setzten sich wieder in Bewegung, wurden gänzlich von der Schwärze verschluckt, als sie durch den Tunnel liefen. Nur das Geräusch ihrer Sohlen auf dem Pflaster kam näher und näher.

Die Flinte! Gillian stürzte vor, trat auf weitere Augen. Seine Füße zermalmten sie zu Glasstaub. Fast blind fand er in der Dunkelheit die Schublade. Sie war aufgerissen worden, wohl in dem Bemühen, die Zerstörung als Werk eines Räubers auszugeben. Die Flinte lag noch an ihrem Platz. Gillian ließ sie aufschnappen, seine Finger tasteten nach den beiden Patronen im Lauf. Gut, die Waffe war geladen.

Er fuhr im selben Augenblick zum fahlen Rechteck der Tür herum, als Stein und Bein vor dem Laden zum Stehen kamen. Sie konnten in der Finsternis unmöglich sehen, wo Gillian sich aufhielt.

»Der Herr will ihn lebend«, sagte Stein laut genug, um klarzustellen, daß die Worte an Gillian, nicht an seinen Bruder gerichtet waren.

»Hat vielleicht einen neuen Auftrag für den hübschen Mädchenjungen«, fügte Bein hinzu.

Stein warf seinem Bruder einen tadelnden Blick zu. Trotz allem, was geschehen war, schien er Gillian nicht weiter provozieren zu wollen. Ihm schien in der Tat einiges daran zu liegen, Gillian lebendig zu Lysander zu bringen.

Die Flinte im Anschlag wartete Gillian im Dunkeln. Die Zwillinge traten jetzt durch die Tür. Weitere Glasaugen platzten unter ihren Füßen. Wo, zum Teufel, war Piobb? Was hatten diese Schweine ihm angetan?

Er hatte den Gedanken kaum zu Ende gedacht, da fiel sein Blick auf zwei Füße, die unter der Werkbank hervorragten. Lautlos ging Gillian in die Hocke, von Widerwillen und verzweifelter Wut erfüllt. Sogar im Dunkeln konnte Gillian erkennen, daß die Zwillinge Piobb gefoltert und dann erst getötet hatten.

Etwas geschah mit ihm. Seine Konzentration wurde von einer lodernden Woge aus Haß verdrängt. In einer einzigen gleitenden Bewegung sprang er auf, legte an und feuerte Bein aus wenigen Schritten Entfernung eine Schrotladung in den Bauch. Stumm, ohne einen Schrei, stürzte der Zwilling nach hinten, mitten in die Auslagen des Augenmachers. Die Glasaugen sprangen wie Murmeln um ihn herum.

Stein brüllte auf, stürzte auf seinen Bruder zu, sah, daß Bein sich nicht mehr rührte. Geduckt wie eine Raubkatze wirbelte er herum und starrte ins Dunkel, in die Richtung, aus der der Schuß gekommen war.

»Das hätte er nicht tun dürfen!« preßte er mit tränenerstickter Stimme hervor. »Das hätte der Mädchenjunge niemals tun dürfen!«

Und im selben Moment sprang er schon vorwärts, hechtete mit seinen Spindelgliedern über einen Tisch in der Mitte des Ladens und kam keine zwei Meter vor Gillian zum Stehen.

»Du ... Mädchen!« schrie ihn der Zwilling hilflos an, und fast hätte die Absurdität dieser Bemerkung Gillian aus der Fassung gebracht.

Stein kam noch näher, die Klauen ausgestreckt, das große Gebiß gefletscht. Gillian drückte ab. Die Ladung fetzte ein kreisrundes Loch in den Unterleib des Zwillings, riß ihn beinahe in zwei Hälften. Stein prallte zurück, krachte auf den Boden, begrub Dutzende von Glasaugen unter sich.

Gillian schleuderte die leere Flinte fort, angewidert von der Barbarei dieser Waffe. Nie zuvor hatte er ein so grobes, abscheuliches Werkzeug benutzt.

Er stieg mit einem großen Schritt über Steins Leichnam hinweg und trat an die Auslage. Bein wimmerte leise, preßte hilflos beide Hände auf die klaffende Wunde in seinem Bauch. Der Schmerz mußte entsetzlich sein, und sein Blick war ebenso leer wie jener der Glasaugen, die ihn umgaben.

Gillian tötete ihn schnell und freudlos. Das warme Fleisch unter seinen Fingern gab ihm neue Kraft. Er zerrte den Toten zurück, bis sein Körper aus der Auslage auf den Boden polterte. Dann ging er zur

Werkbank, wo er Piobbs Leiche aufhob und wie einen gefallenen König auf dem Tisch aufbahrte, die Augen geschlossen, die Hände über der Brust gefaltet.

Die Gendarmerie würde bald hier sein, doch Gillian nahm sich die Zeit, ein heil gebliebenes Glasauge zu suchen und in seiner Tasche verschwinden zu lassen. Ein Glücksbringer, hoffte er, auf jeden Fall ein Andenken. Er rannte die hölzernen Stiegen zum Dachboden hinauf, stopfte seine Sachen achtlos in eine Reisetasche. Dann verließ er das Haus und den Hinterhof, gerade als am Ende der Straße der Schein umherzuckender Handlampen auftauchte.

Tränen kühlten Gillians Wangen. Lysander würde zahlen für das, was er getan hatte, ganz gleich, um welchen Preis. Nach so vielen Jahren hatte Gillian endlich wieder ein Ziel, an das er glauben konnte.

Aber er wußte auch, daß er allein es nicht schaffen würde. Er brauchte jemanden, der ihm half, jemanden mit einem guten Grund, Lysander den Tod zu wünschen – und den nötigen Mitteln, diesen Wunsch Wirklichkeit werden zu lassen.

Und während er gehetzt durch die Gassen des Montmartre rannte, stinkend, schwitzend, völlig erschöpft, wurde ihm schlagartig klar, an wen er sich wenden mußte.

KAPITEL 8

»Herzlichen Glückwunsch!«

Sylvettes Augen wurden immer größer, während sie neugierig das Päckchen in Christophers Händen anstarrte. Sie versuchte spielerisch, es ihm aus den Fingern zu schnappen. Er aber lachte und hielt es einen Moment lang außerhalb ihrer Reichweite; dann reichte er es ihr.

»Danke!« jubelte sie aufgeregt und wich aus dem Türrahmen zurück in ihr Zimmer. »Vielen, vielen Dank!«

Christopher trat ein und schloß die Tür hinter sich. Es war warm hier drinnen. Die Diener hatten Anweisung, Sylvettes Kinderzimmer stets auf einer angenehmen Temperatur zu halten. Christopher dagegen vergaß seinen eigenen Ofen regelmäßig, was ihn im Bett oft genug jämmerlich frieren ließ. Aber es genügte wohl auch, wenn er auf *einen* Ofen zu achten hatte. Er war stolz darauf, daß die Flammen des Athanor in den vergangenen vier Monaten kein einziges Mal erloschen waren.

Sylvette ließ sich auf ihr Bett fallen und begann ungeduldig an dem bunten Papier zu zerren. Heute war ihr elfter Geburtstag, und er war das erste Familienmitglied, das ihr gratulierte. Nicht einmal Charlotte war so früh am Morgen, noch vor dem Unterricht, bei ihr gewesen.

Christopher lächelte gutmütig, während Sylvette die Verpackung in Stücke riß, und schaute sich derweil im Zimmer um. Es gab wenig, was darauf schließen ließ, daß es von einem Kind bewohnt wurde. Auf dem Garderobentisch lagen Bürsten und Cremedosen wie bei jeder Erwachsenen, allein zwei Plüschtiere unter dem Baldachin des

Himmelbetts waren ein Hinweis auf Sylvettes Alter. Das Bleiglasfenster zeigte einmal mehr eine Leiter, die steil nach oben gen Himmel ragte. Eine große Anzahl Menschen drängte sich auf den Sprossen, doch während die oberen ihr Ziel fast erreicht hatten, wurden die unteren von geflügelten Teufelsgestalten attackiert, die immer wieder einzelne in die Tiefe rissen. Das ganze Bild war in Rot und Gelb gehalten, und die Strahlen der aufgehenden Frühlingssonne erfüllten das Zimmer mit der Illusion glühenden Feuerscheins.

Sylvette gelang es endlich, das letzte Stück der Verpackung zu lösen. Höflich – und ganz und gar damenhaft – überspielte sie mit einem Lächeln ihre Verwunderung über das, was zum Vorschein kam.

»Es ist etwas, das du dir immer gewünscht hast«, sagte Christopher und trat näher an sie heran.

»So?« Ihr Lächeln blieb, aber eine leichte Spur von Enttäuschung hatte sich in ihre Stimme geschlichen.

Es war ein gläsernes Fläschchen, nicht größer als Sylvettes Hand, bis zum Rand mit einer schmutzigbraunen, unappetitlichen Flüssigkeit gefüllt.

»Soll ich das trinken?« fragte die Kleine irritiert.

»O nein, nur nicht«, erwiderte Christopher lachend. »Es würde dir kaum bekommen. Und, so leid es mir tut, es riecht auch ziemlich scheußlich.«

»Aber, Christopher«, sagte sie gedehnt und mit altklugem Blick, »was soll ich denn dann damit anfangen?«

Er setzte sich zu ihr auf die Bettkante, nahm ihr vorsichtig das Fläschchen aus den Fingern und hielt es gegen das Licht. »Erinnerst du dich noch, als du mir von deinem Wunsch erzählt hast, damals, als wir mit dem Boot ums Schloß gerudert sind?«

»Ja, natürlich«, gab sie zurück, immer noch verständnislos.

Christopher nickte und schüttelte das verkorkte Gefäß. »Das hier ist die Lösung. Du hast gesagt, du willst schwarze Haare haben wie Mutter und Aura. Nun, hier sind sie! Oder besser: Hiermit hast du bald welche.«

Ein Leuchten erschien in Sylvettes blauen Augen. »Das da ist Farbe für meine Haare?«

»So was Ähnliches. Ich hab es selbst gemischt.«

»Du? Kannst du das denn?«

»Ich hab eines der Küchenmädchen gebeten, mir eine Strähne ihres blonden Haars abzuschneiden. Ich hab sie hiermit gefärbt, und sie wurde pechschwarz. Genau wie die Haare von Aura und Mutter.«

»Ehrlich?«

»Ehrenwort!« Er hob die Finger zum Schwur.

Das schien sie zu überzeugen, denn plötzlich stieß sie einen hellen Jubellaut aus und fiel ihm um den Hals. Christopher kippte überrascht nach hinten, während das Mädchen ihm einen schmatzenden Kuß auf die Wange gab. »Du bist toll«. Sie strahlte, nahm ihm das Fläschchen ab und eilte damit zum Garderobentisch. Sie setzte sich auf den Hocker und betrachtete im Spiegel ihre hellblonden Locken. Dann blickte sie wieder erwartungsvoll auf das Gefäß.

Christopher ging neben ihr in die Hocke. »Komm, ich erklär's dir.«

Nachdem er sicher war, daß Sylvette die Flüssigkeit richtig anwenden würde, stand er auf und ging zur Tür. »Wir sehen uns beim Unterricht«, sagte er und wollte das Zimmer schon verlassen, als Sylvette ihm nachrief: »Warte noch!«

Sie sprang vom Hocker, jetzt wieder ganz die verspielte Elfjährige. »Ich will dir was zeigen.« Sie ergriff seine Hand und zog daran. »Ein Geheimnis.«

Er folgte ihr mit einem gutmütigen Lächeln zum großen Kleiderschrank, einem reichverzierten Ungetüm, in dessen Türen bunte Blumenmuster eingelassen waren. Sylvette zog die rechte Seite auf, schob ihre zahlreichen Spitzenkleider zur Seite und offenbarte an der Rückseite etwas, das mit einem Tuch verhängt war. Der Form und Größe nach handelte es sich um einen Bilderrahmen.

»Es ist das größte Geheimnis, das ich habe«, sagte Sylvette stolz und blickte ihn verschwörerisch an. »Niemand weiß davon, kein Mensch auf der ganzen Welt. Du mußt mir versprechen, daß du niemandem davon erzählst.«

Christopher war tief gerührt von ihrem kindlichen Vertrauen. Mit Ausnahme von Bruder Markus hatte ihm noch nie jemand so ehrliche Zuneigung entgegengebracht. »Ich verspreche es«, flüsterte er und drückte sie an sich. »Aber«, fügte er hinzu, als sie das Tuch zur Seite ziehen wollte, »bist du wirklich sicher, daß du es mir zeigen willst? Ich meine, es wäre dann kein Geheimnis mehr.«

Sylvette zögerte unmerklich, drehte sich noch einmal zu ihm um. »Willst du es denn nicht sehen?«

»O doch«, versicherte er, mit einemmal von unbestimmter Traurigkeit erfüllt, »natürlich will ich das. Aber meinst du nicht, man muß sich so eine Ehre erst verdienen?«

»Du bist doch jetzt mein Bruder. Und du hast mir ein Geschenk gemacht.«

»Daniel wird dir auch etwas schenken. Genau wie Mutter.«

Sie kräuselte trotzig die Stirn. »Aber die beiden hab ich nicht so lieb wie dich.«

Ich habe deinen Vater im Dachgarten verscharrt, dachte Christopher, und du sagst mir, daß du mich lieb hast? Plötzlich war er von sich selbst so angewidert, daß er nur noch fort wollte, fort aus diesem Zimmer und fort von diesem Kind, das ihm trotz allem so sehr vertraute.

Noch einmal umarmte er sie und sagte dann: »Es ist kein Geheimnis mehr, wenn du es mir zeigst – auch wenn ich keinem davon erzähle. Warte noch ein wenig damit. Irgendwann werde ich es verdient haben. Verstehst du, was ich meine?«

Seine Wortwahl war ungeschickt und verworren, und er fürchtete, daß sie ihm seine Weigerung übelnahm. Doch zu seinem Erstaunen huschte ein kluges Lächeln über Sylvettes zartes Puppengesicht. »Wir schwören es uns gegenseitig, ja? Du beschützt mich, und ich beschütze dich. Wenn ich dir helfe, verrätst du mir dein Geheimnis, und wenn du mir hilfst, zeige ich dir meins.«

Er streichelte ihr über die langen Locken. »So machen wir's. Das schwöre ich.«

»Ich auch.«

Sylvette schob sorgfältig die Kleider vor den verhüllten Rahmen und schloß die Schranktür. Christopher sah ihr zu, und wieder überkam ihn das schlechte Gewissen mit solcher Macht, daß er den Blick abwenden mußte, damit sie die Qual in seinen Augen nicht sah.

173

Er verließ das Zimmer tief in Gedanken, erfüllt vom Wissen um seine Schuld, aber auch mit der Überzeugung, daß es zu spät war, um noch irgend etwas zu ändern. Der Weg, den er eingeschlagen hatte, gestattete keine Umkehr, keine Reue. Zu viel war in den vergangenen vier Monaten geschehen.

An einem Abend vor nahezu drei Wochen – war es wirklich schon so lange her? – hatte er Charlotte in ihren Räumen im Westflügel aufgesucht. Die anderen hatten sich um diese Uhrzeit bereits auf ihre Zimmer zurückgezogen. Christopher hatte darauf geachtet, daß er das Gespräch mit seiner Stiefmutter an einem Tag suchte, an dem ihr Liebhaber nicht im Schloß weilte. Es verging keine Woche, in der der Freiherr nicht auf die Insel kam und für mindestens eine Nacht blieb. Christopher hatte es sich zur Gewohnheit gemacht, den beiden zu folgen und ihren Gesprächen beim Liebesspiel in der Familiengruft zu lauschen – nicht, wie er sich eifrig selbst versicherte, ihres Treibens wegen, sondern um mehr über sie und ihre Schwächen zu erfahren.

An jenem Abend war seine Stiefmutter früh zu Bett gegangen, und so trat sie ihm im Nachtgewand und mit einigem Erstaunen entgegen, als er gegen halb elf an ihre Tür klopfte.

»Christopher! Was ist geschehen?« Leichter Schrecken stand in ihren Augen.

Der erste große Riß im Verputz deines Familienglücks, dachte Christopher bitter. Aber er fragte nur: »Darf ich einen Moment hereinkommen? Keine Bange, es ist nichts Schlimmes.«

»Natürlich, ja«, gab sie zerfahren zurück, eilte ihm voraus und warf sich einen dünnen Seidenmantel über. Christopher schloß hinter sich die Tür.

»Setz dich«, bat sie ihn und deutete auf eine Sitzgruppe unter einem der vielfarbigen Fenster. Sie befanden sich im Vorraum ihres Schlafzimmers. Durch die offene Flügeltür konnte Christopher die blütenweißen Bezüge ihres Himmelbettes sehen. So rein, dachte er, so anständig; wie verlogen doch die künstliche kleine Welt ist, mit der du dich umgibst.

Wirklich verblüffend aber war die Einrichtung des Zimmers. Die Wände waren mit Muscheln getäfelt, und Muscheln lagen auch auf jeder Kommode, jedem Regal, sogar auf kleinen Säulen und in einem Schaukasten zwischen den Fenstern. Die meisten waren klein, nichts Besonderes, doch es waren auch einige außergewöhnliche darunter, wie jene, die Friedrich ihr aus den Kolonien mitgebracht hatte – große, mächtige Gehäuse, vielfach in sich gedreht und schillernd in den sonderbarsten Farben. Christopher hatte gewußt, daß seine Stiefmutter Muscheln sammelte, aber er war nie zuvor in diesem Zimmer gewesen, und er hatte nicht geahnt, welches Ausmaß ihre Obsession angenommen hatte.

»Sie sind herrlich, nicht wahr?« sagte sie, als sie bemerkte, daß er sich umschaute.

»Das sind sie, allerdings.« Noch immer stand er mitten im Raum, während Charlotte bereits auf dem Sofa Platz genommen hatte; es war weinrot und an den Rändern golden abgesetzt.

»Ich mag es, dem Meeresrauschen zuzuhören«, sagte sie, und einen Augenblick lang wich ihr sorgenvoller Gesichtsausdruck einer verträumten Wehmut.

Christopher brauchte einen Moment, ehe ihm klar wurde, daß sie das Rauschen im Inneren der Muscheln meinte, nicht das vor den Fenstern. »Aber du hast das Meer doch direkt vor der Tür – ist dir die Natur nicht lieber als ihre Nachahmung?«

»Soll ich ehrlich sein?« Sie schaute zu ihm auf und begann, mit beiden Händen ihre Wangenknochen zu massieren. »Ich hasse die See. Es widerstrebt mir, mich einem Boot anzuvertrauen, nur eine dünne Wand aus Holz zwischen mir und dem Wasser. Das Meer macht mir angst. Die Unendlichkeit und diese Tiefe... liebe Güte, mir wird schwindelig, wenn ich nur daran denke. Ich bin wahrscheinlich der einzige Bewohner dieses Schlosses, der dankbar ist für die Bleiglasfenster. So muß ich nicht ständig hinausblicken, in diese graue Einöde.« Sie schüttelte den Kopf, als wolle sie das Bild aus ihren Gedanken vertreiben. »Wellen, Wellen, bis weit über den Horizont hinaus. Die See ist uns Menschen fremd. Und doch besitze ich mit jeder Muschel ein Stück davon, und ich kann damit tun, was ich will. Ich kann sie zerschlagen, und dann ist auch das Meer darin fort. Schau mich nicht so an, Christopher, es ist wahr! Jede Muschel hält ein wenig vom Meer gefangen. Du kannst es hören. Wenn mir danach ist, kann ich den Stimmen des Ozeans lauschen, aber ich kann sie auch für immer zum Schweigen bringen. Die Muscheln helfen mir, mit dieser Insel fertig zu werden, mit der See, die sie umgibt. Die Muscheln …, sie geben mir Macht darüber, Macht über das Meer. Und über die Angst.« Sie lächelte, jetzt beinahe ein wenig beschämt. »Manchmal fühle ich mich sehr hilflos.«

Er wußte, daß dies kein guter Augenblick war, trotzdem fragte er leise: »Gehst du deshalb mit Friedrich zur Friedhofsinsel?«

Ihre Züge, gerade noch verträumt und schwermütig, zerflossen wie ein Stück Seife. Alle Farbe wich aus ihren Wangen, ihr Blick wurde trübe und verletzlich. »Wie lange weißt du es schon?«

»Schon lange. Über drei Monate.«

Sie versuchte vergeblich, Strenge in ihre Stimme zu legen. Statt dessen aber klang sie nur schrill und verzweifelt. »Es geht dich nichts an, Christopher. Niemanden geht das etwas an.«

»Aber andere könnten sich dafür interessieren.«

Sie schwieg, nahezu eine Minute lang, und in dieser Zeit begriff sie, was er damit sagen wollte. Er war nicht, wie sie erst angenommen hatte, verstört über seine Entdeckung, auch nicht verbittert.

Um Himmels willen, war es möglich? Wollte er sie, nach allem, was sie für ihn getan hatte, *erpressen*? Der Gedanke war so abwegig, so absurd – und doch so naheliegend. Wie hatte sie sich nur derart in ihm täuschen können?

Christopher konnte in ihrem Gesicht lesen, in jeder Regung, jedem Beben ihrer Züge. Er kam sich abscheulich vor, niederträchtig. Doch er spürte auch die Macht, die er dadurch erlangte. Fühlte die Kraft, sah seine Möglichkeiten. Um zu sein wie Nestor, *mußte* er es tun. Es war der einzige Weg. Der richtige.

»Meine Güte, Junge, willst du mir drohen?« Es waren nur blasse Worthülsen für das, was sie wirklich empfand. Empörung, aber auch so etwas wie enttäuschte Liebe.

»Nein«, erwiderte er, innerlich schwankend in seiner Selbstsicherheit. »Ich werde ihm nichts davon erzählen. Diesen Gefallen bin ich dir schuldig.«

»Diesen Gefallen?« Ihre Stimme drohte jetzt überzukippen. »Herrgott, ich habe dich aus dem Heim geholt, hierher, in dieses Schloß, in eine –«

»Familie?« unterbrach er sie. »Siehst du denn nicht, was um dich herum geschieht? Dein Mann versteckt sich vor der ganzen Welt, Aura habt ihr fortgeschickt, Daniel ist ein ausgebranntes Wrack. Und Sylvette... sie liebt jeden, der ehrlich zu ihr ist – und du bist es nicht.«

»Wie meinst du das?« Charlotte begann jetzt, hysterisch zu werden. »Wie, zum Teufel, *meinst du das?* Hat Aura dir das erzählt?«

Aura wußte auch davon? Das hätte er sich denken können. »Nein«, sagte er leise, »aber glaubst du denn, es ist nicht für jeden offensichtlich, der um dein kleines Techtelmechtel mit Friedrich weiß? Glaubt Nestor denn wirklich, er sei Sylvettes Vater? Lieber Himmel, man muß sie nur anschauen, um die Wahrheit zu erkennen.«

Charlotte sprang auf. Ihre Finger waren zu Krallen gekrümmt. Sie sah aus, als wolle sie sich jeden Moment auf ihn stürzen. »Verschwinde! Geh mir aus den Augen!«

Seine Knie zitterten leicht, doch er blieb stehen und erwiderte starr ihren Blick. »Du hast nicht etwa vor, mich zurückzuschicken, nicht wahr? Du willst doch nicht, daß jemand die Wahrheit erfährt?«

Ein häßliches Lachen kam über ihre Lippen. »Du glaubst, Nestor weiß nicht, was zwischen mir und Friedrich ist? Das kann nicht dein Ernst sein.«

»Oh, Nestor weiß es bestimmt. Aber was ist mit Sylvette? Wie würde sie reagieren, wenn sie erfährt, daß –«

Charlottes Hand zuckte vor und schlug ihm ins Gesicht. Er keuchte auf, als ihre Fingernägel blutrote Schrammen auf seiner Wange hinterließen.

»Das würdest du nicht wagen«, stammelte sie atemlos. »Das... das würdest du Sylvette niemals antun! Das glaube ich dir nicht!«

»Ich liebe sie wie ein älterer Bruder seine kleine Schwester liebt«, entgegnete er aufrichtig und tupfte sich mit dem Hemdsärmel über die Wunden in seinem Gesicht. Als er das Blut auf seinen Manschetten sah, wurde er blaß. »Aber vielleicht verdient sie es gerade deshalb, die Wahrheit über sich zu erfahren, über ihre Herkunft – und über ihre Zeugung in einem Grab!«

Charlotte sank wie unter einem Hieb in sich zusammen. Einen Augenblick lang fürchtete er, sie würde fallen, vielleicht das Bewußtsein verlieren. Dann aber fing sie sich, stand reglos da und musterte ihn eisig. »Was hast du vor?« fragte sie tonlos. »Worauf willst du hinaus?«

Er schloß einen Herzschlag lang die Augen, und als er sie wieder öffnete, war Charlotte so nahe herangekommen, daß er mühsam seinen Schrecken unterdrücken mußte. »Ich weiß es noch nicht genau«, gestand er. »Aber ich kenne den ersten Schritt.«

»Nun?« fragte sie ungeduldig.

»Daniel muß von hier verschwinden.«

Charlotte schnaubte abfällig. »Verschwinden, ja? Du mußt den Verstand verloren haben, Christopher. War das Nestors Idee? Steckt er hinter all dem?«

Er fürchtete plötzlich, sie könne versuchen, den Alten im Dachgarten aufzusuchen, daher sagte er geschwind: »Nein. Vater hat nichts damit zu tun. Er weiß nicht einmal, daß ich bei dir bin.« Christopher atmete tief durch. »Aber es bleibt dabei: Daniel muß fort von hier.«

Mit einem Ruck wandte sie sich um und lief mit wehendem Gewand im Zimmer auf und ab. »Ich könnte es mir einfach machen und dich statt seiner fortschicken.«

»Und Sylvette dabei verlieren«, gab er zurück. »So wie Aura.«

Sie schleuderte ihm einen haßerfüllten Blick zu. »Warum Daniel? Was hat er dir getan?«

Darüber hatte er selbst lange nachgedacht, ohne eine überzeugende Antwort zu finden. Es war nicht der Schlag, den Daniel ihm auf dem Flur verpaßt hatte, nicht einmal ihre offene Feindschaft. Aber da war etwas in Daniels Blicken, in der Art, wie er ihn zu beobachten schien, bei jedem Schritt, jedem Wort, das er sagte. Christopher spürte die Präsenz seines Stiefbruders sogar dann noch, wenn er gar nicht in der Nähe war. Ständig war ihm, als werde er von Daniel verfolgt, gejagt, belauert. Und was immer die wahren Ursachen sein mochten, er spürte, daß ihm von Daniel Gefahr drohte. Ihm selbst und seinem Werk. *Nestors* Werk.

Christopher wandte sich um und ging zur Tür. »Veranlasse einfach, was ich dir gesagt habe«, sagte er barsch, aber mit leichtem Zittern in der Stimme. »Daniel muß gehen. Wohin, ist mir gleichgültig. Nur fort aus meinen Augen.«

»Und dann?« fragte Charlotte, ihre Stimme kaum mehr als ein Hauch. »Was wirst du als nächstes verlangen?«

»Wir werden sehen.«

Er ging und schloß die Tür hinter sich, sehr leise, fast behutsam, als wolle er sie in ihrem Leid nicht stören.

Seither waren drei Wochen vergangen. Doch auch heute, an Sylvettes Geburtstag, fühlte er sich noch nicht besser, ganz im Gegenteil. Immer noch war ihm, als lauere bei allem, was er tat, jemand in seinem Schatten, und nachdem Daniel ausgezogen war, gelangte er zu der Überzeugung, es sei Nestor. Oder besser: Nestors Geist.

Daniel hatte dem Schloß nicht gänzlich den Rücken gekehrt. Zwar hatte niemand Christopher gesagt, wohin er verschwunden war, doch es hatte nicht lange gedauert, bis er die Wahrheit herausgefunden hatte.

Daniel hatte sein Lager im alten Leuchtturm aufgeschlagen, auf der nördlichsten der fünf Felseninseln, die das Schloß umgaben. Nachts stand Christopher hinter den Scheiben des Dachgartens und konnte den trüben Schimmer sehen, der durch die Tür des Leuchtturms fiel. Die Seeadler mieden die Insel seit Daniel sich dort eingenistet hatte.

Christopher sollte es recht sein. Er war froh, daß sein Stiefbruder ihm nicht mehr über den Weg lief. Aus Nestors Erzählung wußte er, daß ein Geheimgang unter dem Meer zum Leuchtturm führte, ähnlich wie jener zur Friedhofsinsel, doch bislang hatte er noch nicht in Erfahrung bringen können, wo dieser Gang ins Schloß mündete. Sylvette wußte es nicht, die Diener zuckten ebenfalls mit den Schultern, und Charlotte tat zumindest so, als hätte sie keine Ahnung, wovon er sprach. Er ahnte, daß sie ihn anlog, aber er brachte es nicht über sich, sie weiter mit Fragen zu bedrängen. Ihre Traurigkeit machte ihm zu

179

schaffen, und allmählich begann er zu wünschen, auch Charlotte würde fortgehen, und sei es nur, damit sein Gewissen endlich Ruhe fand.

Er war nicht dabeigewesen, als sie Daniel klarmachte, was zu tun sei, und so konnte er sich die Reaktion seines Stiefbruders nur ausmalen. Er stellte sich vor, wie er Christopher verfluchte, wie er schwor, sich an ihm zu rächen – und doch war Christopher klar, daß keine dieser Regungen wirklich in Daniels Natur lag. Sogar den Schlag hatte er damals bedauert.

Nein, je länger Christopher darüber nachdachte, desto sicherer war er, daß sein Stiefbruder sich schweigend in sein Schicksal gefügt hatte. Schweigend und mit einem leidenden Ausdruck von Schwermut.

Seit Wochen schon ging Christopher nicht mehr zum Unterricht. Es war nicht mehr nötig, diese Maskerade aufrechtzuerhalten. Sein Stand im Schloß war gefestigt, niemand würde wagen, ihn dafür zur Rede zu stellen. Im Dachgarten gab es Wichtigeres zu erlernen, Drängenderes zu begreifen. Sicher, er vermißte die Stunden mit Sylvette, aber viele davon holte er an den Nachmittagen nach. Dann spielten sie miteinander, Karten und andere einfache Dinge, unternahmen auch die eine oder andere Bootstour. Nur den Ausflug ins Dorf, um den sie ihn gebeten hatte, hatte er ihr ausgeschlagen. Er war noch nicht bereit, zum Festland zurückzukehren – und sei es nur für wenige Stunden. Allein bei dem Gedanken war ihm, als lege sich eine Hand aus Eis auf seine Schulter, als hielte Nestor selbst ihn zurück und flüstere ihm Warnungen ins Ohr.

Seit etwa einem Monat sprießten aus dem Kräuterbeet im Herzen des Dachgartens seltsame Pflanzen, genau an jener Stelle, unter der Nestor begraben lag. Erst hatte Christopher sie für schlichtes Unkraut gehalten – er hatte die Pflege der Gewächse zugunsten seiner Studien im Laboratorium vernachlässigt –, dann aber hatte ihn eine seltsame Ahnung überkommen.

Er hatte erneut das Werk über alchimistische Pflanzenkunde aus der Bibliothek geholt, und noch einmal hatte er sich in die Sage vom Gilgamesch-Kraut vertieft. Es gab in diesem Kapitel des Buches keine Zeichnungen, nicht einmal grobe Skizzen, und doch war da eine verschlüsselte Beschreibung, von Nestor am Seitenrand markiert. Dort war die Rede von sogenannten Schwertern des Lebens, und als Christopher versuchte, eines der Pflänzchen zu pflücken, schnitt er sich an den scharfen Kanten der Blätter – eine Verletzung, die er für einen Hinweis darauf hielt, daß es sich bei den langen, klingenähnlichen Pflanzen tatsächlich um das gesuchte Gilgamesch-Kraut handelte.

Wiewohl, auch er war nicht verblendet genug, die Kräuter am eigenen Leib zu testen. »Schwerter des Lebens« mochte eine passende Beschreibung sein, aber ein endgültiger Beweis war es nicht. Wer wußte schon, was der Verzehr der Kräuter bewirken mochte? Außerdem besagte die Legende, das Kraut komme erst nach sieben Jahren zu voller Reife und Kraft. Was, wenn er mit seiner Vermutung falsch lag, wenn der Leichendünger des Toten nicht Leben, sondern Gift aus der Erde wuchern ließ? Und überhaupt, warum sollte das Gilgamesch-Kraut ausgerechnet auf Nestor Grab wachsen, nachdem so viele Generationen von Alchimisten und Wunderheilern vergeblich danach geforscht hatten?

Nein, sicher konnte er nicht sein. Was blieb, war ein Hauch von Gewißheit, eine instinktive Ahnung, daß er die Lösung des Rätsels entdeckt hatte. Kurz spielte er mit dem Gedanken, das Kraut einem anderen Familienmitglied ins Essen zu mischen, kam von diesem Einfall aber schnell wieder ab. Falls die Blätter tatsächlich Unsterblichkeit schenkten, so gönnte er sie niemandem außer sich selbst, mit Ausnahme Sylvettes vielleicht. Um sie aber empfand er die gleiche Angst wie um sein eigenes Wohlergehen. Der Gedanke, ihr Schaden zuzufügen, war ihm unerträglich.

Christopher verbrachte den Rest von Sylvettes Geburtstag im Dachgarten, untersuchte zum unzähligsten Male eines der Kräuter unter dem Mikroskop, verglich die Struktur der Blätter mit allen Pflanzendiagrammen, die er finden konnte, und kam dennoch zu keinem Ergebnis. Nur eines war sicher: Eine bekannte Kräuterart war dies nicht.

Gegen halb sechs ging er zum Abendessen. Er hatte es immer öfter ausfallen lassen, doch heute wollte er zur Feier von Sylvettes Geburtstag dabeisein. Er wußte, sie würde es ihm übelnehmen, wenn er sich nicht zeigte.

Charlotte saß schon an der Tafel und würdigte ihn keines Blickes. Wie Daniel zu seinem Essen kam, konnte Christopher nur ahnen; jemand aus der Dienerschaft mußte den geheimen Weg zur Leuchtturminsel kennen und ihm die Mahlzeiten hinüberbringen. An der abendlichen Tafel zumindest hatte Daniel seit seinem Auszug aus dem Schloß nicht mehr gesessen. Christopher war selbst überrascht, wie eisern Charlotte sich an seine Anweisungen hielt. Ihr mußte noch viel mehr daran liegen, Sylvette die Wahrheit über ihre uneheliche Herkunft zu verschweigen, als er angenommen hatte. Was ihm freilich nur recht sein konnte.

Die Mahlzeiten waren seit seinem Gespräch mit ihr eine trostlose Angelegenheit geworden, es wurde kaum geredet, und wenn doch, dann bestritt Sylvette mit ihrer kindlichen Plauderei die gesamte Unterhaltung. An diesem Abend aber hatten Köchin und Dienerschaft sich besondere Mühe gegeben, die drei übriggebliebenen Familienmitglieder aufzuheitern. Der Tisch war festlich geschmückt, sogar Papiergirlanden hingen im Kronleuchter, und vor Sylvettes Platz war eine hohe Torte mit elf Kerzen aufgebaut worden.

Christopher und Charlotte saßen schweigend da, während zwei Dienstmädchen das Essen auftrugen. Deckel wurden von dampfenden Schüsseln gehoben, die Kerzen auf der Geburtstagstorte entzündet.

Sylvette war unpünktlich. Die Vorbereitungen für die Mahlzeit waren bereits seit einigen Minuten beendet, als draußen auf dem Flur endlich das vergnügte Poltern ihrer Schritte ertönte. Sie hatte es eilig, wie alle Kinder auf dem Weg zum Geburtstagstisch. Um so erstaunlicher war, daß sie zu spät kam.

Noch bevor sie die Tür erreichte, erklang auf dem Gang der erschrockene Ausruf eines der Dienstmädchen. »Aber Fräulein Sylvette ...«

Charlotte wurde aufmerksam, und auch Christopher blickte erwartungsvoll zur Tür. Einen Herzschlag später erschien das Mädchen im Türrahmen.

»Großer Gott!« entfuhr es Charlotte. Sie sprang so heftig auf, daß beinahe ihr Stuhl nach hinten kippte.

Sylvettes Haare waren schwarz, fast mit einem Stich ins Blaue. Ihre Locken hatten sich von der Lösung ein wenig geglättet, und wer nicht genau hinblickte, hätte sie für das kleinwüchsige Ebenbild Auras halten können. Sie strahlte glücklich übers ganze Gesicht.

»Schau nur, Mutter«, rief sie aus. »Mein Haar!«

Christopher spürte, wie Stolz in ihm aufstieg. Seine Mixtur hatte nicht nur gewirkt, sie schien auch keine Nebenwirkungen zu haben. Nicht einmal die Haut am Haaransatz war verfärbt. Mehr noch als über seinen Erfolg freute er sich aber für Sylvette, deren Wunsch endlich in Erfüllung gegangen war.

Charlotte hingegen stürmte auf ihre Tochter zu, packte sie an den Schultern und brüllte: »Wer hat dir das angetan? Sag mir sofort, wer dir das angetan hat!«

»Aber, Mutter«, piepste sie erschrocken, »ich –«

»Wer?«

»Christopher hat mir ein Geschenk –«

Charlotte wirbelte aufgebracht herum und starrte Christopher durch das Feuer der Kerzenflammen an. »Wie konntest du das nur tun?« Ihr Gesicht war eine Fratze aus Empörung und Haß.

»Warum regst du dich so auf?« fragte er, erstaunt über ihre heftige Reaktion. »Sylvette hat es sich gewünscht.«

»Sie sieht aus wie Aura. Und wie ich.« Plötzlich schwammen Tränen in ihren Augen. Sie wischte sie mit einer heftigen Handbewegung quer übers Gesicht. »Sylvette war anders, sie war rein.« Charlotte wandte sich wieder zu ihrer Tochter um, bückte sich und drückte sie an sich. »Was hat er nur aus dir gemacht, mein kleiner Engel ...«

Und damit ließ sie Sylvette los und stürmte aus dem Zimmer.

Das Mädchen stand da, nun ebenfalls mit Tränen in den Augen, und blickte Charlotte nach, wie sie mit wehendem Kleid den Flur hinabbrannte. Dann aber drehte die Kleine sich um, legte den Kopf schräg, strich sich gedankenverloren über ihr rabenschwarzes Haar und schenkte Christopher ein Lächeln, das sogar ihm einen kalten Schauer über den Rücken jagte.

***

Der Zugang vor dem Altar war geschlossen, aber das war keine Überraschung. Die Bodenplatte lag an ihrem Platz, und als Christopher
nach den verborgenen Kerben tastete, um sie hochzuziehen, bemerkte er, daß von unten ein Schloß angebracht worden war. Die
Platte ließ sich nicht um einen Fingerbreit bewegen. Friedrich und
Charlotte hatten dazugelernt.

Zum dritten Mal, seit Christopher seine Stiefmutter mit seinem
Wissen konfrontiert hatte, trafen sich die beiden Liebenden wieder
auf der Friedhofsinsel. Bei ihren beiden letzten Stelldicheins hatte
Christopher nicht gewagt, ihnen zu folgen – Friedrich war gewarnt,
und er war alles andere als ein Schwächling –, doch heute, einen Tag
nach Sylvettes Geburtstagsfeier, mußte er einfach erfahren, was sie
über ihn sprachen. Denn *daß* sie über ihn sprachen, daran gab es keinen Zweifel. Der Freiherr war nicht dumm, und es war durchaus
möglich, daß ihm ein Weg einfiel, Charlottes unbequemen Ziehsohn
in die Schranken zu weisen.

Nachdem sich der geheime Weg als unzugänglich erwiesen hatte,
stürmte Christopher aus dem Schloß. Die Nacht war kühl und vom
Donnern der Brandung erfüllt. Die weiße Glut der Mondsichel
schälte Wolkengiganten aus dem Schwarz des Himmels. Über Christophers Kopf wisperten die Zweige der Zypressen geisterhaft im
Seewind. Er beschleunigte seine Schritte, während er durch den
dunklen Hain eilte, gejagt von den Schatten der Bäume und seinen
eigenen Ängsten. Erst als jenseits der Stämme die Bucht schimmerte,
gestattete er sich ein Aufatmen.

Christopher sprang vom Steg in eine der verlassenen Jollen, löste
das Tau und steuerte das Boot mit kraftvollen Ruderschlägen hinaus aufs Meer. Schwitzend umrundete er die Ostseite des Schlosses,
bis die Friedhofsinsel im Mondschein sichtbar wurde. Aus der
Ferne war sie nichts als ein zerklüfteter Felsklotz, doch Christopher wußte, daß der Anschein trog. Den Mittelpunkt des Eilands
bildete eine Vertiefung, wie das Innere eines Kraters. Darin lag
die Familiengruft der Institoris', umgeben von uralten Seeräuber-
gräbern.

Er brauchte über eine halbe Stunde, um die hundert Meter bis zur

Insel zurückzulegen. Der Wellengang war stark, und mehr als einmal hatte er mit hereinrollenden Brechern zu kämpfen, ohne sich dabei von der Stelle zu bewegen. Schließlich aber erreichte er den zerschundenen Felskamm, sprang an Land und zog das Boot mit aller Kraft ein Stück aus dem Wasser. Das Risiko, daß es dennoch abgetrieben wurde, war hoch, aber er fand weit und breit nichts, an dem er das Tau hätte festknoten können.

Völlig durchnäßt von Salzwasser und Schweiß kletterte er die Felsen hinauf, bis er von oben in die Senke im Inneren der Insel blicken konnte. Im Mondenschein war die klobige Familiengruft nur schwer auszumachen, ein runder Bau, der ringsum von einem Säulengang umgeben war. Aus den Hängen, die zum Felswall des Eilands hinaufführten, ragten Grabsteine und halbzerfallene Kreuze. Manche Gräber bestanden nur aus aufgeschichteten Steinen, die längst in sich zusammengefallen waren. Christophers Herz schien sich beim Anblick des alten Piratenfriedhofs zusammenzuziehen.

Das Gruftgebäude hatte keine Fenster, doch durch den Spalt unter der Tür fiel sanfter Kerzenschimmer. Christopher eilte zwischen Gräbern und Felsbrocken den Hang hinab, bis er unter dem Säulengang des Rundbaus zum Stehen kam. Vorsichtig näherte er sich der Tür und legte ein Ohr an das wettergegerbte Holz. Er frohlockte angesichts seines Glücks: Die Stimmen der beiden waren ganz deutlich zu hören. Denn in der Tat, es *waren* Stimmen, kein Seufzen und Rascheln wie sonst, nicht die geheimen Laute der Leidenschaft. In dieser Nacht schienen Charlotte und Friedrich ein ernstes Gespräch zu führen.

»Du kannst dich nicht von einem Kind herumkommandieren lassen«, sagte Friedrich mit strenger Stimme. Es klang, als stritten sie miteinander, wahrscheinlich schon seit geraumer Zeit.

»Christopher ist kein Kind mehr«, widersprach Charlotte kleinlaut. »Gerade das macht ihn so gefährlich.«

»Nicht gefährlich. Boshaft, vielleicht, und undankbar, sonst gar nichts.«

»Du hast ihn nicht erlebt.«

»Was kann er schon tun? Nestor weiß alles über uns. Und Sylvette, nun, glaubst du nicht, sie würde es verkraften?«

»Nein! Sie *darf* es nicht erfahren, verstehst du? Ich will nicht auch noch sie verlieren.«

Schritte ertönten, vermutlich ging Friedrich in der Gruft auf und ab. »Du willst es ihr ein Leben lang verheimlichen?«

»Welchen Sinn hätte es, wenn sie es erfährt? Nestor mag ein Ungeheuer sein, aber sie hält ihn immerhin für ihren Vater. Und noch scheint sie sich keine ernsten Gedanken über sein Verhalten zu machen.«

»Und wenn sie es aber eines Tages tut?« fragte Friedrich gereizt. »Herrgott, Charlotte, er wird sie genauso fortschicken wie Aura. Er duldet nicht, daß man sich in seine Angelegenheiten mischt.«

Charlotte schnaubte aufgebracht. »Wie gut, daß er wenigstens *mich* nicht länger zu seinen Angelegenheiten zählt.«

Abermals Schritte, dann ein leises Rascheln von Kleidung, als sie einander umarmten.

Schließlich sagte Friedrich: »Christopher muß von hier verschwinden. Und wenn es nur um Daniels willen ist.«

»Der arme Daniel! Ich mache mir Sorgen um ihn. Er ist so schwach und sensibel. Ich weiß nicht einmal, was er den ganzen Tag in diesem Leuchtturm treibt.«

»Hast du Angst, er könnte noch einmal versuchen, sich das Leben zu nehmen?«

»Seit Aura fort ist – jeden Tag, jede Stunde. Ich kann kaum an etwas anderes denken.« Sie weinte leise.

»Um so wichtiger ist es, Christopher loszuwerden. Was treibt er überhaupt den ganzen Tag mit Nestor auf dem Dachboden?«

»Was weiß ich! Wahrscheinlich hilft er ihm bei … bei was auch immer Nestor dort oben tun mag. Ich war seit Jahren nicht mehr auf dem Speicher. Nestor könnte genausogut tot sein.«

»Vielleicht ist es an der Zeit, ihm noch einmal einen Besuch abzustatten.«

Charlotte klang erschrocken. »Du willst zu ihm gehen? Zu Nestor?«

»Warum nicht? Mehr als mich beschimpfen kann er nicht tun. Vielleicht hilft es, wenn ich ihm von den kleinen Intrigen seines Schützlings erzähle.«

»Ich bin mir nicht sicher, ob Nestor nicht selbst dahintersteckt.«

»Und Sylvette?«

»Sie bedeutet ihm nichts, das weißt du. Er würde in Kauf nehmen, daß sie an der Wahrheit zerbricht.«

Eine Weile lang herrschte Stille. Christopher wagte kaum zu atmen, aus Angst, die beiden könnten ihn hinter der Tür bemerken.

Dann sagte Friedrich: »Ich gehe zu ihm, gleich morgen früh. Und ich werde mir Christopher vorknöpfen.«

»Es wird kaum einen Sinn haben, ihn zu versprügeln.«

»Verprügeln? Nein, ich fürchte, aus dem Alter ist er heraus.« Er lachte bitter. »Ich werde ihm drohen, ihn im Meer zu ersäufen.«

»Du redest Unsinn.«

»An wem hängst du mehr? An ihm oder an Sylvette?« Als Charlotte keine Antwort gab, fuhr Friedrich ruhiger fort: »Er läßt uns doch gar keine andere Wahl, oder?«

»Hätte ich ihn nur nie hierhergeholt!«

»Hör auf, dir Vorwürfe zu machen. Du hast selbst gesagt, daß er sich verändert hat. Er war nicht so, als du ihn aufgenommen hast.«

»Nein, bestimmt nicht.«

»Keiner hat ahnen können, wie er sich entwickeln würde.«

»Es ist Nestors Einfluß, glaub mir. Nestor hat die Macht, einem Menschen so etwas anzutun. Er verändert einen, er –«

»Nestor ist ein Einsiedler«, fiel Friedrich ihr scharf ins Wort, »vielleicht sogar ein Verbrecher. Aber er ist kein Hexenmeister. Wenn Christopher sich wirklich so gewandelt hat, wie du sagst, dann liegt der Grund dafür bei ihm selbst, nicht bei Nestor.«

So ging es noch eine Weile hin und her. Charlotte gab immer wieder Nestor die Schuld an ihrem Unglück, während Friedrich versuchte, sie entweder zu trösten oder mit Schärfe zurechtzuweisen.

187

Sein schwankendes Temperament verriet nur allzu deutlich seine eigene Unsicherheit.

Christopher grinste zufrieden.

Endlich verkündete Charlotte, es sei spät geworden und sie wolle sich zurückziehen. Friedrich machte nur einen halbherzigen Versuch, sie umzustimmen.

»Geh schon vor«, sagte er dann, »und laß den Schlüssel stecken. Ich räume noch die Decken beiseite.«

Christopher horchte auf die Schritte seiner Stiefmutter, die sich auf der Treppe zum Geheimgang entfernten. Nach zwei Minuten war er sicher, daß Friedrich allein und Charlotte außer Hörweite war.

Er holte aus und trat mit einem heftigen Tritt die Tür auf. Der Flügel krachte scheppernd gegen die Wand, Staub wirbelte auf.

Friedrich schrak zusammen, fing sich aber bemerkenswert schnell wieder. Gelassen starrte er Christopher durch den Dunst an.

»Natürlich«, sagte er leise. »Ich nehme an, daß du alles gehört hast, nicht wahr?«

»Das meiste«, gab Christopher trocken zurück. »Das Wichtigste. Wenn ich mich recht entsinne, wollen Sie mich im Meer ersäufen.«

»Gut, daß du es dir gemerkt hast. Das erspart mir die Wiederholung. Drohungen können so albern klingen, wenn man wütend ist, findest du nicht?«

Einen Moment lang durchzuckte Christopher die Gewißheit, daß sein rüder Auftritt ein Fehler gewesen war. Der Freiherr hatte die Kolonien bereist, hatte sich mit fremden Sitten und Eingeborenen abgegeben – und da wollte Christopher ihn mit einer eingetretenen Tür beeindrucken? Der Drang, einfach davonzulaufen, wurde beinahe übermächtig. Und doch – da war dieser unbestimmte Zorn in ihm, als hätten Friedrichs Worte ein unberührtes Reservoir aus Wut in ihm geöffnet; ganz langsam sickerten die ersten Tropfen hervor, während dahinter die tobende Flut nachdrängte.

Keine fünf Schritte trennten sie voneinander. Der Freiherr stand in der Mitte der Gruft, im Zentrum des Sterns aus steinernen Bahren. Christopher wartete immer noch im Türrahmen. Ihm war klar, daß er den nächsten Schritt tun mußte. Wenn er jetzt einen Rückzieher machte, konnte er das Schloß genausogut freiwillig verlassen, gleich heute nacht.

Nestor, dachte er unentschlossen, warum hilfst du mir nicht? Niemand gab Antwort, und doch wurde sein ganzer Körper plötzlich von Hitze erfüllt, als ströme neue Kraft durch seine Glieder.

»Haben Sie das ernst gemeint?« fragte er lauernd. »Denken Sie wirklich daran, mich zu töten?«

»Du wärst nicht der erste.« Der Freiherr spannte sich wie eine Raubkatze. Seine breiten Schultern wurden straff, seine Züge härter. »Du hast da etwas angezettelt, das du selbst nicht mehr überschauen kannst, nicht wahr, mein Junge? Und nun stehen wir uns gegenüber wie zwei Hornochsen und wissen nicht recht, wie wir uns benehmen sollen.«

»Wollen Sie tatsächlich, daß Sylvette erfährt, daß Sie ihr Vater sind?«

Friedrich lachte schallend auf. »Ich? Sylvettes Vater? Wer hat dir denn diesen Blödsinn ins Ohr gesetzt?«

»Jetzt entäuschen Sie mich aber.« Christopher schenkte ihm ein böses Lächeln. »So ein Bluff ist unter Ihrer Würde.«

Der Freiherr lachte noch einmal – und sprang blitzartig auf Christopher zu. Ehe der sich's versah, hämmerte Friedrich ihm die rechte Faust unters Kinn und warf ihn mit der Linken nach hinten. Christopher stolperte rückwärts ins Freie, halb betäubt vor Schmerz. Er stieß mit dem Rücken gegen eine der Säulen, glitt ab und fiel hin. Felskanten bohrten sich in seinen Rücken.

Stöhnend lag er am Boden, versuchte sich aufzurichten, doch der Freiherr rammte den Fuß auf seine Brust.

»Was glaubst du, wer du bist, Junge?« Die Stimme des Mannes war schneidend vor Zorn. »Glaubst du, du kannst hierherkommen, dich mit mir anlegen und danach so tun, als sei nichts gewesen? So, wie du es mit Charlotte getan hast?« Sein Fuß trat kräftiger nach unten, bis Christopher kaum noch Luft bekam. »Du bist armselig! Ein Verlierer. Ich habe viele von deinem Schlag kennengelernt. Und ich hätte das hier schon viel früher tun sollen. Charlotte hat sich für dich eingesetzt, sie glaubte, Nestor treibe dich zu all dem. Aber wir beide wissen genau, daß das nicht stimmt, nicht wahr? Du bist einfach nur ein verkommenes Stück Dreck. Ungeziefer. Und wie Ungeziefer sollte ich dich auch behandeln. Ich könnte dich zertreten, wenn ich wollte, hier und jetzt!«

»Warum … tun Sie es … dann nicht?« preßte Christopher hervor. Jeden Augenblick konnten seine Rippen unter dem Fuß des Freiherrn zersplittern.

»Ach, spiel doch nicht den Helden!« fuhr Friedrich ihn an. »Du magst es für besonders tapfer halten, das Schicksal herauszufordern, aber, glaube mir, das ist es nicht. Trotzig zu sein verrät in deiner Lage nichts als Dummheit.«

Nach einem letzten heftigen Druck auf Christophers Brustkorb zog er seinen Fuß zurück. Er stemmte die Hände in die Hüften und blickte verächtlich auf sein Opfer hinab. »Du bist es nicht wert, daß irgendwer sich deinetwegen Sorgen macht. Schau dich an, wie du daliegst und wimmerst!«

»Was wollen Sie … jetzt tun?« Jeder Atemzug brannte wie Feuer in Christophers Lungen, jedes Wort war eine Qual.

»Morgen früh bist du fort. Und damit meine ich *fort*! Kein Abschied von Sylvette, keine Spuren. Es wird sein, als hättest du dich mit all deinen Sachen in Luft aufgelöst.«

»Sind Sie sicher, daß das auch Charlottes Wunsch ist?«

»Es ist meiner, und das reicht.«

»Sie können mich nicht einfach umbringen. Das Waisenhaus wird Fragen stellen, die Dienerschaft –«

Friedrich beugte sich vor, seine Augen wurden zu schwarzen Schattenlöchern. »Wer wird schon im Meer nach deiner Leiche suchen, mein Junge? Es wird heißen, du seiest ausgerissen. Waisenkinder tun so was.« Er packte Christopher am Kragen, hob seinen Oberkörper ein Stück vom Boden und warf ihn dann mit Wucht zurück auf die scharfen Kanten. »Wage nicht, mich noch einmal herauszufordern.«

Damit drehte der Freiherr sich um und ging auf die Tür der Familiengruft zu. Christophers Hand tastete über den Boden, blitzschnell umschlossen seine Finger einen faustgroßen Stein. Ohne nachzudenken holte er aus und schleuderte ihn in Friedrichs Richtung.

Der Stein krachte gegen den Hinterkopf des Freiherrn. Friedrich stolperte haltsuchend vorwärts, knickte mit einem Knie ein und stürzte mit Schulter und Schädel gegen eine der Säulen. Mit einem seltsamen Laut sackte er zusammen, versuchte aber noch, sich umzudrehen und seinen Gegner anzuschauen. Die Mondsichel verschwand hinter den Wolken. Es begann zu regnen, schlagartig. Eine wahre Sturzflut ergoß sich vom Himmel.

Christopher hatte Schmerzen am ganzen Körper, vor allem in Brust und Rücken, dennoch gelang es ihm, sich auf alle viere zu stemmen. Unweit von ihm lag die obere Hälfte eines zerbrochenen Steinkreuzes. Er zog es heran, taumelte auf die Füße und umfaßte das Kreuz mit beiden Händen. Es war so schwer, daß er es nur unter Mühen hochheben konnte.

Friedrichs Augen weiteten sich, als er Christopher auf sich zukommen sah. Er war wie gelähmt, Blut aus einer Platzwunde durchnäßte sein blondes Haar. Mit ruckartigen Bewegungen versuchte er, auf die Beine zu kommen, sackte aber immer wieder zur Seite.

Christopher kam näher.

Der Freiherr keuchte etwas, das Worte sein mochten; sie klangen wie rasselnde Schmerzenslaute. Sein Blick war verschleiert, sein Körper auf der Seite zusammengerollt. Er hob eine Hand, streckte sie bittend zum Nachthimmel empor.

Dann war Christopher heran, holte mit beiden Händen aus und rammte das Steinkreuz mit aller Kraft in Friedrichs Gesicht. Ein sprödes Splittern ertönte, dann sackte der Körper des Freiherrn endgültig in sich zusammen. Nur seine Hand blieb ausgestreckt, wie eine einsame Flagge nach verlorener Schlacht.

Christopher wußte, daß kein Leben mehr in seinem Gegner war, doch der Wahn in seinem Kopf trieb ihn zu weiteren Hieben, noch einem und noch einem. Dann endlich ließ er von der Leiche ab, warf das Kreuz beiseite und sank in die Knie.

Über eine Stunde hockte er so da, während Friedrichs Blut auf den Felsen geronn. Schließlich rappelte er sich hoch, packte den Toten an den Füßen und zerrte ihn den Hang hinauf, über den Felskamm hinweg und auf der anderen Seite zum Wasser hinab. Dann lief er zurück, schleppte das Steinkreuz herbei und öffnete Hemd und Jacke des Freiherrn. Er legte ihm das Kreuz auf die Brust, schloß darüber soweit wie möglich die Knöpfe und sicherte das Ganze mit dem Gürtel des Toten. So verschnürt zog er den Leichnam ins Boot, ruderte auf der schloßabgewandten Seite der Friedhofsinsel einige Dutzend Meter aufs Meer hinaus und zerrte dort den Körper über die Reling. Die Jolle neigte sich gefährlich zur Seite, schon ergossen sich die ersten Wellen hinein – doch dann rutschte der Leichnam hinab ins Wasser. Das Steinkreuz zog ihn unerbittlich in die Tiefe, und nur zwei Herzschläge später war keine Spur mehr von ihm zu entdecken.

Widerwillig ruderte Christopher zurück zur Insel und vergewisserte sich, daß der Regen das Blut von den Felsen wusch. Dann räumte er in der Gruft das Liebeslager auf. Er wollte, daß es aussah, als habe Friedrich seine Arbeit beendet und sei anschließend spurlos verschwunden. Christopher lief sogar durch den Geheimgang zur Kapelle, verschloß den Einstieg von unten und eilte zurück zur Familiengruft. Dort löschte er alle Kerzen und bemerkte erst im Hinausgehen sein größtes Problem: Der Tritt hatte das Türschloß zerbrochen. Es blieb ihm nichts übrig, als die Tür einfach zuzuziehen, in der unguten Gewißheit, daß der Wind sie früher oder später wieder aufdrücken würde. Aber selbst wenn, es bewies nicht das geringste.

Zuletzt schob er die Jolle wieder ins Wasser und ruderte zurück zum Schloß. Alle Fenster waren dunkel. Selbst wenn jemand hinausgesehen hätte, er hätte das Boot auf dem pechschwarzen Meer nicht entdecken können.

Ungesehen gelangte Christopher ins Schloß, eilte hinauf ins Laboratorium und verbrannte seine Kleidung in den Flammen des Athanor. Dann legte er sich in Nestors altes Bett auf der anderen Seite des Dachgartens, blickte durch die Scheiben hinaus in die Nacht und versuchte, seine eigene Verwirrung zu meistern. Doch aus dem Wust von Ängsten und Skrupeln und Zweifeln an seinem Tun kristallisierte sich allmählich ein einziger klarer Gedanke heraus:

Nestor wäre stolz auf mich.

KAPITEL 9

Während ihres Ritts durch die Außenbezirke Zürichs, immer auf der Suche nach einer Station der Gendarmerie, entdeckte Aura an einer Litfaßsäule ein frisch geklebtes Plakat. Darauf waren drei junge Mädchen abgebildet, eines davon vierzehn, die beiden anderen sechzehn Jahre alt. Alle drei waren spurlos verschwunden – Mädchen aus Zürich! Jetzt konnte sie sicher sein, daß man sie hier anhören würde. Man würde Männer hinauf ins Gebirge schicken und nichts einwenden können, wenn Aura zur Erholung von den Strapazen nach Hause reiste.

Um so härter traf sie der Schock, als sie feststellen mußte, daß die Polizisten ihr nicht glaubten. Der Beamte, der ihren Bericht schriftlich erfassen ließ, hielt sie für ein dummes Huhn, das aus dem Internat entlaufen war und im nachhinein der Direktorin eins auswischen wollte. Er machte nicht einmal ein Geheimnis aus dieser Meinung, ganz im Gegenteil, er sagte sie ihr offen ins Gesicht.

· Es stimmt, so schränkte er ein, es seien in den vergangenen Wochen einige Mädchen aus Zürich verschwunden, aber bislang habe nicht eine der zahlreichen Spuren über die Stadtgrenzen hinausgeführt. Schon gar nicht hinauf in die Berge. Ganz davon abgesehen, daß das Sankt-Jakobus-Stift einen tadellosen Ruf genieße und eine jahrzehntelange Tradition in der Erziehung gelangweilter Damen mit Hang zur Selbstdarstellung vorweisen könne.

Aura sprang auf, sie schrie ihn an, und als das nichts half, da flehte sie sogar. Und endlich, als sie sich so verhielt, wie sich Frauen in den Augen dieses Polizisten zu verhalten hatten – demütig, bittend und verheult –, lenkte er ein und versprach ihr, einen Suchtrupp zur Alm hinaufzuschicken. Allerdings, so sagte er einschränkend, sie könne wohl kaum von ihm verlangen, Madame de Dion mit solcherlei Dingen zu behelligen. Seine Männer sollten sich erst die Hütte anschauen, und nur für den Fall, daß sich die Beweise verhärten sollten – woran er nicht glaubte –, wollte er persönlich das Gespräch mit der ehrenwerten Direktorin suchen.

Auf Auras Bitte, sie derweil in ihre Heimat zurückreisen zu lassen, reagierte er amüsiert. Natürlich komme das überhaupt nicht in Frage, erklärte er gewichtig, denn sie unterstehe als Schülerin des Stifts allein den Entscheidungen von Madame de Dion, und jenen wolle er sich nicht anmaßen vorzugreifen. Als Aura jedoch immer verzweifelter wurde, gestand er ihr zu, den Tag in der Gendarmeriestation zu verbringen und abzuwarten, was die Suche im Gebirge ergeben würde.

So saß Aura vom frühen Morgen an bis spät in die Nacht auf einer unbequemen Holzbank, ignorierte die Zeitschriften, die ein Polizist ihr brachte, aß aber heißhungrig alle Früchte und Brötchen, die einige Beamte ihr aus ihren Brotbüchsen anboten.

Es war gegen halb zwölf, als der Suchtrupp zurückkehrte, drei Männer mit langen Gesichtern, völlig erschöpft und mit gehörigem Groll auf »das kleine Miststück«, das ihnen solch einen Bären aufgebunden hatte. Ja, die Hütte habe man tatsächlich gefunden, sie stehe offenbar seit Jahren leer. Der Kamin sei eiskalt gewesen, von angeblichen Toten habe man nichts bemerkt. Weder ein alter Mann noch ein junges Mädchen seien in der Umgebung gefunden worden. Es habe ein paar Spuren von Pferdehufen und auch von Karrenrädern gegeben, doch das sei nicht weiter ungewöhnlich, da gelegentlich Bauern ihre Herden auf die umliegenden Almwiesen trieben und ein paar Stunden, vielleicht auch eine Nacht in der Hütte verbrachten.

Der Mann, der Aura am Morgen verhört hatte, wurde aus seinem Feierabend herbeigerufen, er tobte gehörig durch die Polizeiwache, ehe er Aura von zweien seiner Leute in eine Kutsche setzen und noch in derselben Nacht zurück zum Stift bringen ließ. Weder Schreien noch Heulen, kein Bitten und kein Drohen half, den erzürnten Polizisten umzustimmen. Ein griesgrämiger Beamter, der zu ihrer Bewa-

195

chung während der Fahrt abgestellt wurde, drohte, ihr Handschellen anzulegen, wenn sie sich nicht benähme wie ein zivilisierter Mensch. Schließlich, nach drei erfolglosen Fluchtversuchen, blieb Aura keine andere Wahl, als sich in ihr Schicksal zu fügen.

Die Kutsche erreichte das Internat gegen halb sechs am Morgen, anderthalb Tage nach Auras nächtlicher Flucht. Fräulein Braun gab sich ganz krank vor Sorge und Enttäuschung über den Vorfall und versicherte dem Polizisten, man wolle ein ausführliches Gespräch mit Aura über die Ereignisse führen. Madame de Dion dagegen zeigte sich erst, nachdem die Kutsche wieder fort war. Sie starrte Aura reglos an, ließ alle Anschuldigungen und Beschimpfungen mit versteinerter Miene über sich ergehen, und ordnete dann mit knappen Worten an, Aura in ihrem Zimmer einzusperren.

Zwei Lehrerinnen und der alte Marek waren nötig, den Befehl in die Tat umzusetzen. Sie scherten sich nicht um Auras Geschrei, ebensowenig um ihr Hämmern an der verschlossenen Tür. Cosimas Sachen waren verschwunden, ihr Bettzeug abgezogen; die Direktorin hatte die junge Italienerin in ein anderes Zimmer verlegen lassen.

Es dauerte Stunden, ehe man sich erneut um Aura kümmerte. Marek und eine der Köchinnen hielten sie fest, während Fräulein Braun als letzte ins Zimmer trat und ein süßlich riechendes Tuch hinter ihrem Rücken hervorzog. Strampeln und Brüllen war zwecklos. Die Lehrerin preßte den chloroformgetränkten Stoff auf Auras Gesicht, und danach vergingen nur noch Augenblicke, ehe Aura für lange Zeit das Bewußtsein verlor.

Erst war es nur ein Kribbeln an ihrem rechten Unterschenkel, kaum stärker als ein Lufthauch. Doch als das Gefühl langsam an ihrem Bein emporkroch, da wußte sie, daß es keine Zugluft sein konnte.

Aura wollte aufstehen, aber etwas fesselte sie ans Bett. Sie lag auf dem Rücken, und die Matratze unter ihr war ebenso nackt wie sie selbst. Das Bett war nicht bezogen, Decke und Kissen waren verschwunden. Aura fror nicht, obwohl man sie ausgezogen hatte. Ihre Beine und Arme fühlten sich sonderbar an, schwer wie Eisenblöcke.

Sie war nicht gefesselt – es war ihr eigenes Gewicht, das sie auf die Matratze drückte.

Ein Schrei stieg in ihr auf, doch er verhallte ungehört. Fast war ihr, als läge sie unter Wasser, so träge war ihr Denken, so verschwommen die Umgebung. Sie fragte sich, ob sie träumte, und einen Moment lang begriff sie, daß das tatsächlich die Lösung war: Sie war gefangen in einem Alptraum. Doch einen Augenblick später schwand diese Gewißheit wieder, und die alte Angst kehrte zurück. Und mit ihr der Gedanke an die Wespen.

Sie war jetzt sicher, daß es mehrere waren, auch wenn sie sie nicht sehen konnte. Sie spürte die zarten Berührungen auf ihrer Haut, nicht mehr nur an dem einen Bein, auch am anderen. Und, da, auch auf ihrer rechten Hand regte sich etwas.

Aura hob mit einem Ruck den Kopf. Abgesehen vom Brustkorb war es der einzige Teil ihres Körpers, der sich bewegen ließ. Alles andere blieb stocksteif. Sie blickte angsterfüllt über ihre gespannten Brüste und den flachen Bauch hinweg. Ein dunkler Punkt schob sich über ihr rechtes Knie. Die Wespe lief nicht schnell. Sie hatte erkannt, wie hilflos ihr Opfer war.

Warum *Opfer*? durchfuhr es Aura. Die Wespen würden ihr nichts tun, solange sie sich nicht bewegte. Aber die ganze Situation war unwirklich, und unwirklich waren auch die Wespen. Allein die nervöse Erwartung, eines der Insekten könne zustechen, war genug, um ihren Körper mit einer Gänsehaut zu überziehen. Nun fror sie doch noch, aber nicht vor Kälte.

Während die erste Wespe über ihren rechten Oberschenkel krabbelte, schoben sich zwei weitere über den Kamm ihres Beckens. Auf der hellen Haut wirkten die dunklen Tiere noch bedrohlicher. Auras Brust hob und senkte sich immer schneller, während Panik in ihr aufstieg. Wieder riß sie den Mund auf, und wieder blieb ihr Schrei vollkommen lautlos. Es war, als würde die zähflüssige Umgebung jedes Geräusch verschlucken. Aber es war nicht die Umgebung. Aura hatte ihre Stimme verloren. Sie war stumm!

Es wurde immer schwerer, den Kopf hochzuhalten. Eine unsichtbare Hand auf ihrer Stirn versuchte, ihn zurück auf die Matratze zu drücken. Ihr Nacken begann, sich zu verkrampfen, die Muskeln an ihrem Hals taten weh. Angstschweiß brach ihr aus allen Poren. Sie konnte nicht auf ihre Hände blicken, da ihre Arme zum Kopfende des Bettes hin ausgestreckt waren. Aber sie fühlte, daß sich immer mehr Insekten durch die Zwischenräume ihrer Finger auf die Handflächen schoben. Vergeblich versuchte sie, die Hände zu Fäusten zu ballen; nicht einmal das wollte ihr gelingen. Derweil kamen die Wespen über ihre Arme heran, näherten sich von oben ihrem Kopf, ihren Ohren, ihrem Gesicht.

Die Wespe auf ihrem rechten Bein, jene, die sie zuerst entdeckt hatte, näherte sich unaufhaltsam dem dunklen Dreieck ihres Schamhaars. Die beiden auf ihrer Hüfte krabbelten auf ihren Bauchnabel zu. Aura konnte die sanfte Berührung der Insektenbeine immer deutlicher spüren; fast war es, als hinterließen sie hauchfeine Spuren, die erst kalt waren, wie betäubt, dann aber ein scharfes Brennen verursachten, als ströme den Insekten bei jedem Schritt das Wespengift aus den haarigen Leibern.

Jetzt krochen sie auch zu beiden Seiten ihres Oberkörpers empor, schoben und drängten sich auf der gestrafften Haut über ihren Rippen, kletterten an den sanften Erhebungen ihrer Brüste hinauf. Die braunen Höfe ihrer Brustwarzen zogen sich zusammen, als die ersten Insektenbeine sie berührten. Aura erinnerte sich schlagartig an den entsetzlichen Schmerz, den ihr schon einmal ein Wespenstich an dieser Stelle zugefügt hatte. Sie konnte sich nicht mehr entsinnen: War es ein Traum gewesen oder Wirklichkeit?

Vom lautlosen Schreien war ihr Mund weit aufgerissen – bis sie voller Abscheu ein Kribbeln an den Mundwinkeln bemerkte. Fast wahnsinnig vor Ekel und Entsetzen preßte sie die Lippen aufeinander. Sie ahnte jetzt, wohin es die Tiere zog. Großer Gott, sie *wußte* es!

Ihr fiebernder Blick raste an ihrem Körper hinab. Die Spitzen ihrer Schamhaare bewegten sich. Nein, nicht die Haare – es waren Insektenfühler, die dazwischen hervorschauten, zitternd und bebend. Die Wespen bahnten sich einen Weg durch den dunklen Flaum, krochen auf die warme Spalte zwischen ihren Schenkeln zu, bis Aura sie selbst an den empfindsamsten Zonen ihres Körpers fühlte. Sie versuchte, ihre Beine zusammenzupressen, doch sie rührten sich nicht. Während der Irrsinn seine Fesseln immer enger zog, sah sie hilflos mit an, wie immer mehr Wespen den Weg nach unten einschlugen. Eine ganze Flut von Insekten ergoß sich jetzt von allen Seiten über ihre Glieder. Die winzigen Flügel vibrierten, doch war da kein Summen, nicht der leiseste Laut.

Die Wespenarmee teilte sich. Die eine Hälfte begrub als gelbbrauner Teppich ihr Becken, die andere kletterte an Hals und Schläfen empor. Schon verstopften sie ihre Nasenlöcher. Auras Atem stockte, bis sie keine andere Wahl mehr hatte, als den Mund aufzureißen. Eine Flut aus pelzigen Leibern quoll über ihr Zahnfleisch, ihre Zunge, hinab in den zuckenden Schlund. Zugleich fanden die anderen den Eingang zu Auras Unterleib.

Dann waren sie überall, erstickten sie mit ihrer wimmelnden Fülle. Und wie auf ein geheimes Kommando senkten alle im selben Moment ihre Stacheln in feuchtes fieberndes Fleisch.

Die Umgebung setzte sich neu zusammen, wie die bunten Kristalle in den Guckrohren, die Aura als Kind so gemocht hatte. Etwas entstand, eine Form, ein Bild. Ein Gesicht.

Augen, die leuchteten, obwohl die Brauen vor Sorge aneinanderstießen. Eine Haut, ebenmäßig und glatt, unter denen sich feingeschnittene Wangenknochen erhoben. Grübchen an den Mundwinkeln, obwohl der Mann nicht lächelte. Und immer wenn Aura glaubte, einen Fehler, einen Makel entdeckt zu haben, etwas, das nicht perfekt war, dann schien er unter ihrem Blick zu verschwimmen, als forme er sich allein nach ihren Idealen neu.

Hände packten sie an den Schultern, schüttelten sie hastig auf und ab. Ihre Verträumtheit schwand dahin, und etwas, das einem Sinn für die Wirklichkeit zumindest nahekam, brach sich Bahn. Warum konnte sie nicht einfach nur daliegen, sich in der Anmut dieser wunderbaren Züge verlieren?

»Aura!«

Die Stimme erfüllte ihren Kopf. Sie erkannte ihren Namen erst mit einigen Herzschlägen Verspätung. Dann aber wurde ihr bewußt, daß der Mann in einem seltsamen Tonfall sprach. Nicht sanft, nicht freundlich, eher ungeduldig, dabei flüsternd. Gehetzt.

»Was ... ist?« stammelte sie verstört.

Im selben Augenblick erkannte sie ihn wieder. Bevor sie noch aufschreien konnte, legte sich seine Hand auf ihren Mund und unterdrückte jeden Laut.

»Aura«, flüsterte er noch einmal, und jetzt klang es fast beschwörend, »du darfst nicht schreien. Du darfst überhaupt nichts sagen. Sie können jeden Moment bemerken, daß ich hier bin. Sie haben dir irgendein Rauschmittel gegeben, irgendwas, das dich ruhigstellt. Aber du mußt dich jetzt zusammennehmen!«

Sie war nackt, soviel erkannte sie selbst durch die Wogen ihrer Panik, und unter ihr lag eine graue Matratze. Waren die Wespen jetzt in ihrem Körper? Konnte sie sie deshalb nicht mehr sehen?

Aber, nein, nur ein Traum. Eine Halluzination!

»Ich nehme jetzt die Hand von deinem Mund«, wisperte der Mann. »Du wirst nicht schreien, hast du verstanden?«

Sie nickte ruckartig, nicht sicher, ob sie sich an das Versprechen halten würde. Der Mann nahm die Hand fort, und schlagartig konnte sie wieder durchatmen. Zwei, drei Atemzüge lang starrte sie ihn nur an, aus geweiteten Augen, während sein Gesicht ihr nur noch schöner, noch makelloser erschien. Und das trotz allem, was er ihr angetan hatte – nein, nicht ihr selbst! Ihrem Vater. Aber konnte sie dessen denn sicher sein? In den vergangenen vier Monaten hatte sie nichts von zu Hause gehört, abgesehen von ein paar kurzen Briefen aus Sylvettes kindlicher Feder. Keine Nachricht von Nestors Tod. Erst recht keine von einem Mord.

»Wir haben keine Zeit für irgendwelche Erklärungen«, flüsterte Gillian eindringlich. Obwohl er selbst sie angewiesen hatte zu schweigen, schien er nun ein wenig verwundert, daß sie sich tatsächlich daran hielt. Kein Schrei, kein Hilferuf. Ein Funke von Bewunderung stahl sich in seinen Blick. »Du bist tapfer, Aura. Aber du wirst noch sehr viel tapferer sein müssen, wenn wir ohne Aufsehen hier rauskommen wollen.«

Erinnerungen überfluteten ihr Hirn. Das Internat. Die Direktorin. Der alte Mann in der Berghütte. Das ermordete Mädchen. Und, schließlich, ihre Gefangennahme.

»Hier, zieh das an!« Gillian warf ein Knäuel aus Kleidungsstücken auf ihren bloßen Bauch. »Beeil dich! Die Frau, die mir verraten hat, wo ich dich finde, kann jeden Moment zu sich kommen. Ich wußte nicht, daß es so lange dauern würde, dich wachzubekommen.«

»Sind Sie gekommen, um mich umzubringen?« fragte sie leise, während sie sich wie in Trance die Kleider überzog. Es waren dieselben, die sie bei ihrer Flucht aus dem Stift getragen hatte; sogar Cosimas Cape war dabei.

»Natürlich«, gab er lakonisch zurück. Er stand an der geschlossenen Tür und horchte hinaus auf den Gang. »Deshalb all dieser Aufwand. Meinst du nicht, ich hätte dich auch nackt töten können?«

Hitze stieg in ihr Gesicht, und das verstörte sie noch mehr. Etwas an ihrer eigenen Reaktion war falsch. Sie hätte ihn fürchten müssen, ganz gleich, wie er sich ihr gegenüber verhielt. Er hatte sie damals durch den Zug gejagt, und er hatte den Auftrag gehabt, sie und ihren Vater zu töten.

Aber er hat es nicht getan, erinnerte sie eine Stimme in ihrem Inneren. *Er hat dich laufenlassen. Und er hat dir den Brief zugesteckt.*

Was für eine absurde Art von Meuchelmörder war dieser Gillian? Sie beschloß, ihm wenigstens für den Augenblick zu trauen. Als hätte sie überhaupt eine Wahl.

Er zog die Tür einen Spaltbreit auf und spähte hinaus. Aura sah, daß das Schloß zerbrochen war. »Komm«, zischte er ihr zu, während sie noch versuchte, mit Fingern, die ihr nicht gehorchten, die Schnürsenkel zuzubinden.

Schließlich aber war sie hinter ihm, als er vorsichtig auf den Korridor trat. Jedes Geräusch, außer seiner Stimme, drang wie durch Watte an ihr Ohr. Ihr war schwindelig, und in ihrem Bauch rumorten Übelkeit und Hunger. Aber wahrscheinlich mußte sie froh sein, daß die Nachwirkungen des Gifts sie nicht für immer zur lallenden Irren machten.

In ihrem Zimmer – ihrem Gefängnis! – waren die Vorhänge zugezogen gewesen, aber jetzt sah sie, daß draußen vor den Korridorfenstern Dunkelheit herrschte. Unwillkürlich fragte sie sich, wie lange sie ohne Bewußtsein gewesen war. Ihrem Gefühl nach hätte es ebensogut ein Tag wie eine Woche sein können.

Gillian lief leichtfüßig voran und zog sie an der Hand hinter sich her. Seine Sohlen auf den Steinfliesen verursachten nicht das geringste Geräusch, doch ihre eigenen Schritte kamen ihr vor wie Paukenschläge. Die Gaslampen an den Wänden flackerten trübe, und aus den anliegenden Zimmern drang kein Laut. Es mußte bereits tiefste Nacht sein.

Sie erreichten die Tür zur Eingangshalle. Gillian schlüpfte als erster durch den Spalt, Aura stolperte mit halbbetäubten Sinnen hinterher. Niemand hielt sie auf, als sie die Halle durchquerten, vorbei an der Treppe zu den Kellergemächern der Direktorin. Kalte Nachtluft schlug ihnen entgegen, als Gillian das Haupttor öffnete und Aura ins Freie zog.

Zwischen den Säulen des überdachten Eingangs lag ein schwarzer Hund, reglos, mit verdrehtem Hals.

»Warst du das?« fragte sie leise. »Du«, »Sie«, ganz egal – Förmlichkeiten waren zwischen ihnen längst überflüssig.

Gillian nickte knapp, während sie den Weg durch den finsteren Park einschlugen. »Am Tor liegt noch einer.«

»Früher gab es hier keine Hunde.« Auras Atem raste, sie war geschwächt, und die kalte Luft schien in ihren Lungen zu Eis zu gefrieren.

»Irgendwer hat wahrscheinlich dazugelernt«, bemerkte Gillian trocken und beschleunigte seine Schritte, bis Aura kaum noch mithalten konnte.

Die Hunde sind meine Schuld, dachte sie mit seltsamer Klarheit. Sie sollten verhindern, das sich noch einmal ein Mädchen bei Nacht in den Park verirrte.

Es hätte Aura nicht gewundert, wenn hier im Dunkeln noch mehr vorging, das nicht für die Augen der Schülerinnen bestimmt war. Einen Moment lang durchzuckte sie die Erinnerung an Cosima, ihre

Freundin, und Gewissensbisse quälten sie. Konnte Aura sie einfach zurücklassen? Doch auch diesmal hatte sie keine andere Wahl. Gillian hätte sicher wenig Verständnis gezeigt, wenn sie ihren Einwand laut ausgesprochen hätte.

Am Gittertor des Parks lag ein zweiter Bluthund. Ein rötlicher Schaumkranz quoll über seine Lefzen.

»Er hat dich gebissen«, stellte Aura fest. Die Nachwirkungen des Rauschs steigerten ihre Wahrnehmung von Nebensächlichkeiten. Ihr selbst schienen Beobachtungen wie diese im einen Moment ungemein wichtig, um dann im nächsten, nachdem sie sie ausgesprochen hatte, sofort aus ihrer Erinnerung zu verschwinden.

Hand in Hand rannten sie durch das offene Tor, als hinter ihnen im Achteckturm des Jakobus-Stifts eine schrille Glocke ertönte. Auras Flucht war bemerkt worden.

»Was werden Sie jetzt tun?« fragte sie keuchend, während Gillian sie vom Weg in den Fichtenwald zog. Ohne anzuhalten stolperten sie durchs Unterholz, immer bergab, dem Tal entgegen.

»Ich glaube nicht, daß sie uns verfolgen.« Gillian war nicht einmal außer Atem. »Wer denn auch? Die Lehrerinnen? Oder der alte Diener?« Er mußte das Internat eine Weile lang beobachtet haben, um so gut über seine Bewohner Bescheid zu wissen.

Zweige schlugen ihr ins Gesicht, aber sie beschwerte sich nicht. Ihr Entkommen wog den Schmerz tausendfach auf.

»Hier draußen gibt es keinen Fernsprecher, oder?« fragte er. »Ich habe zumindest keine Masten und Kabel gesehen.«

»Ich glaube nicht.«

Nach endlosen Minuten, in denen Aura kaum die Zeit zum Luftholen blieb, fragte sie: »Wohin bringst du mich?« Sie hatte natürlich nicht vor, sich von ihm irgendwohin bringen zu lassen, aber ein Einblick in seine Pläne konnte nicht schaden.

»Nach Zürich.«

»Und dann?«

»Darüber reden wir, wenn wir in der Stadt sind.«

»Zu Lysander?«

Er wandte sich im Laufen zu ihr um und warf ihr einen undeutbaren Blick zu. »Warum sollte ich das tun?«

»Er ist dein Auftraggeber.«

»Wäre er das noch immer, hätte ich dir kaum den Brief überlassen.«

Aura blieb schlagartig stehen. Ihr Denken klärte sich allmählich, die Auswirkungen der Droge schwanden. Jetzt aber war es die Anstrengung, die ihren Preis forderte. Wütend funkelte sie ihn an.

»Mag sein, daß du mich gerade gerettet hast«, fauchte sie. »Und mag sein, daß ich dir deshalb etwas schuldig bin. Aber glaube ja nicht, daß ich irgendein beschränktes Frauenzimmer bin, das dir blindlings hinterherrennt.«

Sogar im Dunkeln sah sie das Lächeln, das sich über die Vollkommenheit seiner Züge stahl. »Würde ich das denken, wäre ich nicht hier.«

»Warum dann?«

»Ich wußte nicht, was diese Leute im Internat mit dir vorhatten. Ich weiß es auch jetzt noch nicht. Eigentlich bin ich davon ausgegangen, daß ich dich dort besuche und mich eine Weile mit dir unterhalte. Ganz gepflegt, ganz in Ruhe und ohne all diese … Komplikationen.«

Sie starrte ihn ungläubig an und zupfte sich mit beiden Händen Haarsträhnen vom schweißnassen Gesicht. »Du wußtest nichts davon?«

»Nein. Ich kam her, um dich um Hilfe zu bitten.«

Darauf fiel ihr nichts mehr ein. Nicht das geringste.

Er bemerkte ihre Fassungslosigkeit und lächelte abermals. Gegen ihren Willen fand sie, daß er wunderschön dabei aussah, selbst im fahlen Mondschein. »Es ist wahr. Ich brauche deine Hilfe, Aura. Und, um ganz ehrlich zu sein, dein Geld.«

»Mein … Geld?« Sie spürte, wie etwas in ihr aufstieg und sich in einem befreienden Lachen Luft machte. »Sehe ich für dich so aus, als hätte ich Geld bei mir? Lieber Himmel!« Sie verdrehte die Augen und wußte nicht mehr, was sie noch hätte sagen können. Es war einfach zu verrückt.

»Nein«, gestand er, und ein wenig Enttäuschung war in seiner Stimme.

Sie hörte auf zu lachen, als ihr eine Erkenntnis kam. »Du hast mich trotzdem befreit«, erkannte sie ungläubig. »Obwohl du wußtest, daß ich nichts mehr besitze.«

Gillian ging nicht darauf ein. In Gedanken war er bereits viel weiter. »Gibt es irgendeine Möglichkeit für dich, in Zürich Bargeld zu besorgen? Irgendwelche Papiere, die eine Bank einlösen würde? Oder Verwandte, die du um etwas bitten könntest?«

»Nein.« Er hatte sie gerettet, obgleich er sicher sein mußte, daß sie ihm kein Geld geben konnte. Weshalb, zum Teufel? Doch statt ihn weiter damit zu bedrängen, fragte sie: »Wofür brauchst du das Geld überhaupt? Und warum hast du angenommen, ich würde dir – auch unter erfreulicheren Umständen – welches geben? Doch nicht etwa, weil du mir den Brief zugesteckt hast?« Sie lachte bitter. »Um ehrlich zu sein, es würde mir bedeutend besser gehen, wenn du es nicht getan hättest.«

»Das tut mir leid«, sagte er sanft. Beinahe *zu* sanft für ihre Lage. Wenn es irgend etwas gab, das an seiner scheinbaren Vollkommenheit zu rühren vermochte, dann war es seine übermäßige Sensibilität. Doch genau das hatte sie schon an Daniel gemocht, und an Gillian gefiel es ihr ungleich besser.

Wunderbar, durchfuhr es sie, gerade noch warst du so gut wie tot, und jetzt beginnst du schon, dich zu verlieben. Du meine Güte!

»Komm«, sagte er, »wir müssen –«

Pferdegetrappel schnitt ihm das Wort ab, ganz in ihrer Nähe. Gillian fuhr lauernd herum, mit der Geschmeidigkeit einer Katze.

»Das kommt vom Weg«, flüsterte Aura, doch Gillian war schon unterwegs zum Waldrand. Sie folgte ihm so schnell sie konnte. Der Saum ihres Kleides blieb alle paar Schritte in Ästen und Dornen hängen, und schließlich raffte sie den Stoff fluchend bis zur Hüfte hoch und rannte mit nackten Beinen weiter. Die Ringe in ihren Schenkeln klirrten bei jedem Schritt leise aneinander.

Sie erreichte Gillian, als er hinter einem Busch in Deckung ging und hinaus auf den mondbeschienenen Waldweg spähte. Die Geräusche näherten sich jenseits einer Wegkehre. Der Reiter kam aus der Richtung des Internats, würde sie in wenigen Sekunden passieren.

»Du hast doch nicht etwa vor –«

Er unterbrach sie mit einem finsteren Blick. »Still!«

Verärgert, zugleich aber endlos gespannt, schwieg sie.

Pferd und Reiter kamen hinter den Bäumen zum Vorschein. Aura erkannte auf Anhieb den alten Marek. Mit Tritten in die Flanken des Pferdes trieb er das Tier zu schnellerem Galopp – was ihm fast zum Verhängnis geworden wäre, als Gillian mit einem schrillen Pfiff auf den Weg sprang. Das Pferd scheute, bäumte sich auf, doch der Alte saß fester im Sattel, als es den Anschein gehabt hatte. Ganz offensichtlich konnte er mit Pferden umgehen. Ein Klaps und ein scharfer Befehl, und schon stürmte das Tier weiter vorwärts, auf den erstaunten Gillian zu, der sich im letzten Moment zur Seite warf. Mit einem triumphierenden Lächeln trieb Marek das Pferd an den beiden vorüber. Nur einen Augenblick später war er hinter der nächsten Kurve verschwunden. Geisterhaft verklang das Pferdegetrappel im dunklen Tann.

Aura beugte sich besorgt über Gillian, sah aber gleich, daß er unverletzt war.

»Tolle Leistung, wirklich«, bemerkte sie sarkastisch.

Gillian schenkte ihr einen bösen Blick und rappelte sich mürrisch auf. »Er sah nicht aus, als könne er reiten.«

»Du siehst auch nicht aus, als könntest du Menschen töten.«

Einen Moment lang schien er tatsächlich abzuwägen, ob sie das als Kompliment meinte. Dann aber durchschaute er ihren Zynismus. »Wir hätten das Pferd gut gebrauchen können«, verteidigte er sich, bevor ihm bewußt wurde, daß zur Verteidigung keinerlei Anlaß bestand.

Ich bringe ihn durcheinander, stellte Aura mit stiller Genugtuung fest.

Gillian trat wieder auf den Weg und lauschte angespannt in die Nacht.

»Kommen da noch mehr?« fragte Aura, die nicht das geringste hörte.

»Nein. Und ich fürchte auch, einer reicht.«

»Was hat er vor?«

»Was würdest du denn an seiner Stelle tun?«

Sie überlegte nur einen Herzschlag lang. »In die Stadt reiten und die Polizei informieren. Eine ausgerissene Schülerin melden, vielleicht – oder besser noch: eine entführte Schülerin. Da schlägt er zwei Fliegen mit einer Klappe.«

Gillian nickte. »Genau das wird er tun. Wir werden achtgeben müssen, wenn wir nach Zürich kommen.«

»Gibt es keinen anderen Weg?«

»Ich bin schon froh, daß ich mir diesen einen merken konnte.«

Sie machten sich wieder auf den Weg, hasteten eilig durch die Nacht. »Du hast mir noch immer nicht gesagt, wofür du das Geld brauchst«, sagte Aura nach einer Weile.

Ein schmerzliches Lächeln huschte im Mondschein über Gillians Züge. »Als Lysander mich *bat*« – er zog eine Grimasse, während er das Wort aussprach – »dich und deinen Vater zu beseitigen, mußte ich eine ganze Menge anderer Aufträge unerfüllt lassen.«

»Noch mehr Morde?«

»Nein«, entgegnete er fest, »keine Morde, schon lange nicht mehr. Wichtige Botengänge, Besorgungen, ein paar Diebstähle. Aber die Leute, die mich damit beauftragten, schätzen es nicht besonders, wenn man sie enttäuscht. Ich fürchte, ich habe jetzt eine Menge Feinde in Wien. Und trotzdem muß ich dorthin zurück.«

Aura legte die Stirn in Falten. »Du brauchst das Geld für eine Fahrkarte?«

»Nicht für die Reise.« Er grinste jetzt wie ein Schuljunge. »Aber ich muß Männer einkaufen. Und Waffen.«

»Waffen?« entfuhr es ihr.

Gillian hob die Schultern. »Ohne das wird es uns beiden schwerlich gelingen, Lysander das Handwerk zu legen.«

»*Uns beiden?*«

Am folgenden Nachmittag erreichten sie ungehindert den Züricher Fernbahnhof, und dort begannen die eigentlichen Schwierigkeiten. Gillian hatte sie mühelos zurück zur Stadt geführt, ohne an einer einzigen Wegkreuzung oder Gabelung zu zögern. Seine Fähigkeit, sich sogar bei Nacht auf einer Strecke zu orientieren, die er vorher nur ein einziges Mal gegangen war, erhöhte die rätselhafte Faszination, die Aura in seiner Gegenwart empfand. Doch was er dann tat, auf einer Damentoilette des Bahnhofs, stürzte sie in heillose Verwirrung.

Schon bei ihrem Eintreffen war ihnen die ungewohnt hohe Zahl von Polizisten aufgefallen, die in der Menge der Reisenden standen und Ausschau hielten. Aura und Gillian ahnten, daß dieser Aufwand ihnen galt. Die meisten der Beamten hatten gewiß kein klares Bild von den Gesuchten, doch bestand die Gefahr, daß zumindest einige unter ihnen waren, die Aura während ihres Aufenthalts in der Polizeistation begegnet waren. Zudem mußte es von ihr detaillierte Steckbriefe geben, anders als von Gillian, den außer Marek und einer Lehrerin im Stift niemand gesehen hatte, und auch diese beiden nur ganz kurz und im Dunkeln.

Nachdem sie belauscht hatten, wie ein Polizist einer neugierigen Reisenden von einem gefährlichen Mädchenräuber und seinem willenlosen Opfer erzählte, waren auch ihre letzten Zweifel zerstreut. Und Gillian traf eine sonderbare Entscheidung.

»Los, komm mit«, sagte er und deutete auf die Tür einer öffentlichen Toilette in der Bahnhofshalle.

Aura gefiel es nicht, daß er sie an der Hand packte und mit sich zog – nicht nur, weil er sie wie ein Kind behandelte, sondern weil es allzu großes Aufsehen erregen mochte. »Weißt du, warum die kleine Figur auf der Tür einen Rock trägt?« fragte sie bissig. »*Frauen* tragen Röcke.«

»Abwarten«, gab er knapp zurück, dann erreichte er schon die Tür, öffnete sie einen Spaltbreit und blickte vorsichtig hinein. Aura tat ihr Bestes, ihn dabei gegen Blicke aus der Halle zu schützen.

»Bist du verrückt geworden?« zischte sie verwirrt, doch da verschwand er bereits im Inneren des Toilettenraumes. Mit einem wütenden Schnauben folgte sie ihm.

Hinter der Tür roch es entsetzlich. Schmutzige Wasserpfützen standen auf dem nackten Steinboden, der Spiegel war mit einem

Netz von Rissen überzogen. Die Türen der beiden Kabinen standen offen. Aura und Gillian waren die einzigen Menschen im Raum.

»Geh da rein!« wies Gillian sie an und deutete auf die rechte Kabine.

»Warum?«

»Nun mach schon.«

»Hättest du die Güte, mir zu –«

»Aura, bitte!«

Mürrisch zog sie sich in die Kabine zurück und wartete ab, was er als nächstes unternehmen würde. Zu ihrem Erschrecken drängte er hinter ihr her.

»Was soll –«

»Still!«

Sie verstummte und machte widerwillig Platz. Gillian lehnte die Tür an. Durch einen schmalen Spalt schaute er hinaus in den Vorraum.

Großartig, dachte sie finster, soweit also ist es gekommen. Du versteckst dich mit dem Mörder deines Vaters in der Kabine einer Damentoilette. Du mußt den Verstand verloren haben.

Zugleich wurde ihr bewußt, daß sie ihn noch immer nicht gefragt hatte, ob er seinen Auftrag ausgeführt hatte. Hatte er ihren Vater tatsächlich getötet?

Natürlich hat er! gab sie sich selbst die Antwort. Seltsamerweise verspürte sie keine Trauer bei diesem Gedanken, auch keine Abscheu. Die Schrecken des Briefes, an dessen Wahrheitsgehalt sie nicht länger zweifelte, saßen immer noch zu tief.

Die Vordertür quietschte, als jemand den Vorraum betrat. Schritte klapperten über den nassen Steinboden. Aura stellte sich auf die Zehenspitzen, um über Gillians Schulter hinweg einen Blick nach draußen zu werfen. Ganz kurz sah sie einen breiten Umriß, der an der Kabine vorüberging.

Gillian rührte sich nicht. Aura tippte mit dem Zeigefinger auf seinen Rücken.

»Was jetzt?« flüsterte sie ungeduldig.

»Noch nicht«, gab er zurück, ohne sich umzudrehen.

Sie hörten, wie sich die Frau in die benachbarte Kabine zurückzog. Kurz darauf verließ sie die Toilette und Aura war wieder allein mit Gillian.

Gerade wollte sie ihn an der Schulter packen und zwingen, sich endlich umzudrehen und ihr sein Vorgehen zu erklären, als erneut jemand in den Vorraum trat. Aura zog mit einem stillen Seufzer ihre Hand zurück und ließ Gillian gewähren.

Was danach geschah, ging so blitzschnell, daß es vorüber war, ehe Aura es völlig erfaßte. Innerhalb zweier Atemzüge sprang Gillian aus der Kabine, stürzte sich auf die Frau, betäubte sie lautlos mit einem gezielten Hieb in den Nacken und zog sie in die benachbarte Kabine. Durch die hölzerne Trennwand hörte Aura ihn dort mit seinem wehrlosen Opfer herumhantieren. Was, zum Teufel, tat er?

Sie erfuhr es zwei Minuten später, als er von außen die Tür der Kabine aufdrückte, und Aura ihn im gelben Zwielicht der Toilettenbeleuchtung vor sich sah.

Einen Moment lang verschlug es ihr die Sprache. Sie mußte ziemlich albern aussehen, so wie sie dastand, Mund und Augen aufgerissen – und dennoch nicht halb so albern wie Gillian. Aber lächerlich war es nur auf den ersten Blick und nur so lange, wie sie brauchte, um die Erinnerung an den früheren Gillian abzuschütteln. Dann aber war alles, was sie sah, eine Fremde. Eine Frau mit Gillians Zügen, und dennoch durch und durch weiblich.

Er sah nicht aus wie ein Mann, der sich Frauenkleider übergezogen hatte. Unter dem federgeschmückten Hut schien sein Gesicht eine sonderbare Weiblichkeit auszustrahlen, eine Weiblichkeit, die die ganze Zeit über dagewesen sein mußte, und doch jetzt erst wirklich zur Geltung kam. Er trug ein blaues, knöchellanges Kleid, einen schwarzen, schlichten Überwurf und eine Pelzstola, die echt oder imitiert sein mochte – genauso wie er selbst: Niemand würde den Unterschied bemerken.

»Wie machst du das?« fragte sie atemlos und starrte auf sein Dekolleté. Es war nicht üppig, aber doch sichtlich gefüllt. Und es sah nicht aus, als hätte er es mit irgend etwas ausgestopft!

»Veranlagung«, bemerkte er trocken und griff nach Auras Hand. Sogar seine Stimme klang eine Tonlage höher. »Wir müssen hier verschwinden.«

»Was hast du ... Ich meine, was hast du mit der Frau gemacht?«

»Sie schläft. Mindestens eine Stunde lang. Vorausgesetzt, niemand findet sie. Aber die Tür ist von innen verriegelt.«

Sie fragte gar nicht erst, wie er das zuwege gebracht hatte. Ein Mann, der es vermochte, sich ohne Schminke in eine Frau zu verwandeln, der wurde wohl, so nahm sie an, auch mit einem simplen Toilettenschloß fertig.

Während sie wieder hinaus in die Bahnhofshalle traten, dachte Aura, daß der Begriff Verwandlung nicht wirklich zutraf. Was Gillian getan hatte, war keine Zauberei. Vielmehr schien es allein an der Kleidung zu liegen. In Hose und Hemd sah er aus wie ein Mann, im Kleid wie eine Frau, ganz einfach. Aura hätte vielleicht darüber geschmunzelt, wäre die Lage nicht so ernst gewesen.

Mit der Kleidung hatte Gillian der bewußtlosen Frau auch die Geldbörse entwendet, und der Inhalt erlaubte ihm, am Schalter zwei reguläre Fahrkarten nach Wien zu lösen. Auf dem Bahnsteig kaufte er von einem Bauchladenhändler ein halbes Dutzend belegte Brote, die sie mit Heißhunger verspeisten. Erst nachdem sie ihren Hunger gestillt hatte, fragte Aura einen alten Mann nach dem Datum. So erfuhr sie, daß man sie drei Tage lang im künstlichen Schlaf gehalten hatte. Erschrocken sank sie auf eine Bank nieder, schlug die Hände vors Gesicht und mühte sich verzweifelt, ein wenig Ordnung in ihr Denken zu bringen.

So vieles war geschehen, und nichts davon hätte sie früher für möglich gehalten. Ein Mörder hatte sie durchs Gebirge gejagt; Madame de Dion hatte sich als Mädchenhändlerin entpuppt; ein Mann, der sie noch vor wenigen Monaten ermorden wollte, hatte ihr das Leben gerettet – und sich anschließend in eine Frau verwandelt. Das alles war ein wenig viel auf einmal. Als Krönung des Ganzen verlangte Gillian, daß sie mit ihm nach Wien reiste, um irgendeinen alten Feind ihres Vaters ... ja, was eigentlich? Was hatte Gillian gemeint, als er davon sprach, Lysander das Handwerk zu legen? Und welchen Anteil sollte sie selbst daran haben?

Sie fragte ihn im Flüsterton danach, damit keiner der anderen Wartenden etwas mitbekam, doch Gillian vertröstete sie auf die Fahrt. Falls es ihnen gelingen sollte, ein Abteil für sich allein zu bekommen, wollte er ihr Antworten auf alle Fragen geben. »Versprochen«, fügte er ernsthaft hinzu, aber natürlich glaubte sie ihm kein Wort und ergab sich mit einem Seufzen in ihr Schicksal.

Zwei Stunden später gelang es Gillian, ihren einzigen Mitreisenden aus dem Abteil zu vertreiben, in dem er ihm unschickliche Blicke und kesse Berührungen vorwarf. Danach waren sie endlich unter sich.

Der Zug schnaufte in einer Kohlenrauchwolke durch das nördliche Voralpenland, eine grüne Berg- und Hügellandschaft, die malerisch im Bann des anbrechenden Frühlings vorüberzog. Der Himmel war azurblau, nur hier und da mit wattigem Weiß getupft. Riesige Vogelschwärme schwebten majestätisch von Süden her über schroffe Felsen und sanfte Hänge.

Aura erübrigte kaum einen Blick für die Schönheiten der Umgebung. Die Wirrnis in ihrem Kopf kam allmählich zur Ruhe, doch ihr Herz raste jetzt vor Aufregung, als reagiere es erst mit Verspätung auf die vergangenen Ereignisse.

Ehe sie aber etwas sagen konnte, kam Gillian ihr zuvor. Er trug noch immer das blaue Kleid, sogar den geschmacklosen Federhut, der sein kurzes Haar kaschierte.

»Ich bin dir wohl ein paar Erklärungen schuldig«, begann er, und sein Tonfall verriet, daß er sich keineswegs wohl dabei fühlte. »Sag mir am besten, womit ich anfangen soll.«

»Wie wäre es mit Lysander«, schlug sie vor und dachte dabei: Seltsam, wie sanft und freundlich dieser Name klingt – und doch verbirgt sich dahinter eine solche Gefahr.

»Er ist ein Alchimist, genau wie dein Vater einer war. Niemand weiß Genaues über ihn. Er hat in den vergangenen Jahrzehnten in allerlei Verstecken gehaust, die meisten davon mit sehr viel Geld erkauft. Es heißt, er verfüge über unerschöpflichen Reichtum. Nicht, daß er damit praßt oder prahlt. Vielmehr benutzt er sein Geld, um Einfluß zu nehmen – auf den Kaiser ebenso wie auf die geringsten Tagediebe in den Gassen der Stadt. Er hat Feinde im Übermaß, und doch ist keiner darunter, der wirklich gegen ihn vorgehen würde. Es gibt niemanden, der von Lysanders Existenz weiß und ihn nicht gleichzeitig fürchtet. Mit einer Ausnahme, vielleicht.«

»Mein Vater«, ergänzte Aura tonlos.

Gillian nickte und holte tief Luft, als könne er damit die Schatten der Vergangenheit vertreiben. »Es gab eine Zeit, in der ich oft mit Lysander zu tun hatte. Ich nahm viele seiner Aufträge an, vor zehn und noch mehr Jahren.«

Aura schätzte Gillian auf dreißig, nicht älter. Wenn er schon vor über einem Jahrzehnt für Lysander gearbeitet hatte, mußte er sehr jung mit dem Töten begonnen haben. Der Gedanke erfüllte sie mit Mitgefühl, nicht mit Angst.

»Viel mehr weiß ich nicht über ihn«, sagte Gillian. »Er ist ein lebendes Geheimnis, und für viele ist er eine Legende. Ich habe manches über die Experimente gehört, die er angeblich durchgeführt hat – und es sind solche, über die du ganz bestimmt nichts hören möchtest –, aber ich weiß nicht, wieviel Wahres wirklich daran ist. Ich war nie dabei, wenn er diese Dinge getan hat. Alles, was ich sonst noch über ihn weiß, ist, daß er Geschmack hat. Er liebt die Malerei und ist selbst nicht ganz untalentiert.« Er machte eine kurze Pause, um dann eilig hinzuzufügen: »O ja, und wenn er will, dann gehorcht ihm die halbe Unterwelt Wiens, und wahrscheinlich auch ein Großteil der Oberwelt.«

»Oberwelt?« fragte sie irritiert.

»Derzeit logiert er in den Gewölben der Hofburg. Niemand kann sich dort unten häuslich einrichten, ohne daß die Wachmannschaften davon wissen. Ich habe gesehen, daß seine Diener eine Kutsche des kaiserlichen Fuhrparks benutzten. Etliche Herren in den höchsten Ämtern kassieren für solche Gefälligkeiten zweifellos gehörige Summen. Genug, um ihn in jeder erdenklichen Lage zu unterstützen.« Ein bitteres Lächeln spielte um Gillians Mundwinkel. »Lysander ist kein angenehmer Feind.«

Aura schüttelte fassungslos den Kopf. »Ich kann nicht glauben, daß du es ernsthaft mit ihm aufnehmen willst.«

»Oh«, entgegnete Gillian lächelnd, »ich habe doch eine zauberhafte Verbündete.«

»Schlag dir das aus dem Kopf. Ich meine es ernst, Gillian. Am nächsten Bahnhof steige ich aus.«

»Das bezweifle ich.«

»Was willst du tun? Mich festbinden?«

»Wenn es sein muß.«

Ihr Lachen klang übernervös. »Warum gerade ich?«

»Du wurdest in diesen Konflikt hineingeboren, Aura. Lysander hat deinen Vater gefürchtet, sonst hätte er mich nicht beauftragt, ihn zu töten. Und ich habe die Hoffnung, daß er dich ebenso fürchtet.«

»Nur wegen dem, was Vater mit mir vorhatte?«

»Lysander fürchtet, daß es bereits geschehen ist – daß du das Kind deines Vaters schon in dir trägst.«

Wieder lachte sie, und wieder klang es eine Spur zu schrill. »Er glaubt ernsthaft, ich sei schwanger?«

»Du hast es doch selbst gelesen. Er ist sich dessen nicht sicher.«

»Aber *ich* bin sicher. Außerdem stand in dem Brief, daß die Tochter des Alchimisten volljährig sein muß, um den Stein der Weisen zu gebären. Selbst wenn ich schwanger wäre, würde es demnach nicht das geringste bedeuten.«

Gillian runzelte die Stirn und nickte. »Lysander muß aus irgendeinem Grund Zweifel an dieser Regel haben. Vielleicht weil die Schriften, aus denen er seine Informationen bezieht, mehrere Jahrhunderte alt sind. Heutzutage hat man die Volljährigkeit auf das einundzwanzigste Lebensjahr festgelegt – doch wie war das damals, als die meisten Menschen kaum älter als vierzig wurden? Kinder heirateten mit elf oder zwölf, und die Mädchen wurden bald darauf zum ersten Mal Mutter. Mag sein, daß das, was man damals unter Volljährigkeit verstand, bereits viel früher eintraf.«

»Aber Vater hat nie –«

»Gut möglich, daß ihm andere Quellen zur Verfügung standen als Lysander. Oder aber er wollte kein Risiko eingehen.«

Aura schüttelte sich, da ihr ein Schauder über den Rücken kroch. »Vielleicht hat Vater es nie wirklich vorgehabt. Vielleicht...« Sie brach plötzlich in Tränen aus, bevor sie den Satz zu Ende bringen konnte. »Woher sollen wir denn wissen, was tatsächlich in ihm vorging?«

Gillian ergriff tröstend ihre Hand. »Männer wie er und Lysander haben ihr Leben damit zugebracht, nach etwas zu suchen, das die ganze Welt für ein Hirngespinst hält. Sie wurden ausgelacht, geächtet, mußten sich ins Verborgene flüchten. Und dennoch haben sie weitergesucht. Glaub mir, Aura, ihnen ist jedes Mittel recht, um zum Ziel zu gelangen.«

Sie erinnerte sich an Daniels angeblichen Unfall und nickte unmerklich. In ihrem Kopf drehten sich die Bilder und Vorstellungen wie Herbstlaub in einem Luftwirbel. Sie wußte kaum noch, was sie denken sollte, und gelang es ihr einmal, einen klaren Gedanken zu fassen, so wurde er gleich darauf wieder vom Strudel ihrer Gefühle davongerissen.

Gillian, der ihr bislang gegenübergesessen hatte, rückte jetzt neben sie auf die Bank. »Ich muß dir noch etwas sagen«, begann er leise. »Es ist nicht ganz einfach, und ich weiß nicht, ob das hier der rechte Augenblick ist, aber ich glaube, je früher du –«

»Nun sag's schon«, fuhr sie ihn an, plötzlich voller Zorn und Trotz, als trüge allein er die Schuld an allem.

Gillian wand sich vor Unbehagen. Noch immer hielt er Auras Hand. »Ich habe es durch Zufall erfahren, vor einigen Jahren, als Lysander mir schon einmal von deinem Vater erzählte. Ich hatte nicht mehr daran gedacht, bis ich auf der Fahrt zu euch Lysanders Schreiben las und mir plötzlich eine ganze Menge klar wurde.«

»Was meinst du?«

»Deine Schwester ist nicht die Tochter deines Vaters. Nestor hat das immer gewußt.«

Eine Woge der Erleichterung überkam sie. »Ist das alles?« fragte sie lächelnd.

»Du hast es gewußt?«

»Meine Mutter hat es nie allzu überzeugend abgestritten.«

»Aber dann…«, entfuhr es ihm, immer noch verwirrt von ihrer Abgeklärtheit, »dann muß dir auch klar sein, daß ihr leiblicher Vater Anspruch auf sie erheben wird. Heute mehr denn je.«

Aura schüttelte den Kopf. »Friedrich hat nie Bestrebungen in dieser Richtung unternommen.«

»Friedrich?« Gillian blinzelte verwundert.

»Freiherr von Vehse. Der Geliebte meiner Mutter.«

Gillian lehnte sich mit einem Seufzen zurück. Der Hut stieß gegen die Lehne und rutschte ihm vom Kopf, aber es kümmerte ihn nicht. Mit einem Ruck beugte er sich wieder vor und blickte Aura eindringlich an. »Du irrst dich«, sagte er, und als Auras Augen sich weiteten, fuhr er fort: »Es gab noch jemanden.«

»Noch… jemanden?«

Er nickte. »Lysander ist Sylvettes wahrer Vater, Aura. Und ich fürchte, er hat bereits seine Leute ausgesandt, um sie endlich zu sich zu holen.«

KAPITEL 10

An einem Dienstag abend versuchte Charlotte zum ersten Mal seit Jahren, in den Dachgarten vorzudringen und Nestor zur Rede zu stellen. Sie hämmerte mit beiden Fäusten gegen das Pelikanrelief an der Speichertür, und Christopher fühlte sich gezwungen, den Eingang von innen mit einer Kommode zu versperren, aus Furcht, sie könne versuchen, die Tür aufbrechen zu lassen. Nach einer halben Stunde aber verstummte ihr Weinen und Schreien, und er hörte, wie sich ihre Schritte auf der knarrenden Holztreppe entfernten. Zwei Stunden lang blieb er in Aufruhr und Angst, sie könne mit den Dienern zurückkehren, um doch noch gewaltsam einzudringen. Schließlich aber, nachdem er ein gutes Dutzend Pläne gefaßt und wieder verworfen hatte, um sein Geheimnis zu bewahren, wurde er allmählich gelassener. Es schien, als hätte Charlotte sich beruhigt. Vielleicht plante sie, die täglichen Mahlzeiten aussetzen zu lassen und Nestor so zum Verlassen des Speichers zu zwingen – eine Vorstellung, die Christopher mit finsterer Belustigung erfüllte.

Nein, so wie es aussah, war er wieder sicher, zumindest eine Weile lang. Aber er ahnte auch, daß die Zeit der Heimlichtuerei ihrem Ende entgegenging. Heute mochte seine Stiefmutter noch einmal den kürzeren gezogen haben, doch wer wußte schon, wie groß ihre Verzweiflung nächste Woche sein würde?

Und verzweifelt war sie wohl, vor allem seit die Besuche ihres Geliebten ausblieben. Seit Friedrichs Verschwinden mehrten sich die Anzeichen einer geistigen Verwirrung, die sie lange Zeit mit wechselhaftem Erfolg unterdrückt hatte und die jetzt immer deutlicher zum Ausbruch kam. Einige der Menschen im Schloß, wie Christopher, mochten es häufiger spüren, andere, wie Sylvette, nur gelegentlich. Dennoch gab es keinen Zweifel, daß Charlotte auf dem besten Wege war, den Verstand zu verlieren.

Es hatte damit begonnen, daß sie gelegentlich die gemeinsamen Mahlzeiten ausließ. Immer öfter hatten Christopher und Sylvette allein an der Tafel gesessen, während verwunderte Diener sich alle Mühe gaben, ihre Neugier über die Vorgänge hinter Masken aus Gleichmut zu verbergen. Solche Mahlzeiten festigten Christophers Bande mit Sylvette, die mit jedem Mal weiter von ihrer Mutter abrückte und Schutz und Zuneigung bei ihrem Stiefbruder suchte. Für eine Elfjährige trug sie die Veränderungen mit erstaunlicher Fassung, und nach einer Weile hörte sie ganz auf, über Charlottes Fernbleiben bei Tisch zu sprechen. Als es schließlich zur Regel wurde, daß ihre Mutter sich nicht mehr sehen ließ, gab die Kleine sich sogar Mühe, einige Aufgaben der Hausherrin zu übernehmen. Es kam gar soweit, daß die Köchin mit Sylvette die Speisepläne durchsprach, sich von ihr Einkäufe im Dorf und bei Bauern absegnen ließ und das Mädchen mit Fräulein Institoris ansprach, statt sie, wie bisher, beim Vornamen zu nennen.

Sylvette schien die Ereignisse als eine Art Spiel anzusehen, an dem sie mit der Ernsthaftigkeit einer Erwachsenen teilnahm. Auch dafür stieg sie gehörig in Christophers Achtung, der Sylvette mehr und mehr als gleichwertige Gefährtin denn als Kind ansah. Manchmal schüttelte er darüber verwundert den Kopf, doch im Ganzen festigte es nur seine Liebe zu ihr.

Charlotte hatte seit Tagen ihre Gemächer nicht mehr verlassen, und so war ihre Bemühung, in den Dachgarten vorzudringen, gleich in doppelter Hinsicht eine Überraschung. Während der übrigen Zeit verkroch sie sich in ihrem Nest aus Muscheln, und wer geduldig an der Tür horchte, der konnte hören, wie sie in unregelmäßigen Abständen einige der zarten Gehäuse zertrümmerte. Der Triumph über die See war der einzige, der ihr geblieben war.

***

Ein Donnern riß Christopher früh am nächsten Morgen aus dem Schlaf. Augenblicklich war er hellwach, sprang aus dem Bett und zog sich seine Hose über. Einen Moment lang beherrschte Panik sein Denken. Sie waren gekommen! Charlotte, Daniel, wahrscheinlich einige aus der Dienerschaft. Sie waren da, um ihm die Geheimnisse des Dachgartens zu entreißen. Er hatte nicht den geringsten Zweifel, daß das Donnern von Schlägen gegen die Speichertür herrührte.

Das Krachen wiederholte sich.

Christopher erstarrte. Etwas stimmte nicht. Der Lärm war viel zu weit weg. Unmöglich, daß er von der Tür kam.

Er zog Hemd und Pullover über, schlüpfte in seine Schuhe. Die Laute drangen von unten aus dem Schloß herauf.

Als das Donnern zum dritten Mal ertönte, erkannte er, daß es Schüsse waren. Es mußten welche sein. Er hatte nie zuvor einen echten Schuß gehört, aber was, wenn nicht Gewehr oder Pistole, konnte sonst solchen Lärm verursachen?

Eilig stürzte er hinaus auf die Treppe, vergaß nicht, hinter sich die Tür abzuschließen, und stürmte hinunter ins Erdgeschoß. Er hörte aufgeregte Rufe, Schreie gar, dann noch einen Schuß. Instinktiv wandte er seine Schritte in Richtung der Eingangshalle.

Wildes Durcheinander schallte ihm entgegen. Jemand weinte, eine Frau. Ein Mann rief irgend etwas, das Christopher in all der Aufregung nicht verstand. Dann stürzte er durch die letzte Tür und kam in der Eingangshalle zum Stehen.

Konrad, der älteste jener Diener, die im Schloß eigene Räume besaßen, stand im Morgenmantel am Portal und gestikulierte wild mit einer Flinte ins Freie. Sie mußte aus dem Jagdzimmer im Westflügel stammen; ein Wunder, daß sie noch funktionierte. Ein Dienstmädchen in Nachthemd und wehendem Überwurf lief panisch in der Halle auf und ab, als könne es sich nicht entscheiden, was als nächstes zu tun sei. Ein zweites Mädchen stand starr in einer Ecke und hatte beide Hände vor dem Mund zu Fäusten geballt.

In der Mitte der Halle, fast genau unterhalb des Kronleuchters, lag eine reglose Gestalt am Boden. Der Mann trug schwarze Kleidung und stöhnte leise. Erst beim Näherkommen erkannte Christopher,

219

daß das Schwarz der Jacke mit glitzernder Feuchtigkeit durchtränkt war. Einer von Konrads Schüssen mußte ihn in die Brust getroffen haben. Ein Wunder, daß er überhaupt noch lebte.

»Einbrecher!« rief die Dienerin im Nachthemd, als sie Christopher erkannte. »Entführer! O du liebe Güte…« Sie stürmte auf den Mann am Boden zu, und einen Augenblick sah es aus, als wolle sie voller Abscheu auf ihn eintreten. Im letzten Moment besann sie sich, ließ sich auf die Knie fallen und tupfte mit dem Saum ihres Überwurfs ungeschickt in der blutenden Wunde herum.

Konrad steckte zwei weitere Schrotpatronen in den Lauf und feuerte einen Schuß hinaus in die Morgendämmerung. Der Zypressenhain wuchs wie die Reihen einer feindlichen Armee vor dem offenen Haupttor empor. Nicht einmal der beherzte Diener wagte es, dort hinauszulaufen, wo ihm die übrigen Einbrecher im Schutz der Bäume auflauern mochten.

»Was ist geschehen?« rief Christopher zu dem alten Mann hinüber, der zitternd mit der Flinte herumwirbelte und sie sekundenlang sogar in Christophers Richtung hielt, ehe ihm klar wurde, daß es sich bei ihm um keinen der Eindringlinge handelte. Auf dünnen Beinen stakste er heran und deutete auf den Schwerverletzten zu Christophers Füßen. Seine Worte waren vor Erregung kaum zu verstehen.

»Das kleine Fräulein… dieser Unmensch und seine Kumpane haben sie –«

»Sylvette?« Christopher packte den Diener an den Schultern und schüttelte ihn heftig. »Wo ist sie? Sprich schon, verdammt!«

»Sie haben sie nach draußen geschleppt. Sie … sie sind gerade erst fort!«

Ohne zu überlegen, entriß Christopher dem Alten die Flinte; eine Kammer war noch geladen. Mit dem Gewehr in beiden Händen – zum ersten Mal in seinem Leben bewaffnet – stürmte er ins Freie, rannte durch die tiefdunklen Schatten des Zypressenhains, bis er am Rand der Bucht zum Stehen kam. Jenseits der beiden steinernen Löwen, die die Einfahrt des Hafenbeckens flankierten, sah er im Dämmerlicht ein Boot, das von zwei Männern mit kräftigen Ruderschlägen zum Festland gesteuert wurde. Ein dritter hielt ein regloses Bündel in den Armen – Sylvette!

»Ihr Schweine!« schrie Christopher über das Wasser hinweg. »Bringt sie zurück!« In seiner Hilflosigkeit feuerte er den letzten Schuß in den düsteren Himmel und wäre vom Rückstoß fast zu Boden geworfen worden. Das Boot entfernte sich in zügigem Tempo, schon waren die einzelnen Personen darin kaum noch auszumachen. Einen Augenblick lang hätte Christopher sich fast dazu hinreißen lassen, den Entführern mit einer der Jollen zu folgen. Dann aber klärten sich seine Gedanken soweit, daß er die Sinnlosigkeit eines solchen Unterfangens einsah. Zornig fuhr er herum – und blickte in Daniels Gesicht. Sein Stiefbruder war unbemerkt von hinten herangekommen. Zwischen den äußeren Zypressen blieb er stehen.

»Du?« brüllte Christopher außer sich vor Wut. »Was willst du?«

Daniels Wangen zuckten. Er unterdrückte seine Gefühle und sagte leise: »Der Mann in der Halle ist tot. Während du hier wild durch die Gegend gebrüllt hast, habe ich erfahren, wohin sie Sylvette bringen wollen.«

»Er hat es dir gesagt?« entfuhr es Christopher verblüfft.

»Kurz bevor er starb.«

»Und?«

Daniels Züge festigten sich. »Nach Österreich. Nach Wien, hat er gesagt.«

»*Wien?*« Christopher fragte sich kurz, ob Daniel ihn anlog. »Was, zum Teufel, will man mit ihr in Wien?«

»Der Mann hat irgendwas von der Hofburg gefaselt – mehr nicht.« Daniel trat aus dem Schatten der Bäume auf Christopher zu. Er war ebenso vollständig bekleidet wie sein Stiefbruder, wenn auch der schiefe Kragen die Eile verriet, mit der er die Sachen übergestreift hatte. Sein Gesicht war bleich und abgemagert, die Verbände um seine Handgelenke verschwunden. »Statt hier herumzustehen, sollten wir den Kerlen besser folgen.«

»Die sind bewaffnet. Was können wir schon gegen sie ausrichten?«

»Nur einer hat einen Revolver, sagt Konrad. Offenbar haben sie nicht ernsthaft damit gerechnet, daß irgendwer Gegenwehr leistet.«

Christopher überlegte. »Sie werden die Reise kaum mit einer Kutsche antreten, oder? Das bedeutet, sie müssen zum Bahnhof.«

»Ein wenig auffällig für eine Entführung.«

»Wer in ein Schloß wie dieses marschiert und ein Kind verschleppt, der legt offenbar wenig Wert auf Diskretion! Sie haben Sylvette vermutlich betäubt. Wenn sie den Schaffnern erzählen, sie sei krank und brauche Ruhe, wird niemand das anzweifeln.«

»Also?« fragte Daniel und musterte Christopher mit einer Mischung aus Mißtrauen und Sorge. »Was schlägst du vor?«

Christopher wandte sich um und blickte noch einmal zum Festland. Der Morgendunst hatte das Boot verschluckt. »Ich weiß es nicht ...«

»Mach, was du willst«, entgegnete Daniel kühl. »Ich jedenfalls folge ihnen.« Damit trat er an Christopher vorbei, lief mit polternden Schritten über den Steg und sprang in eines der Ruderboote.

Er hatte das Haltetau kaum gelöst, als Christopher hinter ihm auf den Planken landete. Die Jolle schaukelte, Wellen klatschten gegen das Holz, dann saßen die beiden nebeneinander und tauchten die Ruder ins Wasser.

Hinter ihnen auf dem Steg erschienen Konrad und die beiden Dienstmädchen. Nur Charlotte war nirgends zu sehen.

»Hier!« rief der alte Diener ihnen nach.

Etwas kam auf sie zugeflogen. Christopher löste eine Hand vom Ruder und schnappte es auf. Es war ein ungeöffnetes Päckchen mit sechs Schrotpatronen.

»Für alle Fälle!« Konrads Stimme bebte noch immer.

»Geben Sie gut auf sich acht, meine Herren!« rief eines der Dienstmädchen, doch Christopher und Daniel hörten es kaum mehr.

Schweigend und mit vereinten Kräften ruderten die Stiefbrüder die Jolle Richtung Festland.

Gillian hatte viel geredet in dieser Nacht, und Aura hatte die meiste Zeit über stumm und betroffen zugehört. Und als sie am frühen Morgen Wien erreichten, da wurde die Zuneigung, die sie für ihren sonderbaren Begleiter verspürte, nur noch von ihrem Haß auf Lysander übertroffen.

Kurz vor ihrer Ankunft wechselte Gillian in der Zugtoilette seine Kleidung, und als er ins Abteil zurückkehrte, war er wieder zum Mann geworden. Sein Gesicht war das gleiche wie zuvor, doch schien der Gedanke, es habe noch vor Minuten einer Frau gehört, durch und durch abwegig. Je länger Aura ihn in Hose und Hemd sah, desto schneller verblaßte die Erinnerung an seine Weiblichkeit. Es war fast, als verschmolzen vor ihren Augen zwei Geschlechter zu einer einzigen Person, die nur kraft ihres Willens bestimmte, welche der beiden Seiten sie zur Schau trug. Allein die schwer zu bestimmende Schönheit, die in Gillians Zügen lag, blieb von dieser Wandlung unangetastet.

Aura fragte kein zweites Mal, was ihm die Macht dazu verlieh. Er hätte vermutlich wieder mit einem spröden »Veranlagung« geantwortet, und sie wußte, das würde sie wütend machen. Also ließ sie es bleiben und geduldete sich, bis er ihr irgendwann von selbst die Wahrheit sagen würde – oder auch nicht.

In einem Schließfach des Westbahnhofs hatte Gillian einen Papierumschlag mit einigen Schillingnoten deponiert, nicht viel, aber zusammen mit dem, was er der Frau in Zürich gestohlen hatte, genug, um ihnen ein paar Tage über die Runden zu helfen.

Sie nahmen eine Droschke, die sie auf Gillians Anweisung zu einem kleinen Hotel nahe des Hofgartens brachte, der einzigen Pension im Umkreis der Hofburg, die sie sich mit dem wenigen, das sie besaßen, leisten konnten. Vom Fenster ihres Zimmers aus blickten sie über die Parkanlagen hinweg bis zu den Mauern der Burg. Noch immer hatte Aura nicht die geringste Ahnung, wie sie vorgehen wollten, doch Gillian beruhigte sie und erzählte irgend etwas von Leuten, auf deren Unterstützung sie mit Hilfe einiger Münzen zählen könnten.

Anschließend ließ er sie über vier Stunden allein im Zimmer, um, wie er sagte, einige Dinge zu organisieren. Was er ohne das Geld, das er sich von Aura erhofft hatte, anzustellen gedachte, verriet er ihr nicht, und sie erkundigte sich auch nicht danach. Trotz aller Sympathie, die sie für ihn empfand, war er doch ein Dieb und Mörder, und sie nahm an, daß er über Mittel verfügte, wenigstens eine gewisse Summe anderweitig zu besorgen. Das gefiel ihr zwar nicht besonders, aber sie hatte kein schlechtes Gewissen dabei. Es gab auch so genug, das ihr Kopfschmerzen bereitete, ohne daß sie sich noch um Gillians Moral und Seelenheil sorgen mußte.

Die Arme unter dem Kopf verschränkt, lag sie auf einem der beiden Betten, blickte durchs Fenster in den bewölken Himmel und versuchte, sich zu beruhigen. Es gelang ihr nicht, doch das lag keineswegs am Lärm, der von der Straße heraufschallte und durch die dünnen Fenster ins Zimmer drang.

In der vergangenen Nacht, im stickigen Zwielicht des Zugabteils, hatte Gillian ihr erzählt, was er vor Jahren von Lysander erfahren hatte, zu einer Zeit, als der Alchimist den Meuchelmörder noch für einen seiner treuesten Diener gehalten hatte – wahrscheinlich nicht ohne Grund, wie Aura mit leichter Gänsehaut feststellte.

Ohne näher auf die Gründe seiner Vertrautheit mit Lysander einzugehen, hatte Gillian – erst zögernd und bedächtig, dann immer offener und schließlich gar weitschweifig – wiedergegeben, wie es dem Alchimisten gelungen war, seinem größten Feind die peinlichste Niederlage zuzufügen.

»Es war zu einer Zeit in Lysanders Leben, als er des Versteckspiels in verfallenen Palästen und Kellergewölben, in abgelegenen Höfen und auf Inseln im Mittelmeer überdrüssig wurde. Er beschloß, Europa zu bereisen, selbst auf die Gefahr hin, dabei auf einige seiner alten Feinde zu stoßen – vor allem natürlich auf deinen Vater, Nestor Nepomuk Institoris. Denn du mußt wissen, damals ahnte Lysander zwar, daß Nestor noch am Leben war, konnte dessen aber nicht völlig gewiß sein. Der Mordanschlag, den dein Vater auf ihn verüben ließ, geschah erst eine Weile später, fraglos auch als Antwort auf Lysanders Herausforderung, und so fehlten beiden die nötigen Informationen über den Verbleib des anderen.

Lysander muß damals eine ganze Weile durch die Länder Südeuropas gereist sein, durch die Ägäis, Sizilien, die Provence und Portugal. Ich nehme an, er hat dort irgend etwas gesucht, so wie Alchimisten immer nach irgend etwas suchen; mag sein, daß er es gefunden hat, mag sein, daß er erfolglos blieb. Nachdem er den Süden des Kontinents gesehen hatte, entschied er, auch die nördlicheren Regionen aufzusuchen. Auf seinem Weg dorthin machte er für geraume Zeit in den Pyrenäen halt. Er lebte dort in einem alten Kastell, hoch oben im Gebirge, und ich glaube, daß er dort die ersten Hinweise auf deinen Vater fand.«

»In Spanien?« fragte Aura verwundert.

»In Andorra.«

»Aber mein Vater hat nie dort –«

»Was macht dich dessen so sicher? Dein Vater war ein alter Mann, er hat viel gesehen in seinem Leben und hat an vielen Orten gelebt. Dieses Kastell in den Pyrenäen ist ein vergessener Ort, viele, viele Jahrhunderte alt. Es heißt, es stehe auf einem Berg, auf dem einst der Heilige Geist in der Krone einer Kiefer Hof hielt.«

»Blödsinn.«

»Darum geht es nicht. Nicht um das, was wirklich war – sondern allein um das, was die Menschen *glauben*, was einst gewesen ist. Die Alchimie ist keine Wissenschaft wie die Chemie, Aura, auch wenn manche diesem Irrtum unterliegen. Einige sagen, die Alchimie habe ein wenig mit Magie zu tun, oder wenigstens mit dem, was man früher für Magie gehalten hat. Mit ihr aber ist immer auch der Aberglauben im Bunde. Er hat in früheren Jahrhunderten nicht nur Menschen Macht verliehen, sondern auch bestimmten Orten. Und wenn die alten Gebirgsstämme der Meinung waren, der Heilige Geist habe dort oben in einem Baum gesessen, dann hat solch ein Ort allein dadurch gewisse Kräfte, und das nicht nur aufgrund der Tatsache, daß er fortan gemieden wurde.« Gillian bemerkte, daß Aura ihm nicht folgte, und so sagte er schnell: »Aber ich bin abgekommen von dem, was ich eigentlich erzählen wollte. In diesem Kastell also fand Lysander die Spuren deines Vaters. Ich weiß nicht, um was es sich dabei gehandelt hat, doch auf irgendeine Weise führte es ihn weiter nach Norden. Hinauf zu eurem Schloß, Aura. Das muß vor elf Jahren gewesen sein.«

»Er war im Schloß?« fragte sie argwöhnisch. »Dann müßte ich mich an ihn erinnern. Ich war zwar noch ein Kind, aber –«

»Ob er wirklich im Inneren eures Schlosses war, und falls ja, in welcher Maskerade, das weiß ich nicht. Aber, sag, kannst du dich noch an das Verhältnis deiner Mutter zu deinem Vater in jener Zeit erinnern?«

»Vater hauste schon zu jener Zeit im Dachgarten. Die beiden haben sich kaum noch gesehen. Zu mir war er immer freundlich, wenn auch ein wenig wunderlich, aber ich glaube, für meine Mutter war es damals schon, als sei er tot und sie seine Witwe.«

Gillian nickte zufrieden. »Wie viel Mühe also kann es Lysander gekostet haben, sie zu verführen?« Als Aura zögerte, berührte er mit den Fingerspitzen ihre Hand. »Dein Vater ist ein kalter Mensch, nicht wahr?«

»Ja«, entgegnete sie leise. »Das ist er wohl.«

»Ich glaube nicht, daß die Beziehung zwischen deiner Mutter und Lysander lange Zeit angedauert hat. Im Gegenteil: Es würde mich wundern, wenn da mehr als eine gemeinsame Nacht gewesen ist. Schließlich ging es Lysander nicht um Liebe. Alles, was er wollte, war ein Schlag ins Gesicht deines Vaters. Es muß ihm gefallen haben, ausgerechnet jene Frau zu verführen, die sein Rivale einst geliebt hatte, und sicher war es für ihn ein großer Triumph, Nestor neun Monate später wissen zu lassen, daß ausgerechnet er, Lysander, der Vater der kleinen Sylvette ist.«

In Auras Geist nahmen die Szenen von damals Gestalt an. Sie sah ihre Mutter vor sich, eine unglückliche, einsame Frau auf einer kargen Insel im Meer, und sie machte sich auch ein Bild von Lysander, wenngleich sie ihn nie gesehen hatte. Gillian hatte recht – es konnte dem Alchimisten nicht schwergefallen sein, Charlotte mit glühenden Liebesschwüren oder auch nur mit der Aussicht auf ein wenig Wärme in seinen Bann zu ziehen.

Aber da war noch etwas, das ihr bewußt wurde, und das Bild vom strahlenden Liebhaber voller Charme und kühner Verlockung schwand augenblicklich dahin. »Du glaubst, Lysander will Sylvette nun für sich haben, um ihr das gleiche anzutun, was Vater mit mir vorhatte?«

Gillian bemerkte das Flehen in Auras Blicken, und doch nickte er bekümmert. »Sie ist seine leibliche Tochter. Und auch sie wird irgendwann volljährig sein. Theoretisch steht seinen Plänen nichts im Wege. Er hat sie wie ein Kuckuck in das Nest deiner Familie gelegt, und nun, da sie älter wird, erhebt er seinen Anspruch.« Gillian hielt einen Augenblick inne, holte seufzend Luft und sagte dann: »Kein Zweifel, Aura – Lysander wird versuchen, mit Sylvette den Stein der Weisen zu zeugen.«

Am Abend kehrte Gillian ins Hotel zurück und erklärte knapp, daß es ihm zwar gelungen sei, mit den richtigen Leuten Kontakt aufzunehmen, daß jene sich aber noch einen Tag Bedenkzeit ausbedungen hätten. Er schien deshalb recht nervös zu sein, fürchtete er doch, daß die Nachricht von seiner Rückkehr nach Wien und – schlimmer noch – seine Pläne bis zum folgenden Abend ihren Weg zu Lysander finden würden. Als er seine Sorgen aussprach, wurde Aura abermals von Zweifeln befallen. Doch bald schon erinnerte sie sich wieder an Sylvette und sagte sich, daß irgend etwas geschehen mußte, ganz gleich, wie hoch der Preis dafür war.

Natürlich sprachen sie darüber, die Polizei zu informieren, doch Gillian konnte überzeugend darlegen, daß jemand, der Einfluß auf die Machtstruktur innerhalb der Hofburg hatte, ganz sicher auch im Polizeipräsidium einige Fäden zu ziehen vermochte. Der Gang zu den Behörden hätte demnach ihre Niederlage nur beschleunigt.

Gillian eröffnete Aura, daß er vorhabe, am nächsten Abend mit oder ohne ihre Hilfe in Lysanders Gewölbe einzudringen, um den Alchimisten endgültig auszuschalten. Er stellte Aura vor die Wahl, an dieser Unternehmung teilzunehmen oder aber in der Pension zu bleiben. Eine ganze Weile lang zögerte sie, doch als er ihr resigniert anbot, sie könne ebensogut abreisen und Sylvettes Rettung ihm allein überlassen, wurde sie zornig und sagte mehr aus Impuls als aufgrund vernünftiger Überlegung, daß sie auf alle Fälle mit ihm gehen wolle. Schon Augenblicke später bereute sie ihre vorschnellen Worte, brachte es aber nach einem Blick in Gillians dankbare

Augen nicht über sich, einen Rückzieher zu machen. Immerhin, sie hatte die Konfrontation mit dem mörderischen Greis in der Berghütte überstanden – wieviel schlimmer konnte es da noch kommen?

Am Ende einer Nacht, in der keiner von beiden Schlaf fand, und nach einem Frühstück, dessen Qualität einen der Gründe offenbarte, weshalb die Pension die preiswerteste weit und breit war, verließ Aura das Zimmer, um den Portier um eine Tageszeitung zu bitten. Der mürrische Kerl am Empfang kam ihrem Wunsch bereitwillig nach, obgleich die Zeitung seine eigene war. Zu Auras Überraschung schien es ihr Äußeres zu sein, das ihn dazu bewog. Es war das erste Mal, daß sie ihre Schönheit, wenn auch unbewußt, als Mittel zum Zweck eingesetzt hatte, und der Erfolg verblüffte sie. Vielleicht wäre es klüger gewesen, sich bereits in der Züricher Polizeistation weniger kratzbürstig zu zeigen. Gut möglich, daß ihr dann vieles erspart geblieben wäre.

Sie blätterte die Zeitung auf der Treppe nach oben durch, und so folgte die zweite Überraschung dieses Tages lückenlos auf die erste: In einem schmalen Text unter fetter Überschrift wurde vor einem Mädchenräuber gewarnt, der mit einem seiner Opfer aus der Schweiz nach Wien oder in die ungarischen Gebiete im Osten Österreichs geflohen sei.

Der Autor des Artikels zeigte sich höchst verwundert über die Tatsache, daß der Verbrecher den Züricher Behörden offenbar in Frauenkleidung entwischt war, und er nutzte die Gelegenheit, auf bissige Weise die Fähigkeiten der Polizei anzuzweifeln, zwischen Mann und Frau zu unterscheiden. Die Frau auf der Toilette war entdeckt worden, und die Spur ihrer Kleidung hatte zum Bahnbeamten am Fahrkartenschalter geführt. Dieser hatte angegeben, daß eine Dame in eben jener Kleidung zwei Karten nach Österreich gelöst habe, nach Wien, wenn er sich recht erinnere. Zum ersten Mal wurde seitens der Polizei eingeräumt, daß es in den Bergen nahe Zürich möglicherweise zu einer ganzen Reihe von Morden an jungen Frauen gekommen sei – der Täter sei fraglos derselbe, der sich jetzt außer Landes abgesetzt habe. Offenbar war ein Polizeitrupp ein zweites Mal hinauf in die Berge gestiegen und hatte die Grube hinter der Hütte entdeckt. Die Grube und das, was darin lag. Der Artikel schloß mit zwei Personenbeschreibungen: Jene von Gillian war vage, teils sogar falsch, doch Auras Merkmale waren mit erstaunlicher Genauigkeit wiedergegeben – das pechschwarze, hüftlange Haar, die hellblauen Augen, ihre dunklen Brauen. Alles stimmte, und zu allem Überfluß war auch noch ihr Name angegeben.

Sie hatte den Bericht kaum zu Ende gelesen, als sie sich plötzlich beobachtet fühlte. Ihr Haar war hochgesteckt, zum Glück, ihre Kleidung notdürftig von Hand gereinigt. Sie sagte sich, daß ihre Befürchtungen unsinnig waren. Niemand hatte Grund, sie mit der Zeitungsmeldung in Verbindung zu bringen. Und doch konnte sie ihre Sorgen nicht verdrängen. Fast war ihr, als bohrten sich von allen Seiten fremde Blicke wie Nadeln in ihren Körper. Sie hatte den oberen Absatz der Treppe noch nicht erreicht, da schaute sie sich schon argwöhnisch um – und erkannte, daß ihre Gefühle sie nicht trogen. Sie *wurde* beobachtet.

»Aura?« fragte jemand zweifelnd am Fuß der Treppe. Dann, noch einmal, und diesmal klang es erfreut: »*Aura!*«

Vor Schreck ließ sie die Zeitung fallen. Sie erkannte ihn und konnte es doch nicht glauben.

»Daniel!«

Er kam auf sie zugestürmt, immer drei Stufen auf einmal. Dann umarmten sie sich, und Daniel küßte sie voller Leidenschaft – zum ersten Mal seit einer halben Ewigkeit. Aura konnte es noch immer nicht fassen, alles schien sich um sie zu drehen, und sie ließ ihn im Taumel ihrer Gefühle gewähren, ohne seine Küsse wirklich zu erwidern. Schließlich schlug sie die Augen auf und blickte an Daniels Wange entlang die Treppe hinab. Da unten stand noch jemand und betrachtete sie düster.

Aura löste sich sanft von ihrem Stiefbruder, klopfte sich in unbeholfenem Stolz das Kleid glatt und sagte kühl:

»Guten Morgen, Christopher.«

***

Daß die drei Stiefgeschwister Zimmer in derselben Pension bezogen hatten, war weniger dem Zufall als zwingender Notwendigkeit zu verdanken. Als Christopher und Daniel den Dorfbahnhof erreicht hatten, waren die Entführer mit der kleinen Sylvette gerade verschwunden gewesen. Die Zeit bis zum nächsten Zug hatte nicht ausgereicht, um zum Schloß zurückzukehren und sich mit Kleidung und Geld einzudecken. So hatten sie das wenige, das sie in ihren Taschen fanden, zusammengeworfen, und es war gerade genug gewesen, zwei Fahrkarten zu lösen und die billigste Pension im Bezirk um die Hofburg zu nehmen. Selbst hier würde ihre Barschaft innerhalb zweier Nächte aufgebraucht sein.

Sie waren an jenem Morgen gerade erst eingetroffen, und wäre es nicht zu dem unverhofften Wiedersehen mit Aura gekommen, hätte sie ihr nächster Weg wohl zur Polizei geführt. So zumindest wollte es Daniel. Christopher dagegen widerstrebte es zutiefst, sich an die Behörden zu wenden. Er fürchtete, vielleicht gegen jede Vernunft, sich damit eigenhändig ans Messer zu liefern. Zwar lagen Nestors verscharrte Leiche und der Mord am Freiherrn über tausend Kilometer hinter ihm, doch der üble Nachgeschmack seiner Taten folgte ihm bei jedem Schritt. Zudem spürte er, wie ihn die Überzeugung von der Unausweichlichkeit seines Tuns verließ. Je weiter er sich vom Schloß und der öden Küste entfernte, desto weniger Macht schien die Erinnerung an Nestor über ihn zu haben. Es war fast, als zöge sich ein Schatten von Christophers Seele zurück.

Noch immer aber war sein Haß auf Daniel ungebrochen, und es hatte während der Reise mehr als nur einen heftigen Streit gegeben; nur konnte Christopher sich immer weniger an die tatsächlichen Ursachen erinnern, die diesem Haß zugrunde lagen. Manchmal kam es ihm vor, als sei das, womit Daniel seine Abneigung verdient hatte, nicht ihm, Christopher, sondern einem anderen widerfahren. Zum ersten Mal wurde sein Kopf klar genug, um sich die Frage zu stellen, ob er mit Nestors alchimistischem Vermächtnis auch dessen Widerwillen gegen den ungeliebten Stiefsohn geerbt hatte. Der Gedanke machte ihm angst, und so schob er ihn weit, weit von sich.

Aber auch Daniel zeigte keinerlei Bereitschaft, Christopher die Verbannung in den Leuchtturm und sein Verhalten Charlotte gegenüber zu verzeihen. So fand ihre gegenseitige Abneigung stets neue Nahrung, wurde zu einem bitteren Kreislauf, aus dem keiner der beiden auszubrechen vermochte. Und vielleicht wollten sie es ja auch gar nicht.

Dann kam der Morgen, an dem sie Aura wiedertrafen, und das änderte vieles. Denn mit ihr gelangte ein neuer Faden in das komplizierte Geflecht ihrer Beziehung, und es erleichterte die Dinge keineswegs, daß ihre Stiefschwester die beiden in ihr Zimmer führte und einem sonderbaren Fremden vorstellte.

Sein Name war Gillian, und Christopher erkannte ihn sofort.

Er war der Mörder Nestors.

Vom nahen Opernring drang das schrille Klingeln einer Trambahn herauf. Die eisenbeschlagenen Räder der Droschken ratterten über unebenes Pflaster, Pferde wieherten, und Kutscher fluchten. Über allem lag das monotone Raunen der Menschenmenge, die auf der Straße unterhalb des Fensters flanierte und in die gepflegten Anlagen des Hofgartens strömte.

Aura hockte im Schneidersitz am Kopfende ihres Bettes und ließ ihren Blick von einem zum anderen wandern. Sie hatte den Saum des Kleides bis zu den Knien heraufgezogen. Nur der hitzigen Atmosphäre im Zimmer war es zu verdanken, daß sie in dem unbeheizten Raum nicht fror.

Eine gute Armlänge entfernt saß Daniel auf der Bettkante und massierte mit einer Hand seinen Nacken, während die andere zur Faust geballt auf der Bettdecke lag – was immer er damit auch zum Ausdruck bringen wollte.

Christopher stand unweit der Tür und nahm seinen Blick nicht von Gillian, der am Fenster lehnte und keinen Hehl daraus machte, wie sehr ihm dieses Familientreffen mißfiel. Gillians Stirn lag in Falten, seine Augen waren abwechselnd auf Daniel und Christopher gerichtet. Gelegentlich sah er auch zu Aura hinüber, und sie erkannte nur zu deutlich den stummen Vorwurf in seiner Miene. Was aber hätte sie tun sollen? Sie war selbst viel zu überrumpelt gewesen, abgesehen davon, daß sie ihre Stiefbrüder kaum auf der Treppe hätte stehenlassen können.

Natürlich gefiel es ihr keineswegs, Christopher in ihrer Nähe zu wissen. An ihrer instinktiven Abneigung gegen ihn hatten auch die vergangenen Monate nichts geändert. Sie beobachtete ihn so unauffällig wie möglich. Die seltsame Starre, die ihn bei Gillians Anblick befallen hatte, machte sie stutzig. Er verbarg irgend etwas vor den anderen, und das beunruhigte sie zutiefst.

Schlimmer noch: Ihr war, als wäre auch über Gillians Gesicht bei Christophers Eintreten ein leiser Schrecken gefahren, ganz kurz nur. Gillian hatte sich ungleich besser unter Kontrolle als ihr Stiefbruder, und doch schien es ihr, als hätte er Christopher von irgendwoher wiedererkannt. Aura verstand Gillians Argwohn, ja sie teilte ihn sogar; dennoch hätte sie gerne gewußt, was es war, das da unausgesprochen zwischen den beiden im Raum stand.

»Ich schätze, irgendwer muß den Anfang machen«, ergriff Daniel das Wort und schaute die anderen der Reihe nach an. Als niemand widersprach, fuhr er fort: »Christopher und ich sind hier wegen Sylvette.«

Auras Herz setzte für einige Schläge aus. Sie fing Gillians warnenden Blick auf, ohne ihn zu beachten. »Was ist mit ihr?« platzte sie besorgt heraus.

»Sie wurde entführt«, gab Daniel zurück. »Möglicherweise hierher.«

Bevor Aura noch etwas sagen konnte, kam Gillian ihr mit geringschätzigem Lächeln zuvor. »Und ihr beiden glaubt, ihr könnt nach Wien kommen und sie befreien? Einfach so?«

Daniel blickte hilfesuchend zu Aura hinüber, dann entgegnete er stur: »Ich weiß nicht, wer Sie sind, was Sie mit meiner Schwester zu schaffen haben und warum Sie sich ein Zimmer mit ihr teilen.« Aura dachte erleichtert: Wenigstens hat er keine Zeitung gelesen. Daniel fuhr fort: »Aber ich wäre Ihnen dankbar, wenn es sich vermeiden ließe, daß Sie sich über uns lustig machen.«

»Ihr habt gegen Lysander nicht die Spur einer Chance«, sagte Gillian unbeeindruckt.

Zum ersten Mal mischte Christopher sich ein. »Wer ist denn dieser Lysander?«

»Er hat die Männer beauftragt, die die Kleine verschleppt haben.« Daniel blinzelte mißtrauisch. »Sie kennen ihn?«

Aura kam Gillian zur Hilfe. »Vater und Lysander sind alte Bekannte. Oder besser: Rivalen. Wie es scheint, hat Lysander Sylvette entführen lassen, um Vater eins auszuwischen.« Sie vereinfachte die Dinge ganz bewußt, nicht aus Scham, sondern weil sie der Erklärungen überdrüssig war.

Christopher wandte sich an Gillian. Ein rätselhaftes Lächeln spielte um seine Mundwinkel. »Sie kennen diesen Lysander gut, nicht wahr?«

»Ich kannte ihn«, erwiderte Gillian knapp.

»Wir sollten zur Polizei gehen«, sagte Daniel, »jetzt gleich.«

»Das wird wenig Sinn haben«, meinte Gillian.

»Lysander ist einer der mächtigsten Männer Wiens«, erklärte Aura widerstrebend. »Die Polizei kann ihm nichts anhaben. Vielleicht steht sie sogar auf seiner Seite.«

Daniel sah sie erstaunt an. »Woher weißt du das alles?«

Aura erzählte ihm eine verkürzte Version der Ereignisse – und stellte dabei verwundert fest, wie leicht es ihr mit einemmal fiel, Daniel gegenüber unehrlich zu sein. Noch vor einigen Monaten hätte sie das für unmöglich gehalten. Etwas zwischen ihnen hatte sich grundlegend verändert; sie selbst hatte sich verändert. Sie verschwieg sowohl Gillians Angriff im Zug als auch die Geschehnisse in der Almhütte. Lediglich die Tatsache, daß Gillian ihr bei der Flucht aus dem Internat geholfen hatte, erwähnte sie, und daß er dasselbe für Sylvette tun wolle.

Während Christopher schwieg, ohne dabei zu verraten, ob er ihr Glauben schenkte, stellte Daniel beharrlich weitere Fragen, vor allem was Gillians Motive anging. Aura blockte sein Mißtrauen ab, und schließlich war es Gillian, der sagte: »Mir scheint, ich bin ohnehin der einzige hier, der genug über Lysander weiß, um Sylvette zu befreien.« Aura mußte ihn nicht ansehen, um zu wissen, daß er nicht halb so überzeugt davon war, wie er tat. »Es ist mir gleichgültig, ob ihr mir vertraut oder nicht«, fuhr Gillian fort, »aber ihr werdet euch damit abfinden müssen, daß ihr auf meine Hilfe angewiesen seid.«

»Welch ein Glück für uns«, bemerkte Christopher und lächelte geheimnisvoll.

Aura sprang auf und stellte sich an Gillians Seite. Dabei fixierte sie ihre Stiefbrüder mit festem Blick. »Es gibt nur einen Weg, Sylvette zu befreien. Und Gillian kennt ihn.« Das war ein ziemlich gewagter Schuß ins Blaue, denn bislang hatte Gillian ihr von seinem Plan nichts außer ein paar vagen Bruchstücken erzählt. Nun aber hoffte sie, daß ihre provozierenden Worte ihm auch den Rest entlockten. Eine Stimme in ihrem Inneren flüsterte: Du spielst sie gegeneinander aus, Aura – seit wann bist du zu so was fähig?

Gillian bemerkte die Herausforderung in ihren Worten, mehr noch in ihrem Blick, und sie brachte ein Lächeln der Anerkennung auf sein Gesicht. Daß da etwas war, das nur sie beide verstanden, erfüllte Aura mit einem sonderbaren Glücksgefühl. Etwas geschah zwischen ihr und Gillian, und verwirrte sie.

»Was Aura meint«, begann Gillian, »ist, daß es möglicherweise jemanden gibt, der uns helfen kann, in Lysanders … nun, nennen wir es seine Räuberhöhle, zu gelangen. Es gibt unter der Oberfläche Wiens eine Art zweite Stadt, ein riesiges Labyrinth aus Kanälen und Stollen. Dort unten leben Menschen und Frauen, die sich selbst Fettfischer nennen. Ich habe sie gebeten, mir zu helfen. Sie waren schon einmal bereit dazu, und ich hoffe, sie werden es wieder sein.«

»Was genau sind diese … Fettfischer?« fragte Christopher.

»Obdachlose, Herumtreiber. Für viele der Abschaum der Gesellschaft – für uns aber die einzige Möglichkeit, Sylvette zu retten. Ich hatte gehofft, andere Männer anheuern zu können, Männer mit Ausrüstung, Waffen und vor allem Erfahrung in diesen Dingen. Aber ohne das nötige Geld müssen wir uns mit dem behelfen, was wir kriegen können. Und die Fettfischer sind nicht anspruchsvoll. Mit ein paar Schilling sollten wir sie auf unsere Seite ziehen können.«

»Sollten?« argwöhnte Daniel.

Gillian sah ihn scharf an. »Die Fettfischer mögen in deinen Augen Aussatz sein, mein Junge, aber sie sind ihre eigenen Herren. Sie sind das Beste, was wir kriegen können. Wenn sie uns nicht helfen, dann tut es niemand.«

»Wann erfährst du, wie sie sich entschieden haben?« wollte Aura wissen.

»Heute nachmittag. Rupert, einer ihrer Anführer, erwartet uns. Dann wird er uns seinen Beschluß mitteilen.«

»Sie meinen, wir sollen hinunter in die Kanäle steigen, nur auf gut Glück?« entfuhr es Daniel ungläubig. »Was, wenn er sich gegen uns entschieden hat?«

Gillian zuckte betont gelassen mit den Schultern, doch Aura erkannte die Sorge in seinem Blick. »Dann werden uns Lysanders Leute wahrscheinlich schon erwarten.«

Christopher verzog das Gesicht. »Klingt vielversprechend.«

»Das ist Wahnsinn!« meinte Daniel heftig.

»Es *ist* Wahnsinn, Lysander in seinem eigenen Heim anzugreifen, allerdings«, bestätigte Gillian gereizt. »Und ich bin gerne bereit, bessere Ideen anzuhören.«

Darauf verfiel Daniel in zorniges Schweigen. Niemand von ihnen kannte eine Alternative zu Gillians Plan.

»Was geschieht, wenn uns die Fettfischer wirklich helfen wollen?« fragte Aura. »Gesetzt den Fall, es gelingt uns, in die Hofburg-Gewölbe einzudringen, wie geht es dann weiter?«

Da lächelte Gillian, aber es sah aus, als quäle ihn bei diesem Lächeln ein tiefer Schmerz. »Dann werdet ihr Sylvette befreien, und ich töte Lysander.«

»Das ist alles?« bemerkte Christopher sarkastisch, aber Gillian starrte ihn nur düster an und gab keine Antwort.

Wenig später gab es nichts mehr zu besprechen, und so machte Aura den Vorschlag, daß sie alle sich bis zum Nachmittag ausruhen sollten. Daniel war anzusehen, wie widerwillig er Aura mit Gillian allein im Zimmer zurückließ, aber er sagte kein Wort. Er ahnte wohl, daß er Aura verloren hatte, und wie üblich gab er nur sich selbst die Schuld daran.

»Deine Brüder mögen mich nicht besonders«, bemerkte Gillian, als er und Aura auf getrennten Betten lagen und nachdenklich zur Decke starrten.

»Christopher und du – ihr kennt euch, nicht wahr?« Aura fand, daß es an der Zeit war, daß er ihr die Wahrheit sagte.

»Wie kommst du darauf?« Das klang wenig überzeugend. Aura hatte vielmehr das Gefühl, als dränge es ihn, ihr endlich alles zu gestehen. Ein bezahlter Mörder mit schlechtem Gewissen, konnte es das geben? Und dann begriff sie: Es lag an ihr. Nur an ihr.

»Er hat dich im Schloß überrascht«, sagte Aura und erkannte an seinem Schweigen, daß ihre Vermutung richtig war. »Vor vier Monaten, als du Vater getötet hast. So war es doch, oder?« Kein Vorwurf lag in ihrer Stimme, keine Trauer.

»Es tut mir leid«, sagte er leise, aber sie wußte, daß er damit nicht den Tod ihres Vaters meinte. Wahrscheinlich hätte Gillian selbst nicht gänzlich erklären können, wofür er um Verzeihung bat. Es war eine Entschuldigung, die für alles galt, das Aura seit ihrem Treffen im Zug widerfahren war. Und sie war unnötig.

»Das alles ist nicht deine Schuld. Wir sind hier, weil Vater und Lysander miteinander in Fehde lagen, nicht wegen irgend etwas, das du oder ich oder sonstwer getan hat.«

Er wandte den Kopf zur Seite und sah sie an. »Ich habe deinen Vater getötet, Aura, und doch bist du nicht einmal wütend auf mich. Wieso?«

»Ich weiß es nicht.« Sie sprach sehr leise, sanft sogar. »Ich weiß es wirklich nicht.«

»Ich hoffe nur, du wirst mich niemals hassen«, gab er leise zurück. »Wenn du mit der gleichen Kraft haßt, mit der du vergibst, dann gnade Gott deinen Feinden.«

Sie lachte, zum ersten Mal seit Tagen. Die Laute erschreckten sie, so unpassend klangen sie in diesem Augenblick. Dennoch konnte sie nicht anders. »Du machst dich über mich lustig.«

»Nein. Ich bewundere dich. Du bist um ein Vielfaches stärker als deine beiden Brüder zusammen, auch wenn du es selbst noch nicht weißt. Irgendwann wirst du es merken.«

Was er sagte, verwirrte sie. Langsam richtete sie sich auf und schwang ihre Beine über die Bettkante. Er beobachtete sorgsam jede ihrer Bewegungen.

»Du hast keine Angst vor dem, was uns bevorsteht, nicht wahr?« Achtung lag in ihrer Stimme, sogar ein wenig Neid. »Du sorgst dich, aber nicht um dich selbst. Wie machst du das?«

»Ich habe Gleichgültigkeit nie für besonders erstrebenswert gehalten.«

»Ich wäre im Augenblick froh, wenn ich nur ein wenig davon hätte.«

Er lächelte unsicher. »Im Augenblick bin ich aber gar nicht gleichgültig.«

»Nein.« Sie stand auf, trat an sein Bett und beugte sich über ihn. Er empfing ihren Kuß voller Erstaunen, doch nur Herzschläge später legten sich seine Arme sanft um ihre Hüften und zogen sie herab aufs Bett.

Sie fragte sich einen Moment lang, ob sie den Mann oder die Frau in Gillian küßte, doch dann war es ihr gleichgültig, und sie ergab sich völlig der Berührung seiner Lippen. Nur widerwillig ließ sie von ihm ab, um sich zu ihm zu legen, dann nahm er ihr Gesicht in beide Hände, strich die schwarzen Strähnen ihres Haars zurück und küßte sie erneut. Diesmal währte es eine Ewigkeit.

Seine rechte Hand wanderte an ihrem Rücken herab, fand den Verschluß ihres Kleides. Aura ließ ihn atemlos gewähren, während ihre Zungen einander neckten, als besäßen sie ein verspieltes Eigenleben. Seine Finger lösten den ersten Haken, dann den zweiten, den dritten, vierten. Er ließ sich Zeit, und allmählich verebbte der Wirbel trunkener Verwirrung, sie fand zurück zu sich selbst und ihren wahren Empfindungen. Ihre Rechte strich über sein kurzes Haar, sie wollte ihm etwas zuflüstern, doch er verschloß ihren Mund mit seinen Lippen; da schwieg sie fortan und war froh darüber. Sie schwang ein Bein über seine Hüften und spürte, daß seine Weiblichkeit an den

Lenden haltgemacht hatte. Ein amüsiertes Lachen kam über ihre Lippen, während sie neugierig zusah, wie er mit beiden Händen die Schulterstücke ihres Kleides über ihre Arme abwärtsstreifte. Dann beobachtete sie, wie seine Finger an den Wölbungen ihrer Rippen emporklommen wie an einer Leiter und zaghaft, fast ängstlich ihre Brüste umfaßten. Es kam ihr vor, als hätte sie sich selbst all die Jahre nie so schön, so begehrenswert gesehen, und sie wußte zugleich, daß er es war, der ihr solche Gefühle schenkte.

Gillian richtete sich auf, sein Mund berührte erst die Spitze der einen, dann der anderen Brust. Ein Schauer überlief sie von Kopf bis Fuß, dann preßte sie ihn zurück ins Kissen, legte sich auf ihn und wartete ungeduldig, bis er das offene Kleid samt Unterrock über ihre Hüften nach unten geschoben hatte. Den Rest erledigte sie selbst mit den Beinen, bis sie vollkommen nackt auf ihm lag. Gillian trug immer noch Hemd und Hose, und im Augenblick wollte sie es nicht anders. Sein Atem ging schneller, genau wie ihr eigener, seine Hände lagen auf ihren Schenkeln und massierten sie sachte. Sie rutschte tiefer und legte ihre Wange an seine Brust. Zu ihrer Überraschung war sie weicher als erwartet, und als sie sich in verhaltener Neugier aufrichtete und die Knöpfe seines Hemdes öffnete, entdeckte sie darunter einen breiten Verband, der eng um seine Brust lag. Gillian ließ zu, daß sie ihn am Rücken löste und seinen Oberkörper enthüllte. Seine Brüste waren sanfte Hügel, kaum flacher als ihre eigenen, die Brustwarzen zogen sich zusammen, als Auras Fingerspitzen sie zärtlich berührten.

»Erschrocken?« flüsterte er leise, aber Aura beugte sich nur vor und küßte beide Brüste ebenso, wie er es bei ihr getan hatte. Es war ein seltsames Gefühl zwischen den Lippen, weich und voll und unerwartet, aber sie genoß es mindestens ebenso sehr wie er.

Als sie seine Hose öffnete und sie langsam herunterzog, wunderte sie sich über seine starke Behaarung, die dem haarlosen Oberkörper so gänzlich widersprach. Sie ließ ihre Finger durch die dunklen Kräusel fahren, strich sanft und verspielt darin auf und ab. Dann löste sie sich einen Augenblick von ihm und zog ihm die restliche Kleidung aus, streichelte dabei behutsam seine Beine und legte sich dann wieder zu ihm. Erneut fanden sich ihre Lippen, noch leidenschaftlicher diesmal. Gillian übersäte ihr ganzes Gesicht mit Küssen. Seine Finger spielten mit ihrem Haar, lösten die Spangen und Knoten, bis sich ihr Gesicht von der schwarzen Flut abhob wie eine Insel aus Elfenbein.

Was bist du wirklich, Gillian? dachte sie, ohne die Worte auszusprechen. Seine Lippen wanderten tiefer, erreichten ihren flachen Bauch, liebkosten ihren Nabel und waren doch noch immer nicht am Ziel. Als er die goldenen Ringe an ihren Beinen bemerkte, schaute er kurz auf, sagte aber nichts. Dann war ihr, als lese sie seine Gedanken, sie wurde eins mit seinem Glück und seiner Liebe, eins mit seiner Schönheit.

Später setzte sie sich auf ihn, preßte seinen Unterleib zwischen ihre Schenkel und fühlte, wie auch die letzten Zweifel schwanden. Ihre Körper schmiegten sich aneinander, umgeistert vom Kitzel warmer Lust, spielten miteinander, heckten geheime Gedanken aus und nahmen dankbar die Zuneigung des anderen entgegen. Gillian bäumte sich unter ihr auf, doch sie drückte ihn nur noch heftiger nieder, bis sie wußte, was er spürte, ihn empfing und an ihm teilhatte und sich treiben ließ auf den Wogen ihrer gemeinsamen Wonne.

KAPITEL 11

Es war kalt und still in dem Stollen, durch den Gillian die drei Geschwister führte, Aura neben ihm, Daniel und Christopher dahinter.

Ihr Abstieg in das unterirdische Wien hatte höchst unspektakulär durch einen Kanaldeckel in einem Hinterhof begonnen, dessen Wahl auf den ersten Blick willkürlich schien. Aura aber wußte, daß Gillian den Zugang mit Bedacht gewählt hatte. Er hatte ihnen erklärt, daß eine gehörige Wegstrecke vor ihnen liege, auch wenn die Luftlinie zur Hofburg nur wenige hundert Meter betrage. Hier unten aber seien die Gesetze von Richtung, von Anfang und Ende ganz andere als in der Oberwelt. Umwege müßten hier gesucht statt vermieden, die kürzeste Strecke oft umgangen werden. Daniel hatte gemurrt, aber Aura und Christopher hatten schweigend genickt und sich völlig auf Gillians Führung verlassen.

Immer wieder ertappte sich Aura dabei, wie sie Christopher verstohlen beobachtete. Sie fragte sich, was er empfinden mochte. Sie wußte jetzt, daß er den Mord an ihrem Vater beobachtet hatte, und auch, daß er Gillian beim ersten Ansehen erkannt hatte. Dennoch sagte er nichts dazu, sprach im allgemeinen sehr wenig. Wäre da nicht lodernder Ehrgeiz und beißender Zynismus in seinen Augen gewesen, sie hätte ihm Gleichmut unterstellt. So aber fürchtete sie, daß Christopher eigene Ziele verfolgte, und das bereitete ihr Unbehagen.

»Da vorne ist es«, sagte Gillian, und als wären seine Worte eine geheime Losung, geriet die Finsternis rings um sie plötzlich in Bewegung. Gillian senkte die Lampe, die er bislang vor ihnen hergetragen hatte, und bedeutete den anderen durch knappe Gesten, sich so ruhig wie möglich zu verhalten.

Sie befanden sich in einer Halle mit dreifacher Gewölbedecke, wie das Innere dreier Eisenbahnwaggons, die man seitlich nebeneinandergestellt hatte. Säulen aus runden Steinplatten hielten die Decke, und hinter jeder trat jetzt eine Gestalt hervor. Die meisten waren Männer, aber es waren auch Frauen darunter, sogar zwei Kinder. Sie alle trugen Lumpen, verkrustet vom Schmutz, und in der Dunkelheit blieben sie matt wie Gespenster. Einige rückten näher heran, darunter auch jene beiden, die Aura für Kinder gehalten hatte; tatsächlich waren sie zwergenwüchsig, ein Mann und eine Frau. Auch viele der anderen wiesen Verkrüppelungen und Entstellungen auf. Da gab es einen, der keine Arme mehr hatte, einem anderen fehlte ein Bein. Geschwüre bedeckten so manches Gesicht, einer hatte aufgeblähte Finger wie Metzgerwürste, einem anderen war die Nase abgefault.

Hinter den Zwergen trat jemand aus dem Dunkel, legte seine Hände auf die Schultern der beiden und drückte sie sanft auseinander. Aufrecht und stolz trat er zwischen ihnen hindurch und blieb vor Gillian stehen.

»Rupert«, grüßte der Hermaphrodit mit einem Nicken, »das hier sind meine Freunde.«

»Du hast nur von einer Frau gesprochen.« Argwohn sprach aus Ruperts Stimme. Alkohol oder Krankheit hatten seine Kehle angegriffen, er klang heiser, fast unverständlich. Eine Augenklappe, gefertigt aus einem rostigen Teesieb, bedeckte sein linkes Auge.

»Die beiden sind ihre Brüder«, erklärte Gillian. »Wir haben alle dasselbe Ziel.«

»Nicht das unsere«, knurrte der Anführer der Fettfischer.

»Habt ihr eure Entscheidung getroffen?«

»Das habe ich.« Das letzte Wort betonte er, wohl um klarzustellen, daß er allein es war, der hier Entscheidungen traf.

»Welchen Beschluß hast du getroffen?« fragte Gillian mit fester Stimme. Nichts darin verriet die Dringlichkeit, mit der er auf Ruperts Zusage angewiesen war.

»Wir helfen euch, in Lysanders Hallen einzudringen«, gab der Fettfischer zur Antwort. »Nichts weiter. Kein Kampf. Kein Streit mit Lysander.«

Gillian maß ihn mit düsterem Blick. »Du weißt genau, daß es unmöglich ist, zu viert gegen Lysanders Diener zu bestehen.«

Er hatte Aura von den Zwillingen Stein und Bein erzählt, und davon, daß er beide in Paris getötet hatte. Trotzdem gab es keinen Zweifel, daß der Alchimist neue Getreue gefunden hatte. »Er wird die Gefährlichkeit der Zwillinge durch Menge wettmachen wollen«, hatte Gillian zu ihr gesagt. »Es würde mich nicht wundern, dort unten eine kleine Armee anzutreffen.«

»Das ist eure Sache«, krächzte Rupert heiser. Rauher Husten folgte. Er hob einen Finger, schob ihn unter das Teesieb und kratzte sich die Augenhöhle. »Wir helfen euch, ungesehen hineinzugelangen. Das ist alles.«

Gillian seufzte, sagte aber: »Dann soll es so sein.«

Rupert reichte ihm die Hand. »Pakt!« sagte er.

»Pakt!« wiederholte Gillian und schüttelte die schmutzige Klaue.

Wenig später waren die Gefährten im Gefolge einer Gruppe von Fettfischern erneut unterwegs. Rupert hatte zwölf seiner Männer für die Aufgabe abgestellt, er selbst führte sie an. Er lief mit Gillian an der Spitze des Zuges. Aura, Daniel und Christopher gingen in einem Kreis schmutziger Gestalten. Keiner sprach ein Wort, nur Gillian und Rupert tuschelten hin und wieder leise. Aura ärgerte sich, daß sie die Worte der beiden nicht verstand, und so beschleunigte sie entschlossen ihre Schritte und tippte Gillian von hinten auf die Schulter.

»Keine Geheimnisse«, sagte sie mit warnendem Unterton. Gillian lächelte und nahm sie zwischen sich und Rupert. Der Fettfischer riß sein Auge auf und schien kaum glauben zu können, daß eine Frau in dieser Sache das Wort ergriff. Die Rollen der Geschlechter waren hier unten rigider festgelegt als an der Oberfläche.

»Rupert hat mir erklärt, daß wir uns gleich unterhalb der Hofburgkeller befinden«, sagte Gillian. Hinter ihm spitzten auch Daniel und Christopher die Ohren. »Wir werden durch ein Netz aus Röhren nach oben steigen, die zum Ausgleich des Grundwassers bestimmt sind. Es könnte also ein wenig feucht werden.«

»Kennt denn Lysander diese Röhren nicht?« fragte Aura verwundert.

»Niemand kennt sie, außer uns Fettfischern«, brummte Rupert.

Aura musterte ihn einen Moment lang, dann näherte sie sich Gillians Ohr und flüsterte: »Du hast gesagt, jeder in Wien fürchtet Lysander. Was macht dich so sicher, daß du diesen Leuten hier vertrauen kannst?«

Gillian antwortete laut, damit auch der Fettfischer es hörte: »Rupert ist ein Mann von Ehre. Und er weiß den Preis zu schätzen, den ich ihm biete.« Es klang beschwörend, so, als appelliere er an den Stolz des Anführers.

Ein zahnloses Grinsen teilte Ruperts schmutziges Gesicht. »Ein guter Preis, in der Tat.« Dann deutete er zur Decke und murmelte: »Wir sind da!«

Über ihnen klaffte im Schein von Gillians Handlampe eine Öffnung im Stein, ein runder, vergitterter Schacht. Rupert drängte die Gefährten zurück, und ein anderer Fettfischer trat vor. Er hielt eine aufgerollte Peitsche in der Hand. Mit einer blitzschnellen Bewegung ließ er sie aufwärtszucken. Es knallte, dann hatte sich das Ende des Lederstrangs um eine der Gitterstreben geschlungen. Ein kraftvoller Ruck, und der Eisenrost löste sich aus der morschen Verankerung. Der Fettfischer fing ihn geschickt auf und legte ihn lautlos am Boden ab. Ein zweiter Peitschenhieb folgte, und aus dem Dunkel des Schachts wurde das Ende einer Strickleiter herabgezogen.

Aura hörte, wie Daniel hinter ihr flüsterte: »Ich wünschte, wir hätten noch das Gewehr dabei.«

»Damit hätten sie uns gleich im Zug festgenommen«, erwiderte Christopher gereizt.

»Still!« zischte Gillian ihnen über die Schulter zu.

Zu Auras Überraschung gehorchten beide.

Der Fettfischer mit der Peitsche zog derweil die Leiter bis zum Boden herab und vergewisserte sich, daß sie hielt. Er machte einen

Schritt zur Seite und ließ Rupert den Vortritt. Der Anführer erklomm die schaukelnden Stufen erstaunlich behende, dann folgte ihm Gillian.

Von oben rief er: »Jetzt du, Aura!«

Christopher drängte sie zur Seite. Sein Grinsen wirkte alles andere als fröhlich. »Du hast doch nicht etwa vor, Daniel und mich hier unten zurückzulassen, oder?« Mit diesen Worten packte er die Leiter und begann den Aufstieg.

Gillian schenkte ihm einen bösen Blick, sagte aber nichts. Schließlich streckte er Christopher die Hand entgegen und zog ihn das letzte Stück nach oben.

Ein paar Minuten später befanden sich Rupert, Gillian und die Geschwister in einer steilen Röhre, in deren Innerem Metallstufen nach oben führten. Von unten drängten die übrigen Fettfischer nach, und so waren sie gezwungen, den Aufstieg mit gehöriger Eile vorzunehmen. Die Sprossen waren feucht und glitschig, der letzte Anstieg des Grundwassers konnte nicht lange zurückliegen.

Als ihnen plötzlich trübes Licht entgegenfiel, flüsterte Rupert tonlos:

»Da oben beginnt Lysanders Reich.«

Sie alle verstanden das als Aufforderung, noch leiser zu sein. Aura wagte kaum mehr zu atmen.

Sie gelangten an einen weiteren Eisenrost, diesmal durch ein altes Vorhängeschloß gesichert. Rupert zog einen Dietrich hervor, und Augenblicke später schwang das Gitter nach oben.

»Meine Männer werden hier auf uns warten«, sagte Rupert, nachdem die ganze Gruppe durch das Gitter in einen schmalen Korridor gestiegen war.

»Was für eine große Hilfe sie uns waren«, zischte Christopher bissig.

Rupert hatte die Worte gehört. »Du weißt nichts über das, was hier vorgeht, Junge«, fauchte er böse. »Wenn Lysander wirklich über so viele Männer verfügen würde, wie unser Freund Gillian befürchtet, dann wären wir an dieser Stelle bereits auf einige von ihnen getroffen.«

Gillian nickte widerstrebend. »Es sieht tatsächlich so aus, als wären die Keller nicht so gut bewacht, wie ich geglaubt habe.«

Ein Grund mehr, den Fettfischern zu mißtrauen, dachte Aura, hielt sich aber mit Bemerkungen zurück. Sie hoffte, daß Gillian wußte, was er tat.

Als die Gefährten in Begleitung Ruperts weitergingen und die zwölf Männer schweigend und mit maskenhaften Gesichtern zurückblieben, flüsterte Gillian Aura zu: »Es gibt ein Abkommen zwischen den Fettfischern und Lysander. Sie setzen keinen Fuß in sein Gebiet, dafür läßt er sie in Frieden. Ich kann verstehen, daß Rupert bemüht ist, nicht gegen diese Regel zu verstoßen, solange es nicht unbedingt nötig ist.«

»Immerhin weist er uns den Weg zu Lysander – ist das nicht Verstoß genug?«

Gillian antwortete nicht, gab Aura aber mit einem Wink zu verstehen, einige Schritte hinter ihrem Führer zurückzubleiben. »Rupert ist nicht so dumm, wie er aussieht. Er weiß ganz genau, was er tut.«

»Dann wird er uns auf alle Fälle verraten«, erwiderte Aura ironisch.

Zu ihrem Erstaunen nickte Gillian. »Gut möglich.«

Sie starrte ihn an. »Das ist nicht dein Ernst!«

Gillian lächelte geheimnisvoll. »Rupert wird heute einen zweifachen Verrat begehen. Warte ab ...«

Aura blieb mit einem Ruck stehen. »Ich denke gar nicht daran!«

Er packte sie am Arm und zog sie weiter. »Vertraue mir – bitte! Ich weiß, was ich tue.«

»Das will ich hoffen.«

Christopher war mit Daniel einige Schritte hinter ihnen gegangen, wohl in der Hoffnung, schneller die Flucht ergreifen zu können, falls sie von vorne angegriffen wurden. Nun aber kam er eilig heran. »Ist irgendwas passiert?« fragte er argwöhnisch.

Der Hermaphrodit schenkte ihm einen belustigten Blick. »Wir werden vielleicht alle sterben.«

»Sehr witzig, wirklich.«

Gillian schloß wieder zu dem Fettfischer auf. »Wir gehen nicht zufällig ein paar Umwege, um sicherzustellen, daß ich mir die Strecke nicht merken kann, oder?«

Rupert stieß ein knarrendes Kichern aus. »Du mußt mich für einen schlechten Geschäftspartner halten.«

»Nur für einen, der auf Nummer Sicher geht.«

»Da kannst du recht haben.«

Weitere Minuten vergingen, ohne daß einer ein Wort sprach. Dann erreichten sie eine Bretterwand aus massiven Eichenbohlen. Sie wirkte kaum weniger stabil als das Mauerwerk, das sie von allen Seiten umgab.

»Dahinter befindet sich ein Gang, der direkt in Lysanders Gemächer führt«, sagte Rupert.

Ein lauerndes Grinsen erschien auf Gillians Gesicht. »Du willst uns doch nicht hier schon verlassen?«

»Ich habe euch hergeführt, wie es abgemacht war«, fauchte Rupert. »Also gib mir den Preis.«

»Die Abmachung lautet, daß du uns bis zu Lysander führst.« Gillian blieb höflich. »Noch kann ich ihn nirgends entdecken.«

»Heißt das, du willst nicht zahlen?«

»Sobald wir Lysander gegenüberstehen.«

Rupert knurrte etwas, aber er ließ sich nicht auf einen Streit ein. Statt dessen wandte er sich der Eichenwand zu, zählte von links fünf Bohlen ab und drückte mit flacher Hand gegen die sechste. Sie gab mit einem Knirschen nach, und sogleich schoben sich alle Bohlen rechts von ihr wie eine Schiebetür zur Seite. Ein schmaler Spalt entstand, gerade breit genug, um hintereinander durchzuschlüpfen.

»Du zuerst«, sagte Gillian zu Rupert.

Der Fettfischer stieß einen Fluch aus, rückte das Teesieb über seinem blinden Auge zurecht, und kletterte dann durch die Öffnung. Gillian und Aura folgten, zuletzt stiegen Daniel und Christopher hindurch.

»In diese Richtung«, sagte Rupert und deutete nach rechts. Am Ende eines Korridors brannte eine einsame Öllampe über einer niedrigen Holztür. »Gleich dahinter befindet sich der Hauptsaal von Lysanders Gemächern. Die Tür wird innen durch eine Täfelung verdeckt, aber Lysander weiß natürlich von ihr.«

»Natürlich«, pflichtete Gillian bei und lächelte wieder. Aura gefiel seine Geheimnistuerei immer weniger. Sie hoffte, daß ihm bewußt war, daß er mit ihrer aller Leben spielte.

»Kann ich jetzt gehen?« fragte Rupert.

»Du kennst die Antwort«, gab Gillian zurück.

Der Fettfischer schenkte ihm aus seinem einen Auge einen haßerfüllten Blick und ging abermals voran. Im Schein der Öllampe machten sie halt. Die Tür hatte einen runden Metallknauf, der mit Grünspan überzogen war. Auras Herz zog sich zusammen. Ein Blick in die Gesichter ihrer Stiefbrüder zeigte ihr, daß es den beiden nicht besser erging. Sogar Christophers Selbstsicherheit war restlos geschwunden.

Sie alle waren unbewaffnet, nicht einmal Rupert trug etwas bei sich. Nur Gillian mochte sich mit bloßen Händen zu wehren wissen, daran hatte Aura keinen Zweifel.

Jegliche Gegenwehr blieb demnach ihm allein überlassen – und genauso wollte er es. Er war regelrecht besessen davon, Lysander mit eigenen Händen zu töten.

»Öffnen!« befahl Gillian dem Fettfischer, deutlich barscher als zuvor.

Rupert legte langsam die Hand auf den Knauf, drehte ihn nach links. Der Mechanismus klickte. Der Fettfischer blickte sie noch einmal der Reihe nach an, dann zog er die Tür mit einem einzigen Ruck weit auf.

Vor ihnen öffnete sich der Blick in eine weite Halle. Die getäfelten Wände waren über und über mit Gemälden behängt; sogar an der Innenseite der Tür hing eines, und im selben Augenblick, da Rupert sie aufzog, erkannte Aura das Motiv. Es war ihre Insel, das Eiland, auf dem Schloß Institoris stand. Doch etwas unterschied das Gemälde von dem vertrauten Anblick: Der Zypressenhain war niedergebrannt, die Bauten zu Ruinen verfallen. Eine schwarze Rauchsäule stieg wabernd gen Himmel.

Gillian trat achtlos an dem Bild vorüber und schaute sich suchend in der Weite der unterirdischen Halle um. Aura und ihre Stiefbrüder folgten ihm zögernd.

Rupert sprang an ihnen vorbei, mehrere Schritte weit in die Halle hinein, und stieß einen langgezogenen Pfiff aus. Durch das offene Haupttor des Saales stürmten zwei Dutzend Fettfischer, mit einer Selbstverständlichkeit, als sei dies nicht Lysanders, sondern ihr eigenes Zuhause. Christopher fluchte laut, auch Daniel rief etwas, und als Aura sich umschaute und zurück in den Gang blickte, durch den sie gekommen waren, da erkannte sie, daß auch jene Fettfischer, die sie am Eisenrost zurückgelassen hatten, zu ihnen aufgeschlossen hatten. Gerade stiegen die letzten durch die Eichenwand und näherten sich stumm von hinten.

»Verräter!« spie Daniel Rupert entgegen und machte durch Blicke deutlich, daß er Gillian in diese Anschuldigung miteinschloß.

Die Fettfischer in der Halle bezogen in einem Halbkreis um ihren Anführer Stellung – eine Mauer aus zerlumpten, schmutzigen Gestalten, die inmitten dieser Pracht aus kostbaren Bildern und exotischen Teppichen völlig deplaziert wirkten.

Aura erwartete ein siegessicheres Grinsen auf Ruperts Gesicht, doch als sie ihn ansah, entdeckte sie in seiner Miene nichts als Kummer – und etwas, das Gier sein mochte.

Der Fettfischer streckte ihnen die offene Hand entgegen. »Mein Preis!« verlangte er. Die Geste war symbolisch gemeint; er stand viel zu weit von ihnen entfernt, als daß sie tatsächlich etwas in seine Hand hätten legen können.

Aura konnte sich vor Entsetzen kaum rühren, und um so überraschter war sie, als Gillian völlig gelassen blieb. »Muß ich dich noch einmal an unsere Abmachung erinnern, Rupert? Der Preis wird fällig, sobald wir Lysander gegenübertreten – und, um ehrlich zu sein, ich frage mich gerade, ob die Umstände nicht gegen eine Auszahlung sprechen.« Soviel Sarkasmus, ja Humor lag in seiner Stimme, daß Aura ihren Ohren kaum traute.

»Du Hund!« schimpfte Rupert. »Du wirst mir sofort – «

»Bitte, bitte«, sagte da eine hohle Stimme. Sie kam von einem Podest an der Stirnseite der Halle, einer Erhöhung, die nur über einige Stufen zu erreichen war. »Wir wollen doch nicht in den Jargon der Gasse verfallen – oder, wenn ihr so wollt, in den des Kanals.«

Aura mußte nicht sehen, wer die Worte gesprochen hatte, um zu wissen, daß sie am Ziel waren. In der Mitte der Empore lehnte an einem Holzgerüst ein hohes Gemälde, ein lebensgroßes Porträt des Kaisers Franz Joseph, in weißer Uniformjacke, roter Hose und mit mächtigem Backenbart. Die Stimme erklang von der Rückseite des Gemäldes.

»Was soll das, Lysander?« rief Gillian. »Warum versteckst du dich vor uns?«

Der Alchimist antwortete nicht sofort. Statt dessen ertönte ein tiefes Seufzen. »Du hast einen Fehler gemacht, Gillian. Wie konntest du annehmen, ich würde hier völlig schutzlos auf dich warten? Zudem muß ich gestehen, daß ich immer noch ein wenig verstimmt bin, daß Stein und Bein nicht mehr unter uns weilen. Ihre Ausbildung war immerhin … nun, sagen wir, langwierig.«

»Ich habe dich vermutlich unterschätzt«, sagte Gillian, aber Aura glaubte ihm kein Wort. So dumm war er nicht.

»Sie, meine Dame«, sagte der gemalte Monarch mit Lysanders Stimme, »müssen Aura Institoris sein. Nestors Tochter. Ich bitte die Feststellung zu verzeihen, aber Sie haben sämtliche Vorzüge Ihrer Mutter geerbt, meine Liebe.«

Aura brachte vor Zorn einen Moment lang kein Wort heraus. Dann erst fragte sie mit gepreßter Stimme: »Wo ist meine Schwester?«

»Sie ist in Sicherheit.« Lysander lachte leise. »Gut bewacht, wie Sie sehen.«

»Wenn Sie wirklich vorhaben, sie zu –«

»Ach, meine Liebe«, unterbrach Lysander sie gedehnt. »Der süßen Sylvette wird kein Leid geschehen. Ich nehme an, Gillian hat Sie über vieles aufgeklärt. Dann wissen Sie auch, daß der Zeitpunkt ihrer Reife erst mit der Volljährigkeit eintritt. Ich bin nicht sicher, wie

Nestor es damit gehalten hat« – er machte eine betonte Pause, um die schändliche Unterstellung seiner Worte auszukosten – »aber ich gedenke nicht, die kleine Sylvette durch Ungeduld zu verderben. Bis sie einundzwanzig ist, werden noch zehn Jahre vergehen. Und so lange wird sie schlafen. Tief und fest schlafen.«

»Was haben Sie mit ihr gemacht?« rief Aura außer sich vor Abscheu, und doch war nicht sie es, sondern Christopher, der plötzlich lossprang und wutentbrannt auf die Empore zustürzte. Er kam genau fünf Schritte weit – dann warfen sich vier Fettfischer auf ihn und zerrten ihn zu Boden.

»Sie elender Dreckskerl!« brüllte Christopher und versuchte, sich loszureißen. »Wie können Sie es wagen, einem Kind so etwas anzutun?«

»Sieh an«, stieß Lysander in gespieltem Erstaunen aus. »Kommt solch garstiger Vorwurf etwa aus dem Mund desselben jungen Mannes, der die Güte einer braven Frau so schändlich mißbraucht hat? Derselbe junge Mann, der keine Skrupel hatte, Nestors Tod zu verschweigen und dessen Forschungen auf eigene Faust fortzuführen? Derselbe junge Mann etwa, der ohne ein Wimpernzucken den Mann getötet hat, der seiner Stiefmutter alles bedeutet hat?«

Christopher blieb gerade noch die Zeit, sich entsetzt zu wundern, woher Lysander all diese Informationen hatte, ehe er unter dem Hieb eines Fettfischers zusammensank. Aura und Daniel starrten ihn entgeistert an, unsicher, ob sie Lysanders Worten Glauben schenken sollten. Und doch, was wogen solche Anschuldigungen schon angesichts ihres Feindes? Es ging jetzt nicht um Christophers Schuld, sondern allein um die Rettung Sylvettes.

»Was meinen Sie damit: Sie wird schlafen?« fragte Aura unsicher.

Es war Gillian, der ihr die Antwort gab. »Hypnose. Er hat sie in Tiefschlaf versetzt. Er hat das schon mit vielen getan.«

»Eine Leichtigkeit, wirklich«, bestätigte Lysander. »Ihr Vater, Fräulein Aura, hätte das genauso geschafft. Sylvette ruht in einer Art Scheintod. Vollkommen gefahrlos, wie ich hinzufügen darf.«

250

Gillian lachte hämisch auf. »Glaubst du wirklich, du wirst zehn Jahre warten können? Hast du soviel Zeit?«

»Wenn mich die Umstände nicht eines Besseren belehren.«

»Die Umstände?« entfuhr es Aura, aber sie erwartete keine Erklärung.

Wieder war es Gillian, der das Wort ergriff. Er warf dem finster dreinschauenden Rupert einen amüsierten Blick zu. »Ein hübscher Zug, Lysander, ausgerechnet die Fettfischer als Wächter anzuheuern.«

»Aus der Not eine Tugend gemacht«, entgegnete die Stimme hinter dem Gemälde. »Um so erfreulicher, daß du dich ausgerechnet an sie gewandt hast, um dich und deine Freunde hierherzuführen.«

Gillian nickte anerkennend, doch Aura spürte, daß irgend etwas daran falsch wirkte. Gillian spielte eine Rolle, die des stolzen Geschlagenen, und irgend etwas sagte ihr, daß er nicht wirklich so empfand. Es war fast, als hielte er noch einen verborgenen Trumpf in der Hinterhand.

»Ich hätte wohl ahnen müssen«, gestand Gillian ein, »daß du Rupert einen Handel anbieten würdest. Obgleich ich sagen muß, daß ich den Geschmack der Zwillinge, was Kleidung und Duftwasser anging, bevorzugt habe.«

Rupert stampfte wutentbrannt mit den Füßen auf. Er sah aus, als wolle er sich auf den Hermaphroditen stürzen. »Du bist mir noch einen Preis schuldig«, knurrte er verbissen.

»Ganz sicher keinen, den Lysander nicht übertreffen könnte«, gab Gillian gelassen zurück.

»Du weißt genau, welchen Preis ich meine«, beharrte der Fettfischer.

Lysander meldete sich wieder zu Wort. »Wollt ihr mich nicht in euer kleines Geschäft einweihen? Ich bin sicher, wir werden eine Lösung unter Gentlemen finden.«

Daniel, der die ganze Zeit über geschwiegen hatte, schien kaum glauben zu können, was er da hörte. »Das kann doch alles nicht wahr sein«, stammelte er leise.

Aura trat neben ihn und ergriff seine Hand. Doch beruhigen konnte sie ihn nicht, dafür hatte sie selbst viel zuviel Angst.

»Gib es her!« Rupert, der sich immer noch um seine Bezahlung sorgte, stampfte auf Gillian zu, blieb jedoch drei Schritte vor ihm stehen. Es sprach für Gillians Ruf, daß sich der Fettfischer trotz der Übermacht seiner Gefolgsleute nicht näher an ihn heranwagte.

»Bitte, meine Herren, keine Handgreiflichkeiten«, bat Lysander mit kaum verhohlener Heiterkeit. Sein Eingreifen klang halbherzig; vielmehr schien auch er neugierig zu sein, was als nächstes geschehen würde.

Gillian griff langsam in seine Jackentasche, und sogleich traten Lysanders Leute einen Schritt auf ihn zu. Doch der Hermaphrodit lächelte nur und zog statt der befürchteten Waffe eine Handvoll Münzen hervor. Er lächelte noch immer, als er sie verächtlich vor Ruperts Füße warf.

Der Fettfischer schaute erbost zu Boden, dann fixierte er Gillian. Sein Gesicht war dunkelrot vor Zorn. Eine pulsierende Ader schwoll auf seiner Stirn. »Das ist nicht das, was ich will.«

»Ich weiß«, entgegnete Gillian ruhig. »Aber es ist das, worauf du Anspruch hast.« Er deutete abfällig auf die Münzen, die auf dem Teppich schimmerten. Einige Fettfischer wollten sich begierig danach bücken, doch Rupert hielt sie mit einer harschen Geste zurück.

Lysander schwieg und wartete. Christopher wurde immer noch von vier Fettfischern zu Boden gedrückt, während Daniel wie erstarrt dastand. Nur Aura begann, ganz langsam zu begreifen.

»Du weißt, daß ich es dir mit Gewalt nehmen kann«, drohte Rupert mit schneidender Stimme.

»Versuch es«, forderte Gillian ihn unbeeindruckt auf. »Ich befürchte aber, du wirst dann nur noch wenig Freude daran haben.« Er wandte sich über die Schulter an Aura. »Aura, würdest du bitte herkommen?«

Sie ließ Daniels Hand los und trat an Gillians Seite.

Sogleich richteten sich die Blicke aller Fettfischer auf sie. Die

Gier und das Verlangen in den verkniffenen Augen ließen sie frösteln.

Gillians Hand verschwand abermals in seiner Jacke. Als er sie wieder hervorzog, umschlossen seine Finger etwas, das Aura nicht erkennen konnte.

»Was ist es?« erklang Lysanders gespannte Stimme. Zum ersten Mal lag auch ein wenig Argwohn darin.

Gillian lächelte und streckte Rupert die geschlossene Faust entgegen. »Das ist es, was du willst, nicht wahr?«

Ungeduld gloste im Blick des Fettfischers. »Her damit!«

Die Finger des Hermaphroditen zuckten, als wollten sie das, was sie hielten, zerquetschen.

Lysander klang jetzt ungehalten. »Gib es ihm, Gillian. Ich bin dieses Spiels allmählich überdrüssig.«

»Nicht so schnell«, gab Gillian mit fester Stimme zurück.

Der Alchimist seufzte hinter dem Gemälde. »Rupert, was immer es ist, ich kaufe dir zehn davon. Aber mach dieser Farce ein Ende.«

Der Fettfischer blieb immer noch wie angewurzelt stehen. Er knurrte: »Das können Sie nicht. Nicht einmal Sie.«

»Oh, er könnte es, gewiß«, widersprach Gillian mit breitem Lächeln. »Aber nicht heute. Auch nicht nächste Woche. Es würde eine Weile dauern. Er müßte es extra aus Mailand kommen lassen, oder gar aus London, weil es nämlich in Wien niemanden gibt, der es ihm machen könnte. Und glaubst du wirklich, Rupert, daß du ihm solch einen Aufwand wert bist?«

Daran schien der Fettfischer in der Tat seine Zweifel zu haben.

»Schluß«, rief Lysander, »es ist genug! Rupert, töte das Mädchen!«

Gillian fuhr herum und zog Aura mit der linken Hand zu sich heran. Zugleich führte er seine Faust und das, was darin war, an seinen Mund.

Die Fettfischer rückten näher, doch ihr Anführer hielt sie mit einer Handbewegung zurück.

»Rupert!« erklang die Stimme Lysanders. »Ich habe dir einen Befehl gegeben!«

Aura warf Gillian einen verständnislosen Blick zu. Er aber grinste, öffnete dann den Mund und schob das geheimnisvolle Ding hinein. Als er die Hand zurückzog, schaute etwas zwischen seinen Lippen hervor. Ein Auge.

Ein Raunen ging durch die Reihe der Fettfischer. Ruperts Gesicht verwandelte sich in eine Grimasse ohnmächtiger Wut. »Wenn du das tust...«

Blanker Hohn sprach aus Gillians Miene, und Aura begriff, daß die Reihe nun an ihr war, sie alle zu retten.

»Er wird es zerbeißen«, fauchte sie dem Fettfischer drohend entgegen. »Du weißt, daß er es tun wird!«

»Rupert!« brüllte Lysander. Von seiner Position aus konnte er unmöglich sehen, um was es sich handelte, das den Fettfischer plötzlich in seiner Loyalität wanken ließ. »Töte sie! Sofort! Töte sie alle vier!«

»Das wird er nicht«, stieß Aura hervor und überspielte erfolgreich ihre Furcht. »Rupert, sag deinen Leuten, sie sollen sich zurückziehen. Oder, nein, besser noch, befiehl ihnen, Lysander herzubringen!«

»Nein!« kreischte der Alchimist. *»Du bist mir verpflichtet, Rupert!«*

Aura hätte laut auflachen mögen, als sie die Klugheit hinter Gillians List erkannte. Er hatte dies alles tatsächlich vorausgesehen.

»Rupert«, sagte sie noch einmal, und diesmal klang es beschwörend. »Gillian wird das Auge zerstören, wenn du und deine Leute nicht tun, was ich sage.« Sie deutete auf das Gemälde. »Bring – mir – Lysander!«

Der Haß im Blick des Fettfischers würde sie ihr Leben lang verfolgen. Und dennoch geschah das Unglaubliche: Rupert winkte ein halbes Dutzend seiner Männer heran und deutete fahrig auf die Empore. »Tut, was sie sagt!« preßte er mit blutleeren Lippen hervor.

Gillians Mund schloß sich, als wolle er das Auge verschlucken.

»Los, beeilt euch!« trieb Rupert seine Männer an.

Die Fettfischer gehorchten. Verwirrt stürmten sie die Stufen hinauf. Einer packte das Gemälde am Rahmen und riß es nach vorne.

Scheppernd fiel es auf die Treppe, rutschte nach unten und wurde erst vom Teppich gebremst.

Dahinter war nichts. Nur ein Messingtrichter an einem langen Rohr, das aus der Decke ragte. Wie eine erstarrte Schlange, kopfüber, mit aufgerissenem Maul.

Sekundenlang herrschte Schweigen. Dann, plötzlich, erklang aus dem Sprachrohr ein krächzendes Lachen. »Ihr habt nicht wirklich geglaubt, ich verstecke mich hinter« – wieder Gelächter – »hinter einem Bild des Kaisers?«

Die Fettfischer standen unentschlossen da und blickten abwechselnd vom Ende des Rohrs zu ihrem Anführer. Auras Blick raste zu Gillian, doch der Hermaphrodit wirkte wenig überrascht. Mit einem Kopfnicken deutete er zur Tür, durch die sie gekommen waren.

»Nein!« entfuhr es Aura entschlossen. »Nicht ohne Sylvette!« An Rupert gewandt fauchte sie: »Wo ist meine Schwester?«

Er grinste böse. »Was ist sie dir denn wert, Schätzchen?«

Gillian hustete, als könne er das Auge nicht mehr lange im Mund behalten. Rupert schrak zusammen und sagte hastig: »Ich weiß nicht, wo sie ist.«

»Aber deine Leute bewachen sie doch sicher!«

»Nein. Du hast den Herrn gehört – sie schläft. Wer schläft, braucht keine Bewachung.«

Christopher rappelte sich auf und schenkte dem Fettfischer, der ihn niedergeschlagen hatte, einen vernichtenden Blick. »Ich gehe hier nicht fort ohne Sylvette!« sagte er mit bebender Stimme.

Aus dem Sprachrohr erklang abermals die hohle Stimme Lysanders: »Ich fürchte, darüber müssen wir noch verhandeln.« Wieder lachte er, und diesmal klang es sehr viel gefestigter als zuvor.

»Er will uns hinhalten«, stellte Daniel angstvoll fest. »Er hat irgend etwas vor.«

»Christopher hat recht«, warf Aura beharrlich ein. »Ohne Sylvette können wir nicht gehen.«

»Mein Preis!« fauchte Rupert begierig, aber keiner der Gefährten beachtete ihn. Die übrigen Fettfischer warteten auf Befehle.

Plötzlich rief einer, der nahe am Hauptportal der Halle stand: »Es kommt jemand!«

Im selben Moment hörten sie es alle. Wildes Fußgetrappel. Rasend schnell kam es näher.

»Die Burghauptmannschaft!« brüllte einer, und da ertönte auch schon ganz in der Nähe das Trillern einer Polizeipfeife.

Aus dem Sprachrohr erklang ungebrochen Lysanders Gelächter.

»Gillian, Gillian! Wie konntest du nur glauben, mich reinlegen zu können? Und was dich angeht, Rupert – dich und deine Leute –, ihr seid entlassen!«

Der Hermaphrodit spuckte das Glasauge in seine Hand, hielt es aber fest mit den Fingern umschlossen, jederzeit bereit, es zu zerdrücken. »Wir müssen verschwinden!«

»Und Sylvette?« rief Aura panisch.

»Wir können im Augenblick nichts für sie tun.«

Mit einem Mal stand Christopher hinter ihm, riß Gillian an der Schulter herum und starrte ihm wutentbrannt ins Gesicht. »Das alles war Ihr Plan! Nun sehen Sie, wohin er uns geführt hat!«

Gillian schaute ihn einen Augenblick lang finster an, dann schüttelte er Christophers Hand ab. Er erwiderte nichts auf die Anschuldigung und wandte sich statt dessen hastig an Aura. »Die werden jeden in diesem Saal verhaften! Wir *müssen* weg!«

Christopher schüttelte entschieden den Kopf und rannte zum Haupttor. »Nicht ohne Sylvette!« rief er noch einmal, dann verschwand er im dunklen Rechteck des Portals.

Gillian stieß verächtlich den Atem aus. »Er läuft der Burgwache genau in die Arme. Wollt ihr es genauso machen?«

Daniel blieb unentschlossen, während Aura Gillian recht gab. Es hatte keinen Sinn, sich blindlings Lysanders Schergen auszuliefern.

Derweil war gut die Hälfte der Fettfischer zu der Seitentür gestürmt, durch die sie hereingekommen waren. Sie drängelten und schoben und verstopften dabei den Durchgang. Rupert war unter ihnen, bellte lautstark Befehle – vergebens. Niemand gehorchte ihm mehr, alle hatten nur noch die eigene Rettung im Sinn.

Die ersten Uniformierten erschienen am Hauptportal, stürzten sich mit Knüppeln auf die vorderen Fettfischer. Hinter ihnen drängten weitere nach. Gillian warf der überraschten Aura das Glasauge zu, dann stürzte er sich in den Kampf. Er packte einen der Uniformierten, setzte ihn mit einem gezielten Schlag außer Gefecht und entwand ihm Knüppel und Revolver. Noch war kein einziger Schuß gefallen, doch es war abzusehen, daß bald die ersten Burgwächter das Feuer eröffnen würden.

Der Kampf am Portal wuchs sich zu einer regelrechten Schlacht aus, da die Fettfischer erbitterten Widerstand leisteten. Rupert war nirgends zu sehen, er mußte die Halle bereits verlassen haben.

Gillian war plötzlich wieder bei Aura und Daniel, während Christopher verschwunden blieb. Aura wünschte ihm im stillen Glück; sie konnte nicht anders, als seinen Mut zu bewundern. Gillian, der ihre Gedanken durchschaute, rief: »Das war keine Tapferkeit, sondern Selbstmord! Er hat nicht die geringste Chance.«

Er schob Aura und Daniel Richtung Seitentür und feuerte einen Schuß zur Decke ab, um die drängelnden Fettfischer auseinanderzutreiben. Sogleich entstand eine Gasse, durch die die drei zur Tür flohen. Doch der Schuß hatte die Männer der Burgwache auf die Flüchtenden aufmerksam gemacht. Lysanders Stimme brüllte etwas aus dem Sprachrohr, aber die Worte gingen im Lärm des Kampfes und dem Trillern der Polizeipfeifen unter.

Gillian erreichte als erster die Tür, blieb stehen und ließ Aura den Vortritt. Daniel wollte folgen, doch im selben Moment bellte ein zweiter Revolverdonner. Gillians Schuß hatte die Barriere gebrochen: Die Burgwächter fürchteten bewaffnete Gegenwehr und feuerten zurück. Doch die Kugel, die auf Gillian gezielt gewesen war, ging fehl und traf statt dessen Daniel zwischen den Schulterblättern. Er wurde nach vorne geschleudert und stürzte mit einem Aufschrei draußen im Gang zu Boden. Gillian folgte ihm hastig, erwiderte das Feuer mit einem einzelnen Schuß, dann war auch er durch die Tür, während sich hinter ihm der Wall der Fettfischer wieder schloß. Innerhalb eines Herzschlages war der Ausgang von schiebenden und prügelnden Leibern versperrt. Mehr als ein Dutzend Fettfischer mußte sich noch in der Halle befinden, nicht gezählt jene, die bereits verhaftet waren.

Daniel lag am Boden und stöhnte leise. Der Rücken seiner Jacke war blutgetränkt. Aura kniete neben ihm nieder und kam sich entsetzlich hilflos vor. Sie versuchte, ihren Stiefbruder hochzuziehen, doch ihm fehlte die Kraft, auf eigenen Beinen zu stehen. Gillian half ihr, und gemeinsam gelang es ihnen endlich, ihn auf die Füße zu stellen. Sie legten seine Arme um ihre Schultern und schleiften ihn stolpernd den Korridor hinunter.

Die Fettfischer, die sich den Weg durch die Tür freigekämpft hatten, überholten die drei, ohne sie zu beachten. Sie verschwanden durch die offene Eichenwand, nicht einer von ihnen folgte dem Korridor weiter geradeaus ins Dunkel.

»Die Wachmannschaft wird ihnen in die Kanäle folgen«, keuchte Gillian. »Wir nehmen den anderen Weg.«

Aura konnte vor Verzweiflung über Daniels Verletzung kaum sprechen. »Wohin führt dieser Gang?« brachte sie nur atemlos hervor.

»Tiefer in die Keller der Hofburg. Dort werden sie hoffentlich zuletzt nach uns suchen.«

Sie schleppten Daniel an der offenen Eichenwand vorüber und liefen weiter den Gang hinunter. Hinter ihnen blieb der Lärm des Kampfes zurück. Noch immer war es keinem der Uniformierten gelungen, sich zwischen den Fettfischern hindurch aus der Halle zu drängen. Aber das konnte nur noch eine Frage von Sekunden sein. Weitere Schüsse peitschten jenseits des Durchgangs, jemand schrie auf.

Sie kamen an eine Kreuzung. Geradeaus führte der Gang eine steile Treppe hinauf; Daniels Gewicht würde sie auf diesem Weg viel zu sehr aufhalten. Also wandten sie sich nach rechts.

Hinter ihnen wurde das Geschrei noch einmal lauter, als die letzten Fettfischer aus der Halle trampelten, gefolgt von den Burgwächtern. Und doch schien sich Gillians Hoffnung zu bewahrheiten; niemand nahm denselben Weg wie sie, alle flohen durch die Eichenwand ins Labyrinth der Kanäle und Entwässerungsschächte.

Zwei, drei Minuten lang schleppten sie sich noch weiter, bis Gillian plötzlich stehenblieb und sagte: »Warte.«

Aura dachte gar nicht daran, obwohl sie kaum noch Kraft hatte, sich auf den Beinen zu halten, so sehr belastete sie Daniels Gewicht. Keuchend zog sie ihn weiter. »Nein«, stieß sie hervor. »Wir müssen weiter, wir müssen –«

»Aura!« sagte Gillian noch einmal und hielt sie zurück. »Aura, bitte. Es hat keinen Zweck mehr.«

Sie starrte ihn zornig an. »Daniel wird sterben, wenn wir nicht –«

Gillians Stimme war sehr sanft, als er sie abermals unterbrach. »Daniel ist tot, Aura.«

Die Last auf ihrer Schulter schien sich auf einen Schlag zu verdoppeln. Ganz langsam wandte sie den Kopf so weit zur Seite, daß sie Daniel ins Gesicht sehen konnte. Er sah aus, als schliefe er. Sie hatte ihn früher oft so schlafen sehen, ganz nahe neben sich, Gesicht an Gesicht.

Gillian hob den Reglosen von ihrer Schulter und ließ ihn sanft zu Boden gleiten. Er bettete Daniels Hinterkopf in seiner Rechten, ergriff mit der Linken sein Handgelenk. Nach einer Weile schüttelte er stumm den Kopf.

Aura stand wie versteinert da und blickte auf die beiden hinab. Daniel – tot? Sie starrte in sein Gesicht und wartete, daß endlich die Tränen kamen. Sie kamen nicht. Noch nicht.

Plötzlich war Gillian neben ihr und legte einen Arm um ihre Hüfte. »Wir müssen weiter. Bitte.«

»Du ... du willst ihn einfach hier liegenlassen?«

»Er würde uns aufhalten. Und für ihn spielt es keine Rolle mehr.«

Wutentbrannt riß sie sich von ihm los und funkelte ihn an. »Uns aufhalten? Das hat er die ganze Zeit getan, nicht wahr? Das hast du doch gemeint, oder?«

»Bitte, Aura«, sagte Gillian noch einmal. »Wir können ihm nicht mehr helfen.«

Sie achtete nicht auf seine Worte und fiel neben Daniels Leichnam auf die Knie. Sie ergriff seine Hand. Die Finger waren immer noch warm, so als wäre er gar nicht –

Ein Gedanke durchzuckte sie. Was, wenn Gillian nur behauptete, Daniel sei nicht mehr am Leben, um ihn zurückzulassen? Wenn er etwas so Schreckliches nur sagte, um seine eigene Haut zu retten?

Der Hermaphrodit legte ihr zärtlich eine Hand auf die Schulter. »Komm jetzt, bitte. Sie werden gleich hier sein.«

Ihr Kopf ruckte herum, ihr Blick durchbohrte ihn wie Messerklingen. »Er ist nicht tot.«

»Aber –«

»Du lügst. Du willst nur dein Leben retten.«

»Aura, es ist wirklich traurig, daß er –«

»Traurig?« schrie sie ihn an. »Du hast ihn doch nicht einmal gekannt. Sag mir nicht, daß du um ihn trauerst!«

»Sie werden uns schnappen, wenn wir nicht weitergehen.«

»Dann geh doch!« Sie war hysterisch, na und? Sie hatte, verdammt noch mal, allen Grund dazu!

Einen Augenblick lang sah es aus, als wolle er sie von Daniel fortreißen, aber er wußte wohl, daß er sie dadurch endgültig verlieren würde.

»Zum letzten Mal«, sagte er, aber es lag keine Drohung in seiner Stimme, »komm jetzt mit. Daniel ist tot, und es hilft weder ihm noch dir selbst, wenn du dich seinen Feinden auslieferst.«

Sie hob Daniels Oberkörper und wiegte ihn einige Sekunden lang in ihrem Schoß. Dann legte sie ihn sanft zu Boden und stand auf. »Vielleicht hast du recht«, flüsterte sie leise, fast zu sich selbst. »Er –«

»Ist tot«, sagte plötzlich eine grobe Stimme aus dem Dunkel. »So wie ihr selbst.«

»Rupert!« entfuhr es Gillian verbittert.

Aura wirbelte herum und sah den Anführer der Fettfischer in den Lichtkreis einer einsamen Öllampe treten. Er war allein, aber das machte kaum einen Unterschied; er hielt einen Revolver in der Hand. Der Lauf war auf Gillians Brust gerichtet.

»Mein Preis!« verlangte er. »Gebt mir das Auge.«

Gillian seufzte, dann wandte er sich an Aura. »Gib es ihm. Er ist der Ansicht, er hätte es sich verdient.«

260

Aura griff in die Tasche ihres Kleides, in die sie das Glasauge während der Flucht aus der Halle gesteckt hatte. Doch ihre Fingerspitzen berührten nichts als winzige Splitter. Daniels Gewicht an ihrer Seite hatte den Augapfel zerbrochen.

Sie sah auf und starrte in die Mündung von Ruperts Revolver.

»Nun?« fragte der Fettfischer lauernd. »Wo ist es?«

Aura warf Gillian einen hilfesuchenden Blick zu, aber auch er schien zu warten. Da sagte sie mit fester Stimme: »Du kannst das Auge haben, Rupert, aber vorher wirst du mir deine Waffe geben.«

Der Fettfischer lachte gehässig. »Ich habe die Spielchen satt, Mädchen.« Mit diesen Worten hob er die Waffe, zielte in Gillians Richtung und drückte ab.

Der Schuß hallte krachend in den unterirdischen Gängen wider.

Gillian schrie auf, warf sich zur Seite. Dennoch traf ihn die Kugel mit unverminderter Wucht. Ein scharlachroter Einschuß erblühte unterhalb seiner rechten Brust.

Rupert lachte triumphierend, spannte den Hahn – doch da warf Aura sich schon auf ihn. Sie prallte mit aller Kraft gegen seinen Arm, überwältigt von ihrem eigenen Zorn und dem Gestank, den der Fettfischer verströmte. Ein weiterer Schuß löste sich, pfiff als Querschläger in die Finsternis.

Aura hatte den Kräften ihres Gegners nichts entgegenzusetzen. Innerhalb zweier Herzschläge hatte er sie zu Boden geworfen, stand über ihr und richtete den Revolver auf ihr Gesicht. Spannte den Hahn.

Da rissen zitternde Arme ihn an den Knien nach hinten. Der verwundete Hermaphrodit klammerte sich um Ruperts Beine. Der Revolver fiel aus seiner Hand, schepperte über den Boden und wurde erst von Daniels Leichnam gebremst. In einem Wirbel aus Geschrei und um sich schlagenden Armen polterten die beiden Männer übereinander.

Aura spürte, wie Übelkeit in ihr aufstieg. Würgend übergab sie sich zur Seite, und einen Moment lang wurde ihr schwarz vor Augen. Dann aber überwand sie ihre Panik, wollte Gillian zur Hilfe eilen.

Sein Anblick schnitt ihr wie ein Axthieb ins Herz. Gillian lag blutend unter der Masse des Fettfischers, regte sich nicht. Rupert hockte auf seiner Brust und würgte ihn mit beiden Händen, stieß dabei Flüche aus und lachte wie ein Rasender.

»Rupert«, erklang da Auras harte Stimme hinter dem Rücken des Fettfischers. Er ließ von dem leblosen Hermaphroditen ab und wirbelte herum.

»Ist es das, was du willst?« fragte sie.

Statt des Glasauges erblickte Rupert etwas anderes. Die Mündung seines Revolvers. Einen grellen Blitz.

Dann nichts mehr. Die Kugel zerschmetterte seine Stirn.

Aura hielt den Revolver mit bebenden Händen umklammert. Ganz allmählich ließ sie ihn sinken. Ihr Atem raste, ihr Kopf drohte jeden Moment in Stücke zu zerspringen. Trauer und Angst wollten sie überwältigen. Aber sie durfte jetzt nicht zusammenbrechen. Durfte nicht aufgeben. Nicht jetzt!

Sie zerrte den toten Fettfischer stöhnend von Gillians Körper. Der Hermaphrodit bewegte sich nicht. Schluchzend legte sie eine Hand auf seine Brust, aber sie zitterte viel zu sehr, um fühlen zu können, ob er noch atmete. Seine Augen waren geschlossen, ebenso sein Mund. Blaue Male prangten an seiner Kehle, dort, wo Ruperts Klauen zugedrückt hatten.

»Gillian!« schrie sie auf.

Dann erinnerte sie sich. *Komm, weiter,* hatte er gesagt, *wir müssen hier weg!*

Aura stemmte sich hoch, kraftlos, ihr Innerstes ausgelöscht. Drei Männer blieben zurück, als sie davontaumelte. Drei Tote. Gestorben, damit sie weiterleben konnte.

Einen Augenblick lang überkam sie eine eigenartige Vernunft, eine fremde, gänzlich unvertraute Regung. Sie drehte sich um und stieg über die drei Körper, ohne einen weiteren Blick auf sie zu werfen. Dann rannte sie zurück zur letzten Kreuzung und schlug dort den Weg nach oben ein, die lange, steile Treppe hinauf.

Sie dachte an nichts mehr, nicht einmal an ihre eigene Rettung. Sie spürte sich selbst nur laufen, egal wohin, fühlte keine Trauer, kein Leid, keine Furcht.

Eine Fremde stolperte die Stufen hinauf, und ihr Schicksal erfüllte Aura mit Gleichgültigkeit.

Irgendwann erreichte sie einen Saal, vollgestopft mit Requisiten. Der Keller des Hofburgtheaters. Sie fand eine weitere Treppe, einen Ausgang.

Dann Tageslicht.

Christopher kam weiter, als sie erwartet hatten, aber schließlich fingen sie ihn doch.

Er wußte noch immer nicht, wo Sylvette zu finden war, und er sollte es nie erfahren. Seine Suche war ziellos gewesen, vergeblich, das hatte er von Anfang an geahnt und hatte es doch nicht wahrhaben wollen. Er allein hatte den Versuch unternommen, sie zu retten. Niemand sonst. Er ganz allein.

Ein Irrgarten aus Korridoren ohne Türen. Säle, Hallen, leere Kammern. Dann sein Verhängnis: ein Lager voll mit gestapelten Kisten. Darin die ausgemusterten Bände der kaiserlichen Bibliothek.

Die Männer holten ihn ein, als er sich in Krämpfen am Boden wand. Er bekam keine Luft, seine Augen waren fast zugeschwollen, sein Gesicht rot angelaufen. Trotzdem warfen sie sich auf ihn. Er wehrte sich nicht, als sie ihn aus dem Raum zerrten, hinaus auf den Gang.

Dort preßte ihn ein halbes Dutzend von ihnen zu Boden, und harte Schläge hagelten in sein Gesicht. Eine Weile lang verlor er das Bewußtsein.

Das erste, was er sah, als seine Sinne wiederkehrten, war ein Mann in Polizeiuniform, der ihn eingehend musterte. Zwei andere Uniformierte drückten Christopher die Arme auf den Rücken.

Sein Gegenüber entfaltete ein Papier, betrachtete es flüchtig, zeigte es dann den anderen. Christopher warf durch Tränenschleier einen Blick darauf. Es war eine Zeichnung. Sein eigenes Gesicht, gut getroffen. Ein Steckbrief. Lysander hatte ihn anfertigen lassen.

»Dreckiger Mädchenmörder«, schnauzte ihn eine Stimme von hinten an, dann trieben sie ihn mit Schlägen und Tritten eine Treppe

hoch, durch einen Torbogen ins Freie, in einen Innenhof der Burg-
anlage. Endlich frische Luft.

Ein Pferdewagen stand für ihn bereit, mit vergitterten Fenstern.
Christopher wurde hineingeworfen, hinter ihm schnappten Riegel
zu. Der Wagen setzte sich ruckend in Bewegung.

Mit beiden Händen zog er sich am Gitter in die Höhe, starrte wie
betäubt nach draußen. Starrte durch ein Raster aus Eisenstäben hinaus in eine ferne freie Welt.

ZWEITES BUCH

Sieben Jahre später
1904

KAPITEL 1

Im Morgengrauen erwachte die Stadt aus dunklem Schlummer und streckte ihre Glieder. Sie wurde größer, die Türme höher, sie dehnte sich aus, während sich immer mehr Gebäude und Straßenzüge aus dem Dämmerlicht schälten. Einzelne Glutpunkte flammten in der düsteren Masse auf, Fenster, in denen sich der erste Schimmer des Tages brach. Wie ein Lauffeuer breitete sich dann der frühe Sonnenschein über die einzelnen Stadtteile aus, ein goldenes Glosen und Leuchten, das von Fenster zu Fenster, von Haus zu Haus übersprang. Von der Donau hoben sich die Nebel und lösten sich in Nichts auf. Stränge aus Rauch stiegen zum Himmel empor, erst vereinzelt, dann immer mehr, bis die ganze Stadt in Fesseln lag. Menschen lösten sich aus Türen und Torbögen, vereinten sich in Gassen und Straßen zu wimmelnden Kolonnen, wie Zahlenreihen im Aufmarsch einer mathematischen Gleichung.

Die Dächerlandschaft Wiens breitete sich bei Tagesanbruch aus wie das steingewordene Abbild eines orientalischen Basars, wimmelnd und überbordend in seiner Verschiedenheit. Spitze Giebel und geschwungene Kuppeln, rußige Schlote und Kamine von zarter Anmut, kühne Horste mit Zinnenkränzen und flache, schnöde Barackendächer – sie alle schienen sich im Morgendunst hin und her zu schieben, ein Gedränge aus roten Ziegeln und grauem Schiefer. Unter ihnen erwachten Villen und Palais zu neuem Leben, Katen, Hütten und Mietskasernen grüßten türenschlagend den leuchtenden Morgen. Der Tag war da, und mit ihm kam die Erinnerung.

Auras Erinnerung.

Der Schaffner hatte eben erst an der Tür ihres Schlafabteils geklopft – »Wien in zwanzig Minuten!« –, aber sie war schon über eine Stunde lang auf den Beinen gewesen. Während der Zug die Vororte passierte, saß sie am Fenster und blickte hinaus. Vor ihr, auf dem winzigen Tischchen unterhalb des Fensters, lag etwas, das aussah wie eine Zigarre. Bei jedem Rumpeln und Rucken der Räder rollte es vor und zurück. Aura bremste es mit der Fingerspitze, sobald es von der Tischkante zu gleiten drohte.

Ihr Blick streifte nachdenklich die Dächer und Fassaden, die Giebel, Erker und Stuckbalkone. Je näher der Zug den zentralen Bezirken kam, desto prachtvoller erschien ihr die Stadt. Aura fiel auf, daß sie Wien bei ihrem Aufenthalt vor sieben Jahren keines zweiten Blickes gewürdigt hatte. Die Schönheit und der Zauber der alten Kaiserstadt hatten sie vollkommen unberührt gelassen.

Die Zigarre rollte wieder, und abermals hielt Aura sie auf. Gedankenverloren blickte sie auf das fingerlange Ding hinab. Es war plump gedreht und ohne Etikett. Noch einmal schob sie es mit dem Finger zurück, und erneut kullerte es durch die Vibration der Fahrt zurück zu ihr. Ein wenig wie ihre Vergangenheit, die sie noch so oft von sich stoßen mochte – jedesmal vergeblich.

Immer wenn die Gedanken an damals zurückkehrten, fanden sie eine andere, veränderte Aura vor. Selbst äußerlich. Sie trug das schwarze Haar jetzt kürzer, nur noch bis zu den Schulterblättern, und bei den seltenen Wegen, die sie unter andere Menschen führten, verbarg sie es gänzlich unter einem breiten schwarzen Hut. Die meisten glaubten bei ihrem Anblick – den nachtfarbenen Kleidern und langen Mänteln –, sie trage Trauer, und vielleicht verbarg sich in dieser Annahme eine viel größere Wahrheit, als selbst Aura erkannte.

Nicht alle Eindrücke von damals verfolgten sie, nicht jede Minute des Grauens, nicht jedes Wort, nicht jeder Anblick. Manches davon war verblaßt. Nicht gänzlich fort, aber die Intensität hatte nachgelassen. Noch immer spürte sie den Schmerz ihrer Verluste, und auch die Verzweiflung von damals stieg manchmal in ihr auf. Doch ebenso waren ihr einige Facetten dieser Empfindungen fremd geworden. Sie sagte sich – vielleicht ein wenig vorschnell und allzu sehr auf Selbstschutz bedacht –, daß es die Erinnerungen eines Mädchens waren, nicht die der Frau, die sie heute war.

Doch sie wußte, wie fadenscheinig solche Erklärungen waren. Sie war kein Kind mehr, gewiß, und in den vergangenen sieben Jahren hatte sich vieles verändert.

Sie war jetzt fünfundzwanzig, doch in sich trug sie das Wissen von Jahrhunderten.

Die Gittertür klirrte wie zerschlagenes Geschirr, als der Wärter sie aufschloß und nach innen drückte. Die Bewegung kam wie von selbst, ganz ohne hinzusehen, und darauf war er nach all den Jahren besonders stolz – zumindest versicherte er Aura dies, als er sie tiefer in die Ziegelgrotten des Gefängnisses führte.

Sie schritten durch einen breiten Gang, in dessen Wände in Abständen von einigen Metern Metalltüren eingelassen waren. In der Mitte jeder Tür befand sich ein kopfgroßes Eisenrost, und es dauerte eine Weile, ehe Auras Blicke das fahle Dämmerlicht durchdrangen und hinter jedem Gitter ein wildes Augenpaar entdeckten.

»Alles Einzelzellen«, erklärte der Wärter und löste einen polierten Knüppel von seinem Gürtel. Als hinter einigen Türen Rufe laut wurden, sprang er eilig vor und schlug kraftvoll gegen die Gitterluken. Der Lärm war ohrenbetäubend, und Aura wünschte sich, der Mann würde damit aufhören. Die anzüglichen Rufe der Gefangenen berührten sie nicht, doch das gellende Scheppern des Knüppels auf Eisen zog ihr die Eingeweide zusammen.

Sie fühlte sich plötzlich unwohl in ihrem bodenlangen schwarzen Kleid und dem Cape mit der hochgeschlagenen Kapuze – nicht etwa, weil heutzutage ein solcher Überwurf als antiquiert galt (mehr noch als damals, als sie einen, der ganz ähnlich aussah, der armen Cosima gestohlen hatte), nein, vielmehr, weil es in dieser Domäne männlicher Gewalt ihre Weiblichkeit so deutlich unterstrich. Denn Weiblichkeit wurde hier offenbar als Schwäche ausgelegt. Sogar im Blick des Wärters glühte ein Funken von Überheblichkeit, wann immer er sie ansah, obwohl er es anderweitig nicht an Höflichkeit mangeln ließ; dafür wäre auch der Betrag, den Aura ihm am Eingang zugesteckt hatte, viel zu hoch gewesen.

Die Wände waren aus rotem Ziegelstein, der Boden grob gefliest. Wasserpfützen standen in der Mitte des Korridors, und Aura haßte die Tatsache, daß sie gelegentlich den Saum ihres Kleides um eine Winzigkeit anheben mußte, damit er nicht durch die Brühe schleifte. Einen Moment lang fragte sie sich, ob der Wärter mit Absicht diesen Weg gewählt hatte.

Doch im Grunde war es ihr gleichgültig, solange er sie nur zum Ziel führte.

»Wenn Sie wollen, können Sie Ihren Freund in seiner Zelle sprechen«, schlug der Wärter vor. »Bei verschlossener Tür, wenn Sie es wünschen.« Er schenkte ihr ein zweideutiges Grinsen – zweifellos das einzige, was sie hier geschenkt bekommen würde.

»Wieviel?« fragte sie eisig.

Er nannte einen Betrag und streckte gleich darauf die Hand aus. Aura zog mit betontem Gleichmut ein Bündel Geldnoten aus ihrer Tasche und zählte die entsprechende Summe ab. Der Wärter lächelte erfreut und ließ die Scheine wortlos in seiner Uniform verschwinden. »Niemand wird Sie stören«, versprach er.

Aura glaubte ihm kein Wort. »Gehen Sie damit nicht ein großes Risiko ein?« fragte sie, während sie eine Eisentreppe hinaufstiegen. Die Stufen führten auf eine Balustrade, die zu beiden Seiten des Korridors verlief. Hier gab es noch einmal die gleiche Anzahl von Einzelzellen wie im Erdgeschoß.

»Risiko?« Der Wärter schüttelte amüsiert den Kopf. »*Sie* gehen in die Zelle dieses Mörders, nicht ich.«

Aura rümpfte verächtlich die Nase. »Er ist mein Bruder.«

»Ihr Bruder hat ein halbes Dutzend junger Mädchen umgebracht. Entführt und abgeschlachtet. Kerle wie er sind hier nicht gerade beliebt, wissen Sie.«

Vor einer Zellentür, die mit einem handtellergroßen roten Kreuz gekennzeichnet war, hielten sie an. Aura bemühte sich vergeblich, unauffällig einen Blick durch das Gitter zu erhaschen. Im Inneren des Raumes herrschte Dunkelheit.

»Was hat das Kreuz zu bedeuten?« fragte sie und dachte dabei an Schlägerkommandos bei Nacht.

Der Wärter verzog das Gesicht. »Das sind jene unter unseren Gästen, die den regelmäßigen Beistand eines Priesters wünschen.«

»Bibelstunden?« fragte sie verblüfft.

Der Wärter nickte und trat ans Gitter. »He, mein Freund, Besuch für dich! Zurück an die Wand, wenn du willst, daß ich aufschließe.«

Im Dunkel der Zelle rührte sich nichts.

Der Wärter stieß einen abfälligen Laut aus, dann drehte er den Schlüssel im Schloß.

»Bitte«, sagte er, »treten Sie ein.«

Einen Augenblick lang zögerte sie. »Warum brennt da drinnen kein Licht?«

»Ihr Bruder hat die Birne zerschlagen.«

In der Finsternis bewegte sich etwas, ganz weit hinten an der Wand. »Licht ist etwas, das man im Herzen trägt, nicht unter der Zimmerdecke«, sagte jemand. Die Worte mochten zynisch klingen, aber der Tonfall, in dem sie gesprochen wurden, war gelassen und sanft.

Aura ertappte sich dabei, daß sie zusammenzuckte, als sie Christophers Stimme erkannte. Der Schrecken währte nur eine Sekunde lang – es gehörte mehr dazu, sie ernsthaft zu verunsichern –, und doch überkam sie der Hauch eines Zweifels. Es hätte andere Wege als diesen gegeben.

Nein, gemahnte sie sich, es war deine eigene Entscheidung. Jetzt sieh zu, daß du das Beste daraus machst.

Mit erhobenem Kopf trat sie an dem Wärter vorbei in die Dunkelheit. Auf der Schwelle wandte sie sich noch einmal zu ihm um. »Sie haben nicht vielleicht eine Kerze für mich?«

»Nun ja«, sagte er gedehnt »Häftlinge haben die Möglichkeit, welche zu erwerben, einmal pro Woche, aber der Verkauf war gestern. Natürlich wäre es unter gewissen Umständen machbar, daß –«

Sie unterbrach ihn, indem sie ihm einen weiteren Geldschein in die Hand drückte. Dann ließ sie ihn einfach stehen.

»Kerze kommt sofort«, sagte er beflissen und schob die Tür hinter ihr ins Schloß. Aura hörte am leiser werdenden Klimpern des Schlüsselbundes, daß der Mann sich entfernte.

Vor ihr war nichts als Schwärze. Die Zelle hatte kein Fenster, und die einzige Lichtquelle, das Gitter in der Tür, verdeckte Aura mit ihrem Rücken. Sie bemerkte es und trat einen halben Schritt zur Seite; dennoch reichte der Schein nur bis zur Hälfte des Raumes. Der hintere Teil lag weiterhin in völliger Finsternis.

»Schön hast du's hier«, bemerkte sie trocken.

Kleidung raschelte. »Nach sieben Jahren darf ich annehmen, daß du unserem Wiedersehen nicht gerade entgegengefiebert hast.«

»Es gab Gründe«, wich sie ihm aus.

»Ah«, machte er, »gute Gründe, gewiß. Du hast mich von Anfang an nicht gemocht, nicht wahr? Du hast mir mißtraut.«

»Zu Recht, wie wir beide wissen.«

Christopher stieß im Dunkeln ein trockenes Husten aus. »Das ist lange her.«

Wo bleibt nur die Kerze, dachte sie ungeduldig. Sie wollte ihm endlich ins Gesicht sehen.

»Ich konnte nicht früher kommen«, sagte sie fest. Sie war ihm nichts schuldig. Schon gar keine Entschuldigung.

Christopher lachte leise. »Falls du hier bist, um mir eine Feile in die Zelle zu schmuggeln, muß ich dich enttäuschen. Wie du siehst, ist sie hier drinnen ziemlich überflüssig.«

Seine Verbitterung war berechtigt, dennoch empfand Aura kein Mitleid. Er hatte jeden Tag in diesem Loch verdient, jeden verdammten Tag. Mit dem Tod der Mädchen hatte er nichts zu tun, niemand wußte das besser als Aura, aber das, was er ihrer Mutter angetan hatte, war Verbrechen genug. Von dem Mord an Friedrich ganz zu schweigen.

Als hätte er ihre Gedanken gelesen, fragte er: »Wie geht es Mutter?«

»Nicht gut. Sie hat in all den Jahren kaum ihr Zimmer verlassen. Das letzte Mal am Tag der Jahrhundertwende.«

»Vor vier Jahren«, flüsterte er nachdenklich. »Es tut mir leid, Aura. Du magst mir nicht glauben, aber es tut mir aufrichtig leid.«

»Hat dir der Priester etwas von Schuld und Sühne erzählt?« fragte sie kalt.

»Der Priester…«, wiederholte er und seufzte. »Er spricht gelegentlich von solchen Dingen, ja. Aber Gott läßt uns unsere Schuld nicht erkennen, er vergibt sie nur.«

»Und deine hat er dir vergeben, nicht wahr? Das macht es natürlich einfach für dich.«

»Wenn du hier bist, um mich zu belehren, dann ist es vielleicht besser, wenn du gleich wieder gehst.«

Nein, dachte sie im stillen, ich bin hier, um dich zu töten. Und vielleicht weißt du das sogar.

Statt dessen aber sagte sie: »Wir haben bis heute nichts von Sylvette gehört.«

Das folgende Schweigen schien Minuten zu währen, und als Aura es gerade von sich aus brechen wollte, ertönten draußen die Schritte des Wärters. Durch das Gitter schob er eine einzelne Kerze und ein Päckchen Zündhölzer herein.

»Die Streichhölzer sind abgezählt«, sagte er. »Bringen Sie alle wieder mit raus, auch die abgebrannten.« Nach einem letzten neugierigen Blick durch das Gitter zog er sich zurück. Das Klirren der Schlüssel wurde leiser.

Aura entzündete die Kerze, machte zwei Schritte nach vorne und befestigte sie mit Wachs in der Mitte des Zellenbodens.

Als sie ihren Blick von der Flamme hob und ihre Augen sich an das Zwielicht gewöhnten, erkannte sie an der hinteren Wand eine Pritsche. Darauf saß jemand im Schneidersitz.

Im zuckenden Gelb des Kerzenscheins lächelte er sie an. Er war abgemagert, nicht einfach schlank oder dünn, sondern regelrecht ausgehungert. Seine Augen waren tief eingefallen, als hätten sie in der Dunkelheit begonnen, sich zurückzuentwickeln, eine Art umgekehrte Evolution, die beschlossen hatte, tausend Generationen zu überspringen. Seine Wangen waren dunkle Gruben, bedeckt von wirren Bartstoppeln. Als er sprach, entblößten blutleere Lippen schlechte Zähne. Christopher trug graue Häftlingskleidung, die ihm selbst im Sitzen zu groß war. Seinen Schädel hatte man kahlrasiert, seine Hände waren schmal und knochig.

»Großer Gott«, flüsterte Aura, und zum ersten Mal empfand sie Mitgefühl, beinahe Scheu, als sei ihr nach all den Jahren ein Toter aus seinem Grab entgegengetreten.

»Männer, die junge Mädchen zerstückeln, genießen im Gefängnis besondere Privilegien«, sagte er ruhig.

»Ich wäre gekommen, wenn Mutter mich fortgelassen hätte.« Aura schämte sich zutiefst. Sie als einzige hätte im Prozeß zu Christophers Gunsten aussagen können. Aber es stimmte: Nach ihrer Rückkehr ins Schloß der Familie hatte Charlotte veranlaßt, Aura für mehrere Wochen in ihrem Zimmer einzuschließen. »Es hat sieben Jahre gedauert, bis die Ärzte Mutter für unzurechnungsfähig erklärt haben«, sagte sie traurig. »Erst vor zwei Wochen wurde das Vermögen auf meinen Namen überschrieben. Jetzt bin ich hier.«

Christopher blieb ruhig. »Vor Gericht wurde der Polizist verhört, dem du von dem alten Mann in der Hütte erzählt hast. Der Ankläger hat ihn nach allen Regeln der Kunst auseinandergenommen, bis er dastand wie ein besoffener Vollidiot. Mit dir hätten sie nur das gleiche gemacht.«

»Lysanders Einfluß.«

»Er kontrolliert alles hier. Sogar die Schläger, die mich anfangs jeden Tag bearbeitet haben. Aber ich glaube, er hat irgendwann das Interesse verloren. Die Prügel sind in den letzten Jahren seltener geworden.«

»Die Polizei in Zürich hatte doch meine Personalien. Man hätte mich vorladen müssen und –«

»Du hast dir die Antwort doch schon selbst gegeben: Lysanders Einfluß. Die Verhandlung war kurz und schmerzlos. Ein paar Zeugen, die schworen, mich bei der Entführung der Mädchen erkannt zu haben – das war alles.« Er hob die Schultern und lehnte sich mit dem Rücken gegen die Wand. »Aber das spielt keine Rolle mehr.« Er verdrängte das Thema mit solchem Gleichmut, als habe man nicht ihn, sondern einen anderen zu lebenslanger Haft verurteilt. »Du hast gesagt, Sylvette sei noch immer verschwunden?«

»Sie wurde vor zwei Jahren offiziell für tot erklärt.«

»Glaubst du das? Ich meine, daß sie tot ist?«

»Nein. Sie muß noch bei Lysander sein.« Der Gedanke daran tat weh, mehr als jeder andere. Zehn Jahre, hatte Lysander gesagt. Drei standen noch aus.

Zum ersten Mal verzog sich Christophers Gesicht und offenbarte seine wahren Gefühle. Wut loderte über seine Züge. »Wir hätten sie damals befreien müssen. Irgendwie...«

»Daniel und Gillian sind dabei ums Leben gekommen. Wir hatten nie eine Chance.«

Darauf schwieg er. Aura dachte, daß er Sylvette sehr geliebt haben mußte.

»Was ist aus dem Dachgarten geworden?« fragte er plötzlich und erstaunte sie erneut durch die scheinbare Willkür, mit der er den Gegenstand des Gesprächs wechselte. »Ich nehme an, du hast alles aufgelöst.«

»Nein. Natürlich nicht.«

Christopher schien überrascht, starrte sie aber nur fragend an.

Aura straffte ihren Oberkörper. »Ich hatte mehr Zeit als du. In sieben Jahren kann ein Mensch viele Bücher lesen.«

»Der Athanor brennt noch?« fragte er verblüfft.

»Er brennt. Heißer als jemals zuvor.«

»Du hast –«

»Ja.«

Nicht mehr. Nur dieses eine Wort. Sie war nicht hier, um ihm irgend etwas zu erklären. Der Dachgarten, das Laboratorium ihres Vaters, das waren Dinge, die nur mehr sie allein etwas angingen. Christopher hatte seine Chance gehabt. Im Gegensatz zu ihm hatte sie die ihre genutzt.

»Und?« Seine Augen blitzten und offenbarten den Schimmer eines früheren Lebens – und eines alten Begehrens. »Hast du ihn gefunden?«

»Den Stein?« Sie fragte sich, wie überzeugend die Gleichgültigkeit in ihrer Stimme klang. Nicht sehr, gestand sie sich ein. »Nein, ich habe ihn nicht gefunden.«

Einen Augenblick lang sah er sie zweifelnd an. Ein Gedanke durchfuhr sie: Er glaubt, daß ich lüge.

Doch Christopher sprach nicht weiter darüber und fragte statt dessen: »Warum bist du gekommen, Aura? Warum jetzt?« Nach einer kurzen Pause fügte er hinzu: »Und erzähl mir bitte nicht noch einmal von deiner Erbschaft und daß du vorher kein Geld für die Reise hattest.«

»Nein«, antwortete sie, »man kann ohne Geld reisen, wenn es sein muß.« Sie ging einige Schritte in der Zelle auf und ab. Der Luftzug ihres Capes ließ den Kerzenschein hektisch über die Wände geistern. »Kurz nach meiner Rückkehr haben sie Friedrichs Leiche gefunden. Das, was die Fische davon übriggelassen hatten. Sein Schädel war zertrümmert. Was denkst du – sind sieben Jahre genug für einen Mord?«

»Er hat mich angegriffen.«

»Notwehr?« Die Häme in ihrer Stimme tat ihr gleich darauf leid.

»Ich habe mich verteidigt, das ist wahr. Zuletzt lag er am Boden. Ich hätte ihn nicht töten müssen. Das war eine Sünde, und ich bereue sie. Irgendwann wird Gott mir die Rechnung dafür präsentieren.«

»Du meinst, die Besuche des Priesters, die Bibelstunden – all das ist aufrichtig?«

»Der Glaube erleichtert hier drinnen so manches.«

»Wie ehrlich kann der Glaube an Gott sein, wenn er nur dem Eigennutz dient?«

Sein Ausdruck blieb sanft, fast verständnisvoll. »Es sind immer die Umstände, die uns in Gottes Arme führen. Und welche Umstände könnten aufrichtiger sein als diese hier?«

Statt darauf zu antworten, sagte sie nach kurzem Zögern: »Ich werde jetzt gehen. Aber wir sehen uns wieder.«

»Was soll das werden, Aura? Eine freundliche Gewohnheit? Danke, das ist nicht nötig.«

Sie ignorierte seinen Sarkasmus und zog etwas aus ihrer Tasche. »Hier, das ist für dich.«

Er beugte sich vor, ohne aufzustehen. Aura mußte bis auf Armlänge an ihn herantreten, ehe er danach griff.

»Eine Zigarre?« fragte er verwundert und drehte sie zwischen den Fingern. »Ich habe nie geraucht.«

»Ich möchte, daß du jetzt damit anfängst.«

Verwirrung und Argwohn sprachen aus seinen Augen, als sich ihre Blicke trafen. »Was hast du vor?«

»Du mußt den Rauch tief in die Lunge ziehen.«

»Und dann?« Er lächelte unsicher, bis Aura ohne eine Spur von Mitgefühl sagte:

»Dann stirbst du. Ist das ein Problem für dich?«

Auf den Gräbern wuchs Gemüse in solcher Vielfalt, daß mehr als eine Familie davon hätte satt werden können. Unter der altersgrauen Marmorbüste einer Verstorbenen wucherten Tomatenstauden, Bohnenranken schlängelten sich um die Glieder eines steinernen Seraphim, und viele der Grabsteine und Gedenktafeln stachen zwischen Salatköpfen, Petersilie und Karottensträußen empor.

Ganz in Schwarz rauschte Aura wie ein vergessener Trauergast über die Wege zwischen den Gemüsegräbern. Die Sonne war bereits untergegangen, das Dämmerlicht lag wie eine getönte Glasglocke über der morbiden Szenerie. Normalerweise war der Friedhof um diese Uhrzeit geschlossen. Aura war sicher, daß niemand sie bemerken würde.

Für die sonderbare Umgebung hatte sie kaum einen Blick übrig. Ihr Innerstes war unter der gelassenen Oberfläche in wildem Aufruhr, sosehr sie sich auch dagegen sträubte. Sie hatte gelernt, Stolz und Arroganz wie Masken zu tragen, die sie bei Belieben aufsetzen und ablegen konnte. Darunter verbarg sie die Narben, die Lysander ihr geschlagen hatte.

Sie mochte Friedhöfe nicht. Sie erinnerten sie allzu schmerzlich an jene beiden Menschen, die tot, aber vielleicht nie begraben worden waren – als hätte das ihr Sterben erträglicher gemacht.

Der Friedhofsgärtner hauste in einer Hütte am Rande des Gottes-
ackers. Wie ein zweites Dach wölbte sich darüber das verwobene
Geäst zweier Trauerweiden. Eine der Mauern hatte sich gefährlich
nach innen geneigt, doch den Bewohner des Schuppens schien das
nicht zu stören.

»Da sind's ja«, flüsterte er finster, als er durch den Türspalt blickte
und Aura erkannte. »Hab Sie schon eher erwartet.«

Sie erwiderte kühl seinen Blick. »Weil Frauen sich auf dunklen
Friedhöfen fürchten?«

»Ach was, ach was«, brummte der alte Mann. »Wollt' längst
draußen sein und mei' G'müs ernten. Das mach ich immer nachts,
da ist's ruhiger. Haben's den Weißkohl g'sehen? Prächtige Dinger,
wirklich.«

Aura ging nicht darauf ein, sondern trat an ihm vorbei in die
Hütte. Sie bestand nur aus einem einzigen Raum, in dem ein Bett und
eine alte Kommode standen. Unter dem winzigen Fenster hatte der
Gärtner eine Feuerstelle angelegt, wohl in der Hoffnung, der Qualm
würde durch die Öffnung nach draußen ziehen. Obgleich im
Moment gar kein Feuer brannte, roch alles hier drinnen wie ver-
kohlt.

Aura fuhr mit eisiger Miene zu dem alten Mann herum. »Wo ist
er?« fragte sie scharf.

Er kicherte schnarrend. »Glauben's etwa, ich laß den einfach so
hier rumliegen?«

»Wo ist er?« wiederholte sie ungehalten.

Der Mann winkte ihr zu und trat ins Freie. »Kommen's mit. Ich
zeig's Ihnen.«

Das Dämmerlicht schwand allmählich, die Nacht schob sich über
die Stadt. Der Gärtner entzündete unterwegs eine Handlampe. »Seit
das hier der Arme-Leut-Friedhof is', gibt's kei' Beleuchtung mehr wie
anderswo. Mir ist's recht, wenn's verstehen, was ich meine.«

Er führte sie zur gegenüberliegenden Seite der Friedhofsmauer. In
einem Geflecht aus Buschwerk und Efeu, gut geschützt vor neugierigen Blicken, lag die Leiche, achtlos abgeladen wie ein Haufen Gar-
tenabfall.

Zorn blitzte in Auras Augen, als sie den Gärtner ansah. »Sie haben ihn einfach dorthingeworfen?«

Der alte Mann zuckte gleichgültig mit den Schultern. »Er is' tot, oder?«

Ohne eine Erwiderung stapfte sie durch das kniehohe Strauchwerk und beugte sich eilig über Christophers Körper. Die kleine Reisetasche, die sie dabei hatte, warf sie neben ihm zu Boden. Christopher sah tatsächlich aus, als sei er tot, doch das machte kaum einen Unterschied zu seiner Erscheinung in der Zelle. Hager und bleich, dazu ohne Herzschlag und so kalt wie ein Eisblock, hatte der Gefängnisarzt ihn ohne Sektion zum Verscharren freigegeben. Daß dabei ein Quentchen Glück mit ins Spiel kommen mußte, hatte Aura in Kauf genommen – und, zu ihrem Erstaunen, Christopher nicht minder. Er hatte schon vor Jahren mit seinem Leben abgeschlossen.

»Kommen Sie her«, forderte sie den Gärtner auf.

Sie hielt ihre Taschenuhr in das Licht seiner Lampe. Knapp neunundzwanzig Stunden, seit sie die Zelle verlassen hatte. Vorausgesetzt, Christopher hatte die Zigarre gleich darauf geraucht, würde er noch drei bis vier Stunden in diesem Zustand bleiben. So lange würde sie wohl oder übel mit ihm auf diesem Friedhof bleiben müssen.

»Sie können jetzt gehen und Ihr Gemüse ernten«, sagte sie zu dem Gärtner.

»Und was wird mit dem da?« fragte der Alte mürrisch.

»Lassen Sie das meine Sorge sein. Ich habe Sie gut genug bezahlt, um verlangen zu können, daß Sie tun, was ich sage.«

»Oh, sicher«, gab er zurück und hob abwehrend die Hände. »Machen's mit ihm, was Sie wollen. Ich schau nicht hin.«

Sie sah zu, wie der Alte davonhumpelte, und konnte erst wieder frei durchatmen, als sein Licht hinter den Baumreihen erloschen war. Vielleicht hätte sie ihn bitten sollen, ihr die Lampe dazulassen.

Aber, nein, das war nicht nötig.

***

»Das machen wir bitte nicht noch mal«, keuchte Christopher, als Aura hinter ihm die Tür des Hotelzimmers verriegelte. »Ich fühle mich, als hätte man mir –«

»Den Schädel eingeschlagen«, führte sie seinen Satz zu Ende. »Ich weiß.«

Selbst durch die Schleier, die vor seinen Augen lagen, erkannte sie seine Verwunderung. »Stand das in einem von Nestors Büchern?«

»Nein«, erwiderte sie und warf ihren Hut in die Ecke. »Ich hab's ausprobiert.«

»Das hast du dir angetan?« fragte er zweifelnd.

Sie streifte das Cape von den Schultern und hängte es an einen Garderobenhaken. »Glaubst du wirklich, ich hätte dir das Zeug verabreicht, ohne die Wirkung zu kennen?« *Alle* Wirkungen, setzte sie in Gedanken hinzu.

Natürlich war das nicht die ganze Wahrheit, und sie sah Christopher an, daß er sie durchschaute. Aber er war wohl zu schwach, um weitere Fragen zu stellen. Kraftlos ließ er sich aufs Bett fallen. Die neue Kleidung, die sie für ihn gekauft hatte, lag viel zu weit um seinen schmächtigen Körper – sie hatte die Größe aus der Erinnerung gewählt, ohne damit zu rechnen, daß er in so schlechter Verfassung sein würde.

Im Hinaufgehen hatte sie beim Zimmerkellner eine Bestellung aufgegeben, doch als die Speisen wenig später gebracht wurden, schlief Christopher bereits tief und fest.

Aura betrachtete ihn stumm. Ihre Abneigung war ungebrochen, und doch war sie froh, fast euphorisch darüber, daß ihr Plan so reibungslos verlaufen war. Sie hatte einen Verbündeten gewonnen, den einzigen Menschen, auf den sie sich bei ihrem Vorhaben blind verlassen konnte – ganz gleich, was sie sonst von ihm halten mochte. Wenn es um Sylvette ging, dessen war sie sicher, stand Christopher bedingungslos auf ihrer Seite. Und irgendwann würde er vielleicht erfahren, daß sie ihm mehr als nur eine zweite Chance gegeben hatte.

Sie hatte Jahre gebraucht, um einige der Geheimnisse des Dachgartens zu ergründen; eines der ersten war die Lage von Nestors Leichnam gewesen. Als Christopher das Schloß Hals über Kopf verlassen hatte, um Sylvettes Entführer zu verfolgen, hatte er viele seiner Versuchsanordnungen hinterlassen, und auch einige Bücher, die er mit markierten Seiten im vorderen Teil der Bibliothek gestapelt hatte. Auf diese Weise war Aura sowohl auf die Legende vom Gilgamesch-Kraut als auch auf die zahlreichen botanischen Nachschlagewerke gestoßen, mit deren Hilfe Christopher vergeblich versucht hatte, die Pflänzchen auf Nestors Grabstätte zu bestimmen. Es hatte nicht viel dazugehört, seine Folgerungen nachzuvollziehen. Aura hatte im Laufe der Zeit weitere Stellen in anderen Büchern gefunden, die Christophers Vermutung zumindest erhärteten. Freilich hatte sie Zweifel gehabt, zu viele, um sie aufzuzählen. Und natürlich blieb offen, weshalb das Kraut ausgerechnet auf dem Grab desjenigen Mannes wachsen sollte, der am leidenschaftlichsten danach geforscht hatte. Es mußte mehr dahinterstecken als ein zynischer Streich der Natur. Weit mehr.

Aura legte sich auf das Brokatsofa und holte tief Luft. Ganz langsam fiel die Erregung von ihr ab. Sie spürte, wie sich ihre Glieder entspannten, und der Wirrwarr in ihrem Kopf in geordnetere Bahnen floß. Sie hatte schon vor zwei Wochen vom Schloß aus mehrere Privatdetektive beauftragt, in Wien für sie Informationen zu sammeln – über Lysander, seine derzeitige Machtposition bei Hofe und seine Stellung in der Unterwelt. Natürlich war ihr bewußt gewesen, daß der Alchimist von diesem Auftrag erfahren würde; tatsächlich war genau das ihre Absicht gewesen. Nur aus diesem Grund hatte sie gleich mehrere Detektive angeheuert. Sie wollte sichergehen, daß zumindest einer von ihnen mit seinem Wissen zu Lysander ging.

Es war ein gewagtes Spiel, und sie hatte alle möglichen Gegenzüge ihres Feindes vorausgesehen. Mit einer Ausnahme: daß nämlich überhaupt nichts geschehen würde.

Doch genau das war passiert. Keine Drohungen, keine Mörderkommandos. Nichts dergleichen. Sie hatte eine Gruppe von Wachmännern aus Berlin angeworben, die die Schloßinsel Tag und Nacht im Auge behielten – umsonst. Kein Lebenszeichen von Lysander, keine Nachricht, daß er ihre Neugier übelnahm.

Doch das war noch nicht alles. Auch die Berichte der Detektive hielten Überraschungen bereit. Aura hatte sie gleich an ihrem ersten Tag in Wien zu sich gebeten, kurz bevor sie Christopher im Gefängnis besucht hatte. Und alle hatten die gleiche Nachricht für sie gehabt: Lysanders Macht war geschwunden. Er hatte sich, so hieß es, schon vor fünf Jahren aus den meisten Belangen der Wiener Unterwelt zurückgezogen. Niemand kannte die Gründe. Die übrigen Bosse hatten Lysanders Geschäfte eilig untereinander aufgeteilt, ohne auch nur einen Protest, einen einzigen Vergeltungsakt zu provozieren. Alles sprach dafür, daß Lysanders geheimes Imperium sich von einem Tag zum nächsten in Luft aufgelöst hatte.

Einer der Detektive aber, ein Mann, der enge Beziehungen zur Hofburg pflegte, hatte erfahren, daß die unterirdischen Gewölbe immer noch bewohnt waren. Ja, er sei ziemlich sicher, sagte er, daß Lysander noch immer dort unten hause, von seinen unermeßlichen Reichtümern zehre und, ganz offensichtlich, auf irgend etwas wartete.

Ohne sich auszukleiden, versuchte Aura die verbliebenen Stunden der Nacht auf dem Sofa zu schlafen. Der nächste Tag würde die Entscheidung bringen. Seit sieben Jahren fieberte sie diesem Augenblick entgegen, und die Aufregung ließ sie kaum Ruhe finden.

Irgendwann aber schlief sie doch noch ein, denn als sie erwachte, war Christopher bereits auf den Beinen, stand reglos am Fenster und betrachtete die Morgendämmerung über den Dächern. Aura tat mehrere Minuten lang, als schlafe sie noch, und dabei beobachtete sie ihn verstohlen. Das Rot der aufgehenden Sonne ergoß sich über seine knochigen Züge und den kahlrasierten Schädel. Aura sah, daß Tränen in seinen Augen glänzten. Christopher weinte im Angesicht der Freiheit, lautlos, und sie wollte ihn nicht dabei stören.

Da sagte er mit einem Mal: »Ich weiß, daß du wach bist.«

Sie fühlte sich überrumpelt und richtete sich hastig auf dem Sofa auf. »Dir ist doch klar, warum ich dich rausgeholt habe, oder?« fragte sie ihn barsch, um von ihrer Verwirrung abzulenken.

Seine Mundwinkel verzogen sich, aber er sah sie nicht an. Sein Blick war weiterhin auf die erwachende Stadt gerichtet. »Du läßt einem keine Illusionen, was?«

»Ich fürchte, sie helfen uns nicht weiter.«

»Vielleicht machen sie aber das Leben ein wenig erträglicher.«

»Ich dachte, diese Aufgabe hast du an Gott abgetreten?«

»Manchmal ist es wichtig, daß nicht nur er, sondern auch die Menschen einem verzeihen.«

Sie stand auf und trat neben ihn. Das Panorama von Wien war in diesem Licht überwältigend. »Du bittest mich ernsthaft um Verzeihung?«

»Du würdest sie nicht gewähren?«

»Nein.«

Er wandte sich zu ihr um. Die Morgensonne blitzte in seinen Augen. »Ich bitte dich trotzdem darum. Vielleicht wirst du deine Meinung eines Tages ändern.«

Ihr war unwohl bei seinen Worten, und wieder wußte sie nicht, was sie darauf antworten sollte. Sie wandte sich abrupt ab, um ins Bad zu gehen. Als sie seinen Blick in ihrem Rücken spürte, blieb sie kurz vor der Tür noch einmal stehen.

»Uns steht heute einiges bevor, fürchte ich.«

»Ja«, entgegnete er, »das dachte ich mir.« Und als sie nichts darauf erwiderte, fügte er hinzu: »Was genau hast du vor?«

»Wir werden das tun, was Gillian schon vor sieben Jahren tun wollte. Damals fehlten uns die Mittel.«

»Du willst Lysanders Hauptquartier stürmen?« Er wirkte nicht überrascht.

»Es ist nach wie vor die einzige Möglichkeit.«

»Ist es vernünftig, ihn mit den eigenen Waffen schlagen zu wollen?«

»Vernünftig? Nichts, was wir hier tun, ist vernünftig.«

Als sie ins Bad treten wollte, rief er: »Aura?«

Sie blieb stehen, ohne sich umzuwenden.

Eine merkwürdige Anteilnahme lag in Christophers Stimme, als er fragte: »Für wen tust du das eigentlich? Für Sylvette – oder für Gillian?«

Sekundenlang stand sie einfach nur da, den Kopf wie leergefegt, dann zog sie ohne eine Antwort die Tür hinter sich zu.

Die früheste Kanalisation Wiens war von den Römern angelegt worden, als die Männer der Dreizehnten Legion ihre Garnison Vindobona mit Abwassergräben zur Donau durchzogen. Die Legionäre waren es auch, die die ersten Aborte mit Wasserspülung errichteten – ein Umstand, der den Menschen des nachfolgenden Mittelalters höchst überflüssig schien. Kanal und sanitäre Errungenschaften gerieten in Vergessenheit, Hygiene verlor an Bedeutung. Erst nach der zweiten Belagerung durch die Türken im siebzehnten Jahrhundert gingen die Bewohner Wiens dazu über, ihre neuen Gebäude an die offenen Straßenkanäle anzuschließen. Als aber 1830 die Donau über die Ufer trat, überschwemmte sie tagelang die gesamte Stadt. Der Inhalt der Senkgruben und offenliegenden Kanäle wurde durch Häuser und Gassen gespült und führte zum Ausbruch der Cholera. Tausende starben. Als Folge davon legte man den Grundstein zum Labyrinth der Wiener Kanalisation, und so, wie sie gut siebzig Jahre zuvor ersonnen und verwirklicht worden war, bot sie sich auch heute noch dar: als dunkles, stinkendes Netz aus künstlichen Grotten und Höhlengängen, von deren Ziegeldecken das Wasser in kristallenen Fäden troff.

Der Gedanke an die Cholera stand einigen der zwei Dutzend Männer deutlich ins Gesicht geschrieben, als Aura und Christopher in ihrem Gefolge durch die Tunnel schritten. Sie waren Söldner, die auf dem Balkan und in den afrikanischen Kolonien gekämpft hatten. Sie anzuheuern war müheloser gewesen, als Aura befürchtet hatte. Als sie zwei Wochen zuvor die ersten Pläne diesbezüglich erdacht hatte, war sie in den Papieren ihres Vaters auf die Anschrift eines Mannes gestoßen, der Soldaten und Waffen vermittelte. Nestor hatte seine Dienste bereits früher in Anspruch genommen, mehr als einmal, wie sich herausstellte. Aura hatte den Vermittler telegraphisch kontaktiert, mit einem Code, den sie ebenfalls in den Nestors Unterlagen fand. Gewürzhändler von Beruf, verhinderter Offizier von Berufung, hatte der Mann innerhalb weniger Tage eine schlagkräftige Truppe auf die Beine gestellt, die Aura ein halbes Vermögen gekostet hatte. Sie hoffte, daß es das wert war.

Jetzt aber, in Begleitung der Männer auf dem Weg zu Lysanders Hauptquartier, packten sie Zweifel. Dies war das zwanzigste Jahrhundert, und sie hatte allen Ernstes vor, einen gewaltsamen Überraschungsangriff auf den einstigen Verbrecherkönig Wiens zu starten – ein Vorhaben, das ihr eher ins Mittelalter denn ins Zeitalter von Röntgenstrahlen und Wirkungsquantum zu gehören schien.

Aber galt das nicht ebenso für die Alchimie? Aura wurde klar, daß im Umfeld von Lysander und ihrem Vater die Zeit scheinbar stehengeblieben war. Für sie galten keine Regeln der Neuzeit, und wer es mit ihnen aufnehmen wollte, der mußte sich darauf einstellen.

Der Detektiv, der für Aura die meisten Informationen über Lysander gesammelt hatte, hatte ihr auf alten Karten der Kanalisation einen Weg ins Herz der Hofburgkeller aufgezeichnet; sie persönlich durch den Irrgarten der Tunnel und Stollen zu führen hatte er abgelehnt. Wie sich jedoch herausstellte, spielte das keine Rolle. Der Anführer des Söldnertrupps, ein Ungar namens Balássy, hatte nur einen langen Blick auf die Karten geworfen und war fortan imstande, den Weg aus dem Kopf zu rekonstruieren. Er habe im griechisch-türkischen Krieg in den Felsschluchten Thessaliens gekämpft, versicherte er kühl, und im Vergleich dazu sei ihr kleines Abenteuer hier in Wien wirklich nur ein Kinderspiel. Aura verabscheute Balássy ebenso wie den Rest seiner Männer, aber sie vergaß nicht, wie sehr sie auf ihre Unterstützung angewiesen war.

Nach fast drei Stunden erreichten sie gegen Abend einen breiten Kanal, in dessen Mitte ein tiefer Wassergraben verlief. Mehr als einmal hatte Aura sich schon insgeheim gefragt, wieso Christopher nicht längst vor Schwäche zusammengebrochen war.

»Der Karte nach hätten wir hier auf die ersten Posten stoßen müssen«, sagte Balássy und schaute sich argwöhnisch um. Wie die übrigen Söldner hielt er ein Sturmgewehr mit langem Bajonett im Anschlag. Der Ungar war nicht größer als Aura, mit kurzgeschnittenem schwarzem Haar und gezwirbeltem Schnauzbart. Die Uniform, die er trug, wirkte orientalisch, obgleich alle Abzeichen entfernt worden waren. Ein sonderbarer Zug lag um seinen Mund, den Aura abwechselnd für Verschlagenheit und Wagemut hielt. Balássy war ein gefährlicher Mann, bedrohlich in seinem Militarismus.

Christopher warf Aura einen zweifelnden Blick zu, sagte aber nichts. Auch sie verzichtete auf eine Bemerkung. Allmählich kam sie sich, trotz aller Angst, ein wenig lächerlich vor.

Sie setzten ihren Marsch fort, bis Balássy verkündete, sie müßten sich nun unterhalb der Hofburg befinden.

»Was wird wohl geschehen, wenn die Wachmannschaft entdeckt, daß ein Söldnertrupp geradewegs in ihr Allerheiligstes marschiert?« flüsterte Christopher Aura ins Ohr.

Darüber grübelte sie selbst schon seit Tagen nach. Am wahrscheinlichsten war, daß man sie kurzerhand als Hochverräter hinrichten würde.

Selbst Balássy schien dieser Gedanke Sorge zu bereiten. »Falls man uns hier erwischt und Ihnen, Fräulein Institoris, Verbindungen zur deutschen Regierung nachweist, ist das eine Kriegserklärung. Ist Ihnen das eigentlich klar?« Sein Atem roch nach Kamille.

»Es gibt keine« – sie verzog das Gesicht und ahmte seinen Tonfall nach – »Verbindungen zur deutschen Regierung. Ich dachte, das hätte ich Ihrem Vorgesetzten klargemacht.« Damit meinte sie den Gewürzhändler; sie wußte, daß die Bezeichnung »Vorgesetzter« den Ungar kränken würde.

Balássy schenkte ihr einen finsteren Blick, verzichtete aber auf eine Erwiderung. Statt dessen zischte er seinen Männern weitere Kommandos zu. Sie rückten jetzt zu einer Hufeisenformation zusammen, in deren Mitte Aura und Christopher gingen.

Niemand stellte sich ihnen entgegen. Es gab keine Wachen, keine Patrouillen. Das Ganze erinnerte Aura allzu schmerzlich an ihr erstes

Eindringen in Lysanders Machtbereich. Auch damals waren sie ungehindert bis ins Zentrum vorgestoßen, nur um sich dann eines Angriffs aus den eigenen Reihen gegenüberzusehen. Zum hundertsten Mal fragte sie sich, ob man Männern, die sich als Söldner verkauften, tatsächlich trauen konnte. Und wie üblich war die Antwort ein eindeutiges Nein.

»Sind Sie sicher, daß hier unten überhaupt noch jemand ist?« fragte Balássy im Flüsterton.

Aura konnte vor Anspannung kaum sprechen. Sie vermochte die Bedrohung, die sie von allen Seiten umfing, ganz deutlich zu spüren, eine Empfindung, die sich nicht in Worte fassen ließ. Die Männer hätten sie ohnehin nur ausgelacht.

»Nach allem, was ich weiß, ja. Lysander müßte noch hier sein.«

Balássy war zu sehr Soldat, um die Worte seiner Auftraggeberin in Zweifel zu ziehen. Er mahnte seine Männer, noch sorgfältiger auf mögliche Fallen zu achten, dann pirschten sie weiter.

Plötzlich blieb Christopher stehen. »Ich kenne diesen Gang«, wisperte er. »Ich war schon einmal hier.« Er schaute angestrengt in die Dunkelheit vor ihnen. »Irgendwo dort vorne liegt die große Halle.«

»Ihr habt es gehört«, wies Balássy die Söldner an. »Gleich wird es ernst.«

Tatsächlich gelangten sie schon nach zwanzig Metern an ein unbeleuchtetes Portal. Die Doppelflügel waren geschlossen, aus dem Inneren drang kein Laut.

Balássy ließ die Söldner rechts und links der Tür Stellung beziehen und wies Aura und Christopher an, sich hinter die Reihen der Männer zu begeben. Dann ließ er das Tor öffnen – es war unverschlossen. Die ersten Söldner stürmten mit vorgerichteten Bajonetten in den Saal.

Im Inneren brannte Licht. Sämtliche Gemälde, die damals die Wände bedeckt hatten, waren verschwunden. Die Halle war vollkommen leer, bis auf ein paar farbige, faustgroße Würfel, die oberhalb der Stufen auf der Empore lagen. An dieser Stelle hatte einst das Porträt des Kaisers gestanden. Auch das Sprachrohr in der Decke war fort.

Die Söldner verteilten sich in Windeseile und sicherten den Saal. Zuletzt trat Balássy ein, gefolgt von Aura und Christopher.

»Sieht aus, als sei der Vogel ausgeflogen«, bemerkte der Ungar.

»In der Tat«, meinte Christopher widerwillig.

Aura näherte sich der Empore. »Wartet.«

Der Söldnerführer trat neben sie und folgte ihrem Blick auf die bunten Würfel. »Berühren Sie das nicht«, sagte er warnend. »Es könnte sich um –«

Aura achtete nicht auf seine Worte und ging in die Hocke.

»Bitte, Fräulein Institoris, nicht!«

Sie nahm einen der Würfel in die Hand und streckte ihn Balássy mit einem Ruck entgegen. Er hatte sich gut in der Gewalt; trotz seiner Befürchtungen zuckte er mit keiner Wimper.

»Wissen Sie, was das ist?« fragte sie.

»Sie werden es mir sagen, nehme ich an.«

Einige der Söldner rückten neugierig näher.

Aura lächelte. »Bauklötze.«

»Sie meinen … Spielzeug?«

Im selben Moment rief einer der Söldner von hinten: »Hauptmann!«

Balássy wirbelte herum. Auch Aura ließ den Würfel sinken und blickte alarmiert in die Richtung des Rufenden. Alle Söldner hatten sich umgewandt und starrten ungläubig zum Eingang.

Unter dem hohen Torbogen stand, sehr einsam und schutzlos, ein kleines Mädchen. Es war höchstens fünf oder sechs Jahre alt und trug ein weißes, knielanges Hemdchen. Lange blonde Haare hingen wirr über die Schultern bis zur Hüfte. In einer Hand hielt die Kleine eine Stoffpuppe.

Aus großen blauen Augen blickte sie in den Saal, geradewegs zur Empore und den verstreuten Bauklötzen. Die Soldaten mit ihren Gewehren und Uniformen schien sie überhaupt nicht wahrzunehmen. Als sich das Mädchen in Bewegung setzte und mit tapsigen Schritten auf die Stufen zuging, da wirkte es wie eine Schlafwandlerin.

»Los, seht vor der Tür nach!« rief Balássy den Männern zu, die dem Portal am nächsten standen. »Ich will wissen, wo dieses Kind

288

herkommt!« Sofort löste sich eine kleine Gruppe von Söldnern aus dem Trupp und stürmte mit den Waffen im Anschlag nach draußen.

Der Ungar zog einen Revolver und wollte dem Mädchen entgegeneilen, doch Aura sprang auf und überholte ihn. »Lassen Sie mich das machen.«

Balássy ergriff ihren Oberarm. »Ich habe so was Ähnliches vor Jahren schon einmal im Sudan erlebt, in Kaschgil. In einer Nacht schickten die Mahdisten kleine Jungen und Mädchen zu unserem Lager. Sie hatten Puppen dabei, so ähnlich wie diese da. Sie waren vollgestopft mit Sprengstoff. Die Zündschnüre verliefen an den bloßen Armen der Kinder hinauf bis zur Schulter. Die Länge war genau berechnet. Die ersten explodierten, als sie unsere Schützengräben erreichten.«

Aura schüttelte angewidert seinen Arm ab. »Und, was haben Sie getan?«

Der Söldner hielt ihrem Blick mühelos stand. »Wir haben die übrigen erschossen, bevor sie unseren Linien gefährlich werden konnten.«

Das Mädchen hatte jetzt die Hälfte des Weges hinter sich gebracht. Die Vorstellung, Balássy könne auf die Kleine anlegen lassen, brachte Aura in Rage. Mit einem Fluch ließ sie den Ungarn stehen und lief dem Kind entgegen. Sie erreichte es nach wenigen Schritten, ging vor ihm in die Hocke und hielt es vorsichtig an den Schultern fest.

»Hallo«, sagte sie freundlich. »Ich bin Aura, und wer bist du?«

»Tess«, erwiderte die Kleine mit piepsigem Stimmchen. Dabei blickte sie starr an Aura vorbei, hinauf zu ihren Bauklötzen.

Balássy wollte sich den beiden nähern, doch Christopher hielt ihn mit einem Wink zurück. »Warten Sie. Aura weiß, was sie tut. Außerdem«, fügte er mit spöttischem Grinsen hinzu, »sind wir hier nicht im Sudan. In Wien explodieren Kinder nur an Neujahr. Wenn überhaupt.«

Der Ungar funkelte ihn wutentbrannt an, blieb aber stehen. Schließlich löste sich sein Blick von Christopher. Aufmerksam beobachtete er Aura und das Mädchen.

»Was tust du hier?« fragte Aura leise.

Die Kleine – Tess – sah sie nur verständnislos an. »Ich will meine Bauklötze.«

»Ja, sicher«, erwiderte Aura und ließ die Schultern des Mädchens los.

Zu ihrem Erstaunen blieb Tess stehen. Zum ersten Mal sah sie Aura fest in die Augen. Dabei ergriff sie eine ihrer Hände. Ohne hinzuschauen sagte sie: »Du kaust an deinen Fingernägeln.«

Aura lächelte unsicher. »Jetzt hast du mich aber erwischt!« Insgeheim fragte sie sich, wie Tess das bemerkt hatte, ohne ihre Finger überhaupt anzuschauen.

Das Mädchen ließ ihre Hand los und setzte sich wieder in Bewegung. Ohne Balássy, Christopher und die übrigen Männer zu beachten, lief es die Stufen hinauf und ging vor den Bauklötzen in die Hocke. Dabei wandte es dem Saal den Rücken zu.

Einen Augenblick lang genoß Aura den hilfesuchenden Blick, den Balássy ihr zuwarf. Ein Trupp bewaffneter Feinde wäre ihm lieber gewesen als dieses Kind, mit dem er nichts anzufangen wußte.

»Suchen Sie weiter«, befahl Aura. »Ich kümmere mich um das Mädchen.«

Sie hatte kaum ausgesprochen, als am Tor Schritte laut wurden. Zwei Soldaten kehrten zurück.

»Wir haben etwas gefunden«, sagte der eine.

Balássy eilte auf sie zu. »Was denn?« fragte er ungeduldig und sichtlich irritiert, daß er keinen Kampflärm gehört hatte. Aura hatte den Eindruck, als bedaure der Söldnerführer, daß dieser Einsatz bislang ganz anders – unblutiger – verlaufen war, als er erwartet hatte.

Die Söldner raunten ihm etwas zu. Daraufhin verschwand Balássy mit ihnen im Korridor. Christopher überlegte einen Moment lang, ob er ihnen folgen sollte, dann aber entschied er, mit Aura zur Empore hinaufzusteigen.

»Dir ist es auch aufgefallen, nicht wahr?« fragte er.

»Ja.« Aura blickte auf die Kleine hinunter, die ungerührt ihre Bauklötze aufeinanderstapelte. »Sie sieht aus wie Sylvette.«

Aura kniete sich neben das Mädchen. »Tess?« fragte sie vorsichtig.

Die Kleine beachtete sie nicht.

»Tess?« Ein wenig lauter diesmal.

»Was ist?« Das helle Stimmchen klang trotzig.

»Warum bist du hier?«

»Wo soll ich denn sonst sein?«

Aura sah hilfesuchend zu Christopher auf, der sich ein Grinsen verkniff.

»Hör zu«, versuchte Aura es noch einmal. »Es ist sehr wichtig. Du mußt mir sagen, warum du hier unten bist, in diesem Keller. Wo sind deine Eltern?«

Tess gab keine Antwort. Sie hatte die Bauklötze zu einem hohen Turm gestapelt. Jetzt tippte sie den untersten Stein an. Polternd fiel das ganze Bauwerk in sich zusammen.

»Fräulein Institoris?« rief da Balássy vom Tor aus.

Als Aura und Christopher auffuhren, verkündete er: »Wir haben jemanden entdeckt.«

»Lysander?«

»Das sollten Sie besser selbst entscheiden.«

Aura ließ das Mädchen nur ungern zurück. Dennoch sprang sie die Stufen hinunter und lief eilig auf das Portal zu. »Geben Sie auf das Kind acht«, wies sie im Vorübereilen zwei Söldner an. Die beiden blickten unschlüssig zu Balássy hinüber. Er nickte knapp.

Wenig später waren Aura und Christopher dem Ungar um mehrere Ecken zu einer weiteren Halle gefolgt, kaum halb so groß wie die erste. Auch sie war vollkommen schmucklos. Ziegelrote Wände, eine leicht gewölbte Decke. Ein unebener Steinboden, dem ein paar Teppiche gutgetan hätten.

In der Mitte befand sich ein Himmelbett mit zerschlissenen Gazevorhängen. Darauf lag jemand. Rund um das Bett standen mehrere Söldner mit ihren Bajonetten im Anschlag.

»Ist er das?« fragte Balássy.

Aura trat zwischen den Söldnern hindurch an die Bettkante. Die Gestalt auf der Matratze hatte graues, strähniges Haar und eine ausgeprägte Raubvogelnase. Aura hatte einmal die Photographie einer Mumie gesehen; dieser Mann hier sah genauso aus, mit dem Unterschied, daß seine Augen offenstanden und reglos zur Decke blickten. Bis über die Brust war der Alte mit einem dünnen Laken bedeckt, seine Arme ruhten kraftlos zu beiden Seiten seines mageren Körpers. Seine Glieder hoben sich unter dem Laken ab wie knorrige Äste, die man beliebig zusammengesteckt hatte. Aura mußte den Drang niederkämpfen, die Decke zurückzuschlagen und den Körper darunter zu betrachten. Sie hatte noch nie einen so alten Menschen gesehen. Er flößte ihr auf unbestimmte Weise Ekel ein.

Balássy berührte sie am Arm. »Ist das der Mann, den Sie suchen?« fragte er noch einmal.

»Ich weiß es nicht.« Ohne den Ungarn anzusehen, setzte sie sich auf die Bettkante und beugte sich vor, bis sie dem Alten geradewegs in die Augen schauen konnte. Sie wußte selbst nicht, was sie darin suchte. Irgendein Zeichen, vielleicht. Einen Beweis.

Bislang hatte der Mann kein Wort gesprochen, doch jetzt öffneten sich seine Lippen ruckartig zu einem dünnen Spalt, die Bewegung einer hölzernen Bauchrednerpuppe. Ein leises Wispern stieg aus seiner Kehle empor.

»Was sagt er?« Christopher drängte sich durch die Männer an Auras Seite. In seiner Stimme lag Abscheu.

»Alles ... umsonst«, krächzte der Greis im Bett. Die Laute verursachten Aura Übelkeit. Auch Christopher verzog das Gesicht.

»Umsonst«, wiederholte der Alte.

Aura rang um ihre Beherrschung. »Wo ist meine Schwester?«

Die Augenlider des Mannes flatterten. »Sylvette?«

Christopher beugte sich vor und wollte den Greis an den Schultern packen. Doch schon bei der ersten Berührung zuckte er zurück, als habe er glühende Kohlen berührt. Er brachte es kein zweites Mal über sich, die Hände nach dem Alten auszustrecken.

»Wo ist sie?« fragte er drohend.

»Fort«, stieß der Alte aus.

Auras Stimme bebte. »Sie sind Lysander, nicht wahr?«

Ein scharfes Krächzen kam über die Lippen des Alten. Ein Lachen. »Sylvette ... geweckt.« Seine Stimme wurde leiser. Aura näherte sich unter Aufbietung ihres ganzen Willens seinem Mund.

»Vor fünf Jahren«, raunte der Greis. »Konnte nicht warten. Wurde älter und ... älter. Mußte den Vorgang aufhalten.«

»Was haben Sie Sylvette angetan?« Christophers Stimme klang heiser. »Das Kind da draußen – ist das Sylvettes Tochter?«

»Meine Tochter«, keuchte der Alte. »Meine Tochter und ... Sylvettes Tochter! Süße, liebe, kleine Tess. Sieht sie nicht aus ... wie ihre Mutter?«

»Was ist mit Sylvette geschehen?« fragte Aura erregt. »Wo haben Sie sie hingebracht?«

»Fort von hier ... fort mit all den anderen.«

»*Wohin?*«

»Sie ist weggelaufen. Weg von mir.« Großer Gott, waren das Tränen in seinen Augen? »Sie hat mich ... verlassen. Genau wie alle anderen.«

»Sie wollen mir doch nicht weismachen, Sie hätten jahrelang allein mit einem kleinen Kind hier unten gelebt?«

»Allein. Hilfe ... von oben. Essen, Pflege aus der Burg.«

Christopher spuckte aufs Bett. Der Speichel sickerte wie getauter Schnee ins Laken.

Hinter ihnen waren jetzt Schritte zu hören, leichte, kindliche Schritte. Plötzlich stand Tess neben Aura, in einer Hand immer noch die Puppe. Regungslos starrte sie den sterbenden Alten an.

»Tess«, fragte Aura ernst, »ist das dein Vater?«

Das Mädchen gab keine Antwort.

Balássy flüsterte im Hintergrund: »Die Kleine ist nicht ganz richtig im Kopf.« Zustimmendes Raunen aus der Reihe seiner Männer.

Aura warf dem Söldnerführer einen erbosten Blick zu. Im stillen aber mußte sie ihm rechtgeben. Tess' Eltern waren Vater und Tochter. Möglich, daß allein das ausgereicht hatte, ihren Geist zu verwirren. Hinzu kamen die Jahre in diesen Gewölben, an der Seite Lysanders.

Aura wurde von dem brennenden Wunsch gepackt, Tess in die Arme zu schließen. Das Mädchen aber blieb starr und gleichgültig.

Das also war das Resultat dieses Wahnsinns: ein Kind, zutiefst verstört, Folge eines grausamen Mißbrauchs. Gezeichnet schon vor der Geburt.

Aura traf eine Entscheidung. »Du kommst mit mir«, flüsterte sie der Kleinen ins Ohr. »Es gibt jemanden, der dich bestimmt gerne kennenlernen würde.«

Der Greis hatte die Worte gehört. »Nein!« keuchte er und bäumte sich auf, als habe man ihm einen Stromschlag versetzt. »Tess ist meine Tochter. *Meine* Tochter! Niemand darf sie mir wegnehmen.« Dann lag er still, den Mund leicht geöffnet, die linke Hand um Auras Unterarm gekrallt.

Beinahe panisch löste Aura ihren Arm aus seiner Umklammerung. Wo seine Hand sie berührt hatte, war der Flaum von ihrer Haut verschwunden. Erschrocken und fasziniert zugleich hob sie ihren Unterarm vor die Lippen und blies sanft dagegen. Die losen Härchen wirbelten davon. Die kahle Stelle war scharf umrissen.

»Ist er tot?« fragte Christopher.

Der Söldnerführer trat vor und fühlte den Puls des Alten. »Nein, er lebt noch.«

Aura blickte verwundert von dem Greis zu Balássy. »Aber er atmet nicht. Sehen Sie doch!« Tatsächlich schien die Brust des Alten stillzustehen.

»Er wird sterben«, sagte der Ungar. »Spätestens morgen früh ist es mit ihm vorbei. Es sei denn, Sie wollen dem Schicksal vorgreifen.«

Einen Moment lang fand Aura keine Worte. Jahrelang hatte sie davon geträumt, Lysander zu töten, ihm ein für allemal den Garaus zu machen. Ein Drang wie ein schwarzer, kalter Fluß, in den sie Nacht für Nacht hinabgetaucht war, um am Morgen ihrem Ziel mit neuer Kraft entgegenzusehen. Nun aber, da Lysander vor ihr lag, nur mehr eine Hülle, in der nichts geblieben war vom teuflischen Verstand des Alchimisten, nun ekelte ihr davor, Hand an ihn zu legen.

Doch war das überhaupt nötig? Schließlich hatte sie dafür bezahlt, daß andere ihr diese Bürde abnahmen.

Mit brüchiger Stimme sagte sie: »Töten Sie ihn.«

Die Bajonettspitzen ruckten heran, auf den Körper des sterbenden Alchimisten zu.

Da rief Christopher: »Nein! Warten Sie!«

Die Söldner bremsten ihre Stöße. Die Klingen verharrten über dem ausgezehrten Körper, zitternde Damoklesschwerter.

»Geben *Sie* jetzt die Befehle?« fragte Balássy kalt.

»Wir können ihn nicht töten. Es wäre Sünde.«

»Sünde?« Auras Augen verengten sich, als sie Christopher ungläubig anstarrte. »Du weißt, was dieser Mann getan hat. Er hat den Tod tausendfach verdient.«

»Gott wird ihn bestrafen.« Christophers Stimme schwankte, als sei er selbst nicht völlig von seinen Worten überzeugt. Doch sein Glaube saß tiefer als sein Haß.

»Was schlägst du vor?« Aura baute sich vor ihm auf, die Hände in die Seiten gestützt. Sie spürte, daß auch ihr Wunsch, den alten Mann zu töten, verblaßte.

»Vielleicht sollten wir ihn mitnehmen«, schlug Christopher vor und ignorierte die höhnischen Blicke der Söldner. »Ihn der Polizei ausliefern.«

»Der Polizei? Gerade du solltest es besser wissen!«

»Trotzdem«, widersprach er mühsam, als rede er gegen seine Überzeugung an. »Wir dürfen ihn nicht töten. Zu viele Menschen sind bereits umgekommen. Daniel, Gillian … Friedrich. Es ist genug.«

Aura war drauf und dran, Christopher zu ignorieren und Balássy zu befehlen, er möge Lysander endlich töten. Dann aber wurde ihr klar, daß sie damit nur die Schuld auf einen anderen abschob. Tatsächlich würde immer sie es bleiben, die den Tod des Alten veranlaßt hatte.

»Man wird ihn retten«, sagte sie, als spräche sie zu sich selbst. »Es muß hier noch mehr Menschen geben. Irgendwer hat sich um ihn und das Kind gekümmert. Sie werden ihn holen, sobald wir fort sind. Sie werden ihn gesund pflegen.«

»Der wird nicht mehr gesund«, knurrte Balássy, »glauben Sie mir. Es ist das Alter. Dagegen hilft nicht mal das beste Medikament.«

Christopher hakte nach und packte Aura am Arm. »Er *stirbt*, Aura. Aus welchem Grund auch immer. Lysander stirbt.«

Dann drehte er sich einfach um und ging ohne ein weiteres Wort aus dem Raum.

Die Blicke der Söldner ruhten nun alle auf Aura. Sie zögerte noch einen Augenblick, dann schüttelte sie den Kopf, so langsam, als versuche irgendeine Macht, sie zurückzuhalten. »Nehmen Sie die Waffen runter«, sagte sie schließlich. »Sie haben es alle gehört – er wird sterben. Auch ohne daß wir uns die Hände schmutzig machen.« Sie sagte »wir«, aber tatsächlich sprach sie nur für sich selbst. Es war eine Sache, jemandem den Tod zu wünschen, aber eine ganz andere, ihn selbst zu töten. Ganz kurz überkam sie die Erinnerung an den Greis in der Hütte, aber sie verdrängte die Bilder sofort.

Sie holte Christopher kurz darauf ein, an der zugigen Ecke eines Korridors. Tess hielt sie an der Hand; Aura brachte es nicht über sich, sie loszulassen. Sich von Tess zu lösen, den Glauben an Sylvette aufzugeben – das war in diesem Augenblick ein und dasselbe.

Christopher blickte ihnen entgegen. Er lehnte an der Wand, seine Augen waren gerötet. »Warum hast du mich befreit, Aura? Warum wolltest du, daß ich mit hierherkomme?«

»Damit es ein Ende hat«, sagte sie sanft. »Damit all das hier endlich ein Ende hat.«

Er warf den Kopf zurück und stieß einen bitteren Laut aus. »Und, zufrieden?«

Aura schaute auf Tess hinab, die apathisch ins Dunkel starrte.

»Nein«, erwiderte sie dann. »Aber es war auch nicht der einzige Grund.«

Er legte den Kopf schräg. Einen Augenblick lang glaubte sie, er werde etwas Verächtliches erwidern, irgend etwas, das sie verletzen sollte. Aber Christopher schwieg. Wartete ab, was sie zu sagen hatte.

»Ich brauche jemanden«, sagte Aura leise und schaute zu Boden. »Einen Freund, um das alles durchzustehen.«

»Einen Freund?« Er schüttelte den Kopf. »Nein, was du brauchst, ist jemand, der dir sagt, daß du das Richtige tust. Jemand, der dir die Verantwortung abnimmt. Aber sieh mich an! Bin ich vielleicht derjenige? Ich bin schwach, Aura. Verantwortung ist nichts für mich. Und ich werde der letzte sein, der sagt: ›Das hast du gut gemacht‹.«

Sie erschrak über die Leichtigkeit, mit der er sie durchschaute. »Wir haben Lysander besiegt«, entgegnete sie. »Auch du.«

»Aber du willst noch viel mehr als das, nicht wahr? Du willst seine

Spuren auslöschen. Deshalb hast du mich aus dem Gefängnis geholt. Um alles auszulöschen, was er verschuldet hat.«

»Ist das so falsch?« Aura drückte Tess' kleine Hand immer fester. Sie war es, die sich an das Kind klammerte, nicht umgekehrt.

»Falsch? Nein.« Christopher lehnte den Kopf zurück an die Wand. »Aber was ist mit ihr? Tess ist Lysanders Tochter. Und wenn du so willst: die tiefste all seiner Spuren.«

»Sie ist auch Sylvettes Tochter – deine Nichte, Christopher.«

Da blickte er sie beide an, erst Aura, schließlich Tess, und dann, ganz langsam, nickte er. Aber er sah aus, als habe er Schmerzen dabei.

KAPITEL 2

In manchen Jahren, vor allem im September, wechselte der Küstenwind seine Richtung und blies tagelang vom Festland hinaus auf die See. Dann sah es aus, als neigten sich die Zypressen den Fenstern des Schlosses entgegen, um den Bewohnern etwas zuzuraunen. Warnungen vielleicht, oder Geheimnisse. Die uralte Weisheit der Bäume.

Aura konnte den Blick nicht von den gebeugten Wipfeln lösen. Sie vernahm das leise Rascheln der Zweige, und sie sah, daß die meisten der Bäume von Spinnweben überzogen waren. Das geschah in jedem Herbst. Kreuzspinnen, die ihre Zeichnung daumennagelgroß auf dem Rücken trugen, krochen aus den Tiefen des dunklen Geästs hervor und umhüllten die Zypressen mit ihren Gespinsten.

Die Bäume wuchsen um Aura und Tess empor in den Himmel wie die Säulenhalle einer vorzeitlichen Tempelanlage. Christopher ging zwei Schritte hinter ihnen.

»Ich habe mich gefragt, was du empfinden würdest, wenn du hierher zurückkehrst«, sagte Aura, ohne sich zu ihrem Stiefbruder umzublicken.

»Was hast du erwartet? Beschämung? Furcht? Ein schlechtes Gewissen?« Am Tonfall seiner Stimme erkannte sie, daß ihn die Rückkehr ins Schloß keineswegs so unberührt ließ, wie er sie glauben machen wollte.

Sie erreichten den Rand des Zypressenhains und traten auf den schmalen Grasstreifen zwischen Bäumen und Schloßmauer. Zwei Diener erwarteten sie vor dem offenen Portal. Christopher erkannte keinen von ihnen.

»Wo ist Konrad?« fragte er. »Fortgegangen oder –«

»Gestorben«, erwiderte Aura. »Vor drei Jahren.«

Im selben Moment wurden die beiden Bediensteten von hinten auseinandergedrängt, und aus dem Dunkel der Eingangshalle sprang eine Gestalt ins Tageslicht.

»Mama!« Ein kleiner Junge stürmte Aura entgegen.

Sie ging in die Hocke, ohne Tess dabei loszulassen, und drückte den Jungen mit dem anderen Arm an sich. »Es ist schön, wieder bei dir zu sein.«

Der Junge sah ihr glücklich ins Gesicht. »Du warst gar nicht so lange fort, wie du gesagt hast.« Plötzlich entdeckte er das jüngere Mädchen an der Hand seiner Mutter.

Aura erhob sich aus der Hocke. »Das ist Tess. Sie wird von nun an bei uns wohnen.«

»Hallo«, sagte der Junge mit leichtem Zögern und streckte dem Mädchen artig die Hand entgegen. »Ich bin Gian. Wie alt bist du?«

Tess gab keine Antwort. Sie schaute ihn nur aufmerksam an.

Gian blickte verunsichert zu Aura hinauf, die ihm schulterzuckend zuzwinkerte. Gian seufzte und sagte zu Tess: »Ich bin sieben.«

Christopher räusperte sich. »Du hast mir nicht gesagt, daß du einen Sohn hast.«

»Hätte das etwas geändert?«

»Ist er –«

»Gillians Sohn, ja.«

Christopher rang sich ein Lächeln ab und strich dem kleinen Gian über den Kopf. »Du siehst deiner Mutter ähnlich«, sagte er, und es klang fast ein wenig erleichtert. Tatsächlich hatte Gian rabenschwarzes Haar wie Aura, und auch die dichten Augenbrauen hatte er von ihr geerbt.

»Bist du mein Onkel?« fragte Gian neugierig.

»Wie wär's, wenn ihr euch richtig begrüßt?« Aura blickte von einem zum anderen. »Gian, das ist dein Onkel Christopher. Er wird, glaube ich, eine Weile bei uns bleiben.« Dabei sah sie Christopher fragend an. Er hob nur die Schultern.

»Mag sein, ja.« Er schüttelte Gian die Hand, woraufhin der Junge vorerst das Interesse an ihm verlor. Statt dessen blickte er wieder Tess an, die teilnahmslos neben ihnen stand.

»Ist sie krank?« fragte er geradeheraus.

»Tess ist nur müde«, sagte Aura schnell. »Die Reise war lang und ziemlich anstrengend.«

»Darf ich beim nächsten Mal mitkommen?«

»Mal sehen.« Aura knuffte ihn spielerisch gegen die Schulter. »Wenn du bis dahin gelernt hast, daß man Gäste nicht im Freien stehenläßt.«

Gian rannte zurück ins Schloß, und die drei folgten ihm. Nach der Begrüßung durch die Diener und Hausmädchen, die in der Halle gewartet hatten, nahmen Aura, Christopher und die beiden Kinder an der Tafel im Eßzimmer Platz.

Aura bemerkte, daß Christopher gedankenverloren die hohe Standuhr zwischen den Fenstern anstarrte. Die Zeiger standen auf kurz vor fünf.

»Funktioniert sie noch?« fragte er.

»Der Sieben-Uhr-Mechanismus, meinst du?« Aura seufzte. »Viel zu gut.«

»Sie ist toll, nicht wahr?« platzte Gian heraus.

Christopher nickte nachdenklich. »Toll, ja.«

Aura warf ihrem Sohn einen tadelnden Blick zu. »Vielleicht würdest du nicht so schlecht träumen, wenn du dich weniger für die dumme Uhr begeistern könntest.« Aber sie wußte, daß Gians Alpträume nichts mit der Uhr zu tun hatten, und er wußte es ebenso.

»Ich träume nie von der Uhr«, erinnerte er sie mit düsterem Blick.

Als die Diener das Essen auftrugen, blickte Tess unschlüssig auf ihren Teller. Es gab Fischfilet, Petersilienkartoffeln und verschiedene Salate.

»Magst du keinen Fisch?« fragte Aura. Während der langen Zugfahrt hatte Tess nur klares Wasser und belegte Brote zu sich genommen.

»Er ist … heiß«, brachte sie hervor, als bereite ihr das Sprechen Schwierigkeiten.

Natürlich, schalt sich Aura. Soviel zumindest hatten sie aus Tess herausbekommen: In Lysanders Gewölben hatte es nur kalte Speisen gegeben, nie etwas Warmes.

Aura winkte einen der Diener herbei. »Bringen Sie uns bitte ein paar Brote, am besten mit Marmelade.«

Sogleich meldete sich Gian zu Wort. »Darf ich auch, Mama?«

»Ja, sicher«, seufzte sie.

Christopher grinste. »Ich hätte nicht gedacht, daß du so gut mit Kindern umgehen kannst.«

Während des Essens stellte Gian zahlreiche Fragen über den Verlauf der Reise. Er hatte geglaubt, Aura sei nur nach Wien gefahren, um ihren Stiefbruder wiederzusehen. Bis vor wenigen Wochen hatte er nichts über den verschollenen Onkel gewußt, ebensowenig wie über seinen Vater. Aura fiel es immer noch schwer, über Gillian zu sprechen, sogar nach all den Jahren. Ein Grund dafür mochte sein, daß sie ihn selbst kaum gekannt hatte.

Ist es nicht seltsam, dachte sie manchmal, wie sehr doch ein Mensch, der uns ein einziges Mal begegnet, unser Leben verändern kann? Zugleich aber war ihr klar, daß sie Gillian damit nicht gerecht wurde. Hin und wieder machte es alles einfacher, wenn sie ihre Gedanken über sich selbst auf Formeln und Phrasen beschränkte; gelegentlich fühlte sie sich dann wie eine ganz normale Frau, Tochter eines ganz normalen Vaters. Aber Selbstbetrug war keines ihrer dauerhaften Talente.

Sie waren beim Dessert angelangt, als auf dem Gang vor dem Eßzimmer Schritte laut wurden. Die Tür wurde aufgerissen. Ein Wirbel aus weitem Stoff und Muschelgestecken brach über sie herein.

»Wie kannst du es wagen, ihn in mein Haus zu bringen?«

Charlottes Stimme war das einzige an ihr, das sich nicht verändert hatte. Die aufdringlich bunten Kleider von damals waren nachtfarbenen Stoffontänen gewichen, die gerafft und verschlungen um ihren Leib lagen. Ihr Gesicht war aufgedunsen und wirkte auf den ersten Blick wie überpudert – dabei war es ihre Haut, die schneeweiß geworden war. Sie trug einen Hut, der aussah wie ein Haufen Muscheln, willkürlich von Wellen am Strand aufgetürmt. Um ihren

Hals hingen schwere Ketten – gleichfalls aus Muscheln, natürlich –, ebenso um ihre Handgelenke. Ihre Augen und ihr Mund waren stark geschminkt, schwarze und rote Balken, die sich nicht durch mangelnde Übung entschuldigen ließen.

Zum ersten Mal seit mehr als vier Jahren hatte Charlotte ihr Zimmer verlassen.

Gian, der mit Tess an der zur Tür gewandten Seite der Tafel saß, sprang auf, blieb aber trotz seines Schreckens fürsorglich genug, um Tess' Hand zu ergreifen. »Komm!« zischte er ihr zu, und Sekunden später waren die Kinder unter dem Tisch verschwunden.

Auch Christopher hatte sich erhoben. Er stützte sich mit den Fäusten auf die Tischkante.

»Mutter!« sagte Aura mit betonter Ruhe, obgleich sie innerlich aufgewühlt war; sie wußte, daß gegen Charlottes Wahn nur mit Gelassenheit anzukommen war. »Mutter, bitte! Willst du dich nicht zu uns setzen?« Manchmal ließ sich die Raserei ihrer Mutter durch Höflichkeit bändigen.

Doch Charlotte war nicht in der Verfassung, sich besänftigen zu lassen. Sie stand immer noch im Türrahmen und richtete jetzt anklagend den Zeigefinger auf Christopher. Dabei kam kein Wort über ihre scharlachroten Lippen.

»Hallo, Mutter«, sagte Christopher leise.

Die Kinder kauerten mucksmäuschenstill unterm Tisch, drängten sich bleich aneinander. Sie wagten kaum zu atmen, aus Furcht, die große schwarze Frau könne sie bemerken. Auch für Gian war Charlotte eine Fremde. Mehr noch als auf Christopher wirkte sie auf die Kinder wie ein leibhaftiger Racheengel.

Auras Gedanken überschlugen sich. Der Eklat war zu erwarten gewesen, aber sie hätte ihn gern noch ein wenig hinausgeschoben, wenigstens bis sie und Christopher sich einig waren, wie sie die Suche nach Sylvette fortsetzen wollten. Zudem war noch ungewiß, wie lange Christopher überhaupt bleiben würde.

Gerade wollte sie weiter auf ihre Mutter einreden, als Charlotte plötzlich herumfuhr und ohne ein weiteres Wort aus dem Zimmer rauschte. Ihre stürmischen Schritte verklangen im Korridor.

Stille senkte sich über das Zimmer. Alle waren benommen, Schiffbrüchige auf offener See, die knapp einem Unwetter entronnen waren.

Die Kinder krochen verschüchtert unterm Tisch hervor und kletterten wieder auf ihr Plätze. Es war Tess, die das Schweigen brach. Sie blickte Christopher aus großen Augen an, und dann sagte sie etwas, das alle erschütterte.

»Warum hast du Großmutters Freund getötet?«

»Wie konnte sie das wissen?« Das weinrote Leder des Ohrensessels knirschte, als Christopher sich zurücklehnte. Sein Blick hing wie hypnotisiert an den Flammen des Kaminfeuers. »Glaubst du, Lysander hat es ihr erzählt?«

»Einem so kleinen Kind?« Aura schüttelte nachdenklich den Kopf. »Warum hätte er das tun sollen?«

»Um den Haß auf die Familie zu schüren, oder um –« Er verstummte abrupt und setzte nach einer Pause resigniert hinzu: »Ach, was weiß ich . . .«

Aura und Christopher saßen im alten Herrenzimmer des Schlosses. Es war jahrzehntelang nicht benutzt worden, ehe Aura seine Behaglichkeit für sich wiederentdeckt hatte. In den vergangenen Jahren hatte sie sich immer dann hierher zurückgezogen, wenn sie der Arbeiten im Laboratorium überdrüssig geworden war. Hier, im äußeren Westflügel, ein Stockwerk über der Familienbibliothek, fand sie die Ruhe, über sich nachzudenken.

Vor den Bleiglasfenstern war die Nacht heraufgezogen. Ein alter Kronleuchter hing ungenutzt an der Decke; die einzige Lichtquelle im Raum war die Glut im Kamin.

Das Feuer verbreitete wohlige Wärme. Während sie miteinander sprachen, blickten Aura und Christopher unablässig in die Flammen. Aura erinnerte sich an etwas, das sie einmal gelesen hatte: Liebende sehen einander an, Freunde in dieselbe Richtung. Sie fragte sich, ob das bedeutete, daß Christopher und sie Freundschaft geschlossen hatten.

Vielleicht war eher Frieden das richtige Wort.

»Tess schläft in Gians Zimmer«, sagte Aura. »Zumindest bis sie sich im Schloß eingelebt hat. Ich habe das Gefühl, sie taut in seiner Nähe ein wenig auf.«

»Dann hat er wohl auf Frauen die gleiche Wirkung wie sein Vater.«

»Eifersüchtig?« Sie hatte geglaubt, er mache einen Scherz, doch seine Antwort klang bemerkenswert ernst.

»Nicht mehr.« Einen Augenblick später fuhr er fort: »Ist Gian…?«

»Ein Zwitter wie sein Vater? Nein, er hat keine weiblichen Merkmale. Zumindest keine sichtbaren.«

»Wenn du dich mit den Büchern deines Vaters beschäftigt hast, kennst du die Bedeutung des Hermaphroditen in der Alchimie.«

»Er symbolisiert die Suche des Alchimisten nach Vollkommenheit«, sagte sie. »Das Wirken der weiblichen und männlichen Prinzipien bestimmt den Lauf der Welt. Die Zeugung ist nur eines von vielen Beispielen. Beide Prinzipien sind in jedem Menschen vorhanden, und auf dem Weg zur Vollkommenheit muß der Alchimist beide Teile in seinem Inneren wiederentdecken und nutzen.«

Der Flammenschein zuckte über Christophers hagere Züge, als er die Bibel zitierte: »Und Gott der Herr sprach: Es ist nicht gut, daß der Mensch allein sei; ich will ihm eine Gehilfin geben, die um ihn sei. Und Gott der Herr baute ein Weib aus der Rippe, die er von dem Menschen nahm.«

Aura nickte zustimmend. »Sogar das Christentum akzeptiert den weiblichen Anteil im Leibe Adams.«

»Damit war der erste Mensch auch der erste Hermaphrodit. Und auch der letzte, der vollkommene Mensch, wird Hermaphrodit sein.«

Plötzlich begriff sie, worauf er hinauswollte. Es traf sie wie ein Schlag. »Du glaubst, Lysander hat so große Stücke auf Gillian gehalten, weil –«

»Weil er ihn auf irgendeine Weise erschaffen hat, ja«, unterbrach Christopher sie. »Lysander oder irgendein anderer Alchimist.«

»Aber wir reden doch von Symbolen, von philosophischer Theorie! Niemand *erschafft* einen anderen Menschen – nicht im Sinne der Alchimie!«

»Das Ziel des Adepten ist die Vereinigung des männlichen und weiblichen Prinzips.«

»Im Geiste, vielleicht«, widersprach Aura beharrlich. »Aber nicht ganz konkret in der Wirklichkeit.«

»Und wenn es dennoch jemandem gelungen wäre?«

»Gillian war ein Mensch, kein alchimistisches Experiment!« Einen Moment lang mußte sie sich zwingen, Ordnung in ihre Gedanken zu bringen. »Und selbst wenn es so wäre, wie du sagst, es ist ohne Bedeutung. Nichts davon ist noch von Bedeutung. Gillian ist tot.«

»Aber sein Sohn lebt. Dein Sohn, Aura! Vielleicht sollten wir uns die Frage stellen, ob ein Wesen, das durch Alchimie erschaffen wurde, normale Kinder zeugen kann.«

»Willst du damit sagen«, fauchte sie zornig, »Gian sei kein normales Kind?«

»Du *willst* mich mißverstehen, nicht wahr? Ist dir denn gar nichts aufgefallen?«

Einen Augenblick lang wünschte sie fast, Gian sei der Sohn einer anderen Frau – vielleicht hätte sie dann das, was Christopher ihr sagen wollte, objektiver betrachten können. So aber nahm sie den Jungen instinktiv in Schutz.

»Erklär es mir«, forderte sie ihn auf, und in ihrem Tonfall schwang eine leise Drohung mit.

Christopher seufzte. »Wie viele Tage waren wir jetzt mit Tess zusammen? Drei?«

Aura nickte stumm.

»Sie hat während dieser drei Tage kaum ein Wort gesprochen«, fuhr er fort. »Es war, als hätte sie vorher nichts zu sagen *gewußt*. Und nun, ganz plötzlich, platzt sie mit Dingen heraus, die ihr eigentlich vollkommen fremd sein müßten. Dafür muß es doch einen Auslöser gegeben haben.«

»Mutters Auftritt?«

»Nein«, entgegnete Christopher. »Gian.«

»Du glaubst allen Ernstes, er sei der Grund für Tess' verändertes Verhalten?«

»Die beiden haben zusammen unterm Tisch gesessen«, erklärte Christopher. »Dabei haben sie sich berührt. Setzen wir einmal voraus, Gian sei durch das Erbe seines Vaters ein alchimistisches Geschöpf – das klingt furchtbar, ich weiß, aber laß es uns einmal annehmen.«

Aura schaute ihn schweigend an.

Christopher sprach weiter: »Auch Tess ist in gewisser Weise das Produkt eines hermetischen Experiments: das Kind eines Alchimisten mit seiner leiblichen Tochter. Wir können wohl davon ausgehen, daß sie nicht mit dem Stein der Weisen identisch ist, wie Lysander es sich erhofft hatte – dennoch steckt das alchimistische Erbe in ihr.« Er hielt inne, als müsse er sich erst selbst von seinen Theorien überzeugen. »Wir haben also zwei Geschöpfe der Alchimie, Gian und Tess, Mann und Frau. Ich bin sicher, daß es eine ähnliche Verbindung nie zuvor gegeben hat – zumindest keine, die dokumentiert ist.«

»Und?« Aura wußte jetzt, worauf er hinauswollte, doch immer noch sträubte sie sich dagegen.

»Irgend etwas wird aus der Begegnung der beiden entstehen«, sagte Christopher, und seine Augen leuchteten bei diesen Worten. »Etwas Wunderbares, etwas Unvorhergesehenes. Irgendeine völlig neue Kraft.« Er beugte sich vor und sah Aura geradewegs in die Augen. »Und es beginnt damit, daß Tess mit einem Mal Dinge weiß, die sie nach den Gesetzen der Vernunft gar nicht wissen kann.«

Viel später, nachdem das Feuer im Kamin heruntergebrannt war, verließen sie das Herrenzimmer, um in den verbleibenden Stunden bis zum Morgen ein wenig Schlaf zu finden. Aura war längst nicht überzeugt von Christophers wildem Gedankengespinst, und nach außen hin weigerte sie sich, es auch nur als Möglichkeit anzuerkennen. Doch tief in ihrem Inneren wuchs der Verdacht, daß die Ahnungen ihres Stiefbruders begründet waren.

Während sie die Marmorstufen des östlichen Treppenhauses hinaufstiegen, sagte Aura: »Gian träumt manchmal schlecht. Auch tagsüber. Es ist, als hätte er Visionen.«

»Visionen wovon?« fragte Christopher.

»Manches hat mit dem Schloß zu tun. Erinnerst du dich noch an das Gemälde in Lysanders Halle?«

»Das auf der Tür? Schloß Institoris in Ruinen?«

Aura nickte. »Gian hat ähnliche Bilder gesehen, in seinem Kopf. Er hat sie mir genau beschrieben. Aber ich glaube, daß das, was er sieht, keine Ruinen sind – es ist eine Art Baustelle. Er sieht, wie dieses Schloß auf den Fundamenten der alten Piratenfestung errichtet wurde.«

»Jungen träumen manchmal von Piraten.«

»Nein«, erwiderte sie entschieden. Ihre Schritte hallten durch das steinerne Treppenhaus. »Es sind nicht die Piraten. Es sind unsere Vorfahren. Die Ahnen der Familie Institoris. Aber das ist noch nicht alles: Manchmal sieht er Ritter in einer alten Festung, in weißen Gewändern mit aufgenähten roten Kreuzen.«

»Kreuzritter?«

»Templer. Und in ihrer Festung hat er etwas gesehen, das er für eine Küche hält, aber ich glaube, in Wahrheit ist es –«

»Ein Alchimistenlabor«, führte er ihren Satz zu Ende.

»Ja.«

»Aber das bestätigt doch, was ich eben gesagt habe!« Sie blieben auf dem Absatz des ersten Stockwerks stehen. »Es ist, als sähe Gian Ereignisse, die anderen widerfahren sind. Seinen Vorfahren. Und es würde zu dem passen, was Tess gesagt hat. Ihre Großmutter ahnt immerhin, was mit Friedrich geschehen ist, ganz abgesehen von Lysander, der es ganz genau wußte.« Ihre Blicke kreuzten sich, und in beiden spiegelte sich die gleiche verrückte Vermutung. »Glaubst du«, fragte Christopher, »es ist möglich, daß sowohl Tess als auch Gian bestimmte Dinge sehen, Dinge *wissen*, die sie von ihren Ahnen geerbt haben – so wie die Haarfarbe oder die Form der Nase?«

»Vererbtes Wissen?«

»Es gibt Wissenschaftler, die behaupten, bestimmte Bilder und Erinnerungen sind im Erbgut der Menschen verankert und werden von Generation zu Generation weitergegeben. Gewisse Umstände können dazu führen, daß man sich schlagartig daran erinnert, obwohl man es selbst nie erlebt hat.« Christopher lehnte sich gegen das steinerne Treppengeländer. »Viele werten solche Erinnerungen als Beweis für ein früheres Leben, für die Wiedergeburt. Aber wenn das ein Irrtum wäre, wenn es nicht ihre eigenen Erinnerungen wären, die sie sehen, sondern die ihrer Vorfahren …«

Aura starrte ihn an, als habe er den Verstand verloren. »Du glaubst, die Begegnung mit Gian hat dieses Wissen in Tess auf irgendeine Weise freigesetzt?«

Christopher strich sich über den stoppelhaarigen Hinterkopf. »Wir müssen abwarten, wie Gian reagiert. Ob seine Visionen intensiver werden.«

Auras Mund war trocken, und ihre Müdigkeit machte es ihr schwer, überhaupt noch einen klaren Gedanken zu fassen. »Laß uns morgen weiterreden. Du kannst in deinem alten Zimmer schlafen. Es ist jetzt ein Gästezimmer, aber es hat sich nicht viel geändert.«

Er lächelte scheu und nickte. »Danke.«

»Für das Zimmer?«

»Nein, für alles. Für deine Freundschaft.«

Als er davonging, mußte sie wieder an das denken, was Gillian zu ihr gesagt hatte, damals in dem kleinen Hotelzimmer in Wien: *Wenn du mit der gleichen Kraft haßt, mit der du vergibst, dann gnade Gott deinen Feinden.* Als sie die Stufen zum zweiten Stock hinaufstieg und in den langen Korridor einbog, der zu ihrem Zimmer führte, wurde ihr mit einem Mal klar, daß nach sieben Jahren niemand mehr übrig war, den sie hassen konnte. Lysander war tot, und Christopher hielt sie für seine Freundin; vielleicht war sie das sogar. Von einem Tag auf den anderen hatte sich ihr ganzes Weltbild auf den Kopf gestellt.

Während Aura in ihrem Zimmer verschwand, schaute Christopher sich in seiner alten Unterkunft um. Aura hatte recht: Hier drinnen hatte sich kaum etwas verändert, seit er die Insel verlassen hatte. Vielleicht, weil er auch damals immer nur ein Gast gewesen war. Er hatte sich selbst dazu gemacht, indem er Tag und Nacht auf dem Dachboden verbrachte.

Einen winzigen Moment lang überkam ihn der Drang, hinaufzusteigen, sich im Laboratorium umzuschauen, die Pflanzen zu betrachten. Ob Aura Veränderungen vorgenommen hatte? Er hielt seine Neugier jedoch im Zaum und beschoß statt dessen, Aura am nächsten Tag um Erlaubnis zu bitten. Es war nicht mehr sein Dachgarten. Christopher war jetzt wieder ein Fremder im Schloß, aber er fühlte kein Bedauern bei diesem Gedanken.

Auf einem Stuhl neben dem Bett lagen Kleidungsstücke. Jemand aus der Dienerschaft mußte damals seine alten Sachen aufgehoben haben. Die Hosen und Hemden würden ihm sicher zu weit sein. Dennoch war er dankbar dafür.

Er wollte sich ausziehen und zu Bett gehen, als ihn plötzlich die Erinnerung an Sylvette überkam: an die Freude in ihrem Gesicht, als er ihr zum Geburtstag die Haartinktur geschenkt hatte; an ihre gemeinsamen Ruderpartien rund um die Insel und an die vielen Stunden, in denen sie sich unterhalten hatten wie gleichaltrige Geschwister. Die Bilder von damals trafen ihn wie Pfeilspitzen, vergiftet mit Trauer und Schuldgefühlen. Dies waren keine neuen Gefühle für ihn, er hatte sie im Gefängnis tausendmal durchlebt, aber hier, an diesem Ort, waren sie um ein Vielfaches stärker.

Mit zitternden Fingern entzündete er die Kerzen des Leuchters auf dem Kamin. Erst zögernd, dann zielstrebig, trat er wieder hinaus auf den Flur und ging hinüber zur Tür von Sylvettes altem Zimmer.

Mach auf, und sie wird dasein. Genau wie damals. Sie wird dich anlachen, und alles ist gut.

Das waren törichte Gedanken, natürlich. Er legte die Hand auf die Klinke. Die Tür war nicht verschlossen. Sie ließ sich mit einem schleifenden Laut nach innen drücken.

Es war noch immer das Zimmer einer jungen Dame. Auf dem Garderobentisch standen dieselben Cremes und Duftwässer. Kämme und Bürsten lagen da, als sei ihre Besitzerin nur für einen Moment hinausgegangen. Auch die beiden Stofftiere saßen nach wie vor auf dem Himmelbett, ihre schwarzen Knopfaugen starrten glitzernd in Christophers Richtung.

Eine Weile lang stand er im Türrahmen und kämpfte mit den Tränen. Die Erinnerung durchzog den Raum wie eine unsichtbare Mauer; es war so schwer, dagegen anzugehen. Mit schleppenden, zögernden Schritten trat Christopher an den großen Kleiderschrank.

Er öffnete eine der blumengemusterten Türen, schob die Bügel mit den Spitzenkleidern beiseite und suchte das, was all die Jahre in der Dunkelheit auf ihn gewartet hatte. Sylvettes Geheimnis.

Wie damals war es mit einem schwarzen Tuch verhängt. Im Flackern der Kerzen wirkte der Faltenwurf wie die Fratzen gotischer Wasserspeier. Christopher stellte den Kandelaber am Boden ab, dann zog er langsam das Tuch von dem flachen, gemäldegroßen Gegenstand. Damals hatte Sylvette ihm angeboten, ihm ihr Geheimnis zu offenbaren, und er hatte abgelehnt. Heute wußte er: Wenn er sehen würde, was es war, würde es nichts mehr geben, das ihn von der Suche nach ihr abbringen konnte. Er schwor sich, daß er sie finden würde. Um jeden, noch so hohen Preis.

Das Tuch fiel, und Christopher blickte in einen Spiegel. Der Rahmen war reich verziert und mit Goldfarbe bemalt, er sah aus wie neu. Die Spiegelfläche dagegen war von dunklen Rissen durchzogen. Wie schwarze Blitze teilten sie das Glas in Hunderte von Facetten, ein Spinnennetz aus rasiermesserscharfem Kristall.

Christophers Gesicht war im Spiegel geborsten und verzerrt, eine Grimasse aus gezahnten, spitzen Bruchstücken. Wie versteinert blickte er sich selbst in die zerrissenen Augen. Der Kerzenschein fiel von unten geisterhaft gelb in sein Gesicht, vertiefte die eingefallenen Wangen und Augenhöhlen, hob Knochen und Stirn hervor. Ein Totenschädel, von den Rissen im Glas zum Grinsen gebracht.

Er ertrug den Anblick nur wenige Sekunden, dann warf er die Schranktür zu und löschte bebend die Kerzen. Im Zwielicht einer fernen Korridorlampe eilte er zurück in sein Zimmer, verschloß die Tür und ergab sich zitternd der Gnade Gottes und dem Balsam seiner Träume.

Im Dunkel der Nacht träumte Gian von Tess.

Es war keiner der Träume, die ihn sonst heimsuchten, keine Bilder aus der Vergangenheit der Insel.

Alles, was er sah, war Tess' Gesicht, ganz groß und leuchtend vor ihm. Ihre zarten Züge, viel zu feingeschnitten, um kindlich zu wirken, umrahmt von hellblonden Locken. Das Blau ihrer Augen, so klar wie die See an Sommertagen und mindestens ebenso tief.

Lange blickte sie ihn einfach nur an. Dann, plötzlich, öffneten sich ihre Lippen, und sie sagte etwas. Einen Satz nur:

»Der Seemann hat ein neues Rad.«

Gian erwachte. Tess lag auf der anderen Seite des Zimmers, in einem Bett, das die Diener dort für sie aufgestellt hatten. Im Dunkeln konnte er vage ihren goldenen Haarschopf zwischen Kissen und Decke erkennen. Sie rührte sich nicht, gab keinen Laut von sich.

In seinem Kopf aber hörte Gian immer noch ihre Stimme, vom Wachsein verweht wie die Signalhörner der Schiffe im Sturm.

Der Seemann hat ein neues Rad.

Beim Frühstück erzählte er Aura und Christopher von seinem Traum. Sie blickten einander fragend an, sahen auch zu Tess hinüber, die ungerührt heiße Schokolade schlürfte.

»Es ist nicht das erste Mal, daß ich diese Worte höre«, sagte Christopher schließlich, sichtlich unentschlossen, ob er vor den beiden Kindern darüber sprechen sollte. Auras ungeduldiger Blick nahm ihm die Entscheidung ab.

»Es war damals«, sagte er, »als Nestor starb. Gillian hat dabei dasselbe zu ihm gesagt.«

Gian schaute neugierig von Christopher zu Aura. »Warum war Vater dabei, als Großvater starb?«

»Er wollte ihm helfen«, sagte Aura schnell.

Der Junge gab sich damit nicht zufrieden. »Muß ich jetzt auch sterben, weil ich diese Worte gehört habe?«

»Lieber Gott, natürlich nicht!« Sie hätte vielleicht aufspringen und ihn umarmen müssen, doch ihre Erschütterung fesselte sie wie Ketten an ihren Platz. »Das war nur ein Traum, mein Schatz. Nur ein Traum.«

Da schaute Tess von ihrer Tasse auf. Ihr Mund hatte einen braunen Schokoladenrand. »Ich habe das gleiche geträumt.«

»Ist das wahr?« fragte Christopher zweifelnd.

»Ich hab's geträumt, wirklich«, beharrte sie in kindlichem Trotz. »Aber es war Gian, der gesprochen hat, nicht ich.« Sie versuchte, Gians Stimme nachzuahmen, und kicherte dabei. »Der Seemann hat ein neues Rad.«

Als die Kleine die Worte wiederholte, wurde Aura schlagartig bleich.

»Was ist los?« fragte Christopher besorgt.

»Ich glaube –«, begann sie, führte den Satz aber nicht zu Ende. Statt dessen stand sie auf und lief zur Tür. »Komm mit.«

Gian und Tess sprangen ebenfalls von ihren Stühlen, doch im Hinauslaufen rief Christopher ihnen zu: »Ihr bleibt hier. Wir sind gleich wieder da.«

Aura hörte, wie die Kinder murrten, doch sie konnte im Augenblick nur eines denken: die Wörter »Seemann« und »Rad«.

»Verrätst du mir, was los ist?« fragte Christopher unwirsch, als er sie einholte.

»Oben«, sagte sie knapp, »in Vaters Bibliothek.«

Sie stürmten die Treppen zur ersten Etage hinauf, dann den Gang entlang zu der schmalen Stiege, die vor der Tür mit dem Pelikanrelief endete.

Christopher wirkte verwirrt, aber Aura hatte im Moment ganz andere Sorgen. Wenn es stimmte, was sie vermutete – was hatte es dann zu bedeuten?

Sie schloß die Tür auf. Feuchtwarme Luft schlug ihnen entgegen.

»Viel hat sich hier nicht verändert.« Christophers Blick schweifte über die Versuchsanordnungen des Laboratoriums. Einige der tropischen Gewächse im Dachgarten waren höher geworden, doch das war auch schon alles.

»Vater hat Jahrzehnte gebraucht, um alles so herzurichten, wie er es für das beste hielt«, sagte Aura. »Warum hätte ich daran etwas ändern sollen?«

Sie lief voraus, durchs Laboratorium zu der winzigen Tür, die in Nestors Bibliothek führte.

»Warte!« rief Christopher zögernd. »Früher gab es hier eine Art Helm, so ein Ding aus Glas.« Er fuchtelte erklärend mit den Händen.

Aura trat an einen der Schränke und kramte darin herum. Schließlich zog sie den gläsernen Helm hervor. »Meinst du den hier?«

Christopher nickte. Ihm war sichtlich unwohl, als er den durchsichtigen Zylinder über den Kopf zog und den Lederbund am Hals zuzurrte. Seine Stimme klang dumpf. »Ziemlich albern, was? Wenn ich bedenke, daß ich früher damit täglich in die Bibliothek gegangen bin ...«

Aura setzte sich ungeduldig in Bewegung. »Kommst du nun mit?«

Sie wartete nicht auf seine Antwort und öffnete die Tür. Gebückt schlüpfte sie hindurch, Christopher folgte ihr. Sie trat an den Reihen der Bücherregale entlang und blieb an einem der beiden Fenster stehen.

»Und?« fragte er. Doch dann folgte er ihrem Blick.

Das Bleiglasfenster zeigte Buchstaben, nicht wie die meisten anderen im Schloß ein Symbol oder eine Szene. Christopher hatte es damals schon bemerkt, aber nie über die Bedeutung nachgedacht. Aus bunten Glassplittern waren fünf Reihen mit je fünf Buchstaben zusammengesetzt:

$$\begin{array}{ccccc}
S & A & T & O & R \\
A & R & E & P & O \\
T & E & N & E & T \\
O & P & E & R & A \\
R & O & T & A & S
\end{array}$$

»Ein anagrammatisches Quadrat«, erklärte Aura. »Egal, aus welcher Richtung man es liest, ob von oben oder unten, senkrecht oder waagrecht, immer ergeben sich die gleichen Worte.«

Christopher hatte während der Jahre im Gefängnis keinen einzigen lateinischen Satz zu lesen bekommen. Er schwitzte, als er sich jetzt schwerfällig an die Übersetzung machte. Das Glas seines Helmes begann zu beschlagen.

Aura kam ihm mit einem Lächeln zu Hilfe: »*Der Sämann Arepo hält mit Mühen die Räder.*«

Er starrte sie groß an. »Du glaubst, wir haben es falsch verstanden? Die Rede war nie von einem See-, sondern einem Sämann?«

313

Aura nickte überzeugt. »Einer, der die Saat aussät.« Sie trat vor und fuhr mit einer Fingerspitze über die gläsernen Lettern. »Ich habe vor Jahren einmal die Bedeutung in einem von Vaters Büchern nachgeschlagen. Es gibt einen Namen für diesen Satz: die Satorformel. Sie ist in der Vergangenheit mehrfach an den unterschiedlichsten Orten aufgetaucht. Zum ersten Mal, glaube ich, auf einer Münze aus dem alten Pompeji. Aber anagrammatische Quadrate sind grundsätzlich keine Besonderheit. Man hat sie auf allen möglichen Bauten und Gegenständen entdeckt: auf einer lateinischen Bibel aus dem neunten Jahrhundert, auf einem *Faust*-Manuskript in den Archiven der Herzöge von Coburg, sogar noch auf österreichischen Geldstücken aus dem sechzehnten Jahrhundert. Es gibt sie in Kirchen in Santiago de Compostela und Rochemaure, in Cremona in Italien und auf Schloß Jarnac in Frankreich.« Sie ging zum Nachbargiebel und deutete auf das zweite Fenster der Bibliothek. »Hier ist noch eines, allerdings ohne Sämann und ohne Räder.«

Ihre Augen streiften die Buchstabenreihen, ohne ihren Sinn zu verstehen:

```
S A T A N
A D A M A
T A B A T
A M A D A
N A T A S
```

»Das klingt wie Latein,« sagte Christopher irritiert, »ist aber keines, oder?«

»Nein. Trotzdem stand etwas darüber in einigen der Bücher. Es heißt, dieser Spruch stamme noch aus der Zeit der –« Sie verstummte schlagartig, als ihr etwas klar wurde.

Christopher starrte sie an. »Was ist?«

»Aus der Zeit der Templer«, beendete Aura stockend ihren Satz. Es war Jahre her, daß sie sich für die beiden Fenster interessiert hatte, und es mochte ein willkürliches Zusammentreffen sein, daß sie Christopher erst gestern abend von den Tempelrittern in Gians

Visionen erzählt hatte. Jetzt aber versetzte ihr die Übereinstimmung einen Schock.

»Bestimmt nur ein Zufall«, sagte Christopher schnell. Doch überzeugt klang er nicht.

Ein humorloses Lächeln huschte über Auras Züge. »Allmählich haben wir es mit einer ganz schönen Häufung von Zufällen zu tun, findest du nicht?« Die Worte hatten bissig klingen sollen, tatsächlich aber hörten sie sich nur müde und verwirrt an.

Christopher trat an einen Tisch zwischen den Regalen, auf dem ein paar Schreibutensilien lagen. Mit Papier und Bleistift kam er zurück zum Fenster und kopierte sorgfältig beide Buchstabenquadrate.

»Laß uns wieder nach draußen gehen«, sagte er dann und deutete auf den Glashelm. »Sonst bekomme ich einen Hitzschlag.«

Aura folgte ihm schweigend, während sich ihre Gedanken im Kreis drehten. Der Sämann und seine Räder, Satan und die Tempelritter, die Träume der beiden Kinder, Gians Visionen – alles vermischte sich in ihrem Kopf zu einem wilden Strudel, der jeden Ansatz einer klaren Überlegung in einen unergründlichen Abgrund zog.

Draußen ließen sie sich in die staubige Sitzgruppe unterhalb der Glasschräge fallen, wo einst Nestor seinen neuen Schüler in den Grundlagen der Alchimie unterwiesen hatte.

Christopher riß sich den Helm vom Kopf, atmete mehrmals tief durch und wischte sich den Schweiß von der Stirn. Die tropischfeuchte Luft des Dachgartens kam ihm nach den Minuten unter dem Glaszylinder kühl und erfrischend vor.

Aura lehnte sich zurück und blickte durch die Scheiben hinaus auf die schwankenden Zypressenwipfel. Sie beugten sich, als wollten sie das Gespräch der beiden belauschen.

»Das wichtigste scheint erst einmal die Satorformel zu sein.«

Christopher runzelte die Stirn. »Sie ist nicht mit dem Satz identisch, den die Kinder geträumt haben.«

»Der Sämann Arepo hält mit Mühen die Räder«, wiederholte Aura. »Aber das was die Kinder träumten, und was Gillian zu meinem

315

Vater sagte, war: Der Sämann hat ein neues Rad. So war es doch, oder?«

Christopher nickte bestätigend. »Wer oder was dieser Sämann auch ist – er hat irgend etwas hinzugewonnen. Zu seinen früheren Rädern ist ein neues dazugekommen.«

»Gehen wir einmal davon aus, Gillians Satz – und der der Kinder – sei als Rätsel zu verstehen, als eine Art Geheimcode. Dann ergäben sich daraus zwei Fragen. Erstens: Wer oder was ist der Sämann? Und zweitens: Was ist sein ›neues Rad‹?«

»Kannte Gillian deinen Vater, bevor er hierherkam?«

»Nein«, entgegnete Aura, »ich glaube nicht. Dieser Satz war mit Sicherheit eine Botschaft von Lysander. Vater muß die Bedeutung gekannt haben.«

»Dann glaubst du, daß Lysander der Sämann ist?«

»Möglicherweise. Womit hätte Lysander meinem Vater im Augenblick seines Todes übler zusetzen können, als mit der Botschaft, daß er etwas gefunden hatte, das Vater nie mehr erlangen würde?«

Christopher beugte sich mit einem Ruck vor. Sein Atem stockte. »Du meinst den Stein?«

»Das liegt nahe, oder?«

»Ich weiß nicht. Weshalb hätte er dann Sylvette entführen sollen? Warum mit ihr ein Kind zeugen, wenn er zu diesem Zeitpunkt den Stein – und damit die ewige Jugend – längst besessen hat? Ganz abgesehen davon, daß wir mit eigenen Augen gesehen haben, wie Lysander an Altersschwäche starb. Hätte er den Stein gehabt, hätte er ihn benutzt.«

»Aber Gillian hätte so etwas niemals aus eigenem Antrieb zu meinem Vater gesagt! Es *muß* eine Nachricht Lysanders gewesen sein, eine Art letzter Triumph.«

Sie las in Christophers Augen, was er darauf erwidern wollte: *Du hast Gillian kaum gekannt, vergiß das nicht.* Doch er sprach die Worte nicht aus, und Aura war ihm dankbar dafür.

»Es macht keinen Sinn«, sagte er nach kurzem Zögern.

Aura stand auf. »Wie wär's damit: Du gehst runter und sprichst noch einmal mit den Kindern. Frag sie ganz genau über diese Träume aus. Wenn du willst, laß dir von Gian etwas über seine Visionen erzählen. In der Zwischenzeit versuche ich, in der Bibliothek etwas über die Bedeutung der Botschaft herauszufinden.«

»Du tust doch nichts, ohne mit mir darüber zu reden?«

»Nein.«

Aber sie wußte selbst nicht, ob ihr Versprechen aufrichtig war.

Das Kraut auf dem Grab ihres Vaters war nach dem ersten Sprießen nur noch mit unerträglicher Langsamkeit gewachsen. Wenige der Pflänzchen reichten höher als Auras Knöchel, die größten nicht einmal bis zum Knie. Man hätte sie in der Tat für Unkraut halten können, wie es an so vielen Stellen des Dachgartens wucherte.

Aura hockte am Rand des Beetes und dachte daran, daß irgendwo dort unten die Knochen ihres Vaters lagen. Seltsamerweise barg diese Vorstellung keinen Schrecken. Die Erinnerung an Nestor war etwas sehr Verschwommenes geworden. Sie spürte keine familiäre Nähe mehr zu ihm, geschweige denn Liebe. Sie wußte nicht, ob es wirklich nur mit dem zu tun hatte, was er mit ihr vorgehabt hatte. Vielmehr hatte sich der Eindruck ihres Vaters in ihrem Kopf gänzlich von seinen Merkmalen als Mensch gelöst. Er war zu einer unbestimmbaren Macht geworden, einer spirituellen Potenz.

Wie oft hatte sie hier an seinem Grab gekauert und über ihre Gefühle zu ihm nachgedacht! Nein, Liebe verspürte sie gewiß nicht, ebensowenig wie Haß. Statt dessen war es, als sei ihr Vater ein vollkommen Fremder, den mit Aura nur ein einziger Umstand verband – ihre gemeinsame Feindschaft zu Lysander.

Sie zupfte eines der schwertförmigen Blätter ab und zerrieb es zwischen Daumen und Zeigefinger. Sie fragte sich, ob es richtig gewesen war, daß sie Christopher nie erzählt hatte, *was* er im Gefängnis geraucht hatte. Er hatte gefragt, natürlich. Sie hatte ausweichend erwidert, es sei ein Mittel, das seinen Scheintod herbeiführe – daß es aber das Kraut von Nestors Grab war, hatte sie ihm verschwiegen.

Sie selbst hatte es wenige Wochen zuvor ausprobiert. Dabei war die Unsterblichkeit nichts, das sie reizte. Nicht nach all den Jahren, die sie mit Grübeleien darüber zugebracht hatte, mit dem Abwägen von Vor- und Nachteilen, der Angst vor der Einsamkeit. Die Situation war ebenso verzwickt wie absurd – Aura wollte die Unsterblichkeit nicht, und doch besaß sie sie womöglich längst. Nach so langer Zeit dachte sie darüber nach wie andere Frauen ihres Standes über Abendgarderobe und Männerbekanntschaften. Der Kitzel war gewichen, der Reiz zur Gewohnheit erstarrt.

Anfangs war das anders gewesen. Die ersten Monate im Laboratorium hatte sie mit dem fieberhaften Studium alter Schriften und den Versuchsanordnungen ihrer Vorgänger verbracht. Doch dann, nach nicht einmal einem Jahr, war ihre heißblütige Neugier sachlichem Interesse gewichen. Den Drang, ihr Wissen zu mehren und es im Sinne der Alchimie zu nutzen, hatte sie von ihrem Vater geerbt – doch hatte sie dabei entdeckt, daß sie wissenschaftlich, beinahe trocken an die Dinge heranging, nicht etwa leidenschaftlich. Vielleicht war das der Grund, weshalb sie sich immer eine Chance gegen Lysander eingeräumt hatte. Was er ihr an Macht und Erfahrung voraus hatte, machte sie durch Kalkül und Lernbereitschaft wett.

Allein gegen eines besaß sie keine Waffe: gegen Größenwahn. Sie verstand ihn nicht, konnte seine Gedanken nicht nachvollziehen. Das war einer der Gründe gewesen, warum sie geglaubt hatte, Christopher könne ihr helfen. Er kannte die Gier nach Macht aus erster Hand, und Aura war beinahe enttäuscht gewesen, als sich herausgestellt hatte, daß er diese Eigenschaft im Gefängnis verloren hatte.

Sie erhob sich und ging hinüber zur Bibliothek. Auf dem Weg dorthin kam sie am Athanor vorbei. Obwohl er seit Wochen ungenutzt war, zuckten die Flammen unermüdlich um den stählernen Kesselboden. Aura hatte früh erkannt, daß das Alchimistenfeuer ein Eigenleben besaß. Schürte man es nicht und hielt es auf kleiner Flamme, dankte es einem dies mit Bescheidenheit und verzichtete auf Nahrung. So war das Feuer der wahre Lehrer des Alchimisten: Aus Genügsamkeit erwuchs sein Nutzen, aus seinem Nutzen das ewige Leben.

***

»Christopher!«

Halb fünf am nächsten Morgen. Ihr Stiefbruder lag eingerollt in seinem Bett, das Kissen halb vors Gesicht gezerrt, als hätte er damit in der Nacht etwas abwehren wollen.

»Christopher, nun wach schon auf!«

Er öffnete die Augen, blinzelte und entdeckte im fahlen Licht der Deckenlampe Aura auf seiner Bettkante. Sie wedelte aufgeregt mit einem Stoß Papier.

»Was ... was ist?«

Sie grinste triumphierend. »Die Lösung! Ich hab sie gefunden.«

Er war auf einen Schlag hellwach. »Ich habe geträumt.«

»Nicht du auch noch!«

»Ich hab von *dir* geträumt.«

Sie legte einen Moment lang den Kopf schräg, dann entschied sie, nicht darauf einzugehen.

»Also?« fragte er und setzte sich auf. Sein hagerer Oberkörper war nackt. Narben zogen sich kreuz und quer über seine Brust.

»Stammen die aus dem Gefängnis?« fragte Aura irritiert.

»Ja.« Seine Antwort kam widerwillig. »Du hast die Lösung, sagst du?«

»Wie wach bist du?«

»Ist es so kompliziert?«

»Wie man's nimmt.«

Er streckte sich. »Dann laß mich erst aufstehen.«

Eine halbe Stunde später saßen sie im Herrenzimmer. Es roch nach kalter Asche, obwohl die Hausmädchen am Vortag den Kamin ausgefegt hatten. Weil Aura es albern fand, auf die leere Feuerstelle zu blicken, hatte sie ihren Ledersessel herumgezogen, so daß sie und Christopher sich genau gegenübersaßen. Sein linkes Knie wippte ungeduldig auf und ab.

»Erklär's mir«, bat er und deutete auf den Papierstapel in ihrer Hand.

Sie begann mit einer Frage: »Aus wie vielen Buchstaben besteht die Satorformel?«

»Fünfundzwanzig. Fünf Reihen zu je fünf Buchstaben.«

Aura nickte. »Früher, zu Zeiten des Pythagoras, hat die Mathematik den Zahlen nicht nur quantitative, sondern auch qualitative Eigenschaften zugewiesen. Heute sind die meisten dieser Bedeutungen in Vergessenheit geraten, von einer abgesehen, der Dreizehn, der Unglückszahl. Damals, bei den alten Griechen, begann man auch damit, aus Zahlen sogenannte magische Quadrate zusammenzusetzen, nicht zu verwechseln mit den anagrammatischen Quadraten, die aus Buchstaben bestehen. Die magischen Quadrate dagegen sind Anordnungen der durchlaufenden Zahlenreihe – von eins bis neun – in quadratischen Feldern. Dabei werden die Zahlen so angeordnet, daß die Summe der senkrechten, waagerechten und diagonalen Felder immer gleich ist. Das Hexeneinmaleins in Goethes *Faust* basiert vermutlich auf so einem Quadrat.«

Christopher hob ergeben die Schultern; er hatte den *Faust* nie gelesen, und von Mathematik verstand er gleichfalls nicht viel.

Aura war so in Fahrt, daß sie es kaum bemerkte. »Unsere Satorformel setzt sich aus fünf mal fünf Buchstaben zusammen. Wußtest du, daß die Zahl fünf dem Planeten Mars und seinem esoterischen Symbol zugeordnet wird? Hier, sieh mal.«

Sie zog eines der Blätter aus dem Stapel und reichte es ihm. Darauf hatte sie die einzelnen Gestirne aufgelistet. Hinter jedem war das entsprechende Symbol verzeichnet, das Esoteriker und Okkultisten einst dafür festgelegt hatten. Dahinter stand der entsprechende Zahlenwert.

Saturn	–	♄	–	3
Jupiter	–	♃	–	4
Mars	–	♂	–	5
Sonne	–	☉	–	6
Venus	–	♀	–	7
Merkur	–	☿	–	8
Mond	–	☽	–	9

»Begreifst du jetzt, was ich meine?« fragte sie aufgeregt.

Christopher blickte nachdenklich auf das Papier. »Um ehrlich zu sein –«

Sie seufzte, sprang auf und trat neben seinen Sessel. Ihr schmaler Zeigefinger hämmerte auf das Papier. »Hier – hinter dem Mars steht sein Symbol, ein Kreis mit einer aufgesetzten Spitze. Das Zeichen für Schild und Lanze. Dieses Zeichen hat noch zwei andere Bedeutungen. Die eine spielt im Augenblick für uns keine Rolle, sie bezeichnet das männliche Geschlecht. Die zweite Bedeutung dagegen ist zugleich der erste Schlüssel zu Lysanders Botschaft. Denn all diese Zeichen stehen in der Chemie wie auch in der Alchimie für die verschiedenen Metalle. Das Mars-Symbol bedeutet Eisen.«

Er blickte fragend vom Papier hoch in ihre Augen. »Und?«

Lieber Himmel, dachte sie, konnte es denn wirklich sein, daß er noch immer nicht begriff, um was es ihr ging? Dann aber sagte sie sich, daß sie selbst mehr als zwölf Stunden über Planeten, Zahlen und Symbolen gebrütet hatte. Kein Wunder, daß er es nicht auf Anhieb durchschaute.

»Schau«, sagte sie, zog das Blatt aus seinen Händen und fuhr noch einmal mit dem Finger darüber. »Die Fünf bedeutet Mars, und Mars bedeutet Eisen. Soweit ist es klar, oder?«

Christopher lächelte. »Völlig.«

Einen Augenblick lang fragte sie sich, ob er versuchte, sich über sie lustig zu machen. »Du nimmst mich doch ernst, nicht wahr?«

»Sicher.«

Sie legte die Stirn in Falten, wedelte dann aber wieder mit dem Papier. »Als nächstes haben wir hier die Sonne. Ihre Zahl ist die Sechs, eins mehr als die Fünf. Die Sonne steht für Gold. Hier, beschreib mir mal ihr Symbol!«

Er warf einen Blick darauf und sagte: »Ein Kreis. Oder –«

»Ein Rad!« platzte sie heraus. »Begreifst du's jetzt endlich?«

»Mal sehen«, sagte er zögernd. »Die Satorformel ist das Quadrat der Fünf. Wenn im übertragenen Sinne, wie in Lysanders Botschaft, ein neues Rad hinzukommt, sind wir bei Sechs. Und das Rad und die Sechs stehen für die Sonne, die wiederum –«

321

»Ein Symbol für Gold ist!« unterbrach sie ihn atemlos.

»Und der Stein der Weisen verwandelt unedle Metalle wie Blei, Eisen und Quecksilber in Gold.«

»Das ist es, ganz genau!« Aura sprang auf und lief ruhelos vor dem Kamin auf und ab. Sie hatte das Gefühl, als würde ihr Herz jeden zweiten Schlag vor Erregung aussetzen. »Lysander hat die Wahrheit verschlüsselt, weil er nicht wollte, daß Gillian als Überbringer der Botschaft sie erfährt. Das ›neue Rad‹ ist nichts anderes als das Symbol der Sonne. Das Symbol für Gold – und für den Stein der Weisen!«

Christopher beugte sich vor. Jegliche Müdigkeit war mit einem Schlag von ihm abgefallen. »Lysander hat tatsächlich den Stein gefunden! Großer Gott, es ist wahr! Er hatte ihn schon damals, vor sieben Jahren!« Er schüttelte den Kopf, als könne er es noch immer nicht glauben. »Aber warum haben wir ihn dann in Wien an Altersschwäche sterben sehen?«

Aura blieb stehen. Ein bitteres Lächeln spielte um ihre Mundwinkel. »Vorausgesetzt, der alte Mann, den wir gesehen haben –«

»– war wirklich Lysander.« Christopher sprang ebenfalls vom Sessel auf. Das Schaben seiner Hose auf dem Leder machte ein Geräusch wie das Zerreißen einer Buchseite. »Darauf willst du doch hinaus, nicht wahr?«

»Der Alte in Wien war nicht Lysander«, bestätigte Aura. Sie lehnte sich gegen die Ummauerung des Kamins, als müsse sie sich von einem Faustschlag erholen. »Lysander ist noch am Leben. Und ich möchte wetten, der Stein und Sylvette sind bei ihm.«

KAPITEL 3

Es gibt Momente, da sind die Hoffnungen so fordernd und die Vernunft so flüchtig, daß es unmöglich ist festzustellen, wo die Wahrheit endet und das Wunschdenken seinen Anfang nimmt.

Als Aura und Christopher die Kinder hinauf in den Dachgarten riefen, wußten sie beide, wie vage ihre Vermutungen und wie schwach ihre Aussicht auf Erfolg war. Sie *nahmen an,* daß es die Mühe wert war, sie *hofften,* daß sie recht behalten würden – und zumindest Christopher betete insgeheim für das Gelingen ihres Experiments. Der Glaube ersetzte rationales Denken, die Zuversicht den Zweifel.

Daß sie dennoch recht behielten, überraschte sie beide.

Gian und Tess hatten den Dachgarten kaum betreten, als ihre Schritte langsamer, ihre Blicke trüber wurden. Aura ging zwischen ihnen, hielt beide an der Hand, während Christopher am Athanor stand und ihnen so nervös wie aufmerksam entgegenblickte.

Aura spürte, wie der Druck der kleinen Hände auf ihre eigenen stärker wurde. Beim Frühstück hatten die Kinder miteinander gescherzt, und zum ersten Mal hatte Aura Tess lachen sehen. Sie fragte sich, ob das, was sie hier taten, dieser Entwicklung wohl schaden würde. Alles, was sie hatten, waren pure Mutmaßungen, reichlich verrückte noch dazu, und doch schien dies der einzige Weg zu sein, Lysander auf die Spur zu kommen.

Es war Auras Idee gewesen, es über die Kinder zu versuchen, und Christopher hatte vorgeschlagen, die beiden dorthin zu führen, wo die Atmosphäre am stärksten war. Ob das irgendeinen Einfluß auf das Endergebnis haben würde, war ungewiß, ja zweifelhaft.

Der Himmel hing tief und grau über dem Glasdach, doch an einer

Stelle im Osten war die Wolkendecke aufgeklafft. Inmitten dieser Wunde aus wogendem Dunst stand die Sonne wie ein glühendes Herz und sandte ihre Strahlen über das Küstenland und die rauhe See. Ihr Licht erhellte auch den Dachgarten, umriß die tropische Pflanzenwand mit Feuer und brach sich in den Augen der Kinder. Es war Zufall, gewiß, und doch schien es, als wolle die Natur das Wunderbare des Geschehens hervorheben.

»Gian«, wandte Aura sich an ihren Sohn und ließ die Hände der Kinder los, »ich möchte, daß du versuchst, dich an etwas zu erinnern.« Tatsächlich war es viel eher Tess, von der sie etwas erfahren wollte, doch Gian war der Ältere, und es schien sicherer, es zuerst mit ihm zu versuchen.

Die Kinder standen da wie in Trance und blickten der gleißenden Sonne entgegen. Gian legte den Kopf leicht schräg. »Ja, Mama?«

»Erinnerst du dich an deinen Großvater?« fragte sie. Ein Kloß saß in ihrem Hals, ihre Stimme klang fremd.

»Natürlich erinnere ich mich an ihn.« Nestor war bei Gians Geburt längst tot gewesen, aber niemand stellte die Antwort des Jungen in Frage.

Aura ging vor den Kindern in die Hocke und nahm erneut ihre Hände. Als sie so den Kontakt zwischen den beiden schloß, kam es ihr einen Moment lang vor, als durchzucke sie so etwas wie ein sanfter Stromstoß.

»Kannst du dich an die Zeit erinnern, als Großvater ein junger Mann war?«

»Ich glaube, ja«, erwiderte Gian dumpf.

Christopher trat langsam von hinten an sie heran. »Es funktioniert«, flüsterte er staunend. Keiner von ihnen hatte wirklich mit einem Erfolg gerechnet, schon gar nicht so schnell.

»Erzähl mir, an was genau du dich erinnern kannst«, bat Aura. »Weißt du, wie seine Eltern aussahen?«

»Nein.« Das Wort hallte sekundenlang über den Dachboden, hart und enttäuschend. Doch ehe Aura eine weitere Frage stellen konnte, fuhr Gian fort: »Damals hat Großvater komische Sachen getragen. Ein Nachthemd.«

Aura und Christopher wechselten einen ratlosen Blick.

»Er hat auf einem Pferd gesessen«, sprach Gian weiter. »Ich kann mich genau erinnern. Großvater war ein guter Reiter. Einmal ist er mit seinem Pferd über eine Felsspalte in den Bergen gesprungen, die war sehr breit und sehr tief.«

»Weißt du noch, wie es war, als er zur Schule ging?«

»Keine Schule.« Gians Blick war immer noch der Sonne zugewandt, als wäre sie es, die ihm die Bilder eingab. »Oder doch… Es gab so etwas wie eine Schule. Ein großes dunkles Haus.«

»Kannst du dich erinnern, wo es stand?«

»Rundherum war Wald. Und Berge. Hohe Berge.«

Aura kam ein Gedanke, doch sie schüttelte ihn ab. Unmöglich! Dennoch, eine Ahnung blieb. Das Sankt-Jakobus-Stift war sicher nicht immer ein Mädcheninternat gewesen. Vielleicht hatte es dort früher auch Jungen gegeben.

Sie wollte weiterfragen, als plötzlich Tess das Wort ergriff. Ihr helles Stimmchen klang belegt, so als sei sie gerade erst aus dem Schlaf erwacht. »Ich kann mich auch an das Haus erinnern. Vater ist dorthin gegangen.«

Hatten Nestor und Lysander sich im Sankt-Jakobus-Stift kennengelernt?

»Da war ein alter Mann, der Vater Sachen beigebracht hat«, fuhr das Mädchen fort. »Vater und noch einem Jungen.«

»Morgantus«, sagte Gian mit einer Stimme, als wecke allein dieser Name eine ganze Flut schlimmer Erinnerungen.

»Was?« fragte Christopher scharf. »Was hast du da gesagt?«

»Der alte Mann hieß Morgantus«, wiederholte Gian. Es war zugleich erschreckend und faszinierend, wie sich die Worte der beiden Kinder zu einem einzigen Bild verwoben.

»War Morgantus ein Lehrer?« fragte Aura.

»Ja«, sagte Gian.

»Nein«, widersprach Tess.

»Versucht, euch genau zu erinnern«, verlangte Christopher ungewohnt heftig.

Aura funkelte ihn finster an. »Laß sie. Sie machen das schon.«

Er nickte nervös und murmelte eine Entschuldigung.

Aura wandte sich wieder an die Kinder. »Wer war dieser Morgantus?«

Ein Schatten fiel über Gians Gesicht. »Er wohnte in dem großen Haus. Er und viele andere Männer. Sie haben alle diese Hemden angehabt, weiße, lange Hemden.«

»Wie die, die du früher gesehen hast?« fragte Aura mit bebender Stimme. »Die mit den roten Kreuzen darauf?«

»Ja, genau die. Morgantus hatte seines nicht immer an, nur dann, wenn er mit Großvater und dem anderen Jungen ausgeritten ist, um –«

Tess riß den Mund auf und kreischte.

»Was ist los?« rief Aura alarmiert und zog das Mädchen in ihren Arm. Der grelle Schrei brach ab, doch Tess zitterte weiter am ganzen Leib. »Ist ja gut«, flüsterte Aura besänftigend. »Ist schon gut.« Mit einer Hand hielt sie immer noch Gian fest. Sie wagte trotz Tess' Reaktion nicht, die Verbindung der beiden zu unterbrechen, aus Sorge, die Erinnerungsfetzen der Kinder könnten für immer verblassen. Sie hatte ein schlechtes Gewissen dabei, doch sie konnte nicht anders. Jetzt mußte sie alles wissen.

Gian schien Tess' Schrei überhaupt nicht gehört zu haben. »Sie haben Mädchen gefangen«, sagte er ruhig. »Dann haben sie sie getötet. Morgantus hat Großvater und dem anderen Jungen gezeigt, was man mit dem Blut der Mädchen machen muß.«

Christopher fragte gefaßt: »Was mußte man denn damit tun?«

»Sie haben das Blut in eine Wanne laufen lassen. In eine große Wanne in dem großen Haus. Dann hat Morgantus sich hineingesetzt. Mitten in das Blut. Er hat Großvater erklärt, davon könne man jung werden. Aber das stimmte nicht. Morgantus ist nie jung geworden. Er war immer alt. Es hat nicht geklappt. Das Blut –« Er brach ab und keuchte, als bekäme er keine Luft mehr.

Aura zog auch ihn an sich, hielt nun beide Kinder in ihren Armen. Was für eine Kreatur war dieser Morgantus? Sie ahnte plötzlich, daß er der Mann gewesen sein mußte, dem sie damals in der Berghütte nur um Haaresbreite entkommen war.

»Wir hören auf.«

»Nein«, entgegnete Christopher entschieden. »Nicht jetzt. Wir müssen noch mehr erfahren.«

»Sie verkraften es nicht«, brüllte Aura ihn an, viel zu laut und zu heftig. Gian und Tess zuckten in ihrer Umarmung zusammen.

»Aura«, sagte Christopher beschwörend, »wir können jetzt nicht aufhören.«

»Wir könnten es später noch einmal versuchen.«

»Laß es uns jetzt zu Ende bringen, so weit, wie wir kommen. Danach ist Schluß. Nur dieses eine Mal, und dann nie wieder.«

Alles in Aura sträubte sich dagegen, doch schließlich gab sie nach. Mit leisem Schrecken wurde sie gewahr, daß das Erbe ihres Vaters ihre Gefühle als Mutter überwog.

Ganz vorsichtig löste sie sich von den Kindern und redete ihnen aufmunternd zu. Gian und Tess ließen Aura los und faßten sich statt dessen gegenseitig bei den Händen. Das Mädchen war kreidebleich, noch immer zitterte es am ganzen Körper. Gian dagegen war gefaßter, beinahe als verstünde er, worauf es den Erwachsenen ankam.

»Morgantus hat das Haus schließlich verlassen«, fuhr er fort. Tess nickte bestätigend. Ihre Augen waren weit aufgerissen. »Viele andere Männer sind mit ihnen gegangen«, sagte Gian, »alle, glaube ich, die dort gelebt haben.«

»Sie hatten Rüstungen an und saßen auf Pferden«, fügte Tess hinzu. Christopher schüttelte den Kopf. »Das ist unmöglich.«

»Laß sie weiterreden«, verlangte Aura barsch.

»Sie sind weit fortgeritten und sogar mit Schiffen gefahren, großen, alten Segelschiffen. Vorbei an einer langen Küste viele, viele Tage.«

»Wohin fuhren sie?«

»Swanetien«, sagte Gian. »So hieß der Ort.«

»Swanetien.« Aura atmete tief durch. »Wir können auf einer Karte nachsehen, wo das liegt. Was haben sie dort getan?«

»Da gab es noch ein Haus, wie eine Burg«, sagte Tess, und plötzlich überschlug sich ihr zartes Stimmchen. »Da waren auch Berge, aber die sahen anders aus. Ganz ohne Wald.«

»Vom Meer aus ritten sie durch ein Gebirge, in dem kaum Menschen wohnten«, sagte Gian. »Dann erst kamen sie an die Burg. Sie sah so ähnlich aus wie die erste, nur viel größer. Sie hatte eine komische Form.«

»Achteckig?«

»Ja, vielleicht.«

Aura schaute Christopher an. »Das ist die typische Bauweise der Tempelritter. Sie haben viele ihrer Gebäude so angelegt.« An die Kinder gewandt sagte sie stockend: »Es ist gut. Ihr braucht jetzt nicht mehr daran zu denken.«

Christopher sah aus, als wollte er abermals protestieren, doch Aura erstickte seinen Widerspruch mit einem scharfen Blick.

»Wir gehen wieder nach unten«, sagte sie entschlossen und schob Gian und Tess eilig zur Tür des Dachbodens, fort aus diesem Raum, der die unschuldigen Gedanken der Kinder mit uraltem Grauen speiste.

Christopher sah ihnen für einen Augenblick nach, dann trat er nachdenklich unter die Glasschräge. Sein Blick schweifte über die Wogen zur Küste, weiter über die goldgelben Dünen. Im Süden sahen die Wolken aus wie schwarze Tinte, die in klares Wasser tropft.

»Genaugenommen beginnt die Geschichte der Tempelritter mit einem Gleichnis«, sagte Aura, als sie und Christopher am Abend vor dem Kaminfeuer saßen. Diener hatten ihnen eine Karaffe mit Sherry gebracht, und so wie die Flammen des Kamins sie von außen wärmten, erhitzte sie der Alkohol von innen. Beide fanden, daß sie das nötig hatten.

»Es heißt, im Heiligen Land lebten einst zwei Brüder, die gemeinsam ein einziges Kornfeld besaßen. Sie teilten ihre Ernte in zwei gleich große Teile und ließen sie bis zum nächsten Morgen am Feldrand liegen. Der Ältere hatte eine große Familie, die er ernähren mußte, der Jüngere aber lebte allein. Da sagte sich des Nachts der Jüngere: Mein Bruder muß für so viele Menschen sorgen – dafür steht ihm ein größerer Teil der Ernte zu. So schlich er aufs Feld und

legte mehrere seiner Kornsäcke auf die Seite seines Bruders. In derselben Nacht aber sagte sich auch der Ältere: Mein Bruder verrichtet
ganz allein die gleiche Arbeit wie ich mit Hilfe meiner Familie – es
wäre nur gerecht, wenn er einen größeren Teil unserer Ernte erhielte.
So kehrte auch er im Dunkeln zurück auf das Feld und schob einige
seiner Kornsäcke zu denen seines jüngeren Bruders. Am Morgen
kamen beide zur Arbeit, verluden die Ernte – und erkannten, daß
beide Anteile genauso groß waren wie am Abend zuvor.« Aura hielt
einen Augenblick inne, dann fügte sie hinzu: »Das Feld der beiden
Brüder befand sich auf dem Berge Morija, und hier ließ König
Salomo seinen Tempel errichten. Um ihn herum entstand die Stadt
Jerusalem.«

Christopher kippte seinen Sherry hinunter wie billigen Fusel.
Gefängnisgewohnheit, dachte Aura bedauernd.

»Im Jahre 1099, als die ersten Kreuzfahrer an den Küsten Palä-
stinas landeten, war der Tempel Salomos nur noch eine zerfallene
Ruine. Neunzehn Jahre später fiel das, was vom Tempel übrig war,
französischen Besatzern zu. Sie bildeten einen Wachtrupp aus neun
Rittern, geführt von Hugues de Payen. Diese neun nannten sich
selbst ›Der Orden der Armen Ritter Christi‹. Die Welt aber gab ihnen
einen anderen Namen: die Tempelritter.«

Sie pausierte einen Moment und sah zu, wie Christopher sein Glas
nachfüllte.

»Für mich auch, bitte«, sagte sie und fuhr dann fort: »Die Templer gelobten Armut, Keuschheit und Gehorsam, vor allem aber den
Schutz aller Pilger im Heiligen Land. Der Tempel Salomos blieb
für lange Jahre ihr Hauptquartier, sie hausten in Zelten und in
den Kammern der Ruinen, hochangesehen, aber in erbärmlichen
Lebensumständen. Die ersten neun, Hugues de Payen und seine
acht Gefährten, waren gottesfürchtige Männer, Helden vor dem
Angesicht der Kirche; jene aber, die sich um sie scharten, rekrutier-
ten sich aus den Reihen der Abenteurer, die der Drang nach Ruhm
und Ehre nach Palästina geführt hatte, zweitgeborene Adelssöh-
ne und Verstoßene, die kein Anrecht auf die heimatlichen Höfe
hatten.«

»Wenn die Templer so gottesfürchtige Männer waren, wie du sagst, woher rührt dann ihr schlechter Ruf?«

»Warte ab. Ein Jahrzehnt später, um 1130, war die Zahl der Tempelritter auf dreihundert angewachsen. Unter ihrem Befehl standen über dreitausend Kämpfer, begierig darauf, wie ihre Herren in den Ritterstand erhoben zu werden. Schließlich, auf dem Höhepunkt seiner Macht, wurde der Orden vom Kirchenkonzil zur offiziellen Militia des Vatikans ernannt.«

»Klingt ziemlich lukrativ.«

»Worauf du wetten kannst. Durch eine Vielzahl von Schenkungen und aufgrund ihrer Berechtigung, Steuern einzutreiben, kam der Orden zu beträchtlichem Reichtum. Eine Weile lang galten die Templer, wenigstens inoffiziell, als Europas Herrscher im Orient. Als aber 1291 mit der Eroberung Akkons durch die Sarazenen die Ära der Kreuzzüge zu Ende ging, waren auch die Templer gezwungen, sich von ihren Ländereien im Heiligen Land zurückzuziehen. Mittlerweile auf viele hundert angewachsen, kehrten sie – nunmehr ohne Ziel und ohne Aufgabe – nach Europa zurück und verkrochen sich mutlos in ihren Festungen und Klöstern, abgeschnitten von der Außenwelt, prassend im unermeßlichen Reichtum des Ordens.«

Christopher hob sein Glas und prostete schweigend zur Decke, als wolle er dem unsichtbaren Geist der Templer Achtung zollen. Aura bemerkte, daß er ziemlich betrunken war. Auch ihr selbst fiel es immer schwerer, sich an die Einzelheiten des Templerdramas zu erinnern. Sie hatte vor zwei oder drei Jahren einiges darüber gelesen und ihre Erinnerung heute nachmittag noch einmal grob in der Bibliothek aufgefrischt.

»Mit der Dekadenz nahm auch der Untergang der Templer seinen Anfang. Als sie Philipp dem Schönen, dem König Frankreichs, den Beitritt als Ehrenmitglied verwehrten, sann er auf Rache. Eilig entwickelte der König Pläne, mit deren Hilfe er Gewalt über die Besitztümer des Ordens erlangen wollte. Er und seine Getreuen beschuldigten die Templer öffentlich der Häresie und Ketzerei, des Götzendienstes und der Teufelsanbetung. 1307 gelang es Philipp,

Papst Clemens zu einem Verfahren gegen den Orden zu bewegen. Nur wenige Monate später ließ er, ohne Clemens' Wissen, zahllose Tempelritter verhaften und foltern. Weit über hundert legten Geständnisse ab, die die Anschuldigungen bestätigten. Jeder aber, der die gotteslästerlichen Taten nicht bereute, wurde zu lebenslanger Kerkerhaft verurteilt.«

Mit leisem Klirren hob Christopher den gläsernen Verschluß der Karaffe und wollte nachschenken, doch nur noch wenige Tropfen perlten über den Rand ins Glas. »Leer«, murmelte er und fluchte.

»Am 18. März 1314 beobachtete König Philipp durch die Fenster des Louvre, wie die drei letzten Ordensbrüder, der Großmeister Jacques de Molay, sein Vertrauter Geoffroy de Charney und ein unbekannter Dritter, auf einem Scheiterhaufen vor dem Schloß verbrannt wurden. Zwei Jahrhunderte nach seiner Gründung im Tempel Salomos endete der Orden der Tempelritter im Feuer. Trotzdem halten sich seither beständig die Gerüchte, daß er im geheimen weiter existiert.«

Christopher ließ beide Arme schlaff über die Lehnen seines Sessels baumeln. Er hatte Mühe, die Augen offenzuhalten. Jedesmal wenn er bemerkte, daß er einschlief, gab er sich einen Ruck und setzte sich auf, nur um Sekunden darauf erneut in sich zusammenzusinken. »Glaubst du das auch?« fragte er mit schwerer Stimme. »Ich meine, daß der Orden der Templer noch existiert?«

»Wenn das, was die Kinder sagen, die Wahrheit ist – dann ja.«

»Gibt es Beweise?«

»Nur zahllose Legenden. Manche behaupten, jedes Unglück, das seit der Hinrichtung des Großmeisters über Frankreichs Thron oder die Kirche gekommen ist, sei ein Racheakt der Templer gewesen. Vieles davon ist Unsinn. Aber einige Dinge – wer weiß …«

Als sie sah, daß Christophers Augen endgültig zufielen, läutete sie nach dem Diener und bat ihn, ihrem Bruder ins Bett zu helfen.

Nachdem die Männer verschwunden waren, entrollte sie auf dem Teppich vor dem Kamin eine große Karte, die sie aus der Familienbibliothek heraufgebracht hatte. Sie zeigte einen großen Ausschnitt Europas und Vorderasiens.

Am Nachmittag hatte sie einige Mühe gehabt, den Ort, von dem die Kinder gesprochen hatten, zu finden. Die alten Karten besaßen keinen Index wie die modernen Atlanten, die sie im Internat gesehen hatte. Aura hatte angenommen, daß es sich bei Swanetien um ein kleines, aber eigenständiges Land handeln müsse, und sie hatte nur zwei Anhaltspunkte gehabt: zum ersten die Aussage Gians, daß die Templer auf dem Weg dorthin über ein Meer gesegelt waren, zum zweiten einen Hinweis, den sie in der Literatur über den Orden entdeckt hatte. Demnach lautete eines der zahllosen Gerüchte über den Fortbestand der Templer, daß sie sich in ein Versteck im Kaukasus zurückgezogen hatten.

Schließlich war Aura fündig geworden. Swanetien entpuppte sich nicht als selbstbestimmtes Land, sondern vielmehr als eine Region im Nordwesten Georgiens, östlich des Schwarzen Meeres. Es lag an den Südhängen des Kaukasus, eingebettet in einen hohen Gebirgswall. Die Berge schützten es nach allen Seiten vor Eindringlingen und machten den Landstrich zu einer uneinnehmbaren Festung.

Nachdem Aura in der Familienbibliothek im Erdgeschoß keinerlei Literatur über den Kaukasus und seine Völker gefunden hatte, hatte sie ihre Suche in Nestors Bücherhort unter dem Dach fortgesetzt. Und obgleich dort eigentlich nur Werke standen, die in irgendeiner, und sei es noch so entfernten, Weise mit den Forschungen ihres Vaters zu tun hatten, war sie fündig geworden.

Zu ihrem Erstaunen war das zweibändige Werk, das sie dort entdeckt hatte, nicht nur vom Thema her untypisch für Nestors Bibliothek – es war zudem auch ungewöhnlich neu. Aura hatte die beiden schweren, ledergebundenen Bände mit ins Herrenzimmer geschleppt, eigentlich um sie Christopher zu zeigen. Ihr Autor war ein gewisser Gottfried Merzbacher, ein deutscher Kaukasusforscher, der Swanetien und die umliegenden Gebirgsregionen in den Jahren 1891 und 1892 bereist hatte. Merzbacher hatte seine Erlebnisse in Form eines Tagebuches auf über zweitausend Seiten niedergeschrieben. *Aus den Hochregionen des Kaukasus* stand als geprägter Titel auf beiden Bänden. Die Tatsache, daß Nestor Interesse daran gezeigt hatte, verriet Aura, daß sie auf der richtigen Spur war.

Und während sie jetzt auf die Karte starrte, Entfernungen grob per Augenmaß bestimmte, Reiserouten entwickelte und wieder verwarf, begriff sie, daß sie noch einmal die Hilfe der Kinder brauchte. Nur noch ein einziges Mal.

Es war kurz nach elf, als sie in Gians Zimmer trat. Beide Kinder lagen reglos in ihren Betten. Das Licht, das vom Flur hereinfiel, ergoß sich über Gians Bett und weckte ihn.

»Mama?« fragte er unsicher und blinzelte.

Aura schlich an sein Bett und legte sanft einen Finger an die Lippen. »Pst!« machte sie.

Die Schnelligkeit, mit der er ihr Vorhaben erfaßte, verblüffte sie. »Du willst es noch einmal versuchen, nicht wahr?«

»Wir wollen doch Tess' Mutter wiederfinden, oder?«

»Das würde sie bestimmt glücklich machen.«

»Siehst du.« Sie trat an das Bett des Mädchens, und Gian folgte ihr. Aura drehte sich zu ihm um. »Bleib nur liegen. Tess kann mir allein weiterhelfen.«

Er schüttelte stumm den Kopf und setzte sich auf die Bettkante. Tess wälzte sich im Schlaf auf die andere Seite. Sie hatte ihren rechten Daumen in den Mund gesteckt. Eine warme Woge von Zuneigung überkam Aura, als sie die Kleine so vor sich sah. Zärtlich legte sie eine Hand auf die Schulter des Mädchens. Tess schlug die Augen auf, als hätte sie nur auf diese Berührung gewartet. Sogar in der Dunkelheit konnte Aura das Leuchten in ihren Augen sehen.

Wortlos streckte Tess ihre Hand nach Gian aus, doch Aura schüttelte den Kopf. »Das ist nicht nötig«, sagte sie sanft. »Was ich wissen möchte, weißt du ganz allein.« Auch sie ließ sich auf der Bettkante nieder. Tess legte ihre Hand in Auras Schoß, und Aura drückte sie aufmunternd.

»Der alte Mann in Wien war nicht dein Vater, oder?«

»Nein«, sagte die Kleine ehrlich. Es war nicht, als würde sie einen Schwindel eingestehen, sondern vielmehr, als könne sie sich erst jetzt wieder an die Wahrheit erinnern. Es schien fast, als habe der

Greis eine Art Bann über sie gelegt, der erst hier im Schloß – und nach dem Kontakt mit Gian – von ihr abgefallen war.

»Wer war er dann?« fragte Aura.

Es war Gian, der darauf Antwort gab. »Morgantus«, flüsterte er, als habe er Angst, der Alte könne ihn selbst über eine Entfernung von tausend Kilometern hören.

»Woher weißt du das?« Zum ersten Mal wurde ihr die sonderbare Übereinkunft der beiden Kinder unheimlich.

Tess kam Gian zuvor. »Wir wissen vieles voneinander.« Und als sie das sagte, klang sie nicht mehr wie ein Kind – schon gar nicht wie eine Fünfjährige –, sondern fast wie eine Erwachsene.

»Ist Morgantus wirklich tot?« fragte Aura.

»Das weiß ich nicht.«

»Dein Vater ist mit deiner Mutter verreist, nicht wahr?«

»Sie sind fortgegangen. Aber ich weiß nicht, wohin.«

»Haben sie nichts gesagt?«

»Nur, daß du mich bald besuchen und mit zu dir nach Hause nehmen würdest.«

Aura mußte sich beherrschen, nicht einfach aufzuspringen und erregt im Zimmer auf und ab zu laufen. Lysander hatte es gewußt! Er hatte gewußt, daß sie zu ihm kommen würde! Sie war wie ein dummes Kind auf seine Tricks hereingefallen.

Sie nahm all ihre Kraft zusammen, um so gelassen wie möglich zu wirken. »Wann sind deine Eltern abgereist? Lange bevor ich kam?«

Tess' blonde Locken raschelten auf dem Kissen, als sie den Kopf schüttelte. »Am gleichen Tag.«

Zorn und Enttäuschung schnürten Aura fast die Luft ab. Sie hatte Lysander nur um wenige Stunden verpaßt! Sylvette war so nahe gewesen, so greifbar. Wenn sie nur einen Tag früher... aber, nein, jetzt betrog sie sich selbst. Lysander hatte jeden ihrer Schritte vorausgesehen, und sicher hätte er auch erfahren, wenn sie ihre Pläne geändert hätte. Es hatte nicht einen Augenblick gegeben, in dem er ihr nicht haushoch überlegen gewesen war. Die Frage war nur, warum er sie nicht einfach getötet hatte. Warum diese Schmierenkomödie mit Morgantus, der Lysanders Stelle einnahm? Auch fragte

334

sie sich, was wohl geschehen wäre, wenn sie ernsthaft versucht hätte, den Alten zu töten.

»Tess«, sagte sie mit fester Stimme, »ich möchte, daß du noch einmal versuchst, dich ganz genau zu erinnern. Hat dein Vater wirklich nie erwähnt, wohin er deine Mutter bringen würde?«

»Nein, nie.«

Aura warf Gian einen Blick zu, doch auch er schüttelte stumm den Kopf.

Lysander hatte Tess loswerden wollen. Daß er sie nicht getötet, sondern Auras Obhut überlassen hatte, war fraglos Sylvette zu verdanken. Das wiederum bedeutete, daß Auras Schwester über einen gewissen Einfluß auf Lysander verfügte. Wahrscheinlich war sie es auch gewesen, die dafür gesorgt hatte, daß Aura und Christopher am Leben blieben. Die Tatsache, daß Lysander sich darauf eingelassen hatte, verriet, daß er nichts über Tess' wahre Fähigkeiten wußte. Selbst er hatte nicht vorhersehen können, welche Wirkung die Begegnung mit Gian, einem anderen Kind der Alchimie, auf das Mädchen haben würde.

Es gab nur eine Möglichkeit, wie sie versuchen konnten, diesen Vorteil für sich zu nutzen. Es war ein Glücksspiel, gewiß, aber es war auch ihre einzige Chance.

Aura deckte die Kinder zu und küßte beide auf die Stirn. Dann verließ sie das Zimmer und läutete die Dienerschaft aus den Betten.

Das Wetter war dem Abschied angemessen. Kalter Nieselregen trieb vom Meer heran, und der Himmel war düster und drückend. Nicht die Seeadler, sondern schwarze Krähen kreisten über der Insel und ließen sich krächzend auf den Giebeln des Schlosses nieder. Lysanders Späher, durchfuhr es Aura, dann lachte sie über sich selbst. Angst verleitet zu Albernheit; sie war nicht die erste, die das feststellte.

Die Diener hatten die letzten Gepäckstücke im Boot verstaut und tauchten nun wieder aus dem Dunkel des Zypressenhains auf. Wortlos gesellten sie sich zu der kleinen Gruppe am Eingang des Schlosses.

Gian und Tess standen nebeneinander auf der untersten Treppen-
stufe. Sie hielten sich nicht an den Händen, vielleicht weil sie sich
schämten, obgleich Aura ihnen ansah, daß sie es gerne getan hätten.
Beide waren bedrückt, und Aura konnte ihre Gefühle nur zu gut
nachvollziehen. Es lag noch nicht lange zurück, daß sie Gian allein
gelassen hatte. Eben erst heimgekehrt, nahm sie nun erneut von ihm
Abschied.

Tess' Trauer hatte fraglos einen ähnlichen Grund wie die Nieder-
geschlagenheit Gians, und doch schien das Glück, fortan im Schloß
leben zu dürfen, ihre Stimmung ein wenig zu heben.

Es wunderte niemanden, daß Charlotte sich nicht zum Abschied
ihrer Tochter und ihres Adoptivsohnes blicken ließ. Aura sah am
Rande des Zypressenhains vorbei zu den Fenstern ihrer Mutter im
Ostflügel. Durch das bunte Bleiglas war nicht zu erkennen, ob
jemand dahinter stand.

Aura war nicht wohl bei dem Gedanken, Charlotte so lange ohne
Aufsicht zu lassen, und so bat sie den Ältesten der Diener, Jakob,
noch einige Schritte mit ihr zu gehen.

»Jawohl, Madame?« fragte er, als sie im Schatten der Zypressen
haltmachten. Jakob war nach Konrads Tod in dessen Stellung aufge-
rückt.

»Ich möchte«, begann sie zögernd, »daß Sie meine Mutter in
ihrem Zimmer einschließen. Zu ihrem eigenen Besten, und zum
Besten der beiden Kinder.«

Jakobs linke Augenbraue zuckte hoch, als mißbillige er diese
Anweisung. Dann aber lächelte er beflissen. »Machen Sie sich keine
Sorgen um die Kinder, Madame. Die Küchenmädchen sind hingerissen von den beiden, und auch wir anderen werden nach bestem Wissen für sie sorgen. Und was Ihre Frau Mutter angeht, so seien Sie
auch wegen ihr ganz beruhigt. Ich bin seit so vielen Jahren hier im
Schloß, daß ich Ihre Mutter noch als Dame des Hauses erlebt habe.
Ich und viele der anderen haben ihr einiges zu verdanken. Wenn es
zu ihrem Besten ist, daß sie in ihrem Zimmer bleibt, werde ich persönlich dafür Sorge tragen.«

»Meine Mutter ist eine sehr kranke Frau. Sie hat eigenwillige

Anwandlungen, das wissen Sie, Jakob. Ich möchte nicht, daß sie Gian und Tess verängstigt.«

»Das wird nicht geschehen, Madame.«

Ihr drängten sich weitere Ermahnungen auf, aber sie wußte, daß sie den alten Diener damit verletzen würde. Er hatte sich nie etwas zuschulden kommen lassen, das ihren Argwohn gerechtfertigt hätte. Als Konrads Nachfolger mangelte es ihm nicht an Sorgfalt und Pflichterfüllung.

Aura streckte ihm ihre Hand entgegen. Er erwiderte ihren Händedruck, als werde damit ein Abkommen zwischen ihnen besiegelt.

»Geben Sie auf sich acht, Madame«, bat er. »Wir alle wünschen uns, daß Sie bald zurückkehren. Am allermeisten Gian und Tess.«

»Ja, das wünsche ich mir auch.«

Christopher wirkte ungeduldig, als sie zu den anderen zurückkehrte. Sein Rausch vom Vorabend hatte keine Spuren hinterlassen. Als Aura ihm von ihren Plänen erzählt hatte, war er sogleich Feuer und Flamme gewesen. Christopher hätte sein Leben für Sylvettes Rettung gegeben.

Als sie zu ihm trat, hatte er sich bereits von den Kindern verabschiedet. Nun war die Reihe an ihr.

»Komm bald zurück, Mama«, wisperte Gian ihr ins Ohr, als sie ihn lange umarmte. Sie spürte, daß er weinen würde, wenn sie die Abfahrt noch länger hinauszögerte; sie wußte, daß *sie* weinen würde.

Tess schenkte ihr ein aufmunterndes Lächeln. Noch etwas, das nicht zu ihrem kindlichen Äußeren passen wollte. Tess wie auch Gian hatten sich in den vergangenen Tagen verändert. Ein Außenstehender hätte sie vielleicht für altklug gehalten, aber Aura ahnte, daß es viel mehr war als das. Die Kinder entwickelten eine für ihr Alter erstaunliche Vernunft und Besonnenheit, die Aura ebenso freute wie verunsicherte.

Schließlich legte das Boot ab, und Jakob und die Kinder blieben am Rande der Bucht zurück. Aura sah, wie Tess nach Gians Hand tastete – oder war es umgekehrt? Gemeinsam winkten sie dem davongleitenden Boot hinterher.

»Hier sind sie sicher«, sagte Christopher leise, der neben Aura an der Reling stand und zurückblickte. »Gott wird ein Auge auf sie haben.«

Sie gab keine Antwort. Das Boot entfernte sich zügig von der Insel. Aura sah zu, wie die Kinder mit dem Dunkel der Zypressen verschmolzen.

KAPITEL 4

Die Reise führte sie abermals über Wien, doch diesmal sahen sie nichts von der Stadt außer der nächtlichen Leere eines Bahnhofs. Aura und Christopher waren froh darüber. Zu viele Erinnerungen schlummerten unter den Dächern der Häuser und Paläste, zu viel Leid und Zorn und Resignation. Es war tiefschwarze Nacht, als sie die Stadt an der Donau erreichten, und als sie drei Stunden später den nächsten Zug nach Budapest bestiegen, schlummerte die Sonne noch immer hinter dem Horizont.

Auch Budapest erwies sich als nebelbegrabene Ansammlung aus Turmspitzen und Giebeln. Hier bezogen sie für eine Nacht ein Hotel unweit des Bahnhofs, mußten aber auf das Frühstück verzichten, um ihren Anschluß nach Bukarest nicht zu verpassen.

Die Grenze von Österreich-Ungarn zu Rumänien verlief entlang der Karpaten, jenseits des wilden Siebenbürgens. Die Bewohner nannten diese Gegend Transsilvanien; der Name allein beschwor märchenhafte und romantische Phantasien in Aura herauf. Als sie die Landschaft am Fenster ihres Zugabteils vorübergleiten sah, mußte sie feststellen, daß ihre Vorstellungen tatsächlich der Wahrheit entsprachen.

Transsilvanien – das Land hinter den Wäldern. Sonnenbeschienene Hochplateaus und schroffe, steile Bergketten wechselten sich mit tief zerklüfteten Schluchten ab, in die tosende Wasserfälle stürzten. Über unwegsamen Tälern thronten Burgen wie aus den Illustrationen eines Kinderbuchs, einsam und stolz schauten sie auf versteckte Dörfer hinab. Mittelalterliche Städte reckten ihre Kirchtürme weithin sichtbar über grüne Hügel. Immer wieder zeigten sich nahe den Bahnschienen Luchse, Rehe, sogar Bären, und am Himmel kreisten Steinadler und einmal gar ein Geier.

Zum ersten Mal vergaß Aura für kurze Zeit den Grund ihrer Reise und die Schrecken, die sie an ihrem Ziel erwarten mochten. Fasziniert entdeckte sie uralte Bauernhöfe wie aus Dürer-Stichen, beobachtete Ochsengespanne und Pferdekarren, gewaltige Schafherden mit ihren kauzigen, in Fellmäntel gehüllten Hirten. Auf den Dorfstraßen lief das Kleinvieh noch frei umher, die Wege waren ungepflastert, und das Wasser wurde wie eh und je aus Brunnen und Bächen geschöpft.

Anhand der Menschen, die an den winzigen Bahnhöfen ein- und ausstiegen, konnte sie erkennen, wie weit sie sich bereits von ihrer Heimat entfernt hatte. Nicht wenige der Männer und Frauen, selbst die Ärmsten unter ihnen, trugen Trachten, die wertvoll und exotisch wirkten. Weiß und Schwarz schienen die beliebtesten Farben zu sein, doch jedes dieser Kleidungsstücke war kunterbunt bestickt. Vom jungen Mädchen bis zur Greisin trugen die Frauen Kopftücher, die bis weit über ihre Schultern reichten. Aura, die ihr Haar nur lässig hochgesteckt hatte, erntete geringschätzige Blicke; sogar die Männer betrachteten ihre offenkundige Schönheit mit Mißfallen. Schließlich riet Christopher ihr besorgt, ebenfalls ein Tuch zu tragen, was sie zögernd und lustlos tat.

Die Kontrolleure an der Grenze nach Rumänien, schweigsame, schnauzbärtige Männer mit schwarzem Haar und finsteren Blicken, betrachteten vor allem Christophers Papiere mit offenem Argwohn. Er hatte sich daheim im winzigen Rathaus des Dorfes einen neuen Ausweis ausstellen lassen; die Nachricht, daß er in Wien angeblich verstorben war, war noch nicht bis dorthin vorgedrungen. Jetzt jedoch hatte er beinahe die Befürchtung, die rumänischen Grenzbeamten würden ihn durchschauen, so viel Mißtrauen sprach aus ihrem Gebaren. Endlich aber gaben sie ihm die Papiere zurück und gingen weiter zum nächsten Abteil.

Jenseits der Grenzstadt Sinaja führten die Schienen von den Höhen der Karpaten hinab ins rumänische Tiefland. Einen halben Tag später erreichten sie Bukarest. Von hier aus gab es nur eine einzige Bahnverbindung, die weiter nach Osten führte, nach Konstanza, einer Hafenstadt am Westufer des Schwarzen Meeres. Der Zug dorthin fuhr nur alle zwei Tage, und erneut mußten sie eine zusätzliche Übernachtung in Kauf nehmen. Aura hatte ein wenig Geld in rumänische Landeswährung umgetauscht, doch der Betrag erwies sich nun als zu gering. Der Besitzer des kleinen Hotels fragte sie mit reptilienhaftem Lächeln, ob sie denn Geld aus ihrer Heimat bei sich führe. Als Aura bejahte, wurde er sogleich viel freundlicher und erklärte ihr, rund um das Schwarze Meer sei deutsche, britische oder amerikanische Währung viel lieber gesehen als die eigene. Daraufhin fürchteten Aura und Christopher, daß man wohl versuchen werde, sie in der Nacht in ihrem Hotelzimmer auszurauben. Doch ihre Ängste erwiesen sich als unbegründet, und als sie sich am Morgen vom Hotelier und seiner Frau verabschiedeten, plagte Aura ein schlechtes Gewissen.

Der Zug zum Meer hielt alle paar Minuten an irgendeinem Dorfbahnhof, was dazu führte, daß sie für die zweihundert Kilometer bis zur Küste einen ganzen Tag benötigten. Der Hotelier war der letzte Mensch gewesen, der ihre Sprache verstanden hatte; weiter östlich redete keiner ein Wort Deutsch, was zur Folge hatte, daß sie jedes Flüstern und jedes Kichern der übrigen Reisenden auf sich bezogen. Ständig fühlten sie sich tausend Blicken ausgesetzt, sahen sich als Ziel von Spott und Beleidigungen. Es dauerte bis zum Abend, ehe ihnen klar wurde, daß sie viel weniger Aufsehen erregten, als sie vermutet hatten, denn Konstanzas Hafen war der wichtigste weit und breit, und Ausländer gehörten hier zum Stadtbild.

Eine heruntergekommene Droschke brachte sie zum Hafen, wo schlanke Masten und die Schlote der Dampfschiffe einen undurchdringlichen Wald aus Holz und Eisen bildeten. Bereits von Bukarest aus hatte Aura telegraphisch zwei Plätze für die Überfahrt gebucht. Freilich hatte sie nicht ernsthaft damit gerechnet, daß ihr Einschiffen reibungslos verlaufen würde. Um so erstaunter war sie nun, als der Kapitän sie mit Handschlag begrüßte und in makellosem Deutsch seine Hoffnung auf gutes Wetter zum Ausdruck brachte.

Der Name des Schiffes war *Wojwodina*, die Kabine, die man ihnen zuwies, winzig, aber reinlich. Wie sich herausstellte, hatte der Kapitän die beiden bereits erwartet und die Abfahrt um einige Stunden hinausgezögert. Noch am selben Abend legte die *Wojwodina* ab.

Die sechste Nacht seit ihrer Abreise vom Schloß brach an, aber es war die erste, in der Aura sich gestattete, bis zum Morgen durchzuschlafen.

Die Dämmerung hätte ebensogut ausbleiben können, niemand hätte es bemerkt. Schloß Institoris lag gefangen im Herzen eines nachtdunklen Sturms. Die Dienerschaft schwärmte seit den frühen Morgenstunden wie eine Kompanie Waldameisen durch Flure und Zimmer, schloß Fensterläden, wo welche vorhanden waren, verstopfte zugige Ritzen und zurrte Schnüre um die Klinken von Türen, deren rostige Schlösser längst nicht mehr zuschnappen wollten.

Dennoch brachten die Hausmädchen und Kammerdiener den Herzschlag des Sturms nicht zum Erliegen. Aus immer wieder anderen Teilen des Schlosses ertönte das leise Schlagen von Türen im Durchzug, von verzogenen Fensterrahmen und Kaminklappen. Es schien unmöglich, jede Stelle abzudichten, an der das Unwetter sich einen Weg ins Innere suchte. Gegen Mittag gaben die Bediensteten sich geschlagen und konzentrierten sich wieder auf ihre üblichen Aufgaben.

Gian empfand die Laute des Sturms als angenehm unheimlich, und er machte sich einen Spaß daraus, Tess in jene Teile des Gemäuers zu führen, von denen er wußte, daß sie der Kraft des Unwetters unterliegen mußten. Immer wieder wartete er darauf, daß hinter ihnen eine Tür schlug, ein Fenster vibrierte, ein Vorhang wehte. Tess reagierte anfangs wie erwartet, sie zuckte und kreischte bei jedem unverhofften Laut, bei jeder geisterhaften Bewegung. Anschließend aber lachten sie gemeinsam darüber. Sie wußten beide, es war nur ein Spiel, und es gab nichts, vor dem sie sich fürchten mußten.

Hätten sie gewagt, noch einmal zum Dachgarten hinaufzusteigen, so hätten sie bemerkt, daß Aura die Tür wohlweislich verriegelt hatte. Aber keiner der beiden verspürte das Verlangen, sich abermals den Erinnerungen seiner Ahnen auszusetzen. Die Visionen überkamen sie zwar hin und wieder, doch solange sie dem Dachgarten und der geheimnisvollen Atmosphäre, mit der er aufgeladen war, fernblieben, hielten sich die Bilder in Grenzen. Meist waren sie wie Erinnerungen an einen bösen Traum, irgendwann am Tag danach.

Gian und Tess waren unzertrennlich, und das nahm selbst dem Sturm seine Schrecken. Sie hockten auf dem roten Brokatsofa eines Gästezimmers im zweiten Stock, das sie zum Hauptquartier ihres Spiels erkoren hatten. Es lag weit genug abseits der üblichen Wege und war seit Jahrzehnten unbenutzt. Die Möbel waren mit grauen Laken verhängt, auf denen pelzige Staubschichten lagen. Gian fand, daß sie ein wenig aussahen wie Gespenster, doch als er Tess mit teuflischem Grinsen darauf hinwies, rümpfte sie nur die Nase und sagte, er solle nicht kindisch sein.

Über dem Kamin des Zimmers hing ein alter, halbblinder Spiegel. Von seinem kunstvollen Rahmen blätterte die Goldfarbe, und ein einzelner langer Riß zog sich durch die gesamte Fläche. Die beiden Nägel, mit denen der Spiegel an der Wand befestigt war, hatten sich mit den Jahren gelockert, und so kam es, daß er sich leicht vorneigte. Das Sofa der Kinder stand ihm genau gegenüber, und wenn sie hier saßen, konnten sie in dem verschleierten Glas ihre Spiegelbilder betrachten. Es sah aus, als säßen sie inmitten eines dichten Nebels.

»Ich wette, du wagst es nicht, bis vor Großmutters Tür zu schleichen«, sagte Gian, während der Sturm um das Schloß toste und gelegentlich ein Blitz die bunten Fenster erhellte.

Tess wurde aus der Betrachtung einer Spinne gerissen, die sich vom Kronleuchter zum Boden abseilte. »Klar trau ich mich.«

»Wetten nicht?«

»Wetten wohl!«

Damit war es gemachte Sache. Sie beschlossen, hinunter ins Erdgeschoß des Ostflügels zu laufen und sich gegenseitig einer Mutprobe zu unterziehen. Gian, der einsah, daß er als Mann mit gutem Beispiel vorangehen mußte, erbot sich, das Wagnis als erster einzugehen. Erst wenn er wieder in Sicherheit war, würde Tess an der Reihe sein. Dabei galt es, einmal die Hand auf die Klinke der unheilvollen Tür zu legen.

»Eigentlich ist das eine blöde Mutprobe«, meinte Tess, als sie den verlassenen Korridor erreichten, an dem Charlottes Gemächer lagen. »Die Tür ist schließlich abgeschlossen.«

»Glaubst du wirklich?« fragte Gian gedehnt.

»Na, sicher.«

»Und was wäre, wenn ich gesehen hätte, wie einer der Diener die Tür gestern abend aufgeschlossen hat?«

Tess bekam große Augen. »Ist das wahr?«

»Wenn ich's doch sage.« Tatsächlich war es ein ziemlich frecher Schwindel, aber Gian fand, dadurch würde die ganze Sache ein wenig spannender werden.

»Und er hat wirklich aufgesperrt?« fragte Tess noch einmal, und diesmal klang ihr Stimmchen ein wenig unsicher.

»Und ob!«

»Warum ist deine Großmutter dann nicht rausgekommen?«

»Vielleicht ist sie's ja«, erwiderte er. »Vielleicht steht sie gerade hinter dir!«

Tess fiel auf den faden Trick nicht herein und schnitt ihm eine Grimasse.

Hinter einer Ecke, ungefähr fünfzehn Meter von Charlottes Zimmertür entfernt, bezogen sie Stellung. Weit und breit war kein Mensch zu sehen. Nur das Unwetter tobte um die alten Mauern und ließ im Stockwerk über ihnen eine Tür auf und zu schlagen.

»Also«, wies Gian das Mädchen an, »du wartest hier und guckst um die Ecke. Ich schleiche den Gang hinunter bis zur Tür, fasse die Klinke an und komme wieder zurück. Danach bist du dran.«

Tess nickte, und Gian lief los. Die ersten sieben, acht Schritte legte er im Laufschritt zurück. Auf halber Strecke bremste er schlagartig und bemühte sich, von nun an keinen Laut mehr zu verursachen.

Der Flur war mit schwarzem Schiefer gefliest, nur alle paar Meter lag ein Läufer. Zwischen den einzelnen Teppichen setzte Gian seine Schritte besonders behutsam. Dennoch gelang es ihm nicht gänzlich, alle Geräusche zu unterdrücken. Sein eigener Atem kam ihm ohrenbetäubend laut vor, aber er wußte sehr wohl, daß nur er selbst das so empfand.

Der Korridor besaß keine Fenster und maß über zwanzig Meter. Den Kindern erschien das nahezu unendlich. Vier Lampen waren auf die gesamte Länge verteilt.

Gian passierte zwei Türen; die eine führte zum Grünen Salon, die andere ins ehemalige Jagdzimmer. Der Abstand zur dritten Tür war merklich größer. Hinter ihr lag Charlottes Vorraum, daneben – ohne Tür zum Flur – das Schlafzimmer.

Angespannt horchte er auf Geräusche aus den Gemächern seiner Großmutter. Einmal glaubte er, ein Flüstern zu hören. Dann aber sagte er sich, daß es nur der Wind war, den das Unwetter durch Ritzen und Löcher preßte.

Sie ist eingeschlossen, sagte er sich immer wieder. Sie kann nicht raus. Nichts kann passieren, überhaupt nichts.

Der unheimliche Auftritt seiner Großmutter stieg aus den Tiefen seiner Erinnerung auf wie ein toter Fisch aus einem bodenlosen See. Er gab sich große Mühe, ihr Bild zu verdrängen. Schon bereute er, überhaupt auf diese dumme Idee gekommen zu sein. Aber jetzt noch zu kneifen, vor Tess' Augen, das kam überhaupt nicht in Frage!

Noch fünf Schritte, dann würde er vor der Tür stehen. Eine der Lampen hing schräg gegenüber auf der anderen Seite des Korridors. Ihr Licht brach sich im Messing der Türklinke, blitzte ihm entgegen wie ein goldenes Auge.

Plötzlich polterte etwas. Schritte auf der anderen Seite der Wand! Gian blieb wie angewurzelt stehen. Sein Herz schlug so heftig, daß er glaubte, es müsse jeden Augenblick zerspringen. Im Stockwerk über ihm schlug immer noch die Tür. Auf und zu. Auf, zu.

Die Schritte verharrten auf Höhe der Tür. Vielleicht stand seine Großmutter jetzt reglos da, ein Ohr ans Holz gepreßt. Vielleicht hatte sie ihn gehört und lauschte. Lauerte. Wartete, bis er nahe genug heran war.

Da, die Schritte entfernten sich wieder!

Jetzt oder nie. Gian eilte vorwärts, streckte noch im Laufen die Hand aus, berührte mit den Fingerspitzen die eiskalte Klinke. Dann schlug er einen Haken und rannte so schnell er konnte zurück zu Tess.

Das Mädchen war mächtig beeindruckt. Doch nicht einmal ihr bewundernder Blick konnte die Furcht vertreiben, die in Gians Magen rumorte.

»Hör zu«, flüsterte er, während er versuchte, wieder zu Atem zu kommen, »du brauchst das nicht zu tun. Vielleicht ist es doch gefährlich.« Ein besseres Wort fiel ihm nicht ein, und irgendwie schien es ja auch angemessen.

»Ich gehe trotzdem. Das war abgemacht.«

»Und wenn sie mich gehört hat? Vielleicht wartet sie jetzt schon auf dich.«

Tess schüttelte den Kopf so heftig, daß die blonden Locken wirbelten. »Du hast es getan, also tue ich es auch.«

Sie war ganz schön mutig, das mußte er ihr lassen.

Tess setzte sich in Bewegung. Das Weiß ihres Kleidchens hob sich deutlich vom Zwielicht des Korridors ab.

»He, Tess!« zischte Gian hinter ihr her. »Noch was …«

Sie drehte sich um »Hm?«

»Das, was ich gesagt habe, daß der Diener die Tür aufgeschlossen hat –«

»– war gelogen.« Sie lächelte wie eine Erwachsene.

Er sah sie verdutzt an. »Woher weißt du das?«

»Manchmal weiß ich, was du denkst«, sagte sie, drehte sich ohne ein weiteres Wort um und setzte ihren Weg fort.

Gian war einen Augenblick lang sprachlos. Es gab Momente, da wußte auch er, was Tess als nächstes sagen oder tun würde, fast als wäre sie ein Teil von ihm. Im Gegensatz zu ihr hatte er sich jedoch noch keine Gedanken darüber gemacht. Seine Achtung vor dem Mädchen stieg beträchtlich.

Mit klopfendem Herzen und angehaltenem Atem beobachtete er, wie Tess sich der Tür seiner Großmutter näherte. Sie verhielt sich dabei viel leiser als er.

Auf dem Kamin im Grünen Salon stand eine weiße Porzellanfigur, eine schlanke Frau, die sich seltsam verrenkte. »Eine Ballettänzerin«, hatte seine Mutter ihm erklärt. Tess erinnerte ihn jetzt an diese Tänzerin aus Porzellan, so weiß und leichtfüßig, wie sie den Flur entlangschwebte.

Aber ihm fiel auch noch etwas anderes ein: das Märchen von Hänsel und Gretel. Brüderchen und Schwesterchen, die sich im dunklen Wald verirrten. Und er dachte: Wenn ich Hänsel bin, dann ist Tess die Gretel. Und die Hexe lauert hungrig hinter der Tür ihres Knusperhäuschens.

Diese Tür lag jetzt nur noch vier Schritte von Tess entfernt. Gian mußte den Drang niederkämpfen, einfach vorzustürmen und Tess an der Hand zurückzuziehen. Was sie hier taten, *war* gefährlich, daran hatte er jetzt keinen Zweifel mehr. Er wünschte sich aus tiefstem Herzen, seine Mutter wäre daheim. Aber das war sie nicht. Sie waren allein. Gian, Tess und die Hexe.

Er sah wie das Mädchen die Hand nach der Klinke ausstreckte. Immer näher und näher an die Tür herantrat. Tief durchatmete – laut genug, daß er es bis zu seinem Versteck hinter der Ecke hören konnte.

Ob Tess die Klinke schon berührte, konnte er von hier aus nicht sehen. Ihr Rücken und ihre hellblonden Locken verdeckten die Sicht.

Da ertönte ein Knirschen. Ein pechschwarzer Arm zuckte wie eine Riesenschlange hinaus auf den Flur. Leichenblasse Finger krallten sich in goldenes Haar. Ein schriller Aufschrei, dann das Schlagen der Tür.

Tess war verschwunden.

Alles war so schnell gegangen, so rasend schnell, daß Gian die Erkenntnis erst ein, zwei Herzschläge später überkam. Die Hexe hatte Tess durch die Tür gezogen. Hatte sie *an den Haaren* in ihr Zimmer gezerrt!

Einen Moment lang drehten sich der Flur und die Lichter wie ein Strudel vor Gians Augen. Ein Strudel, der ihn hinabzureißen drohte zum Ende des Korridors. Seine Angst war so groß, daß er sich kaum noch auf den Beinen halten konnte. Die Tür war nicht verschlossen gewesen. Jemand hatte sie geöffnet, gegen die ausdrückliche Anweisung seiner Mutter. Die Hexe war frei – und hatte Tess in ihrer Gewalt!

Sekundenlang dachte er daran, Hilfe zu holen. An wen aber sollte er sich wenden? Jemand von der Dienerschaft mußte die Tür aufgeschlossen haben, und Gian wußte nicht, wer. Außerdem würde keiner es wagen, sich offen gegen seine Großmutter zu stellen. Genaugenommen war sie während der Abwesenheit seiner Mutter die Herrin im Haus, ganz egal, wie verrückt sie war.

Gian kauerte sich am Boden zusammen und weinte. Aber die Tränen versiegten schnell. Er nahm all seinen Mut zusammen und beschloß, sich wie ein Erwachsener zu verhalten – auch wenn er sich im Augenblick keineswegs so fühlte.

Erst zögernd, dann aber immer entschlossener, ging er den Gang hinunter auf die Tür des unheimlichen Zimmers zu. Draußen donnerte es wieder, und die Lampen an den Wänden begannen zu flackern. Wenn jetzt das Licht verlöschte, würde er auf der Stelle tot umfallen!

Vor der Tür blieb er stehen. Irgendwo dahinter, hoffentlich weit entfernt, erklang leises Wispern. Eben hatte er es noch für den Wind gehalten, jetzt aber wurde ihm schlagartig klar, daß es tatsächlich die Stimme seiner Großmutter war. Die Hexe redete flüsternd auf ihr Opfer ein. Aber warum gab Tess keine Antwort? Er *mußte* ihr helfen!

Tapfer hob Gian die Faust und klopfte an die Tür. Erst einmal, dann, nach einer kurzen Pause, mehrmals hintereinander. Nicht laut, aber doch so, daß die Hexe es hören würde.

»Komm rein!« ertönte eine Stimme aus dem Inneren. Er erkannte sie sofort wieder. Ihm war, als läge die Szene im Eßzimmer nur Minuten zurück. Alles war wieder da: seine Furcht, sein Zittern, das Versteck unter dem Tisch.

Er zog die kalte Klinke herunter und drückte vorsichtig die Tür nach innen. Muffige, abgestandene Luft schlug ihm entgegen. Es roch nach Bettwäsche, die viel zu lange nicht gewechselt worden war.

»Mach schon«, keifte die Hexe, »komm endlich rein.«

Gian atmete noch einmal tief durch, dann betrat er das Zimmer. Er war noch nie zuvor hier drinnen gewesen.

Seine Großmutter stand in der Mitte des Raumes, ein Alptraum aus schwarzem Stoff und weißgrauer Haut. Sie hatte sich Tess' langes Haar um die rechte Hand gewickelt, die Linke preßte sie über den Mund des Mädchens. Ihre Finger sahen aus wie die Krallen des ausgestopften Seeadlers im Jagdzimmer. Ihr Gesicht, lang und hager unter dem schwarzen Hut, den sie nie abzunehmen schien, wirkte verkniffen und durch und durch furchteinflößend. Gian hatte jetzt keine Zweifel mehr: Sie *war* die böse Hexe, die mit dem Sturm das Schloß heimsuchte.

»Mach die Tür zu«, verlangte sie barsch.

Gian gehorchte, ohne den Blick von Tess zu nehmen. Ihre Augen flehten über die knochigen Klauen ihrer Peinigerin hinweg, aufgerissen und verängstigt. Ihr Gesicht war tränenüberströmt. Sie versuchte nicht, sich zu befreien, sondern hielt vollkommen still.

»Bitte«, sagte Gian mit belegter Stimme, »laß sie los.«

»Ich sollte sie im Meer ersäufen.«

»Warum ... warum sagst du so was?«

»Sie ist ein Bastardkind«, sagte die Hexe so leise, daß es Gian schwerfiel, die Worte zu verstehen. Dadurch klangen sie noch bedrohlicher.

»Tu ihr bitte nicht weh, Großmutter.« Die Anrede kostete ihn Überwindung, aber er hoffte, sie würde ihr gefallen.

»Siehst du die Schnur dort vorne?« fragte die Hexe und deutete auf eine schimmernde Zierkordel, die neben dem Fenster von der Decke baumelte. Die Dienstbotenglocke. »Geh hin und zieh daran!«

Gian lief hinüber und tat, was die Hexe ihm aufgetragen hatte. Irgendwo in der Tiefe des Schlosses erklang jetzt ein Läuten.

Noch einmal bat er flehentlich: »Laß Tess bitte los, Großmutter, sie hat dir doch nichts getan.«

»Sie ist Lysanders Tochter. Sein Bastardkind.« Ihr Blick verklärte sich einen Moment lang, als sie sich an längst Vergangenes erinnerte. Dann kehrte das Funkeln des Wahnsinns zurück.

Tess versuchte plötzlich, Widerstand gegen die Umklammerung zu leisten, doch die Hexe riß nur noch kräftiger an den Haaren des Mädchens. Wieder schossen Tränen aus Tess' blauen Augen, und sie erstarrte erneut in Reglosigkeit.

Ein Klopfen drang von der Tür herüber, und herein kam Jakob, der älteste Diener. Als er erkannte, was vorgefallen war, schien er schlagartig um Jahre zu altern. Sein Blick verriet Entsetzen, aber er wagte nicht einzuschreiten.

»Diese Kinder verdienen Strafe«, sagte die Hexe eisig.

Jakob konnte den Blick nur mühsam von Tess' gequälten Augen nehmen. »Madame, glauben Sie nicht, daß –«

»Nein!« unterbrach ihn die Hexe scharf. »Wir sperren sie in den Kaminkeller.«

Jakob schluckte. »Beide?« fragte er unbeholfen.

Die Hexe starrte ihn böse an, dann nickte sie. Sie setzte sich in Bewegung und zerrte das Mädchen mit sich zur Tür. In ihren schwarzen Gewändern schien es, als schwebe sie über den Boden, ohne ihn zu berühren.

Gian sah fassungslos zu, wie die beiden Richtung Korridor verschwanden. Auch Jakob wandte nur mit Mühe den Blick ab und sah schließlich Gian an. »Sie haben es gehört, junger Herr.« Er deutete totenblaß zur Tür. »Wenn Sie bitte mitkommen würden …«

Gian setzte sich in Bewegung wie ein Schlafwandler. Er wußte, daß dies seine letzte Chance war, zu entkommen, aber ihm fehlte die Kraft, sich gegen die Anweisung der beiden Erwachsenen zu stellen. Er ließ zu, daß Jakob ihn bei der Hand nahm. Die Finger des Dieners bebten. Niemand begegnete ihnen, während sie der Hexe und Tess den Gang hinab folgten.

Erst in der Eingangshalle wurde eines der Hausmädchen auf sie aufmerksam. Es kam gerade die Freitreppe herunter und ließ vor Schreck einen Stapel mit Bettwäsche fallen. Gian warf der jungen Frau einen flehenden Blick zu, doch als Jakob ihr mit einem Kopfschütteln bedeutete, sich ja nicht einzumischen, sammelte sie hastig die Wäsche auf und eilte davon.

Vor dem riesigen Kamin an der Stirnseite der Eingangshalle blieben sie stehen. Die kalte Feuerstelle klaffte wie ein schreiendes Maul vor ihnen auf.

»Öffnen«, befahl die Hexe.

Jakob ließ Gians Hand los, ergriff einen Schnürhaken und stocherte damit im Abzugsschaft des Kamins. Nach einer Weile stieß die Eisenstange auf Widerstand und verhakte sich. Ein verborgener Mechanismus setzte sich mit einem schleifenden Laut in Bewegung. Die Rückseite des Kamins begann sich zu heben. Ein rechteckiges, stockdunkles Loch wurde sichtbar.

Die Hexe schrie auf, Tess hatte ihr mit aller Kraft in die Finger gebissen. Ihre Klauenhand zuckte zurück, und das Mädchen begann aus vollem Hals zu schreien. Einen Augenblick lang sah es so aus, als könne es sich tatsächlich aus dem Griff seiner Peinigerin befreien. Dann aber festigte sich die Umklammerung der Hexe wieder, und die unverletzte Hand riß erneut an Tess' blondem Lockenkopf.

Jakob wagte noch immer nicht, sich gegen die Herrin des Hauses zu stellen. Er war stets stolz auf seine Loyalität gewesen, und auch jetzt mußte er dazu stehen. Mit schleppenden Schritten trat er vom Kamin zurück und wollte nach der Hand des Jungen greifen.

Im selben Augenblick aber löste sich Gians Erstarrung. Er wirbelte herum, trat dem Diener mit aller Kraft vors Schienbein und stürzte sich auf die Hexe. Seine kleinen Hände gruben sich in den weiten Stoff ihres Kleides, zerrten und zogen, bis die Frau fast das Gleichgewicht verlor. Daraufhin begann Tess nur noch lauter zu kreischen, denn die Bemühungen der Hexe, sich auf den Beinen zu halten und zugleich das Mädchen nicht loszulassen, verstärkten das Reißen an ihrem Haar. Gian mußte einsehen, daß sein Ansinnen vergebens war – außerdem näherte sich ihm jetzt Jakob energisch von hinten.

Zwei weitere Hausmädchen und eine Küchenhilfe waren von dem Lärm angelockt worden. Wie versteinert standen sie an einer der Türen, trauten kaum ihren Augen. Keine wagte es, einzuschreiten.

Gian konnte nicht verstehen, warum die Erwachsenen tatenlos mitansahen, wie er und Tess mißhandelt wurden. Mit tränenden Augen tauchte er unter Jakobs zuschnappenden Händen hinweg und stürmte auf die Freitreppe zu. Er sah noch, wie die Hexe mit Tess im schwarzen Rachen des Kamins verschwand, dann sprang er gehetzt die Stufen hinauf.

Jakob setzte halbherzig zur Verfolgung an, doch als ihm klar wurde, daß seine Herrin nicht länger zusah, ließ er den Jungen entkommen. Ihm war längst bewußt geworden, welches Unheil er angerichtet hatte, als er dem Befehl Charlottes, sie zu befreien, gehorcht hatte. Er schämte sich. Doch bis zur Rückkehr des Fräuleins würden er und die übrigen Bediensteten mit Charlotte auskommen müssen – und wer wußte schon mit Bestimmtheit, ob Aura *tatsächlich* von solch einer Reise zurückkehren würde, noch dazu in Begleitung ihres nichtsnutzigen Stiefbruders?

Während der alte Diener in der Halle zurückblieb, erklomm Gian in Panik die letzten Stufen zum ersten Stock, ging hinter dem Geländer in Deckung und blickte zurück in die Tiefe der Halle. Tess und die Hexe waren fort, die Schreie des Mädchens verklangen. Lediglich Jakob stand noch unschlüssig vor dem Kamin, ehe ihn ein Befehl aus dem Abgrund aufforderte, hinab in den Schloßkeller zu steigen. So verschwand auch er aus dem Blickfeld des Jungen.

Gian befürchtete, daß Tess nun die Strafe für seine Flucht erdulden mußte. Er wagte sich nicht vorzustellen, was die Hexe ihr antun mochte. Hexen waren nicht zimperlich, das wußte er, und seine Großmutter war offenbar ein besonders bösartiges Exemplar. Er wischte sich die Tränen aus den Augen, rappelte sich hoch und rannte weiter, ins Zimmer seiner Mutter, wo er den Ersatzschlüsselbund unter der Matratze hervorzog. Er wußte seit langem, daß er dort lag.

Mit dem klirrenden Bund in der Hand lief er weiter, immer höher hinauf ins Schloß, bis er die Tür mit dem Vogelrelief erreichte. Er brauchte lange, um den richtigen Schlüssel zu finden. Endlich aber betrat er den Dachgarten und sperrte die Tür hinter sich zu.

Das tropische Dickicht, das den größten Teil des Dachbodens einnahm, machte ihm angst. Zögernd näherte er sich der Blätterfront, wagte aber nicht, das verwobene Unterholz zu betreten. Statt dessen lief er hinüber zu einem der Sessel unter der Glasschräge, kauerte sich hinein, zog die Knie an und versuchte einzuschlafen. Vielleicht würde so ja alles gut werden.

Aber natürlich schlief er nicht ein. Und nichts wurde gut.

Das Dschungeldickicht brach plötzlich auseinander, und eine sanfte Stimme sagte: »Sei nicht traurig.«

Gian fuhr erschrocken auf. »Wer bist du?« fragte er furchtsam, als eine Gestalt aus dem Unterholz trat.

»Ich will dir helfen.«

»Warum?« Gian drückte sich noch tiefer in den Sessel.

Der Mann hob beide Hände, um zu zeigen, daß er nichts Böses im Schilde führte. Dabei lächelte er freundlich. »Dafür sind Väter doch da, nicht wahr?«

Nur wenige hundert Meter nördlich der *Wojwodina* zogen die Kalkgebirge der Krim vorüber. Die Halbinsel erstreckte sich zweihundert Kilometer weit von den Ufern der Ukraine ins Schwarze Meer. Der Kapitän hatte Aura erklärt, wenn die Umrisse der Krim hinter ihnen zurückblieben, hätten sie ungefähr die Hälfte der Überfahrt hinter sich gebracht. Noch aber waren die schroffen Kalkfelsen deutlich zu sehen. Aura betrachtete sie mit einem Fernglas, das sie von zu Hause mitgebracht hatte. An der Küste wuchsen wilde Kapernstauden. Weinreben rankten sich um die Bäume und Hecken. Der schmale grüne Uferstreifen wirkte wie ein verwilderter Garten, und der Kontrast zu den schroffen Felsruinen darüber hätte nicht stärker sein können. Hin und wieder kamen Hütten in Sicht, halb in die Berge gehauen und mit Lehmziegeln gedeckt, inmitten von Ziegenherden und kleinen Schafen.

Von Osten her trieb der Wind weiße Schaumkronen über die See. Mit jedem Tag, den sich das Schiff dem Ziel der Reise näherte, wurde es kühler. Aura fragte sich beunruhigt, ob die Winterkleidung in ihrem Gepäck warm genug sein würde. Zur Not würden sie sich im Hafen von Suchumi neu einkleiden müssen.

Jemand schob das Fernglas vor ihren Augen fort. Als sie aufschaute, kreuzte sie Christophers düsteren Blick. »Warum nur machst du dir ständig Sorgen?« seufzte sie.

Er stützte beide Ellbogen auf die Reling und blickte nach Norden zu den Ufern der Krim. Seit er wieder in Freiheit war, hatte er sich den Kopf nicht mehr rasiert. Fingerbreiter Flaum bedeckte seinen Schädel, noch nicht lang genug, um vom Wind zerzaust zu werden. Auras schwarze Strähnen hingegen flatterten um ihr Gesicht. Ihr Hut war schon am ersten Tag über Bord geweht worden.

»Mir ist etwas Seltsames aufgefallen«, sagte er, ohne sie dabei anzusehen. »Die beiden alten Leute in der Kabine neben unserer – die hast du doch bemerkt, oder?«

»Sicher.« Sie ahnte schon, worauf er hinauswollte.

»Mir wird schlecht, wenn ich sie sehe.«

Sie versuchte mühsam, ein Lachen über ihre Lippen zu bringen. »Ein feines altes Ehepaar. Italiener, glaube ich. Was ist so schlimm an ihnen?«

»Das ist es ja. Nichts ist schlimm. Sie sind sauber, gepflegt, ordentlich. Nette, reiche alte Leute. Und dennoch dreht sich mir der Magen um, wenn ich in ihre Nähe komme.«

»Du bist seekrank.«

»Nein, und ich glaube, das weißt du.« Er drehte sich zu ihr um. »Es ist mir schon früher aufgefallen. Erst am Bett des alten Mannes in Wien. Dann ein paar Mal im Zug auf der Rückreise zum Schloß. Sobald jemand in meine Nähe kommt, der älter ist als – sagen wir – siebzig, habe ich das Gefühl, ich müsse mich übergeben.« Er machte eine kurze Pause und kniff die Augen zusammen, als eine besonders scharfe Brise über die Reling fegte. »Ich habe dich beobachtet, Aura. Und ich glaube, es geht dir genauso.«

Es hatte keinen Sinn, ihn zu belügen. »Du hast recht«, gestand sie resigniert. »Es ist, als ob man« – sie suchte einen Moment lang nach Worten – »als ob jemand einem in den Magen schlägt, nur ohne Schmerzen.«

Er ergriff Auras Hand und zog sie zu sich herum. »Ich möchte, daß du mir die Wahrheit sagst. Was für ein Zeug war das, das wir beide da geraucht haben?«

»Das weißt du doch längst, oder?«

Er ließ ihre Hand wieder los und schaute nachdenklich zum Festland. »Also doch.«

»Als ich es ausprobierte, war ich genau wie du fast zwei Tage lang ohne Bewußtsein. Hätte ich nicht Anweisung gegeben, mich niemals im Laboratorium zu stören, wäre ich wahrscheinlich in der Gruft aufgewacht. Ich habe es später noch einmal an ein paar Ratten getestet. Es hat alle ihre Lebensfunktionen gestoppt. Als hätte man die Tiere auf Eis gelegt.«

»Aber das ist nur eine Nebenwirkung«, meinte er leise, als fürchte er, der Wind könne ihre Worte übers Meer bis zu Lysander tragen.

»Wenn ich das wüßte…«

»In den Erinnerungen der Kinder trugen Morgantus und alle anderen Templer Rüstungen. Hätte dieser Ausritt vor fünfzig oder sechzig Jahren stattgefunden, wären Rüstungen ein wenig aus der Mode gewesen, meinst du nicht auch?«

»Ich denke seit Tagen an nichts anderes«, gab sie zu.

»Die letzten Rüstungen wurden zur Zeit der Renaissance benutzt, ein paar vielleicht noch im Dreißigjährigen Krieg. Aber selbst der ist fast dreihundert Jahre her.«

»Das weiß ich!« fuhr sie ihn an, aber ihr Zorn war nicht wirklich gegen Christopher gerichtet. Vielmehr war sie wütend auf ihre eigene Unfähigkeit, die Wahrheit zu akzeptieren.

Christopher blieb äußerlich gelassen, doch das Schwanken in seiner Stimme verriet, wie verunsichert er war. »Gehen wir einmal davon aus, Nestor und Lysander hätten dem Templerorden schon angehört, als Rüstungen *noch nicht* aus der Mode waren – zu einer

Zeit, als der Orden noch nicht verboten und seine Mitglieder nicht geächtet waren.«

Aura starrte ihn an und stieß einen bitteren Laut aus. »Du willst ernsthaft behaupten, sie wären beinahe siebenhundert Jahre alt?«

Er lachte freudlos auf. »Wer weiß, Aura, vielleicht werden wir uns irgendwann einmal an diese Reise erinnern und sagen: ›Liebe Güte ist das schon siebenhundert Jahre her?‹«

»Das ist nicht besonders witzig.«

»*Du* hast das Kraut vom Grab deines Vaters freiwillig geraucht – ich nicht.«

»Erzähl mir jetzt nicht, daß es dir leid tut.« Ihre Augen funkelten vor Wut. »Hör zu, Christopher, ich glaube, ich will darüber nicht sprechen. Ich will nicht mal daran denken.«

»Du wirst eine Menge Zeit haben, den Gedanken daran vor dir herzuschieben. Vielleicht fünfhundert Jahre, vielleicht tausend oder –«

»Hör auf, bitte!« Mit einemmal klang sie nur noch erschöpft und müde. »Ich brauche Zeit. Ich will nicht versuchen, mich mit etwas so« – sie zögerte – »Absurdem wie Unsterblichkeit abzufinden, ohne daß ich weiß, ob es *real* ist.«

»Reden wir über deinen Vater und Lysander. Wenn das Kraut wirklich das ist, was wir vermuten, warum wächst es dann auf Nestors Grab?«

»Sag du es mir.«

»Weil er unsterblich war.«

Sie schenkte ihm einen Blick, als spräche sie mit einem kleinen Kind. »O ja, natürlich.«

»Hast du einen besseren Vorschlag?« Er beugte sich über die Reling und spie in die Gischt, die um den Rumpf des Schiffes toste. »Ich weiß, wie verrückt das klingt. Wenn du einen Apfel eingräbst, wächst vielleicht an derselben Stelle ein Apfelbaum. Und wenn du –«

»– einen Unsterblichen eingräbst, soll daraus Unsterblichkeit entstehen?« Sie schüttelte den Kopf und spürte, daß sie nahe daran war, in hysterisches Gelächter auszubrechen. »Das *klingt* nicht nur verrückt, Christopher!«

Er aber ließ sich nicht aus seinem Gedankenfluß reißen. »Das Gilgamesch-Kraut beschützt uns vor dem Alter. Es schützt uns vor Krankheiten. Und es läßt uns sogar Unbehagen empfinden, wenn wir nur in die Nähe alter Menschen kommen. Trotzdem vermag es nicht, einen Menschen vor einem gewaltsamen Tod zu bewahren. Dein Vater wurde von Gillian ermordet. Ein Unsterblicher, der gestorben ist. Aus seiner verlorenen Unsterblichkeit erwächst eine neue – das ist das Geheimnis des Gilgamesch-Krauts. Deshalb hat niemand es je gesehen.«

Sie zog eine hämische Grimasse. »Vielleicht hat es keiner gesehen, weil es nicht existiert. Schon mal daran gedacht?«

»Ich bin auch von der Existenz Gottes überzeugt, obwohl ich ihn nie gesehen habe.«

»Religion ist kein vernünftiges Argument.«

»Nicht Religion, sondern Glaube. Das ist ein Unterschied.«

»Du meinst, wenn wir nur fest genug an die Existenz des Gilgamesch-Krauts glauben, gibt es das tatsächlich?«

»Ich glaube daran, weil es existiert. So wie ich an Gott nur deshalb glauben kann, weil ich *weiß*, daß es ihn gibt.«

Aura war klar, daß sie auf diese Weise noch Stunden aneinander vorbeireden konnten, ohne zu einem Ergebnis zu kommen. Zum größten Teil war das ihre eigene Schuld. Sie sträubte sich gegen eine Überzeugung, die sie in Wahrheit längst akzeptiert hatte. Und sie sah Christopher an, daß er das sehr genau wußte.

»Wenn Lysander und mein Vater die Unsterblichkeit schon vor sechshundert Jahren für sich gewannen«, sagte sie, »warum hatten sie dann überhaupt Streit? Warum ein Krieg um etwas, das beide längst besaßen?«

»Irgend etwas ist geschehen«, sagte Christopher. »Nestor und Lysander müssen ihre Unsterblichkeit aus irgendeinem Grund verloren haben. Während der vergangenen Jahrzehnte hat jeder versucht, sie auf seine Weise zurückzugewinnen. Und zumindest Lysander scheint es gelungen zu sein.«

»Das neue Rad des Sämanns.«

Christopher nickte. »Dein Vater scheiterte und wurde getötet.«

Der Wind wirbelte Auras Haar auf. Ungehalten zwang sie es mit beiden Händen zurück in den Nacken. »Dennoch bleibt zu vieles offen.«

»Zum Beispiel, warum Lysander mit Sylvette ein Kind gezeugt hat?«

»Auch das. Aber da ist noch etwas anderes.« Aura blickte an Christopher vorbei zum Bug. Grau und aufgewühlt erstreckte sich dort das Meer bis zum Horizont. Irgendwo dahinter, unsichtbar in der dunstigen Ferne, lag Swanetien.

»Die Frage ist doch«, sagte sie gedankenverloren, »warum ist Sylvette noch immer bei ihm? Weil Lysander sie zwingt – oder weil sie es so will?«

KAPITEL 5

Das Unwetter tobte bis in die frühen Abendstunden. Schwarze Wolkenburgen waren wie Belagerungstürme rund um das Schloß heraufgezogen, Blitz und Donner rannten Sturm gegen die alten Mauern. Schließlich aber, nachdem erst der Regen und dann der peitschende Wind nachgelassen hatte, wurde es ruhiger. Die Blitze blieben aus, der Donner verstummte. Allein die Dunkelheit wollte nicht weichen, denn nach dem Orkan kam die Nacht über das Küstenland.

Am frühen Morgen, im Schutz des Unwetters, war Gillian mit einem Boot zur Insel gerudert. Unzählige Male hatte er auf der kurzen Strecke befürchtet, der Sturm würde ihn hinaus aufs Meer treiben, doch immer wieder war er diesem Schicksal um Haaresbreite entronnen. Fast zwei Stunden hatte er gebraucht, bis er die Insel erreichte, durchnäßt, erschöpft und erbärmlich erkältet. Der Aufstieg zum Dach gab ihm beinahe den Rest, denn eine Sturmböe warf ihn aus zwei Metern Höhe zurück auf die Felsen. Dennoch gab er sich nicht geschlagen, versuchte es vorsichtig noch einmal und erreichte trotz aller Widrigkeiten die schmale Balustrade. Im Gegensatz zu damals, vor sieben Jahren, als er das Schloß schon einmal auf diesem Weg betreten hatte, war die Glastür von innen verriegelt. Gillian schlug sie kurzerhand ein und stieg durch die Scherben ins Innere. Das Klirren ging im Heulen des Unwetters unter.

Jetzt, Stunden später, erkannte er, daß alles, was er auf dem Weg hierher durchgemacht hatte, keinem Vergleich standhielt zur größten Herausforderung von allen. Er mußte einen kleinen Jungen davon überzeugen, daß er, Gillian, sein Vater war.

»Schau zurück in deine Erinnerungen – *meine* Erinnerungen –, und du wirst sehen, daß ich die Wahrheit sage.« Gillian hatte in den vergangenen sieben Jahren vieles erfahren, vor allem über sich selbst, und er wußte, über welche Fähigkeiten ein Kind der Alchimie verfügte. Wußte es, weil er selbst eines war.

»Ich kann nicht«, sagte der Junge trotzig. »Es geht nur, wenn Tess bei mir ist.«

»Das ist nicht wahr.« Gillian ließ sich mit betonter Ruhe auf dem Sofa nieder. »Du kannst es auch ohne sie. Du mußte es nur versuchen.«

Gian sträubte sich weiter. Gillian mußte einsehen, daß sein Sohn nicht nur Auras schwarzes Haar, sondern auch ihren Dickkopf geerbt hatte.

»Bitte«, sagte er noch einmal, »probier es wenigstens.« Doch noch während er sprach, begann er plötzlich zu begreifen: Der Junge beharrte auf Tess' Anwesenheit, weil er erreichen wollte, daß Gillian sie aus Charlottes Gewalt befreite.

Vorsichtig sagte er: »Wenn es dir nur um deine Freundin geht, kann ich dich beruhigen – spätestens in ein, zwei Stunden ist sie wieder bei dir. Sobald die letzten Diener schlafen gegangen sind, hole ich sie da raus.«

Er stand auf, trat auf den Jungen zu und reichte ihm seine Hand. »Du Schlauberger hast mich doch längst erkannt, nicht wahr?«

Gians Gesicht hellte sich unmerklich auf, als müsse er ein Lächeln unterdrücken. Dann nickte er bedächtig.

»Willst du mich nicht wenigstens begrüßen?«

Gians gespielter Widerwillen schwand, doch ganz gab er seine Zurückhaltung nicht auf. Zögernd streckte er seinem Vater die kleine Hand entgegen. Gillian ergriff sie und überlegte, ob er ihn umarmen sollte, entschied sich dann aber dagegen. Vater hin oder her – für den Jungen blieb er zwangsläufig ein Fremder. Das beste war, wenn er einfach tat, was zu tun war, und dann wieder aus dem Leben des Kindes verschwand. So, wie er damals aus Auras Leben verschwunden war.

Gillian ließ sich neben dem Jungen auf der Armlehne des Sessels nieder und blickte ihn ernsthaft an. »Erzähl mir mal genau, was heute geschehen ist.«

Das meiste wußte er bereits. Er war den ganzen Tag über unbemerkt durchs Schloß geschlichen (die Speichertür hatte er mit einem Dietrich geöffnet und wieder verschlossen), hatte die Dienerschaft belauscht und zusehen müssen, wie Charlotte das Mädchen verschleppte. Dennoch wollte er den Ablauf noch einmal aus Gians Munde hören. Der Junge schilderte die Ereignisse bemerkenswert ruhig und erstaunte Gillian durch seine Wortwahl, einem Siebenjährigen ganz und gar unangemessen.

Nachdem Gillian alles erfahren hatte, was Gian über die Vorgänge wußte, erklärte er dem Jungen, daß er ihn eine Weile allein lassen müsse, um Tess zu befreien. Gian nickte eifrig, ließ seinen Vater mit dem Schlüssel hinaus und schloß rasch wieder hinter ihm ab.

So schnell und so leise er konnte eilte Gillian hinab ins Erdgeschoß. Jene Diener, die im Schloß übernachteten, hatten sich längst in ihre Zimmer zurückgezogen. Der Hermaphrodit erreichte ungestört die Eingangshalle. Nichts ließ dort auf etwas Ungewöhnliches schließen. Die Geheimtür im Kamin war geschlossen, kein Laut ertönte aus der Tiefe des Kellers. Gillians Sorge um das Mädchen wuchs.

Zunächst aber durchquerte er den Ostflügel und schlich zur Tür von Charlottes Gemächern. Im Inneren herrschte Stille. Keine Minute später stand er wieder in der dunklen Eingangshalle. Tastend fand er mit dem Schürhaken den Mechanismus der Geheimtür. Mit einem gedämpften Schleifen schob sich die Rückwand des Kamins nach oben. Gillian entzündete eine Kerze und trat über die Feuerstelle hinweg in den schmalen Treppenschacht. Im flackernden Halblicht erkannte er, daß die Stufen nach einigen Metern um eine Ecke führten. Gillian folgte ihrem Verlauf und gelangte in ein feuchtes Gewölbe. Der Boden war salzverkrustet, so als fände die See hin und wieder einen Weg dorthin. Der Keller lag unterhalb des Meeresspiegels.

Tess hockte am Fuß einer Mauer, die dicht mit schillernden Pilzen bedeckt war. Die Knie hatte sie fest an den Oberkörper gezogen. Ihr

361

Atem war selbst aus einiger Entfernung deutlich zu hören. Mit großen Augen starrte sie Gillian entgegen, sagte aber kein Wort. Sie zuckte auch nicht zurück, als er neben ihr in die Hocke ging. Er begann, beruhigend auf sie einzureden und wollte ihr auf die Füße helfen, doch die Kleine schüttelte nur den Kopf und erhob sich aus eigener Kraft.

»Ich will dir helfen«, sagte Gillian. »Ich bin –«

»Gians Vater«, unterbrach sie ihn mit gedämpfter Stimme.

Er nickte verwundert, dann nahm er sie bei der Hand und führte sie zur Treppe.

»Da unten war ein Tunnel«, flüsterte Tess. »Er führt zu einem Turm. Von da aus konnte ich das Schloß sehen.«

»Du bist ohne Licht durch einen Tunnel gelaufen?« fragte er ungläubig.

»Ja«, sagte sie ruhig. »Ich mag Tunnel gern.«

Da erinnerte er sich, daß sie in den Katakomben der Hofburg aufgewachsen war. Unterirdische Gänge, Schächte und Hallen waren ihr Zuhause gewesen. Trotzdem war die Leichtigkeit, mit der sie die Gefangenschaft hier unten verkraftet hatte, mehr als erstaunlich. Es schien fast, als habe sie seelenruhig auf ihren Befreier gewartet. War die geistige Verbindung zwischen ihr und Gian so stark, daß sie Gillians Plan gekannt hatte, noch ehe er hier unten aufgetaucht war?

Sie erreichten den oberen Absatz der Treppe. Gillian blies die Kerze aus und spähte in die Eingangshalle. Weder Charlotte noch jemand von der Dienerschaft war in der Dunkelheit auszumachen. Hand in Hand verließen sie den Kamin, ohne sich die Mühe zu machen, den Durchgang wieder hinter sich zu schließen.

Wenig später öffnete Gian ihnen die Relieftür zum Dachboden. Er strahlte erleichtert, als er Tess an Gillians Seite sah, doch beide sprachen kein Wort miteinander. Es schien, als seien Worte für ihre Verständigung überflüssig geworden. Statt dessen schauten sie abwartend zu Gillian auf, so als wüßten sie längst, was er vorhatte.

Zum ersten Mal war er wirklich verunsichert. »Wir werden zusammen eine Reise machen«, sagte er zögernd.

Gian runzelte altklug die Stirn. »Wenn meine Mutter nach Hause kommt, wird sie sich fragen, wo wir sind.«

»Wir lassen ihr einen Brief zurück, damit sie sich keine Sorgen macht.« Natürlich war Gillian klar, daß Aura sich sehr wohl Sorgen machen würde. Aber darauf konnte er keine Rücksicht nehmen. Sie würde ihnen folgen können, wenn sie wollte.

»Und wohin reisen wir?«

Gillian lächelte, in der Hoffnung, die Kinder zu beruhigen. »Mögt ihr die Berge?«

»Ich hab noch nie welche gesehen«, sagte Gian.

»Aber ich«, platzte Tess heraus. »Mit dem Zug sind wir an Bergen vorbeigefahren.«

»Wir werden wieder welche sehen«, versprach ihr Gillian.

Während Gian weiterhin düster dreinschaute, war Tess von der Idee sichtlich angetan. Gillian ließ die Kinder eine Weile allein und setzte sich an einen Tisch, um den Brief für Aura zu schreiben. Er beschränkte sich auf wenige sachliche Sätze und schloß mit dem Hinweis, wo und wie sie mit ihm und den Kindern in Kontakt treten könne. Wie er sie einschätzte, würde sie sogleich dorthin aufbrechen, und er mußte sich eingestehen, daß das sein größter Wunsch war.

Während der vergangenen sieben Jahre war er dreimal hier im Schloß gewesen. Er hatte beobachtet, zugehört und sein schlechtes Gewissen besänftigt. Nie jedoch hatte er sich zu erkennen gegeben. Die Wachmänner, die Aura eine Weile lang angestellt hatte, waren kein Problem gewesen. Einmal hatte er sich ganze zwei Tage im Schloß aufgehalten, ohne daß ihn irgend jemand bemerkte. Es hatte wehgetan, Aura bei ihrem täglichen Leben zuzuschauen, ohne daran teilhaben zu können. Doch das verbot ihm der Eid, den er geschworen hatte.

Jetzt erst, nach sieben Jahren, war seine Lehrzeit beendet. Wenn sie sich wiedersahen, durfte er mit ihr sprechen, sie sogar umarmen – vorausgesetzt, sie würde es zulassen. Für sie war er ein Toter, nicht mehr als eine vage Erinnerung an ein paar gemeinsame Tage, an ein paar Stunden in einem fernen Hotelzimmer.

Eine Viertelstunde später, nachdem er rasch im Zimmer der Kinder warme Kleidungsstücke zusammengesucht hatte, schob Gillian die Jolle zwischen den Felsen hervor ins Wasser. Während er ruderte, saßen die Kinder schweigend im Bug. Gian schaute zurück zum Schloß, Tess voraus zum Festland.

Nach fünf Tagen auf hoher See erhob sich am Morgen des sechsten mit dem beginnenden Tageslicht die Küste Georgiens aus dem Dunkel der Nacht. Gegen elf Uhr vormittags lief die *Wojwodina* in den Hafen von Suchumi ein. Der Legende nach, so erfuhren die Passagiere vom Kapitän, waren hier einst Jason und seine Argonauten gelandet, um König Aietes das Goldene Vlies und seine Tochter Medea streitig zu machen.

Suchumi lag am Ufer einer weiten Bucht. Trotz des kühlen Windes, der seit zwei Tagen aus allen Richtungen zugleich zu kommen schien, herrschte subtropisches Klima. Zum Ufer hin wurde die Stadt von einer kilometerlangen Kette aus Palmen begrenzt. Schnurgerade Hauptstraßen schnitten vom Hafen aus quer durch ein Labyrinth aus Gassen, kleinen Plätzen und verschachtelten Häuserblocks. Darüber erhob sich im Osten Suchumis ein einzelner Hügel, der Suchumskaja Gora, umgeben von einem Meer rotbrauner Dächer. Jenseits der Stadt wuchsen dichtbewaldete Hänge empor, und dahinter, in vielen Kilometern Entfernung, dräuten schroff und schneebedeckt die Gipfel des Kaukasusgebirges.

Unbändiges Geschrei schlug ihnen entgegen, als Aura und Christopher über den schmalen Landungssteg das Schiff verließen. Mehr als zwei Dutzend Einheimische bestürmten sie mit dem Angebot, ihr Gepäck zu tragen. Tuch- und Gewürzhändler kamen von allen Seiten herbeigelaufen, gestikulierten wild und deuteten auf ihre Bauchläden. Andere priesen Schnitzwerk und Silberbecher an. Mehrere Männer bedrängten sie mit Angeboten für eine Führung durch die Stadt, einer sogar auf deutsch.

Der Kapitän hatte ihnen ein Hotel am Hafen empfohlen, das sich bei näherer Betrachtung als winziger Gasthof erwies, dessen Wirt zwei Zimmer im ersten Stock vermietete. »Nur an Ausländer«, wie er betonte, und verschwieg dabei, daß seine Preise ohnehin für jeden Einheimischen unerschwinglich waren.

Zumindest war das Zimmer sauber, das Essen kräftig und der Wirt ausgesprochen gefällig. Gegen ein großzügiges Trinkgeld erfuhren sie von ihm, daß vor einigen Wochen eine kleine Gruppe deutschsprachiger Reisender Träger und Lasttiere angeheuert hatte, um mit ihnen hinauf ins Gebirge zu steigen. Aura und Christopher hatten kaum Zweifel, daß es sich dabei um Lysander und seinen Troß handelte. Als Aura sich jedoch erkundigte, ob eine blonde Frau dabeigewesen war, verneinte der Wirt. »Frauen mit Goldhaar«, sagte er grinsend, »erregen bei uns großes Aufsehen.« Kurze Zeit später erfuhr Aura von Christopher, daß er Sylvette einst ein Mittel geschenkt hatte, mit dem sie ihr Haar schwarz gefärbt hatte; gut möglich, daß sie es heute noch genauso machte.

Als sie dem Wirt erzählten, daß auch sie eine Reise ins Innere des Landes planten, hatte er sogleich die passende Führerin parat. »Ihr Name ist Marie Kaldani«, erklärte er, »und sie spricht Ihre Sprache. Sie stammt aus Uschguli, dem höchsten Ort Swanetiens. Marie kennt dort oben jeden Stein, jeden Felsspalt und« – er lachte krächzend – »jede Bergziege im Angesicht Allahs und Jehovas. Wenn sie nicht unterwegs ist, kehrt sie jeden Abend bei mir ein. Sie können sie heute treffen, wenn Sie es wünschen.« Was Aura von dem Angebot überzeugte, war die Aufrichtigkeit, mit der der Wirt hinzufügte: »Aber geben Sie acht, Marie nimmt oft sehr viel Geld. Handeln Sie mit ihr, es wird sich lohnen.«

Bis zum Abend ruhten sie sich in ihrem Zimmer aus, ergingen sich in weiteren Theorien über Lysander, Morgantus und das Gilgamesch-Kraut, ehe Aura einschlief und erst wieder erwachte, als Christopher sanft an ihrer Schulter rüttelte.

Daraufhin begaben sie sich in den Schankraum, wo der Wirt sie auf einen Tisch unweit der Tür verwies. Dort saß, über eine Schale mit Maisbrei gebeugt, eine Frau. Sie war erstaunlich jung, Anfang Zwanzig, und schon überkamen Aura Zweifel, ob sie wirklich die Richtige war. Christopher aber wollte unbedingt zu ihr hinübergehen, und Aura fragte sich im stillen, ob das Funkeln in seinen Augen wirklich nur von der Reiselust rührte.

Marie Kaldani war fraglos eine attraktive junge Frau. Sie war einen guten Kopf kleiner als Aura und nicht ganz so zierlich, aber ihr Gesicht war feingeschnitten, aber von einer gewissen groben Schönheit. Ein entschlossener Zug lag um ihre braunen Augen. Ihre kastanienfarbenen Locken wehrten sich wild gegen ein Band am Hinterkopf. Sie hatte etwas Zigeunerhaftes, fand Aura. In Maries Blick paarte sich Gerissenheit mit Wagemut, Skepsis mit Leidenschaft.

Obwohl die Swanin sie längst bemerkt haben mußte, wollte der Wirt die beiden persönlich zum Tisch führen – zweifellos, um ein weiteres Trinkgeld zu kassieren. Aura aber schlug ihn mit einem finsteren Blick in die Flucht.

Die junge Swanin bat sie mit einem Nicken, Platz zu nehmen. Nachdem Aura ihr erklärt hatte, daß sie beabsichtigten, eine Reise nach Swanetien zu unternehmen, löffelte Marie in aller Ruhe ihren Maisbrei zu Ende und nahm einen tiefen Zug aus ihrem Weinbecher. Dann erst erwiderte sie Auras ungeduldigen Blick.

»Wohin in Swanetien möchten Sie?« fragte sie in erstaunlich flüssigem Deutsch.

Aura wollte etwas erwidern, aber Christopher kam ihr mit leuchtenden Augen zuvor. »Woher sprechen Sie unsere Sprache so gut?«

»Viele Deutsche kommen hierher«, erwiderte Marie und lächelte, wobei sie offen ließ, ob sie mit »hier« Suchumi oder ihre Heimat meinte. »Mein Großvater stammte aus einem Ort namens Hamburg.« Ihr Akzent ließ sie das H verschlucken und das U in die Länge ziehen. »Er war Seefahrer.«

»Kommt es hier denn oft vor, daß einheimische Frauen und ausländische Männer zueinanderfinden?« fragte Christopher.

»Nur selten«, erwiderte Marie, und abermals huschte ein verschmitztes Lächeln um ihre Mundwinkel. Es nahm ihr ein wenig von der Härte, die in ihren Zügen lag. »Meine Großmutter hat immer von einem blonden Kind geträumt. Sie ließ sich für eine

Nacht mit meinem Großvater ein, dann jagte sie ihn davon.« Jetzt lachte sie ganz offen. »Trotzdem hatte ihr Sohn, mein Vater, rabenschwarzes Haar.«

»Aber wenn Ihr Großvater so bald wieder verschwand«, bemerkte Aura nicht ohne Argwohn, »dann verstehe ich nicht, weshalb Sie so fließend unsere Sprache sprechen.«

Christopher schenkte ihr einen grimmigen Blick, als wolle er sagen: Nun laß sie doch in Ruhe! Das aber machte Aura nur noch ärgerlicher.

»Ganz einfach«, erwiderte Marie mit hochgezogenen Augenbrauen. »Meine Großmutter schickte ihn zwar fort, doch er hatte sich so sehr in sie verliebt, daß er wenige Monate später zurückkehrte, seine Stellung an Bord des Schiffes aufgab und meiner Großmutter einen Heiratsantrag machte. Sie nahm ihm den Schwur ab, mit ihr zurück in die Berge zu gehen und dort Ziegen zu züchten.«

»Das hat er tatsächlich getan?« fragte Christopher verwundert.

Marie nickte. »Nach zwei Jahren besaß er mehr Ziegen als jeder andere Mann Uschgulis.«

»Verzeihen Sie«, unterbrach Aura grob, »aber wir sind nicht hier, um uns über Familiengeschichten zu unterhalten. Falls wir uns einig werden, sollte dafür später noch genügend Zeit sein.«

»Sie haben recht«, bestätigte Marie zu Christophers Enttäuschung. »Aber Sie haben mir meine Frage noch nicht beantwortet: Wohin in Swanetien wollen Sie?«

Einen Augenblick lang zögerte Aura. Verriet sie zuviel, wenn sie bereits so früh eine Antwort auf diese Frage gab? Aber, nein, Lysander konnte nicht überall seine Leute haben.

»Wir sind auf der Suche nach einer alten Festung oder einem Kloster.«

»Davon gibt es Dutzende, vielleicht sogar Hunderte oben im Gebirge. Können Sie den Ort beschreiben?«

»Alles, was wir wissen, ist, daß die Mauern die Form eines Achtecks haben.«

»Achteckig, sagen Sie?« Das Gesicht der Swanin hellte sich auf.
»Möglich, daß ich diese Festung kenne.« Sie grinste breit. »Möglich,
daß ich sie sogar sehr gut kenne.«

»Und das bedeutet?«

»Daß ich Sie dorthin führen kann.«

Aura legte die Stirn in Falten. »Ein Privileg, das uns sicherlich eine
Kleinigkeit kosten wird.«

»In welcher Währung wollen Sie zahlen?«

»Mark, Pfund, was immer Sie wünschen.«

Marie lehnte sich zurück und verschränkte die Hände am Hinterkopf. »Hundert Mark am Tag. Dreihundert zusätzlich, wenn wir
unser Ziel erreichen. Und noch einmal dreihundert, wenn wir heil
zurück nach Suchumi kommen.«

»Das ist Wucher«, sagte Christopher, aber er klang nicht wirklich
empört.

»Zehn pro Tag«, sagte Aura. »Und fünfzig am Ziel.«

Die Swanin seufzte schwer, beugte sich vor und stützte beide Ellbogen auf die Tischkante. »Neunzig. Die zehn am Tag, die ich Ihnen
erlasse, sind der Preis für eine Geschichte.«

»Ich glaube nicht, daß –«

Marie fuhr Aura über den Mund: »Sie wollen nach Swanetien,
also sollten Sie die Geduld aufbringen, etwas über mein Volk zu
erfahren. Eine Legende, vielleicht, oder ein Stück der Wahrheit,
ganz wie man's nimmt.« Sie winkte nach dem Wirt und bedeutete
ihm mit Fingerzeichen, daß er ihnen drei Becher Wein bringen
möge.

»Zu einer Zeit, als die Swanen gegen die russischen Eroberer
kämpften, lebten hoch oben im Gebirge zwei Ziegenhirten. Der eine
hieß Babanykja, der andere Babasykja. Die beiden beschlossen,
ihrem Land sei nur zu helfen, wenn es ihnen gelänge, den Zaren zu
töten. Beide aber wußten, daß sie niemals lebend in den Palast des
Herrschers gelangen konnten, und so kam es, daß sie einen tollkühnen Plan schmiedeten.

Erst schnitt Babanykja sich ein Ohr ab, dann stach Babasykja
sich mit demselben Messer ein Auge aus. Anschließend schlichen

368

sie gemeinsam über die Grenze nach Rußland und trennten sich dort. Bald darauf begegnete Babanykja einem Geier, der fragte: ›Wer hat dir das angetan, Babanykja?‹ Der Mann antwortete: ›Ich selbst habe mir das Ohr abgeschnitten, und Babasykja stach sich ein Auge aus.‹

Der Geier war verwirrt und begann vor Aufregung, all seine Federn auszurupfen. Wenig später traf er in der Luft einen Schwarm wilder Raben, und auch diese erkundigten sich, was geschehen sei. Der Geier sagte: ›Babanykja schnitt sich ein Ohr vom Kopf, Babasykja bohrte sich ein Messer ins Auge, und ich habe mein Gefieder zerrupft.‹

Daraufhin stritten die Raben über den Sinn dieser Vorgänge, sie hackten und schlugen einander, bis nur noch einer am Leben war. Jener setzte sich auf eine Eiche. Und auch die Eiche fragte, was passiert sei. Der Rabe erwiderte traurig: ›Babanykia hat sich ein Ohr abgeschnitten, Babasykja hat sich ein Auge ausgestochen, der Geier hat sich die Federn gerupft, und wir Raben töteten einander.‹

Die Eiche streckte vor Aufregung ihre Äste so hoch empor, daß sie mitten in ein Gewitter stießen. Sogleich wurde der Baum vom Blitz getroffen, und mit ihm brannte bald schon der ganze Wald. Ein Fuchs, der fliehen mußte, fragte verstört, was der Grund für dieses Unglück sei, und die brennende Eiche sagte: ›Babanykja schnitt sich ein Ohr ab, Babasykja blendete sich, der Geier rupfte sein Gefieder, die Raben brachten einander um, und unser Wald fing Feuer.‹

Da riß sich der Fuchs vor Kummer den Schwanz aus. Bald darauf begegnete er in einem großen Garten der Zarentochter. Das Mädchen fragte, was dem Fuchs widerfahren sei, und er entgegnete: »Babanykja hat sich ein Ohr abgeschnitten, Babasykja nahm sich das Augenlicht, der Geier hat all seine Federn verloren, die Raben massakrierten einander, der Wald steht in Flammen, und ich riß mir den Schwanz ab.‹

Die Königstochter ließ vor Schreck ihre goldenen Krüge fallen, die am Boden in tausend Stücke brachen. Weinend lief sie zu ihrer Mutter. Der Zarin wurde ganz schrecklich zumute, als sie ihre Tochter so jämmerlich sah, und sie fragte zitternd, was ihr geschehen sei. Da erzählte die Prinzessin: ›Babanykja schnitt sich das Ohr ab, Babasykja hat sich geblendet, der Geier raubte sich selbst das Gefieder, die Raben vernichteten ihr ganzes Volk, der Wald brannte nieder, der Fuchs hat sich verstümmelt, und ich zerschlug meine goldenen Krüge.‹

Solche Trauer überkam da die Zarin, daß sie sich schreiend aus dem Fenster stürzte und ihr Töchterchen mit sich riß. Als der Zar das hörte, zog er vor Leid seinen mächtigen Säbel und schnitt sich selbst die Kehle durch – genauso, wie Babanykja und Babasykja es beim Ziegenhüten geplant hatten.«

Die Swanin verstummte und leerte mit einem Zug den Becher. Dann sagte sie: »Wir Swanen waren immer ein eigenwilliges Volk. Kein anderer Stamm des ganzen Gebirges hat den russischen Eroberern so lange und so erbittert Widerstand geleistet.«

»Wenn Ihr Volk so listig ist«, sagte Aura, »sollten wir uns wohl vor Ihnen in acht nehmen, Marie – und vielleicht nicht so vorschnell auf Ihre Forderungen eingehen.« Sie lächelte kühl. »Fünfzehn am Tag.« Damit streckte sie der Swanin die Hand entgegen.

Marie lachte und schlug ein. »Sie haben gerade die beste Führerin im ganzen Kaukasus angeworben.«

»Das haben Ihre Kollegen am Hafen auch von sich behauptet.«

»Die haben gelogen. Ich lüge niemals.«

Aura nahm zaghaft einen Schluck aus ihrem Becher. Der Wein war vorzüglich, trocken und ungemein stark. Über den Becherrand beobachtete sie, wie Christopher der Swanin einen langen Blick zuwarf. Marie erwiderte ihn, aber ihre Augenlider flatterten nervös. Vielleicht war sie nicht ganz so stoisch und hart, wie sie tat.

Laut und vernehmlich sagte Aura: »Wir möchten gleich morgen früh aufbrechen. Können Sie uns bis Tagesanbruch drei Pferde besorgen?«

»Selbstverständlich.« Und dann nannte Marie einen Preis, für den sie zu Hause drei Kutschen hätten kaufen können. Widerstrebend willigte Aura ein, dann erhob sie sich. »Eines noch, Marie. Es ist möglich, daß wir an unserem Ziel ein wenig… nun, Hilfe brauchen. Tatkräftige Hilfe.«

»Sie brauchen Männer? Bewaffnete Männer?«

»Möglicherweise.«

»Kein Problem«, entgegnete die Swanin eilfertig. »Wir werden meinem Dorf einen Besuch abstatten. Es liegt fast auf dem Weg. Ich kann Ihnen dort Männer besorgen.«

Die Beiläufigkeit, mit der Marie auf ihr Ersuchen einging, verwirrte Aura. Auch Christopher schaute verblüfft drein. Vielleicht würde sich dieses Land noch als sehr viel fremder erweisen, als sie beide für möglich gehalten hatten. »Werden wir uns auf Ihre Leute verlassen können?« fragte Aura zweifelnd.

»Hier bei uns ist das eine Frage des Preises«, entgegnete Marie und klang dabei ein wenig beleidigt. »Für gutes Geld bekommen Sie gute Männer. Wie viele werden Sie brauchen?«

»Ich hoffe, nicht mehr als zwanzig.«

»Die werden Sie bekommen. Jeder einzelne so listig wie Babanykja und Babasykja.«

Aura blickte die Swanin noch einen Moment lang prüfend an, dann gab sie nach. Sie war müde, und vor ihren Augen begann der Schankraum unmerklich zu verblassen. Der Duft der Wasserpfeifen, die an manchen Tischen geraucht wurden, erschien ihr plötzlich intensiver als zuvor, die Gesprächsfetzen lauter. Der Wein, sagte sie sich, nur der Wein. »Ich gehe ins Bett«, verkündete sie mit einem Seitenblick auf Christopher.

Der aber ließ seine Augen nicht von Marie und sagte: »Geh ruhig schon vor. Und, Aura –«, er prostete in ihre Richtung, » – schlaf gut!«

Gillian brachte die Pferde zum Stehen, als der Waldweg vor ihnen durch einen steinernden Bogen führte. Die Torflügel waren aus den Angeln gebrochen und lagen am Boden. Unter ihren Rändern zwängte sich buschiges Gras hervor. Der Weg jenseits des Tores war mit Holzstämmen ausgelegt. Auch sie waren von Unkraut und Dornenranken überwuchert.

»Wir müssen den Wagen hier stehenlassen«, sagte er zu den Kindern und sprang vom Kutschbock. Gian flüsterte Tess etwas zu. Sie kicherte leise.

371

Gillian hatte sich während der vergangenen zwei Tage damit abgefunden, daß die beiden hinter seinem Rücken scherzten und allerlei Streiche planten. Es war ein Zeichen dafür, daß sie ihm trauten. Selbst Gian hatte seinen anfänglichen Argwohn abgelegt. Wohl vermied er es immer noch, Gillian direkt anzusprechen; offenbar hatte er sich noch nicht entschieden, ob er ihn »Vater« oder lieber beim Vornamen nennen wollte. Gillian war es gleichgültig. Er selbst hatte Mühe, Gian von einem Tag auf den anderen als seinen Sohn zu betrachten – wie schwer mußte es da umgekehrt erst für einen Siebenjährigen sein, ihn als Vater zu akzeptieren!

Sie hatten das Pferdegespann am frühen Morgen gemietet, nachdem sie die vergangene Nacht in einer kleinen Pension am Stadtrand von Zürich verbracht hatten. Wäre Gillian allein gewesen, hätte er auf Schlaf verzichtet und wäre noch am Abend zur Fahrt in die Berge aufgebrochen. Die Kinder aber hatten nach der langen Zugfahrt Ruhe und ein warmes Bett bitter nötig gehabt. Gillian war sich seiner Verantwortung für die beiden sehr wohl bewußt. Er wollte sie auf keinen Fall zu sehr belasten, zumal ihnen die größte Anstrengung noch bevorstand.

Er nahm rechts und links je einen der beiden bei der Hand, und so schritten sie gemeinsam durch das Tor. Der uralte Steinbogen war mit wildem Efeu umrankt. Seit drei Jahren hatte hier niemand mehr für Ordnung gesorgt. Die einstige Parkanlage war einer wuchernden Wildnis gewichen. Beete und Hecken, schon damals nur nachlässig in Form gehalten, waren zu ausuferndem Dickicht verkommen. Das Gras stand nach dem warmen Sommer kniehoch. Hier und da ragten Gesteinsbrocken zwischen den Halmen hervor, willkürlich verstreut; es wurden mehr, je weiter sie gingen.

Schließlich teilten sich Bäume und Dickicht, und vor ihnen wuchs eine zerfallene Ruine empor. Der frühere Eingang hatte die Explosionen wie durch ein Wunder heil überstanden, als hätten die Sprengungen zwar das Gebäude, nicht aber sein oberstes Gesetz zerstören können: *Non nobis, Domine, non nobis sed nomine tuo da gloriam* stand immer noch in Stein gemeißelt über der Tür.

»Nicht uns, Herr, nicht uns den Ruhm, sondern deinem Namen«, flüsterte Tess mit heller Stimme.

Gillian starrte sie an. »Du kannst das übersetzen?«

»Nein«, sagte sie fest, »aber ich erinnere mich, was es bedeutet.«

Auch Gian nickte langsam. »Es sieht anders aus als früher. Damals war es noch nicht kaputt.«

Es klappt! frohlockte Gillian in Gedanken. Jetzt, wo sie hier waren, erinnerten sich die Kinder an die Details. Seine Hoffnungen waren berechtigt gewesen, ganz gleich, welche Einwände die anderen gehabt hatten. Die anderen – das waren jene Männer, die das Sankt-Jakobus-Stift vor drei Jahren mit Gillians Hilfe dem Erdboden gleichgemacht hatten.

Alles war damals ganz schnell gegangen: Erst hatten sie die Lehrerinnen in ihre Gewalt gebracht, dann die Schülerinnen aus ihren Zimmern gescheucht. Nachdem sichergestellt war, daß sich niemand mehr in dem Gebäude aufhielt, hatten Dutzende Dynamitstangen den Rest erledigt. Das einstige Templerkloster und Internat war in einer Kette von gewaltigen Feuerbällen und einem Regen von Gesteinssplittern zusammengestürzt. Die umliegenden Berghänge hatten das Donnern der Explosionen zurückgeworfen, ohrenbetäubend, verzerrend, bis es klang wie das ferne Gebrüll eines Urzeitgiganten. Die Mädchen waren zu ihren Eltern zurückgekehrt, die Lehrerinnen hatten sich in alle Winde verstreut.

Allein die Direktorin war nicht aufzufinden gewesen. Einige von Gillians Gefährten hatten vermutet, daß sie in den Trümmern ums Leben gekommen war. Er selbst aber war davon keineswegs überzeugt.

»Was ist hier passiert?« fragte Gian, als er in seinem Erinnerungserbe keine Antwort auf diese Frage fand.

»Das Gebäude wurde abgerissen«, erwiderte Gillian vage. Obwohl es erst drei Jahre her war, kam es ihm vor, als sei seither ein Vielfaches an Zeit verstrichen. Sein Leben hatte sich verändert, seine Sicht der Welt, er selbst. Er war nach wie vor überzeugt, daß es der einzige Weg gewesen war, die Morde an den Mädchen für immer zu beenden – ausgenommen die Möglichkeit, Morgantus selbst zu erledigen.

Aber der Alte war klug, *zu* klug für sie, wie sich gezeigt hatte. Möglich, daß er die Morde anderswo fortsetzte. Zumindest den Schutz des Internats aber hatte er verloren.

Gillian führte die Kinder zu den Stufen am Eingang. Sie hatten Risse bekommen, eine war weggebrochen. Ein zerfallener Mauerkranz, nirgends höher als fünf Meter, zeigte noch den achteckigen Grundriß des Gebäudes. Sein Inneres war mit Bergen aus Schutt angefüllt, deren steinige Hänge an manchen Stellen bis weit über die Mauer hinaus in die einstige Parkanlage reichten.

Hier und da verrieten noch verrottete Wimpel und Schnüre, wo die Schweizer Behörden das Gelände während ihrer Untersuchungen abgesperrt hatten. Niemand war Gillian und den anderen je auf die Spur gekommen. Nach drei ergebnislosen Jahren hatte die Polizei den Überfall längst zu den Akten gelegt. Zu verwirrend waren die Aussagen der Zeuginnen gewesen, zu diffus das Motiv für den Anschlag. Warum hatte man die Zimmer vor den Explosionen nicht geplündert? Weshalb war keinem der Mädchen ein Haar gekrümmt worden? All das ergab für die Behörden keinen Sinn.

Die beiden Kinder blieben an der oberen Stufe stehen und blickten durch den offenen Eingang auf die Trümmerberge im Inneren der Ruine.

»Es war hier«, flüsterte Gian heiser.

»Genau hier«, pflichtete Tess ihm bei.

Gillian blieb einen Schritt zurück und hielt seine Ungeduld im Zaum. Er war unsicher, wie er sich verhalten sollte. Mußte er Fragen stellen, damit die beiden erzählten, was sie wußten? Oder würden sie von sich aus schildern, was einst hier geschehen war, vor Hunderten von Jahren?

»Der alte Mann war hier«, meinte Gian. »Morgantus.«

»Und mein Vater«, sagte Tess.

»Zusammen mit meinem Großvater. Hier haben sie von Morgantus gelernt.«

»Erzählt es mir«, bat Gillian, als er seine Neugier nicht länger unterdrücken konnte. »Erzählt mir, was eure Vorfahren hier erlebt haben. Ihr könnt es spüren, nicht wahr? Es ist in euch.«

374

Beide Kinder nickten, ohne ihn anzusehen. Ihre Blicke hingen wie gebannt an den Trümmern jenseits des Tores.

»Es ist, als hätten wir es selbst erlebt«, sagte Gian leise, und Tess piepste mit ihrem Kinderstimmchen: »Als wären wir dabeigewesen.«

»Wobei?« fragte Gillian beharrlich. »Was genau ist hier geschehen?«

Da drehten sich die Kinder mit einem Ruck zu ihm um.

Kapitel 6

Eine von Nestors frühesten Erinnerungen.

Er kriecht auf allen vieren einen Berg hinauf, eine Rampe aus klumpiger Erde und niedergedrücktem Gras. Regen hat den Boden rutschig gemacht. Er hebt den Kopf, das Gesicht eines Kindes. Wasser plätschert ihm entgegen. Hinter ihm sind Stimmen. Andere folgen ihm, aber sie liegen noch viele Schritte zurück. Er ist der erste. Er ist der Schnellste.

Ein Knirschen ertönt. Oben an der Mauer kreischen Scharniere. Holz schwingt auf, und eine Öffnung entsteht am Fuß der hohen, grauen Wand. Jemand schreit etwas, dann prasseln Dinge aus der Öffnung den schlammigen Hang hinunter. Der Berg ist an dieser Stelle sehr steil. Als die Lawine aus der Maueröffnung Nestor erreicht, hat sie bereits die Kraft eines wütenden Ochsen. Faule Kohlköpfe, abgenagte Knochen, stinkende Fleischbatzen, sogar ein paar Fischgräten – am Ende der Woche sind *immer* Fischgräten dabei – purzeln Nestor entgegen, reißen ihn nach hinten, überrollen ihn. Die Mönche im Kloster haben drei Fässer mit Essensresten ausgeleert, sie den Armen zum Fraß vorgeworfen. Nestor ist der erste, der schnellste. Aber auch einer der jüngsten und schwächsten.

Die Abfallawine schlittert über ihn hinweg, zieht ihn mit sich in die Tiefe, den übrigen Jungen und Mädchen entgegen. Sie haben unten gewartet, dort, wo das Gelände flacher wird, wo es den Fall der Essensreste abbremst. Sie nehmen sich nicht einmal die Zeit, über Nestor zu lachen. Alle stürzen sich auf das Essen, jeder rafft an sich, was er fassen, was er tragen kann. Manche schlagen, andere schreien. Blut fließt, Haare werden ausgerissen. Jemand zieht den Kamm einer

376

Fischgräte mitten durch Nestors Gesicht. Die Spitzen reißen seine Haut auf. Noch immer hat er nicht ein einziges Teil aus dem Abfall ergattern können. Sein Vater wird ihn mit dem Stock schlagen, wenn er nicht wenigstens ein paar Kohlköpfe mit nach Hause bringt. Nur ein paar Kohlköpfe.

Aber die anderen sind stärker. Bald hat jeder die Arme voll mit Fleisch und Knochen und verfaultem Gemüse. Die ersten rennen schon zurück ins Dorf, um ihre Schätze in Sicherheit zu bringen. Ihre Eltern sind auf dem Feld. Es ist die Aufgabe der Kinder, die Gaben der Mönche zu sammeln. Die Mönche sind gute Menschen. Sie haben immer etwas für die Armen übrig.

Nestor liegt noch im Schlamm, versucht zwischen zugreifenden Händen, balgenden Kinderleibern und Tritten und Schlägen auf die Beine zu kommen. Die besten Stücke sind schon fort. Jemand hat das Bein eines Ochsen ergattert, mit genug Fleisch daran, um die Familie davon zwei Tage zu ernähren. Zwei andere nehmen die Verfolgung auf, wollen ihm seine Beute streitig machen. Alle drei rutschen im Morast aus, rollen kreischend übereinander. Nestor sieht es und denkt: Die Mönche haben es leichter. Sie müssen um ihre Nahrung beten, nicht kämpfen. Der Himmel gibt ihnen, was sie brauchen. Der Himmel – und die Bauern auf den Feldern.

Er bekommt etwas zu fassen, das wie alles andere fingerdick mit Schlamm überzogen ist. Es könnte ein halb gegessener Fisch sein. Er ist glatt und rutschig und riecht entsetzlich. Nestor ist stolz darauf und drückt ihn an seine Brust. Jemand zieht an seinen Haaren, aber Nestor hämmert ihm die Faust ins Gesicht. Dann sieht er, daß es ein Mädchen ist – Mara. Sie lebt mit ihren Eltern zwei Hütten von seiner eigenen entfernt. Der Schlag wirft sie nach hinten, sie landet im Dreck. Ein Junge stolpert über sie, tritt ihr dabei – vielleicht nur versehentlich – in den Unterleib. Mara schreit. Nestor läßt den Fisch fallen, eilt zu ihr, will ihr aufhelfen. Sie schlägt ihn beiseite. Er stürzt. Mara robbt auf den Fisch zu, packt ihn, stemmt sich hoch und läuft los.

Nestor liegt im Morast, der ihn wie ein Sumpf in die Erde saugen will. Er kann nicht an das Essen denken, nicht an die Drohungen seines Vaters. Nur an eines: Er hat Mara geschlagen!

Alle kehren zurück ins Dorf. Jeder mit dem, was er zu fassen bekommen hat. Die drei, die sich um das Ochsenbein geschlagen haben, kriechen auf Knien und Händen im Dreck, tasten umher. Der Knochen und das Fleisch sind im Schlamm versunken, unauffindbar. Zwei der Jungen heulen, aus Angst vor den Schlägen, die sie zu Hause erwarten.

Auch Nestor weint. Er liegt allein am Fuß des Berges, über sich die Klostermauern. Neben seinem Gesicht ein paar Kohlblätter. Das ist alles. Sonst ist nichts übriggeblieben. Er war er erste. Der Schnellste.

Er hat Mara geschlagen.

Nestor betet.

Er liegt auf dem Bauch. Seine Arme und Beine sind gespreizt. Seine Lippen küssen den kühlen Stein des Kirchenbodens. Er ist sechzehn Jahre alt, das haben die Nachforschungen eines Mönches ergeben. Die letzten drei Jahre hat er im Kloster verbracht. Er liebt Gott, und Gott liebt ihn. Das ist gut so, und Nestor ist glücklich. Er muß keinen Hunger leiden, nur in der Fastenzeit. Dann hungert er gerne für Gott.

Er betet, damit es allen Menschen so gut geht wie ihm. Er hat die Jahre unten im Dorf nicht vergessen. Sein Vater ist schon lange tot, er wurde im Dunkeln von einem Fremden erstochen. Niemand war dabei. Niemand hat es gesehen. Von dem Mörder fehlte jede Spur.

Manchmal geht Nestor hinab ins Dorf und betet zusammen mit seiner Mutter. Dann umringen ihn die Kinder, und er segnet sie. Sagt ihnen, Gottes Liebe sei wichtiger als Essen. Wichtiger und unermeßlich. Jeder kann davon soviel haben, wie er möchte. Soviel, wie er verdient.

Nestor arbeitet in der Schreibstube des Klosters. Er kann wunderschöne Buchstaben malen. Anfangs wußte er nicht, was sie bedeuten, aber dann hat ihm einer der Mönche das Lesen beigebracht. Nestor spricht jetzt Lateinisch. Manchmal verhaspelt er sich, und dann treffen ihn die scharfen Blicke der anderen. Aber er ist noch jung, und seine Strafen für Versprecher fallen milde aus. Er muß einen Nachmittag lang auf dem Boden der Kirche liegen und beten. Allein mit Gott. Nestor genießt diese Zeit, er spricht gerne mit dem Herrn. Er fragt ihn, ob das ewige Leben so ist, wie die Mönche es sich vorstellen. Voller Gesänge und Licht und der Gnade des Himmels. Nestor würde gerne ewig leben, aber er weiß, daß er dafür ein sehr guter Mensch sein muß. Ein besserer noch als die übrigen Mönche, denn Sünde hat sein Leben gezeichnet. Gott allein weiß, wer seinen Vater erstochen hat.

Eine der ersten Aufgaben, die man ihm im Kloster gab, war es, Sorge für die Pflege des Kräutergartens zu tragen. Er hat eine gesegnete Hand für die Aufzucht von Pflanzen. Seit er sich darum kümmert, so hat ihm ein alter Mönch bestätigt, gedeihen die Kräuter viel prächtiger.

Nestor mag die Pflanzen. Weil sie nicht reden können, behalten sie Geheimnisse für sich. Wenn er Kummer hat, den er Gott nicht anvertrauen will (meist tut er es doch, aber erst später), beugt er sich beim Gießen und Harken und Jäten zu den Pflänzchen hinab und erzählt ihnen davon. Er empfindet das als große Gnade und ist den Pflanzen dankbar dafür. Er hat sich geschworen, immer gut zu den Pflanzen zu sein.

Während Nestor auf dem Kirchenboden liegt und betet, kommt draußen auf dem Klosterhof Lärm auf. Jemand stürmt herein und ruft Nestors Namen. Man brauche seine Hilfe, stammelt ein Mönch ganz außer sich. Frauen hätten ein Mädchen aus dem Dorf heraufgebracht. Es sei schwer verletzt, und es sei möglich, daß der Herr es bald zu sich rufe. Der Kräuterkundige sei unten bei den Bauern auf dem Feld, deshalb müsse Nestor in den Garten eilen und die nötigen Heilmittel besorgen.

Nestor nimmt Abschied vom Gebet und eilt hinaus. Tumult begrüßt ihn auf dem Hof. Weinende und klagende Frauen werden gerade von ein paar Mönchen aus dem Tor gedrängt. Das verletzte Mädchen liegt umringt von weiteren Mönchen am Boden. Es blutet stark. Nestor erkennt auf den ersten Blick, daß es Mara ist.

Schnell gibt er Anweisung, sie in die Kammer des Kräuterkundigen zu bringen. Dort wird Mara auf eine Liege gebettet. Sie kann nicht sprechen, vielleicht ist ihr Geist schon bei Gott. Nestor pflückt ein paar frische Kräuter, aber die meisten, die er benötigt, bewahrt der Kräuterkundige getrocknet in Töpfen und Tiegeln auf. Nestor findet auf Anhieb die richtigen. Mara hat schreckliche Wunden, sie stammen von einer Klinge. Es sieht aus, als habe jemand sie mit einem Messer oder Schwert angegriffen. Früher hat Nestor geglaubt, Mara werde einmal seine Frau werden. Das war, bevor er sich Gottes Gnade anvertraute. Aber jetzt entdeckt er, daß er das Mädchen noch immer liebt. Sie leiden zu sehen, zerreißt ihm schier das Herz.

Er zerstampft die Blätter des Beinwells mit Eiweiß und trägt sie auf die großen Wunden am Körper auf; er weiß, daß das die Hitze aus den Verletzungen zieht. Dann kocht er den Saft des Wintergrüns mit Schweineschmalz und streicht es auf die Schnitte in Maras Gesicht; Wintergrün steht unter dem Einfluß des Saturn und gilt als besonders gutes Wundenkraut. Er fertigt auch frische Salben aus Königskerze und Mutterkraut, aus Ysop und Gartenraute. Am Ende hat er all sein Wissen angewandt und weiß: Jetzt kann er nur noch hoffen und beten.

Als der Kräuterkundige am Abend zurückkehrt, lobt er Nestor für sein Geschick. Allerdings, so sagt er, sei das Mädchen trotz aller Mühen nicht mehr zu retten. Nestor bittet, es dennoch versuchen zu dürfen. Er allein wolle die Verantwortung tragen, er allein werde Tag und Nacht an Maras Seite ausharren. Sein Flehen und Weinen trägt Früchte, der Kräuterkundige gibt die Erlaubnis. Er vertraut Nestor. Er ist sicher, daß es die christliche Nächstenliebe ist, die Nestors Drängen gebiert, nicht etwa die Lust auf ein Weib.

Fünf Tage und Nächte sitzt Nestor an Maras Seite. Er schläft nur, wenn Gottes Wille ihm die Augen schließt. Aber der Herr ist gnädig. Die meiste Zeit über bleibt Nestor wach, erneuert Salben und Verbände, flüstert der bewußtlosen Mara hoffnungsvolle Worte zu, betet für sie. Einmal küßt er sie sogar. Irgendwann wird er den Pflanzen davon erzählen.

Einer der Mönche stellt Ermittlungen an, fragt im Dorf, was genau dem Mädchen zugestoßen sei. Keiner weiß darauf eine Antwort.

Einige Tage zuvor sei Mara verschwunden, von zu Hause fortgelaufen, heißt es. Ihre Eltern hätten sie einem Jungen aus dem Dorf zur Frau geben wollen, und Mara habe sich geweigert. Ihre wahre Liebe, so habe sie gesagt, liege unerreichbar fern in Gottes Schoß. Man habe deshalb angenommen, daß sie um Aufnahme in ein Nonnenkloster bitten wollte, als sie verschwand; keiner habe versucht, sie zu verfolgen. Dann aber, bald darauf, hätten ein paar Frauen sie beim Beerenpflücken im Wald entdeckt, in jenem schrecklichen Zustand. Mara habe kein Wort hervorgebracht, doch einige Spuren hätten darauf hingewiesen, daß sie vor jemandem auf der Flucht gewesen sei, als sie zusammenbrach. Eine tiefe Schneise im Dickicht habe tiefer hinein in die Wälder geführt, so tief, daß man es schließlich aufgegeben hätte, ihr weiter zu folgen.

Am selben Abend erliegt Mara ihren Verletzungen, ohne noch einmal zu Besinnung zu kommen.

Zwei Tage nach Maras Tod kündigt sich hoher Besuch an. Alle Mönche sind sehr aufgeregt. Ein Tempelritter nähert sich von Osten.

Nestor ist im Kräutergarten, als der Fremde eintrifft. Er hat den Pflanzen in den beiden vergangenen Tagen vieles anvertraut. Er hat ihnen erzählt, was er für Mara empfindet, auch nach ihrem Tod. Und er hat ihnen flüsternd gestanden, daß er Gott für ihren Tod verantwortlich macht.

Der Ritter ist ein großer, starker Mann mit grauem Haar. Er ist viel älter, als alle erwartet haben. Er heißt Morgantus, ein Name, den keiner zuvor je gehört hat, abgesehen vom Abt. Morgantus hat im Heiligen Land gekämpft, und beim Abendessen unterhält er die Mönche mit den Schilderungen seiner Heldentaten. Er ist flink mit der Zunge, verfügt über frommen (und nicht ganz so frommen) Witz und ist geschwind mit Komplimenten zur Hand. Bereits an diesem ersten Abend schafft er sich im Kloster viele Freunde.

Auch Nestor gerät in Morgantus' Bann. Die Tatkraft des Ritters imponiert ihm. Er beginnt, von Reisen in die Ferne zu träumen, von Schlachten im Namen des Herrn. Der Ritter ist ein heiliger Mann, ohne Frage, er trägt alle Insignien des Herrn, aber er ist auch ein Kämpfer. Einer, der für Gerechtigkeit sorgt.

Gemeinsam mit Morgantus ist ein junger Mann ins Kloster gekommen, der Knappe des Ritters. Er ist, wie manche Mönche sogleich bemerken, ausgesprochen hübsch, spricht nicht viel, sorgt penibel für das Pferd seines Herrn, wirkt schüchtern und zurückhaltend. Manchmal sieht man ihn an den folgenden Tagen im Sonnenlicht auf dem Hofe sitzen und die Rüstung des Ritters polieren. Bisweilen müht er sich am Waschzuber, Flecken aus dem weißen Templergewand seines Herrn zu waschen. Einige der Mönche munkeln, es sei das Blut von Heiden und Ketzern. Die Achtung vor dem Krieger im Auftrage Gottes wächst mit jedem Sonnenaufgang.

Nach einer Woche bietet sich Nestor die Gelegenheit, einige Worte mit dem schweigsamen Knappen zu wechseln. Der Junge ist in Nestors Alter, vielleicht ein wenig jünger. Er kommt in den Kräutergarten und bittet um ein Mittel, mit dem er den hartnäckigen Flecken im Gewand des Ritters zu Leibe rücken kann. Nestor gibt ihm ein paar Halme Weidenpflug und erfährt im Austausch den Namen des Jungen. Lysander ist ein schöner Name, findet er, schöner als sein eigener.

Morgantus und Lysander wollen noch zwei weitere Wochen im Kloster bleiben und dann erst ihre Reise fortsetzen.

Nestor weiß, daß das Heidentum die Schuld an Gottes Schwächen trägt. Je mehr Ungläubige das Antlitz der Welt beschmutzen, desto schlimmer die Ungerechtigkeiten unter den Menschen. Solange Gott durch seine Widersacher abgelenkt wird, ist seine Sicht getrübt. Schreckliche Dinge geschehen, während er gezwungen ist, seinen Blick auf die Barbarei der Heidenvölker zu wenden. Dinge wie Maras Tod.

Nestor beschließt, daß Beten allein nicht der richtige Weg sein kann. In ihm wächst die Überzeugung heran, daß man dem Elend mit Feuer und Schwert entgegentreten muß, so wie der Herr es manchen Auserwählten aufträgt. Am dreizehnten Tag nach der Ankunft des Ritters trifft Nestor eine Entscheidung: Er will Morgantus bitten, ihm dienen zu dürfen, um dereinst ein Tempelritter zu werden wie er.

Mit Hilfe des Knappen Lysander gelingt es ihm, Morgantus in seiner Kammer zu besuchen. Der Ritter hat dort allerlei Flaschen, Tiegel, Beutel und Bücher aus seinem Bündel ausgepackt. Über kleiner Flamme kochen bunte Flüssigkeiten. Seltsame Gerüche liegen in der Luft, und fast sieht es aus wie in der Küche des Kräuterkundigen. Nestor fühlt sich in der Nähe des gelehrten Ritters auf Anhieb wohl.

Sie reden lange miteinander, und Morgantus zeigt sich überaus angetan von Nestors Kräuterkünsten. Schließlich läßt Nestor sich hinreißen, ihm von Mara zu erzählen. Der Ritter horcht auf und wirft Lysander, der schweigend in einer Ecke steht, einen langen Blick zu. Für einen Moment glaubt Nestor, er habe einen Fehler begangen, doch dann besänftigt Morgantus ihn mit weisen, freundlichen Worten.

Ja, denkt Nestor begeistert, ich will werden wie er!

Fast zwei Monde reitet er an der Seite des Ritters und seines Knappen durchs Land, ehe er Morgantus' Geheimnis erfährt.

Der Tempelherr hat das Rätsel des ewigen Lebens gelöst. Wichtigste Zutat ist das Blut junger Mädchen, denn es trägt die Essenz aller Lebenskraft in sich. Eindeutiger Beweis dafür ist, daß nur Frauen Leben schenken können, aus ihrem Schoß werden Kinder geboren. Doch bis es dazu kommt, bleibt die Lebenskraft der Ungeborenen ungenutzt in ihrem Blut. Morgantus muß es wissen, denn er badet regelmäßig darin, um sein Leben zu erhalten. Gelegentlich läßt er Lysander an diesen Bädern teilhaben. Und er hat beschlossen, auch Nestor in seine Geheimnisse einzuweihen.

Die Mädchen bringt er mit der Hilfe seines Knappen in seine Gewalt. Es geschieht immer auf die gleiche Art und Weise: Lysander betört in einem Dorf mit seiner Schönheit ein junges Mädchen und lockt es in den Wald. Dort aber verweigert er ihm die Liebe, denn, so behauptet er, er habe sich allein Gott dem Herrn versprochen. Dann verschwindet er. Die verliebten Mädchen verzweifeln, reißen von zu Hause aus und folgen dem schönen Jungen in die Ferne. Dabei laufen sie Morgantus direkt in die Arme.

Nestor begreift, daß Mara mit ihren Worten über »wahre Liebe, die unerreichbar in Gottes Schoß ruht« keineswegs ihn, Nestor, gemeint hat. Tatsächlich war auch sie dem schönen Lysander verfallen. Ihr aber mußte es gelungen sein, den beiden Männern im letzten Augenblick zu entkommen – wenn auch nur, um im Kloster den Wunden zu erliegen, die der Ritter ihr zugefügt hat.

Nestors Verehrung für Morgantus wandelt sich in Furcht. Er wagt nicht, ihm zu widersprechen, und nimmt an seinem ersten Bad im Blute teil. Gegen seinen Willen empfindet er dabei ein wunderbares, belebendes Gefühl. Er beginnt, den Worten des Ritters Glauben zu schenken. Auch Nestor will nun ewig leben, und er weiß, daß ihm das nur an der Seite Morgantus' gelingen kann.

Maras Tod kann er dennoch nicht vergessen. Aber er gibt nicht dem Ritter die Schuld daran. Schließlich war es Lysander, der sie ausgesucht und ihre Liebe mißbraucht hat. Morgantus ist ein Ritter des Herrn, ein Auserwählter auf einer Mission in die Ewigkeit. Sein Knappe aber muß der Teufel selbst sein.

Nestor weiß, daß er Lysander eines Tages töten wird.

Nach drei Jahren beschließt Morgantus, seine Reise zu beenden und sich in die Obhut seines Ordens zu begeben.

Er hofft, im Schutze eines Templerklosters seine Forschungen zügiger vorantreiben zu können. Plötzlich ist er nicht mehr sicher, daß sein Weg, die Unsterblichkeit zu erlangen, tatsächlich der beste ist. Es muß andere geben, erklärt er seinen Schützlingen. Freilich, schränkt er ein, sie alle mögen Blut erfordern. Doch was ihm fehle, sei die völlige Gewißheit, ja, der endgültige Beweis für die erhoffte Wirkung.

Hoch in den Bergen finden sie Aufnahme in einem abgelegenen Kloster des Ordens. Die Mauern der Anlage sind achteckig, etwas, das Nestor noch bei keiner anderen Festung gesehen hat – und eine

Festung ist das Templerkloster ohne jeden Zweifel. Man erkennt sogleich, daß seine Erbauer Krieger waren, keine schlichten Mönche wie jene, denen Nestor einst angehört hat.

Nestors Haß auf Lysander ist ungebrochen. Er kümmert sich nun vor allem um die Kräuter und Essenzen, die Morgantus für seine Versuche benötigt. Immer öfter bringt der Ritter die Sprache auf eine Pflanze, die er das Gilgamesch-Kraut nennt. Jene sei, so glaubt er, das einzige Mittel, mit dem sich die Unsterblichkeit auf ewig gewährleisten lasse. So erfährt Nestor, daß die jahrelangen Reisen des Ritters vor allem der Suche nach dieser Pflanze galten. Wiewohl ohne Erfolg.

Und erstmals beginnt Nestor, an der gottgewollten Allmacht seines Meisters zu zweifeln.

KAPITEL 7

Eine von Lysanders frühesten Erinnerungen.

Seine Mutter stirbt auf dem Scheiterhaufen. Zwei junge Mädchen aus der Nachbarschaft wollen beobachtet haben, wie die Frau beim Beerenpflücken im Wald zwei Äste an ihren Kopf gehalten hat und aussah wie ein Ziegenbock; dabei habe sie gelacht. Die Mädchen haben es ihren Eltern erzählt, und die sind zum Dorfvorsteher gegangen. Der Vorsteher hat sich mit dem Priester beraten. Der Priester hat die Heilige Inquisition bestellt.

Niemand kennt Lysanders Vater. Seine Mutter hat ihm erzählt, es sei ein umherziehender Händler gewesen, der sie verließ, als sie ihm gestand, daß er sie mit einem Kind gesegnet habe. Keiner hat je daran gezweifelt. Viele haben es mißbilligt, aber niemand hat die Geschichte in Frage gestellt. Doch jetzt, da bewiesen ist, daß Lysanders Mutter mit dem Gehörnten im Bunde ist, beginnen einige, die Herkunft des Jungen anzuzweifeln. Noch während seine Mutter sich schreiend am Pfahl windet und die Flammen immer näher kommen, zeigen die ersten mit dem Finger auf den kleinen Jungen am Fuße des Scheiterhaufens.

Lysander weint so heftig, daß er die Anschuldigungen nicht bemerkt. Zwei Männer müssen ihn festhalten, damit er nicht zu seiner Mutter ins Feuer springt. Er ist noch ein Kind, aber die beiden Männer werden später schwören, er habe sich mit der Kraft eines Erwachsenen gewehrt. Niemand denkt daran, daß das an seiner Verzweiflung liegen könnte. Alle flüstern nur: Der Teufel, sein Vater, gibt ihm solche Kraft!

Lysanders Mutter verbrennt vor seinen Augen. Er sieht, wie die Flammen sie erreichen, an ihren nackten Beinen emporklettern wie ein Schwarm leuchtendroter Waldameisen. Ihr Mund formt Worte, obgleich doch ihr Unterkörper bereits wie eine Fackel lodert. Selbst über das Fauchen des Feuers hinweg hören alle, wie sie betet. Nicht zu Satan, sondern zu Gott dem Allmächtigen. Sie betet, daß er sich ihres Sohnes annehme und ihn beschütze. Das Feuer muß ihre Seele gereinigt haben, meinen alle und sind froh, daß sie die arme Frau geläutert haben.

Später steht Lysander einsam vor der Asche des Scheiterhaufens. Es ist Nacht. Alle sind in ihren Häusern und Hütten verschwunden. Lysander weint noch immer. Er weiß, wenn er jetzt in seine Hütte zurückkehrt, wird sie leer sein. Niemand ist da, der ihn empfängt, ihn in die Arme nimmt, mit ihm betet, ihm ein Lied zum Einschlafen singt.

Lysander ist jetzt ganz allein auf der Welt.

Er ist sechs Jahre alt.

Acht Jahre später ist Lysander zum ersten Mal verliebt. Das Mädchen heißt Nive. Sie ist die Tochter des Dorfvorstehers.

Lysander lebt seit dem Tod seiner Mutter allein in der Hütte. Die übrigen Dorfbewohner meiden ihn. Mittlerweile weiß er, daß sie ihn für den Sohn des Teufels halten. Sie glauben, das Böse, das in seiner Mutter war, sei im Augenblick ihres Todes auf ihn übergegangen. Anfangs hat er das nicht verstehen können. Er hat die Nachbarn gefragt, was er ihnen denn getan habe, aber keiner hat ihm eine Antwort gegeben. Manchmal haben sie ihm etwas zu essen geschenkt, damit er sie in Ruhe läßt. Lysander hat es nicht angerührt, aus Angst, es sei vergiftet.

Nach acht Jahren Einsamkeit hat er längst gelernt, mit der Ablehnung der anderen umzugehen. Hin und wieder macht er sich sogar einen Spaß daraus. Er zieht Grimassen und ruft ihnen schlimme Worte zu. Doch wenn er wieder allein ist, weint er oft. Noch immer begreift er nicht, warum alle so schlecht von ihm denken. Er ist ebenso unschuldig wie seine Mutter, aber niemand will davon etwas hören.

Nive ist die erste, die ein freundliches Wort mit ihm wechselt. Er hat sie im Wald getroffen, als er Bucheckern gesammelt und Hasen gejagt hat. Lysander ist ein guter Jäger, obwohl er erst vierzehn ist. Nive ist nicht so schön wie ein paar von den anderen Mädchen im Dorf, doch ihre wahre Schönheit liegt in ihrer Seele. Sie empfindet Mitgefühl für den ausgestoßenen Jungen, der so allein in seiner Hütte am Dorfrand lebt. Und natürlich ist ihr nicht entgangen, wie hübsch er ist. Keiner der Jungen im Dorf kann es darin mit ihm aufnehmen. Die Nachbarn munkeln, Satan selbst habe ihm solche Schönheit geschenkt, damit er seine Mitmenschen verführen und knechten kann.

Nive sagt, sie glaube nicht an die Beschuldigungen der anderen. Sie ist sehr gottesfürchtig, aber das war Lysanders Mutter auch. Die beiden treffen sich regelmäßig heimlich im Wald, sitzen am Bach und lassen die Füße ins kalte Wasser baumeln, streifen durch duftende Frühlingswiesen, und einmal versucht Lysander gar, ihr das Jagen beizubringen. Davon aber will sie nichts wissen; sie sagt, ihr tun die armen Tiere leid. Lysander hat dafür Verständnis und jagt nie wieder, wenn sie bei ihm ist.

Nach einigen Wochen bittet er sie, mit ihm davonzulaufen. Er will für immer mit ihr zusammenbleiben, aber er weiß, daß das im Dorf unmöglich ist. Die Leute würden Nive ebenso ächten wie ihn selbst, obwohl ihr Vater der Vorsteher ist. Lysander hat längst begriffen, daß nichts solche Macht über Menschen hat wie ihr Glaube. Das Schlimme daran ist, daß jeder sich aussuchen kann, woran er glauben will. Jeder folgt Gesetzen, die er sich selbst auferlegt hat. Lysander beschließt, daß er niemals an etwas glauben will, für das es keine Beweise gibt.

An eines aber glaubt er ganz fest: an Nives Liebe. Als sie sein Angebot, mit ihm davonzulaufen, ausschlägt, ist er tagelang verzweifelt. Nive schwört, daß sie ihn sehr gern habe, aber sie liebe auch ihre Eltern. Lysander erwidert, daß es immerhin ihr Vater gewesen sei, der veranlaßt habe, daß seine Mutter verbrannt worden ist. Darüber entfacht sich ihr erster Streit. Er endet damit, daß Lysander ein böses Wort zu ihr sagt und Nive davonläuft.

Bis zum Abend streift er verstört durch die Wälder. Er ärgert sich, daß Nive so sehr an ihren Eltern hängt, aber dann begreift er, daß er vielleicht ebenso an den seinen hängen würde – vorausgesetzt, sie wären noch bei ihm. Da hat er plötzlich Verständnis und beschließt, Nive um Verzeihung zu bitten.

Als er ins Dorf zurückkehrt, ist es bereits dunkel. Auf dem Platz zwischen den Häusern brennen viele Fackeln. Männer sind dabei, einen großen Haufen aus Holz und Reisig aufzuschichten. Erinnerungen steigen bei diesem Anblick in Lysander auf, plötzlich ist er wie versteinert. So bemerkt er nicht, wie mehrere Männer auf ihn zustürzen. Erst als sie ihn an Armen und Beinen packen, erwacht er aus seiner Betäubung. Die Männer schleppen ihn vor ein Tribunal aus Vorsteher, Priester und Dorfältestem. Alle sind sich einig, daß die böse Saat seiner Mutter endgültig in ihm herangereift ist. Der beste Beweis dafür sei, daß er versucht habe, ein reines, tugendhaftes Mädchen ins Verderben zu reißen.

Da begreift Lysander, daß Nive ihren Eltern erzählt haben muß, was vorgefallen ist. Doch als er sich umschaut, ist sie nirgends zu sehen. Er versucht, sie vor sich selbst zu verteidigen, redet sich ein, ihr Vater habe sie gezwungen, Schlechtes über Lysander zu sagen. Und obwohl er weiß, daß das wahrscheinlich sogar die Wahrheit ist (schließlich hat Nive geschworen, daß sie ihn gern hat), verachtet er sie für ihre Tat. Er erkennt die Lügnerin in ihr, eine Lügnerin wie die beiden Mädchen, die vor acht Jahren seine Mutter der Hexerei beschuldigt haben.

Noch einmal setzt er sich zur Wehr. Vergeblich. Die Männer binden ihn an Armen und Beinen und werfen ihn zwischen die Reisigbündel auf dem Dorfplatz. Man hat sich nicht einmal die Mühe gemacht, einen Pfahl inmitten des Scheiterhaufens zu errichten. Alle wollen, daß das Satanskind so schnell wie möglich zu Asche zerfällt.

Während Lysander daliegt, entdeckt er über den Dächern eine Feuerlohe. Seine Hütte brennt, die Hütte, die seine Mutter mit eigenen Händen gebaut hat, damals, als keiner der anderen ihr helfen wollte. Die Hütte, auf die sie so stolz war. Da wird Lysander wieder zum Kind, und Tränen fließen über seine Wangen. Er kann nur noch an seine Mutter denken, an die Liebe, die sie ihm geschenkt hat, an ihre Wärme und Barmherzigkeit. Ganz kurz kehrt mit diesen Empfindungen der Glaube zurück, dem er auf immer abgeschworen hatte. Er denkt: Gott wird meine Unschuld erkennen, ebenso wie er Mutters Unschuld erkannt haben muß; Seite an Seite werden wir ewig leben. Das gibt ihm Kraft und Hoffnung.

Die Männer mit den Fackeln treten vor. Das Reisig beginnt, an den Rändern zu brennen. Dicker, weißer Rauch steigt auf, hüllt Lysander ein, nimmt ihm den Atem. Es ist, als sei er bereits auf dem Weg in die Wolken, in den Himmel. Auf dem Weg in die Unsterblichkeit.

Seine nächste Erinnerung ist, daß er auf einem Pferd wieder zu sich kommt. Er liegt auf dem Bauch, ein Sattelknauf sticht schmerzhaft in seine Brust. Jemand hält ihn fest, jemand, der im Sattel sitzt. Lysander erkennt ein großes rotes Kreuz auf einem blütenweißen Gewand. Ein Engel, der ihn vor die himmlischen Richter trägt.

Morgantus erzählt Lysander, daß es Gott selbst gewesen sei, der ihn den Weg durch das Dorf nehmen ließ. Der Herr habe gewollt, daß Lysander unter den Lebenden bleibe, um Morgantus bei seinem großen Werk zu Ehren Gottes beizustehen. Lysander zweifelt erst daran, doch dann beeindruckt ihn die weihevolle Rede des Ritters, und mehr noch begeistert ihn der Ritter selbst.

Morgantus ist ein großer, nicht mehr ganz junger Mann, der über Bärenkräfte verfügt. Sein Gesicht und, wie Lysander später entdeckt, auch sein Körper sind bedeckt mit Narben, die ihm die Ungläubigen im Heiligen Land geschlagen haben. Lysander ist verwundert, daß ein so starker, erfahrener Mann Schutz im Namen Gottes sucht, daß er es überhaupt nötig hat, an irgend etwas außer sich selbst zu glauben. Morgantus bemerkt die Zurückhaltung seines Schützlings und läßt durchscheinen, daß auch er zuweilen mit den Gesetzen des

Herrn im Hader liege. So gewinnt er allmählich das Vertrauen des Jungen.

Nach einigen Wochen verlangt Morgantus zum ersten Mal, Lysander möge ihm ein Mädchen zuführen. Lysander erkennt entsetzt, daß der Ritter den verleumderischen Worten der Dorfbewohner Glauben geschenkt hat; er denkt tatsächlich, Lysander sei einer, der junge Mädchen verführt und von zu Hause fortlockt! Erst ist er empört, doch dann denkt er an all das Gute, das ihm durch die Hand des Ritters widerfahren ist. Er steht fraglos in der Schuld dieses Mannes. Und als er schließlich ein Mädchen in die Wälder lockt, mit engelsgleichem Lächeln und falschen Liebesschwüren, da tut er das in der Annahme, Morgantus stehe der Sinn nach einem Schäferstündchen.

Wenig später weiß er, daß er sich geirrt hat.

Das Leben an der Seite des Tempelritters ist schrecklich und wunderbar zugleich. Schrecklich in den Augenblicken, da Lysander einen klaren Kopf hat; wunderbar in all der übrigen Zeit, denn Morgantus gibt ihm sonderbare Früchte zu essen, läßt ihn am Lagerfeuer orientalische Dämpfe einatmen und sorgt dafür, daß Lysander die Welt um sich herum wahrnimmt wie die Darbietungen einer Gauklertruppe. Alles ist künstlich, gespielt, erfunden. Das wahre Schöne trägt die Maske der Häßlichkeit, im Herzen des Grauens winkt die Vollendung. Lysander weiß jetzt, daß Morgantus ein guter Mann ist, ein Heiliger fast, immer auf der Suche nach seinem Gral, nach dem ewigen Leben, nach der höchsten Form des Seins.

Im zweiten Jahr ihrer gemeinsamen Reise, nach einer Zeit, in der Lysander viele Freundinnen gewonnen und wieder verloren hat, beginnt Morgantus, ihm weniger Früchte zu geben als bisher. Auch die exotischen Kräuter, mit denen er die Dämpfe schuf, behält er in seiner Satteltasche. Er fragt den Jungen: »Willst du aus freiem Willen bei mir bleiben?«

Die Rauschmittel, die Morgantus aus dem Orient mitgebracht hat, haben den Blick auf die Gegenwart verschleiert, aber sie vermögen nicht die Vergangenheit zu beschönigen. Lysander begreift schlagartig alles, was er getan hat. Und wieder findet er aus der Not heraus zurück zum Glauben. Zum ersten Mal seit vielen Monden erinnert er sich wieder an seine Mutter. Er weiß, er wird ihr nie vor die Augen treten können, auch nicht im Leben danach, wo alles rein und schön und herrlich ist. Er beginnt zu fürchten, Gott könne ihm seine Sünden vergeben und ihn mit seiner Mutter vereinen – das aber darf niemals geschehen! Nicht nach der Schande, die er auf sich geladen hat! Ihm wird klar, daß er weitere Sünden begehen muß, um seinen Platz im Inferno zu sichern, weit, weit entfernt von seiner Mutter. Am besten wäre gar, sein irdisches Leben würde ewig währen.

Nach all diesen Überlegungen findet Lysander auf Morgantus' Frage, ob er bei ihm bleiben wolle, die einzig mögliche Antwort.

»Ja«, sagt er. Und mehr noch – er bittet Morgantus, auch ihm selbst das ewige Leben zu schenken. Der Ritter willigt ein.

Nun sind sie wahre Gefährten. Ein Ziel, kein Gewissen.

Sie sind eins.

Ein merkwürdiger Junge tritt in Erscheinung. Sein Name ist Nestor. Er ist ein Jünger Gottes und lebt in einem Kloster, das Morgantus und Lysander auf ihrem Weg passieren. Das Mädchen, das Nestor liebte, war eines von Morgantus' Opfern. Zudem zeigt er verdächtiges Interesse an den beiden Fremden. Grund genug, findet Lysander, den Jungen zu beseitigen.

Aber Morgantus ist anderer Ansicht. Als Nestor bittet, an der Seite des Ritters reisen zu dürfen, willigt Morgantus ein. Lysander erklärt seinen Meister insgeheim für verrückt. Zum ersten Mal rührt sich in ihm ein Verdacht: Vielleicht ist Morgantus nicht richtig im Kopf, vielleicht hat er längst den Verstand verloren!

Sein nächster Gedanke ist Eifersucht. Soll Nestor etwa ihn, Lysander, ersetzen? Plant Morgantus, seinen treuen Gefolgsmann zweier Jahre davonzujagen oder, schlimmer noch, zu töten? Lysander beschließt, fortan sehr wachsam zu sein.

Nestor versteht sich hervorragend auf das Finden, Erkennen und Mischen von Kräutern. Das muß sogar Lysander eingestehen. Allmählich glaubt er nicht mehr, daß ihm durch Nestor eine Gefahr droht. Sicher, der einstige Mönch macht kein Geheimnis daraus, daß er Lysander ablehnt, doch Morgantus gibt keinem von beiden den Vorzug. Kommt es zum Streit, sind die Entscheidungen des Ritters immer weise und gerecht. Lysander beginnt, sich mit der neuen Lage und dem neuen Gefährten abzufinden.

Die Reise geht weiter. Ein irrwitziger Taumel aus Mädchen und Blut.

Seit einem Jahr leben die drei in einem Templerkloster in den Bergen. Morgantus hat seine Reise abgebrochen, als er erkannte, daß er das Gilgamesch-Kraut nicht finden wird.

Obwohl seine beiden Schüler sich in den Gängen und Kammern des Klosters aus dem Weg gehen und sich manchmal viele Tage lang nicht begegnen, bleibt Lysanders Vorbehalt gegen Nestor bestehen. Er fürchtet ihn nicht mehr als Verräter, wie zu Beginn ihrer Gemeinschaft, aber er spürt immer deutlicher, daß Nestor anders ist als er selbst. Lysander gilt im Kloster als verschlossen und mürrisch, aber er weiß auch, daß sich hinter diesem Schutzwall nur seine Scheu vor anderen verbirgt (die er freilich nie offen einstehen würde). Nestor dagegen ist redegewandt und bei den übrigen Templern beliebt. Und doch hegt Lysander den Verdacht, daß das Herz im Inneren dieser lebhaften Schale längst abgestorben ist. Wann aber ist das geschehen? Als er zum ersten Mal mit Morgantus' Forschungen konfrontiert wurde? Oder noch eher, als das Mädchen starb, das er liebte?

Allmählich kommt Lysander zu der Überzeugung, daß in Nestor ein tiefer, tödlicher Haß wurzelt, der nur darauf wartet, Früchte zu tragen. Haß auf Lysander, aber auch auf seinen Meister Morgantus.

Der große Tag. Nach fünf Jahren im Templerkloster werden Lysander und Nestor endlich in den Orden aufgenommen. Einige Tage zuvor hat man beide zu Rittern geschlagen. Die endgültige Zeremonie des Beitritts nimmt der Provinzmeister in Anwesenheit vieler Ordensbrüder vor. Morgantus ist nicht dabei; er arbeitet wie jeden Tag in seiner Hexenküche.

Nach zahlreichen Fragen und Antworten, die die Anwärter auf Leib und Seele prüfen, macht man sie offiziell mit den strengen Gesetzen des Ordens vertraut. Von den Geheimnissen der Templer wird nicht gesprochen. Christen werden zu Mitgliedern eines christlichen Ordens.

Keine Maskerade, denkt Lysander beeindruckt, ist perfekter als die des einen, wahren Glaubens.

Non nobis, Domine, non nobis sed nomine tuo da gloriam.

Was für eine Posse!

Ein unerhörter Vorfall! Eine Entweihung des Klosters!

Am Tor sind zwei Frauen aufgetaucht, Mutter und Tochter. Nach tagelangem Marsch durch die Berge sind sie schmutzig und heruntergekommen. Sie verlangen, mit Morgantus zu sprechen. Mehr als ein Dutzend Ordensbrüder stehen an den Fenstern und schauen zu, wie Morgantus zu den beiden ins Freie tritt. Er führt sie zum nahen Waldrand. Die ältere Frau redet heftig auf den Tempelritter ein, kennt keine Demut vor einem Manne Gottes. Die Tochter steht schweigend dabei. Sie muß sechzehn oder siebzehn Jahre alt sein.

Nach einer Weile, die Sonne sinkt bereits den schneebedeckten Gipfeln entgegen, kehrt Morgantus mit den beiden zurück zum Tor.

Er gebietet den Wächtern, sie einzulassen. Ein Streit entspinnt sich, denn Frauen ist der Zutritt zu einem Kloster des Templerordens strengstens verboten. Doch Morgantus ist mächtig, die Brüder respektieren ihn, und schließlich setzt er seinen Willen durch.

Von seinem Platz am Fenster aus beobachtet Lysander fassungslos, wie Morgantus mit den Frauen im Gebäude verschwindet. Als er zum Tor eilt, Nestor dicht auf seinen Fersen, erfährt er von den Wächtern, daß Morgantus die beiden mit in seine Gemächer genommen hat. Lysander und Nestor laufen ihnen nach und bitten um Einlaß und Erklärung, doch ihr Meister gibt keine Antwort. Im Inneren der Kammer herrscht Stille.

Die ältere der beiden Frauen ist tot. Ihre Tochter erwartet ein Kind.

Morgantus wird zur Rechenschaft gezogen, doch keiner zieht seine Verteidigung in Zweifel: Die tote Frau sei das Weib seines Bruders gewesen; als jener starb, habe sie, die gleichfalls an einer tödlichen Krankheit litt, Morgantus um Hilfe für ihre schwangere Tochter ersucht. Morgantus habe die beiden aufgenommen, weil ihm die Nächstenliebe wichtiger sei als die Gesetze des Ordens. Er erhält dafür eine Verwarnung und muß viele Stunden in der Kapelle beten. Das schwangere Mädchen darf in einem Anbau des Klosters leben, bis sie ihr Kind zur Welt gebracht hat.

Ist Lysander wirklich der einzige, der an den Ausführungen seines Meisters zweifelt?

Verfluchter Nestor! Er hat Schande über den ganzen Orden gebracht.

Bis zum Auftauchen der beiden Frauen hat er regelmäßig an Morgantus' Forschungen teilhaben dürfen. Er hat für ihn Kräuter gemischt (worauf er sich zuletzt weit besser verstand als der Meister selbst) und ist ihm bei allem, was anfiel, zur Hand gegangen. Anfangs hat Lysander die Vertrautheit der beiden mit Neid beobachtet, doch im Laufe der Jahre ist sie ihm gleichgültig geworden.

Seit sie im Kloster leben, hat Morgantus keine Mädchen mehr verlangt. Lysander verbringt die meiste Zeit im Scriptorium und in der Bibliothek. Er hat die alten Schriften entdeckt, aus denen Morgantus einen Großteil seines Wissens bezogen hat. Allmählich ist ihm klargeworden, was Morgantus tut, was er will – und was es mit dem schwangeren Mädchen im Anbau auf sich hat.

Nestor muß es gleichfalls durchschaut haben. Das ist die einzige Erklärung für seine Tat. Lysander hat immer gewußt, daß sein Rivale von größerem Ehrgeiz erfüllt ist als er selbst. Doch daß er so weit gehen würde ... nun, es ist geschehen.

Lysander erfährt von der Katastrophe am frühen Morgen. Ein junger Ordensanwärter weckt ihn in seiner Kammer. Er solle sofort zu den Gemächern des Meisters kommen. Etwas Schreckliches sei geschehen!

Eine Versammlung von Ordensbrüdern drängt sich auf dem Gang vor Morgantus' Tür. Als sie Lysander entdecken, machen sie bereitwillig Platz. Das Raunen und Flüstern der erregten Ritter verstummt, als Lysander durch ihre Reihen eilt. Eine tiefe Unruhe erfüllt die steinernen Flure des Klosters.

Die Alchimistenküche des Meisters ist verwüstet. Man hat Morgantus in seinem Bett gefunden. Ein Dolch steckt in seiner Brust. Noch hat niemand gewagt, ihn herauszuziehen; man fürchtet, der Ritter könne verbluten. Lysander drängt den Heilkundigen beiseite, der gerade dabei ist, Morgantus das Nachtgewand vom Leib zu reißen.

»Wer?« flüstert Lysander und beugt sein Ohr an des Meisters Mund.

Ein einziger Name dringt über Morgantus' Lippen. Deutlich genug, um Lysanders Befürchtungen zu bestätigen. Er will sich vom Lager des Leidenden entfernen, um persönlich Nestors Verfolgung zu leiten, doch da schnellt die Hand des Alten vor und umklammert seinen Unterarm.

»Er weiß es!« kommt es röchelnd aus der Kehle des Meisters. »*Er weiß es!*«

Lysander eilt davon und durchkämmt mit zwei Dutzend Ordensbrüdern die Wälder. Sie finden Spuren, sonst nichts.

Nestor bleibt verschwunden.

Morgantus lebt. Der Dolchstoß hat sein Herz verfehlt. Schon zwei
Monde später ist er wieder auf den Beinen.

Noch immer keine Spur von dem Verräter Nestor. Der Provinzmeister exkommuniziert ihn in Abwesenheit. Lysander erfragt die
Erlaubnis, ihn jagen zu dürfen, doch Morgantus bittet ihn, im Kloster zu bleiben. Lysander gehorcht.

Morgantus behandelt Lysander seit dem Attentat wie einen Sohn.
Er weiht ihn in all seine Geheimnisse ein. Gemeinsam wollen sie
Wunder wirken. Die Liebe, die Lysander dem Ritter einst entgegen-
gebracht hat, erwacht von neuem.

Manchmal muß Schlimmes geschehen, denkt Lysander, damit
sich alles zum Guten wendet.

Einen Augenblick später findet er den Gedanken albern.

Die Niederkunft des Mädchens im Anbau sorgt für Aufregung. Mor-
gantus hat sich ausbedungen, die Geburt persönlich zu überwachen.
Er flößt dem Mädchen Tinkturen ein, redet ihm gut zu, macht ihm
Hoffnung. Dennoch: Die junge Mutter ist zu schwach. Ihr Leben
erlöscht, als sie das Kind zur Welt bringt. Sie erhält außerhalb des
Klostergeländes ein christliches Begräbnis. Niemand bringt ihren
Tod mit Morgantus' Tinkturen in Verbindung.

Lysanders Vermutung wird bestätigt: Der Meister gesteht ihm im
geheimen, daß er selbst der Vater des toten Mädchens war – und
auch der Vater des Neugeborenen! Morgantus hat mit der eigenen
Tochter ein Kind gezeugt! Lysander weiß, was das bedeutet.

Doch ihre Hoffnungen werden enttäuscht. Das Kind ist ein Junge!
Morgantus verstößt ihn im Zorn. Ordensbrüder haben Mitleid und
bringen ihn in ein Nonnenhaus im Tal. Lysander ist jetzt sicher, daß
sein Feind all das vorausgesehen hat. Nestor hat befürchtet, die Sün-

den des Meisters könnten ans Licht gelangen und für seinen Aus-
schluß aus dem Orden sorgen. Bevor das jedoch geschehen konnte,
hat Nestor sich alle Versuchsergebnisse des Alten gesichert. Diese
Schlange!

Kind und Kindeskind bleiben fortan ein Geheimnis zwischen
Morgantus und Lysander. Geheimnisse binden. Dieses mehr als alle
anderen.

In Paris wird der Großmeister Jacques de Molay auf dem Scheiterhaufen verbrannt. Lysander, Morgantus und die übrigen Ordensbrüder ergreifen die Flucht.

Endlich! Es ist vollbracht!

KAPITEL 8

Der Mond legte einen Schleier aus Eislicht über die Ruinen des Templerklosters. Ein breiter Strahl fiel von innen durch das Hauptportal und verwandelte die drei schweigenden Gestalten auf den Stufen in geisterhafte Schemen. Gillian saß zwischen den beiden Kindern und hatte die Arme um ihre Schultern gelegt. Bitterkalte Windböen jagten die Gebirgshänge herab und wisperten in den Tannen und Fichten. Im Licht des Mondes sah die ehemalige Parkanlage des Sankt-Jakobus-Stifts aus wie ein verwilderter Gottesacker. Gillian bemerkte, daß Gian und Tess zitterten. Er wußte nicht, ob die Kälte die Schuld daran trug oder die Schrecken der fremden Erinnerungen, die sie gerade durchlebt hatten.

Die Kinder hatten unzusammenhängend, in Bruchstücken, gelegentlich auch unverständlich gesprochen. Manchmal waren es nur einzelne Begriffe gewesen, dann wieder minutenlange Schilderungen voller Details, so ausgefeilt, als würde ein anderer den Kindern die Worte eingeben.

Schließlich war Tess vor Erschöpfung in Gillians Arm zusammengesunken, und auch Gians Stimme war schwächer geworden. Gillian entschied, daß es genug war. Er gönnte den beiden noch einen Augenblick der Ruhe und ging dann mit den benommenen Kindern zurück zum Pferdewagen. Er stand unverändert am zerstörten Tor des Geländes, dort, wo sie ihn vor Stunden zurückgelassen hatten.

Nachdem er den Kindern aus seinem Mantel ein notdürftiges Lager auf dem Boden des Wagens bereitet hatte, stieg Gillian auf den Kutschbock. Er ließ die beiden Pferde wenden und lenkte das Gefährt den holprigen Weg ins Tal hinab. Er selbst fror jetzt erbärmlich und würde sich fraglos erkälten, aber die Kinder hatten seinen Mantel nötiger als er. Endlich hatte das Bild der Vergangenheit an Klarheit gewonnen, die Ereignisse ergaben allmählich einen Sinn.

Gegen zehn Uhr vormittags erreichten sie Zürich. Zu diesem Zeitpunkt hatte Gillian längst das Gefühl, es sei nicht mehr er selbst, der die Pferde lenkte. Müdigkeit und Ermattung drohten ihn zu überwältigen.

Bis zum Abend blieben sie in ihrem Hotelzimmer. Als Gillian kurz nach acht erwachte, stand er vor der Entscheidung, ihre Reise sogleich fortzusetzen oder bis zum nächsten Morgen damit zu warten. Um den Zeitrhythmus der Kinder nicht vollends auf den Kopf zu stellen, beschloß er, die Bahnfahrt erst am kommenden Tag, einem Mittwoch, anzutreten.

Die Nacht über lag er die meiste Zeit wach, wälzte sich unruhig hin und her und ließ sich den Bericht der Kinder ein ums andere Mal durch den Kopf gehen. Als über den Dächern Zürichs der Morgen graute und die ersten Sonnenstrahlen durchs Fenster fielen, glaubte er, aus den Fragmenten ein mehr oder minder komplettes Bild der Ereignisse zusammengesetzt zu haben. Einiges hatte er bereits zuvor von seinen Freunden erfahren, manches in den alten Schriften entdeckt, die sich in ihrem Besitz befanden; das meiste aber war auch für ihn neu gewesen. Er zweifelte nicht mehr, daß die Entscheidung, Tess und Gian zu den Ruinen des Klosters zu bringen, richtig gewesen war.

Während er die schlafenden Kinder betrachtete, überkam ihn schmerzlich die Erinnerung an Aura. Er wußte nicht, wo sie war, wußte nicht, ob es ihr gutging. Allein über ihren Aufbruch nach Swanetien hatte er Nachricht erhalten; was aber weiter aus ihr und Christopher geworden war, blieb ungewiß. Er konnte nichts tun, als für sie zu hoffen.

Nachdem er Gian und Tess geweckt und ein eiliges Frühstück mit ihnen eingenommen hatte, fuhren sie zum Bahnhof. Die Verbindung hatte er sich gleich nach ihrer Ankunft heraussuchen lassen, auch die Fahrscheine steckten schon in seiner Tasche.

Der Zug stand bereit, und nur wenige Minuten nachdem sie ein leeres Abteil entdeckt hatten, setzte er sich in Bewegung. Die Stadt blieb hinter ihnen zurück, und die Eisenbahn dampfte am Ufer des Zürichsees entlang in östliche Richtung.

Durch fruchtbare, waldbedeckte Täler zwischen schroffen Felsengipfeln führte sie die Reise nach Österreich. Am frühen Nachmittag erreichten sie Innsbruck und wechselten dort in einen Zug, der über Bozen und Trient nach Verona fuhr. Dort hatten sie abermals die Wahl, die Stunden bis zum Morgen in einem Hotel zu verbringen oder einen Nachtzug zu nehmen, der sie weiter nach Osten bringen würde. Da die Kinder während der Fahrt geschlafen hatten, fiel die Entscheidung leicht. Eine Stunde nach Mitternacht ließen sie sich müde in einem nahezu leerstehenden Großraumwagen nieder, in der Gewißheit, daß sie für die ausstehenden hundert Kilometer über vier Stunden brauchen würden. Tatsächlich hielt der Zug in jeder noch so winzigen Ortschaft, und schließlich sorgte ein über die Ufer getretener Strom hinter Padua für eine weitere Verzögerung von nahezu zwei Stunden. Die Kinder bekamen von alldem nichts mit, aber Gillian fluchte im stillen vor sich hin. Mürrisch beobachtete er die nächtlichen Räumungsarbeiten. Nachdem der Uferschlamm von den Schienen gespült war, ging die Fahrt endlich weiter. Gian erwachte und blickte aus den Fenstern. Am flachen Horizont hatte sich der Nachthimmel grau gefärbt. In der anbrechenden Dämmerung schnaufte der Zug durch eine sumpfige, von Kanälen durchzogene Landschaft.

»Sind wir bald da?« fragte der Junge.

Gillian nickte gedankenverloren. Während der vergangenen Jahre hatte er diese Gegend liebgewonnen, hatte sie als sein neues Zuhause akzeptiert. Nun aber stimmte ihn die Rückkehr traurig. Er hätte viel dafür gegeben, jetzt an Auras Seite zu sein. Dort, wo sie hinging, hatte sie Hilfe bitter nötig, und die seine vielleicht mehr als jede andere.

Der Zug hielt an. Vom Bahnhof aus waren es nur wenige Schritte bis zum Hafen. Der Morgenhimmel war trüb, Möwen trieben kreischend durch den Dunst über den Lagunen. Eine Gruppe von Menschen wartete bereits auf das Boot zur Überfahrt. Es roch nach fauligem Meerwasser und nassem Holz, nach Fischen und dem Obst eines Händlers, der mit ihnen übersetzte.

An Bord kauerten sie sich auf einer Holzbank aneinander. Während Gillians Gedanken immer wieder in die Ferne schweiften, verfolgten die Kinder das Geschehen um sie herum mit neugierigen Augen.

Venedig schob sich als graues, steinernes Ungetüm aus dem Morgendunst. Höher und höher ragten die vorderen Türme, mit jedem Meter schienen sich weitere Spitzen hinzuzugesellen. Kuppeln von Kirchen schimmerten im Dämmerlicht, Häuser lösten sich aus dem klobigen Umriß, rückten auseinander, wurden größer, gewannen an Form. Boote kreuzten ihren Weg, schließlich auch schlanke, schwarze Gondeln. Rufe wurden über die Reling gewechselt. Nach all den Jahren hatte Gillian immer noch Mühe, sie zu verstehen. Das Italienische bereitete ihm keine Mühe mehr, doch der weiche, eigentümlich singende Dialekt der Venezianer war beinahe eine Sprache für sich.

Weiter glitt das Boot durch eine Schlucht grauer Paläste, die wie untergehende Luxusdampfer von Tod und Verfall kündeten. Alte Säulen, bröckelnder Putz, blinde Fensterscheiben – und davor, als bizarrer Gegensatz, das erwachende Leben der Stadt. Manchmal legte das Boot am Ende hölzerner Stege an oder längsseits an Gehwegen hoch über dem Wasser. Setzte einzelne Fahrgäste ab, nahm andere auf: Männer und Frauen mit Körben, die es zum Markt auf der Piazza San Marco zog. Doch auch die Menschen, ihr morgendlich-müder Singsang und das hektische Treiben an manchen Uferstrecken vermochte nicht, die Melancholie dieses Ortes zu verschleiern.

Das Zwielicht entblößte hohes, altes Mauerwerk. Das Boot glitt unter bleichen Fenstern dahin, hinter einigen brannten Lichter. Ihr Schein tanzte über die dunklen Gewässer wie Irrlichter, die den Fremden tiefer und tiefer in das Labyrinth dieser wunderlichen Stadt locken wollten. Die Kinder rückten näher an Gillian heran, auch sie verspürten die bedrückende Atmosphäre. Schattenhaft passierten sie festgezurrte Gondeln. Einmal durchschnitt der Schrei des Fährmanns die Stille, und sogleich duckten sich alle unter dem Schatten einer niedrigen Brücke. An manchen Ufern standen Fackeln, von den Bewohnern der Paläste und Häuser entzündet, die den Gondolieren und Bootsleuten den Weg durch das Halblicht wiesen.

Die meisten Passagiere hatten das Boot bereits an früheren Haltestellen verlassen, lange ehe Gillian den Bootsmann bat, unweit eines hohen, düsteren Bauwerks anzulegen. Der alte Palast stand am Ende eines schmalen Seitenkanals, in den der Bootsmann nur mit Widerwillen eingebogen war – zu weit lag dieser Ort abseits seiner üblichen Route.

Palazzo Lascari erhob sich jenseits einer hohen Mauer, die durch ein offenes Tor passiert werden konnte. Hinter dem Portal führte ein erhöhter Weg zum eigentlichen Eingang des Gemäuers. Rechts und links davon waren die alten Vorgärten in den Tiefen der Lagune versunken, Wellen schlugen plätschernd gegen algenbedeckten Stein. Das Boot setzte Gillian und die Kinder am Portal ab und entfernte sich wieder. Während sie durch den Torbogen auf den schmalen Steinsteg traten, blickten ihnen die restlichen vier Passagiere stumm nach, bis das Boot hinter einer Ecke verschwand.

»Es sieht unheimlicher aus, als es ist«, versicherte Gillian den beiden, aber das schien sie kaum zu beruhigen. Ihre Hände umklammerten eisig die seinen, als habe sich selbst das Blut in einen fernen Winkel ihrer Leiber verkrochen.

Zügig schritten sie den Weg entlang, mitten durch die ertrunkenen Gärten. Der Eingang kam näher, dunkelbraune Doppelflügel, geschmückt mit verschlungenen Reliefs. Das obere Viertel des Tores wurde von einem farbigen Bleiglasfenster eingenommen. In seiner Mitte prangte spiegelverkehrt ein anagrammatisches Quadrat, nur von der Innenseite auf Anhieb lesbar.

Gillian streckte die Hand aus, um den drachenförmigen Türklopfer zu betätigen. Im selben Augenblick schwang der rechte Flügel nach innen. Eine Gestalt tauchte aus dem Dunkel auf, wie etwas, das vom Grunde des Ozeans emporsteigt, groß und bleich und voller Rätsel. Doch als das Dämmerlicht sich über hagere Züge legte, da war es nur ein hochgewachsener, schlanker Mann mit silbergrauem Haar und spitzem Kinnbart. Seine Augenbrauen waren schwarz und zerzaust wie das Gefieder eines toten Vogels.

»Giorno, Gillian«, sagte der Mann mit tiefer Stimme, »come stai?«

»Non c'è male, grazie«, gab Gillian zurück. »Aber ich glaube, wir sollten vor den Kindern Deutsch sprechen.«

»Natürlich«, sagte der Mann und lächelte herzlich, als er auf die beiden hinabblickte. »Wir wollen doch, daß ihr euch bei uns wohl fühlt, nicht wahr?«

Den Kindern war deutlich anzusehen, daß von Wohlfühlen noch lange nicht die Rede sein konnte.

»Gian und Tess, mein Sohn und Lysanders Tochter«, stellte Gillian die beiden vor und deutete dann auf den Mann. »Graf Lascari. Er ist ein guter Freund, ihr braucht keine Angst zu haben.«

»Angst?« rief Lascari aus und lachte. »Vor mir?« Einen Augenblick lang schien seine Verwunderung keineswegs aufgesetzt, sondern ehrlich und tiefempfunden. Der Gedanke, jemand könne ihn fürchten, schien ihm vollkommen fremd zu sein.

Lascari trat zur Seite und ließ die drei eintreten. Vor ihnen öffnete sich eine enge, aber ungeheim hohe Eingangshalle, wie das Innere eines Turmes. Im ersten und zweiten Stock führten Balustraden um die Wände. Eine breite, in sich gedrehte Treppe nahm einen Großteil des Raumes ein. Sie entsprang nicht am Fuß der Halle, sondern führte weiter hinab in die Tiefe. Von unten drang leises Rauschen und Plätschern herauf. Es roch nach verfaulten Algen, und aus dem Abgrund wehte bittere Kälte empor. Die Eingangshalle war karg eingerichtet. Es gab keine Teppiche und keine Gemälde, wie man sie in einem Haus dieser Größe erwartet hätte. Nur blanken Verputz und rissigen Marmorboden.

Der kleine Gian wandte sich um und schaute auf zu dem Buchstabenquadrat über der Tür. Gegen das fahle Morgenlicht ließen sich die altertümlichen Buchstaben mühelos entziffern.

```
S  A  T  A  N
A  D  A  M  A
T  A  B  A  T
A  M  A  D  A
N  A  T  A  S
```

»Das gleiche gibt es auch bei uns im Schloß«, flüsterte er, unschlüssig, ob er sich darüber freuen sollte.

»In der Bibliothek deines Großvaters«, bestätigte Gillian. »Es ist eines der Symbole der Tempelritter.«

Gians Verwunderung währte nur einige Herzschläge lang, dann riß er in plötzlichem Begreifen die Augen auf.

»Ja«, sagte Gillian, als er das vorwurfsvolle Starren seines Sohnes nicht länger ertragen konnte. »Wir sind hier im Hauptquartier der Templer, Gian. Und Graf Lascari ist ihr Großmeister.«

Sie hatten in einem Zimmer im ersten Stock Platz genommen, das weit wohnlicher wirkte als die kahle Halle im Erdgeschoß. Im offenen Kamin brannte ein Feuer. Die Wände waren hinter Bücherregalen verborgen, deren Holz mit Schnitzereien reich verziert war. Ohne ersichtliche Ordnung standen Ausgaben neueren Datums neben uralten, vergilbten Folianten. Über der Tür hingen zwei gekreuzte Schwerter, die Fenster waren mit rotem Brokat verhängt.

Bevor sie den Raum betreten hatten, hatte Lascari Gillian beiseite genommen. »Müßten sie das Quadrat nicht von sich aus erkennen, wenn sie wirklich die Erinnerungen ihrer Vorfahren besitzen?«

Gillian hatte den Kopf geschüttelt. »Ihre Erinnerungen werden nur konkret, wenn sie an Orte kommen, an denen die Präsenz des Vergangenen besonders stark ist – Orte, an denen Nestor und Lysander oder einer von beiden gelebt oder gearbeitet haben.« Mit einem Schulterzucken hatte er hinzugefügt: »Zumindest nehme ich an, daß es so ist. Bisher spricht alles dafür.«

Der Großmeister hatte die Brauen hochgezogen und geschwiegen.

Jetzt aber, ein paar Minuten später, beugte er sich in seinem hohen Ohrensessel vor und schaute ernst in Gians Richtung. »Du bist ein schlauer Junge, nicht wahr?« Aus den Tassen, die ein Diener für Gian und Tess herbeigebracht hatte, stieg der Dampf von heißer Schokolade auf; er hing wie süßer Nebel zwischen dem Großmeister und den beiden Kindern. An Tess gewandt fügte Lascari hinzu: »Und du bist natürlich ein kluges Mädchen, Tess. Wenn ihr mögt, will ich euch das Quadrat an der Tür erklären.«

Tess blickte eher gleichgültig drein, aber Gian nickte zustimmend.

Er gibt sich solche Mühe, erwachsen zu wirken, dachte Gillian nicht ohne Stolz.

Der Graf stand auf und nahm von der Kaminablage einen Bleistift und ein Stück Papier. »Seht her...« Er kritzelte etwas auf das Blatt und zeigte es den Kindern. »Wenn man aus dem Quadrat alle Buchstaben streicht, die kein A und kein B sind, und die übrigen A mit ein paar Strichen verbindet, erhält man dieses Muster.«

»Das Templerkreuz«, bemerkte Gian, der das Zeichen aus Nestors Zeit im Kloster kannte. »Das haben die Ritter früher auf ihren Hemden getragen.«

»Ganz genau«, bestätigte Lascari erfreut und warf Gillian einen Seitenblick zu. Dann aber stellten sich seine schwarzen Augenbrauen schräg, und er zeichnete abermals etwas auf das Papier, direkt unter das erste Quadrat. »Jetzt machen wir es umgekehrt«, verkündete er. »Alle Buchstaben außer A und B bleiben stehen.«

```
S  –  T  –  N
–  D  –  M  –
T  –  –  –  T
–  M  –  D  –
N  –  T  –  S
```

»Nun«, fragte der Großmeister dann, »welche Buchstaben sind übrig?«

»S – T – N – D – M – T«, las Gian pflichtschuldig ab.

»Weißt du, was diese Buchstaben bedeuten?«

Gian schüttelte den Kopf.

»Sie stehen für *Salomonis Templum Novum Dominorum Militiae Templorum* – das ist die lateinische Bezeichnung unseres Ordens. Das Quadrat über dem Eingang und in der Bibliothek deines Großvaters ist also nichts weiter als eine Zusammensetzung aus dem Templerkreuz und unserem Namen.«

»Aha«, machte Gian, wirkte aber nicht sonderlich beeindruckt. Gillian verkniff sich ein Grinsen.

Lascari zerknüllte seelenruhig das Papier und warf es ins Kaminfeuer. In einer Stichflamme zerfiel es zu Asche. Das Gesicht des Grafen nahm einen schulmeisterlichen Ausdruck an. »Ich möchte euch noch etwas erklären. Nestor und Lysander, eure Vorfahren, waren keine freundlichen Männer – das wißt ihr ja bereits.«

Beide Kinder nickten stumm.

»Was sie getan haben – sie und einige ihrer Ordensbrüder –, hat nichts mit mir, mit diesem Haus oder den anderen Brüdern zu tun, die hier leben. Wir sind Templer, sicher, aber wir sind Männer Gottes. Und wir verabscheuen, was Nestor und Lysander verbrochen haben.«

»Hier wohnen noch andere?« fragte Gian neugierig. »Auch Kinder?« Das schien ihm weit interessanter als Lascaris gewichtige Ausführungen.

»Leider nicht«, entgegnete der Graf und warf dem schmunzelnden Gillian einen hilflosen Blick zu. »Mit Ausnahme von Bruder

Gillian, deinem Vater, hat keiner von uns Ordensbrüdern eigene Kinder.«

»*Bruder* Gillian?« entfuhr es Gian erstaunt.

Gillian seufzte leise. Er hätte es seinem Sohn gerne selbst erklärt, aber wie er Lascari kannte, würde ihm dieser nun zuvorkommen.

»Dein Vater hat noch nicht mit dir darüber gesprochen?« Lascari blickte dabei nicht den Jungen, sondern Gillian an. Leiser Vorwurf schwang in seiner Stimme.

Der Hermaphrodit erwiderte kühn den Blick des Großmeisters. »Ich hielt es für wichtig, daß Gian und Tess erst etwas über die heutigen Templer erfahren, ehe sie hören, daß ich einer von ihnen bin.«

Auch das vermochte den Zweifel in Lascaris Blicken nicht zu vertreiben. Er schätzte Gillian, aber er wußte auch, daß sein Beitritt zum Orden eher aus einer Not heraus denn aus Überzeugung stattgefunden hatte. Selbst nach sieben Jahren der Prüfung und Ausbildung war Lascaris Argwohn nicht gänzlich geschwunden. Und Gillian mußte sich insgeheim eingestehen, daß der Großmeister recht hatte: Zwar waren die Lehren, Ziele und Wege des Ordens die seinen geworden, doch der christliche Glaube, der allem zugrunde lag, erfüllte ihn auch heute noch mit Widerwillen. Er hatte mit den anderen gebetet und die Sakramente empfangen, und er schätzte beides als Symbol und als Möglichkeit der Meditation. Aber ein wahrer Katholik war nicht aus ihm geworden.

Lascari wußte all das sehr genau. Aber er war sich im klaren gewesen, auf was er sich einließ, als er Gillian in den Orden aufnahm – abgesehen davon, daß es nur Männern erlaubt war, heute wie vor siebenhundert Jahren, Gillian aber beides war, Mann und Frau in einem Körper. Noch ein Punkt, der gegen die Statuten des Ordens verstieß.

Gillian erinnerte sich noch gut an das erste Gespräch mit dem Großmeister. Nachdem er von der Verletzung, die der Fettfischer ihm im Keller der Hofburg beigebracht hatte, genesen war, war er ohne Verzug nach Venedig aufgebrochen. Er hatte bereits seit langem gewußt, daß es hier einen Zweig des Templerordens gab, der den Zielen Lysanders entgegenarbeitete – Lysander selbst hatte ihn während seiner Jahre als bezahlter Mörder auf einen der Ordensbrüder angesetzt. Bis heute war ihm nicht klar, ob Lascari wußte, daß Gillian einen seiner Männer getötet hatte. Das war auch der Grund gewesen, weshalb Gillian sich nicht bereits früher an die venezianischen Templer gewandt hatte. Erst nach der Niederlage im Keller der Hofburg hatte er keinen anderen Ausweg gesehen.

Der Großmeister hatte ihn damals im selben Zimmer empfangen, und er hatte ihr Gespräch mit ähnlichen Worten begonnen:

»Der Ruf der Templer ist schlecht, und das ist nur einer der Gründe, die uns dazu verdammen, die Existenz des Ordens verborgen zu halten. Dennoch haben wir, meine Brüder und ich, nichts mit den Verleumdungen zu tun, die man im Allgemeinen mit den Templern in Verbindung bringt.« Lascari hatte damals wie heute vor dem lodernden Kaminfeuer gesessen und Gillian nicht aus den Augen gelassen. Sogar als er seine Pfeife stopfte, blieb sein Blick auf den Gast gerichtet. »Ist es nicht grotesk? Heutzutage verurteilt jeder die Hexenverfolgungen des Spätmittelalters als unmenschlich, wir Templer aber müssen auch nach Hunderten von Jahren noch immer als Feindbild herhalten. Wo bleibt da die Gerechtigkeit? Bis heute folgt unser Orden den Gesetzen Gottes. Wir sind eine christliche Gemeinschaft, daran hat sich nie etwas geändert.«

»Lysander sieht das anders.«

»Lysander und sein Meister Morgantus« – es war das erste Mal, daß Gillian diesen Namen gehört hatte, und die Bezeichnung »Lysanders Meister« hatte ihn zutiefst verwirrt – »haben ein finsteres Erbe angetreten. Damals, im Mittelalter, hat sich unser Orden gespalten. Jene Männer, die Christus und dem Papst treu ergeben waren, wurden gefoltert, getötet oder mußten dem Orden abschwören. Die übrigen aber, jene, die den Zorn der Kirche fraglos verdient hatten, ergriffen die Flucht. Sie verließen Europa und entkamen nach Osten.«

»Wohin gingen sie?«

»In den Kaukasus. Sie errichteten dort ein Kloster, eine Festung, die sie zu ihrem neuen Hauptquartier erkoren. Auch ich kenne seine genaue Lage erst seit wenigen Jahren. Die abtrünnigen Templer gaben sich dort ihren Ausschweifungen und Blasphemien hin, übten sich in Alchimie und, schlimmer noch, in den Künsten der Schwarzen Magie. Sie beteten zu Baal und Baphomet, frönten ihren Lüsten und dunklen Perversionen. Lysander und Morgantus entstammen diesem Pfuhl, und die Macht, die sie heute innehaben, gründet auf dem Reichtum und dem Einfluß der kaukasischen Templer.« Er machte eine kurze Pause und verzog das Gesicht, als bereite ihm diese Feststellung sogar heute noch körperlichen Schmerz. »Hier in Europa dauerte es länger, ehe aus den Resten des einstigen Ordens etwas Neues erwuchs. Über zweihundert Jahre lang trafen sich die verbliebenen Templer im geheimen und planten die Auferstehung des Ordens. Schließlich gelang es ihnen, doch im achtzehnten Jahrhundert geriet der Templum Novum abermals in Vergessenheit. Was du hier siehst, Gillian, dieser Palast, ich selbst, meine Brüder, die hier leben – das alles sind die kläglichen Reste dessen, was der Templum Novum einst war. Wir sind nur blasse Schatten unserer Vergangenheit, und Lysander und Morgantus tun alles, damit es so bleibt.«

Gillian hatte Lascari gebeten, mehr über Morgantus zu erzählen. Im Gegenzug hatte er sich bereit erklärt, sein vollständiges Wissen über Lysanders Wiener Unterweltimperium zu offenbaren. Da erst war dem Großmeister klargeworden, welche Bedeutung dem Hermaphroditen im Kampf gegen Lysander zukam, und er hatte sich fortan unablässig bemüht, ihn für die Ziele des Templum Novum einzunehmen.

Gillian hatte akzeptiert. Er hatte den katholischen Glauben angenommen und war dem Orden beigetreten. Gemeinsam mit seinen neuen Brüdern hatte er Lysander und Morgantus eine empfindliche Niederlage beigebracht, als sie das Sankt-Jakobus-Stift, die Quelle für Morgantus' Bedarf an Mädchenblut, dem Erdboden gleichmachten.

Und nun, sieben Jahre nach seinem ersten Besuch im Palazzo Lascari, saß er wieder in diesem Zimmer und hörte zu, wie der Großmeister sich redliche Mühe gab, zwei kleinen Kindern die Ziele des

Templum Novum nahezubringen. Doch mochten Gian und Tess auch noch so früh entwickelt und geistig rege sein, die Worte über uralte Orden, Rituale und Regeln mußten zwangsläufig auf Desinteresse stoßen. Einmal mehr wurde deutlich, daß Lascari sich zwar trefflich auf vergilbte Schriften und vergessenes Wissen verstand, den Belangen der Welt außerhalb des Palazzo jedoch hilflos gegenüberstand. Der Umgang mit Kindern jedenfalls war zweifellos keines seiner Talente.

Irgendwann machte Gillian dem Vortrag des Grafen ein höfliches Ende und brachte die Kinder zu Bett. Ein Gästezimmer war für sie hergerichtet worden, unweit von Gillians eigener Kammer.

Er selbst aber kehrte zurück zu Lascari, und gemeinsam berieten sie ihr weiteres Vorgehen.

Venedig war eine Stadt ohne Keller. Die wenigen, die es irgendwann einmal gegeben hatte, waren seit vielen Jahren überflutet und unzugänglich.

Um so erstaunlicher, daß es Lascaris Vorfahren gelungen war, unterhalb des Palazzo ein trockenes Gewölbe anzulegen. Wände, Boden und Decke waren mit Teer abgedichtet, so vollkommen, so nahtlos, daß in den vergangenen zweihundert Jahren keine Spur von Feuchtigkeit eingedrungen war. Die Erbauer hatten es nicht für nötig gehalten, die Teerflächen zu verkleiden, und so bot sich das Gewölbe den wenigen, die davon wußten, als pechschwarze Blase im Herzen der Lagune dar.

Die Tarnung war perfekt. Oberhalb der Gewölbedecke befand sich eine zwei Meter hohe Wasserschicht, deren Oberfläche bis ins Treppenhaus des Palazzo reichte; von ihr hatte das Plätschern gerührt, das Gillian und die Kinder in der Eingangshalle vernommen hatten. Niemand, der nicht in die Geheimnisse des Ordens eingeweiht war, konnte ahnen, daß sich unterhalb des Wassers ein begehbarer Saal befand.

Hier unten versammelten sich die letzten Mitglieder des Templum Novum zu ihren Beratungen, übten sich in der altüberlieferten Waffenkunst, beteten, stritten – und zweifelten immer wieder an ihrem Tun, am grundlegenden Sinn ihrer Existenz.

Neben Gillian und Lascari bestand der Templum Novum aus sieben weiteren Ordensbrüdern. Keiner war jünger als Mitte Fünfzig, die meisten waren sogar weit über sechzig Jahre alt. Schon lange war abzusehen, daß die verbliebenen neun die Sargträger des Ordens sein würden. Eines, vielleicht zwei Jahrzehnte trennten den Templum Novum von seinem endgültigen Untergang, ob mit oder ohne Lysanders Zutun. Eine bedrückende Gewißheit, die sich durch jedes Gespräch, jedes Gebet, jede Handlung der alten Ordensbrüder zog.

Am Morgen nach ihrer Ankunft im Palazzo Lascari saß Gillian gemeinsam mit sechs weiteren Brüdern um eine kreisrunde Tafel im Zentrum des Teergewölbes. Nur ein einziger fehlte.

Gian und Tess spielten derweil auf den alten Trockenspeichern des Palastes Verstecken, wühlten in uralten Kisten und zerrten die Vergangenheit des Lascari-Clans ins staubige Zwielicht des Dachbodens. Niemand nahm daran Anstoß, am allerwenigsten der Großmeister selbst. Nach seiner erfolglosen Rede am Vorabend war er sichtlich erleichtert, daß sich die beiden nun mit sich selbst beschäftigten.

Gillian hatte kaum seinen Bericht über die Erinnerungen der Kinder beendet, als aus einer Öffnung an der Wand des Gewölbes eine hohle Stimme ertönte. Das Sprachrohr führte hinauf ins Erdgeschoß. Ein Diener meldete das Eintreffen eines dringlichen Telegramms. Einer der Brüder eilte nach oben, um es in Empfang zu nehmen.

Als er zurückkehrte, klang er gehetzt und außer Atem.

Und einen Augenblick später verschlug die Botschaft auch den anderen die Sprache. Sie hatten mit vielem gerechnet, nur nicht *damit*.

Das Telegramm stammte von Bruder Bernardo. Lascari hatte ihn auf Drängen Gillians vor einigen Wochen nach Deutschland geschickt. Getarnt als alternder Vogelkundler wohnte er im Dorf unweit von Schloß Institoris und beobachtete, was dort vor sich ging. Bernardo war maßgeblich an der Befreiung der Kinder beteiligt gewesen. Bernardo war es auch gewesen, der die Nachricht von Auras Abreise nach Venedig gesandt und damit den Ausschlag gegeben hatte, die Kinder in die Schweiz zu bringen.

Seine heutige Botschaft aber war alarmierender als alle bisherigen.

Morgantus im Schloß, hieß es da. Zehn Männer bei ihm. Dienerschaft entlassen. Damit keine weitere Möglichkeit, Näheres zu erfahren. Erwarte Instruktionen.

KAPITEL 9

Der alte Mann kam näher, und Aura spürte schlagartig, wie ihr schlecht wurde. Ihr Magen zog sich zusammen, ihre Knie wurden weich und drohten einzuknicken. Sie fürchtete, wenn er ihr die Hand schütteln würde, müßte sie sich übergeben.

Aber der Alte blieb zwei Schritte vor ihr stehen und betrachtete sie argwöhnisch. Dann sagte er etwas in der Sprache der Swanen. Marie, die neben Aura und Christopher stand, übersetzte: »Er will wissen, ob Sie wegen des Goldes hier sind.«

»Welches Gold?« fragte Christopher irritiert.

»Diese Berge sind bekannt für ihre Goldvorkommen«, erklärte die junge Swanin. »Die Legende vom Goldenen Vlies, das die Argonauten hier gefunden haben sollen, ist nur eine der Folgen davon. Eine andere ist, daß es seit Jahrhunderten Goldsucher, Abenteurer und Verbrecher hierherzieht, die Jagd auf die Schätze Swanetiens machen.«

Aura hatte vor dem Aufbruch in Suchumi ihr schwarzes Kleid gegen enge braune Reiterhosen, ein weites Hemd aus grobem Stoff und eine Weste eingetauscht. Wie die beiden anderen trug sie eine lange Felljacke, die bis auf ihre Oberschenkel reichte. Handschuhe trugen sie nur nachts; tagsüber bewahrte sie die Sonne vor allzu großer Kälte.

Sie hatten sich dem Dorf von Süden her genähert. In den vergangenen drei Tagen, seit ihrer Abreise aus Suchumi, war dies die erste menschliche Ansiedlung, die sie betraten. Um alle anderen Ortschaften, die sie aus der Ferne in den grünen Tälern Oberswanetiens gesehen hatten, hatten sie auf Anraten Maries einen weiten Bogen geschlagen. Es sei selbst für sie als Swanin unsicher, sich in einige dieser Dörfer zu wagen; für Ausländer aber sei es lebensgefährlich.

Uschguli lag in einer Vertiefung, die die Natur in einen öden, von dürrem Gras bewachsenen Berghang gegraben hatten. Die Bewohner nannten das Dorf die »Krone des Kaukasus«, was Aura mit gehörigem Unverständnis erfüllte; die Ansammlung grober Steinhäuser und hoher, fensterloser Türme schien ihr alles andere als königlich. Marie aber erklärte, der Titel rühre von Uschgulis Lage am Ende des Inguri-Tals. Als höchster Ort des Landes genieße es das Privileg, sich als »Krone« zu bezeichnen. Nicht einmal die feindlichen Swanensippen in den Tälern hätten dies je angezweifelt, und Aura tue gut daran, sich mit ihrem Sarkasmus zurückzuhalten. Auras verbitterten Hinweis, daß sie hier sowieso kein Mensch verstehen könne, ließ die Swanin unkommentiert.

Maries Heimatdorf glich einem steinernen Wald. Uralte Wohn- und Wehrtürme bestimmten das Bild. Ähnliche Bauten hatte Aura auf Bildern aus Italien gesehen – die Türme von Florenz kamen ihr unwillkürlich in den Sinn –, doch hier, am Ende der Welt, schien ihr solche Architektur befremdlich und geheimnisvoll. Rund vierzig dieser Türme zählte sie, meist in Verbindung mit einem niedrigen Haus mit graubraunem Ziegeldach. Dreißig, vierzig Meter hoch ragten sie wie Schlote einer phantastischen vorzeitlichen Fabrikanlage in den blauen Gebirgshimmel. Die Sonne stand bereits tief über den Gipfeln, und jeder Turm warf einen dunklen, langgestreckten Schatten.

Marie ermunterte sie, ihr ins Dorf zu folgen. »Keine Sorge«, sagte sie lachend. »Solange ich bei Ihnen bin, wird Ihnen niemand ein Haar krümmen.«

Den alten Mann, der sie angesprochen hatte, ließen sie am Wegrand stehen. Zu ihrem Entsetzen entdeckte Aura im Vorbeigehen, daß in seinem Gürtel ein Revolver steckte, ein klobiges, altertümliches Modell. Der Griff war blank und abgenutzt. Der Blick des Alten folgte ihnen voller Mißtrauen.

»Wovon leben die Menschen hier?« fragte Christopher.

»Von Ziegen und von Gold.«

»Ich habe gar keine Minen gesehen.«

»Es gibt keine. Die Männer legen ein Widderfell mit der Wollseite nach oben in einen Bergbach. Wenn sie Glück haben und das richtige Gebiet erwischen, verfangen sich mit der Strömung kleine Goldkörnchen in dem Fell, und dadurch –«

»Entsteht ein Goldenes Vlies.« Christophers Blick verriet Begeisterung, aber, wie Aura mit Mißfallen bemerkte, nicht allein für die Legende und das Gold der Swanen. Vielmehr machte er aus seiner Zuneigung für Marie längst kein Geheimnis mehr, und manchmal schien es Aura, als würde die hübsche Swanin seine Bemühungen erwidern. Nun, dachte sie resigniert, vielleicht erhöhte das die Chancen, heil zurück zur Küste zu kommen.

»Was haben all die Türme zu bedeuten?« fragte Aura, um sich abzulenken.

»In Swanetien herrscht das Gesetz der Blutrache«, entgegnete Marie, ohne sich zu ihr umzusehen. »Wenn nicht gerade ausländische Invasoren über die Berge kommen, liegen die Sippen miteinander im Streit. Die Türme dienen zur Verteidigung, aber sie sind auch Symbol des Reichtums einer Familie und der Kraft ihrer Söhne.«

Sie traten jetzt in die vorderen Schatten der hohen, schlanken Bauwerke. Aus der Nähe wirkten die meisten alt und baufällig. Aura überlegte, daß sie sich mit solch einem Turm neben ihrem Haus schwerlich sicher fühlen würde; die meiste Zeit würde sie wohl fürchten, das Ding könne ihr auf den Kopf fallen. Selbst jetzt widerstrebte es ihr, am Fuß der windschiefen Mauern vorbeizugehen. Auch Christopher war auffällig still geworden. Nur Marie lächelte wortlos in sich hinein und fand sichtliche Freude an der Unsicherheit ihrer Begleiter.

Rechts und links des Weges tauchten Kinder auf, die neugierig und plappernd die Ankunft der beiden Fremden beobachteten. Ein paar Erwachsene gesellten sich dazu, meist Frauen, denn die Männer waren mit ihren Ziegen unterwegs im Gebirge. Der Geruch nach gebratenem Fleisch, aber auch nach Fäkaliengruben hing durchdringend zwischen den Häusern.

Die drei führten ihre Pferde an den Zügeln. Die Hufe der Tiere klapperten hart über loses Geröll. Befestigte Wege gab es nicht. Vor einem der höchsten Türme kam ihnen eine alte Frau entgegen. »Meine Mutter«, erklärte Marie und lief der Alten entgegen. Die beiden Frauen umarmten sich und wechselten lachend einige Sätze auf swanisch. Dann deutete Marie auf Aura und Christopher, die unentschlossen abseits standen. Sogleich verfinsterte sich der Blick der Alten. Schließlich aber nickte sie stumm.

»Kommen Sie ins Haus«, bat Marie und verschwand gleich darauf mit ihrer Mutter im Inneren einer Hütte, die schräg an der Seite des Turmes lehnte.

Christopher warf Aura einen fragenden Blick zu, doch sie zuckte nur mit den Achseln. »Sieht aus, als kämen wir nicht drumherum.« Sie band ihr Pferd an einen Pfahl, warf einen prüfenden Blick durch die niedrige Tür, dann trat sie ein. Christopher folgte ihr zögernd.

Von innen wirkte das Haus viel größer als von außen. Es bestand aus einem weiten Raum, etwa acht mal acht Meter groß. An den blanken Mauern hingen die Hörner mächtiger Steinböcke. Hinter einer halbhohen hölzernen Trennwand lag schmutziges Stroh; hierher wurden die Ziegen getrieben, wenn sie am Abend von den Hochalmen zurückkehrten. Der Gestank war überwältigend. Es roch nach Unrat, Vieh und Essensresten. Am schlimmsten aber empfand Aura den Odem des Alters, der das Haus erfüllte. Marie schien von alldem nichts wahrzunehmen, während Christophers Lippen leicht offenstanden; wie Aura bemühte er sich, durch den Mund zu atmen.

In der Mitte des Wohnraumes befand sich eine Feuerstelle, über der ein gewaltiger Kupferkessel hing. Marie bat sie, im Kreis um das Feuer Platz zu nehmen.

»Wir nennen unsere Häuser Matschuben«, erklärte sie, als alle auf Fellen am Boden saßen. »Das hier« – sie deutete auf das Feuer – »ist die Kera. Sie ist Mesir, dem Gott der Feuerstelle, geweiht. Es ist Sitte, stets ein Gedeck für ihn bereitzuhalten.« Während sie sprach und weitere Einzelheiten der swanetischen Lebensweise erläuterte, schöpfte ihre Mutter eine fette Brühe aus dem Kessel in hölzerne Schalen. Obwohl Aura die Nähe der alten Frau Übelkeit bereitete – ein Gefühl, an das sie sich allmählich zu gewöhnen begann –, roch die Suppe vorzüglich. Sie nahm einen Schluck, und nickte Maries

Mutter anerkennend zu. Die Frau schien sich darüber zu freuen, denn zum ersten Mal schenkte sie Aura ein freundliches Lächeln.

»Ich dachte, die Swanen seien orthodoxe Christen«, bemerkte Christopher.

Marie lächelte nachsichtig. »Im Grunde genommen, schon. Aber jeder hier hat ein anderes Bild vom Christentum. Je weiter man sich von der Küste entfernt, und je höher man in die Berge steigt, desto mehr alte Götter haben im Glauben der Menschen ihren Platz. Du würdest dich wundern, wenn du ein paar der alten Rituale miterleben könntest.«

Aura entging keineswegs, daß Marie Christopher neuerdings duzte. Das lag nicht etwa an mangelndem Sprachgefühl; sie kannte sehr wohl den feinen Unterschied zwischen den Anredeformen. Was Aura anging, beharrte die Swanin strikt auf dem förmlichen »Sie«. Sie machte keinen Hehl daraus, wem ihre Sympathien galten.

Aura gab es nach einer Weile auf, Maries Ausführungen zu folgen. Es drängte sie, den Weg zum Templerkloster fortzusetzen, Lysander gegenüberzutreten und Sylvette endlich wiederzusehen. Dabei entdeckte sie in sich eine gefährliche Gleichgültigkeit über den Ausgang der Konfrontation. Sie hatte einen so weiten Weg hinter sich gebracht, daß ihre Absicht allmählich zu verschwimmen drohte. Lysander vernichten? Sylvette retten? Sicher, all das war wichtig, aber die Prioritäten verschoben sich. Plötzlich war es bedeutsam, zum Ende zu kommen, gleichgültig, wie es ausfallen mochte.

Sie bemerkte, daß das Gespräch zwischen Christopher und Marie immer vertrauter wurde. Sogar ihrem Stiefbruder gegenüber begann sie, sich wie eine Fremde zu fühlen. Vielleicht war es Heimweh, vielleicht auch Verzweiflung. Auf jeden Fall war ihr zum Heulen zumute.

»Es tut mir leid«, sagte sie schließlich barsch, »wenn ich eure Zweisamkeit störe, aber könnten wir wohl zum eigentlichen Grund unseres Hierseins kommen?« Sie nahm ein amüsiertes Funkeln in Maries Augen wahr, und das reizte sie nur noch mehr. »Wie weit ist es noch bis zu dieser Festung?«

»Mit den Pferden etwa drei Stunden«, erwiderte die Swanin. »Sie liegt hinter den beiden nächsten Bergen.«

Aura entging nicht, daß sich Maries Mutter bei diesen Worten bekreuzigte. Obwohl die Alte selbst kein Wort sprach, schien sie doch alles zu verstehen.

»Sie haben gesagt, wir könnten hier Männer anwerben.«

»Noch heute abend, wenn Sie wollen.«

»Je früher, desto lieber.«

Marie nickte bedächtig. »Ich kümmere mich darum.«

»Wirst du mitkommen?« fragte Christopher und schenkte Marie einen sorgenvollen Blick. »Ich meine, in die Festung?«

»Wenn es sich ergibt.«

»Was, bitte, soll *das* heißen?« erkundigte sich Aura scharf.

Marie beugte sich vor und schaute sie eindringlich an. »Ich möchte, daß Sie sich dieses Kloster aus der Ferne ansehen, bevor Sie konkrete Pläne schmieden. Mag sein, daß Sie Ihr Vorhaben dann noch einmal überdenken.«

Christopher schüttelte vehement den Kopf. »Wir haben keine andere Wahl«, sagte er, ehe Aura etwas erwidern konnte. »Unsere Schwester wird dort gefangengehalten, das weißt du.« Offenbar hatte er Marie die ganze Geschichte erzählt, ohne daß Aura es bemerkt hatte. Sie fragte sich, was ihr noch alles entgangen war.

Maries Mutter schlug zum zweiten Mal ein Kreuzzeichen, dann stand sie auf und trat unter eines der Widderhörner an der Wand. Dort hielt sie stumme Zwiesprache mit ihren Göttern.

»Wie ihr wollt.« Marie trank auf einen Zug ihre Brühe aus und erhob sich. »Wartet hier. Es kann eine Weile dauern, aber dann habe ich die Männer, die ihr braucht.« In Auras Richtung fragte sie: »Zwanzig, sagten Sie?«

»Ich hoffe, das reicht.«

»Wenn Sie mit einer ganzen Armee vor dem Kloster aufmarschieren, werden Ihre Gegner schwerlich überrascht sein. Irgendwer könnte sie warnen.« Sie wollte sich umdrehen und durch die Tür verschwinden, aber Aura rief sie zurück. Dabei gab sie sich Mühe, ihrer Stimme einen versöhnlichen Klang zu verleihen.

»Marie, warten Sie.« Sie stand auf und blieb vor der Swanin stehen. »Christopher und ich haben sieben Jahre auf diesen Tag gewar-

419

tet. Mag sein, daß wir die Dinge jetzt überstürzen. Wenn Sie einen besseren Vorschlag haben, als mit Waffengewalt ins Kloster einzudringen, würde ich ihn gerne hören.« Allein das Wort Waffengewalt aus ihrem eigenen Mund schien ihr grotesk. Sie war die Tochter eines Alchimisten, nicht die Jungfrau von Orleans.

»Ich fürchte, es gibt keine andere Möglichkeit«, entgegnete Marie zu ihrer Enttäuschung. »Die Festung steht dort oben seit Hunderten von Jahren. Mehr als einmal wurde versucht, sie einzunehmen, immer erfolglos. Aber beim letzten Versuch gab es noch keine Schußwaffen – und die Männer in diesem Dorf verstehen sich gut auf den Umgang damit. Sie beide werden lernen müssen, ihnen zu vertrauen.«

»Es geht nicht um Vertrauen, sondern darum, daß weder Christopher noch ich Erfahrung in diesen Dingen haben.«

Maries harter Gesichtsausdruck entspannte sich. »Machen Sie sich keine Sorgen. Wir verstehen uns wirklich darauf. Uschguli ist einer der abgelegensten Orte des Landes, aber gerade das wird Ihnen jetzt zugute kommen. Seit Generationen sind die Rebellen, Verbrecher und Geächteten des ganzen Gebirges hierher geflohen. Hier gibt es kaum einen, der nicht schon einmal mit einer Waffe auf einen anderen angelegt hat.«

»Sie auch?«

Marie antwortete mit einem flüchtigen Lächeln, dann huschte sie lautlos ins Freie. Draußen war es dunkel geworden, und schon nach zwei Schritten war die junge Frau nicht mehr zu erkennen. Ein kalter Wind pfiff durch die offene Tür herein und zerzauste Auras Haare.

»Ich hoffe, sie weiß, was sie tut«, murmelte sie leise zu sich selbst.

»Das weiß sie«, sagte hinter ihr eine rauhe Stimme. Zum ersten Mal hatte Maries Mutter das Wort an die beiden Fremden gerichtet. »Das hat sie von ihrem Vater geerbt. Marie weiß immer genau, was sie tut.«

Aura drehte sich zu der alten Frau um, doch die wandte ihr nach wie vor den Rücken zu. Andächtig starrte sie zu den Hörnern an der Wand empor. Der Feuerschein warf die Schatten der beiden Spitzen riesenhaft über die Decke.

»Marie ist ein gutes Mädchen«, flüsterte die Alte.

***

»Die letzte Bergkuppe«, sagte Marie mit gedämpfter Stimme und wies mit ausgestrecktem Arm nach Osten. »Dahinter liegt das Kloster.«

Sie waren noch in der Nacht aufgebrochen, nach nur wenigen Stunden Schlaf. Sie waren schneller vorangekommen, als Marie befürchtet hatte. Manchmal, so hatte sie erklärt, falle hier um diese Jahreszeit bereits Schnee, und die Wetterfühligen im Dorf hätten einen frühen Winter vorausgesagt.

Doch zu ihrer aller Erleichterung zeigte sich weder Schnee noch Regen. Der Himmel über den weißen Gipfeln war von azurnem Blau, Raubvögel schwebten vor einsamen Federwolken. Die Almwiesen an den Berghängen leuchteten in frischem Grün. Ihr Anblick erinnerte Aura schmerzlich an ihre Monate in der Schweiz, mit dem Unterschied, daß hier alles höher, steiler, gewaltiger war. Das Panorama des Gebirges hätte sie zu jedem anderen Zeitpunkt mit seiner Schönheit überwältigt.

Marie hatte insgesamt achtzehn Männer angeworben, zwei weniger, als sie angekündigt hatte. Einige hätten sich überraschend geweigert, ihre Herden zu vernachlässigen, aber das sei nur eine Ausrede gewesen. Tatsächlich, so meinte sie, fürchteten sie wohl die uralte Macht des Klosters. In gewisser Weise war es beruhigend, daß auch Marie sich irren konnte; dadurch fühlte Aura sich ihr nicht mehr ganz so ausgeliefert wie bisher.

Sie trieben ihre Pferde schneller voran, bis sie den Bergkamm fast erreicht hatten. Marie hob die Hand und ließ alle übrigen anhalten. Die achtzehn Swanen in ihrem Gefolge waren rauhe, schweigsame Männer, gekleidet in Felle und dicke Leinenkleidung. Alle hatten schwarzes Haar, die meisten mächtige Schnurrbärte. Einige trugen Patronengürtel und goldene Ohrringe. An jedem Sattel steckte ein Gewehr, meist alte Büchsen, sicher nicht zielgenau, aber von durchschlagender Gewalt. Viele besaßen Revolver. Sogar einige Krummsäbel hatte Aura entdeckt. Sie hatte den Männern den Lohn bereits ausgezahlt; sie hatten die Münzen ohne ein Wort in ihren Taschen verschwinden lassen.

Marie deutete plötzlich auf einen Felsen, links von ihnen. Darauf stand ein mächtiger Widder. Aura hatte nie zuvor einen gesehen, aber dieser hier übertraf selbst ihre Vorstellung an Größe um mindestens das Doppelte. Seine Hörner waren lang und breit und herrlich geschwungen. Er starrte die Reiter aus dunklen Augen an, still und erhaben auf seinem Felsen, und erst als ein unruhiges Raunen durch die Männer ging, drehte er sich langsam um und sprang graziös aus ihrem Blickfeld.

Marie war bleich geworden, und als Aura sie fragte, was los sei, erwiderte sie zögernd: »Die Männer glauben, daß dies ein böses Omen ist.« Sie sagte zwar »die Männer«, aber ihr Tonfall machte deutlich, daß auch sie dasselbe dachte.

Christopher rückte sich unruhig im Sattel zurecht. »Wir werden uns doch jetzt nicht mit irgendwelchem Aberglauben herumschlagen müssen, oder?«

»Nein«, gab Marie tonlos zurück, »natürlich nicht.« Sie rief den Männern etwas zu, und sogleich verstummte das Flüstern.

Sie hat diese Kerle gut im Griff, dachte Aura beeindruckt. Ihr kamen Zweifel, ob das wirklich nur an der guten Bezahlung lag, und sie fragte sich nicht zum ersten Mal, wer ihr eigentlich garantierte, daß die Männer nicht plötzlich über sie herfallen und ihr auch den Rest ihres Geldes rauben würden.

»Das letzte Stück sollten wir ohne Pferde zurücklegen«, schlug Marie vor. »Zu Fuß können wir es schaffen, ungesehen durch die Felsen bis nah an das Kloster heranzukommen. Dort wachsen auch Büsche und Sträucher, die eine gute Tarnung abgeben. Als ich noch ein Kind war, galt es als Mutprobe, sich möglichst weit an die Mauern heranzuwagen. In den letzten hundert Jahren haben die Herren des Klosters ihre Verteidigung ziemlich vernachlässigt. Selbst hier in Swanetien ist das Mittelalter vorbei.«

Aura fielen einige Argumente ein, die dagegen sprachen, aber sie behielt sie für sich. Statt dessen stieg sie wie alle anderen vom Pferd und folgte Marie gebückt bis zur Kuppe des Berges. Dort ließ sich die ganze Gruppe ins Gras sinken und sah auf den Bäuchen liegend in das Tal, das sich vor ihnen ausbreitete.

Die Sträucher und Büsche, von denen Marie gesprochen hatte, entpuppten sich als karges Kraut, das ihnen gerade einmal bis zur Hüfte reichte. Eindrucksvoller war das Gewirr aus Felsspalten, das sich an der Rückseite des Berges bis hinab zur Talsohle erstreckte. Von dort, wo es endete, bis zur Klostermauer waren es noch knapp fünfzig Meter durch offenes Gelände.

Das Kloster selbst war weit größer, als Aura erwartet hatte. Sein Haupttrakt war achteckig und mochte gut und gerne einen Durchmesser von hundertfünfzig Metern haben; damit war es um ein Vielfaches weitläufiger als das Sankt-Jakobus-Stift in der Schweiz. Es gab einige Anbauten, aber sie wirkten verschwindend winzig in Anbetracht dieser steinernen Monstrosität. So gewaltig die Fläche der Anlage auch war, so niedrig waren ihre Zinnen. Alles in allem mochte das Gebäude drei oder vier hohe Stockwerke besitzen, was sich nur aufgrund der Lage vereinzelter Schießscharten abschätzen ließ. Fenster gab es keine. Hinter den Zinnen verlief ein breiter Wehrgang. In der Mitte des Klosters klaffte ein achteckiger Hof, den im oberen Teil zwei Steinbrücken mit roten Ziegeldächern durchschnitten. Sie kreuzten sich in der Mitte und liefen zu den Enden hin breit auseinander, so daß beide Brücken gemeinsam die Form eines Templerkreuzes ergaben.

Jenseits des Klosters verlor sich die Landschaft in Leere. Die kahlen Hügel eines Hochplateaus wellten sich dem Horizont entgegen, ohne eine Spur von Leben. Erst weit im Osten erhoben sich neue Felsmassive aus dem Dunst, bleiche Schemen, so unwirklich wie ein Traum.

Der trutzige Anblick des Klosters zerstörte den kleinen Rest von Optimismus, den Aura bis zuletzt gehegt hatte, und die öde Weite im Hintergrund führte ihr die eigene Bedeutungslosigkeit vor Augen. Sie hatte keinerlei Vorstellung, über wie viele Männer Lysander verfügte, aber wenn es nur halb so viele waren, wie sie befürchtete, dann wurden sie mit der Macht dieser Festung im Rücken zu unüberwindlichen Gegnern – selbst für so furchtlose Kämpfer wie die achtzehn Swanen. Einen offenen Sturm auf das Kloster hatte Marie ohnehin von Anfang an ausgeschlossen. Lysanders Leute sollten nicht bemerken, daß es die Bewohner Uschgulis waren, die sich gegen das Kloster wandten. Einen Konflikt, der sich über Generationen hinziehen mochte, wollte niemand riskieren.

Aura fragte sich in einem Anflug von Verzweiflung, was wohl Gillian an ihrer Stelle getan hätte. Wahrscheinlich hätte er, der von derlei Dingen etwas verstand, gleich zu Beginn einen anderen Weg gewählt. Ihr selbst schien die Vorstellung, mit ein paar tollkühnen Männern in die Festung einzudringen, mit einem Mal leichtfertig, geradezu kindisch. Was hatte sie sich nur dabei gedacht?

Da, plötzlich, sagte Christopher: »Ich glaube, wir können es schaffen.«

»Mit einem Gebet vielleicht?« Ihr Spott tat Aura gleich darauf leid; es war dumm, ihre Wut auf sich selbst gegen Christopher zu richten.

Er aber lächelte nur. »Das könnte nicht schaden, zweifellos. Aber das meinte ich nicht. Fällt dir gar nichts auf, wenn du das Kloster anschaust?«

Sie versuchte zu erkennen, worauf er hinauswollte, aber auch bei näherem Hinsehen wirkte die Festung uneinnehmbar.

»Sag's mir«, verlangte sie grob.

Es war Marie, nicht Christopher, die eine Antwort gab – was Aura nur noch zorniger machte. »Es gibt keine Wachen. Das meinst du doch, nicht wahr? Die Zinnen sind unbesetzt!«

»Genau.« Er schenkte Marie ein dankbares Lächeln. »Dort unten ist weit und breit keine Menschenseele.«

Aura schnaubte verächtlich. »Sie haben es selbst gesagt, Marie. Wir sind nicht mehr im Mittelalter. Heutzutage ist es nicht nötig, alle paar Meter einen Wächter mit Lanze und Helm zu postieren. Lysander wird andere Mittel haben, die Gegend zu überwachen.«

Marie wies zum Himmel. »Ich glaube kaum, daß ihm die Vögel Bericht erstatten«, gab sie trocken zurück.

Einen Moment lang funkelten Aura und sie sich an wie zwei Katzen, die auf den nächsten Krallenhieb ihrer Gegnerin warteten.

Dann aber sagte die Swanin ruhig: »Wenn wir davon ausgehen, daß es auf den Zinnen tatsächlich keine Wächter gibt, sondern allerhöchstens ein paar hinter den Schießscharten, dann sollten wir versuchen, zu so wenigen wie möglich dort hinunterzugehen. Für drei oder vier Leute stehen die Chancen viel besser, ungesehen bis zur Mauer zu gelangen.«

Aura stimmte zu. Zwar verspürte sie den Drang, sich gegen andere Eventualitäten abzusichern – etwa einen Hinterhalt –, aber ihr war klar, daß ihnen dazu die Zeit und die Mittel fehlten.

»Lysander scheint nicht mit uns zu rechnen«, sagte Christopher nachdenklich.

»Man kann's ihm kaum verübeln«, meinte Aura.

Marie wandte sich an ihre Leute und gab ihnen auf swanisch ein paar Anweisungen. Die Männer stellten einige Fragen, die sie knapp beantwortete, dann nickte sie Aura zu. »Zwei Männer kommen mit uns, die anderen bleiben hier. Sie werden uns beobachten und eingreifen, falls es nötig sein sollte. Ist Ihnen das recht?«

»Sicher.«

Einige Minuten später eilten sie durch das Gewirr der Felsspalten. Die hellgrauen, kantigen Risse waren nicht tiefer als zwei Meter, aber das reichte aus, um ungesehen hindurchzugelangen. Von oben hatte es denkbar einfach ausgesehen, sich in diesem Labyrinth zurechtzufinden, doch nachdem sie es einmal betreten hatten, drohte Aura alsbald schon die Orientierung zu verlieren. Marie aber schien zu keinem Zeitpunkt unsicher oder gar besorgt.

Aura und Christopher hatten im Dorf zwei Revolver und je eine Tasche voll Munition erworben, obwohl keiner wirklich wußte, wie damit umzugehen war. Das Gewicht der Waffen weckte düstere Erinnerungen an den Kampf unter der Hofburg.

Die beiden Swanen, die Marie als Begleiter ausgewählt hatte, waren ebenso verschlossen wie die übrigen Männer, die jenseits der Bergkuppe auf der Lauer lagen. Sie waren ungemein groß und kräftig, und vom ersten Ansehen an hatte Aura keinen Zweifel, daß sie sehr genau wußten, was sie taten. Beide trugen Narben im Gesicht, voller Stolz, wie es schien, und beide wirkten derart gelassen, daß ein wenig ihrer Ruhe auch auf Aura und Christopher abfärbte. Vielleicht war dies der Hauptgrund, weshalb Marie gerade diese beiden mitgenommen hatte.

Sie benötigten etwa eine halbe Stunde, bis sie das Ende der Felsspalten erreichten. Vor ihnen öffnete sich das freie Gelände bis zum

Fuß der Klostermauern. Hier wuchsen die dürren Sträucher, von denen Marie gesprochen hatte, und aus der Nähe war noch offenkundiger, daß sie nicht den geringsten Schutz vor Blicken aus der Festung boten.

Das riesenhafte Tor des Klosters hatte die Form eines Spitzbogens. Von weitem hatte Aura angenommen, es sei durch schwarze Torflügel versperrt, doch nun erkannte sie, daß die Schwärze nichts anderes war als eine gähnende Leere. Das Tor stand offen. Wieder regte sich in Aura die Vorahnung einer Falle.

»Warum ist das Tor nicht verschlossen?« flüsterte sie Marie zu, die neben ihr hinter einem Felsblock kauerte.

»Viel lieber wüßte ich, weshalb es offen ist *und* keine Wachen zu sehen sind«, gab die Swanin zurück. Daraufhin wechselte sie ein paar Worte mit den beiden Männern, doch auch die zuckten nur mit den Schultern.

Marie wandte sich wieder an Aura. »Und Sie sind sicher, daß Ihre Freunde nichts von Ihrer Reise hierher wissen?«

»Sicher?« Aura lachte gezwungen. »Ich bin mir über gar nichts mehr sicher. Lysander und Morgantus sind mächtige Männer. Mag sein, daß sie ihre Augen überall haben. Ich weiß nicht, was sie aushecken.«

Christopher starrte Marie eindringlich an. »Du glaubst, sie stellen uns eine Falle?«

»Sieht ganz so aus.«

»Was schlagen Sie vor?« fragte Aura.

»Folgen Sie der Einladung, oder kehren Sie um. Das ist allein Ihre Entscheidung.«

»Heißt das, Sie kommen nicht mit?«

Statt einer Antwort beriet Marie sich abermals mit den beiden Swanen. Die Blicke der Männer waren finster, huschten abwechselnd von Aura über Christopher zum Kloster.

Aura verlor die Geduld. »Hätten Sie die Güte, uns zu verraten, worüber Sie reden?«

»Die beiden glauben ebenfalls, daß wir erwartet werden.«

»Und?«

»Sie meinen, daß dies der richtige Augenblick sei, Sie auszuliefern.«

Es dauerte zwei oder drei Sekunden, ehe die Bedeutung dieser
Worte ihre volle Wirkung entfaltete. Aura wollte ihren Revolver
hochreißen, aber die beiden Swanen kamen ihr zuvor. Ein Gewehrlauf wies blitzartig auf ihr Gesicht, ein zweiter deutete in Christophers Richtung.

»Marie!« rief er aus. Ihm war anzusehen, daß er nicht glauben
konnte, was er doch mit eigenen Augen sah. »Du kannst nicht –«

Aura schnitt ihm den Satz ab. »Natürlich kann sie«, sagte sie mit
einem humorlosen Lächeln, »das siehst du doch.«

Marie sah keineswegs aus wie eine Siegerin. Ganz im Gegenteil:
Ihr schien mehr als unwohl in ihrer Rolle zu sein. »Ich weiß, was Sie
jetzt denken.«

»O, dessen bin ich vollkommen sicher«, gab Aura scharf zurück.
»Es gibt ja auch nicht allzu viele Alternativen, nicht wahr?«

Die beiden Swanen winkten mit ihren Gewehren. Aura und Christopher ließen ihre Waffen fallen.

»Wann haben Sie den Plan dazu gefaßt?« fragte sie kalt. »Schon in
Suchumi, oder erst später?«

Zum ersten Mal gelang es Marie nicht, Auras Blicken standzuhalten. Verunsichert sah sie an ihr vorbei zum offenen Tor der Templer-
festung. »Es gab keinen Plan, es hat nie einen gegeben. Die Herren
dieses Klosters waren immer gut zu den Menschen Uschgulis. Sich
gegen sie zu wenden wäre in einer Gegend wie dieser ein Todesur-
teil. Ich hatte gehofft, daß es zu einem Kampf kommen würde. Die
Männer und ich hätten die Flucht ergriffen, und Sie beide wären
gefangengenommen worden. Das wäre eine saubere Lösung gewesen.«

»Ganz gewiß«, spie Aura ihr verächtlich entgegen.

Christophers Oberkörper war gebeugt, er blickte zu Boden. Aura
hoffte, daß er sich nicht zu einer Dummheit hinreißen ließ. Dumm-
heiten hatten sie wahrlich schon genug begangen.

»Ich hätte mir denken sollen, daß Sie blind in eine Falle laufen«,
sagte Marie. »Es war mein Fehler, mich auf Ihr Vorhaben einzulas-

sen. Die Herren des Klosters erwarten Sie, und fraglos wissen sie längst, daß Männer Uschgulis mit Ihnen hierhergekommen sind.« Jetzt klang sie fast verzweifelt. »Verstehen Sie denn nicht?« Nur mühsam festigte sich ihre Stimme. »Wenn ich jetzt nicht zeige, daß wir die ganze Zeit über geplant haben, Sie auszuliefern, werden Uschguli und die Menschen dort jahrelang für meine Tat büßen müssen. Die Templer sind keine nachsichtigen Lehnsherren.«

»Sie wollen sagen«, meinte Aura gepreßt, »Sie hätten nicht geplant, uns zu hintergehen, und doch wollen Sie jetzt so tun als ob? Das ist lächerlich.«

»Es ist der einzige Weg, Uschguli zu retten.«

»Warum haben Sie dann nicht einfach abgelehnt, uns hierherzuführen?«

»Mein Dorf muß nehmen, was ihm geboten wird. Sie haben es selbst gesehen, die Menschen dort leben in bitterer Armut.«

Aura verzog das Gesicht. »Nehmen Sie das Geld, hier, Sie können es haben. Immerhin beweist das, daß ich recht hatte. Sie sind Räuber, sonst nichts. Und verschonen Sie uns mit Ihrem Gerede über Schuld und Buße.«

Maries Wangen zuckten, doch sie behielt sich unter Kontrolle. »Die Templer werden Sie nicht töten – wäre es das, was sie wollten, hätten sie viel früher die Möglichkeit dazu gehabt.« Leiser setzte sie hinzu: »Es tut mir leid.«

Im selben Moment setzte sich Christopher in Bewegung. Die lange Reise hatte seinen ausgezehrten Körper geschwächt, aber noch immer entwickelte er eine enorme Schnelligkeit. Ehe der Swane, der ihn bewachte, abdrücken konnte, stieß Christopher den Gewehrlauf beiseite, sprang vor und stürzte sich auf Marie. Die Swanin keuchte auf, als beide in einem Knäuel aus Gliedern zu Boden gingen.

Aura war wie versteinert. Sie teilte Christophers Zorn, aber seine Enttäuschung mußte die ihre um ein Vielfaches übersteigen. Wie ein Kerzenflackern durchzuckte sie der Gedanke, ob der Geliebte ihrer Mutter in einem ähnlichen Anfall von Jähzorn hatte sterben müssen. Christopher war in diesem Augenblick nicht mehr Herr seiner selbst.

Marie lag auf dem Rücken und versuchte, ihren Gegner von sich zu stoßen. Doch Christopher hockte auf ihr, holte aus und schlug ihr die Faust ins Gesicht. Ihre Unterlippe platzte auf, Blut besudelte Christophers Hand und Ärmel. Ein zweiter Hieb traf ihren weißen, schlanken Hals. Die Swanin schrie schmerzerfüllt auf, und im selben Augenblick waren schon die beiden Männer heran. Einer rammte Christopher den Gewehrkolben ins Kreuz, der andere packte ihn von hinten an den Haaren, riß ihn zurück. In ohnmächtiger Wut brüllte Christopher auf. Die Swanen zerrten ihn von Marie herunter und schleuderten ihn gegen eine Felswand. Aura stürzte vor, klammerte sich an einen der beiden Männer und wollte ihn von Christopher fortreißen, doch der andere holte aus und schlug ihr über die Schulter seines Gefährten hinweg vor die Stirn. Als sie zurückprallte, traf sie ein zweiter Hieb kraftvoll und ungleich schmerzvoller zwischen die Brüste. Die Qual fuhr ihr wie ein giftiger Dorn ins Gehirn, ihre Fäuste öffneten sich, sie sackte zu Boden.

Marie war von Christophers Schlägen kaum weniger benommen. Mit glasigem Blick versuchte sie, sich aufzusetzen, aber ihre Ellbogen knickten immer wieder ein. Sie murmelte etwas in ihrer Heimatsprache, wandte den Kopf und sah erschrocken, wie die Männer mit ihren Gewehrkolben auf den reglosen Christopher einhieben. Schlag um Schlag krachte in sein Gesicht, in seinen Magen, auf seine Brust. Noch einmal versuchte sie zu sprechen, eine Hand nach den Männern auszustrecken, aber beides wollte ihr nicht gelingen.

Derweil schaffte es Aura, sich unter Aufbietung aller Kraft auf die Füße zu stellen. Wie durch einen Schleier sah sie, daß die Männer Christopher töten würden. Längst schon regte er sich nicht mehr, sein Gesicht war blutüberströmt, die weiche Haut unter den Augen aufgeplatzt.

»Hören Sie auf!« stammelte Aura, aber niemand beachtete sie. Noch einmal taumelte sie auf die beiden Swanen zu, um sie zurückzuhalten, aber auf halbem Weg stolperte sie abermals. Sie öffnete den Mund, doch kein Ton drang heraus. Hilflos mußte sie mitansehen, wie immer neue Schläge auf den wehrlosen Christopher einprasselten.

Finster und trutzig starrten die Schießscharten des Klosters auf das Drama zwischen den Felsen herab. Noch immer rührte sich nichts. Kein Mensch zeigte sich.

Da ertönte ein unverständliches Wort, so leise, daß die Männer es in ihrem Blutrausch zunächst nicht bemerkten. Die Swanin versuchte es noch einmal, und diesmal gelang es ihr, sich aufzurichten. Einer der Männer verharrte, schaute zu Marie hinüber, die weitere Befehle ausstieß. Er legte seinem Gefährten eine Hand auf den Unterarm, hielt ihn zurück.

Aura verstand nicht, was die junge Frau zu ihnen sagte, aber ihr Tonfall und ihre Gesten machten klar, daß sie versuchte, Christophers Leben zu retten. Unvermittelt drehten sich die beiden Männer um und verschwanden im Labyrinth der Felsspalten. Marie kroch auf allen vieren auf Christopher zu, hockte sich neben ihn und bettete seinen zerschmetterten Schädel in ihren Schoß. Sie flüsterte ihm etwas zu, immer wieder denselben Satz, und es dauerte eine ganze Weile, ehe Aura die Bedeutung der Worte verstand: »Das wollte ich nicht. Das habe ich nicht gewollt.«

»Sie haben ihn getötet«, brachte Aura schwerfällig hervor. Das Blut rauschte in ihren Ohren, ihr Herzschlag raste. Sie hatte das Gefühl, als stünde ihr ganzer Brustkorb in Flammen.

Marie hob das Gesicht und blickte Aura entgegen. Tränen zogen weiße Bahnen durch die Maske aus Blut und Schmutz auf ihren Zügen. »Er hätte mich nicht angreifen dürfen!« Sie schluchzte auf wie ein Kind. »*Verdammt noch mal, er hätte es nicht tun dürfen!*«

Eine groteske Gewißheit überkam Aura, und das machte alles fast noch schmerzlicher: Marie trauerte um Christopher. Sie hatte ihn gemocht, ohne Frage, vielleicht sogar mehr als das. Was geschehen war, war nicht allein ihre Schuld.

Aber sie hat uns verraten! durchfuhr es Aura in aller Schärfe. Ohne ihren Verrat wäre all das nicht geschehen!

Aura kroch näher an die beiden heran. Christophers Brust hob und senkte sich unmerklich. Er atmete noch. In seinem Stoppelhaar gerann das Blut. Seine Augen waren hinter aufgequollenen Fleischwülsten verschwunden, sein Mund sah aus wie eine riesige Brandblase. Roter Speichel perlte in Maries Schoß, aber sie kümmerte sich nicht darum. Ihr Gesicht hatte einen Ausdruck verzweifelter Hilflosigkeit angenommen.

»Ich habe die beiden zurück zu den anderen geschickt«, brachte sie mühsam hervor, »um eine Trage zu holen.«

Auras Haß und Verachtung wurden von quälender Trauer um Christopher und – das irritierte sie und erfüllte sie mit Wut auf sich selbst – von Mitgefühl für Marie durchdrungen. Ihr Elend war nicht gekünstelt, im Gegenteil: Aura hatte selten einen Menschen so verzweifelt, so voller Scham und Bedauern gesehen.

Sie kauerte sich vor Christopher und Marie auf die Knie und ergriff die Hand ihres Bruders. Es war, als würde die Kälte seiner Finger den Schmerz aus ihrem eigenen Körper vertreiben.

Sein Atem verebbte allmählich. Mit einem kaum hörbaren Zischen strömte die Luft zum letzten Mal über seine geschwollenen Lippen. Das zarte Pumpen in seiner Brust brach ab.

Marie schloß die Augen und zog sein zerschundenes Gesicht an ihre Brust, vergrub ihr Antlitz an seiner Schulter. Aura saß da wie betäubt. Was sie vor sich sah, war der Abschied zweier Liebender.

Schweigend drückte sie ein letztes Mal Christophers kalte Hand, dann stemmte sie sich hoch.

Marie hob ihren Blick. »Was haben Sie vor?«

Aura gab keine Antwort. Stumm, mit versteinerten Zügen, verließ sie den Schutz der Felsen, überquerte das offene Gelände mit seinen skelettierten Sträuchern, trat unter den haushohen Spitzbogen. Jenseits des Portals tauchte ihr Schemen in tintige Finsternis, war im einen Augenblick deutlich zu sehen, im nächsten schon eins mit den Schatten.

KAPITEL 10

Von allen Feldzügen des Templerordens seit seiner Gründung im Jahre 1118 war dies ohne Zweifel der sonderbarste: Sieben höfliche alte Herren (und ein achter, der jünger war), adrett gekleidet, die in zwei Eisenbahnabteilen dem Schlachtfeld entgegenfuhren. Keine schnaubenden Rösser im Morgentau, kein ohrenbetäubendes Kampfgeschrei. Nur ein paar gepflegte Gentlemen, Gelehrte vielleicht, oder pensionierte Beamte; ein Sonntagsausflug in den Augen aller, die sie beobachteten, mit Kaffee und Kuchen am Ziel, einem Spaziergang und dem Aufwärmen alter Erinnerungen.

Niemand sah ihnen an, daß sie weit über tausend Kilometer zurückgelegt hatten. Niemand schöpfte Verdacht, als sie ihr Gepäck aus dem Zug luden und ein metallisches Klirren aus den Koffern ertönte. Keiner ahnte, daß die Männer hier waren, um den jahrhundertealten Feind ihres Ordens zu schlagen – oder aber unterzugehen.

Gillian hatte Gian und Tess in der Obhut von Lascaris Dienerschaft in Venedig zurückgelassen. Für den Fall, daß er nicht zurückkehren sollte, hatten die Angestellten Order, in einigen Wochen mit Aura in Verbindung zu treten. Die Diener hüteten seit Jahrzehnten gewissenhaft die Geheimnisse des Templum Novum, und Gillian war überzeugt, sie würden sich auch in dieser Angelegenheit als verläßlich erweisen.

Bruder Bernardo kam zu spät zum Bahnhof. Er hatte das Telegramm, das sie in Berlin aufgegeben hatten, eben erst erhalten. Von dem Bauern, auf dessen Hof er ein Zimmer bewohnte, hatte er in aller Eile einen Karren gemietet. Gillian war höflich genug, niemandem seine Hilfe beim Aufsteigen aufzudrängen, doch wie sich zeigte, nahmen fast alle sie in Anspruch. Allein Lascari schwang sich mühelos und aus eigener Kraft auf die Ladefläche.

Gillian fragte sich zum hundertsten Mal seit ihrem Aufbruch in Venedig, wie er wohl mit einem Haufen Greise einen Krieg gewinnen sollte. Nicht, daß er seine Ordensbrüder aufgrund ihres Alters weniger ehrte oder ihnen nicht den nötigen Respekt zollte; aber daß nur die wenigsten von ihnen noch mit einer Waffe umgehen konnten, mußte auch dem Großmeister klar sein. Als der Pferdekarren losschaukelte, wechselten Gillian und Lascari einen zweifelnden Blick, schauten aber gleich wieder in unterschiedliche Richtungen. Beide schämten sich für ihre Gedanken.

Der Hermaphrodit kletterte zu Bernardo auf den Kutschbock. Vor Gillians Eintritt in den Orden war Bernardo der jüngste unter den Brüdern gewesen, deshalb hatte Lascari gerade ihn nach Deutschland entsandt. Bernardo war vierundfünfzig, gedrungen, aber mit breiten, kraftvollen Schultern. Er war Italiener, wie die meisten seiner Ordensbrüder. Seine Tarnung als Vogelkundler entstammte seinem Steckenpferd, der Ornithologie. Gillian fand, daß Bernardo selbst wie ein Vogel aussah: Seine Nase war lang und gebogen, die Augen schmal, und sein Haar wirkte stets ein wenig wie gesträubtes Gefieder. Bernardo war der einzige unter den Ordensbrüdern, den Gillian ohne Zögern als seinen Freund bezeichnet hätte. Er war der erste gewesen, der Gillian trotz seiner Zweigeschlechtlichkeit akzeptiert und ihm Mut gemacht hatte, wenn er glaubte, an den jahrelangen Aufnahmeprüfungen scheitern zu müssen.

Gillian beugte sich an Bernardos Ohr, um den Lärm der Räder zu übertönen. »Wie schlimm ist es?« Ein Hase huschte vor ihnen aus dem Gras, starrte das Gefährt einen Moment lang an und verschwand wieder.

»Ich weiß es nicht«, gestand Bernardo betrübt. »Seit Morgantus hier aufgetaucht ist, erfährt niemand mehr, was im Schloß vor sich geht. Die Dienstboten wurden alle fortgeschickt.«

»Hat denn niemand die Polizei verständigt?«

Der Karren rumpelte durch ein Schlagloch, und einer der Ordensbrüder stöhnte.

433

»Nein«, sagte Bernardo kopfschüttelnd. »Morgantus fuhr zunächst allein zur Insel und bat um ein Gespräch mit der Schloßherrin. Sie selbst war es, die bald darauf alle Angestellten nach Hause schickte. Morgantus' Männer ruderten erst in der nächsten Nacht hinüber.«

»Bist du sicher, daß es nicht mehr als zehn sind?«

»Soweit ich sie in der Dunkelheit zählen konnte, ja.«

Von hinten rückte Lascari heran. Sein Ausdruck verriet, wie unwohl er sich fühlte. Er war ein venezianischer Graf, der Großmeister des Templum Novum, und er war es nicht gewohnt, auf der schmutzigen Ladefläche eines Bauernkarrens zu reisen. Dennoch kam nicht ein Wort der Klage über seine Lippen. Jedem war klar, daß Lascari für dieses Ziel alles getan hatte, was in seinen Kräften stand.

»Was schlägst du vor, Bruder?« fragte der Graf. »Wie sollen wir vorgehen?«

Bernardo deutete nach Norden, wo jenseits der Wiesen der helle Dünenstreifen leuchtete. Vom Meer trieben vereinzelte Wolken heran, graue, faserige Flecken, wie Farbspritzer auf einem Hemdsärmel. »Solange es hell ist, können wir ohnehin nichts tun. Weiter östlich liegen zwei Ruderboote zwischen den Dünen. Wir müssen versuchen, damit hinüberzukommen.«

»Die wichtigste Frage ist doch«, wandte Gillian ein, »was Morgantus überhaupt im Schloß zu suchen hat. Warum ist er nicht zu Lysander in den Kaukasus zurückgekehrt?«

»Er muß von Wien aus hergekommen sein«, sagte Lascari. »Aber weshalb hat er das nicht schon vor Wochen getan? Was will er hier?«

Darauf fand keiner eine Antwort, und so verschoben sie weitere Erörterungen auf einen späteren Zeitpunkt. Es war früh am Vormittag, und bis zum Einbruch der Dunkelheit mochten noch sieben oder acht Stunden vergehen, Zeit genug für Diskussionen.

Rund einen Kilometer vor dem Dorf bogen sie nach rechts in einen Weg, der entlang der Dünen nach Osten führte. So weit im Norden war es merklich kälter als in Venedig, und die scharfen Winde, die von der See hereinbliesen, bissen schmerzhaft durch Mäntel und Schals. Möwen schrien in der Ferne. Erlen und Ginsterbüsche neig-

434

ten sich schräg nach Süden, als wollten sie mit ihren Zweigen nach Wärme und Sonnenlicht greifen. Das sumpfige Wiesenland erstreckte sich flach wie ein grüner Teppich in die Unendlichkeit, und auf der anderen Seite, jenseits der Dünen, lag die See grau und aufgewühlt unter dem grauen Himmel.

Die Tristesse schlug ihnen allen aufs Gemüt, den Älteren mehr noch als Gillian, der dieses Land bereits kannte und sich den Herausforderungen, die ihrer harrten, weit gewachsener fühlte als der Rest der Ordensbrüder. Im stillen fragte er sich, wie lange es dauern mochte, bis der erste über eine Erkältung klagte und notgedrungen an Land bleiben mußte. Je mehr er darüber nachdachte, desto hoffnungsloser erschien ihm ihr ganzes Unterfangen.

Bernardo lenkte den Wagen abseits vom Weg durch die Dünen. Immer wieder drohte das schwere Gefährt im Sand steckenzubleiben, und einmal mußten gar alle absteigen und den Karren aus einer besonders weichen Senke schieben. Endlich aber erreichten sie eine kleine Bucht, in der die beiden versprochenen Boote lagen. Jedes bot im Normalfall Platz für sechs Mann. Damit waren sie gerade groß genug für die neun Ordensbrüder und ihre schwere Ausrüstung. Die Schloßinsel lag einen halben Kilometer weiter westlich. Hohe Dünenwälle schirmten das Templerlager gegen Morgantus' Späher ab.

Bernardo hatte vorgesorgt; als Schutz vor dem Wind hatte er eine Plane gespannt, hinter der sie sich niedersetzten. Hier konnten sie einigermaßen entspannt auf den Abend warten, Pläne schmieden, sogar ein kleines Feuer entzünden.

In den kommenden Stunden verlegten sich die meisten der Brüder auf fromme Gebete. Doch ein Seitenblick auf Bernardo versicherte Gillian, daß er selbst nicht der einzige war, der die Befürchtung hegte, daß ihr Schicksal nicht in den Händen Gottes, sondern allein in ihren eigenen lag. Gillian wußte nicht, wie es um die Hände des Herrn bestellt war, aber die meisten, die er hier um sich sah, zeigten Spuren von Gicht. Aber genaugenommen war das die geringste seiner Sorgen.

***

Zwanzig Schritte weit blieb die Finsternis vollkommen, sogar der Schein vom Eingang endete abrupt nach wenigen Metern. Dann aber durchbrach ein senkrechter Strahl von oben das Dunkel, eine flitternde Säule aus Licht, in der sich ein Firmament tanzender Stäubchen bewegte.

Aura schaute nach oben und sah in der Decke eine winzige Öffnung, die sich durch alle Stockwerke bis zum Dach ziehen mußte. Und als sie wieder nach vorne blickte, tiefer ins schwarze Herz des Templerklosters, entdeckte sie in Abständen von fünf bis zehn Metern weitere dieser Lichtsäulen.

Nachdem sich ihre Augen an das fahle Zwielicht gewöhnt hatten, gelang es ihr, die Wände rechts und links des Korridors auszumachen. Sie waren mit Malereien bedeckt, halb verblaßt und nicht besonders kunstvoll. Die Darstellungen erinnerten sie an die Bleiglasfenster daheim im Schloß. Die gleichen Motive, der gleiche alchimistische Hintersinn. Nur die Ausführung war schwächer.

Sie ertappte sich dabei, daß sie wieder an ihren Fingernägeln kaute. Aura Institoris, die große Alchimistin – doch vom Nägelkauen würde sie wohl nie lassen können, schon gar nicht in einer Lage wie dieser.

Noch immer war nicht zu erkennen, wohin der Korridor führte, und ebensowenig, wie lang er war. Die dünnen Lichtsäulen in seiner Mitte verblaßten irgendwo in der Ferne, alles andere wurde vom Dunkel geschluckt. Aura hörte das Echo ihrer eigenen Schritte in schmerzlicher Intensität von den Mauern widerhallen, doch immer noch zeigte sich niemand. Kein Wächter. Kein Attentäter, der sie im Schatten erwartete. Es war tatsächlich, als sei das Kloster völlig ausgestorben.

Doch plötzlich gewahrte sie vor sich etwas, das anders war. Eine Unregelmäßigkeit im gleichbleibenden Wechsel aus Finsternis und Lichtfäden.

Weiter vorne, zehn Schritte voraus, stand jemand. Eine Gestalt, genau unter einer der Öffnungen, gebadet in den schwachen, flirrenden Schimmer von oben. Hochgewachsen und reglos, gekleidet in ein weißes, wallendes Hemd über einer dunklen Hose. Auf der Brust prangte das Kreuz des Templerordens.

Aura packte den Griff ihres Revolvers fester. Die Berührung spendete keinen Trost. Christopher war gestorben, damit sie hier sein konnte. Sie war es ihm schuldig, daß sie den eingeschlagenen Weg bis zum Ende ging.

Noch immer rührte sich die Gestalt nicht. Einen Moment lang dachte Aura, es handele sich um eine Statue. Der bleiche Lichtstrahl entzog der Erscheinung alle Farben. Sie hätte ebenso aus Granit wie aus Fleisch und Blut sein können.

Aura war bis auf fünf Meter herangekommen, als der Mann sie mit einem vagen Kopfnicken begrüßte. Das lange, hagere Gesicht kam ihr bekannt vor. Ihre Vernunft sagte ihr, daß sie die Züge mit jemandem verband, der hier nichts zu suchen hatte, ein Schatten aus ihrer Vergangenheit.

»Aura Institoris«, kam es leise über spröde Lippen. »Wir hätten uns denken müssen, daß du nicht aufgibst.«

Die Stimme jagte Aura einen eiskalten Schauder über den Rücken. Im Dunkel blitzte ein Schneidezahn aus Silber.

»De Dion!« entfuhr es ihr keuchend.

Madame de Dion, einstmals Direktorin des Sankt-Jakobus-Stifts, war endgültig zum Mann geworden. Zugleich aber begriff Aura, daß wenig Wundersames an dieser Verwandlung war. De Dion hatte die Rolle der Frau mit aller nur möglichen Perfektion gespielt, und doch war es eben ein Spiel gewesen, Theater, eine Schmierenkomödie. Madame de Dion, der Monseigneur, wie ihn die Schülerinnen genannt hatten, war niemals etwas anderes gewesen als ein Mann, ein Tempelritter, ein Getreuer Lysanders.

Und plötzlich war die alte Furcht wieder da. Bilder durchzuckten Auras Gedächtnis. Die erste Begegnung; der Schmerz, als die Direktorin sie an den Haaren zu Boden riß; die furchtbare Nacht, als sie Morgantus eines der Mädchen opferte. Alles kehrte zurück, überwältigte Aura mit seinen Schrecken. Sie hatte geglaubt, diese Ängste längst abgelegt zu haben, doch nun wurde sie eines Besseren belehrt: Sie war immer noch genauso anfällig dafür wie damals, vor über sieben Jahren.

»Gib mir die Waffe«, verlangte de Dion mit schnarrender Stimme. Auch er war älter geworden, sein Gesicht noch eingefallener. Unter dem weißen Templerhemd hoben sich seine Schulterknochen ab wie verbogenes Drahtgestänge.

Aura hob den Revolver, allerdings nicht, um seinem Befehl zu gehorchen. Statt dessen richtete sie die Mündung auf das Templerkreuz auf seiner Brust. Ihre Hand zitterte. Aura betete, er möge es nicht bemerken.

»Du zitterst«, sagte der Templer. »Du drückst nicht ab.«

De Dion stand weiterhin wie erstarrt in seiner Insel aus Licht, während um Aura nichts war als Finsternis. Jeden Augenblick erwartete sie, daß sich Hände aus dem Dunkel nach ihr ausstreckten, sie packten, zu Boden warfen.

Aber nichts rührte sich. War es möglich, daß de Dion ihr allein gegenübertrat?

Noch immer hatte sie Mühe, auch nur ein einziges Wort herauszupressen, geschweige denn ganze Sätze zu bilden. »Ich werde Sie töten«, sagte sie mit brüchiger Stimme. »Sie wissen, daß ich das kann.«

»Und?« Sein Gleichmut klang ungekünstelt. »Was hättest du davon?«

»Rache. Vielleicht Genugtuung.«

»Daran liegt dir nichts, Aura. Ich kenne dich besser, als du für möglich hältst.«

Je länger er sprach, desto ruhiger wurde sie. Seine Stimme zu hören nahm ihm ein wenig vom Anschein des Übernatürlichen, den seine schimmernde Erscheinung erweckte. Das Zittern in Auras Hand ebbte ab. »Wo ist meine Schwester?«

De Dion mochte bemerkt haben, daß es ein Fehler war, sich auf ein Gespräch mit ihr einzulassen. Allzu gut inszeniert war sein unheimlicher Auftritt, um ihn jetzt durch Gerede zunichte zu machen. »Die Waffe«, sagte er daher knapp und streckte die Hand aus.

Aura schüttelte entschieden den Kopf.

Ein fahles Lächeln huschte über die Züge des hageren Templers. Dann drehte er sich plötzlich um und trat aus dem Licht zurück in die Schwärze. »Folge mir«, verlangte er.

Sekundenlang zögerte Aura. De Dion führte sie in eine Falle, daran gab es gar keinen Zweifel. Andererseits: Wenn Lysander und Morgantus sie töten wollten, hätten sie es längst tun können. Und dem Templer nachzugehen war die einzige Möglichkeit, Sylvette wiederzusehen.

Sie schlug instinktiv einen Bogen um die Lichtsäule, in der de Dion gestanden hatte. Das war albern, aber es kam ihr vor, als könne seine Boshaftigkeit sie infizieren.

Sie sah ihn nur als schwarzen Scherenschnitt, der vor ihr durch die Dunkelheit eilte, sich finster von den Lichtfäden abhob. Schließlich näherten sie sich einem weiteren Streifen aus Helligkeit, und erst als sie kurz davor stehenblieben, erkannte Aura, daß es kein Strahl von oben war, sondern ein Spalt zwischen zwei hohen Torflügeln. Dahinter flackerte gelbliches Licht.

De Dion brauchte nicht anzuklopfen, man hatte ihn und Aura längst erwartet. Der linke Torflügel wurde nach innen gezogen. Zwei bewaffnete Männer in weißer Templerkluft erschienen im Schein einiger Wandfackeln. Die beiden warfen Aura finstere Blicke zu, sagten aber kein Wort. An ihren Gürteln hingen Schwerter, doch in den Händen hielten sie Gewehre, die zu der mittelalterlichen Atmosphäre des Klosters in bizarrem Kontrast standen.

De Dion schüttelte stumm den Kopf und gab ihnen mit einer Geste zu verstehen, die Waffen zu senken. Immer noch wortlos führte er Aura durch eine Halle, deren Wände wie der Korridor mit kruden Malereien geschmückt waren. An der einen Seite standen zwei zerwühlte Liegen, offenbar die Nachtlager der beiden Wächter. Außerdem standen neben einem zweiten Tor in der Stirnseite des Saales ein schlichter Holztisch und drei Stühle. Eine offene Feuerstelle in der Mitte verbreitete Wärme, obwohl die Flammen heruntergebrannt waren und nur noch einzelne Glutpunkte in der Asche leuchteten.

Aura konnte sich des Eindrucks nicht erwehren, daß die Halle für eine gewöhnliche Wachstube viel zu weitläufig war.

De Dion öffnete das zweite Tor. Dahinter lag ein enormes Treppenhaus. Sandfarbene Stufen, drei, vier Meter breit, schraubten sich spiralförmig in die Höhe. Kein Mensch war zu sehen.

»Wo führt die Treppe hin?« fragte Aura mit unterdrücktem Beben in der Stimme.

»Das ahnst du doch längst, nicht wahr?« meinte de Dion. Ein feines Lächeln teilte sein Totenkopfgesicht wie ein Schwertstreich.

Aura gab keine Antwort. In Wahrheit ahnte sie gar nichts. Alles, was sie allmählich begriff, war, daß das, was sie an ihrem Ziel erwartete, nichts mit ihren Vorstellungen gemein hatte.

»Geh allein dort hinauf«, sagte der Templer. »Du kannst die Waffe mitnehmen, wenn du darauf bestehst.«

»Sie werden hinter mir abschließen?«

»Natürlich. Deshalb bin ich hier.«

Sie verstand nicht wirklich, was er damit meinte, aber im Augenblick war das auch gleichgültig. Abermals packte sie den Revolver fester, sprach sich innerlich Mut zu und begann mit dem Aufstieg.

Zum ersten Mal seit Jahren spürte sie wieder ein scharfes Ziehen an den Innenseiten ihrer Schenkel. Sie hatte die restlichen Ringe nie entfernt.

Hinter ihr fiel das Tor mit einem ohrenbetäubenden Donnern ins Schloß. Der Riegel knirschte, schnappte ein. Doch die Schritte des Templers entfernten sich nicht. Im Geiste sah Aura ihn vor sich, schweigend, lauschend jenseits der Tür, wie ein Automat, dessen Funktionen allmählich erstarben.

Die Friedhofsinsel war das östlichste der fünf kleinen Eilande, die Schloß Institoris umlagerten. Gegen fünf Uhr am frühen Morgen legten die beiden Ruderboote an den felsigen Gestaden der Insel an, im Schutze der Dunkelheit und schwarzer Regenwolken, die Mond und Sterne verbargen. Der Seegang war noch stürmischer geworden, Gischt hatte die Kleidung der neun Männer durchtränkt, und sie alle froren erbärmlich. Daß sie es überhaupt bis zur Insel geschafft hatten, war Gillian und Bernardo zu verdanken, die sich je einer Bootsmannschaft angenommen und sie mit Aufmunterung, aber auch mit Schärfe vorangetrieben hatten.

Großmeister Lascari blickte ebenso unglücklich drein wie seine älteren Ordensbrüder. Auch er hatte nicht geglaubt, sich in seinem Leben noch einmal solchen Strapazen aussetzen zu müssen. Der stete Regen peitschte in ihre Gesichter, nahm ihnen die Sicht und den letzten Rest von Heldentum, zu dem sich die alten Ritter müde und widerwillig angespornt hatten.

Gillian wußte genau, wie es um seine Begleiter stand. Bernardo ausgenommen, war der einstige Tatendrang dieser Männer von Alter und Bequemlichkeit zunichte gemacht worden. Das grauenvolle Wetter und die beschwerlichen Umstände ihres Vorhabens waren nur die Endpunkte einer Kette von Trübsal und desillusionierenden Befürchtungen.

An der schloßabgewandten Seite der Friedhofsinsel zogen sie die beiden Boote zwischen die Felsen. Sie vertäuten sie, so gut es nur ging, und Lascari sprach ein Gebet, damit keine Schäden durch die harte Brandung entstanden.

Gebückt huschten die neun Männer über den Felsenkranz, der das Innere der Insel wie ein Kraterrand umgab. Regen und Dunkelheit verwehrten die Sicht auf das Gräberfeld und die überdachte Familiengruft in seinem Zentrum. Ein paar Einheimische hatten Bernardo von dem unterirdischen Gang zum Schloß erzählt. Die Ritter wußten nicht, ob auch Morgantus den Tunnel kannte, doch im Zweifelsfall zogen sie es vor, mit dem Schlimmsten zu rechnen. Entsprechend vorsichtig näherten sie sich der Gruft.

Alle neun, auch Gillian, trugen ihre weißen Templerhemden, darunter Hosen aus festem Leder. Gegen den Regen und als Tarnung im Dunkeln hatten sie ihre schwarzen Umhänge fest um die Oberkörper gezurrt. Gillian fand, daß vor allem die Hose seine Bewegungsfreiheit einschränkte. Er trug sie nur wegen der Lederschichten an Schenkeln und Schienbeinen, die Schutz vor Messerklingen und Streifschüssen boten. Auch unter den Hemden trugen die Ordensbrüder drahtdurchwirkte Lederpanzer. An jedem Gürtel hing ein leichtes Schwert, und alle verfügten über stahlverstärkte Halskrausen. Einige der Älteren hatten unter den weiten Kapuzen sogar halboffene Helme aufgesetzt. Mit Ausnahme Lascaris, der moderne Waffen strikt ablehnte, besaß jeder von ihnen einen Revolver, die meisten hielten ihn feuerbereit in der Hand.

Gillian und Lascari führten den Zug an, hinter ihnen ging Bernardo. Schweigend kletterten sie zwischen Felsen und Grabsteinen in den Talkessel hinab und erreichten endlich die Gruft. Die Tür war irgendwann eingetreten worden; man hatte sie nur halbherzig mit einigen Brettern ausgebessert. Bernardo drängte sich zwischen Gillian und dem Großmeister hindurch und warf sich mit seiner breiten Schulter kraftvoll gegen das Holz. Beim zweiten Versuch gaben die Bretter nach.

Eilig strömten die neun Männer in den kreisrunden Innenraum. Aufatmend schlugen sie ihre Kapuzen zurück, wischten sich Regenwasser und Schweiß aus den Augen. Gillian entzündete eine Fackel, ersparte sich aber einen Blick in die mißmutigen, vorwurfsvollen Gesichter der anderen. Statt dessen sah er zu, wie Bernardo voller Tatendrang daranging, die Falltür in der Mitte der Gruft aufzuhebeln. Von unten war offenbar ein Vorhängeschloß angebracht worden, doch es vermochte dem kräftigen Templer nur zwei, drei Minuten lang standzuhalten. Bald darauf stiegen sie der Reihe nach hinab in die Tiefe.

Es gab einige Laute der Abscheu, als die Templer die vermoderten Leichen entdeckten, die aus der Decke des Tunnels ragten. Gillian ließ sich nicht davon beeindrucken und suchte zielstrebig einen Weg durch das Gewirr. Lascari und Bernardo waren abermals die ersten, die ihm folgten, dann erst setzte sich der Rest in Bewegung.

Einer der Ritter trug unter seinem Umhang eine altmodische Armbrust. Gillian rief den Mann an die Spitze des Zuges und bat ihn, einen Bolzen voraus in die Finsternis zu schießen. Sie hörten in der Ferne den scheppernden Aufprall, jedoch kein weiteres Geräusch. Der Tunnel war leer.

Einige Minuten darauf fiel der flackernde Schein von Gillians Pechfackel auf grobgemeißelte Stufen. Sie führten in eine kleine Kapelle. Gillian ließ seinen Revolver im Gürtel stecken – er hatte Schußwaffen nie geschätzt, wenn er auch keine Stilfrage daraus machte wie Lascari – und zog ein langes Stilett hervor. Damals, als er noch Mörder im Auftrag Lysanders gewesen war, hatte er Waffen jeglicher Art abgelehnt und meist nur die bloßen Hände benutzt. Hier aber, angesichts einer Übermacht, war eine Bewaffnung unverzichtbar.

Einige der Templer schlugen im Angesicht des Altars hastige Kreuzzeichen. Gillian streckte die flache Hand aus und legte sie vorsichtig an das Holz des Kapelleneingangs. Er gab den anderen mit einem scharfen Zischen zu verstehen, sich nicht zu rühren, keinen Laut von sich zu geben. Er spürte nichts. Keine Vibration, keine Regung draußen auf dem Gang.

Leise öffnete er die Tür und spähte durch den Spalt hinaus in den Korridor. Eine einsame Gaslampe spendete trübes Licht. Keine Menschenseele weit und breit. Gillian löschte die Fackel in einem Weihwasserbecken, was ihm empörte Blicke der anderen einbrachte. Er bedeutete ihnen ungerührt, ihm zu folgen.

Draußen teilten sie sich in drei Gruppen. Gillian, Bernardo und ein dritter Templer, Bruder Giacomo, nahmen den Weg hinauf zum Dachboden; dort hofften sie am ehesten auf Morgantus zu treffen. Die zweite Gruppe, zu der Lascari gehörte, sollte herausfinden, ob die zehn Männer, die Morgantus mit auf die Insel gebracht hatte, das Schloß von der Außenseite bewachten. Korridore und Treppen sollten derweil von der dritten Gruppe gesichert werden.

Gillian kannte die Anlage von seinen geheimen Besuchen während der vergangenen Jahre recht genau, und er hatte sich ein weiteres Mal alles eingeprägt, als er Tess und Gian fortgeholt hatte. So fand er den Weg nach oben ohne jede Mühe. Dann aber wurde ihm seine Leichtfertigkeit fast zum Verhängnis. Die beiden Männer, die den Aufgang zum Speicher bewachten, entdeckte er erst, als es fast zu spät war. Sie lehnten flüsternd an gegenüberliegenden Wänden des Flurs, unweit des schmalen Durchgangs, der zu den Stufen führte, an deren Ende die Tür mit dem Pelikanrelief lag. Ein einzelnes Gaslicht beschien die Männer von hinten, zwei schwarze Umrisse in der Düsternis des Korridors.

Gillian hatte den Gang als erster betreten. Er wollte zurückspringen, als er die Männer entdeckte, doch da prallte von hinten bereits Bernardo gegen seinen Rücken und ließ ihn polternd nach vorne taumeln. Die Köpfe der beiden Wächter ruckten schlagartig herum, einer stieß einen Fluch aus. Nur Herzschläge später peitschten zwei Schüsse und verfehlten Gillian und Bernardo um Haaresbreite. Bruder Giacomo ging hinter der Ecke in Deckung. Noch ein Schuß ertönte. Bernardo keuchte auf. Gillian blieb keine Zeit, sich Gewißheit über den Zustand des Freundes zu verschaffen. Statt dessen rollte er sich am Boden ab, sprang in die Hocke und schleuderte in einer fließenden Bewegung das Stilett. Wie ein stählerner Blitz zuckte es auf einen der beiden Männer zu. Im Gegenlicht konnte Gillian nicht erkennen, wo es ihn traf. Der Wächter sackte zusammen und blieb reglos am Boden liegen.

Gillian wollte nach seinem Revolver greifen, doch der zweite Wächter war schneller. Zweimal flackerte Mündungsfeuer über die Wände des Korridors. Gillian entging beiden Kugeln nur, weil Bernardo sich von hinten gegen ihn warf und ihn unter der Masse seines Körpers begrub. Bernardo stieß einen dumpfen Schrei aus, als er getroffen wurde. Da aber sprang Giacomo hinter der Ecke hervor, legte mit seinem Revolver an und streckte den Schützen am anderen Ende des Flurs mit einem einzigen Treffer nieder.

Bernardo stöhnte vor Schmerz. Die erste Kugel hatte ihn nur an der Hüfte gestreift, die zweite aber war ihm zwischen die Rippen gefahren. Gillian rollte sich sachte unter ihm hervor und beugte sich dann voller Sorge über den Freund. Bernardos Blick war klar, aber seine Lippen bebten in dem vergeblichen Versuch, Worte zu formen. Gillian hielt seine Hand, drückte sie hilflos und aufmunternd zugleich, während er seinen Blick auf den Einschuß richtete.

Er betrachtete die Wunde noch sorgenvoll, als Giacomo mit belegter Stimme sagte: »Er ist tot.«

»Unsinn!« widersprach Gillian gereizt, doch als er in Bernardos Augen schaute, war der Blick des Templers gebrochen.

Der Korridor schien träge um Gillian zu pulsieren, enger, weiter, enger, weiter, als er den toten Freund mit Giacomos Hilfe in eines der

Zimmer zog. Sie falteten Bernardos Hände über seiner Brust und schlugen Kreuzeichen über dem Leichnam. Giacomo sprach ein leises Gebet. Sie wußten beide, daß die Schüsse Morgantus' Männer im ganzen Schloß alarmiert haben mußten, doch die Zeit für den Segen mußte sein. Bernardo hatte Gillians Leben gerettet. Er schuldete ihm weit mehr als nur ein hastiges Gebet.

Aus den Tiefen des Gebäudes erklangen Rufe und das Getrappel zahlloser Schritte. Gillian und Giacomo verabschiedeten sich von Bernardo und eilten zu den Stufen, die die beiden Männer bewacht hatten.

Sie hatten den engen Durchgang kaum erreicht, als vier schwarze Schemen den Flur hinab auf sie zuhuschten. Wie die beiden Toten trugen auch sie schwarze Hosenanzüge, waren mit uralten Templerschwertern, vor allem aber mit kurzläufigen Gewehren bewaffnet. Zwei von ihnen eröffneten das Feuer, während die beiden hinteren ihre Klingen blankzogen.

Die Tür des Durchgangs war aus den Angeln gebrochen. Jemand hatte sich bereits früher gewaltsam Zugang verschafft. Gillian und Giacomo sprangen hindurch. Dahinter herrschte Finsternis. Gillian gab seinem Ordensbruder einen Wink. »Lauf die Treppe hoch«, zischte er leise, »und mach dabei soviel Lärm wie möglich!«

Giacomo blickte ihn einen Augenblick lang irritiert an, dann begriff er. Mit weiten Sätzen hechtete er die Treppe nach oben, trat polternd von eine Holzstufe auf die nächste.

Derweil preßte sich Gillian mit dem gezogenen Schwert in der einen, dem gespannten Revolver in der anderen Hand neben den Türrahmen. Nur wenige Sekunden später erschien der erste von Morgantus' Männern im Durchgang. Im Treppenhaus brannte kein Licht, und so legte der Mann blind auf die oberen Stufen an, von wo ihm Giacomos Schritte entgegenschallten. Bevor er abdrücken konnte, rammte Gillian ihm das Schwert in die Seite. Schreiend brach der Mann zusammen. Die Nachfolgenden waren jetzt gewarnt. Trotzdem gelang es Gillian, einen weiteren Gegner mit einem Schuß in die Brust niederzustrecken. Die übrigen beiden aber blieben zurück, außerhalb von Gillians Blickfeld.

Ein Krachen ertönte, als Giacomo sich oben gegen die Speichertür warf. »Sie ist abgeschlossen!« rief er nach unten.

»Versuch sie aufzubrechen!« gab Gillian zurück. Wenn die Tür nicht nachgab, saßen sie in der Falle. Er konnte nichts weiter tun, als stehenzubleiben, abzuwarten und den Durchgang von innen zu verteidigen.

Eilig riß er das Schwert aus dem Leib des Sterbenden, der sekundenlang eine zitternde Hand nach ihm ausstreckte, bevor sie leblos zur Seite fiel.

Allmählich fand Gillian zu seinen alten Instinkten zurück. »Ich komme hoch!« rief er Giacomo zu, der sich im Dunkeln wieder und wieder gegen die verschlossene Speichertür warf.

Die beiden Männer auf dem Gang schienen Gillians Worten zu glauben. Er hörte, wie ihre Kleidung raschelte, wie sie näher an den Durchgang pirschten. Lautlos ging er in die Hocke, drehte dem Gang den Rücken zu. Dann, schlagartig, stieß er sich ab, federte rückwärts über den Boden des Korridors. Auf dem Rücken liegend feuerte er, ohne zu zielen, blind in die Richtung, in der er seine Gegner vermutete. Die erste Kugel traf den einen Mann ins Bein, er stolperte mit einem Aufschrei gegen seinen Gefährten und verschaffte Gillian so die Zeit, die Waffe ein weiteres Mal zu spannen. Der zweite Treffer war gezielter – und tödlich.

Gillian ließ den Revolver fallen und sprang auf. Dabei wäre er beinahe in die kreisende Klinge seines Gegners geraten. Gerade noch gelang es ihm, darunter wegzutauchen und sein eigenes Schwert nach oben zu reißen. Die feindliche Klinge prallte eine Handbreit über seinem Kopf gegen die Wand. Während Gillian einen weiteren geschickten Angriff mehr schlecht als recht parierte, bemerkte er das Blut an der Waffe seines Feindes. Die Erkenntnis traf ihn wie ein Schlag. Morgantus' Männer mußten bereits auf eine der beiden anderen Gruppen des Templum Novum gestoßen sein. Das Blut verriet deutlich, wie der Kampf entschieden worden war.

Aber Gillian blieb keine Zeit, um seine Brüder zu trauern. Der Mann erwies sich als ungemein versiert im Umgang mit dem Schwert. Eine tückische Reihe von Schlägen ließ dem Hermaphroditen keine Zeit zu einem eigenen Angriff. Zudem mochten jeden Augenblick die vier übrigen Gefolgsmänner Morgantus' auftauchen, bis dahin mußte das Gefecht entschieden sein.

Gillian wurde von der Gewalt eines neuerlichen Angriffs nach hinten geworfen. Sein Kopf krachte gegen die Wand. Grelle Farbpunkte tanzten durch seinen Schädel, grelle Schlieren nahmen ihm die Sicht. Angst überkam ihn. Es war vorbei.

Aber der tödliche Schlag blieb aus. Gillian sah, wie etwas an ihm vorüberwirbelte, dann zu Boden prallte. Eine Hand packte ihn, zog ihn mit sich. Als sich sein Blick lichtete, erkannte er, daß es Giacomo war. In einer Hand hielt er den Revolver. Gillians Gegner lag am Boden, eine Kugel hatte seinen Hinterkopf zertrümmert.

»Los, komm«, rief Giacomo. Dabei zerrte er ihn hinüber zur Treppe.

Der Hermaphrodit straffte sich mühsam. »Hast du ... hast du es geschafft?«

»Sicher.« Giacomos faltiges Gesicht verzog sich zu einem Lächeln. Mit der freien Hand rieb er sich die schmerzende Schulter. »Die Tür zum Dachboden ist offen.«

Aura ließ sich Zeit, während sie die steinerne Wendeltreppe hinaufstieg. Die gespannte Waffe in ihrer Hand hätte sie beruhigen müssen, doch statt dessen war genau das Gegenteil der Fall: Der Revolver erinnerte sie nur noch schmerzlicher an ihre Lage, an die Gefahr, das Risiko.

Die breiten Stufen führten stetig nach oben. Es gab keine Zwischenetagen, keine offenen Stockwerke. Die Wände waren fensterlos und aus dem gleichen sandfarbenen Stein wie die Stufen. Die einzelnen Blöcke waren grob behauen, als sei das ganze Gebäude in großer Eile entstanden – damals, vor siebenhundert Jahren.

Aura wußte, daß der Zahl Sieben seit jeher magische und alchimistische Kräfte nachgesagt wurden, und zum ersten Mal fragte sie sich, ob es Zufall war, daß diese Ziffer auch immer wieder Einfluß auf ihr Leben nahm: Siebenhundert Jahre waren seit dem ersten

Untergang des Templerordens vergangen, sieben Jahre seit Auras Kampf gegen Lysander – die selben sieben Jahre, die das Gilgamesch-Kraut benötigt hatte, um seine Reife zu entfalten.

Irgendwo über ihr, jenseits der Treppenbiegung, ertönte ein Geräusch. Das Rascheln weiter Stoffe. Aura blieb stehen. Ihr Atem stockte. Sie nahm all ihren Mut zusammen, drückte sich mit dem Rücken gegen die äußere Wand, zielte mit dem Revolver zur Biegung empor.

Der Schein der Fackel, die am Fuß der Treppe in einer Wandhalterung brannte, war weiter unten zurückgeblieben; nur ein schwaches Schimmern drang noch herauf. Jetzt aber wurde das Dämmerlicht von einem Glimmen erhellt, das sich von oben her näherte. Das fahle Flackern projizierte einen Schatten auf die Wand, erst nur ein formloser Schemen, der sich aber im Näherkommen mehr und mehr zu den Umrissen einer Gestalt verdichtete. Leichtfüßige Schritte ertönten.

Dann fragte eine zaghafte weibliche Stimme: »De Dion? Sind Sie das?«

Eine Hand, die eine Kerze hielt, erschien hinter der Treppenbiegung, gefolgt von einem schlanken Arm. Ein weißes Kleid. Langes, lockiges Haar, hellblond an den Wurzeln, schwarz an den Spitzen, die Färbung zur Hälfte herausgewachsen. Ein schmales, verletzliches Gesicht. Dunkle Ringe unter hellblauen Augen.

»Sylvette?« fragte Aura vorsichtig, und dann, als sie das plötzliche Erkennen im Blick der jungen Frau entdeckte, noch einmal: »*Sylvette!*«

Sie ließ die Waffe sinken, sprang die letzten Stufen hinauf und schloß ihre Schwester in die Arme. Sylvette war für einen Augenblick starr und teilnahmslos vor Schreck, dann aber ließ sie schlagartig die Kerze fallen und erwiderte die Umarmung voller Freude, lachend und weinend zugleich. Auch Aura schossen die Tränen in die Augen. Eine halbe Minute lang konnte sie an nichts anderes denken als daran, Sylvette endlich wiedergefunden zu haben. Keinen Gedanken verschwendete sie an diesen Ort, an de Dion, an das, was vorher geschehen war. Sie spürte Sylvette in ihren Armen, ihr helles Gelächter an ihrem Ohr, so erleichtert, so begeistert, und das war alles, was in diesen Augenblicken zählte.

Irgendwann lösten sie sich wenigstens soweit voneinander, daß sie einander in die Gesichter blicken konnten. Die Ringe unter Sylvettes Augen und ihre eingefallenen Wangen versetzten Aura einen Stich, genau wie die Furchtsamkeit in ihrem Blick, die Hilflosigkeit, die Suche nach einem Rat, den niemand ihr geben konnte. Und doch: Es war Sylvette, mit jeder Faser, mit jeder Regung, jedem Laut! Sogar ihr kindliches Lachen war das gleiche geblieben.

»Was machst…« – Sylvette verschluckte sich beim Sprechen – »ich meine, was tust du hier?«

Ein Wirrwarr von Worten, möglichen Erklärungen, Beteuerungen, sogar Entschuldigungen, toste durch Auras Kopf. Doch als sie schließlich die Sprache wiederfand, sagte sie nur: »Ich bringe dich nach Hause.«

»Nach… Hause?«

Mit bebender Stimme sagte Aura: »Ins Schloß. Zu Tess. Und zu Mutter.«

Ein trauriges Lächeln spielte um Sylvettes kleinen Mund. Zum ersten Mal bemerkte Aura, daß er aussah wie eine knospende Rosenblüte – oder eine, die bereits welkte. »Mutter«, wiederholte Sylvette voller Wehmut. »Wie geht es ihr?«

Es fiel Aura schwer, darauf eine Antwort zu finden. »Ich glaube, sie vermißt dich.«

»Und Nestor?« Sie nannte ihn nicht Vater.

Dann weiß sie es also, dachte Aura.

»Er ist gestorben. Schon vor Jahren.«

Sylvette blickte plötzlich an Aura vorüber. »Wo ist de Dion?« fragte sie, und ihre Stimme klang dabei hohl und verängstigt. »Hast du ihn gesehen?«

Aura nickte langsam. »Er ist unten.«

Sylvette schaute sie an, forschte inständig in Auras Augen nach etwas, das sie nicht finden konnte, einem Hoffnungsschimmer vielleicht, der über die momentane Erleichterung hinausging.

Dann endlich sprach sie wieder, aber ihre Stimme klang hölzern. »Dann bist auch du seine Gefangene.«

Aura überspielte ihre Verzweiflung. »Wir werden schon einen Weg finden, hier rauszukommen.« Und mit einem schalen Lächeln setzte sie hinzu: »Wir sind jetzt zu zweit, vergiß das nicht.«

»Zu dritt«, sagte Sylvette.

»Um so besser.«

Sylvette drehte sich um und hob die Kerze vom Boden; sie brannte noch. »Laß uns nach oben gehen. Wir haben getrocknete Früchte, falls du Hunger hast.«

Den hatte Aura tatsächlich, aber es erschien ihr falsch, jetzt ans Essen zu denken. Sie mußten Pläne schmieden, Gedanken sortieren, Ideen sammeln – alles, um diesem Gemäuer zu entfliehen.

Dreißig, vierzig Stufen später erreichten sie das obere Ende der Treppe. Vor ihnen öffnete sich ein Gang, fünf Meter breit, erhellt von zahllosen Kerzen, die in sonderbaren Mustern am Boden und auf Absätzen in den Wänden standen. Es mußten Dutzende sein, und ihr Flackern setzte sich bis weit zum anderen Ende des Korridors fort. Etwa fünfzehn Meter vor ihnen befand sich jeweils im Boden und in der Decke eine runde, brunnengroße Öffnung, durch die graues Tageslicht hereinfiel. Die Wände rückten auf dem Weg dorthin enger zusammen.

Noch einmal glitt Auras Blick über die Kerzenreihen rechts und links des Ganges. Einen Moment lang schien es ihr, als seien sie in der Form von Schriftzeichen aufgestellt. Dann aber waren es doch nur einfache Muster, manche zackig, andere gerundet.

»Das ist ... sehr schön«, sagte sie stockend. Sie fürchtete, daß es wenig überzeugend klang.

Sylvettes Gesichtsausdruck aber hellte sich auf. Sie freute sich über das Lob. »Es gibt so wenig anderes, womit man sich hier oben die Zeit vertreiben kann, weißt du.« Es klang fast ein wenig beschämt, was Aura zum Anlaß nahm, das Lob noch einmal zu unterstreichen.

»Ja, wirklich«, sagte sie, »das sieht wunderschön aus. Woher nimmst du all die Kerzen?«

»Kerzen sind das einzige, wovon wir immer genug haben. De Dion bringt sie uns kistenweise. Das Gebäude war mal ein Kloster. Irgendwann hat man wahrscheinlich ganze Schiffsladungen von Kerzen hier eingelagert.« Sie lächelte, fast ein wenig wie früher. »Vermutlich reichen sie noch für ein paar hundert Jahre.«

Sie setzte sich wieder in Bewegung und führte Aura den Gang hinunter, auf die Öffnungen in Boden und Decke zu. Die Kerzen verbreiteten angenehme Wärme, doch je näher sie nun den beiden Löchern kamen, desto kühler wurde es. Aura entdeckte, daß die Öffnungen eine Kreuzung markierten; rechts und links zweigten Gänge ab.

Aura beugte sich zögernd über den Rand der Bodenöffnung, blickte hinab in die Tiefe. Es gab kein Geländer, nichts zum Festhalten, und wie ein Hagelschauer überkam sie die Angst, ihr Körper könne sich verselbständigen und gegen ihren Willen in den Abgrund springen. Fast panisch trat sie einen Schritt zurück.

Längst hatte sie erkannt, wo sie sich befanden. Schon vom Berg aus hatte sie die kreuzförmige Brücke über dem Hof des Klosters gesehen, doch jetzt in ihrem Inneren zu stehen, inmitten der beiden Gänge, die sich über dem Abgrund kreuzten, war ein beängstigendes Gefühl. Der Boden des Hofes ertrank in Düsternis.

»Wo ist der andere Gefangene, von dem du gesprochen hast?« fragte sie. »Und wo steckt eigentlich Lysander?«

Sylvette trug immer noch die halb heruntergebrannte Kerze, obwohl es hier oben doch hell genug war. Sie legte den Kopf leicht schräg, während sie Aura ansah und zu einer Antwort ansetzte.

Doch ein anderer kam ihr zuvor. »Hier – und hier«, sagte eine Stimme aus dem Dunkel der rechten Abzweigung. Dort brannten keine Kerzen, und das Licht der Kreuzung reichte nur wenige Schritte weit. Die Finsternis geriet in Wallung, wie ein stilles Gewässer, in das ein Stein fällt. Ein Umriß formte sich aus den Schatten. Jemand trat aus der Dunkelheit an den Rand des Lichtkreises.

Aura wirbelte herum und machte einen Satz nach links, bis sich die Öffnung im Boden zwischen ihr und dem Mann befand. Sie riß den Revolver hoch, zielte in die Schwärze.

Sylvette starrte sie aus großen Augen an. »Was tust du?« fragte sie entsetzt und deutete mit der Kerze auf die Waffe.

Der Mann kam immer noch näher, blieb erst zwei Schritte vor der Öffnung stehen. Der Tageslichtschimmer traf ihn von unten, schuf harte Schatten auf seinen Zügen. Von links und rechts umspielte ihn der gelbe Kerzenschein.

Und alles war ganz anders, als Aura es sich ausgemalt hatte.

Lysander war krank, das sah sie trotz der sonderbaren Lichtverhältnisse. Kein strahlender Jüngling, dem die Alchimie über Jahrhunderte Kraft und Anmut erhalten hatte. Sein Körper war schwach und leicht vornübergebeugt von den Gebrechen hohen Alters. Müde stützte er sich auf einen Stock. Sein Gesicht aber, wenn auch eingefallen und grau, wirkte nicht älter als das eines Vierzigjährigen. Die Wangen waren wie ausgehöhlt, doch das mochte an den Schatten liegen. Seine Haut glänzte, schimmerte fast transparent. Dadurch entstand der Anschein, dies sei nicht Lysander selbst, sondern vielmehr sein Abbild aus Wachs. Sein Haar war braun mit einem Stich ins Graue. Offenbar war es seit Jahren nicht geschnitten worden; es hing ihm bis auf die Schultern herab, war aber säuberlich gebürstet. Seine Augen waren zu groß, um anziehend zu sein, fast als habe sich die Haut rundherum um einige Millimeter zurückgezogen. Er wirkte weder überlegen noch bösartig. Nicht einmal verschlagen. Aber das mochte täuschen.

»Du hast mich gesucht, Aura Institoris«, sagte er leise, »und hier bin ich. Eine Enttäuschung, nicht wahr?«

Sein Anblick mochte zwar nicht dem entsprechen, was sie erwartet hatte, doch ihr Haß, ihr Zorn, ihre Abscheu waren ungebrochen. Sie spürte den kühlen Abzug des Revolvers am Zeigefinger, ein Gefühl, das sie genoß. Sie war hergekommen, um ihn zu vernichten – dieser Antrieb war mindestens ebenso groß wie jener, Sylvette zu befreien. Und sie dachte gar nicht daran, ihn allein aufgrund seines Aussehens zu verschonen.

Dann aber sah sie wieder die Angst in Sylvettes Augen und verstand die Welt nicht mehr. Es war Angst vor ihr, Aura, nicht vor Lysander.

Hastig huschte Auras Blick wieder hinüber zu dem Alchimisten, der nur noch vier Schritte von ihr entfernt stand, jenseits des Abgrunds. »Was haben Sie meiner Schwester angetan?« fragte sie bitter. Jedes Wort fiel ihr schwerer als das vorangegangene. Alles in ihr war darauf ausgerichtet, ihn zu töten, nicht mit ihm zu sprechen.

Das uralte Wesen erwiderte ihren Blick mit großer Ernsthaftigkeit. »Warum fragst du mich? Frag deine Schwester, wenn du eine Antwort darauf suchst.«

Sylvette machte einen Schritt auf Aura zu. Bittend streckte sie die freie Hand nach ihr aus. Einen Moment lang fürchtete Aura, Sylvette wolle versuchen, ihr die Waffe zu entreißen, doch sie tat nichts dergleichen. Statt dessen erschienen wieder Tränen in ihren Augen. »Warum bist du gekommen, Aura? Nur, um meinem Vater weh zu tun?«

Alles, was ihr darauf einfiel, war die Wahrheit. »Er hat den Tod verdient. So viele Menschen mußten sterben, damit er leben konnte, so viele –«

»Das ist wahr«, wurde sie von Lysander unterbrochen. »Ich *habe* den Tod verdient, und wenn er kommt, werde ich ihm freudig die Hand reichen und ihn begrüßen wie einen alten Feind, mit dem man endlich Frieden schließt.«

Sylvette blickte abwechselnd von einem zum anderen. Unverständnis flackerte in ihrem Blick. Heißes Wachs rann von der Kerze über ihre Finger, aber sie schien es nicht zu bemerken. »Warum redet ihr beide vom Sterben?« Sie klang jetzt wieder wie ein Kind. »Und warum zielt Aura mit einer Waffe auf dich, Vater?«

»Sylvette, mein Schatz«, sagte er, »deine Schwester glaubt, daß sie einen guten Grund hat, mich zu töten.«

Aura lachte auf, freudlos und voller Schmerz. »Ich habe mehr Gründe, als ich aufzählen kann. Sie tragen die Schuld daran, daß mein Bruder Daniel starb. Gillian, der Vater meines Sohnes, ist tot, weil Sie es so wollten – und ich wäre es auch, hätte Gillian sich nicht gegen Ihren Befehl gewandt. Tot wie mein Vater und der alte Puppenaugenmacher in Paris.« Sie zögerte kurz, dann fügte sie leiser hinzu: »Tot wie Christopher.« Aber die Trauer um ihn war noch zu

453

frisch, um sie als Trumpf auszuspielen. Gefaßter fragte sie: »Sind das genügend Gründe für Sie, Lysander?«

Sylvette kam ihm zuvor. »Christopher ist tot?«

»Er liegt draußen vor dem Kloster. Er wäre jetzt bei uns, hätte dein Vater es nicht anders gewollt.« Das war nicht ganz richtig, aber sie war viel zu aufgebracht, um das jetzt noch auseinanderzuhalten.

Die Nachricht schien Sylvette tief zu treffen. Sekundenlang sagte niemand ein Wort, nicht einmal Lysander versuchte noch, sich zu verteidigen.

Schließlich war es wieder Sylvettes zarte Stimme, die das Schweigen brach. »Es war Morgantus«, sagte sie und blickte Aura fest in die Augen. »Immer nur Morgantus.«

»Was soll das heißen?«

»Daß ich meinen Teil der Schuld auf mich geladen habe«, sagte Lysander, »große Schuld sogar – und daß doch nichts von dem, was du mir vorwirfst, auf meine Veranlassung hin geschah. Die Stimme, die du damals in Wien gehört hast, der Mann, der Gillian seinen Auftrag gab und das Schreiben an ihn in meinem Namen aufsetzte – das war Morgantus. Und er war es auch, auf dessen Befehl hin all diese Morde geschahen.«

»Das soll ich glauben?« Der Abzug zog Auras Finger an wie ein Magnet. Daß Lysander jetzt versuchte, alle Schuld auf einen anderen abzuwälzen, vertiefte nur ihre Verachtung für ihn.

»Du mußt ihm vertrauen«, flehte Sylvette; sie versuchte den Schild, den Aura um sich errichtet hatte, zu durchbrechen. »Was er sagt, ist die Wahrheit.«

»Er hat dich belogen«, beharrte Aura. »Ich weiß nicht, was er mit dir gemacht hat, aber du kannst die Dinge offenbar nicht mehr so sehen, wie sie sind.« Dann dämmerte es ihr. »Ist es wegen Tess? Bist du deshalb auf seiner Seite?«

»Geht es ihr gut?« fragte Sylvette besorgt.

»Besser jedenfalls als dir und mir.«

Lysander kam noch einen Schritt näher. Die Spitze seines Stocks verursachte ein helles Klacken auf dem Steinboden. Abermals verschoben sich die Schatten auf seinem Gesicht, wurden länger, dunkler.

»Tess ist tatsächlich meine Tochter«, sagte er ernsthaft. »Und ich liebe sie ebenso wie Sylvette. Was geschehen ist, geschah nicht nach meinem Willen. Es war –«

»Morgantus, natürlich«, sagte Aura voller Zynismus.

»Ich verstehe deinen Zorn, Aura«, sagte der alte Mann beschwörend, »aber glaube mir, er trifft den Falschen.«

»Eine Lüge wird nicht dadurch glaubwürdiger, daß man sie so oft wie möglich wiederholt.«

Der Ausdruck auf Sylvettes Gesicht hätte Aura warnen müssen. Doch die Erkenntnis kam zu spät. Plötzlich holte ihre Schwester aus und schleuderte ihr mit aller Kraft die Kerze ins Gesicht. Sie traf Aura unter dem linken Auge, mit dem heißen Wachs zuerst. Sie schrie auf, stolperte zurück – und drückte ab.

Ein hohles Schnappen.

Kein Mündungsblitz. Keine Kugel.

Alle drei starrten auf die Waffe. Niemand sagte ein Wort. Aura preßte ihre Hand auf das geprellte Auge, aber in Wahrheit spürte sie den Schmerz kaum. Sie schoß noch einmal, zielte dabei auf die Öffnung im Boden. Nichts – nur das metallische Schnappen des Hahns.

Die Swanen hatten ihr leere Patronen verkauft. Alles war geplant gewesen, von Anfang an. De Dion mußte es gewußt haben. Nur deshalb hatte er gestattet, daß sie die Waffe behielt.

Mit einem Fluch schleuderte Aura den Revolver in die Tiefe. Schnell, ohne einen Laut, verschwand er im Finsterdunst des Abgrunds. Dann schaute sie Sylvette an. Traurig, enttäuscht, aber ohne ein Wort des Vorwurfs.

Sylvette gab sich Mühe, dem Blick ihrer Schwester standzuhalten. Es gelang ihr nicht allzu gut. »Er ist mein Vater«, sagte sie gedämpft. »Und er hat es verdient, daß du ihm zuhörst.«

Aura stieß scharf die Luft aus, schloß sekundenlang die Augen, sah nichts als wirres Farbenzucken. Dann blickte sie wieder Lysander an. Sie standen jetzt alle drei rund um die Öffnung, keiner mehr als einen Schritt von der lockenden Tiefe entfernt.

»Gut«, sagte Aura leise, »fangen Sie an.«

***

455

Ob der Dachboden wirklich verlassen war, ließ sich nicht mit Bestimmtheit sagen. Zumindest erweckte er diesen Anschein.

»Hier ist keiner«, sagte Giacomo, doch sein Flüsterton verriet, daß er seinen eigenen Worten mißtraute. Gillian schätzte den Ordensbruder auf Anfang Sechzig, aber im Augenblick sah er zehn Jahre älter aus.

Gillian ließ seinen Blick vom Eingang aus über das tropische Dickicht schweifen. Möglich, daß sich darin jemand verbarg. Im Laboratorium zumindest, das er von hier aus gut einsehen konnte, war niemand. Der Durchgang zu Nestors Bibliothek stand offen; auch dort gab es zahlreiche Verstecke. Was ihn aber stutzig machte, war die Tatsache, daß er Morgantus nach allem, was er über ihn gehört hatte, nicht für jemanden hielt, der sich vor seinen Gegnern in dunkle Ecken verkroch. Wo also steckte der Alchimist, und was, zum Teufel, heckte er aus?

»Sollen wir uns trennen, oder –«, begann Giacomo, aber Gillian schnitt ihm mit einem heftigen Kopfschütteln das Wort ab.

»Wir bleiben zusammen«, entschied er.

Da die Bibliothek keinen zweiten Ausgang besaß, beschlossen sie, zuerst das Dickicht zu durchforsten. Ein Vorhaben, das sich als mühsamer erwies als erwartet. Sogar das Kräuterbeet im Zentrum des Gartens war hüfthoch mit Unkraut überwuchert und mußte Stück für Stück abgeschritten werden. Was hier einmal angepflanzt oder gesät worden war, ließ sich zwischen wildem Gras, Brennesseln und Löwenzahn nicht mehr erkennen.

Als gewiß war, daß Morgantus sich nirgendwo im Unterholz verbarg, machten sie sich daran, die Bibliothek zu sichern. Doch auch zwischen den alten, staubigen Regalen entdeckten sie keine Menschenseele. Einige Bücher waren achtlos hervorgezogen und zu Boden geworfen worden; sie lagen dort wie tote Vögel mit gespreizten Flügeln.

Schließlich kehrten sie in den vorderen Teil des Dachbodens zurück. Über dem Glasdach war der Tag angebrochen. Gillian wußte nicht, wie lange er und Giacomo sich jetzt schon hier oben aufhielten. Es mochten zwanzig Minuten oder auch zwei Stunden sein. Die

Tatsache, daß keine weiteren Getreuen des Alchimisten aufgetaucht waren, machte ihm Hoffnung. Vielleicht war zumindest Lascaris Gruppe an der Außenseite des Schlosses erfolgreich gewesen. Möglicherweise hatte der Großmeister auch Morgantus längst entdeckt, und sie vertaten hier oben nur ihre Zeit.

»Gehen wir«, sagte er und wandte sich zur Tür. Giacomo war sichtlich froh darüber. Trotz seines Alters und seiner Müdigkeit schien ihm nicht wohl dabei zu sein, die anderen Templer sich selbst zu überlassen.

Für den Fall, daß doch noch einige von Morgantus' Männern am Leben waren, wählten sie nicht den Weg, den sie gekommen waren, sondern stiegen durch das westliche Treppenhaus zum Erdgeschoß hinab. Auf halber Höhe entdeckten sie drei ihrer Ordensbrüder, von den Schwertern der Feinde niedergemäht, mit verdrehten Gliedern und verzerrten Gesichtern. Einer hing über dem Geländer; der zweite lag schräg auf den Stufen, den Kopf fast von den Schultern getrennt; der dritte war die Treppe hinabgerutscht und erst einige Meter tiefer von der Biegung der Wand aufgehalten worden.

Giacomo bestand darauf, die Leichen würdevoll auf ebenem Boden aufzubahren und ihnen den letzten Segen zu geben. Gillian wollte ihm beistehen, doch ihm gefiel die Ruhe nicht, die das Schloß von oben bis unten durchdrang; nirgends regte sich etwas, hinter keiner Tür, auf keinem der langen, düsteren Flure. Die Stille war gespenstisch. Giacomo bemerkte Gillians Sorge und ermunterte ihn, die Suche nach Lascaris Gruppe allein fortzusetzen; er selbst wolle nachkommen, sobald er den Seelenfrieden der toten Brüder gewährleistet hatte. Etwas in Gillian sträubte sich gegen diese Entscheidung, doch schließlich gab er nach und ließ Giacomo zurück.

Wenig später entdeckte er die drei anderen Brüder im Freien, jenseits des Zypressenhaines. Lascari lag mit einer blutenden Beinwunde am Rand des kleinen Hafenbeckens. Er schien starke Schmerzen zu haben, war aber bei Sinnen. Ein zweiter Bruder kauerte neben ihm und mühte sich, Lascaris Bein oberhalb der Verletzung abzubin-

457

den. Das dritte Mitglied der Gruppe war tot; sein Schädel trieb im Wasser, gleich neben dem Leichnam eines von Morgantus' Männern. Drei weitere Gefolgsleute des Alchimisten lagen leblos zwischen der Bucht und den vorderen Zypressen.

Lascari sah Gillian aus dem Schatten der Bäume treten. »Wir haben sie besiegt«, keuchte der Tempelherr schmerzerfüllt. »Es war ein ehrenvoller Kampf.«

»Daran zweifle ich nicht.« Gillian ging neben ihm in die Hocke und beugte sich über die Wunde. Von nahem sah sie noch schlimmer aus.

»Er hat viel Blut verloren«, sagte der Mann an der Seite des Großmeisters. »Aber ich glaube, er kommt durch, wenn sich innerhalb der nächsten ein, zwei Stunden ein Arzt um ihn kümmert.«

Gillian nickte düster. »Nimm eines der Boote, und bring ihn an Land. Im Dorf gibt es alle Hilfe, die er braucht.«

»Nein«, preßte Lascari zwischen blutleeren Lippen hervor. »Morgantus ist immer noch irgendwo auf der Insel.«

»Laß das meine Sorge sein, Bruder«, sagte Gillian sanft.

»Nein«, widersprach Lascari noch einmal, schon unverständlicher. »Ich muß –«

»Du mußt überleben, Bruder, nichts sonst«, sagte Gillian, stand auf und wandte sich an den anderen Templer. »Bring ihn an Land, schnell. Sonst stirbt der Orden zusammen mit seinem Großmeister.«

Im selben Moment ertönten hinter ihnen Schritte. Gillian fuhr herum, bereit, sein Leben für Lascari zu lassen.

Doch die Gestalt, die zwischen den Zypressen hervortrat, war Giacomo. Mit einem Blick erfaßte er, was geschehen war.

»Fahr mit ihnen«, bat Gillian. »Der Meister muß zu einem Arzt.«

Giacomo nickte stumm, und diesmal widersprach auch Lascari nicht mehr – er hatte das Bewußtsein verloren.

Wenig später stachen die drei Männer mit einem Ruderboot in See. Lascari lehnte mit dem Rücken im Bug und hatte die Augen geschlossen, während sich die beiden Männer in die Riemen legten. Gillian wartete ab, bis die Jolle die steinernen Löwenpfosten an der

Einfahrt des Hafenbeckens passiert hatte, dann drehte er sich um und lief zurück zum Schloß.

Als erstes suchte er Charlottes Gemächer auf. Sie waren leer, und das bestätigte seine Vermutung.

Er wußte jetzt, wo er Morgantus finden würde.

Lysanders Stimme klang von Minute zu Minute schwächer. Das Sprechen strengte ihn an, gewiß, aber es war die Erinnerung selbst, die ihm den Rest seiner Kräfte nahm. Ausgiebig schilderte er die Umstände seiner ersten Begegnung mit Morgantus, ohne dabei zu verschweigen, welche Verbrechen er im Auftrag des Tempelherrn begangen hatte.

Auras Ekel wuchs, als sie von all den Mädchen hörte, die Lysander seinem Meister zugeführt hatte. Zugleich aber verwischten die Jahrhunderte den Schrecken dieser Taten.

»Morgantus hat mich angelogen«, behauptete Lysander erschöpft. »Er hat bereits damals, bald nach unserem ersten Treffen, behauptet, er habe das Lebenselixier gefunden, und es sei lediglich nötig, die Wirkung aufzufrischen. Die Wahrheit aber war, Morgantus war ebenso sterblich wie ich und Nestor und jeder andere. Erst Jahre nachdem er mich als seinen Gehilfen angenommen hatte, erkannte er das wahre Arkanum. Auch andere haben es versucht, immer und immer wieder, und doch waren ihre Mühen vergeblich. Ich weiß nicht, wie Morgantus hinter das Geheimnis kam, nicht einmal, wann genau das geschah – und doch, er hat es vollbracht.«

Lysander schüttelte gedankenverloren den Kopf und klopfte sachte mit dem Stock auf den Rand der Bodenöffnung. »Die Lösung des Rätsels lag nicht in der Konsistenz des Blutes, wie Morgantus lange Zeit angenommen hatte, auch nicht allein im Geschlecht der Opfer. Tatsächlich war es ihre Herkunft. Blut war die wichtigste aller Zutaten, aber es mußte besonderes Blut sein.« Er blickte auf und sah Aura in die Augen. »Die Regeln der Alchimie – oder wollen wir in diesem Falle sagen: der Magie? – sind undurchschaubar. Es waren jahrelange Experimente, die Morgantus irgendwann auf die richtige

Spur brachten. All die Mädchen, die sterben mußten, waren nur kleine Schritte auf dem Weg zur Lösung.«

»Welcher Lösung?« fragte Aura leise, obgleich sie es ahnte.

»Es mußte das Blut der eigenen Tochter sein. Immer wieder der eigenen Tochter. Eine Kette von Vergehen an eigenem Fleisch und Blut, die sich durch die Jahrhunderte zieht. Morgantus hat es getan, und ich ebenso. Und dein Vater, Aura. Nestor hat es noch lange vor mir erfahren, als er die Aufzeichnungen über Morgantus' Forschungen stahl und verschwand. Der Alchimist zeugt ein Kind mit seiner eigenen Tochter. Bis dahin muß sie jungfräulich bleiben, und das Kind, das sie gebiert, muß wiederum ein Mädchen sein, um die Kette fortzusetzen. Irgendwann wird auch diese Tochter ein Mädchen zur Welt bringen, und jenes wiederum ein Mädchen, und das nächste ebenso. Und immer ist der Alchimist der Vater.«

»Und die Mütter werden nach der Geburt getötet.« Aura war atemlos vor Abscheu und Grauen.

»Ja«, bestätigte Lysander. »Ihr Blut ist die wichtigste Zutat, der Quell des Arkanums, die Basis des Elixiers. In ihrem Blut liegt das Geheimnis des ewigen Lebens.«

Aura spürte, wie der Schock sie einlullte. Sie wurde ganz gelassen, ganz entspannt. Hörte zu und versuchte, zu begreifen. Nachzuvollziehen. Sogar Verständnis aufzubringen.

Lysander stützte sich mit beiden Händen auf den Stock. Aus dem Abgrund fegte ein Luftzug empor und trieb sein langes Haar auseinander wie einen Wirbel aus Spinnenfäden. »Wir alle haben generationenlang Töchter gezeugt, und mit ihnen abermals Töchter. Waren die Kinder männlich, mußten sie sterben, und das Experiment begann von neuem. Manchmal war es ein Glücksspiel. Ich wurde wie Morgantus, nachdem ich einmal die Möglichkeiten erkannt hatte. Ich zeugte, ich tötete. Dutzende Male, in jeder Generation von neuem. Und ich wurde unsterblich. So wie Morgantus. So wie Nestor.«

»Bis Sie die Kette durchbrachen ...«

»Mit Charlotte, ja. Sylvette war die erste meiner Töchter, die nicht im Inzest entstand, deren Mutter nicht zugleich meine Tochter war.

Ich will ehrlich sein, Aura, und deiner Schwester habe ich es ohnehin längst gestanden: Ich verführte Charlotte, um Nestor zu demütigen. Jahrhundertelang haben Morgantus und ich nach ihm gesucht, und als wir ihn endlich fanden, da war er das Oberhaupt einer Familie, der Herr eines Schlosses – früher hätte man gesagt: ein Edelmann. Wir wurden krank vor Neid. Wir selbst waren Mönche gewesen, Tempelritter, wenn auch vom Glauben abgefallen. Wir hatten angenommen, Taten, wie wir sie begingen, seien nur unter dem Mantel des Ordens möglich, vollbracht in einsamen Klöstern und Abteien, fern vom Pulsschlag der Welt in völliger Geheimhaltung, Armut und Gelehrsamkeit. Wir hatten unsere Töchter, aber nie Familien, nie Geborgenheit, nie Harmonie. Und dann sahen wir Nestor wieder, nach all der Zeit, und sein Lebensstil sprach allem Hohn, an das wir geglaubt hatten. Er hatte die Zeit, die ihm das Elixier geschenkt hatte, trefflich genutzt: Er besaß größeren Reichtum, als er je hätte ausgeben können, er war weltmännisch, gerngesehener Gast der besseren Gesellschaft, ein Charmeur. Einer, den jeder liebte, egal ob Frau oder Mann.« Lysander lachte auf, verbittert und voller Hohn. »Nestor hatte Jahrhunderte gelebt, während er sich diese Eigenschaften aneignete – und er hatte gelernt, wie es möglich war, in jeder Generation eine neue Identität anzunehmen, ohne seinen Besitz zu verlieren. Kein armseliger Einsiedler wie Morgantus und ich. Ein Lebemann, eine Persönlichkeit. Und ein Genie.«

Lysander machte eine Pause und warf Sylvette einen Blick zu. Sie bestärkte ihn mit einem zaghaften Lächeln, fortzufahren.

»Ja, Aura«, sagte er, »bei allem Pomp, den er um seine Person auftürmte, war dein Vater ein wahres Genie, das Morgantus in den Belangen der Alchimie haushoch übertroffen hat. Ich selbst habe, um ehrlich zu sein, nie viel von diesen Dingen verstanden, wenigstens nicht die spirituelle, die philosophische Seite. Morgantus besaß zwar den nötigen Verstand, aber nicht die geistige Beweglichkeit. Als wir Nestor wiedertrafen, war Morgantus' Wissen immer noch auf demselben Stand wie sechs Jahrhunderte zuvor. Er hat sich nie fortentwickelt, hat nie, nachdem er einmal die Lösung kannte, nach anderen, besseren Wegen geforscht. Nestor aber war anders. Nachdem er die eine Kunst gemeistert hatte, machte er sich daran, sie mit der nächsten noch zu übertreffen.«

»Die Suche nach dem Gilgamesch-Kraut«, flüsterte Aura über den Abgrund hinweg.

»Unsterblichkeit, ohne den Tod anderer dafür in Kauf nehmen zu müssen, ohne Inzest oder Morde, ohne sich selbst Tag für Tag noch tiefer zu verachten. Das war es, was Nestor wollte! Das war sein Ziel! Und, glaube mir, Aura, es würde mir nicht gelingen, den Neid zu beschreiben, der in Morgantus und mir entflammte. Wir wollten besitzen, was er besaß, mehr noch, was er in Zukunft besitzen würde! Damals nahmen wir Abschied vom Klosterleben und gingen nach Wien. Vor allem Morgantus begann, gewisse Elemente der dortigen Unterwelt auf seine Seite zu ziehen, und zum ersten Mal entwickelte er eine Gerissenheit, die über den Intellekt des Alchimisten hinausging. Mit jedem Schritt aber, mit dem er seine Macht vermehrte, zog er sich selbst in den Hintergrund zurück. Ich wurde seine Strohpuppe, seine Marionette. Immer, wenn ein Name genannt wurde, war es meiner; immer, wenn ein Auftritt vonnöten war, war ich es, der ins Rampenlicht treten mußte. Alles war wieder wie damals, als ich noch ein Kind war – Morgantus war der Meister, ich nur der Gehilfe. Er gestattete mir keine eigenen Entscheidungen, keine Wünsche, keine Hoffnungen, und ich fügte mich, um seine Gunst nicht zu verlieren. Oh, ich versuchte manches, um mich von diesem Elend abzulenken, etwa die Malerei, die Poesie, auch das Glücksspiel. Ich war gut darin, mir vorzugaukeln, daß ich es war, der die Fäden in der Hand hielt, denn schließlich war es mein Name, den man angsterfüllt flüsterte, mein Name, der sogar den Kaiser mit Ehrfurcht erfüllte. Doch darüber begann ich zu vergessen, daß die eigentliche Macht hinter diesem Namen einem anderen gehörte.«

Aura betrachtete ihn eingehend, das graue Haar, den gebeugten, altersschwachen Rücken, die seltsamen, wie von Angst geweiteten Augen. »Aber etwas geschah, nicht wahr? Etwas, das alles verändert hat.«

Lysander stieß ein asthmatisches Husten aus, dann nickte er. »Sylvettes Geburt. Was immer die Beweggründe für meine Nacht mit

Charlotte waren – plötzlich war ich Vater einer Tochter, einer *echten* Tochter. Kein Vieh auf der Schlachtbank meiner Unsterblichkeit, kein Opfer, das irgendwann für mich ausbluten würde. Ich war Vater geworden, und ich entdeckte plötzlich Gefühle in mir, die mir selbst nach all den Jahrhunderten noch neu waren.«

Sylvette machte einen Schritt auf ihn zu und streckte ihm die Hand entgegen. Lysander ergriff sie dankbar, hielt sie fest mit seinen dürren Fingern umschlossen. Der Anblick war so absurd nach allem, was sie gerade gehört hatte, daß Aura den Blick hastig abwandte und hinab in die graue Tiefe des Hofes starrte. Zum ersten Mal fragte sie sich, wie tief dieser Schlund tatsächlich war – auf alle Fälle tiefer als die drei Stockwerke, die das Kloster an der Außenseite maß. Sie fragte sich, wie lange ein Mensch wohl fallen würde, bis er am Boden aufschlug. Wie lange *sie* fallen würde. In einem erneuten Anflug von Panik zuckte sie zurück und wandte sich wieder ihrer Schwester und Lysander zu.

»Sie haben Sylvette damals noch nicht gekannt«, wandte sie ein. »Wie konnten Sie da Gefühle für sie entwickeln, ganz gleich, welcher Art?«

»Ich habe sie beobachtet, manchmal, im geheimen, ohne, daß jemand mich bemerkte. Aber ich wußte auch, daß sie es bei Nestor besser hatte als bei mir im Wiener Untergrund – so schmerzlich diese Erkenntnis damals auch für mich war! Ich beschloß, abzuwarten, bis der Tag kommen würde, um mich von Morgantus zu lösen, bis ich Wien verlassen und ein eigenes Leben führen konnte, wie der verhaßte Nestor es mir vorgeführt hatte. Mit einem Unterschied allerdings: Ich faßte den Entschluß, von der Unsterblichkeit Abschied zu nehmen. Ich verzichtete auf weitere Töchter, auf weiteres Blut. Ich beschloß, zu altern.«

»Was hielt Morgantus von dieser Entscheidung?«

»Er tobte. Er verfluchte mich. Und es hat eine Weile gedauert, bis ich begriff, um was es ihm dabei tatsächlich ging. Es war die Einsamkeit, die er fürchtete. Er wußte, daß er nicht wie Nestor war, daß es ihm niemals gelingen würde, eine Familie um sich zu scharen, sein Leben von Grund auf zu ändern. Damals, im dreizehnten Jahrhundert, als er zum ersten Mal die Unsterblichkeit gewann, war er bereits ein alter Mann. Und ein alter Mann ist er immer geblieben – anders als Nestor und ich, die viel jünger waren, als wir das Elixier zum ersten Mal zu uns nahmen. Morgantus war auf mich angewiesen. Deshalb war ihm meine Entscheidung so verhaßt. Und dennoch gab er nach seiner anfänglichen Aufregung vor, sich damit abzufinden. Er ließ mir meinen Willen, und ich Dummkopf habe ihm geglaubt. Wie hätte ich auch ahnen können, was er tatsächlich plante?«

»Er beschloß, zu warten.« Aura verstand jetzt, wohin diese Geschichte führte. »Morgantus entschied, Sie altern zu lassen, nicht wahr? So lange, bis Sylvette alt genug sein würde, um ein Kind auszutragen. Ihr Kind.«

»Tess«, bestätigte Lysander mit bebender Stimme. »Morgantus ließ Sylvette entführen und nach Wien bringen. Er hat mich erpreßt. Er drohte, Sylvette zu foltern, würde ich nicht ...«

»Ein Kind mit mir zeugen.« Sylvettes Stimme klang so sachlich, als würden sie und ihre Schwester Kochrezepte austauschen.

»Er hat uns gezwungen«, sagte Lysander bitter. »Sylvette war noch ein Kind, und ich ... ich habe Angst um sie gehabt. Nicht um mich. Ich wäre mit Vergnügen für sie gestorben, und Morgantus wußte das. Er hat kein einziges Mal mich selbst bedroht, immer nur sie. Er wußte, daß dies der einzige Weg war, Druck auf mich auszuüben.«

Aura erinnerte sich wieder an den Greis im Gebirge, den alten, widerwärtigen Mann in der Berghütte. Sie hatte gesehen, wie er ein Mädchen ermordete – und doch war das nur ein Vorgeschmack auf die abgrundtiefen Schrecken gewesen, die sie jetzt über ihn erfuhr.

Und im selben Augenblick dämmerte ihr, daß er gar nicht hier war. Nicht hier in diesem Gemäuer. Vielleicht nicht einmal in Swanetien. Plötzlich kam ihr ein entsetzlicher Gedanke.

»Wo«, fragte sie langsam, »ist Morgantus jetzt?«

Der Kamin hatte keine Rückwand mehr. In der Eingangshalle brannte kein Licht, und so war die schwarze Öffnung jenseits des erloschenen Feuers niemandem aufgefallen. Jetzt aber, als Gillian gezielt darauf zuging, bemerkte er den eiskalten Luftzug, der ihm entgegenschlug. Der Wind aus der Tiefe hatte die Asche in einem sternförmigen Muster über den Boden verteilt.

Gillian stieg über die Reste der Feuerstelle hinweg. Noch vor gar nicht langer Zeit war er die geheimen Stufen hinabgestiegen, um Tess zu befreien. Jetzt aber kamen sie ihm wie ein vollkommen fremder Ort vor. Die Gewißheit, daß er bald Morgantus gegenüberstehen würde, veränderte seine Empfindungen.

Vorsichtig begann er den Abstieg. Bis zu der Stelle, an der die Treppe eine Biegung nach rechts machte, schälte das Dämmerlicht von oben vage die Kanten der Stufen aus der Finsternis. Jenseits der Kehre aber verschwanden Treppe und Kellerraum in völliger Schwärze. Gillian hatte keine Lampe, nicht einmal eine Kerze, und so tastete er sich wie ein Blinder mit dem Schwert vorwärts. Einen Augenblick lang erwog er, nach oben zurückzukehren, um einen der silbernen Kandelaber zu holen. Dann aber sagte er sich, daß das Licht seinen Gegner warnen würde. Falls Morgantus sich tatsächlich im Leuchtturm aufhielt, war es durchaus möglich, daß er noch gar nicht bemerkt hatte, was im Schloß vorgefallen war.

Gillian erreichte ebenen Boden, jenen Raum, in dem Charlotte das Mädchen eingesperrt hatte. Einmal stieß er sich an einer Säule heftig die Schulter, ansonsten aber fand er den Weg ohne Zwischenfälle. Der Raum mußte geradewegs in den Tunnel zur Leuchtturminsel übergehen, denn Gillian bemerkte keine Tür. Er ging einfach immer weiter geradeaus, tastete fächerförmig mit der Schwertklinge umher und stellte irgendwann fest, daß die Wände rechts und links nun enger beieinander standen. Gillian hatte in den Schächten und Tunneln der Wiener Unterwelt einen guten Orientierungssinn entwickelt, der ihn auch in diesem Dunkel nicht verließ.

Allerdings verlor er allmählich sein Zeitgefühl, und so vermochte er nicht abzuschätzen, wie lange es dauerte, bis er endlich einen schwachen Lichtschein am Ende des feuchtkalten Korridors entdeckte. Es war kein Tageslicht, eher ein fahles Schimmern, wahrscheinlich aus dem Inneren des Leuchtturms.

Gillian blieb einen Moment lang stehen und horchte. Abgesehen vom Rauschen der See, das durch die Tunneldecke drang, war nichts

465

zu hören. Hin und wieder vernahm er das Geräusch tropfenden Wassers, Laute, die er im ersten Moment für Schritte hielt. Er verfluchte seine überreizten Sinne und setzte seinen Weg fort. Bald kam er schneller voran. Der Lichtschein wies ihm den Weg und ersparte ihm das Tasten mit dem Schwert.

Schließlich erreichte er eine kurze Treppe, die zu einer offenen Luke in der Tunneldecke führte. Darüber wölbte sich ein düstergrauer Raum, ein zylinderförmiger, fünfzehn Meter hoher Schacht, um den ringsum eine Treppe aus Eisensprossen führte. Das Innere des Leuchtturms.

Langsam und lautlos schob Gillian seinen Kopf durch die Luke. Niemand war zu sehen. Trotzdem glaubte er immer noch, daß er mit seiner Vermutung richtig lag. Charlotte hatte sich ohne jeden Zweifel hierher zurückgezogen; dies war ihr Versteck, ihr Unterschlupf, in dem sie damals schon den verstoßenen Daniel untergebracht hatte. Die Tatsache, daß Morgantus mittlerweile den dritten Tag im Schloß weilte, ließ darauf schließen, daß er das, worauf er aus war, noch immer nicht gefunden hatte. Folgerichtig würde er versuchen, von Charlotte zu erfahren, wo er danach suchen mußte.

Es gab nur zwei Möglichkeiten, wo die beiden sich aufhalten konnten: entweder im Freien, auf den schroffen Felsen am Fuße des Turmes – oder aber auf seiner Spitze, dort, wo einst das Leuchtfeuer brannte.

Gillian packte das Schwert fester und huschte die Metallstufen nach oben. Jede Sprosse war einzeln in der Turmwand verankert und maß eine Breite von anderthalb Metern. Ein Geländer gab es nicht. Gillian bemühte sich, nicht nach unten zu blicken. Es war keine wirkliche Höhenangst, die ihn quälte, keine Atemnot, kein Zittern. Und doch war er unsicherer, als er sich eingestehen mochte.

Endlich gelangte er an die Decke des Turmes. Die metallene Falltür, die hinaus auf die Spitze führte, war geschlossen. Gillian zögerte einen Moment, bevor er die Hand ausstreckte, um die Luke nach oben zu drücken; er wußte, dies war der Augenblick, in dem seine Anwesenheit bemerkt werden würde.

Er gab der Falltür einen einzigen, kräftigen Schub. Krachend klappte das Schott nach außen, schlug auf den steinernen Rundgang der Turmspitze. Gillian sprang mit zwei großen Schritten ins Freie und riß das Schwert vor den Körper, um mögliche Schläge abzuwehren.

Um ihn herum blieb die Zeit stehen.

Die Turmkrone war rund, mit einem Durchmesser von vielleicht fünf Metern. Ein brusthohes Gittergeländer umfaßte die Plattform, deren größter Teil von einem Glaskäfig eingenommen wurde, sechseckig, drei Meter breit, darüber ein eisernes Dach. Früher hatte man hier mit Holz, Kohle und Reisig das Leuchtfeuer geschürt.

Vogelkot bedeckte die Scheiben von innen und außen. Das Glas selbst war unversehrt, die Vögel waren durch einen Belüftungsspalt zwischen Scheiben und Dach ins Innere gelangt.

Heute aber befanden sich keine Tiere in der Kuppel. Vielmehr erkannte Gillian durch das kotverschmierte Glas einen dunklen Schemen, einen menschlichen Umriß, der am Boden kauerte, inmitten einer kniehohen Masse aus Vogeldreck, Federn, Tiergerippen und den Resten alter Nester. Bei jeder Bewegung stoben Wolken aus giftigem Staub empor, umhüllten die Gefangene, drangen in ihre Augen, ihre Nase, ihren Mund.

Wie lange mochte Charlotte schon dort drinnen gefangengehalten werden – seit einem Tag, seit zweien? Gillian bezweifelte, daß sie noch zu retten war, selbst wenn es ihm gelingen sollte, sie zu befreien. Der ätzende Staub mußte längst in ihre Lungen gedrungen sein, zersetzte sie von innen nach außen.

Morgantus stand vor der Glasluke der Leuchtkuppel, ein dürrer alter Mann in einem weiten Kapuzenmantel, abgesetzt mit schwarzem Pelz. Der scharfe Seewind, der den Leuchtturm umtobte, preßte die Seiten der Kapuze enger an Morgantus' Wangen. Seine Augen waren im Schatten der zerzausten Pelzbesätze nur zu erahnen.

Die Hand des Alten zuckte unter die wehenden Mantelbahnen, dürre Finger rissen einen Revolver hervor.

Gillian kam ihm zuvor. Mit einem langen Satz schnellte er auf den Alten zu. Seine Schwertklinge klirrte gegen Morgantus' Waffe, schlug sie aus der knöchernen Hand. Einen Herzschlag lang sah es aus, als würde der Revolver am Rand der Plattform liegenbleiben, dann aber kippte er über, verschwand im Abgrund. Tief unten schlug die Waffe auf graue Felsen, wurde von der krachenden Brandung ins Meer gespült.

Gillian packte Morgantus am Kragen, preßte ihn mit aller Gewalt nach hinten, bog den Rücken des Alten über das Geländer. Seine Hand mit dem Schwert fuhr nach oben, um den Schädel des Alchimisten mit einem Schlag von den Schultern zu trennen. Tausend Bilder rasten durch sein Gehirn, Erinnerungen flackerten auf, erloschen wieder. All die Morde, die er im Auftrag Lysanders und seines Meisters begangen hatte, all die Opfer. Er sah sie vor sich, mit großen, flehenden Augen, angsterfüllt, manche in Panik.

Morgantus aber hatte keine Angst. Seine Augen waren klein und verkniffen – tückische, bösartige Augen. Der Wind zauste weiter im Pelz der Kapuze, schleuderte sie zurück, entblößte ein faltiges, schmales Gesicht.

Da, bevor Gillian zuschlagen konnte, öffneten sich die Lippen des Alten, ein verdorrter Schlitz unter Zügen wie aus gelbgrauem Leder. Brandung und Wind waren ohrenbetäubend, doch die Worte des Alten schlängelten sich zischend durch das Getöse, bissen sich ihren Weg in Gillians Hirn.

Ein Satz nur. Schlichte, beinahe spröde Worte. Keine Drohung, keine Warnung, kein Zauberspruch.

Und doch veränderten sie alles.

Lysander blieb stumm, aber sein plötzliches Schweigen schuf größere Unruhe als alles, was er bisher gesagt hatte. Er blickte von Aura zu Sylvette, dann wieder hinab in die dunstige Leere.

»Wo ist Morgantus?« fragte Aura noch einmal, schärfer. »Sie wissen es doch, oder?«

»Nein«, sagte er. »Aber ich ahne es.«

»Dann sag es«, verlangte nun auch Sylvette. Sie hielt immer noch Lysanders Hand, aber mit einem Mal war eine sonderbare Stimmung entstanden, die der Berührung einen Großteil ihrer Wärme und Zuneigung entzog.

»Ich fürchte«, sagte Lysander leise, »er stattet eurem Schloß einen Besuch ab.«

Sylvette ließ die Hand ihres Vaters los. »Morgantus ist bei Tess?« fragte sie fassungslos. »Aber du hast doch gesagt, sie sei –«

»In Sicherheit, wenn wir sie in Wien zurücklassen, ja«, beendete er ihren Satz. »Sicherer zumindest als hier bei uns.«

Einige Atemzüge lang schloß Aura die Augen, um ihre Beherrschung zurückzugewinnen. »Was sucht er im Schloß? Die Kinder?«

»Nein«, sagte Lysander kopfschüttelnd. »Die Kinder sind ihm im Augenblick noch gleichgültig. Sonst hätte er nie zugelassen, daß du Tess aus Wien fortbringst.«

»Was sucht er dann?«

»Das Kraut, Aura. Das Kraut auf Nestors Grab.«

»Dann ist es wahr? Das Gilgamesch-Kraut wächst nur auf den Gräbern der –«

»Auf den Gräbern der Unsterblichen. So ist es.«

»*Das* war das neue Rad, nicht wahr?« Auras Stimme klang heiser, klang kränklich. »Die Botschaft bedeutete gar nicht, daß Sie den Stein der Weisen bereits besaßen – sondern nur, daß Sie endlich den *Weg* kannten, um in seinen Besitz zu gelangen.«

»Morgantus hat es herausgefunden«, sagte Lysander. »Er fand den Hinweis in einer Schrift aus dem alten Judäa, vor etwa acht Jahren. Unsterblichkeit gedeiht nur aus Unsterblichkeit – das war der Schlüssel, nach dem wir alle so lange gesucht hatten. Nur aus den Überresten eines Unsterblichen erwächst neue Unsterblichkeit.«

»Deshalb mußte mein Vater sterben! Er war neben Ihnen und Morgantus der einzige andere Unsterbliche. Sie ließen ihn von Gillian ermorden, um das Kraut von seinem Grab ernten zu können.«

»Nach sieben Jahren, ja.«

»Aber warum erst jetzt? Die sieben Jahre sind schon lange abgelaufen.« Und im stillen dachte sie: Sie waren es schon, als ich das Kraut benutzte. »Warum ist Morgantus nicht früher gekommen?«

»Er war – nun, man könnte wohl sagen, daß er krank war. Sehr krank. Seit Jahrzehnten leidet er unter Schwächeanfällen. Anfangs dachte ich, das sei der Beweis; das Elixier sei nicht perfekt, es verlängere das Leben eine Weile, nur um uns schließlich doch sterben zu lassen. Ich habe oft Angst gehabt, damals – bis mir schließlich gleichgültig wurde, ob ich lebte oder starb. Aber Morgantus starb nicht. Meist verfiel er nur in eine Art Scheintod, um ein, zwei Tage darauf wieder zu erwachen, lebendiger und kraftvoller denn je. Ich nehme an, es handelt sich um eine Art Regeneration, wie ein Winterschlaf, den die Wirkung des Elixiers verursacht. Es muß mit seinem Alter zu tun haben. Irgendwann hätten Nestor und ich vielleicht das gleiche durchgemacht, wenn wir uns nicht entschieden hätten, das Elixier abzusetzen. Morgantus war immer wieder für Tage, Wochen, manchmal sogar Monate ans Bett gefesselt.«

»So wie in Wien?«

»Ja. Er wußte, daß es ihm bald bessergehen würde, aber er ahnte auch, daß du annehmen mußtest, daß es mit ihm zu Ende ging. Vielleicht kennt er dich besser als du denkst, Aura. Er war sicher, daß du einen sterbenden alten Mann nicht ermorden würdest.«

»Mein Fehler.«

»Er glaubte, er könnte dich endlich loswerden – dich und deine Nachfahren –, indem er einmal mehr meine Identität annahm, um als Lysander zu sterben. Während er mich und Sylvette hier im Kloster einkerkern ließ, kurierte er in Wien in aller Ruhe seine Schwäche aus.«

»Ich muß zurück nach Hause«, entschied Aura. »Sofort.«

Ein fahles Lächeln huschte über Lysanders Züge. »De Dion wird dich nicht fortlassen. Du bist jetzt eine Gefangene wie wir.« Wieder klopfte er mit dem Stock auf den Boden, fast als könne das sein Denken beschleunigen. »Aber ich glaube nicht, daß Morgantus den Kindern ein Leid antut. Ihm geht es nur um das Gilgamesch-Kraut.«

Sylvettes Stimme war voller Sorge, als sie einwarf: »Morgantus ist wahnsinnig. Er ist unberechenbar.«

»Wahnsinnig ist er gewiß«, sagte ihr Vater, »aber nicht dumm. Und er glaubt, zumindest für Tess noch Verwendung zu haben. Für ihn ist sie der Garant meiner Unsterblichkeit.«

»Warum sucht er sich nicht einfach einen anderen Gehilfen?«
fragte Aura, die sich mühsam zur Ruhe zwang. »Warum diese Fixie-
rung auf Sie, wo Sie ihn doch derart enttäuscht haben?«

»Tötet ein Vater seinen Sohn, nur weil er die Schulaufgaben nicht
macht?«

»Aber er ist nicht Ihr Vater!«

»Siebenhundert Jahre Gemeinsamkeit bedeuten mehr als das Erbe
einiger Körpersäfte.«

»Warum hat er zusätzlich die Mädchen im Internat umgebracht?«
Lysander schüttelte den Kopf. »Morgantus hat Angst. Er hat ein
Leben lang nur Angst gehabt. Selbst nach all den Jahrhunderten hat
er der Wirkung des Elixiers immer mißtraut. Die Aussicht, sieben
weitere Jahre auf das Kraut warten zu müssen – ohne zu wissen, ob
der nächste Schwächeanfall der letzte sein wird, und ohne jede Gewißheit, ob das Kraut tatsächlich die erhoffte Wirkung hat –, brachte
ihn um den Verstand. Er hat wieder mit seinen alten Experimenten begonnen, dort, wo er im dreizehnten Jahrhundert aufgehört
hat. Neue Mädchen, neue Morde.« Lysander stieß verächtlich die
Luft aus, was abermals zu einem lautstarken Hustenanfall führte.
Anschließend verfiel er in schnarrendes Gelächter. »Morgantus leidet am Altersschwachsinn eines Unsterblichen, ohne die Aussicht,
daß ihn eines Tages der Tod erlöst. Ist das nicht eine wunderbare
Ironie?«

»Ja, wunderbar«, meinte Aura finster. Noch etwas fiel ihr ein.
»Warum zeugt Morgantus nicht einfach ein weiteres Kind?« Mit
Widerwillen fügte sie hinzu: »Oder sind ihm die Töchter ausgegan-
gen?«

»In der Tat.«

»Sie meinen –«

»– daß Morgantus zu stark gealtert ist, um eigene Kinder zu zeugen. Selbst die Versuche mit fremden Mädchen hat er mittlerweile
aufgegeben. Er ist auf das Gilgamesch-Kraut angewiesen.«

»Warum ließ er es soweit kommen? Weshalb hat er nicht vor
zwanzig oder dreißig Jahren eine Tochter –«

Abermals ließ Lysander sie nicht aussprechen. »Er hat es versucht.

Das Mädchen brachte ein Kind zur Welt. Doch es war nicht das, was Morgantus erwartet hat.«

»Ein Junge?«

»Beides. Mädchen und Junge in einem Körper. Das Symbol der Alchimie. Morgantus hielt es für ein Omen. ›Die Natur gibt uns ein Zeichen‹, hat er damals gesagt. ›Sie warnt uns, daß wir am Ende des alten Weges angelangt sind. Nun gilt es, eine neue Richtung einzuschlagen.‹« Lysander verzog das Gesicht. »Um so schmerzlicher, daß der gute Nestor bereits viel früher zu derselben Erkenntnis gekommen war.«

Aura war leichenblaß geworden.

Sylvette trat besorgt auf sie zu. »Was ist?« fragte sie. »Was hast du?«

Tosende Brandung – und der Wind, der um die Spitze des Leuchtturms heulte.

»Ich bin dein Vater«, zischte Morgantus.

Gillians erhobene Schwerthand verharrte. Tief blickte er in die verkniffenen, uralten Augen, gelbstichig wie geronnene Milch. Er dachte plötzlich an Piobb, den Puppenaugenmacher; an seinen Leichnam inmitten kalter Emailleaugen.

Ich bin dein Vater.

Er kannte diese Stimme. Bisher hatte er geglaubt, sie gehöre Lysander.

Ein Stoß nur, ein Schlag – und alles wäre vorbei.

Warum zögerte er jetzt?

Hinter ihm krachte etwas gegen das Glas der Leuchtkuppel. Charlotte, beide Fäuste erhoben, klebte innen an der Scheibe wie eine schwarze Spinne. Jetzt rutschte sie benommen am Glas herab. Ihre Hände, ihr Gesicht hinterließen verschmierte Spuren im Vogelkot. Ihre Knie gaben nach. Neue Giftwolken stoben auf.

Gillian ruckte wieder herum, zurück zu Morgantus. Das zerfurchte Gesicht, der verkniffene Blick.

Dein Vater.

Der Wind zerrte an Gillians Arm, die erhobene Schwertklinge zitterte. Morgantus beachtete sie nicht. Er erwiderte nur starr den Blick seines Sohnes.

»Du hast deinen Vater nie gekannt«, kam es schneidend über seine Lippen. »Du hast deine Mutter nie gekannt. Du weißt nichts über deine Herkunft.«

Gillian sah Bilder, Fetzen von Erinnerungen, die vielleicht seine eigenen waren. Die Kindheit im Waisenhaus, die Jugend auf der Straße, in zahllosen Städten. Dann, später, der Abstieg in Wiens Kanalisation. Die erste Begegnung mit Lysander. Der erste Auftrag, der erste Mord.

»Was wirst du jetzt tun?« fragte Morgantus.

Ein Blick zurück zu Charlotte. Ein dunkler Schemen hinter dem Glas, umgeben von weißgrauen Wirbeln. Eine Figur in einer Schneekugel.

»Ich habe dir damals das Leben geschenkt«, wisperte Morgantus, als Gillian keine Antwort gab. »Ich hätte dich töten können wie all die anderen. Aber du warst anders als sie.« Er lehnte den Kopf noch weiter über den tobenden Abgrund, bot Gillian den dürren, faltigen Hals dar. »Der Hermaphrodit. Das Symbol der Unsterblichkeit. Die lebende Essenz des Arkanums.«

Gillians Griff um den Kragen des Alten begann nachzulassen. Der eisige Wind schnitt durch seine Kleidung. Er fror entsetzlich.

Noch einmal öffneten sich Morgantus' Lippen. »Ich war es, der dir deinen Namen gab.«

Gillian blinzelte. Hinter ihm schlug Charlotte erneut gegen das Glas. Diesmal drehte er sich nicht zu ihr um.

»Was erwartest du von mir?« fragte er leise, nicht sicher, ob Morgantus ihn überhaupt verstand. »Daß ich dir verzeihe?«

Morgantus lächelte milde. Sein dünnes Haar wehte um den ledrigen Schädel wie ein leuchtender Strahlenkranz. Er wollte etwas sagen, doch Gillian kam ihm zuvor:

»Es wird Zeit«, flüsterte er tonlos, »und du weißt es.«

Er senkte das Schwert in einem harten, kurzen Schlag. Ein sauberer Schnitt. Scharf und glatt und endgültig.

Der Schädel des Alchimisten verschwand in der Tiefe. Im Fallen bewegten sich seine Lippen. Eine Täuschung, vielleicht.

Dann: die Gischt, die Brandung.

Die offene See.

»Das ist noch nicht alles, oder?« Auras Tonfall klang flatternd, viel zu hoch und spitz. Nicht einmal ihre Stimme hatte sie unter Kontrolle, geschweige denn ihre Gedanken. »Nur darum ging es die ganze Zeit. Um Familien und um Kinder. Um das kleine Stück Unsterblichkeit, das jeder von uns an seine Nachkommen weitergibt.«

»Die Unsterblichkeit, die die Natur einem jeden gewährt«, sagte Lysander und nickte. »Das war es, was ich lange vor Morgantus und vielleicht auch vor Nestor begriffen habe. Jeder lebt in seinen Kindern weiter, sie sind der Nährboden aller Unsterblichkeit. Vielleicht war es das, was Morgantus in ihrem Blut entdeckte, vielleicht ist das die wahre Essenz des Elixiers. Ich weiß es nicht.«

»Sie haben gesagt, mein Vater hätte die Kette ebenfalls durchbrochen ...«

»Deshalb begann er zu altern. Er hat die letzte Generation ausgelassen, genau wie ich. Er hat Charlotte geheiratet und mit ihr Kinder gezeugt. Er muß sehr sicher gewesen sein, das Gilgamesch-Kraut zu finden.«

»Nein!« widersprach Aura scharf. Allmählich ergaben die Details ein umfassendes Bild. »Sie irren sich. Nestor war nicht wie Sie, Lysander. Er hat sich abgesichert. Das war der Grund, weshalb er Daniels Unfall inszenierte und mich in das Internat schickte – er wollte die Kette wieder aufnehmen. Er mußte mitansehen, wie er alterte, und das machte ihm angst. In Wahrheit hat er nie auf das Elixier verzichten wollen. Ich wäre sein nächstes Opfer geworden. Er hätte eine Tochter mit mir gezeugt, und er hätte mein Blut –« Sie verstummte, unfähig, den Satz zu Ende zu bringen.

Lysander sah sie an und blickte gleichzeitig durch sie hindurch. »Dann ist Charlotte –«

474

»Ja!« rief sie aus, und plötzlich war alles klar, alles verständlich. »Meine Mutter ist Nestors Tochter. Sie hat ihre Eltern nie gekannt, es hieß sie seien bei einem Schiffsunglück ums Leben gekommen. Alles Lüge! Nestor hat diese Geschichte verbreitet, so, wie er es wahrscheinlich seit Generationen tat. Er verschwand aus dem Leben der kleinen Charlotte und tauchte erst wieder auf, als sie alt genug war, ihn zur Frau zu nehmen. So wahrte er den Schein, ohne die Kette zu durchbrechen.«

»Trotzdem hat er eine Generation übersprungen – sonst wäre Charlotte jetzt tot und Nestor nicht gealtert.«

Aura nickte benommen. »Ich wäre die nächste gewesen. Vermutlich hat er sich selbst ein Ultimatum gesetzt. Während meiner drei Jahre im Internat wollte er die Suche nach dem Gilgamesch-Kraut noch fortsetzen. Wäre es ihm in dieser Zeit nicht gelungen, das Kraut zu finden, hätte er die Kette wieder aufgenommen – mit mir. Ich war die Alternative.«

»Seine Absicherung.« Lysanders Stimme klang gepreßt, von ehrlicher Traurigkeit durchsetzt.

Aura fand allmählich zurück zu ihrer alten Entschlossenheit. »Wir sollten endlich zusehen, daß wir hier rauskommen. Wo führen eigentlich die drei übrigen Gänge hin?«

»Das sind Sackgassen. Sie sind alle zugemauert. Im Mittelalter wurden hier Ungläubige eingesperrt – man glaubte, im Inneren des Kreuzes sei die Aussicht größer, daß Gott sie bekehrt. Das war, bevor der Orden sich völlig vom Christentum lossagte.«

Aura überlegte einen Augenblick lang, dann legte sie sich am Rand der Bodenöffnung auf den Bauch. Vorsichtig schob sie ihren Kopf über die Kante. Aus der Tiefe des Abgrunds blies ihr ein schaler, übelriechender Luftzug ins Gesicht.

»Das haben schon andere versucht.« Lysander schüttelte resigniert den Kopf. »Sie liegen alle irgendwo dort unten.«

Aura schenkte ihm einen giftigen Blick; sie hätte ihm gerne die Schuld an ihrem Dilemma gegeben. Er hatte Dutzende junger Mädchen getötet, um sein eigenes elendes Leben zu verlängern. Und dennoch war alles, was sie an Empfindung für ihn aufbringen konnte, abgrundtiefe Verachtung. Ekel, natürlich, aber kein Haß. Er hatte recht gehabt mit dem, was er zu Anfang gesagt hatte: Es *machte* einen Unterschied, daß sie keines seiner Opfer gekannt hatte. Und er war trotz allem der Vater ihrer Schwester; Sylvette liebte ihn.

»Irgendwelche besseren Vorschläge?« fragte Aura gereizt.

Als weder Lysander noch Sylvette eine Antwort gaben, blickte sie hinauf zum Loch in der Decke. Es war viel zu hoch, um von hier unten heranzukommen.

»Wie viele Männer gibt es im Kloster?« fragte sie schließlich.

»De Dion und zwei Wächter.«

»Sonst keinen? Nur diese drei?« Das klang zu unglaublich, um wahr zu sein.

Lysander sagte mit einem Schulterzucken: »Alle anderen sind mit Morgantus fortgegangen. Es waren ohnehin nicht mehr viele, zehn oder elf.«

»Sylvette«, sagte Aura, »du hast mir erzählt, de Dion bringe euch die Kerzen gleich kistenweise herauf.«

»Das stimmt.«

»Hast du das wörtlich gemeint? Bringt er euch tatsächlich Kisten?«

»Einmal in der Woche, ja.«

»Und die Kisten läßt er hier?«

»Als Brennholz für den Winter, hat er gesagt. Wir haben jede Menge davon.« Sylvette deutete in den dunklen Gang hinter Lysanders Rücken, den einzigen, in dem keine Kerzen brannten, offenbar aus Sorge, das Holz könnte Feuer fangen.

Auras Aufregung wuchs, als sie an der Öffnung vorbei in die Mündung des finsteren Korridors trat. »Ihr habt sie doch nicht zerschlagen, oder?«

»Bestimmt nicht alle.«

Lysander legte Aura eine Hand auf die Schulter. »Ich weiß, was du vorhast. Aber es ist sinnlos. Die Kisten sind aus dünnem Holz, nicht stabil genug.«

Aura hörte kaum, was er sagte. Sie konnte nur auf seine Finger blicken, die sich knöchern um ihre Schulter krallten – wie fleckige Krabbenbeine. Abermals stieg Übelkeit in ihr auf. Sie hatte sich noch immer nicht völlig an die Nebenwirkung des Gilgamesch-Krauts gewöhnt, und jetzt überkam sie sie noch einmal mit aller Macht. Ruckartig riß sie sich los und gab ihrer Schwester einen Wink.

Bald darauf hatten sie und Sylvette vier der Kisten an den Rand des Lochs getragen, die letzten, die noch nicht zu Brennholz verarbeitet waren. Lysander hatte recht; das Holz war dünn, nicht hart genug, um einen Menschen länger als wenige Sekunden zu tragen. Trotzdem mußten sie es versuchen.

Sie stapelten die vier Kisten übereinander, mit den Öffnungen nach unten. Sie reichten Aura bis zur Schulter. Von der obersten waren es nur noch anderthalb Meter bis zum Loch in der Decke. Dennoch war die Hoffnung, daß sie es tatsächlich alle drei hinauf schaffen würden, denkbar gering. Nicht nur, daß es schwierig genug war, auf den wackligen Kistenturm zu steigen – seine Kante stand zudem nur einen Fingerbreit von der Bodenöffnung entfernt. Hinzu kam, daß die beiden Löcher sich genau übereinander befanden, so daß derjenige, der auf den Kisten stand, sich weit über den Abgrund beugen mußte, um den Rand der Deckenöffnung zu erreichen.

Lysander hatte weitere Einwände, doch diesmal war es Sylvette, die ihn anfuhr, er möge still sein.

Aura nahm ihre Schwester bei der Hand. »Du gehst als erste. Ich halte dich fest, so gut ich kann.«

Die Angst in Sylvettes Augen war nicht zu übersehen, dennoch nickte sie entschlossen. Die Schwestern umarmten sich lange, und abermals schoß ein heißer Schub durch Auras Körper. Sie würde niemals zulassen, daß Sylvette etwas geschah.

Sylvette wandte sich den Kisten zu, legte beide Hände auf die obere Kante und suchte mit dem linken Fuß nach Halt in den Zwischenräumen der Holzlatten. Die ganze Konstruktion knirschte und ächzte, als sie sich emporzog. Aura hielt sie von hinten an der Taille fest und bemerkte erschrocken, wie dünn und ausgemergelt Sylvettes Körper sich unter dem Kleid anfühlte. Trotzdem war es gerade ihr kläglicher Zustand, der ihr jetzt zugute kam; zwar schwankten die Kisten bei jeder Bewegung vor und zurück, doch Sylvettes Fliegengewicht schienen sie standzuhalten.

Innerhalb weniger Augenblicke hatte Sylvette die höchste Kiste erreicht. Um sich dort oben aufzurichten, mußte Aura sie kurzzeitig loslassen. Das Knirschen der Kisten wurde durchdringender, der ganze Turm wackelte gefährlich. Wenn er jetzt nachgab, würde Sylvette unweigerlich in den Abgrund stürzen.

Der Schweiß rann Aura in Strömen übers Gesicht. Sie wischte sich mit der Hand über die Augen. Lysanders Atem war zu einem röchelnden Schnaufen geworfen, während Sylvette sich ganz langsam aufrichtete, sich sachte über den Abgrund beugte, Kopf und Schultern durch die Deckenöffnung streckte – und sich mit beiden Händen nach oben stemmte! Sekunden später kauerte sie auf dem Dach und schnappte bebend nach Luft, während der Wind ihr langes Haar zerzauste. Ihr Gesicht war immer noch kreidebleich, als sie sich über den Rand lehnte und den beiden am Boden aufmunternd zunickte.

Ein erleichtertes Kribbeln raste durch Auras Körper. Aufatmend trat sie vor und rüttelte prüfend an den Kisten. Dann rückte sie vorsichtig die Kanten übereinander, die sich bei Sylvettes Aufstieg verschoben hatten, und blickte zu ihrer Schwester empor.

»Wie sieht es da oben aus? Kannst du irgendwelche Dachluken oder Fenster erkennen?«

Sylvette beschattete ihre Augen mit der Hand und hielt Ausschau. Schließlich nickte sie. »Es gibt ein paar Giebel mit Fenstern. Die Dächer sind nicht besonders steil. Es dürfte nicht allzu schwer sein, es bis dorthin zu schaffen.«

»Sie hat recht«, sagte Lysander, immer noch atemlos von der Angst um seine Tochter. »Die Dächer der acht Seitentrakte haben Fenster. Durch sie könnt ihr nach innen klettern.«

»Wir?«

»Ich bleibe hier.«

Aura hatte kommen sehen, daß er das sagen würde. Sie selbst hätte wenig dagegen einzuwenden gehabt, aber sie wußte genau, daß Sylvette ohne ihren Vater nicht gehen würde.

»Nein«, sagte sie deshalb. »Sie klettern als nächster.«

»Ich bin zu alt«, widersprach er. »Ich würde kaum auf eine dieser Kisten hinaufkommen, geschweige denn auf vier.«

»Ich halte Sie fest. Wenn Sie oben sind, kann Sylvette Sie aufs Dach ziehen.«

Er schüttelte den Kopf. »Es geht nicht. Ich kann es nicht.«

»Machen Sie schon«, zischte Aura verärgert. »Wenn Sie hierbleiben, wird sie es auch wollen.«

Er seufzte schwer und rieb sich die Augen. Dann plötzlich straffte er sich. Sein Blick geisterte über die vier Kisten, verharrte dann auf Aura. »Ich weiß, daß du dich um Sylvette kümmern wirst, wenn mir etwas geschieht«, sagte er leise, damit seine Tochter ihn nicht hören konnte. »Ich weiß, daß du mich verabscheust, Aura, aber sollte ich den heutigen Tag nicht überleben, dann, bitte, versuch nicht, Sylvette die Liebe zu ihrem Vater auszureden.« Sein Blick war flehend, die Pupillen groß und dunkel, trotz des Dämmerlichts.

»Versprochen«, erwiderte Aura ernsthaft. »Und nun gehen Sie endlich.«

Tiefempfundene Dankbarkeit sprach aus seinen Augen. Er holte aus und warf seinen Stock zur Öffnung hinauf. Sylvette fing ihn auf und legte ihn neben sich aufs Dach. Dann begann Lysander seinen Aufstieg. Aura packte auch ihn oberhalb der Hüften und stützte ihn beim Klettern. Sein Zittern setzte sich durch ihre Finger bis zu den Ellbogen fort. Er gab sich Mühe, seine Anspannung unter Kontrolle zu halten, doch der Versuch mißlang.

Aura wurde unsicher. Der Gedanke, daß der abgemagerte Körper, den sie zwischen ihren Händen hielt, mehr als siebenhundert Jahre alt war, ließ sie frösteln. Es war, als müsse sie einen uralten Leichnam berühren. Sie fragte sich, ob sie selbst einmal genauso enden würde. Die Vorstellung allein entsetzte sie derart, daß sie Lysander beinahe losgelassen hätte. Sie beherrschte sich in letzter Sekunde.

Irgendwie gelang es dem alten Mann tatsächlich, die Spitze zu erreichen. Aura atmete auf.

Plötzlich gab die untere Kiste nach.

Mit einem lautstarken Geräusch sackte der ganze Turm eine Handbreit nach unten, rundherum zersplitterten mehrere Latten. Lysander schwankte, keuchte, während Aura die Arme hochriß und ihn an den Waden packte. Taumelnd versuchte er sein Gleichgewicht zu halten. Die Kisten wackelten noch immer, eine weitere Latte barst in Stücke, und der Turm neigte sich dem Abgrund entgegen.

Von oben schossen Sylvettes Hände herab, packten Lysander an den Armen.

»Springen Sie!« schrie Aura hinauf und ließ die Beine des Mannes endgültig los.

Er zögerte noch immer. Nur eine Sekunde. »Die Kisten werden...«

»Verdammt, nun springen Sie schon!«

Mit aller verbliebenen Kraft stieß er sich ab, glitt strampelnd durch die Öffnung, während Sylvette ihn zugleich nach oben riß. Beide verschwanden polternd jenseits der Kante.

Die Kisten fielen. In einer hilflosen Geste gelang es Aura noch, die oberste zu packen. Alle anderen sackten über den Rand der Öffnung hinweg, trudelten lautlos in die Tiefe.

Fluchend knallte Aura die letzte Kiste auf den Boden. Die Latten splitterten auseinander.

Ihr Blick raste zur Decke. Die Öffnung war leer. Wo waren die beiden? Vorhin hatte sie ein Poltern gehört. Das Dach war nicht allzu steil, hatte Sylvette gesagt. Steil genug, um herunterzurollen? Über die Kante hinweg, hinab in den Abgrund?

Nein – dem Himmel sei gedankt –, da waren sie wieder! Über ihnen ballten sich Wolken zusammen. Lysanders Gesicht war so grau, daß es sich kaum davon abhob. Er war außer Atem, keuchte und stöhnte. Sylvette hatte eine Schürfwunde an der Wange, dennoch schien sie hellwach und voller Sorge um Aura. Tränen standen in ihren Augen.

»Ihr müßt gehen«, rief Aura ihr zu. »Südwestlich von hier gibt es ein Dorf. Versucht nicht, mit den Leuten dort zu reden – sie würden euch nur zurückbringen. Wartet bis zur Nacht, und stehlt ihnen zwei Pferde, wenn ihr könnt.« Sie wußte selbst, wie aussichtslos dieser Plan war.

»Ich gehe nicht ohne dich«, erwiderte Sylvette.

»Sei nicht dumm!« gab sie zurück. »Wenn du jetzt nicht von hier verschwindest, war alles umsonst. Denk an Christopher – er ist gestorben, um dir die Flucht zu ermöglichen.«

480

»Nein«, sagte Sylvette beharrlich. Sie wischte sich mit dem Ärmel über die feuchten Wangen.

Aura gab nicht auf. »Bitte, Sylvette. Fliehe! Ich komme schon irgendwie hier raus.«

Ihre Schwester faßte einen Entschluß. »Ich versuche, die Tür von außen zu öffnen.«

»Nein, verdammt!« fluchte Aura. »Ihr seid nicht einmal bewaffnet. De Dion wird euch umbringen.«

Aber Sylvette hatte sich bereits von der Öffnung zurückgezogen. Aura hörte, wie sich die Schritte der beiden entfernten, ein Schaben und Kratzen auf dem Dach über der Brücke. Sie bewegten sich in Richtung Treppenhaus.

Zum ersten Mal geriet Aura vollends in Panik. Wie eine Furie lief sie den Gang hinunter, die Augen zum dunklen Dachfirst gerichtet. »Sylvette!« schrie sie so laut sie konnte. »Tu es nicht, Sylvette! Sie töten euch!«

Aber die Schritte klapperten weiter. Die Dachbalken über dem Gang vibrierten im flackernden Kerzenschein. Aura rannte vornweg, während die Geräusche ihr unaufhaltsam folgten. Sylvette und Lysander liefen in den sicheren Tod.

»Sylvette!« rief sie noch einmal. In hilflosem Zorn trat sie ein halbes Dutzend Kerzen um. Flüssiges Wachs spritzte gegen die Wände, befleckte ihre Stiefel.

»Sie töten dich!« Ihr Schluchzen verschluckte die Worte. Aura sank auf die Knie, vergrub das Gesicht in den Händen. Sie konnte nichts tun.

Die Geräusche der Schritte auf dem Dach entfernten sich, brachen schließlich ab. Sylvette und ihr Vater hatten das Ende der Brücke erreicht, betraten jetzt das Hauptdach.

Wie in Trance schleppte Aura sich zum Treppenhaus. Sie machte sich nicht die Mühe, eine der Kerzen aufzuheben, stolperte im Finsteren die Stufen hinunter. Es schienen mehr geworden zu sein, als wolle sogar das Gemäuer verhindern, daß sie jemals unten ankam; als strecke und zerre es seine steinernen Glieder bis hinab in die Unendlichkeit.

Irgendwann erreichte sie dennoch das Erdgeschoß. Durch den Spalt des Doppeltors schnitt ein hauchfeiner Lichtstrahl. Mit beiden Fäusten begann sie gegen das kalte Eichenholz zu hämmern.

»De Dion!« brüllte sie in ihrer Verzweiflung. »De Dion, laß mich hier raus!«

Nichts rührte sich. Die Wächter ignorierten sie.

Sie versuchte es weiter, minutenlang. Ohne Erfolg. Ausgelaugt und ohne Hoffnung sank sie schließlich auf die unterste Stufe, zog die Knie an, starrte ins Dunkel. Sie versuchte zu überlegen, ein, zwei klare Gedanken zu fassen, aber ihr Denken weigerte sich, in gerade Bahnen zu fließen. Die Angst um Sylvette fegte alles andere beiseite.

Lange saß sie so da, horchend, grübelnd, bis Aufregung und Erschöpfung ihren Preis forderten. Aura schlief ein.

Als sie wieder erwachte, hatte sie nicht die geringste Ahnung, wieviel Zeit vergangen war. Minuten, möglicherweise. Vielleicht auch Stunden.

Ein scharfes Krachen ertönte, hart und abrupt. Ein zweites Mal. Das Echo hallte durchs Treppenhaus, brach sich an den hohen Steinwänden.

Schüsse!

De Dion und seine Männer machten Sylvette und Lysander den Garaus. Seltsam, wie präzise Aura mit einem Mal die Lage erfaßte. Merkwürdig auch, daß ihre Panik plötzlich wie weggewischt war.

Jenseits des Tores peitschten weitere Schüsse. Jemand schrie auf. Eine junge Frau.

Dann – Ruhe. Schlagartige Stille.

Aura hockte immer noch auf der Treppe, die Fäuste vor dem Mund geballt. Sie biß sich auf die Fingerknöchel. Sie hörte Schritte, die sich von der anderen Seite dem Tor näherten. Jemand rannte. Ein sperriger Schlüssel wurde ins Schloß gesteckt, herumgedreht. Knirschend schwang der rechte Flügel nach innen. Eine grelle, blendende Lichtflut ergoß sich ins Treppenhaus. Und ein Umriß trat ihr entgegen. Zierlich, mit wildem Lockenhaar.

Marie Kaldani streckte Aura die Hand entgegen.

***

482

Um Charlotte zu befreien, mußte Gillian den Torso des Alchimisten nach dem Schlüssel für die Leuchtkuppel absuchen. Er fand ihn in einer Innentasche des Kapuzenmantels.

Die Schloßherrin war nicht mehr in der Lage, aus eigener Kraft ins Freie zu taumeln. Gillian hielt sich den Arm vor die Nase, betrat den Glaskäfig, stapfte durch die wolkigen Wogen aus Vogelkot und Federn und packte Charlotte am Arm. Sie ließ sich willenlos nach draußen schleifen, in einer Flut aus weißgrauem Staub und Gefieder, das der Wind wie Schneeflocken übers Geländer wirbelte.

Charlotte blieb auf dem Rundweg der Turmspitze liegen, zusammengerollt wie ein Ungeborenes im Mutterleib, das Gesicht zum Geländer, zur See, zur frischen Luft gewandt. Ihr schwarzes Kleid war mit weißem Staub überzogen, ebenso ihr Gesicht, das einstmals hochgesteckte Haar. Gillian ging neben ihr auf die Knie, schüttelte sie, gab ihr eine Ohrfeige. Ganz langsam kam sie zu sich, wie aus einem tiefen Traum, doch als sie weit genug bei Sinnen war, um den Schmerz zu spüren, begann sie zu schreien. Sie schrie so schrill, so anhaltend, daß es den Wind und die Brandung an den Felsen übertönte, eine Sirene, deren Rufe weit über den Ozean hallten.

Als sie schließlich die Augen aufschlug und Gillian anblickte, sah er, daß auch ihre Augäpfel von einer Staubschicht überzogen waren. Der ätzende Vogelkot fraß sich durch Hornhaut und Iris zu den Sehnerven vor, während schmale Rinnsale aus Nase und Mundwinkel bluteten. Ihre Schleimhäute lösten sich auf. Sie brauchte Wasser, viel Wasser, so schnell wie möglich.

Morgantus' kopfloser Körper hing immer noch mit dem Rücken über dem Geländer, beide Arme nach hinten gestreckt. Die Windböen zerrten an ihnen; es sah aus, als winkten sie unsichtbaren Schiffen am Horizont zu. Gillian trat neben ihn, starrte ihn sekundenlang ausdruckslos an. Dann bückte er sich, packte die Beine des Mannes, der vielleicht sein Vater gewesen war, und kippte ihn über die Brüstung. Als Gillian hinabblickte, war bereits keine Spur mehr von ihm zu sehen. Die See würde ihn irgendwo begraben, an einem fernen Strand oder in den Tiefen des Ozeans.

Er nahm Charlotte auf den Arm und trug sie die Treppe hinunter. Obwohl sie kaum etwas wog, machte ihm selbst das wenige Gewicht zu schaffen. Er war nie besonders kräftig gewesen, und ihm war noch schwindeliger als beim Aufstieg. Die geländerlose Treppe reichte wie ein endloses Schraubengewinde in die düstere Tiefe. Im Erdgeschoß fielen ihm unterhalb der Stufen ein paar Decken und eine Kiste mit Verpflegung auf – Charlottes Exil. Dort entdeckte er auch ein hölzernes Faß mit Trinkwasser. Er legte Charlotte auf den Boden und goß ihr einen Großteil des Wassers übers Gesicht, brachte sie dazu, ihren Mund auszuspülen. Ein wenig träufelte er sogar in ihre Nasenlöcher. Sie hustete Rotz und Wasser aus, aber auch eine Menge von dem tödlichen Staub.

Leise röchelte sie in seinen Armen, als er mit ihr die Stufen zum Geheimgang hinabstieg und sich auf den Rückweg zum Schloß machte.

Auf der Turmspitze fuhr eine heulende Windhose in die Glaskuppe und trieb Federn und Staub nach außen, eine weiße Fahne, spiralförmig zum Himmel aufgeschleudert und dort in alle Richtungen verweht.

Im Westen versank die Sonne hinter aufstrebenden Schneegipfeln. Uschgulis Türme erhoben sich wie schlanke Grabmäler hinter einer Hügelkuppe, umnebelt vom Dunst der Abenddämmerung. Das letzte Stück des Weges war schlammig und aufgewühlt von einer Ziegenherde, die ihr Hirte entlang des Pfades ins Dorf getrieben hatte.

Die Reiter, die von Osten her nach Uschguli trabten, waren schweigsam und erschöpft. Marie führte die Gruppe an. Sie hatte während des Weges kaum ein Wort gesprochen, auch nicht mit Aura, die hinter ihr ritt. Sylvette und Lysander teilten sich ein Pferd, weil der alte Mann sich nach der Kletterpartie über die Dächer nicht mehr allein im Sattel halten konnte.

Fünf Swanen hatten bei dem Angriff auf das Kloster ihr Leben verloren. Die Leichen hingen bäuchlings über ihren Pferden. Die Kameraden der Toten führten die Tiere an den Zügeln.

De Dion und die beiden anderen Templer hatten sie im leeren Kloster zurückgelassen. Viel war nicht von ihnen übriggeblieben. Selbst als sie schon tot waren, hatten die Männer weiter mit Säbeln und Gewehrkolben auf sie eingeschlagen, als Vergeltung für den Tod ihrer fünf Gefährten.

Die beiden Männer, die Christopher erschlagen hatten, waren nicht unter den Angreifern gewesen. Marie hatte sie mit dem Leichnam zurück nach Uschguli geschickt, um dort sein Begräbnis vorzubereiten. Aura hatte keine andere Wahl, als dies als Bekenntnis ihrer Reue zu akzeptieren. Ihr fehlte die Kraft für Rachegefühle. Sie hatte über de Dions geschundener Leiche gestanden und nicht die Spur einer Emotion in sich entdeckt. Kein Triumph, keine Freude, kein Hohn. Nur tiefe, eisige Gleichgültigkeit.

Die Frauen des Dorfes empfingen sie mit Tee, selbstgebranntem Schnaps und Kesseln voll kochender Brühe. Lysander wurde im Haus von Maries Mutter zur Ruhe gelegt, er hatte Fieber und phantasierte. Der Kräuterdoktor, dem Marie die Pflege des alten Mannes anvertraute, versprach, daß Lysander in einer Woche wieder wohlauf sein würde; allein die dreitägige Reise nach Suchumi könne man ihm nicht mehr zumuten, geschweige denn den Weg nach Deutschland.

Marie begleitete Aura und Sylvette zum Friedhof am Rande des Dorfes. Christopher war in einer kleinen Kapelle aufgebahrt worden, im Schein zahlreicher Kerzen. Vor der Tür standen mehrere Männer mit Fackeln. Marie blieb mit ihnen zurück, während die Schwestern Abschied von ihrem Stiefbruder nahmen.

Christopher wurde in einem frisch ausgehobenen Grab beerdigt. Aura hatte beim Steinmetz des Dorfes eine Granitplatte in Auftrag gegeben, die das gesamte Grab bedecken sollte. Maries Mutter hatte versprochen, die Ausführung zu überwachen.

Marie ging vor dem Grab in die Knie und betete lautlos; nur ihre Lippen bewegten sich. Aura sah im Fackellicht, daß Tränen über ihre Wangen liefen.

Später zogen sich die Dorfbewohner zurück, nur Aura und Sylvette blieben noch mit einer einsamen Fackel am Grab. Der Wind rauschte von den Hängen herab, spielte in ihrem Haar und

485

heulte in den Wehrtürmen des Dorfes wie ein sterbendes Tier. Der flackernde Schein der Fackel geisterte über ihre Gesichter und warf den Schatten des Grabkreuzes weit über die angrenzende Bergwiese.

»Was wirst du jetzt tun?« fragte Aura, ohne den Blick von Christophers Grab zu nehmen.

»Einschlafen am liebsten, und einem anderen die Entscheidung überlassen.« Sylvette war müde, wie alle anderen, die vom Kloster zurückgekehrt waren. Und doch war etwas in ihrer Stimme, das hoffnungsvoll, beinahe energisch wirkte. »Was würdest denn du an meiner Stelle tun?«

Sie weiß es, dachte Aura. Sie weiß, daß sie zum ersten Mal die Möglichkeit hat, ihr Leben in die eigene Hand zu nehmen.

»Ich glaube, daß es keine Rolle spielt, was ich tun würde«, sagte Aura. »Außerdem kennst du die Antwort.« Sie erinnerte sich an das Versprechen, das sie Lysander gegeben hatte. »Hier im Dorf ist er sicher, Maries Mutter will auf ihn achtgeben. Ihr Angriff auf das Kloster hat bewiesen, daß sie es ehrlich meint. Lysander ist ein alter Mann, der irgendwann –«

»In Ruhe und Frieden sterben wird. Das meinst du doch, nicht wahr?«

»Ja.«

»Ich sollte dann bei ihm sein.«

»Glaubst du wirklich, daß er das will?« fragte Aura zweifelnd. »Er hat alles getan, um dir als guter Mensch in Erinnerung zu bleiben, ohne all die Makel seiner Vergangenheit. Deinetwegen hat er sein Leben geändert. Er hat versucht, dir ein Vater zu sein, mit all der Vollkommenheit, die er zustande brachte – und die die Umstände ihm erlaubten. Aber wird er wollen, daß du siehst, wie er stirbt? Wie der Tod ihn einholt und zu einem ganz normalen Sterblichen macht? Das kann ich mir nicht vorstellen. Es paßt nicht zu ihm.«

Sylvette ging in die Hocke und ließ Erde von Christophers Grab gedankenverloren durch ihre Finger rieseln. »Vielleicht sollte ich ihn einfach fragen.«

»Geh nur«, sagte Aura, »ich warte hier auf dich.«

Und das tat sie. Eine Stunde lang, dann zwei. Allein mit Christopher an seinem Grab, allein mit dem Bruder, den sie anfangs gehaßt und am Ende liebgewonnen hatte. Jetzt, einsam auf diesem Friedhof in den Bergen am Ende der Welt, jetzt endlich weinte sie um ihn, um die Familie, die sie hätten sein können, um ihre Freundschaft. Sie sank vor dem Grab auf die Knie, so wie Marie es getan hatte, und ihre Rechte strich über den Erdhügel.

Irgendwann werden hier grüne Pflänzchen wachsen, dachte sie traurig, und mit Blättern wie kleinen Schwertklingen versuchen, ins Freie vorzustoßen; dann aber wird es eine Platte aus Granit sein, die ihnen Einhalt gebietet. Eine Platte, auf der Christophers Name steht. Er wird es sein, der die Unsterblichkeit bezwingt. Er ganz allein.

Sylvette kam schließlich zurück und teilte ihr ihre Entscheidung mit.

Am Morgen sattelten sie gemeinsam ihre Pferde, und Marie geleitete die beiden Schwestern durch die grünen Täler Swanetiens zurück zum Schwarzen Meer.

EPILOG

Das Echo vergangener Gewitter hing in der Luft, jener eigenartige, für den Norden so typische Wechsel von atemloser Stille und unberechenbarer Tobsucht der Elemente. In einem Augenblick tanzten Windböen über die Gräser der weiten Ebene, im nächsten versank die Landschaft in andachtsvoller Stille.

Zum ersten Mal erlebte Aura, daß die Magie der Moorwiesen ihr den Atem verschlug. Während die Kutsche dem weißgelben Wall der Dünen entgegenschaukelte, stob im Osten ein Vogelschwarm auf, ein düsterer Schwall, der sich am Himmel verlor, als entziehe die Natur dem Land einen Schatten, den eine vorbeieilende Wolke versehentlich in der menschenfeindlichen Leere verloren hatte.

Der Horizont schien sich zu verschieben, weiter und weiter fortzurücken, wie eine Luftspiegelung. Aura wußte, daß es nur ihre Ungeduld war, die die Entfernung in die Länge zog. Das Gefühl, endlich wieder nach Hause zu kommen, war herrlich und verstörend zugleich; verstörend wegen der Ungewißheit, was sie dort erwarten würde.

Vom Kutscher hatten sie und Sylvette erfahren, daß es in den vergangenen Wochen zu allerlei Seltsamkeiten im Schloß gekommen war. Erst habe die Herrin die gesamte Dienerschaft entlassen; dann sei ein sonderbarer alter Mann aufgetaucht, der den Arzt zum Strand rief, wo ein anderer alter Mann verletzt an Bord eines Ruderbootes lag; bald darauf habe sich herumgesprochen, daß Charlotte Institoris von schwerer Krankheit gezeichnet sei, erblindet und ans Bett gefesselt; und zugleich seien mit Ausnahme Jakobs alle Diener wieder eingestellt worden, von einem Mann, der offenbar das Vertrauen der

Schloßherrin besaß und in ihrem Namen handelte. Aura wollte sich den Mann beschreiben lassen, doch der Kutscher wußte wenig über sein Äußeres, hatte ihn selbst nie gesehen.

Ob er etwas über das Befinden der Kinder gehört habe, fragte sie besorgt, worauf der Kutscher zu ihrer Erleichterung erklärte, er habe in der Schänke reden hören, daß der Dorflehrer wieder seine täglichen Überfahrten zum Schloß angetreten habe; demnach müsse mit den Kindern wohl alles in Ordnung sein. Überhaupt seien die beiden ja für einige Zeit fort gewesen und erst vor neun oder zehn Tagen zurückgekehrt. Sein Schwager habe die Fuhre zum Schloß erledigt, erzählte der Kutscher redselig, und dabei hätten die Kleinen einen fröhlichen, sogar ausgelassenen Eindruck gemacht. Der Mann, der die Geschäfte auf der Insel übernommen habe, sei bei ihnen gewesen.

Aura und Sylvette warfen sich einen Blick zu. Wer immer der geheimnisvolle Fremde war, mit Gian und Tess schien er es zumindest gut zu meinen.

Und Morgantus?

Endlich rückte der Sandwall jenseits des Graslandes näher, und als sie ihn schließlich passierten, breitete sich vor ihnen das sanft gewellte Dünenmeer aus. Ein letzter Sandhügel versperrte ihnen die Sicht aufs Schloß.

»Liebe Güte!« rief Sylvette plötzlich aus. »Kutscher, halten Sie an!«

»Was ist los?« fragte Aura alarmiert. Sie suchte im Gesicht ihrer Schwester nach einer Antwort, nicht auf den Dünen, und so blieb sie im Ungewissen, bis Sylvette den Arm ausstreckte und rief: »Sieh doch, da oben!« Und im selben Augenblick sprang sie bereits vom ausrollenden Wagen und landete stolpernd im Sand.

Über der verwehten Düne waren zwei dunkle Punkte erschienen. Jetzt wuchsen sie empor, zwei kleine Körper kamen zum Vorschein, stürmten über die Kuppe hinweg und den Hang hinab. Tess trug ein weißes Kleidchen, Gian seine durchgescheuerte Lieblingshose – er zog sie jeden Tag an, wenn niemand darauf achtgab.

Sylvette eilte Tess entgegen, kämpfte gegen weiche Sandverwerfungen an, rief jubelnd den Namen ihrer Tochter. Und Tess strahlte vor Glück, als Sylvette sie in die Arme nahm.

Auch Aura war vom Wagen gesprungen, stimmte in Gians Gelächter ein und drückte ihn so fest sie nur konnte an sich, während der Kutscher dasaß, Kautabak kaute und das unverhoffte Wiedersehen mit gutmütigem Lächeln beobachtete.

Aura hob Gian in die Luft, drehte sich mit ihm um die eigene Achse, preßte sein Gesicht an ihre Schulter und fühlte seine warmen Tränen an ihrem Hals. Die Anstrengung der Reise fiel mit einem Schlag von ihr ab. Ganz gleich, was sie im Schloß erwarten mochte – in diesem Moment war Aura überzeugt, es würde sich auf die eine oder andere Weise zum Guten wenden.

Gian löste sich schließlich von ihr, und da fiel Auras Blick zum ersten Mal auf eine Silhouette, die sich oberhalb der Düne vom Himmel abhob. Die Gestalt bemerkte, daß Aura sie entdeckt hatte, und setzte sich in Bewegung. Mit weiten Schritten stapfte der Mann den Hang herab.

Als er ein Drittel des Weges zurückgelegt hatte, erkannte sie ihn. Es war gut, daß Gian in diesem Augenblick ihre Hand hielt; es war gut, daß da etwas war, das ihr sagte: Dies ist die Wirklichkeit! Hier, du kannst meine Finger fühlen, meine Hand! Egal, was du auch denken magst, es ist kein Traum!

Später machten Aura und Sylvette sich auf einen Weg, den sie allein gehen mußten. Ohne Gillian und ohne die Kinder. Nur sie beide, Schwestern, Töchter, allein auf einem langen Flur im Schein fahler Gaslampen.

Sylvette klopfte sachte an die Tür, doch niemand bat sie herein. Da legte Aura entschlossen die Hand auf die Klinke und öffnete. Ein strenger Geruch drang ihnen entgegen, der Odem von Leid und Trauer und ungelüfteten Betten.

Eine weiße Binde bedeckte Charlottes Augen. Ihr einstmals schwarzes, volles Haar war grau und spärlich geworden. Sie lag in ihrem riesigen Bett, eine Erhebung unter der glatten weißen Decke, ein zerklüfteter Hügel in unberührter Schneelandschaft.

»Mutter«, flüsterte Aura sanft, setzte sich auf die rechte Bettkante und ergriff zaghaft Charlottes Hand. Mit einem Mal wußte sie nicht mehr, was sie sagen sollte. Die spontanen Gefühle, auf die sie vertraut hatte, wollten sich nicht einstellen. »Ich bin zurück«, preßte sie deshalb hervor, kurz und einfallslos; sie fühlte sich schuldig dafür.

Charlottes Lippen bebten. »Hast du Sylvette mitgebracht?« Ein halblautes Krächzen, wie das Knirschen von Sand in einem Zahnradgetriebe.

»Ja, Mutter, ich bin hier«, sagte Sylvette gefaßt. »Ich bin bei dir.« Sie nahm auf der anderen Seite des Bettes Platz, streichelte vorsichtig über die dünnen Haarsträhnen, küßte eine trockene, eingefallene Wange.

Charlotte schwieg, nur ihre Mundwinkel zuckten. Da begriff Aura, daß ihre Mutter weinte. Sie konnten es nur nicht sehen, weil die Augenbinde ihre Tränen auffing.

Aura blieb still und überließ ihrer Schwester das Reden. Sylvette machte das sehr gut, erzählte nette, harmlose Dinge, sprach gütig und einfühlsam, und Aura beneidete sie einen Moment lang um diese Gabe; sie selbst war nicht fähig dazu, war es auch früher nie gewesen. Sylvette aber legte eine Liebe in ihre Stimme, die den Groll zwischen Aura und Charlotte aufwog. Aura fühlte, daß es unnötig war, noch länger zu bleiben. Was ihre Mutter jetzt brauchte, konnte allein Sylvette ihr geben.

Sie erhob sich, nickte ihrer Schwester aufmunternd zu und erkannte an ihrem Lächeln, daß sie verstand, was in Aura vorging. Sylvettes Blicke folgten ihr auf dem Weg zur Tür, während ihr Rosenblütenmund weiter auf Charlotte einsprach, zärtlich, freundlich, sanft.

Aura verließ das Zimmer ohne einen Laut, zog leise die Tür hinter sich zu. Sie nahm keinen Abschied von ihrer Mutter. Eine Tragödie, vielleicht, wenn auch nur schmerzhaft in ihrer Banalität.

Sie fand Gillian auf dem Dachboden. Draußen war es dunkel geworden. Sterne flimmerten in der Finsternis, mal heller, mal dunkler. Er stand unter der Glasschräge, blickte über die Zypressen hinweg in den Himmel, zur Nacht empor.

Die Relieftür war weit geöffnet. Aura hatte den Schlüssel ins Meer geworfen. Die Geschichte des Schlosses war jetzt eins mit seinen Bewohnern, die Bewohner Teil seiner Geschichte. Das Gemäuer, der Dachgarten, die Alchimie und Aura – alles eins. Glieder eines Ganzen, die sich bedingten, einander endlich akzeptierten.

So also, dachte sie, sterben Geheimnisse.

Sie nahm Gillian bei der Hand, begegnete seinen weisen, schönen Augen. Dann führte sie ihn ins Unterholz. Die Palmwedel und Zweige zitterten leise.

Auf Nestors Grab saß ein Pelikan. Er stakste würdevoll zur Seite, als Aura in die Knie ging und mit den Händen das Unkraut teilte. »Schau«, flüsterte sie Gillian zu, »ich will dir etwas zeigen.«

Und während er sich hinhockte und sah, was sie meinte, blickte Aura an ihm vorbei in den Nachthimmel. Ihr Gesicht spiegelte sich klein und verloren im Glas des Daches, schwebte hell inmitten der Unendlichkeit.

»All die Sterne«, sagte sie leise und dachte dabei:

Ich glaube, sie reden gerade über uns.

ENDE

Nachwort des Autors

Die Vorstellung, das Blut von Jungfrauen beinhalte den Schlüssel zum ewigen Leben, ist vermutlich so alt wie die Menschheit selbst. Als Motiv begegnet sie uns in Märchen und Sagen, in alchimistischen Überlieferungen und »wissenschaftlichen« Untersuchungen des Mittelalters.

Der erste, der Alchimie und den Stein der Weisen nachweislich mit Inzest in Verbindung brachte, war Michael Majer, der Leibarzt des deutschen Kaisers Rudolf II. Seine Abhandlungen, etwa die *Atalanta Fugiens*, wurden im 17. Jahrhundert in Buchform veröffentlicht. Es heißt, spätere Alchimisten-Generationen hätten seine (gewiß rein esoterisch zu verstehenden) Theorien lange Zeit für bare Münze genommen.

Die Beschreibung der Pflanze namens *Als-Greis-wird-der-Mensch-wieder-jung* findet sich in einem Abschnitt des Gilgamesch-Epos. Die bekannteste Überlieferung dieser Sage aus dem 3. Jahrtausend vor Christus wurde auf zwölf Schrifttafeln festgehalten, die zur Bibliothek des assyrischen Königs Assurbanipal gehörten.

Die Legenden, aber auch die Tatsachenberichte rund um den Orden der Tempelritter füllen zahllose Bücher. An dieser Stelle sei lediglich erwähnt, daß sich in der Tat eine Weile lang die Vermutung hielt, die restlichen Mitglieder des Ordens hätten sich in ein geheimes Hauptquartier im Kaukasus zurückgezogen. Die Vorliebe der Templer für achteckige Architektur ist durch ihre Bauten in Europa und im Orient vielfach dokumentiert. Die meisten Vorwürfe aber, die den Ordensbrüdern im Mittelalter gemacht wurden, sind aus heutiger Sicht unhaltbar. Allzu schnell wurde die in Klöstern nicht unübliche Homosexualität mit satanischen Riten in Verbindung gebracht, allzu häufig Aussagen, die unter der Folter erzwungen wurden, im Sinne der Hexenjäger interpretiert.

Das Théâtre du Grand-Guignol befand sich tatsächlich von 1898 bis in die sechziger Jahre des 20. Jahrhunderts am Ende der Rue Chaptal in Paris. Seine extravagant-blutigen Aufführungen waren damals Tagesgespräch, gerieten aber schon bald nach Schließung des Theaters in Vergessenheit. Heutzutage erinnert man sich nur noch in Fachkreisen teils schmunzelnd, teils naserümpfend an die Exzesse des Max Maurey und seiner Truppe.

Swanetien ist bis heute eine nahezu unbekannte, in Teilen sogar unerforschte Landschaft geblieben. Seit der Antike liegt diese gebirgige Region Georgiens im Brennpunkt mannigfaltiger Kriegswirren. Gottfried Merzbacher (1843-1926) war der erste Forscher, der seine Erfahrungen im Kaukasus niederschrieb und dabei das kleine, scheinbar so unbedeutende Swanetien erwähnte. Erst vor wenigen Jahren machte sich ein deutsches Fernsehteam auf, Merzbachers Spuren zu folgen. Die Journalisten stießen auf eine Kultur, die sich seit Jahrhunderten kaum verändert hat.

Während meiner Recherchen stützte ich mich vor allem auf Sekundärtexte der folgenden Autoren: Helmut Gebelein, Allison Coudert, Alexander Roob, Gérard de Séde, Alain Demurger, Berndt Anwander, Karin Kersten & Caroline Neubaur, René Berton, Bogislav von Archenholz und Tina Radke-Gerlach. Ihre Arbeiten – über die Alchimie im allgemeinen, den Orden der Tempelritter, das unterirdische Wien, das Grand-Guignol, die Geschichte der Ostsee und das vergessene Swanetien – waren unschätzbare Grundlagen für meine eigenen Nachforschungen.

Zuletzt der Pelikan: Er ist seit jeher ein Symbol für den Stein der Weisen. Lange Zeit glaubten die Menschen, Pelikane ernährten ihre Jungen mit dem eigenen Blut, was dem Bild der Alchimie von einem Elixier entspricht, das seine Kraft allein aus sich selbst entwickelt. Tatsächlich würgen Pelikane die Nahrung für ihre Nachkommen aus ihren Futtersäcken empor, was bei früheren Generationen den Eindruck erweckte, die Tiere pickten sich die eigene Brust auf. In vielerlei Hinsicht weist dies auf das grundsätzliche Problem aller Alchimisten hin: Das Profane mag magisch erscheinen, doch wer es seziert, zerstört als erstes die Äußerlichkeiten und damit den Anschein aller Magie.

Kai Meyer, März 1997

Ein Abenteuer im besten Indiana-Jones-Stil

Valerio M. Manfredi
Der Turm der Einsamkeit
Roman
ISBN 3-453-13851-1

Vom verhängnisvollen Vermächtnis einer prähistorischen Zivilisation erzählt dieser vielschichtige Roman: Die Spurensuche eines jungen Archäologen führt von Pompeji nach Aleppo, vom Vatikan in die Ruinenstadt Petra und in die Sahara, wo das Zeichen des Skorpions unheilvolle Fährten weist.

Ein Leseabenteuer zwischen altorientalischer Zauberwelt, Römerzeit und der modernen Suche nach Glück.

HEYNE